Ellroy · Die Schwarze Dahlie

Ullstein Thriller

JAMES ELLROY

Die Schwarze Dahlie

Roman

Mit einem Nachwort
des Autors

ULLSTEIN

Titel der amerikanischen Originalausgabe: The Black Dahlia
Published by Mysterious Press, New York

Aus dem Amerikanischen übertragen von Dr. Jürgen Behrens

Satz: Utesch Satztechnik GmbH, Hamburg
Druck und Verarbeitung: Mohndruck GmbH, Gütersloh
Printed in Germany 1988
ISBN 3 550 06165 X

Für
Geneva Hilliker Ellroy
1915–1958

Mutter:
Neunundzwanzig Jahre später
Dieses in Blut geschriebene Lebewohl

Jetzt lege ich dich ab, mein Trunkenbold,
mein Steuermann, mein erst verlorener Hüter,
um zu beschaun und dich zu lieben später.

Anne Sexton

PROLOG

Lebend bin ich ihr nie begegnet. Sie existiert für mich durch andere, bezeugt ihr Leben mittelbar in den Folgen, in die ihr Tod jene getrieben hat. Mich in die Vergangenheit zurückarbeitend, einzig um Tatsachen bemüht, erstand sie vor mir als ein trauriges kleines Mädchen und eine Hure, bestenfalls jemand, aus dem etwas hätte werden können – ein Etikett, das möglicherweise auch auf mich zutrifft. Ginge es nach meinen Wünschen, ich hätte ihr ein Ende in Anonymität zugebilligt, sie abgeschoben in den Abschlußbericht eines Ermittlers der Mordkommission, ein paar knappe, karge Worte, Durchschlag an die Staatsanwaltschaft und dann noch ein bißchen mehr Papierkram, der ihre letzte Fahrt zum Schindanger begleitet. Das einzige, was an diesem Wunsch nicht stimmen kann, ist, daß sie es selbst nicht so gewollt hätte. So brutal, wie die Fakten waren, hätte sie darauf bestanden, daß sie alle bekannt werden. Und weil ich ihr eine Menge schulde und der einzige bin, der die ganze Geschichte kennt, habe ich es übernommen, diese Erinnerungen zu schreiben.

Aber vor der Dahlie war die Partnerschaft, und davor waren der Krieg und militärische Gängeleien und die Manöver bei der Central Division, die uns daran erinnern sollten, daß auch Polizisten Soldaten sind, selbst wenn wir weitaus weniger populär waren als diejenigen, die gegen die Deutschen und die Japse kämpften. Nach dem Tagesdienst war jeder Streifenmann verpflichtet, an Luftschutzübungen, Verdunklungsübungen und Brandräumungsübungen teilzunehmen, bei denen wir in Habachtstellung in der Los Angeles Street standen und den Angriff einer Messerschmitt ersehnten, damit wir uns weniger wie Narren fühlen müßten. Der Tagesappell verlangte Aufstellung in alphabetischer Reihenfolge, und kurz nach meinem Abschluß an der Polizeiakademie im August '42 begegnete ich daher auch Lee.

Ich kannte seinen Ruf, und unsere jeweiligen Kampfberichte wußte ich auswendig herzusagen: Lee Blanchard, 43-4-2 im Schwergewicht, ehemalige Dauerattraktion im Hollywood Legion Stadium; und ich: Bucky Bleichert, Halbschwergewicht,

36-0-0, ehemals auf Rang 10 in der Boxzeitschrift *Ring* geführt, wahrscheinlich weil Nat Fleischer von der Art und Weise belustigt war, wie ich Gegner mit meinen großen Raffzähnen höhnisch angrinste. Dennoch ließen die Statistiken einiges aus. Blanchard hatte einen knallharten Schlag, steckte sechs weg, um einen auszuteilen, der klassische Kopfjäger; ich tänzelte und konterte und schlug Leberhaken, stets die Deckung oben behaltend, aus Angst, daß das Wegstecken zu vieler Kopftreffer meinem Aussehen noch mehr schaden würde, als es bereits meinen Zähnen geschadet hatte. Stilistisch gesehen, waren Lee und ich wie Öl und Wasser, und jedesmal, wenn beim Appell unsere Schultern aneinanderstießen, mußte ich mich fragen: wer würde wohl gewinnen?

Fast ein volles Jahr lang umkreisten wir einander. Wir sprachen nie über Boxen oder Polizeiarbeit und beschränkten unsere Unterhaltung auf ein paar Worte über das Wetter. Körperlich waren wir so gegensätzlich, wie es zwei große Männer nur sein konnten: Blanchard war ein Rotblonder, ein Meter achtzig groß, mit mächtigem Brustkorb und Schultern, stämmigen O-Beinen und beginnendem Bauchansatz; ich war blaß und dunkelhaarig, ein Meter neunzig lang und nichts als Knochen und Muskeln. Wer würde wohl gewinnen?

Ich gab es schließlich auf, einen Sieger vorauszusagen. Doch andere Cops griffen die Frage auf, und während dieses ersten Jahres im Central bekam ich zig Meinungen zu hören: Blanchard durch vorzeitigen K. O.; Bleichert nach Punkten; Blanchard Abbruchsieger nach Verletzung – Verlierer durch Abbruch – alles, nur nicht Bleichert Sieger durch K. O.

Sobald ich außer Sichtweite war, hörte ich Geflüster über unsere Taten außerhalb des Rings: Lee, der zum Los Angeles Police Department mit dem Versprechen rascher Beförderung gegangen war, weil er auf geschlossenen Saufgelagen, die von der Polizeiführung und ihren politischen Freunden veranstaltet wurden, geboxt hatte, der den Bankraub in der Boulevard-Citizens-Bank, damals im Jahre '39, geknackt und sich dann in die Freundin eines der Bankräuber verliebt hatte, sich eine sichere Versetzung zur Kriminalabteilung vermasselte, indem er mit der Mieze zusammengezogen war – in klarer Verletzung der Dienstvorschriften über wilde Ehen –, und die ihn dann auch noch gebeten hatte, das Boxen aufzugeben. Die Gerüchte über Blanchard trafen mich wie kleine, angetäuschte linke Gerade, und ich fragte mich, was daran wahr sein mochte. Die Bruchstücke meiner eigenen Geschichte wirkten dagegen wie volle Körpertreffer, denn sie waren hundertprozentig reiner Stoff: Dwight Bleichert, der auf der Flucht vor übermächtigen Zeitumständen zur Polizei geht, bedroht vom Rausschmiß aus der Academy, als die Mitgliedschaft seines Vaters im Deutsch-Amerikanischen Bund bekannt wird, dazu genötigt, die japanischen Jungen, mit denen er aufgewachsen war, für die Alien Squad, die Ausländerpolizei, zu verpfeifen, um seine Anstellung beim L.A.P.D. zu sichern. Nicht gefragt bei Schaukämpfen auf Privatparties, weil er kein K. O.-Schläger war.

Blanchard und Bleichert: ein Held und ein Spitzel.

Wenn ich daran zurückdenke, wie Sam Murakami und Hideo Ashida mit Handschellen gefesselt unterwegs nach Manzanar waren, mochte es leicht erscheinen, beide, ihn und mich, auf einen Nenner zu bringen – jedenfalls zunächst. Dann traten wir beide Seite an Seite in Aktion, und meine anfänglichen Vorstellungen über Lee – und über mich selbst – zerstoben auf einen Schlag.

Es war Anfang Juni '43. In der Woche davor hatten Matrosen am Lick Pier in Venice Streit mit Mexikanern angefangen, die die berühmten Zoot-Suits, Anzüge mit taillierten Jacken und Röhrenhosen, trugen. Das Gerücht ging um, daß einer der Blaujacken ein Auge verloren hätte. Jetzt kam es auch im Hinterland zu Scharmützeln: Mannschaften vom Marinestützpunkt Chavez Ravine gegen Pachucos in Alpine und Palo Verde. Die Zeitungen machten Andeutungen, daß die Zooters nicht nur Springmesser, sondern auch Nazi-Embleme mit sich führten. Und Hunderte von uniformierten Matrosen und Marineinfanteristen fielen in die Innenstadt von Los Angeles ein, bewaffnet mit Totschlägern und Baseballknüppeln. Man ging davon aus, daß eine etwa gleiche Anzahl von Pachucos sich vermutlich in der Nähe der Brew 102 Brewery in Boyle Heights, ausgerüstet mit vergleichbarer Bewaffnung, zusammenrottete. Jeder Streifenmann der Central Division wurde zum Bereitschaftsdienst abkommandiert. Man verpaßte ihnen Stahlhelme aus dem Ersten Weltkrieg und übergroße Schlagstöcke, die als *Nigger Knocker* bekannt waren.

Im Morgengrauen wurden wir in Bereitschaftswagen, die von der Army ausgeliehen worden waren, zum Schlachtfeld gekarrt, und die einzige Order lautete: die Ordnung wiederherstellen! Unsere Dienstrevolver waren uns in der Einsatzzentrale abgenommen worden; die Führung wollte nicht, daß die 38er den Lackaffen, Kacklaffen, Zierbengeln, mexikanischen Gangstern mit Entenschwanzfrisuren in die Hände fielen. Als ich Ecke Evergreen und Wabash vom Wagen heruntersprang, mit nichts als einem dreipfündigen Knüppel mit umwickeltem Handgriff ausgerüstet, hatte ich zehnmal mehr Angst, als ich je im Ring ausgestanden hatte, und das nicht, weil das Chaos von allen Seiten über uns hereinbrach.

Ich hatte Angst, weil die netten Jungs in Wirklichkeit die bösen Jungs waren.

Die Seeleute traten überall entlang der Evergreen Fenster ein; Marineinfanteristen in Uniform zerschmissen systematisch Laternen, um sich möglichst große Dunkelheit für das zu schaffen, was sie vorhatten. Alle Eifersüchteleien zwischen Waffengattungen und Diensträngen waren vergessen. Soldaten und Kommißköppe stürzten Autos um, die vor einer Bodega geparkt waren, während Kadetten in kurzärmeligen weißen Hemden und weit ausgestellten weißen Hosen mit Knüppeln die Scheiße aus einer zahlenmäßig hoffnungslos unterlegenen Gruppe von Zooters auf dem Bürgersteig ein Haus weiter herausprügelten. Am Rand des Geschehens konnte ich mit ansehen, wie Trüppchen meiner Kollegen mit Schlägern der Küstenwache und Militärpolizisten fraternisierten.

Ich weiß nicht, wie lange ich so benommen herumstand und

mich fragte, was ich tun sollte. Schließlich schaute ich die Wabash entlang in Richtung First Street, sah dort kleine Häuser, Bäume und keine Pachucos, Cops oder blutrünstige G. I.s. Bevor ich wußte, was ich tat, rannte ich im Eiltempo darauf zu. Ich hätte weiterrennen können, bis ich umgefallen wäre, doch ein meckerndes Lachen aus einem Hauseingang brachte mich schlagartig dazu, stehenzubleiben.

Ich ging auf die Stimme zu. In schrillen Tönen rief sie mir entgegen: »Du bist schon der zweite junge Copper, der sich aus dem Schlamassel verdünnisiert. Kann's dir nicht verdenken! Schwer zu sagen, wem man eigentlich die Armbänder anlegen soll, wie?«

Ich stand vor der Veranda und schaute zu dem alten Mann hoch. Er sagte weiter: »Im Radio sagen sie, die Taxifahrer machen Touren hoch zum U. S. O. oben in Hollywood und fahren die Matrosen dann hierher. Der KFI nennt es einen ›Marineeinsatz‹ und spielt alle halbe Stunde »Anchors Aweigh«. Die Straße runter habe ich Ledernacken gesehen. Glaubst du, daß das hier das ist, was man ein Landungsunternehmen nennt?«

»Ich weiß auch nicht, was es ist, aber ich gehe zurück.«

»Du bist nicht der einzige, der den Schwanz eingekniffen hat, weißt du. Auch ein anderer großer Kerl kam pronto hier vorbeigerannt.«

Der Alte sah jetzt aus wie eine verschlagene listige Ausgabe meines eigenen Vaters.

»Es gibt da ein paar Pachucos, denen man Ordnung beibringen muß.«

»Meinst du denn, daß das so einfach ist, Jungchen?«

»Dann werde ich es eben so einfach machen.«

Der alte Mann lachte meckernd vor Vergnügen. Ich machte auf dem Absatz kehrt, wollte zurück zum Dienst, schlug mit dem Knüppel nervös gegen mein Bein. Die Laternen waren alle demoliert; es war fast unmöglich, Zooters und G. I.s auseinanderzuhalten. Als ich das begriff, half mir die Erleichterung darüber aus meinem Dilemma, und ich war jetzt bereit, loszuschlagen. Dann hörte ich hinter mir: »Bleichert!« rufen und wußte, wer der andere Schnelläufer gewesen war.

Ich lief zurück. Da war Lee Blanchard. »Im Süden wachsen Bäume in den Himmel, doch nicht für jeden weißen Lümmel!« Er focht mit drei Marines in Blaujacken und einem Pachuco in schicker Ludenkluft. Im Mittelgang eines heruntergekommenen Bungalow-Innenhofs hatte er sie in eine Ecke gestellt und hielt sie sich mit Ausfällen seines *Nigger Knockers* vom Leibe. Die Marines mit ihren Totschlägern versuchten wilde Rundumschläge zu landen, doch sie verfehlten Blanchard, der ihnen mit Sidesteps auswich, in sie hineinging und ihnen auf schnellen Beinen zurücktänzelnd kein Ziel bot. Mit entsetzten Blicken befingerte der Pachuco die Devotionalien, die um seinen Hals hingen.

»Bleichert, Code drei!«

Jetzt mischte ich mit, stieß mit meinem Schlagstock zu, traf auf glänzende Messingknöpfe und Kampfspangen. Ich fing ungeschickt ausgeführte Hiebe auf meine Arme und Schultern mit den Totschlägern ab und ging so dicht in meine Gegner hinein, daß die Marines keinen Platz hatten, richtig auszuholen. Es war wie ein Clinch mit einem Kraken, ohne Ringrichter und Drei-Minuten-Gong, und fast instinktiv ließ ich meinen Schlagstock fallen, senkte den Kopf und schlug Körperhaken, wobei ich spürte, wie meine Schläge sich in weiche Gabardine-Bäuche bohrten. Dann hörte ich Lee rufen: »Bleichert, geh aus dem Mann raus!«

Das tat ich auch, und dann ging Lee Blanchard vor, den *Nigger Knocker* hoch über dem Kopf schwingend. Die angeschlagenen Marines erstarrten; der Knüppel ging nieder: einmal, zweimal, dreimal, sauber gezielte Schläge auf die Schultern. Als das Trio nur noch ein hilfloses Knäuel aus blauen Uniformen war, sagte Blanchard: »Und jetzt auf zu den Hallen von Tripoli, ihr Scheißer.« Dann wandte er sich zu dem Pachuco. »Hola, Tomas.«

Ich schüttelte den Kopf und reckte mich. Meine Arme und der Rücken taten mir weh; in den Knöcheln meiner Rechten pochte Schmerz. Blanchard legte dem Zooter Handschellen an, und alles, was ich herausbringen konnte, war: »Was hat das alles zu bedeuten?«

Blanchard lächelte. »Bitte ergebenst um Entschuldigung für meine schlechten Manieren. Officer Bucky Bleichert, darf ich Ihnen Señor Tomas Dos Santos vorstellen, per Fahndungsbefehl gesucht wegen Totschlags, begangen bei der Durchführung eines Schwerverbrechens der Kategorie B. Tomas schnappte sich die Handtasche einer alten Schachtel Ecke 6th und Alvarado, die kriegte einen Herzanfall und klappte zusammen, Tomas ließ die Handtasche fallen, rannte weg wie der Teufel, hinterließ dabei einen vollen Satz wunderschöner Fingerabdrücke auf der Handtasche, Augenzeugen jede Menge.« Blanchard stieß den Mann an. »Habla Ingles, Tomas?«

Dos Santos schüttelte verneinend den Kopf; Blanchard nahm es mit traurigem Kopfnicken zur Kenntnis. »Der ist schon so gut wie tot. Totschlag zweiten Grades bedeutet für einen Mex die Gaskammer. Unser Gockelchen hier hat noch ungefähr sechs Wochen bis zum großen Adios.«

Ich hörte Schüsse aus Richtung Evergreen und Wabash. Mich auf Zehenspitzen hochreckend, sah ich aus einer Reihe eingeschlagener Fenster Flammen herausschießen, die sich in knisternde blaue Funken und weiße Lichtpunkte auflösten, als sie auf die Oberleitungen der Straßenbahn und Telefonkabel trafen. Ich schaute hinunter auf das Bündel Marines, und einer von ihnen zeigte mir den Finger. Ich sagte: »Ich hoffe nur, daß keiner dieser Vögel deine Markennummer hat.«

»Ach was, die können mich kreuzweise.«

Ich zeigte zu einer Gruppe Palmen hinüber, deren Kronen sich gerade in Feuerbälle verwandelten. »Wir schaffen das nie im Leben, ihn noch heute abend einzuliefern. Bist du hierher gerannt, um die da auch hopszunehmen? Hast du gedacht –«

Blanchard brachte mich mit einer spielerisch leichten Geraden zum Verstummen, die kurz unterhalb meiner Erkennungsmarke landete. »Ich bin hergerannt, weil ich wußte, daß ich absolut nichts tun konnte, um die Ordnung wiederherzustellen.

Und falls ich bloß rumgestanden hätte, wäre ich womöglich umgekommen. Kommt dir das bekannt vor?«

Ich lachte. »Yeah. Dann bist du also –«

»Dann sah ich, wie die Scheißkerle unseren Beau hier jagten, der dem dringenden Verdächtigen laut Haftbefehl Nr. 411-43 verdächtig ähnlich sah. Die haben mich hier in die Mangel genommen, und dann sah ich dich zurücklaufen, um ordentlich eins aufs Dach zu kriegen. Also dachte ich, wenn du dir schon eins verpassen lassen willst, dann wenigstens mit gutem Grund. Klingt das vernünftig?«

»Es hat geklappt.«

Zweien der Marines war es gelungen, sich hochzurappeln, und sie halfen dem dritten auf. Als sie sich als schwankende Dreiergruppe auf den Weg machen wollten, verpaßte Tomas Dos Santos dem größten der drei Ärsche einen kräftigen Fußtritt. Der fette Maat, dem er gehörte, drehte sich zu seinem Angreifer um; ich machte einen Schritt auf ihn zu. Die drei räumten das Schlachtfeld in Los Angeles Ost und liefen den von Revolverschüssen hallenden Straßen und wie Fackeln brennenden Bäumen entgegen. Blanchard strubbelte Dos Santos' Haar. »Und du hübscher kleiner Scheißer bist ein toter Mann. Komm, Bleichert, suchen wir uns einen Platz, wo wir die Geschichte aussitzen können.«

Einige Straßenzüge weiter entdeckten wir ein Haus mit einem großen Zeitungsstapel auf der Veranda und brachen ein. Im Küchenschrank war noch ein ordentlicher Schluck Cutty Sark, und Blanchard löste Dos Santos die Handschellen, schloß sie statt dessen um seine Fußgelenke, damit er die Hände frei hatte, um sich einen zu genehmigen. Bis ich Schinken-Sandwiches und Highballs zurechtgemacht hatte, hatte der Pachuco schon die Hälfte des Stoffs verdrückt und grölte »Cielito Lindo« und eine Mex-Version von »Chattanooga Choo Choo«. Eine Stunde später war die Flasche ganz alle und Tomas total hinüber. Ich hievte ihn auf die Couch, warf eine Steppdecke über ihn, und Blanchard sagte: »Das ist mein neunter Schwerverbrecher 1943. In sechs Wochen wird er Gas schlucken, und innerhalb von drei Jahren werde ich entweder im North-East oder für Central Warrants als Hauptfahnder arbeiten.«

Seine Gewißheit wurmte mich. »Ach nee! Du bist noch viel zu jung. Du bist noch nicht mal Sergeant. Du machst mit einer Frau rum. Du hast deine Beziehung zu den hohen Tieren verloren, seit du mit den Schaukämpfen aufgehört hast. Und du hast keine Erfahrungen als Zivilbulle. Du –«

Ich hörte auf, als Blanchard grinste, zum Wohnzimmerfenster ging und hinaussah. »Feuer drüben an der Michigan und Soto. Hübsch.«

»Hübsch?«

»Ja, hübsch. Du weißt eine Menge über mich, Bleichert.«

»Die Leute reden über dich.«

»Die reden auch über dich.«

»Was sagen sie denn?«

»Daß dein Alter ein verrückter Nazi ist. Daß du deinen besten Freund an die Alien Squad verpfiffen hast, um zur Polizei zu kommen. Daß du deinen Listenplatz frisiert hast, indem du aufgepäppelte Mittelgewichtler geboxt hast.«

Die Worte hingen in der Luft wie ein Schuldspruch in drei Anklagepunkten. »Ist das alles?«

Blanchard wandte sich zu mir. »Nein. Man sagt dir nach, daß du nicht gerade scharf darauf bist, dir Freunde zu machen. Und man sagt auch, du glaubst, du könntest es mit mir aufnehmen.«

Ich nahm die Herausforderung an. »All das stimmt auch.«

»Soso, aber genauso alles, was du über mich gehört hast. Außer, daß noch meine Beförderung zum Sergeant bevorsteht, ich schon auf der Liste bin, man mich im August zur Highland Park Vice versetzt, und daß es da einen stellvertretenden jüdischen Bezirksanwalt gibt, der sich vor Begeisterung für Boxer die Hosen naßmacht. Er hat mir die nächste Stelle bei der Fahndung versprochen, auf die er mich bugsieren kann.«

»Ich bin beeindruckt.«

»Yeah? Möchtest du noch was hören, das sogar noch ein Stück beeindruckender ist?«

»Nur zu.«

»Meine ersten zwanzig K. O.-Schläge waren gegen Fallobst, handverlesen von meinem Manager. Mein Mädchen hat dich im Olympic boxen sehen und behauptet, du könntest ganz hübsch sein, falls du dir die Zähne richten läßt. Und daß du es vielleicht mit mir aufnehmen könntest.«

Ich konnte nicht sagen, ob der Mann nur auf Streit aus war oder auf Freundschaft; ob er mich auf die Probe stellte oder mich verhöhnte oder Informationen aus mir herausholen wollte. Ich zeigte auf Tomas Dos Santos, der sich in seinem trunkenen Schlaf herumwarf. »Was wird aus dem Mex?«

»Wir liefern ihn morgen früh ein.«

»Du lieferst ihn ein.«

»Zur Hälfte gehört er dir.«

»Oh nein. Danke, nein!«

»Na schön, Partner.«

»Ich bin nicht dein Partner.«

»Irgendwann vielleicht doch.«

»Vielleicht auch nie, Blanchard. Vielleicht gehst du zur Fahndung, spielst den Eintreiber oder den Tipgeber für die feinen Dektektiv-Büros in der Innenstadt. Und ich, ich reiße vielleicht meine zwanzig Jahre runter, nehm' die Pension mit und suche mir irgendwo einen bequemen Job.«

»Du könntest zur Bundespolizei gehen. Ich weiß, daß du gute Kumpel bei der Alien Squad hast.«

»Komm mir bloß nicht noch mal damit!«

Blanchard schaute wieder aus dem Fenster. »Hübsch. Daraus könnte man eine gute Ansichtskarte machen. Liebe Mom, ich wünsche mir, du könntest hier sein, bei mir und dem farbenprächtigen Aufruhr in Los Angeles Ost.«

Tomas Dos Santos bewegte sich unruhig und murmelte: »Inez? Inez? Que? Inez?«

Blanchard ging zu einem Wandschrank im Flur, fand einen abgetragenen wollenen Mantel und breitete ihn über ihn. Die zusätzliche Wärme schien ihn zu beruhigen; das Gemurmel hörte auf. Blanchard sagte: »Cherchez la femme, wie, Bucky?«

»Was?«

»Sieh dich nach der Frau um. Nicht mal jetzt, voll bis zum Stehkragen, kann der alte Tomas hier von Inez lassen. Ich wette zehn zu eins, daß sie, wenn er für die Gaskammer reif ist, bestimmt bei ihm sein wird.«

»Vielleicht bekommt er eine Begnadigung durch, lebenslänglich plus 15 Jahre, und dann in zwanzig Jahren draußen.«

»Nein, er ist ein toter Mann. Cherchez la femme, Bucky. Denk immer dran.«

Auf der Suche nach einem Platz zum Schlafen wanderte ich durch das Haus, fand dann schließlich unten das Schlafzimmer mit einem zerwühlten Bett, das für meine Beine viel zu kurz war. Ausgestreckt daliegend horchte ich auf die fernen Polizeisirenen und Schüsse. Langsam döste ich ein und träumte von den wenigen und viel zu seltenen Frauen in meinem Leben.

Gegen Morgen hatten sich die Unruhen gelegt; am Himmel hingen noch Qualmwolken, die Straßen waren noch übersät mit Scherben von Schnapsflaschen und hastig weggeworfenen Tot- und Baseballschlägern. Blanchard forderte bei der Hollenbeck Station einen Schwarzweißen an, um seinen neunten festgenommenen Schwerverbrecher des Jahres 1943 zum Gefängnis der Hall of Justice zu befördern. Und Tomas Dos Santos weinte, als die Bullen in der Minna kamen und ihn uns entrissen. Blanchard und ich verabschiedeten uns auf dem Bürgersteig und gingen auf getrennten Wegen zurück in die Innenstadt, er zum Büro des Bezirksanwalts, um seinen Bericht über die Festnahme des Handtaschendiebes zu schreiben, ich zur Central Station, um mich für meinen nächsten Dienst einteilen zu lassen.

Der Stadtrat von Los Angeles erklärte das Tragen des Zoot-Suit für ungesetzlich, und Blanchard und ich beschränkten uns fortan auf höfliche Unterhaltung beim Appell. Und alles, was er in jener Nacht in dem leeren Haus mit so aufreizender Selbstsicherheit vorgebracht hatte, bewahrheitete sich.

Blanchard wurde zum Sergeant befördert, Anfang August Highland Park Vice überstellt, und eine Woche später kam

Tomas Dos Santos in die Gaskammer. So vergingen drei Jahre, in denen ich unentwegt Funkstreife in der Central Division fuhr. Dann schaute ich eines Morgens hoch zu dem Brett, auf dem Versetzungen und Beförderungen angezeigt wurden, und las ganz zuoberst: Blanchard, Leland C., Sergeant; von Highland Park Vice zur Hauptfahndung mit Wirksamkeit vom 15. 9. 46.

Und natürlich wurden wir auch Partner. Rückschauend weiß ich, daß der Mann keine hellseherischen Gaben hatte; er plante ganz einfach energisch seine Zukunft, während ich nur unsicher meiner eigenen entgegentrieb. Doch es war sein wegwerfend vorgebrachtes »Cherchez la femme«, das mich bis heute verfolgt. Denn unsere Partnerschaft führte uns auf den verpfuschten Weg zur Dahlie. Und am Ende war sie es, die vollständig von uns Besitz ergriff.

I
FEUER UND EIS

1. Kapitel

Der Weg zur Partnerschaft begann, ohne daß ich davon Kenntnis hatte. Und er eröffnete sich durch ein Wiederaufleben des Geredes um einen Kampf Blanchard–Bleichert, das mir schließlich hinterbracht wurde.

Ich kam gerade von einem langen Einsatz, einem ermüdenden Dienst in einer Mausefalle am Bunker Hill, wo ich auf Verkehrssünder Jagd gemacht hatte. Ich hatte reichlich Strafmandate gesammelt, und nach den acht Stunden, in denen ich die Kreuzung zwischen 2nd Street und Beaudry unablässig im Auge behalten hatte, war mein Gehirn abgestumpft. Als ich durch den Bereitschaftsraum und die Menge blau Uniformierter, die auf die Verbrechensmeldungen aus dem Präsidium warteten, schlenderte, hätte ich fast Johnny Vogels Bemerkung überhört: »Die haben seit Jahren nicht mehr gekämpft, und Horrall hat Schaukämpfe auf Privatgesellschaften verboten. Also kann ich einfach nicht daran glauben! Mein Alter ist ein dicker Freund von dem Jiddenbengel, und der hat gesagt, der Kerl da hätte sogar Joe Louis herausgefordert, wenn der ein Weißer wäre.«

Tom Joslin stieß mir den Ellenbogen in die Seite: »Sie reden von dir, Bleichert.«

Ich schaute hinüber zu Vogel, der ein paar Schritte abseits stand und sich mit einem anderen Cop unterhielt. »Ist doch Quark, Tommy!«

Joslin lächelte. »Du kennst Lee Blanchard?«

»Kennt der Papst Jesus?«

»Na, der ist doch jetzt bei der Hauptfahndung.«

»Erzähl mir doch mal was, das ich noch nicht weiß.«

»Wie wär's denn hiermit: Blanchards Partner hat seine zwanzig Jahre runtergerissen. Niemand hätte geglaubt, daß er diesen Schlauch durchhält. Aber er hat es geschafft. Der Chef bei der Fahndung, nun, das ist dieser Bezirksanwalt bei der Kammer für Schwerverbrechen. Der hat Blanchard seine Anstellung verschafft. Und jetzt hält er Ausschau nach einem hellen

Jungen, den er ihm zum Partner geben kann. Gerüchtweise hört man, daß er ganz wild auf Boxer ist und dich haben will. Vogels alter Herr ist im Detective Bureau. Er steht auf Duzfuß mit Loew und setzt alle Hebel in Bewegung, damit sein Bengel den Job bekommt. Offen gesagt: Ich finde, daß keiner von euch beiden dafür geeignet ist. Wenn du mich dagegen nimmst . . .«

Mir wurde ganz flau, aber ich schaffte es trotzdem, ihn mit einem trockenen Konter abzufangen, um Joslin zu zeigen, daß mir überhaupt nichts daran lag. »Deine Zähne sind zu klein. Die taugen nicht dafür, im Clinch zuzubeißen. Und bei der Fahndung bist du dauernd im Clinch.«

Mir lag aber durchaus etwas daran.

An diesem Abend saß ich draußen vor meinem Apartment auf den Stufen und blickte hinüber zur Garage, wo Sandsack und Birne aufgebaut waren, wo ich eine Mappe aufbewahrte mit Zeitungsausschnitten, Boxprogrammen und Vorankündigungen. Ich hielt mich für gut, aber nicht für gut genug, dachte daran, warum ich eigentlich mein Gewicht niedrig hielt, obwohl ich mit zehn Pfund mehr gegen Schwergewichtler hätte antreten können. Dachte daran zurück, wie ich in der Eagle Rock Legion Hall, wo mein Alter auch zu den Treffen des Deutsch-Amerikanischen Bundes ging, gegen mexikanische Mittelgewichtler geboxt hatte, die sich mit Tortillas aufgepäppelt hatten. Halbschwergewicht ist eine Gewichtsklasse irgendwo im Niemandsland, und sehr schnell hatte ich begriffen, daß sie für mich wie maßgeschneidert war. Mit 175 Pfund auf der Waage konnte ich den ganzen Abend durchtanzen, konnte präzise Körpertreffer, als Cross geschlagen, landen, und nur ein Bulldozer wäre gegen meine linke Deckungshand durchgekommen.

Doch es gab im Halbschwergewicht keine Bulldozer, denn jeder hungrige Fighter, der 175 Pfund brachte, würde soviel Kartoffeln in sich reinschaufeln, bis er im Schwergewicht war, auch wenn er dadurch die Hälfte seiner Schnelligkeit und beträchtlich an Schlagkraft einbüßte. Das Halbschwergewicht war sicher. Halbschwergewicht bedeutete eine garantierte Gage von fünfzig Dollar, ohne daß man Verletzungen befürchten mußte. Halbschwergewicht brachte einem Gratiswerbung durch die *Times* von Braven Dyer ein, Lobhudeleien von meinem Alten und seinen judenfressenden Spezis. Und man blieb die Nummer eins, solange man nicht aus Glassell Park und Lincoln Heights wegzog. So verlief alles reibungslos und in geordneten Bahnen – ohne daß mein Heldenmut auf die Probe gestellt wurde.

Dann kam mir Ronnie Cordero in die Quere.

Er war ein mexikanischer Mittelgewichtler aus El Monte, sehr schnell, mit ungeheurer Schlagkraft in beiden Armen und einer Deckung wie Krebsscheren, die Fäuste oben, Ellenbogen eng an die Seiten gepreßt, um Körpertreffer abzulenken. Erst neunzehn Jahre alt, hatte er für sein Gewicht einen gewaltigen Knochenbau, mit hinreichendem Wachstumspotential, um zwei Klassen höher ins Schwergewicht und damit zum großen Geld aufzusteigen. Er verzeichnete vierzehn kurzrundige K. O.-Siege in Folge, alle im Olympic, in denen er die führenden Mittelgewichtler von Los Angeles aus dem Ring gefegt hatte. Immer weiter aufsteigend und brennend interessiert, die Qualität seiner Gegner zu steigern, hatte mir Cordero über die Sportseiten des *Herald* eine Herausforderung zukommen lassen.

Ich wußte, daß er mich bei lebendigem Leib auffressen würde. Ich wußte, falls ich gegen einen Tortillakneter verlor, wäre mein lokaler Ruhm im Eimer. Ich wußte, daß Davonlaufen mir wehtun, Kämpfen mich aber umbringen würde. Ich hielt Ausschau nach einem sicheren Plätzchen, wohin ich mich verdrücken konnte. Die Army, die Navy, die Marineinfanterie schienen gut, doch dann wurde Pearl Harbor bombardiert, und jetzt schienen sie gewaltig. Dann hatte mein alter Herr einen Schlaganfall, verlor seinen Job und seine Pension und mußte sich durch einen Strohhalm Babynahrung reinziehen. Ich wurde als Härtefall vom Wehrdienst zurückgestellt und trat dem Los Angeles Police Department bei.

Jetzt wurden meine Erinnerungen bedrängend. Kerle vom FBI waren aufgetaucht und hatten mir die Frage gestellt, ob ich mich als Deutschen oder guten Amerikaner betrachtete und ob ich denn gewillt sei, meinen Patriotismus unter Beweis zu stellen, indem ich ihnen ein bißchen zu Hilfe käme. Gewaltsam unterdrückte ich jetzt die Erinnerung an das, was danach kam, indem ich mich auf den Kater meiner Vermieterin konzentrierte, der auf dem Garagendach eine Amsel beschlich. Als er zuschlug, mußte ich mir eingestehen, wie dringend ich mir wünschte, daß Johnny Vogels Gerücht wahr wäre.

Bei der Fahndung war man als Cop eine lokale Berühmtheit. Fahndung bedeutete Zivil, ohne Anzug- und Krawattenzwang, Romantik und Kilometergeld pro Tag für den eigenen Wagen. Fahndung, das hieß, hinter den wirklich schweren Jungs her sein und nicht Wermutbrüder, Schwanzschwenker und Pisser vor der Inneren Mission festnehmen. Fahndung bedeutete Arbeit für das Büro der Bezirksstaatsanwaltschaft, mit einem Bein in der Kriminalabteilung, Nachtessen mit Bürgermeister Bowron, auf denen er mächtig in Fahrt kam und Kriegsabenteuer hören wollte.

Allein daran zu denken verursachte mir Pein. Ich ging hinunter zur Garage und schlug auf den Punching Ball ein, bis mir die Arme fast abfielen.

Während der nächsten Wochen fuhr ich Streife an der Nordgrenze unseres Amtsbezirks. Ich mußte einen großmäuligen Anfänger namens Sidwell einweisen, einen Knaben, der gerade eine dreijährige Dienstzeit bei der Militärpolizei in der Kanalzone hinter sich hatte. Er hing mit der sklavischen Aufdringlichkeit eines Schoßhündchens an meinen Lippen und war so hingerissen vom Polizeidienst, daß er sogar noch nach dem Ende unserer Schicht auf dem Revier herumhing, lauter Bockmist mit Festgenommenen in den Haftzellen quatschte, im Umkleideraum mit Handtüchern gegen die Fahndungsplakate drosch und gewöhnlich allen so lange auf die Nerven fiel, bis jemand ihn dringend aufforderte, nach Hause zu gehen.

Er war völlig distanzlos und redete mit jedem über Gott und die Welt. Ich war eines seiner bevorzugten Opfer, und er gab alle Gerüchte, die er auf dem Revier aufschnappte, brühwarm an mich weiter.

Die meisten dieser Gerüchte hakte ich als pure Erfindung ab: daß Chief Horrall eine Boxmannschaft aus allen Bezirken zusammenstellen und mich bei der Fahndung haben wollte, damit ich mich gemeinsam mit Blanchard einschriebe; von Ellis Loew, dem Karriereanwalt bei der Kammer für Schwerkriminalität, wurde gemunkelt, er habe früher, noch vor dem Krieg, bei einer Wette auf mich gesetzt und einen ganzen Batzen Geld gewonnen, wofür er mich jetzt nachträglich belohnen wolle; daß Horrall seine Anordnung, mit der Schaukämpfe auf Privatgesellschaften verboten wurden, zurückgenommen habe und irgendein hochgestellter Drahtzieher mich glücklich sehen wolle, damit er auf mich setzen und sich die Taschen füllen könne. Diese Geschichten erschienen mir allzu weit hergeholt, obwohl ich ahnte, daß das Boxen irgend etwas mit meiner Favoritenrolle zu tun haben mußte. Ganz sicher war ich mir, daß für die offene Stelle bei der Fahndung nur noch Johnny Vogel oder ich in die engere Wahl gezogen wurden.

Vogel hatte einen Vater, der in der Kriminalhauptabteilung arbeitete; ich war nur die Nummer 36-0-0 im Niemandsland der Abteilung, wie schon vor fünf Jahren. Ich steckte fest. Da ich wußte, daß die einzige Möglichkeit, mich erfolgreich gegen den Nepotismus zu behaupten, darin bestand, weiter abzuspecken, in Form zu bleiben, hämmerte ich auf Sandsack und Birne ein, ließ Mahlzeiten aus und sprang Seil, bis ich wieder ein netter, sicherer Halbschwergewichtler war. Dann wartete ich ab.

2. Kapitel

Eine Woche hielt ich nun schon das Einhundertfünfundsiebzig-Pfund-Limit, hatte das Training satt und träumte jede Nacht von Steaks, Chili-Burgers und Kokos-Sahnetorten. Meine Hoffnungen auf den Job bei der Fahndung hatten sich bis zu dem Punkt verflüchtigt, daß ich bereit gewesen wäre, sie für Schweinekoteletts im Pacific Dining Car in den Wind zu schießen. Und der Nachbar, der sich für zwei Zehner im Monat um den alten Mann kümmerte, hatte überdies noch angerufen, um mir mitzuteilen, daß er wieder verrückt spiele, mit seiner Luftdruckpistole auf die Hunde der Nachbarschaft schieße und seinen Scheck von der Fürsorge für Pornomagazine und Modellflugzeuge verpulvere. Der Punkt war erreicht, an dem ich seinetwegen unbedingt etwas unternehmen mußte. Und jeder zahnlose alte Knabe, an dem ich auf Streife vorüberfuhr, erschien vor meinen Augen wie eine Schreckensvision von Crazy Dolph Bleichert. Ich sah gerade wieder einen die 3rd Street zur Hill Street hinübertorkeln, als ich über Funk eine Meldung bekam, die mein Leben von Grund auf ändern sollte.

»11-A-23, Zentrale zurückrufen! Wiederhole: 11-A-23, Zentrale zurückrufen!«

Sidwell stieß mich an. »Da kam eben ein Funkspruch, Bucky.«

»Gib durch, daß du verstanden hast.«

»Die Zentrale sagt aber, du sollst zurückrufen.«

Ich fuhr einfach links rüber, parkte ein und zeigte auf die Polizeirufsäule an der Ecke. »Benutz den kleinen Schlüssel, der gleich neben deinen Handschellen hängt.«

Sidwell gehorchte und kam wenige Augenblicke später mit sorgenvoller Miene zum Streifenwagen zurückgetrottet. »Du sollst dich sofort beim Leiter der Kriminalabteilung melden«, sagte er.

Mein erster Gedanke war, daß es sich um den alten Mann handeln mußte. Mit Bleifuß fuhr ich sechs Querstraßen weiter bis zur City Hall, übergab den Schwarzweißen Sidwell, nahm dann den Aufzug zu Chief Thad Greens Büro im vierten Stock. Eine Sekretärin geleitete mich in das innere Heiligtum des Chief, und dort saßen in aufeinander abgestimmten Ledersesseln Lee Blanchard, mehr hohe Tiere, als ich je auf einem Haufen versammelt gesehen hatte, und ein spindeldürrer Mann in einem dreiteiligen Tweedanzug.

Die Sekretärin sagte: »Officer Bleichert«, und ließ mich einfach stehen, wobei mir peinlich bewußt wurde, daß meine Uniform wie ein Zelt an meinem ausgehungerten Körper hing. Dann übernahm Blanchard, der Cordhosen und ein kastanienbraunes Sportsakko trug, die Vorstellung.

»Gentlemen, Bucky Bleichert! Bucky, von rechts nach links, in Uniform, – darf ich dich mit Inspektor Malloy, Inspektor Stensland und Chief Green bekannt machen. Der Herr in Zivil ist stellvertretender Bezirksanwalt Ellis Loew.«

Ich nickte, und Thad Green wies mir einen Sessel zu, in dem ich der Versammlung direkt gegenübersaß. Ich ließ mich hineinsinken; Stensland reichte mir ein paar lose Blätter. »Lesen Sie das, Officer. Das ist Braven Dyers Aufmacher in der kommenden Samstagausgabe der *Times*.«

Das oberste Blatt trug das Datum 14/10/46 und eine Titelzeile in Großbuchstaben – »Feuer und Eis: Erste Klasse in Los Angeles« – und darunter dann der maschinengeschriebene Text:

> Vor dem Krieg wurden der Stadt der Engel zwei einheimische Boxkämpfer beschert, geboren und aufgewachsen nur ein paar Kilometer voneinander entfernt, Faustkämpfer, die sich in ihrem Stil so sehr voneinander unterscheiden wie Feuer und Eis. Lee Blanchard war eine krummbeinige Windmühle in Boxhandschuhen, und wenn er Schläge austeilte, flogen die Fetzen bis zu den Ringplätzen. Bucky Bleichert bestieg den Ring so kühl und gesammelt, daß man gern glauben mochte, er sei gegen Schweißausbrüche immun. Er war im Ring ein besserer Stepptänzer als Bojangles Robinson, und seine

florettartigen Geraden zeichneten die Gesichter seiner Gegner, bis sie aussahen wie das Steak *tartare* in Mike Lymans Grill. Beide Männer waren Poeten: Blanchard der Poet roher Kraft. Dagegen Bleichert ein Poet der Behendigkeit und Raffinesse. Zusammengenommen gewannen sie insgesamt 79 Kämpfe und verloren nur vier. Im Ring wie in der Tafel der Elemente sind Feuer und Eis nur schwer zu schlagen.

Mr. Feuer und Mr. Eis haben nie gegeneinander gekämpft. Sie waren in unterschiedlichen Gewichtsklassen. Doch Pflichtgefühl hat sie im Geiste zusammengebracht, und beide Männer schlossen sich den Polizeikräften von Los Angeles an, um außerhalb des Ringes weiterzukämpfen – diesmal im Krieg gegen das Verbrechen. Blanchard knackte 1939 den aufsehenerregenden Raubüberfall auf die Boulevard-Citizens Bank und faßte den Angstkiller Tomas Dos Santos; Bleichert tat sich hervor während der Zoot-Suit-Unruhen von '43. Und beide sind jetzt Officer in der Central Division: Mr. Feuer, 32, als Sergeant in der angesehenen Fahndungsabteilung; Mr. Eis, 29, als Streifenpolizist in einem gefährlichen Revier der Innenstadt von L. A. Erst kürzlich fragte ich Feuer und Eis, warum sie ihre besten Ringjahre verschenkt hätten, um Cops zu werden. Ihre Antworten sind ein lebhafter Beweis dafür, was für noble Männer beide sind:

Sergeant Blanchard: »Die Karriere eines Boxers dauert nicht ewig, doch sehr wohl die Befriedigung darüber, im Dienst für die Gemeinschaft seinen Mann zu stehen.«

Officer Bleichert: »Ich wollte gefährlichere Gegner bekämpfen, nämlich Kriminelle und Kommunisten.« Lee Blanchard und Bucky Bleichert brachten ein großes Opfer, um ihrer Stadt zu dienen, und zum Wahltag am 5. November wird man der Wählerschaft von Los Angeles dasselbe abverlangen – für eine Fünf-Millionen-Dollar-Anleihe zu stimmen, um die Ausrüstung des L.A.P.D. auf den neuesten Stand zu bringen und eine achtprozentige Gehaltserhöhung für alle Beschäftigten durchzusetzen. Denken Sie dabei stets an das Beispiel von Mr. Feuer und Mr. Eis. Stimmen Sie am Wahltag mit »Ja« für Liste B!

Nachdem ich zu Ende gelesen hatte, reichte ich Inspektor Stensland die Seiten zurück. Er setzte schon zum Sprechen an, doch Thad Green brachte ihn zum Verstummen, indem er ihm die Hand auf die Schulter legte. »Sagen Sie uns selbst, was Sie davon denken, Officer! Seien Sie dabei ganz offen.«

Ich schluckte, um meiner Stimme mehr Festigkeit zu geben. »Es ist raffiniert.«

Stensland wurde rot, Green und Malloy grinsten. Blanchard platzte lauthals heraus. Ellis Loew sagte: »Liste B wird sang- und klanglos verlieren, doch es gibt die Möglichkeit, sie in den Nachwahlen im nächsten Frühjahr wieder aufzustellen. Worum es uns –«

»Ellis, bitte!« unterbrach ihn Green und wandte sich dann wieder mir zu. »Einer der Gründe, weswegen die Anleihe scheitern wird, ist der, daß die Öffentlichkeit alles andere als zufrieden mit dem Dienst ist, den wir ihr zu bieten haben. Wir haben während des Krieges unter Personalmangel gelitten, und einige der Männer, die wir angeheuert haben, um diesen Mangel zu beheben, erwiesen sich als faule Äpfel und ließen uns sehr schlecht aussehen. Außerdem gibt es seit Kriegsende einen Ansturm von Anfängern, und eine Menge guter Leute sind in den Ruhestand getreten. Zwei Reviergebäude müssen umgebaut werden, und wir müßten höhere Anfangsgehälter bieten können, um einen Anreiz für bessere Männer zu schaffen. All das erfordert Geld, und die Wähler sind nicht gewillt, es uns im November zu geben.«

Langsam wurde das Bild für mich klarer. Dann warf Malloy ein: »Es war Ihre Idee, Herr Staatsanwalt. Sagen Sie es ihm!«

Loew sagte: »Ich setze Dollars gegen Pfannkuchen, daß wir den Vorschlag in den Nachwahlen von '47 durchbringen. Doch wir müssen ein bißchen Begeisterung für das Department schüren, um das zu schaffen. Wir müssen die Moral im Department selbst wieder aufrichten, und wir müssen die Wählerschaft mit der Qualität unserer Männer beeindrucken können. Reinrassige weiße Boxer sind eine große Zugnummer, Bleichert. Das wissen Sie ja selbst!«

Ich schaute zu Blanchard hinüber. »Also du und ich, wie?«

Blanchard zwinkerte mir zu: »Feuer und Eis. Erzählen Sie ihm nun auch noch den Rest, Ellis.«

Loew wand sich, als er sich beim Vornamen angeredet hörte, und fuhr dann fort: »Von heute an in genau drei Wochen – ein Zehn-Runden-Kampf im Academy Gym. Braven Dyer ist ein enger persönlicher Freund von mir, und er wird in seiner Kolumne ordentlich die Trommel rühren. Eintrittskarten zwei Dollar das Stück. Die Hälfte des Kontingents für Polizeiangehörige und ihre Familien, die andere Hälfte für Zivilisten. Die Einnahmen fallen dem Hilfsfonds der Polizei zu. Mit dem Geld werden wir aus dem ganzen Stadtgebiet eine Boxmannschaft zusammenstellen, alles gute, waschechte weiße Jungs; die Mitglieder der Mannschaft sind einen Tag in der Woche vom Dienst befreit, um unterprivilegierte Kinder in der Kunst der Selbstverteidigung zu unterrichten. Das alles begleitet von großer Publicity, die bis zu den 47er Nachwahlen halten wird.«

Alle Augen ruhten jetzt auf mir. Ich hielt den Atem an, erwartete das Angebot für die freie Stelle in der Fahndung. Als niemand ein Wort darüber fallen ließ, warf ich Blanchard einen schnellen Seitenblick zu. Sein Oberkörper war von brutaler Kraft, doch seine Bauchmuskulatur war schlaff geworden, und ich war zudem jünger, größer und wahrscheinlich um einiges schneller. Bevor ich mir noch Gründe zurechtlegen konnte, einen Rückzieher zu machen, sagte ich: »Ich bin dabei.«

Die leitenden Herren quittierten meine Entscheidung mit Beifallsklatschen; Ellis Loew lächelte und entblößte dabei Zähne, die aussahen, als gehörten sie einem jungen Haifisch. »Dafür festgesetzt ist der 29. Oktober, also eine Woche vor der Wahl«, erklärte er. »Und beide haben Sie uneingeschränkten Zugang zu den Sport- und Trainingsräumen der Academy.

Zehn Runden, das ist viel verlangt von Männern, die so lange wie Sie nicht aktiv gewesen sind, aber alles andere wären Kinkerlitzchen. Sind Sie meiner Meinung?«

Blanchard schnaubte: »Oder kommunistisch.« Loew schnitt eine schiefmäulige Haifischgrimasse. Ich sagte: »Ja, Sir«, und Inspektor Malloy zückte seine Kamera und zirpte: »Guck mal da – das Vögelchen, mein Söhnchen.«

Ich stand auf und lächelte, ohne dabei die Lippen zu öffnen und meine schadhaften Zähne vorzuführen; ein Blitzlicht verpuffte. Ich sah Sterne, mir wurde auf den Rücken geklopft. Und als die Verbrüderung zu Ende war und ich wieder klar sehen konnte, stand Ellis Loew vor mir und sagte: »Ich setze darauf, daß ich große Dinge von Ihnen erwarten darf. Und falls ich mit meiner Wette nicht schief liege, erwarte ich, daß wir bald Kollegen sein werden.«

Ich dachte: »Was für ein raffinierter Hund du doch bist!« Doch ich erwiderte nur: »Ja, Sir.« Loew verabschiedete sich mit einem schlaffen Händedruck und ging. Ich rieb mir noch einmal die Augen, und dann fand ich mich mit einem Mal allein im Zimmer.

Ich nahm den Fahrstuhl hinunter zum Erdgeschoß und dachte dabei fortwährend an die schmackhaftesten Methoden, wieder so viel Gewicht zuzulegen, wie ich verloren hatte. Blanchard wog vermutlich 100 Kilo, und falls ich mit meinen ganzen 175 Pfund gegen ihn antreten würde, hätte er mich sicher sehr bald zermürbt, und das jedesmal, wenn es ihm gelang zu klammern. Ich war gerade dabei abzuwägen, ob ich in die Pantry oder Little Joe's gehen sollte, als ich auf dem Parkplatz meinen künftigen Gegner in Fleisch und Blut sah – er plauderte mit einer Frau, die Rauchringe in den postkartenblauen Himmel blies.

Ich ging weiter. Blanchard stand gegen einen ungekennzeichneten Streifenwagen gelehnt, sprach gestikulierend auf die Frau ein, die noch immer konzentriert Ringe rauchte, durch die er spielerisch seinen Finger stach. Als ich näher kam, konnte ich sie im Profil sehen, den zurückgeworfenen Kopf, einen durchgebogenen Rücken, eine Hand stützend auf die Wagentür gelegt, kastanienbraunes Haar in einer Pagenfrisur streifte ihre Schultern und einen langen, schlanken Hals; der Sitz ihrer Eisenhower-Jacke und der Wollrock verrieten mir, daß sie überall sehr schlank war.

Blanchard entdeckte mich und stieß sie leicht an. Nach einem kräftigen Lungenzug Rauch ausblasend, drehte sie sich zu mir um. Aus der Nähe sah ich jetzt ein kraftvolles, nicht eigentlich hübsches Gesicht, dessen einzelne Partien alle nicht zusammenpaßten: eine hohe Stirn, zu der die Frisur einen Kontrast bildete, eine gebogene Nase, volle Lippen und große, schwarzbraune Augen.

Blanchard stellte uns einander vor: »Kay, das ist Bucky Bleichert. Kay Lake!«

Die Frau trat ihre Zigarette aus. Ich sagte: »Hallo«, und fragte mich im selben Augenblick, ob dies wohl die Freundin sein konnte, der Blanchard beim Prozeß um den Boulevard-Citizens Bankraub begegnet war. Sie gab sich nicht wie die Mieze eines Ganoven, auch wenn sie seit Jahren mit einem Cop ein Verhältnis hatte und mit ihm zusammenlebte.

Ihre Stimme hatte einen leichten Beiklang von Prärie. »Ich habe Sie einige Male boxen sehen. Sie haben gewonnen.«

»Ich habe immer gewonnen. Sind Sie ein Boxfan?«

Kay Lake schüttelte den Kopf. »Lee hat mich mitgeschleift. Vor dem Krieg hatte ich Kunst studiert, also brachte ich immer meinen Skizzenblock mit, und ich zeichnete die Boxer.«

Blanchard legte einen Arm um ihre Schultern. »Sie hat mich dazu gebracht, mit den Showkämpfen aufzuhören. Sie hätte keine Lust, mich mit einer Matschbirne herumtaumeln zu sehen, sagte sie.« Er legte die Imitation eines angeschlagenen Boxers hin, der mit den Armen rudert, und Kay Lake zuckte vor ihm zurück. Blanchard warf ihr einen schnellen Seitenblick zu und feuerte dann einige linke Gerade und einen rechten Cross in die Luft. Die Schläge waren für mich wie eine Botschaft, und in Gedanken konterte ich mit einer Eins-Zwei-Kombination an Kinn und Solar Plexus.

Ich sagte: »Ich will versuchen, dich nicht zu verletzen.«

Kay nahm diese Bemerkung mit düsterer Miene zur Kenntnis; Blanchard grinste. »Ich habe Wochen gebraucht, bis sie endlich zugestimmt hat. Ich habe ihr ein neues Auto versprochen, wenn sie nicht allzusehr schmollt.«

»Mach keine Versprechungen, die du wieder nicht einhalten kannst.«

Blanchard lachte und hängte sich bei Kay ein. Ich fragte: »Wer hat sich das eigentlich alles ausgedacht?«

»Ellis Loew. Er hat mich zur Fahndung geholt. Dann hat vor kurzem mein Partner seine Papiere abgeholt, und Loew fing an, sich Gedanken darüber zu machen, ob er dich nicht als Ersatz nimmt. Er hat Braven Dyer dazu gebracht, diesen Mist über Feuer und Eis hinzuschmieren. Dann ging er mit dieser Schnapsidee zu Horrall. Er hätte sich sonst wohl nie darauf eingelassen, doch aus allen Meinungsumfragen ging hervor, daß die Sache mit der Anleihe immer weniger Liebhaber fand. Also willigte er schließlich ein.«

»Und er hat Geld auf mich gesetzt? Und falls ich gewinne, komme ich auch zur Fahndung?«

»Irgend sowas. Der Bezirksanwalt hält selbst nicht viel von der Idee, meint, wir beide würden als Partner nicht zusammenpassen. Aber er zieht trotzdem mit – Horrall und Thad Green haben ihn überzeugt. Persönlich möchte ich fast hoffen, daß du gewinnst. Falls du es nämlich nicht schaffst, bekomme ich diesen Johnny Vogel. Er ist fett, er furzt, sein Atem stinkt, und sein Papi ist die größte Nervensäge in der Kriminalhauptabteilung, der ständig Bettelgänge für seinen Jiddenbengel macht. Übrigens –«

Ganz leicht tippte ich mit meinem Zeigefinger gegen Blanchards Brust. »Was springt für dich dabei raus?«

»Wetten laufen schließlich in zwei Richtungen. Mein Mädchen findet Geschmack an hübschen Dingen, und ich kann es mir nicht leisten, sie zu enttäuschen. Stimmt's, Schatz?«

Kay schnappte zurück: »Mach nur so weiter, von mir in der dritten Person zu reden. Das bringt mich zur Weißglut.«

Blanchard hob in gespielter Kapitulation die Hände; Kays dunkle Augen brannten. Neugierig, wie ich nun einmal auf die Frau geworden war, fragte ich: »Wie denken Sie über die ganze Sache, Miss Lake?«

Jetzt tanzte es koboldhaft in ihren Augen. »Aus ästhetischen Gründen hoffe ich, daß ihr beide auch ohne Hemd gut aussehen werdet. Aus moralischen Gründen hoffe ich, daß das Los Angeles Police Department dafür ausgelacht wird, eine derartige Farce zu inszenieren. Aus finanziellen Gründen hoffe ich, daß Lee gewinnt.«

Blanchard lachte auf und schlug auf die Motorhaube des Schlittens; ich vergaß alle Eitelkeit und lächelte mit offenem Mund. Kay Lake starrte mir direkt in die Augen, und jetzt, zum ersten Mal – befremdlich, aber gewiß – spürte ich, daß Mr. Feuer und ich Freunde werden würden. Meine Hand ausstrekkend sagte ich: »Viel Glück, auch ohne Sieg«; Lee schlug ein und erwiderte: »Dasselbe gilt für dich.«

Kay schloß uns beide in einen Blick ein, der wohl besagen sollte, daß wir närrische Kinder seien. Zum Abschied tippte ich an meine Hutkrempe und machte mich auf den Weg. Kay rief mich zurück. »He, Dwight!«, und ich fragte mich, woher sie meinen richtigen Namen wußte. Als ich mich umdrehte, sagte sie: »Sie könnten recht hübsch aussehen, wenn Sie sich die Zähne richten ließen.«

3. Kapitel

Wegen des Kampfes stand zuerst das ganze Department Kopf, dann Los Angeles, und die Sporthalle der Academy war innerhalb von vierundzwanzig Stunden nach Ankündigung des Ereignisses durch Braven Dyer auf den Sportseiten der *Times* ausverkauft. Der Lieutenant von der 77th Street, der zum offiziellen Buchmacher des L.A.P.D. ernannt worden war, setzte Blanchard als 3 zu 1 Favoriten nach kurzrundigem Kampf, während die echten Buchmacher Mr. Feuer mit 2½ zu 1 als K. O.-Sieger favorisierten und ihn im Falle einer Punktentscheidung mit 5 zu 3 vorn hatten. Auf allen Revieren wurde wie wild gewettet. Und auf jeder Polizeistation bildeten sich Wettgemeinschaften. Dyer und Morrie Ryskind vom *Mirror* verbrieten Schwachsinn in ihren Kolumnen, und ein Disk-Jockey vom Sender KMPC komponierte ein Liedchen mit dem Titel: *Feuer- und Eis-Tango.* Untermalt von einer Jazz-Combo hauchte ein schwuler Sopran:

»Feuer und Eis
sind nicht Milch mit Reis.
Vierhundert Pfund hinter Fäusten – da wird's richtig heiß.
Mr. Feuer brennt Fackeln an
Mr. Eis kühlt mich ab.
Und ich mach die Nacht durch
und fahr mächtig ab.«

Mit einem Mal war ich wieder eine lokale Berühmtheit.

Bei der Einsatzbesprechung konnte ich mit ansehen, wie Wettscheine den Besitzer wechselten, und bekam aufmunternde Zurufe von Cops, die ich noch nie gesehen hatte; Fat Johnny Vogel warf mir jedesmal, wenn er im Umkleideraum an mir vorbei mußte, einen schiefen Blick zu. Sidwell, wie eh und je am Gerüchtemachen, erklärte, daß zwei Streifenpolizisten von der Nachtschicht ihre Autos verwettet hätten, und der Revierleiter, Captain Harwell, hielt die Entscheidung über die Versetzung zurück bis nach dem Kampf. Die Bullen von Administrative Vice hatten ihre Razzien bei Buchmachern ausgesetzt, da Mickey Cohen mit Wettscheinen tägliche Einnahmen von zehn Riesen machte und davon fünf Prozent an die Werbeagentur abführte, die von der Stadt beauftragt worden war, für das Durchbringen der Anleihe Reklame zu machen. Harry Cohn, der Großmacker bei Columbia Pictures, hatte ein hübsches Sümmchen auf meinen Punktsieg gesetzt, und falls ich spurte, stand mir ein heißes Wochenende mit Rita Hayworth bevor.

All das schien unsinnig, doch es machte ein gutes Gefühl, und ich bewahrte mich davor, verrückt zu werden, indem ich härter trainierte als je zuvor.

Jeden Tag nach Dienstschluß machte ich mich direkt auf den Weg zur Sporthalle und schuftete. Ich tat so, als seien Blanchard, seine lobhudelnde Gefolgschaft und die dienstfreien Cops, die um mich herumwimmelten, Luft für mich. Ich schlug auf den Sandsack ein, linke Gerade – rechter Cross – linker Haken, das jeweils fünf Minuten lang, beweglich tänzelnd auf schnellen Beinen; ich sparrte mit meinem alten Kumpel Pete Lukins und schlug wirbelnde Serien an der Birne, links, rechts, bis Schweiß mich blendete und meine Arme wie Gummi wurden. Ich sprang Seil und rannte über die Hügel von Elysian Park, Zweipfundgewichte um die Fußgelenke geschnallt, schoß gestochene Gerade gegen Baumäste und Büsche ab, gewann den Wettlauf gegen die in Abfallkörben wühlenden Köter, die dort herumstreunten, um Längen. Zu Hause dann schlang ich Leber, Porterhouse-Steak und Spinat in mich hinein und schlief ein, bevor ich noch aus den Kleidern steigen konnte.

Dann besuchte ich neun Tage vor dem Kampf den alten Mann und faßte den Entschluß, den Griff nach dem Geld zu wagen.

Der Auslöser dafür war mein Pflichtbesuch, den ich einmal im Monat machte. Und als ich jetzt nach Lincoln Heights hinausfuhr, hatte ich Schuldgefühle, weil ich mich nicht früher gezeigt hatte, obwohl man mir die Nachricht gesteckt hatte, daß er wieder verrückt spielte. Ich brachte Geschenke mit, um diese Schuldgefühle zu beschwichtigen: Leckereien in Dosen, die ich von Ladenbesitzern auf meiner Tour abgestaubt hatte, und beschlagnahmte Pornohefte. Als ich vor dem Haus vorfuhr, mußte ich erkennen, daß das nicht ausreichen würde.

Der alte Mann saß auf der Veranda und trank aus einer Flasche Hustensirup. In der anderen Hand hielt er seine K. K.-Pistole, mit der er abwesend Schüsse auf eine Formation von Flugzeugmodellen aus Balsaholz abgab, die er auf dem Rasen aufgebaut hatte. Ich parkte ein und ging auf ihn zu. Seine Kleidung war voller Kotzflecken, und die Knochen darunter standen heraus, als wären sie alle im falschen Winkel in ihre

Gelenke eingepaßt. Sein Atem stank, seine Augen waren gelb und schlierig, und die Haut, die ich unter seinem verfilzten weißen Bart erkennen konnte, war von geplatzten Blutgefäßen rot geädert. Ich reichte ihm eine Hand hinunter, um ihm auf die Füße zu helfen; er krallte sich in meine Hand und sabberte auf deutsch: »Scheißkopf, kleiner Scheißkopf.«

Ich zog den alten Mann in eine aufrechte Stellung. Er ließ die K. K.-Pistole und die Flasche Expectolar fallen und sagte: »Guten Tag, Dwight«, als habe er mich gestern erst gesehen.

Ich wischte mir Tränen aus den Augen. »Sprich Englisch, Papa!«

Der alte Mann hieb seine Linke in die rechte Armbeuge und schüttelte zackig die Faust nach mir, als übe er Bälleschlagen beim Baseball. »Englische Scheißer! Churchill Scheißer! Amerikanische Juden Scheißer!«

Ich ließ ihn auf der Veranda stehen und machte einen Rundgang durch das Haus. Das Wohnzimmer war übersät von Bauteilen für Modellflugzeuge und offenen Büchsen mit Bohnen, um die Fliegen summten; das Schlafzimmer war gepflastert mit Käsekuchenpapptellern, die Mehrzahl mit der Oberseite nach unten. Das Badezimmer stank nach alter Pisse, und in der Küche kauerten, die Mäuler in halbleere Thunfischdosen gesteckt, drei Katzen. Sie fauchten mich an, als ich mich näherte; ich warf einen Stuhl nach ihnen und ging wieder hinaus zu meinem Vater. Er stand an das Geländer der Veranda gelehnt und befummelte seinen Bart. Aus Angst, er könne umkippen, hielt ich ihn am Arm fest; aus Angst ich könne gleich hemmungslos zu heulen anfangen, sagte ich: »Sag etwas, Papa. Mach mich wild. Erzähl mir, wie du es geschafft hast, das Haus innerhalb eines Monats so einzusauen.«

Mein Vater versuchte sich loszureißen. Ich packte fester zu, lockerte dann jedoch meinen Griff, aus Angst, sein Arm könne wie ein morscher Zweig brechen. Er sagte: »Du, Dwight, du?« Und da wußte ich, daß er einen zweiten Schlaganfall gehabt und sein Englisch wieder völlig vergessen hatte. Ich suchte in meinem Gedächtnis nach deutschen Wörtern und fand keins.

Als Junge hatte ich diesen Menschen so sehr gehaßt, daß ich mir systematisch die Sprache ausgetrieben hatte, die er mich gelehrt hatte.

»Wo ist Greta? Wo ist Mutti?«

Ich legte meine Arme um den alten Mann. »Mama ist tot. Du warst zu geizig, ihr eine Flasche schwarzen Schnaps zu kaufen. Also beschaffte sie sich von den Niggern in den Flats irgend etwas Trinkbares. Es war Alkohol zum Einreiben, Papa. Sie wurde davon blind. Du hast sie ins Krankenhaus gesteckt, und sie ist vom Dach gesprungen.«

»Greta.«

Ich hielt ihn fester. »Ssssh. Das war vor vierzehn Jahren, Papa, lange Zeit her.«

Der alte Mann versuchte mich wegzustoßen; ich drückte ihn gegen einen Pfosten und nagelte ihn fest. Seine Lippen zuckten, er wollte einen Fluch hervorstoßen, doch dann wurde sein Gesicht ausdruckslos, und ich wußte, daß er die Worte nicht finden konnte. Ich schloß die Augen und fand statt seiner Worte für ihn: »Weißt du, was du mich gekostet hast, du Dreckskerl? Ich hätte mit sauberen Händen zur Polizei gehen können, doch sie fanden heraus, daß mein Vater ein verdammter Subversiver ist. Sie zwangen mich, Sammy und Ashidas zu denunzieren, und Sammy starb in Manzanar. Ich weiß, daß du dem Bund bloß beigetreten bist, um große Reden zu schwingen und die Sau rauszulassen. Aber du hättest es besser wissen müssen, ich konnte das damals noch nicht.«

Ich machte die Augen wieder auf und stellte fest, daß sie trocken geblieben waren; die Augen meines Alten waren völlig leer. Ich ließ seine Schultern los und sagte: »Nein, du wußtest es wohl nicht besser, und für die Denunziation bin ich ganz allein verantwortlich. Aber du bist ein geiziges, schmieriges Stück Dreck gewesen. Du hast Mama umgebracht, und das ist ganz allein dein Werk.«

Mir kam ein Einfall, wie ich mit all diesem Elend Schluß machen konnte: »Du legst dich jetzt hin, Papa. Ich werde mich um dich kümmern.«

An diesem Nachmittag beobachtete ich Lee Blanchard beim Training. Sein Programm waren Vier-Minuten-Runden mit aufgeschossenen Halbschwergewichtlern, die er sich aus dem Main Street Gym ausgeliehen hatte, und sein Stil war auf totalen Angriff eingestellt. Im Vorwärtsgang pendelte er mit dem Oberkörper, täuschte; seine Gerade war überraschend gut. Er war ganz und gar nicht der Kopfjäger oder die bleierne Ente, wie ich erwartet hatte. Und wenn er Haken zum Kopf schlug, konnte ich die Schläge zwanzig Meter weiter selbst spüren. Was dagegen das Geld anbelangte, war er keine sichere Bank, und für mich war es jetzt Geld, worum es bei unserem Kampf ging.

Um an das Geld zu kommen, mußte ich es mit Schiebung versuchen.

Ich fuhr nach Hause und rief den pensionierten Postboten an, der ein Auge auf meinen Vater gehabt hatte, bot ihm einen Hunderter an, damit er das Haus sauber machte und sich bis nach dem Kampf an die Fersen meines Alten heftete. Er willigte ein, und danach rief ich einen alten Mitschüler von der Academy an, der jetzt bei Hollywood Vice arbeitete und fragte ihn nach den Namen einiger Buchmacher. In dem Glauben, daß ich Wetten auf mich selbst abschließen wollte, gab er mir die Namen zweier Unabhängiger, von denen der eine mit Mikkey Cohen und der andere mit der Bande von Jack Dragna zusammenarbeitete. Die unabhängigen und der Buchmacher von Cohen notierten Blanchard als klaren 2 zu 1 Favoriten, doch bei den Dragna-Leuten standen die Wetten pari für Bleichert und/oder Blanchard. Und aus den regelmäßig einlaufenden Berichten der Späher ging hervor, daß man mich für schnell und schlagstark hielt. Ich konnte also gut jeden Dollar verdoppeln, den ich einsetzte.

Am nächsten Morgen meldete ich mich krank, und der Einsatzleiter der Tagschicht kaufte es mir ab, weil ich eine lokale Berühmtheit war und Captain Harwell nicht wollte, daß jemand an meinem eisenharten Trainingsprogramm rüttelte. Nachdem ich den Dienstplan vom Hals hatte, löste ich mein

Sparkonto auf, machte meine Schatzbriefe flüssig und nahm einen Bankkredit über zweitausend Dollar auf, für den ich meinen fast neuen 46er Chevy mit Faltdach als Sicherheit bot. Von der Bank war es nur ein kurzer Abstecher bis Lincoln Heights, wo ich mich mit Pete Lukins beraten konnte. Er willigte in alles ein, was ich von ihm wollte, und zwei Stunden später gab er mir die Ergebnisse seiner Nachforschungen durch.

Der Dragna-Buchmacher, zu dem ich ihn geschickt hatte, hatte sein Geld auf einen K. O.-Sieg Blanchards in den letzten Runden gesetzt. Falls ich zwischen den Runden acht und zehn auf die Bretter ging, würde ich mit netto 8640 Dollar Gewinn die Platte putzen – genug, meinen Alten über zwei oder drei Jahre in einem guten Pflegeheim untergebracht zu wissen. So hatte ich die Fahndungsabteilung dagegen verpfändet, mich von schlimmen alten Schulden freizukaufen, und die Festlegung auf eine der letzten Runden war gerade noch riskant genug, daß ich mich nicht allzu feige fühlen mußte. Doch beim Bezahlen für dieses Freikaufen würde mir jemand helfen müssen. Und dieser jemand war Lee Blanchard.

In den sieben Tagen vor dem Kampf, die mir noch blieben, futterte ich mir einhundertzweiundneunzig Pfund an, steigerte die Länge meiner täglichen Rennstrecke und dehnte meine Arbeit am Sandsack auf Sechs-Minuten-Runden aus. Duane Fisk, der Kollege, der mir als Trainer und Sekundant zugewiesen war, warnte mich vor dem Übertrainieren, doch ich ignorierte ihn und führte mein Programm bis achtundvierzig Stunden vor dem Kampf weiter. Dann ließ ich mich austrudeln, beschränkte mich auf leichte Gymnastik, studierte meinen Gegner.

Aus dem hinteren Teil der Sporthalle beobachtete ich Blanchard im Hauptring beim Sparring. Ich versuchte, Mängel in seiner Angriffstechnik zu finden und maß seine Reaktionszeit, wenn seine Sparringspartner zurückschlugen. Ich sah, daß seine Ellenbogen im Clinch dicht an den Leib gezogen waren, um Körpertreffer abzulenken und daß er dabei offen war für gestochene kleine Aufwärtshaken, die ihn zwingen würden, die Deckung hochzuziehen, so daß mein Haken in der Rippengegend landen konnte. Ich entdeckte, daß sein bester Schlag, der rechte Cross, jeweils durch zwei Tänzelschritte nach links und eine Täuschung mit dem Kopf vorher angekündigt wurde. Ich erkannte, daß er in den Seilen tödlich war, daß er leichtere Gegner dort festnageln konnte, sie mit den Ellenbogen hielt und abwechselnd kurze Haken zum Körper schlug. Näherkommend bemerkte ich Narbengewebe an den Augenbrauen, die ich meiden mußte, um einen vorzeitigen technischen K. O. zu vermeiden. Das war schade, doch eine lange Narbe, die sich linksseitig seinen Brustkorb hinabzog, schien eine vorzügliche Stelle, ihm eine Menge Schmerz zu bereiten.

»Immerhin sieht er ohne Hemd gut aus.«

Ich wandte mich zu der Stimme um. Kay Lake starrte mich an; aus den Augenwinkeln beobachtete ich Blanchard, der auf seinem Stuhl saß und zu uns herüberstarrte. »Wo ist Ihr Skizzenblock?«, fragte ich.

Kay winkte Blanchard zu; beidhändig, die Fäuste in schweren Trainingshandschuhen steckend, warf er ihr eine Kußhand zu. Der Gong ertönte, und er und sein Partner bewegten sich in der Ringmitte aufeinander zu, setzten die Führhand ein, tasteten einander ab. »Ich habe es aufgegeben«, sagte Kay. »Ich war nicht sehr gut, also habe ich das Fach gewechselt.«

»Und das wäre?«

»Ein Semester Medizin, dann Psychologie, dann englische Literatur, danach Geschichte.«

»Ich mag Frauen, die wissen, was sie wollen.«

Kay lächelte. »Ich auch. Nur kenne ich keine. Was wollen Sie denn?«

Ich warf einen Blick in die Runde. Dreißig oder vierzig Zuschauer saßen auf Klappstühlen um den Hauptring gruppiert, die meisten von ihnen dienstfreie Polizisten und Reporter, die meisten von ihnen rauchend. Dunstschleier stiegen über dem Ring auf, und das Scheinwerferlicht von der Decke tauchte alles in einen schwefeligen Dunst. Alle Augen hingen an Blanchard und seinem Prügelknaben. Und alle aufmunternden Zurufe galten ihm – doch ohne mich, der sich anschickte, alte Rechnungen zu begleichen, war das alles belanglos. »Ich bin ein Teil von dem hier. Das hier will ich.«

Kay schüttelte den Kopf. »Sie haben vor fünf Jahren mit Boxen aufgehört. Das ist nicht mehr Ihr Leben.«

Die Aggressivität dieser Frau machte mich reizbar. Ich stieß hervor: »Und Ihr Freund ist eine ehemalige große Hoffnung, genau wie ich. Und Sie waren eine Art Gangsterliebchen, bevor er Sie aufgegriffen hat, Sie –«

Kay Lake unterbrach mich lachend. »Haben Sie gelesen, was über mich in den Zeitungen stand?«

»Nein. Haben Sie über mich nachgelesen?«

»Ja.«

Darauf wußte ich keine Erwiderung. »Warum hat Lee mit Boxen aufgehört? Warum ist der zur Polizei gegangen?«

»Kriminelle zu schnappen vermittelt ihm ein Gefühl von Ordnung. Haben Sie eine Freundin?«

»Ich spare mich für Betty Grable auf. Flirten Sie mit einer Menge Cops, oder bin ich ein Sonderfall?«

Aus der Menge wurde Rufen laut. Ich schaute hinüber und sah, daß Blanchards Sparringspartner auf die Matte ging. Johnny Vogel kletterte in den Ring und nahm ihm den Mundschutz heraus; der Watschenmann spuckte eine Menge Blut. Als ich mich zu Kay umdrehte, war sie blaß und verkroch sich tiefer in ihre Eisenhower-Jacke. Ich sagte: »Morgen abend wird es noch schlimmer. Sie sollten zu Hause bleiben.«

Kay schauderte. »Nein, für Lee ist das ein großer Moment.«

»Hat er Ihnen gesagt, daß Sie kommen sollen?«

»Nein. Das würde er nie tun.«

»Ganz der Empfindsame, wie?«

Kay wühlte in ihren Taschen nach Zigaretten und Streichhölzern. Dann hellte sich ihre Miene auf, und sie sagte: »Ja, ganz wie Sie! Aber ohne dieses bestimmte Etwas.«

Ich spürte, wie ich rot anlief. »Sie sind also immer füreinander da, durch dick und dünn und so weiter?«

»Wir geben uns Mühe.«

»Warum sind Sie dann nicht verheiratet? Wilde Ehen verstoßen gegen die Bestimmungen, und falls denen da oben einfällt, sehr pingelig zu sein, könnten sie Lee dafür an den Kragen.«

Kay blies Rauchringe. »Können wir nicht.«

»Warum nicht? Sie leben seit Jahren zusammen. Er hat Ihretwegen die Schaukämpfe aufgegeben. Er duldet, daß Sie mit anderen Männern flirten. Klingt für mich nach einer sauberen Abmachung.«

Wieder hörte man Gebrüll. Mit einem Seitenblick sah ich, daß Blanchard auf einen neuen Mann einschlug. Ich konterte die Schläge, hieb Löcher in die dicke Luft der Sporthalle. Ein paar Sekunden später ging mir auf, was ich da tat, und ich ließ es sein. Kay schnippte ihre Zigarette in Richtung Boxring und sagte: »Ich muß jetzt gehen. Viel Glück, Dwight.«

Nur der alte Mann nannte mich so. »Sie haben meine Frage nicht beantwortet.«

Kay sagte: »Lee und ich schlafen nicht miteinander.« Dann ging sie davon, und ich konnte ihr nur hinterherstarren.

Ich blieb noch ungefähr eine Stunde in der Halle. Gegen Abend trudelten Reporter und Kameraleute ein, drängten sich gleich nach vorn zum Hauptring, wo Blanchard seine langweilige Vorstellung gab und Fallobst mit Schlägen auf das Glaskinn auf die Bretter schickte. Kay Lakes letzte Bemerkung wollte mir nicht aus dem Kopf, ebensowenig ihr Auflachen und ihr Lächeln und das unvermittelte Umschlagen in Traurigkeit. Als einer von der Zeitungsmeute laut ausrief: »He, da ist ja Bleichert«, machte ich auf dem Absatz kehrt und rannte hinaus auf den Parkplatz zu meinem zweifach beliehenen Chevy. Im Wegfahren wurde mir bewußt, daß es keinen Ort gab, wohin ich wollte, und nichts, was ich jetzt lieber getan hätte als meine Neugier auf eine Frau zu befriedigen, die mit Wucht und einer geballten Ladung Kummer in mein Leben trat.

Ich fuhr also in die Innenstadt, um die Zeitungsausschnitte über sie durchzugehen.

Der Angestellte im Archiv des *Herald,* von meiner Polizeimarke tief beeindruckt, führte mich an ein Lesepult. Ich erklärte ihm, daß ich mich für den Raub bei der Boulevard-Citizens Bank interessierte und für die Prozeßberichte und daß das Datum des Überfalls meiner Meinung nach irgendwann im Frühjahr '39 sein müßte, das Gerichtsverfahren also irgendwann im Herbst desselben Jahres. Er ließ mich stehen und kehrte zehn Minuten später mit zwei großen ledergebundenen Mappen zurück. Auf dicken Karton waren Zeitungsseiten geklebt, chronologisch geordnet. Und ich blätterte vom 1. Februar bis zum 12. Februar, bis ich schließlich gefunden hatte, wonach ich suchte.

Am 11. Februar 1939 hatte eine Bande von vier Mann in einer ruhigen Seitenstraße Hollywoods einen gepanzerten Wagen entführt. Zur Ablenkung hatten sie einen Motorradunfall vorgetäuscht. Und einer der Wachmänner, der aus dem Fahrzeug gestiegen war, um sich den Schaden anzusehen, war von den Räubern überwältigt worden. Sie hatten ihm ein Messer an die Kehle gesetzt und die beiden anderen Wachen, die noch im Inneren des Wagens waren, so gezwungen, sie hineinzulassen. Sobald sie drinnen waren, hatten sie alle drei Männer chloroformiert, gefesselt und sechs Säcke voll Geld gegen sechs andere Säcke ausgetauscht, in die sie Schnitzel von Telefonbüchern gestopft hatten.

Einer der Räuber fuhr dann den gepanzerten Wagen nach Hollywood; die anderen drei zogen sich Uniformen an, die genauso aussahen wie die, die die Wachmänner getragen hatten. Die drei in Uniform gingen durch den Eingang der Boulevard-Citizens Savings & Loan Ecke Yucca und Ivar Street, die Säcke mit den Papierschnitzeln in Händen, und der Filialleiter öffnete ihnen den Tresorraum. Einer der Räuber schlug den Filialleiter nieder; die beiden anderen schnappten sich Säcke mit echtem Geld und gingen damit auf den Eingang zu. In der Zwischenzeit hatte auch der Fahrer die Bank betreten und die Angestellten an den Bankschaltern zusammengetrieben. Er hatte sie in den Tresorraum gescheucht, sie dann niedergeschlagen, die Tür zugeworfen und verriegelt. Alle vier Räuber waren schon draußen auf dem Bürgersteig, als ein Streifenwagen der Hollywood Division, alarmiert über die direkte Alarmleitung zwischen Bank und Revier, vor dem Gebäude eintraf. Die Mannschaft der Streife hatte den Räubern zugerufen, stehenzubleiben; diese eröffneten das Feuer; die Cops schossen zurück. Zwei Räuber wurden getötet und zwei entkamen – mit vier Säcken voll unmarkierter Fünfzig- und Hundertdollarnoten.

Als ich Blanchard oder Kay Lake nirgendwo erwähnt fand, überschlug ich eine Woche und zwei Berichte über die Ermittlungsarbeit des L.A.P.D.

Die getöteten Bankräuber wurden identifiziert als Chick Geyer und Max Ottens, ein Muskelmann aus San Francisco ohne bekannte Kontakte zu einschlägigen Kreisen in Los Angeles. Augenzeugen in der Bank konnten die beiden Flüchtigen anhand von Phantombildern nicht identifizieren oder genaue Beschreibungen geben – sie hatten die Uniformmützen tief ins Gesicht gezogen und Sonnenbrillen mit Spiegelglas getragen. Für den Hinterhalt auf das gepanzerte Fahrzeug fanden sich keine Zeugen, und die Wachmänner, die mit Chloroform außer Gefecht gesetzt worden waren, hatte man überwältigt, bevor sie einen Blick auf ihre Angreifer hatten werfen können.

Der Überfall wanderte von Seite zwei und Seite drei schließlich auf die Skandalseiten. An drei aufeinanderfolgenden Tagen fütterte Bevo Means seine Leser mit dem Gerücht, daß der Mob von Bugsy Siegel Jagd auf die entkommenen Räuber machte, weil eine der von dem Panzerwagen angelaufenen Stationen ein als Laden getarntes Büro des Bug Man gewesen sei. Siegel habe geschworen, sie aufzuspüren, obwohl es das Geld der Bank gewesen war, mit dem die beiden davongekommen waren – nicht sein eigenes.

So ging es in Means Klatschspalte weiter und weiter, und ich blätterte um, bis ich auf die Schlagzeile vom 28. Februar stieß. »Hinweis eines Ex-Boxer-Cops löst Rätsel um blutigen Banküberfall.«

Im Bericht wimmelte es von Lobeshymnen auf Mr. Feuer, doch die Fakten waren eher dürftig. Officer Leland C. Blanchard, 25, Polizist bei der Central Division von Los Angeles und vormals »Publikumsmagnet« im Hollywood Legion Stadium, hatte seine »Bekannten vom Boxring« und »Informanten« ausgehorcht und verschiedene Hinweise bekommen, daß Robert »Bobby« De Witt der Kopf hinter der Boulevard-Citizens-Sache gewesen sei. Blanchard hatte den Hinweis an die Hollywood Division weitergegeben, und deren Detectives veranstalteten eine Razzia im Venice Beach House von De Witt. Sie fanden gepreßtes Marihuana, Wachuniformen und Geldsäcke von der Boulevard-Citizens Savings & Loan. De Witt hatte seine Unschuld beteuert, war verhaftet und angeklagt worden wegen bewaffneten Überfalls ersten Grades in zwei Fällen, fünffacher schwerer Körperverletzung, einfachen schweren Diebstahls und wegen Drogenbesitzes. Er kam nicht gegen Kaution frei – doch noch immer wurde Kay Lake mit keinem Wort erwähnt.

Langsam müde werdend vom Räuber- und Gendarmspiel, blätterte ich weiter. De Witt, ein Einheimischer aus San Berdoo mit drei Vorstrafen wegen Zuhälterei, beteuerte auch weiterhin, daß der Siegel-Mob oder die Polizei ihm die Beweisstücke untergeschoben hätten: weil er Siegel gelegentlich ins Gehege gekommen sei, die Cops, weil sie einen Sündenbock für den Boulevard-Citizens-Raub brauchten. Er hatte kein Alibi für den Tag der Tat und erklärte, daß er weder Chick Geyer noch Max Ottens oder den noch immer flüchtigen vierten Mann gekannt habe. Er kam vor Gericht, und die Jury glaubte ihm nicht. Er wurde in allen Punkten für schuldig befunden und erhielt eine Strafe zwischen zehn Jahren bis lebenslänglich in San Quentin.

Kay tauchte endlich am 21. Juni mit einer Klatschgeschichte unter der Überschrift auf: ›Gangsterbraut verliebt sich – in einen Cop! Ende gut, alles gut! Gibt sie ihr Jawort?‹ Die Geschichte war garniert mit Fotos von ihr und Lee Blanchard zusammen mit einem Fahndungsbild von Bobby De Witt mit scharf geschnittenem Gesicht unter einer öligen Haartolle. Der Artikel war eingeleitet mit einer aufgewärmten Geschichte über den Boulevard-Citizens-Raub und den Anteil, den Blanchard an seiner Lösung hatte. Dann kam das Rührstück:

... und zum Zeitpunkt des Banküberfalls bot De Witt einem bemerkenswerten jungen Mädchen Unterschlupf. Katherine Lake, 19, kam 1936 aus Sioux Falls, South Dakota, hierher nach Westen, nicht weil sie Starruhm in Hollywood anstrebte, sondern weil sie sich eine College-Bildung erwerben wollte. Was sie bekam, war eine Prüfung an der Schule für Schwerkriminalität.

»Ich habe mich mit Bobby eingelassen, weil ich nicht wußte, wohin«, berichtete »Kay« Lake dem Reporter vom *Herald Express,* Aggie Underwood. »Die Depression hielt noch an, und Jobs waren knapp. Ich machte Spaziergänge in der Nähe dieser gräßlichen Mietskaserne, wo ich einen Schlafplatz hatte, und bei einer solchen Gelegenheit begegnete ich Bobby. Er gab mir ein eigenes Zimmer in seinem Haus, und er versprach mir, daß er mich im Valley J. C. einschreiben würde, wenn ich sein Haus sauberhalten wollte. Das tat er aber nicht, und ich bekam dann mehr, als ich mit ihm vereinbart hatte.«

Kay glaubte, Bobby De Witt wäre Musiker, doch in Wirklichkeit war er Drogenhändler und Zuhälter. »Am Anfang war er nett zu mir«, sagte Kay, »dann brachte er mich dazu, Laudanum zu trinken und ließ mich den ganzen Tag zu Hause bleiben, um das Telefon zu beantworten. Danach wurde dann alles noch viel schlimmer.«

Kay Lake weigerte sich, näher zu erläutern, wie es dann »schlimmer wurde«, und sie zeigte sich auch nicht überrascht, als die Polizei De Witt wegen seiner Rolle festnahm, die er bei dem blutigen Überfall am 11. Februar gespielt hatte. Sie fand Aufnahme in einer Gemeinschaftswohnung in Culver City, die sich ehrgeizige junge Schauspielerinnen teilten. Und als sie von der Anklage die Aufforderung erhielt, als Zeugin im Prozeß gegen De Witt auszusagen, tat sie es – obwohl sie vor ihrem ehemaligen »Wohltäter« noch immer Angst hatte.

»Es war meine Pflicht«, sagte sie. »Und während des Prozesses begegnete ich dann natürlich Lee.«

Lee Blanchard und Kay Lake verliebten sich. »Sobald ich sie gesehen hatte, wurde mir bewußt, daß sie das richtige Mädchen für mich war«, erzählte Officer Blanchard dem Gerichtsreporter Bevo Means. »Ihre Schönheit hat so etwas traurig Verlorenes, dem ich nicht widerstehen kann. Sie hatte ein rauhes Leben, doch ich werde das wieder zurechtrücken.«

Auch Lee Blanchard sind Tragödien nicht fremd. Als er vierzehn Jahre alt war, verschwand seine neunjährige Schwester spurlos. »Ich glaube, deswegen habe ich mit Boxen aufgehört und bin Polizist geworden«, sagte er. »Kriminelle dingfest machen gibt mir ein Gefühl von Ordnung.«

Aus viel Tragik ist so eine Liebesgeschichte hervorgegangen. Doch wie wird sie enden? Kay Lake erklärt: »Am wichtigsten sind jetzt meine Ausbildung und Lee. Für uns kommen wieder glückliche Tage.«

Und mit Big Lee Blanchard als festem Halt für Kay sieht es ganz so aus, als würden sie von Dauer sein.

Ich klappte die Ausschnittmappe zu. Abgesehen von der Sache mit seiner kleinen Schwester konnte mich nichts überraschen. Doch all dies vermittelte den Eindruck einer gründlich falschen Wendung: Blanchard, der seinen jungen Ruhm sausen ließ, indem er sich weigerte, an Schaukämpfen teilzunehmen; ein kleines Mädchen, das offenbar umgebracht und dann wie Abfall irgendwo abgeladen worden war; Kay Lake, die auf beiden Seiten des Gesetzes ihre Liebhaber hatte. Noch einmal die Mappe aufklappend, starrte ich auf die Kay von vor sieben Jahren. Sogar mit neunzehn sah sie schon um einiges zu klug aus, um Worte auszusprechen, wie Bevo Means sie ihr in den

Mund gelegt hatte. Und nachzulesen, wie sie als naives Dummchen hingestellt wurde, machte mich wütend.

Ich gab dem Angestellten die Ausschnitte zurück und fragte mich im Hinausgehen aus dem Hearst-Building, wonach ich eigentlich gesucht hatte; mir wurde bewußt, daß es mehr war als nur der Beweis dafür, daß Kay aus dieser Geschichte sauber hervorgegangen war. Ich fuhr ziellos herum, schlug die Zeit tot, um mich abzulenken, zu ermüden und dann den Nachmittag durchzuschlafen, als mich die Erkenntnis traf: jetzt, da ich den alten Mann untergebracht hatte und die Stelle bei der Fahndung für mich gestorben war, blieben Kay Lake und Lee Blanchard die einzigen Menschen von Interesse in meiner Zukunft. Und ich mußte sie unbedingt besser kennenlernen, ungeachtet Maulhuberei und kränkender Unterstellungen, ungeachtet auch des bevorstehenden Kampfes.

Ich hielt vor einer Steak-Bude in Los Feliz und schlang heißhungrig ein riesiges Porterhouse-Steak, Spinat und Bratkartoffeln in mich hinein, kreuzte dann den Hollywood Boulevard und den Strip entlang. Keiner der Kinopaläste wirkte verlockend auf mich, und die Clubs am Sunset waren sich für eine Eintagsberühmtheit bestimmt zu fein. An der Doheny riß die Kette der Neonlichter plötzlich ab, und ich fuhr hinauf in die Hügel. Die Mulholland Road war mit Mausefallen und Motorradstreifen gespickt, und ich mußte dem Drang widerstehen, mit durchgetretenem Gaspedal bis an die Küste zu fahren.

Schließlich wurde ich es, wie es sich für einen gesetzestreuen Bürger gehört, müde, noch länger herumzufahren, und ich parkte auf dem Bankett. Suchscheinwerfer drüben von Westwood Village bohrten sich über mir in den Himmel; ich sah sie durch das Dunkel huschen und tiefstehende Wolkenformationen anleuchten. Den Lichtfingern mit den Augen zu folgen hatte etwas Hypnotisches, und ich ließ mich davon einlullen. Wagen, die den Mulholland Drive langjagten, konnten meinen Zustand der Taubheit kaum ankratzen, und als die Lichter ausgingen und ich einen Blick auf meine Armbanduhr warf, sah ich, daß es nach Mitternacht war.

Mich reckend, schaute ich hinunter auf die wenigen Lichter, die noch in den Häusern brannten und dachte über Kay Lake nach. Zwischen den Zeilen des Zeitungsartikels lesend sah ich, wie sie Bobby De Witt und seine Freunde bediente, vielleicht Zeug für ihn verkaufte, als kleine Hausfrau eines Ganoven, die er auf Laudanum gesetzt hatte. Das mochte die Wahrheit sein, doch sie war widerlich, wie ein Verrat. Was zwischen uns Funken geschlagen hatte, verpuffte. Mir ging die volle Bedeutung der Bemerkung auf, die Kay bei ihrem Abgang gemacht hatte, und ich dachte darüber nach, wie Blanchard wohl mit ihr zusammenleben konnte, ohne sie ganz zu besitzen.

Die Lichter in den Häusern gingen eins nach dem anderen aus, und ich war allein. Von den Hügeln herab kam ein kalter Wind; mich schauderte, und dann hatte ich die Antwort.

Man kommt von einem gewonnenen Kampf, schweißdurchtränkt, mit Blutgeschmack im Mund, im Rauschzustand, aber trotzdem von dem Wunsch erfüllt, weiterzumachen. Die fliegenden Buchmacher, die Geld an dir verdient haben, schleppen ein Mädchen an, eine Professionelle, eine Halbprofessionelle, eine Amateurin, die Blut geleckt hat. Du treibst es mit ihr in einem Umkleideraum oder auf dem Rücksitz eines Autos, wo es zu eng für deine Beine ist, und manchmal trittst du dabei die Seitenfenster ein. Sobald du danach unter Leute gehst, wirst du von ihnen umringt, umschwärmt, berührt und wieder schwebst du auf Wolken. Es wird zur Fortsetzung des ganzen Spiels, zur elften Runde eines Zehnrundenkampfes. Und wenn du zu deinem gewohnten Leben zurückkehrst, ist es bloß noch eine Schwäche, etwas, das fehlt. Solange er sich vom Spiel ferngehalten hatte, mußte Blanchard das gewußt haben, hatte vermutlich den Wunsch verspürt, seine Liebe zu Kay aus diesem Teil seines Lebens herauszuhalten.

Ich stieg in den Wagen und machte mich auf den Heimweg, wobei mir durch den Kopf ging, ob ich Kay wohl jemals gestehen würde, daß ich keine Frau hatte, weil Sex für mich wie Blut schmeckte und wie Flüssigpflaster und gezogene Wundfäden.

4. Kapitel

Beim ersten Klingeln verließen wir gleichzeitig unseren Umkleideraum. Als ich die Tür aufstieß, fühlte ich Adrenalin heiß durch meine Adern schießen. Ich hatte vor zwei Stunden ein großes Steak vertilgt, dabei nur den Saft ausgekaut und das Fleisch weggespuckt, und merkte deutlich, daß mein Schweiß nach Tierblut roch. Mit tänzelnden Schritten drängte ich mich durch die bunteste, unglaublichste Meute von Boxfans, die mir je zu Gesicht gekommen war.

Die Sporthalle war weit über ihr Fassungsvermögen hinaus besetzt. Zuschauer hockten eingezwängt auf Stühlen und einfachen Holzbänken. Jeder der Anwesenden schien aus Leibeskräften zu brüllen, und Leute mit Eckplätzen am Gang zerrten an meinem Umhang und riefen mir zu, den Gegner zu killen. Die anderen Trainingsringe hatte man abgebaut; der Hauptring war in ein vollkommenes Quadrat aus heißem, gelbem Licht getaucht. Das oberste Ringseil packend, flankte ich schwungvoll in das Geviert.

Der Ringrichter, ein alter Hase von der Central Division, der nachts Streife ging, unterhielt sich mit Jimmy Lennon, dem Ansager vom Olympic, der für diesen Abend ausgeliehen worden war; auf einem Ringplatz entdeckte ich Stan Kenton, der Misty June Christy an sich gedrückt hielt, Mickey Cohen, Bürgermeister Bowron, Ray Milland und eine Wagenladung hoher Tiere in Zivil. Kenton winkte mir zu; ich rief: »Artistry in Rhythm!« zu ihm hinunter. Er lachte, und ich zeigte der Menge, die mit begeistertem Gebrüll antwortete, mit zähnefletschendem Grinsen meine Hauer. Das Gebrüll steigerte sich zu einem Crescendo; ich drehte mich um und sah, daß Blanchard in den Ring gestiegen war.

Mr. Feuer verbeugte sich in meine Richtung; ich grüßte ihn schattenboxend mit einem Wirbel kurzer Schläge. Duane Fisk führte mich zu meinem Schemel; ich nahm meinen Umhang ab und lehnte mich, die Arme um das oberste Ringseil geschlungen, an die Spannschrauben. Blanchard nahm ähnlich Aufstellung; unsere Blicke trafen sich. Jimmy Lennon winkte den Referee in die neutrale Ecke, und das Ringmikrophon glitt an der Stange hinunter, an der die Ringbeleuchtung befestigt war. Lennon schnappte es sich und rief, das Gebrüll übertönend: »Meine Damen und Herren, Angehörige der Polizei, großzügige Förderer und Anhänger der prächtigsten Burschen von Los Angeles: es ist Zeit für den Feuer-und-Eis-Tango.«

Heulend und stampfend geriet die Menge völlig aus dem Häuschen. Lennon wartete, bis sie sich etwas beruhigt hatte, und tönte dann laut: »Heute abend erleben wir einen Boxkampf über zehn Runden im Schwergewicht. In der weißen Ecke, in weißer Hose, ein Polizist aus Los Angeles mit einem Rekord als Profiboxer von 43 Siegen, 4 Niederlagen und 2 Unentschieden. Sein Kampfgewicht beträgt einhundertzwei Kilo. Meine Damen und Herren: Lee Blanchard!«

Blanchard warf seinen Umhang ab, küßte seine Handschuhe und verbeugte sich nach allen vier Richtungen. Lennon ließ den wilden Jubel der Zuschauer kurz aufwallen und rief dann, mit mikrofonverstärkter Stimme alles übertönend: »Und in der schwarzen Ecke, Kampfgewicht fünfundneunzig Kilogramm, ein Polizist aus Los Angeles, in sechsunddreißig Kämpfen bisher unbesiegt – Tricky Bucky Bleichert!«

Ich genoß das letzte Hurra in vollen Zügen, prägte mir die Gesichter am Ring ein, versuchte zu verdrängen, daß ich eine Schiebung vorhatte. Der Lärm in der Sporthalle verebbte; ich ging in die Ringmitte. Blanchard kam aus seiner Ecke; der Ringrichter murmelte etwas, das ich nicht verstand; Mr. Feuer und ich tauschten den Boxergruß mit unseren Handschuhen. Ich hatte mit einem Mal eine Scheißangst und ging zurück in meine Ecke; Fisk schob mir den Mundschutz hinein. Dann ertönte der Gong, und alles war vorüber und fing gerade erst an.

Blanchard ließ seine Führhand herauszucken. Ich traf in der Ringmitte auf ihn, schlug eine Links-Rechts-Kombination, als er abduckte und mit dem Kopf pendelnd und tauchend vor mir stehenblieb. Die Geraden verfehlten ihn, ich wich nach links aus, nicht bereit zum Kontern, doch in der Hoffnung, daß er in meine rechte Führhand hineinlaufen würde.

Sein erster Schlag war ein langer linker Haken zum Körper. Ich sah ihn schon im Ansatz, ging in ihn hinein und punktete mit einem kurzen linken Cross zum Kopf. Blanchards Haken schürfte über meinen Rücken; es war einer der härtesten fehlgegangenen Schläge, die ich je als Wischer eingesteckt hatte. Seine Rechte hing tief, und ich brachte einen kurzen Uppercut ins Ziel. Es war ein sehr genauer Treffer, und während Blanchard die Deckung hochriß, knallte ich ihm eine Eins-Zwei-Kombination in die Rippen. Ich legte sofort den Rückwärtsgang ein, bevor er in den Clinch oder selbst zum Körper gehen konnte und mußte eine Linke am Hals einstecken. Sie schüttelte mich durch; auf den Fußballen tänzelnd umkreiste ich ihn.

Blanchard pirschte sich heran. Ich blieb außer Reichweite, setzte ihm gestochene lange Gerade an seinen ständig hin und her pendelnden Kopf, brachte jeden zweiten Schlag ins Ziel; ich schärfte mir immer wieder ein, die Treffer tiefer anzusetzen, damit ich ihm nicht die vernarbten Augenbrauen aufriß. Weit nach vorn geduckt, versuchte es Blanchard weit ausholend mit Körperhaken; ich ging leichtfüßig zurück und konterte sie mit gut gezielten Kombinationen. Nach ungefähr einer Minute hatte ich seine Körpertäuschung und meine Geraden synchronisiert, und sobald er den Kopf nach unten zog, schlug ich ihm kurze rechte Haken auf die Rippenpartien.

Ich tänzelte, umkreiste ihn und zog ihn in einen Wirbel von Schlägen. Blanchard marschierte geduckt nach vorn und suchte nach einer Lücke, um einen Wirkungstreffer anzubringen. Die Runde ging langsam zu Ende, und ich nahm plötzlich wahr, daß das blendende Licht von der Decke und der aus der Menge aufsteigende Rauch mir die Sicht im Ring nahmen – ich konnte die Seile nicht erkennen. Reflexartig schaute ich über die Schulter; als mein Kopf zurückschnellte, erwischte mich eine seiner schweren Hände seitlich am Kopf.

Ich torkelte in die gepolsterte weiße Ecke; jetzt war Blanchard über mir. Mein Kopf schrillte, und die Ohren summten, als hätten sich japanische Sturzkampfbomber darauf gestürzt. Ich riß die Hände hoch, um mein Gesicht zu schützen; Blanchard schmetterte mir zermalmende Links-Rechts-Haken an die Arme, um meine Deckung herunterzubringen. Mein Kopf wurde wieder klar, und ich sprang vor und umklammerte Mr. Feuer im Clinch, zog ihn mit aller Macht näher an mich heran, wurde jede Sekunde stärker, die ich uns beide schwankend durch den Ring schob. Schließlich schritt der Ringrichter ein und rief: »Break!« Ich klammerte weiter, und er mußte uns trennen.

Ich legte den Rückwärtsgang ein. Benommenheit und Ohrensausen gingen vorüber. Blanchard kam plattfüßig und weit offen auf mich zugewalzt. Ich täuschte mit der Linken, und Big Lee rannte genau in eine klassische rechte Gerade. Er landete flach auf dem Hintern.

Ich weiß nicht, wer von uns beiden mehr schockiert war. Blanchard saß mit herabhängendem Unterkiefer auf der Matte, und der Referee zählte ihn an; ich ging in eine neutrale Ecke. Bei sieben war Blanchard wieder auf den Beinen. Und diesmal griff ich an. Mr. Feuer war angeschlagen, stand, die Füße weit auseinander, da, bereit zu töten oder zu sterben. Wir waren fast schon wieder auf Schlagdistanz, als der Ringrichter zwischen uns trat und rief: »Der Gong! Der Gong!«

Ich ging zurück in meine Ecke. Duane Fisk nahm meinen Mundschutz heraus und rieb mich mit einem feuchten Handtuch ab; ich blickte zu den Fans hinunter, die auf den Beinen standen und applaudierten. Jedes Gesicht verriet mir, was auch ich jetzt genau wußte: daß ich Blanchard ganz schlicht und einfach fertigmachen konnte. Und für den Bruchteil einer Sekunde glaubte ich zu hören, daß jede Stimme mir zurief, den Kampf nicht umkippen zu lassen.

Fisk drehte mich herum, schob mir den Mundschutz an die Gaumenplatte und zischte: »Laß dich auf keine Keilerei ein. Bleib immer auf Abstand. Bring deine Gerade.«

Dann kam der Gong. Fisk kletterte aus dem Ring; Blanchard ging im Bogen um mich herum. Er stand wieder auf festen

Beinen und schoß eine Serie von rechten Geraden ab, die nur um Bruchteile zu kurz waren, ging jedesmal einen Schritt weiter nach vorn und nahm Maß für einen schweren rechten Cross. Meine Beinarbeit war immer noch flink, und ich schoß blitzschnelle rechte Gerade ab, jedoch zu weit weg vom Körper, um ihm ernsthaft wehzutun, versuchte, einen Schlagrhythmus zu finden, der Blanchard in Sicherheit wiegte, bis er seine Dekkung vernachlässigte.

Die meisten meiner schnellen Schläge trafen; Blanchard schob, ich knallte ihm eine Rechte in die Rippen; er ging mit einem Konter in mich hinein. Auf kürzester Entfernung feuerten wir beidhändig Körpertreffer ab; da kein Raum blieb, die Schläge länger anzusetzen, verpufften sie wirkungslos, und Blanchard hielt sein Kinn tief an die Brust gepreßt, gewarnt vor meinen Uppercuts im Infight.

Wir standen dicht voreinander und landeten nur für die Galerie Treffer auf Armen und Schultern. Bei allem spürte ich Blanchards überlegene Kraft, wich jedoch nicht vom Fleck, da ich ihm noch einmal richtig wehtun wollte, bevor ich mich von ihm löste und die Pedale durchtrat. Ich richtete mich auf Klammern, Halten und Durchstecken ein, als Mr. Feuer mich so schlau austrickste wie Mr. Eis es in seinen besten Momenten gekonnt hatte.

Mitten in einem Schlagabtausch ging Blanchard einfach einen Schritt zurück und brachte eine schwere Linke kurz oberhalb der Gürtellinie an. Der Schlag saß, und ich wich zurück, wollte mit einigen Tänzelschritten ausweichen. Hinter mir spürte ich die Seile und brachte meine Deckung hoch. Doch bevor ich einen Sidestep machen und mich außer Reichweite bringen konnte, erwischte mich eine Links-Rechts-Kombination auf die Nieren. Meine Deckung fiel herunter, und ein linker Haken von Blanchard knallte an mein Kinn.

Ich rutschte von den Seilen ab und ging mit den Knien auf die Matte. Vom Kiefer aufwärts jagten mir Schockwellen ins Gehirn; verwischt sah ich den Referee, der Blanchard zurückhielt und ihn in die neutrale Ecke verwies. Ich zog ein Knie hoch, griff nach dem untersten Ringseil, verlor die Balance und fiel klatschend auf den Bauch. Blanchard lehnte in der neutralen Ecke, und flach auf dem Boden liegend, hörte das Flimmern vor meinen Augen auf. Tief sog ich die Luft ein; die frische Luft half gegen das schwappige Gefühl in meinem Kopf. Der Referee kam zurück und begann zu zählen. Und bei sechs versuchte ich, auf die Beine zu kommen. Meine Knie gaben ein bißchen unter mir nach, doch dann schaffte ich es, wieder aufrecht zu stehen. Blanchard warf seinen Fans Kußhände zu, und ich begann tief durchzuatmen, daß mir der Mundschutz fast herausflog. Bei acht wischte der Ringrichter meine Handschuhe an seinem Hemd ab und gab Blanchard den Kampf frei.

Wie bei einem gedemütigten Kind geriet meine Wut außer Kontrolle. Blanchard kam ganz locker und mit offenen Handschuhen auf mich zu, als müsse er die Fäuste gar nicht mehr schließen, um mich zu erledigen. Den Kopf vorgestreckt, ließ ich ihn kommen, stach mit einer angetäuschten rechten Geraden vor, als er in meine Reichweite kam. Blanchard wich dem Schlag mit Leichtigkeit aus – genau wie ich es geplant hatte. Er setzte zu einem mörderischen rechten Cross an, der mir den Rest geben sollte. Und während sein Arm nach hinten schwang, versetzte ich ihm einen wuchtigen rechten Konter auf die Nase. Sein Kopf zuckte zurück; ich setzte mit einem linken Haken zum Körper nach. Mr. Feuers Deckung fiel; ich ging mit einem kurzen Aufwärtshaken in ihn hinein. Der Gong ertönte genau in dem Moment, als er in die Seile torkelte.

Die Menge skandierte: »Buck-kee! Buck-kee! Buck-kee!«, während ich meine Ecke ansteuerte. Ich spuckte meinen Mundschutz aus und japste nach Luft; ich schaute auf die Fans, wußte mit einem Mal, daß alle Wetten für mich standen, daß ich aus Blanchard Hackfleisch machen und aus der Fahndungsabteilung jeden Vorteil und jeden Dollar herauspressen würde, auf den ich die Finger legen konnte, daß ich mit diesem Geld den alten Mann in ein Heim verfrachten und den ganzen Kuchen einheimsen würde.

Duane Fisk rief: »Box ihn! Box ihn!« Die Ringrichter, alles

hohe Polizeioffiziere, grinsten mir zu; mit meinen Pferdezähnen gab ich ihnen ein echtes Bucky-Bleichert-Grinsen zurück. Fisk setzte mir eine Wasserflasche an den Mund. Ich gurgelte und spuckte in den Eimer. Er schob mir einen mit Ammoniak getränkten Wattebausch unter die Nase und setzte mir den Mundschutz wieder ein – und schon kam wieder der Gong.

Jetzt hieß es nur noch ganz einfach: Vorsicht – meine Spezialität.

Während der nächsten vier Runden tänzelte, fintierte ich, schlug, meine größere Reichweite nutzend, Gerade aus der Distanz, ließ Blanchard nie an mich herankommen oder mich von ihm in den Seilen festnageln. Ich konzentrierte mich auf ein Ziel – die vernarbten Augenbrauen –, ließ meine Linke wieder und immer wieder vorschnellen. Sobald ein sauberer Treffer durchkam und Blanchard im Reflex die Arme hochriß, ging ich an den Körper und schlug rechte Haken zum Kinn. Die Hälfte der Punkte, die ich machte, konnte Blanchard mit Körpertreffern kontern, und jeder Hieb, den er durchbrachte, nahm mir etwas Schnelligkeit aus den Beinen und immer mehr Luft. Am Ende der sechsten Runde waren Blanchards Augenbrauen aufgerissen und klafften blutig, während meine Seiten von der Gürtellinie bis zum Brustkorb voller Striemen waren. Uns ging beiden die Luft aus.

Runde sieben war ein schreckliches Gewühl von zwei gleich erschöpften Kämpfern. Ich versuchte Abstand zu halten und die Gerade zu bringen; Blanchard ließ die Handschuhe weit oben, um sich das Blut aus den Augen zu wischen und zu verhindern, daß die Brauen noch weiter aufrissen. Jedesmal, wenn ich ihn anging, Links-Rechts-Kombinationen auf seine Handschuhe und in den Bauch abschoß, hämmerte er auf meinen Solar Plexus.

Der Kampf wurde zu einem Gewürge von Sekunde zu Sekunde. Während ich auf den achten Durchgang wartete, entdeckte ich, an mir hinunterschauend, daß die Prellungen von kleinen blutenden Stellen gepunktet waren; die Rufe »Buck-kee! Buck-kee!« taten mir in den Ohren weh. In der anderen

Ringecke tupfte Blanchards Trainer ihm die Augenbrauen mit einem blauen Stift ab und verband ihm lose Hautstücke mit kleinen Streifen Heftpflaster. Ich ließ mich auf meinem Schemel hängen und mir von Duane Fisk Wasser einflößen und die Schultern massieren, während ich die vollen sechzig Sekunden auf Mr. Feuer starrte, bis er unter meinem Blick wie mein Alter aussah, den ich bis aufs Blut hassen mußte, um auch die nächsten neun Minuten noch zu überstehen.

Der Gong wurde geschlagen. Auf wackligen Beinen ging ich in die Ringmitte. Blanchard kam geduckt auf mich zu. Auch seine Beine zitterten, und ich sah, daß die Risse geschlossen waren.

Ich kam mit einer müden Geraden. Blanchard fing sie nicht ab, ließ sie durch, marschierte noch immer vorwärts, wischte meinen Handschuh beiseite, während meine müden Beine es nicht mehr schafften, in den Rückwärtsgang umzuschalten. Ich spürte, wie meine Verschnürungen seine Augenbrauen wieder aufrissen; ich sah gerade noch, daß Blanchards Gesicht blutüberströmt war, als mein Bauch nachgab. Meine Knie knickten ein; ich würgte meinen Mundschutz heraus, stürzte zurück in die Seile, eine gewaltige Rechte kam im Bogen auf mich zu. Es sah aus, als sei sie meilenweit entfernt abgefeuert worden, und ich wußte, daß ich noch Zeit für einen Konter hatte. Ich legte all meinen Haß in meine Rechte und schoß sie direkt auf das blutige Ziel vor mir ab. Ich spürte noch das unverkennbare, knirschende Mahlen eines Nasenbeinbruchs, dann wurde alles schwarz und flammend gelb. Ich schaute hoch in gleißende Lichter und spürte, daß man mich vom Boden aufhob; Duane Fisk und Jimmy Lennon tauchten neben mir auf und hielten mich an den Armen. Ich spuckte Blut aus und die Worte: »Ich habe gewonnen«; Lennon sagte: »Aber nicht heute abend, Jungchen. Du hast verloren – K. O. in der achten Runde!«

Als ich begriffen hatte, lachte ich auf und riß meine Arme los. Das letzte, woran ich noch dachte, bevor ich das Bewußtsein verlor, war, daß ich den alten Mann jetzt versorgt hatte – und dabei sauber geblieben war.

Ich bekam zehn Tage dienstfrei – auf Drängen des Arztes, der mich nach dem Kampf untersuchte. Meine Rippen waren angebrochen, mein Kiefer auf das Doppelte seiner normalen Größe angeschwollen. Und der Schlag, der mir den Rest gegeben hatte, hatte sechs Zähne gelockert. Der Quacksalber erzählte mir später, daß Blanchards Nase gebrochen sei und daß seine Risse mit sechsundzwanzig Stichen hätten genäht werden müssen. Gemessen an dem Schaden, der angerichtet worden war, konnte man den Kampf einen glänzenden Erfolg nennen.

Pete Lukins kassierte meine Wettgewinne, und gemeinsam machten wir uns an die Besichtigung von Pflegeheimen, bis wir eines fanden, das uns menschenwürdig schien – die *King David Villa,* einen Block von der Miracle Mile entfernt. Für zweitausend pro Jahr und die fünzig im Monat, die er von der Sozialversicherung bekam, würde der alte Mann sein eigenes Zimmer, viel Auslauf und reichlich Gelegenheit zu »Gruppenaktivitäten« haben. Die Mehrzahl der Alten in diesem Heim waren Juden, und ich fand Gefallen an der Vorstellung, daß der verrückte Kraut den Rest seines Lebens in Feindesland verbringen würde. Pete und ich brachten ihn hin. Und als wir gingen, hatte er bereits sein erstes Scharmützel mit der Oberschwester und scharwenzelte um ein farbiges Mädchen herum, das beim Bettenmachen war.

Danach blieb ich in meiner Wohnung, las und hörte Jazz im Radio, löffelte Eiscreme und Suppe, die einzige Nahrung, die ich zu mir nehmen konnte. Ich war hochzufrieden darüber, daß ich mich so teuer wie möglich verkauft hatte – und dabei die Partie zur Hälfte noch gewonnen hatte.

Andauernd klingelte das Telefon; da ich wußte, daß es entweder Reporter oder Kollegen waren, die mir ihr Mitgefühl aussprechen wollten, ging ich nie an den Apparat. Ich hörte mir keine Sportübertragungen an und las keine Zeitungen. Ich hatte genug davon, eine lokale Berühmtheit zu sein, und mich ins Mauseloch verkriechen war die einzige Art, mir alles vom Hals zu schaffen.

Meine Wunden verheilten, und nach Ablauf einer Woche

wurde ich ungeduldig und wollte wieder zum Dienst gehen. Ich gewöhnte mir an, ganze Nachmittage auf der Hintertreppe zu verbringen, wo ich den Kater meiner Vermieterin dabei beobachtete, wie er Vögeln nachstellte. Chico hatte gerade ein Rotkehlchen in der Mache, als ich eine verkratzte Stimme rufen hörte: »Wird dir das nicht langsam langweilig?«

Ich warf einen Blick nach unten. Lee Blanchard stand am Fuß der Treppe. Die Nähte an seinen Augenbrauen waren noch frisch, und seine Nase war platt und purpurn verfärbt. Ich lachte und sagte: »Viel fehlt nicht.«

Blanchard hakte die Daumen in seinen Gürtel: »Willst du mit mir bei der Fahndung arbeiten?«

»Was?«

»Du hast richtig gehört. Captain Harwell wollte dich anrufen, um dir die Neuigkeit mitzuteilen, aber du scheinst hier ja deinen Winterschlaf halten zu wollen.«

Ich konnte es nicht fassen. »Aber ich habe verloren. Ellis Loew hat doch gesagt –«

»Scheiß drauf, was Ellis Loew gesagt hat! Liest du denn keine Zeitungen? Die Anleihe ist gestern durchgekommen, wahrscheinlich, weil wir den Wählern eine so gute Show geboten haben. Horrall hat Loew klipp und klar gesagt, daß Johnny Vogel draußen ist, daß du sein Mann bist. Willst du nun den Job oder nicht?«

Ich ging die paar Stufen hinunter und streckte ihm meine Hand hin. Blanchard schüttelte sie und blinzelte.

So begann unsere Partnerschaft.

5. Kapitel

Central Division Warrants, die zentrale Fahndungsabteilung, hatte ihre Räume im sechsten Stockwerk des Rathauses genau zwischen dem Morddezernat des L.A.P.D. und der Kriminalabteilung beim Amt der Bezirksanwaltschaft – ein abgeteilter Raum mit zwei einander gegenüberstehenden Schreibtischen, zwei von Akten überquellenden Karteischränken und einer Karte des County von Los Angeles, die das Fenster verdeckte. Man ging hinein durch eine Tür mit Riffelglas und dem aufgedruckten Schriftzug »Deputy District Attorney Ellis Loew«, die diesen Kaninchenstall vom Leiter der Fahndungsabteilung und dem D. A. Buron Fitts – seinem Boß – trennte, doch es gab keine Trennwand zum Bereitschaftsraum der Mordkommission, einem riesigen Zimmer mit Reihen von Schreibtischen und Pinnwänden aus Kork, an denen Berichte über Verbrechen, Fahndungsplakate und Bekanntmachungen unterschiedlichsten Inhaltes hingen. Auf dem abgenutzteren der beiden Schreibtische im Fahndungsbüro stand ein Namensschild mit dem Aufdruck »Sergeant L. C. Blanchard«. Der Schreibtisch direkt gegenüber würde meiner sein, und als ich mich in den Stuhl fläzte, stellte ich mir neben dem Telefon, in die Platte eingelassen, den Namenszug »Officer D. W. Bleichert« vor.

Ich war ganz allein im sechsten Stockwerk. Es war erst kurz nach sieben, und ich war früh zu meiner neuen Dienststelle gefahren, um mein Debut als Zivilbulle voll auskosten zu können. Captain Harwell hatte angerufen, um mir mitzuteilen, daß ich mich bei meiner neuen Dienststelle am Montag, 17. November, morgens um acht zu melden hätte und unser Tag anfangen würde mit einem zusammenfassenden Vortrag über alle Schwerverbrechen der vorangegangenen Woche, dessen Anhörung obligatorisch war für alle Mannschaften des L.A.P.D. und der Kriminalabteilung bei der Bezirksanwaltschaft. Lee Blanchard und Ellis Loew sollten mich dann später in meinen eigentlichen Job einweisen, und danach dann konnte ich mich an die Verfolgung derjenigen machen, nach denen gefahndet wurde.

Das sechste Stockwerk beherbergte die Eliteabteilungen des Department: Mordkommission, Oberster Kontrollausschuß der Polizei, Raub- und Betrugsdezernat, dazu die Hauptfahndung sowie die Hauptkriminalabteilung, hier waren Spezialeinheiten der Polizei zusammengelegt worden, Leute mit politischem Gespür, Aufsteiger, und hier sollte nun künftig meine

Heimat sein. Ich trug meine beste Kombination, Sportsakko und Hosen, mein Dienstrevolver hing in einem nagelneuen Schulterhalfter. Jeder einzelne Bulle war mir wegen der acht Prozent Gehaltserhöhung, die ihm zustand, nachdem die Wähler der Anleihe zugestimmt hatten, zu Dank verpflichtet. Ich war in der Abteilung der kommende Mann. Ich fühlte mich zu allem bereit.

Nur nicht dazu, noch einmal den Kampf durchzuhecheln. Gegen 7.40 Uhr begann sich der Mannschaftsraum mit Cops zu füllen, die über einen Kater klagten, über den Montagmorgen im allgemeinen und Bucky Bleichert, Ringfuchs, Eintänzer und neuestes Wunderkind beim Verein im besonderen. Ich verkroch mich in meinen Verschlag, bis ich hörte, wie sie auf den Flur drängten und hinübergingen. Nachdem es im Bereitschaftsraum ruhig geworden war, ging ich zu einer Tür mit der Aufschrift »Einweisungsraum«. Als ich in der Tür stand, bereitete man mir stehend eine Ovation.

Es war ein Beifall nach militärischer Art, bei dem die etwa 40 Zivilbullen von ihren Stühlen aufgestanden waren und im Takt in die Hände klatschten. Als ich nach vorn zum Podium schaute, sah ich mit Kreide groß auf die Tafel aufgemalt: *8 Prozent!* Neben der Tafel stand Lee Blanchard neben einem bleichen, fetten Mann, der nach einem hohen Vorgesetzten aussah. Ich wechselte einen Blick mit Mr. Feuer. Er grinste. Der fette Mann begab sich zu einem Stehpult und bat sich mit nachdrücklichem Fingerklopfen Ruhe aus. Der Beifall verebbte; die Männer setzten sich. Ganz am Ende des Raumes fand ich einen Stuhl, auf dem ich mich niederließ; der fette Mann klopfte ein letztes Mal ab.

»Officer Bleichert, das sind die Männer von der Zentrale, der Mordkommission, dem Kontrollausschuß, dem Betrugsausschuß, etc. etc.«, sagte er. »Sie kennen bereits Sergeant Blanchard und Mr. Loew, und ich bin Captain Jack Tierney. Sie selbst und Lee sind die Männer der Stunde, also genießen Sie ihren Applaus, weil das der letzte sein wird, den Sie vor Ihrer Pensionierung bekommen.«

Alles lachte. Tierney klopfte auf sein Pult und sprach in ein eingeschaltetes Mikrophon: »Also, genug geschwätzt. Hier ist die Zusammenfassung der Schwerverbrechen der vergangenen Woche bis zum 14. November 1946. Hören Sie gut zu, es sind spannende Sachen dabei.

Als erstes drei Überfälle auf Schnapsläden an drei aufeinanderfolgenden Abenden, nämlich am 11. 11., 12. 11. und 13. 11. Alle dicht beeinander auf der Jefferson Street in University Division. Zwei jugendliche Weiße mit abgesägten Schrotflinten, sehr nervös, offenbar Rauschgiftsüchtige. Die Detectives von University haben keine Anhaltspunkte, und der Revierleiter dort fordert ein Team an, das sich rund um die Uhr mit den Überfällen beschäftigt. Lieutenant Ruley, Sie kommen Punkt neun Uhr wegen dieser Sache zu mir, und sagen Sie Ihren Leuten, daß sie ihre Informanten auf Trab bringen – süchtige Gewalttäter sind schlechte Reklame.

Im Osten dann haben wir einige Amateurnutten, die die Restaurantbars in Chinatown abgrasen. Sie bedienen ihre Freier in geparkten Autos und graben den Mädels das Wasser ab, die Mickey Cohen dort laufen hat. Bisher nur kleine Fische, aber Mickey C. gefällt das ganz und gar nicht, und auch die Chinamänner haben was dagegen, weil Mickeys Pferdchen die Absteigen auf der Alameda benutzen – die die Gelben fest in der Hand haben. Früher oder später kriegen wir Ärger, also möchte ich, daß die Restaurantbesitzer beruhigt werden und jede Nutte in Chinatown, die wir aufgreifen können, für 48 Stunden aus dem Verkehr gezogen wird. Captain Harwell wird ein Dutzend Uniformierte von der Nachtschicht abstellen, die Ende der Woche eine Razzia durchführen sollen, und ich möchte, daß im Archiv alle registrierten Nutten durchgekämmt, Erkennungsfotos gemacht und Akten über jede freischaffende Stricherin angelegt werden, die im Revier Central wildert. Ich will dafür zwei Dicks von der Central, die Leitung dafür hat Ad Vice. Lieutenant Pringle, Sie erscheinen um 9.15 Uhr bei mir!«

Tierney legte eine Pause ein und reckte sich; ich schaute mich im Raum um und sah, daß die anderen sich eifrig Notizen machten. Ich verwünschte mich selbst, daß ich kein Notizbuch mitgebracht hatte, als der Captain krachend mit der flachen Hand auf das Pult schlug. »Dann haben wir da noch eine Sache, mit der ihr eurem Captain eine echte Freude machen könnt. Ich rede von den Einbrüchen in Bunker Hill, die von den Sergeants Vogel und Koenig bearbeitet worden sind. Fritzie, Bill, habt ihr den S. I. D.-Bericht darüber gelesen?«

Zwei Männer, die einige Reihen vor mir saßen, riefen:

»Nein, Cap« und »Nein, Sir!« Den älteren der beiden konnte ich jetzt deutlich im Profil sehen – die spotthäßliche Karikatur von Fat Johnny Vogel, nur daß er noch fetter war.

Tierney sagte: »Ich schlage vor, daß ihr ihn gleich nachher durchlest. Für all diejenigen, die nicht direkt mit der Untersuchung befaßt sind, möchte ich erwähnen, daß die Jungs von der Spurensicherung genau auf dem Schrank mit dem Tafelsilber einen Satz sauberer Fingerabdrücke gefunden haben. Sie gehören einem männlichen Weißen namens Coleman Walter Maynard, Alter 31 Jahre, zwei Vorstrafen wegen Homosexualität, ein ganz übler Kinderschänder.

Die Bewährungshelfer haben keine Spur von ihm. Er hat in einer Absteige Ecke 14th Street und Bonnie Brae gehaust, doch seit die Einbrüche begonnen haben, hat er keinen festen Wohnsitz. Highland Park hat vier ungelöste Fälle von Verführung Minderjähriger, durchweg kleine Jungs, alle ungefähr acht Jahre alt. Vielleicht ist Maynard unser Mann, vielleicht auch nicht, doch vielleicht finden die und die Sitte das gemeinsam raus, und wir können ihn in Quentin auf Nummer sicher bringen. Fritzie, Bill, woran arbeitet ihr sonst noch?«

Bill Koenig saß über seinen Notizblock gebeugt; Fritz Vogel räusperte sich und sagte: »Wir haben die Hotels in der Innenstadt abgeklappert und dabei einige Diebe, die mit Nachschlüsseln arbeiten, und ein paar Taschendiebe aufgegriffen.«

Tierney pochte laut mit dem Fingerknöchel auf sein Pult. »Fritzie, die Diebe mit den Nachschlüsseln, waren das Jerry Katzenbach und Mike Purdy?«

Vogel wand sich unbehaglich auf seinem Stuhl.

»Ja, Sir.«

»Fritzie, haben sie sich gegenseitig verpfiffen?«

»Äh . . . Ja, Sir.«

Tierney richtete verzweifelt den Blick zur Decke. »Lassen Sie mich diejenigen unter Ihnen, die mit Jerry und Mike noch nicht vertraut sind, aufklären. Das sind Homos, und sie leben bei Jerrys Mutter in einem gemütlichen kleinen Liebesnest in Eagle Rock. Sie sind schon weiß Gott wie lange Bettgenossen, doch hin und wieder kriegen sie den Rappel und haben den Drang, sich nach jungem Gemüse umzusehen, und dann verpfeift einer den anderen. Der andere zahlt es ihm dann heim, und schließlich müssen beide einsitzen. Im Knast horchen sie ihre Mithäftlinge aus, liefern sie ans Messer, bumsen die Stricher und bekommen regelmäßig für ihre Spitzeldienste Straferlaß. Das geht schon so, seit Mae West noch Jungfer war. Fritzie, woran arbeitet ihr denn nun *wirklich*?«

Durch den Saal ging Gelächter. Bill Koenig wollte aufstehen, drehte den Kopf, um zu sehen, wo die Lacher saßen. Fritz Vogel zog ihn an der Jacke wieder auf seinen Sitz und sagte dann: »Sir, wir haben auch einiges für Mr. Loew erledigt. Wir haben ihm Zeugen gebracht.«

Tierneys blasses Gesicht lief kirschrot an. »Fritzie, ich bin der Leiter von Central Detectives, nicht Mr. Loew! Sergeant Blanchard und Officer Bleichert arbeiten für Mr. Loew, Sie und Sergeant Koenig nicht. Also lassen Sie schießen, was Sie gerade für Mr. Loew tun, lassen Sie die Taschendiebe in Ruhe und schaffen Sie mir Coleman Walter Maynard her, bevor er noch andere kleine Jungen schändet. Darum möchte ich Sie dringend bitten. Es gibt einen Bericht über seine Kontaktpersonen am Schwarzen Brett im Mannschaftsraum, und ich möchte vorschlagen, daß Sie alle sich damit vertraut machen. Maynard gehört ja jetzt neuerdings der Zunft der Einbrecher an, und vielleicht versteckt er sich bei einem Kumpel.«

Ich sah, daß Lee Blanchard den Saal durch einen Seitenausgang verließ. Tierney blätterte einige Papiere, die auf dem Pult lagen, durch und sagte: »Hier ist noch etwas, wovon Chief Green glaubt, daß Sie es unbedingt wissen sollten. Seit mehr als drei Wochen schmeißt jemand aufgeschlitzte Katzen auf die Friedhöfe bei Santa Monica und Gower. Bei der Hollywood Division sind ein halbes Dutzend Berichte darüber eingegangen. Wenn man Lieutenant Davis von der 77th Street glauben darf, ist es eindeutig die Handschrift jugendlicher Negerbanden. Die meisten dieser Katzen sind an einem Donnerstagabend über die Mauer geschmissen worden. Und an den Donnerstagen ist die Rollschuhbahn von Hollywood für Neger geöffnet, so daß da vielleicht was dran sein mag. Fragt herum, redet mit euren Informanten und erstattet Sergeant Hollander vom Hollywood-Revier Bericht, sobald ihr was Handfestes habt. Jetzt zu den Mordfällen: Russ?«

Ein großer, grauhaariger Mann in einem makellosen Zweireiher betrat das Podium; Captain Jack ließ sich in den Stuhl fallen, der ihm am nächsten stand. Der hochgewachsene Mann vermittelte einen Eindruck von Autorität, die mehr zu einem Richter oder zu einem Staranwalt gepaßt hätte als zu einem Cop; er erinnerte mich an den eleganten evangelischen Geistlichen, mit dem sich der alte Mann abgegeben hatte, bevor der Bund auf die Liste verfassungsfeindlicher Vereinigungen gesetzt wurde. Der Officer neben mir flüsterte: »Lieutenant Millard, die Nummer zwei bei der Mordkommission, aber der eigentliche Boß. Ein samtiger Typ.« Ich nickte und hörte zu, als der Lieutenant mit samtweicher Stimme ansetzte:

»... und der Pathologe erkannte im Russo-Nickerson-Fall auf Tötung auf Verlangen. Den Raubüberfall und Totschlag vom 10. 11. Ecke Pico und Figueroa untersucht meine Dienststelle, und wir haben das Fahrzeug, das zur Tat benutzt worden ist, eine 39er La Salle Limousine, verlassen aufgefunden. Er ist gemeldet auf den Namen eines männlichen Mexikaners, eines gewissen Luis Cruz, zweiundvierzig Jahre alt, wohnhaft 1349 Alta Loma Vista in Süd-Pasadena. Cruz hat zwei Vorstrafen, die er in Folsom abgesessen hat – beide Male wegen schweren Raubes. Er ist längst verschwunden, und seine Frau behauptet, daß der La Salle im September gestohlen worden ist. Sie erklärt, daß er von Cruz' Vetter, Armando Villareal, Alter neununddreißig Jahre, geklaut worden ist, der ebenfalls abgetaucht ist. Harry Sears und ich sind dieser Sache nachgegangen, und Augenzeugen berichteten uns, daß zwei Mexikaner vorn im Wagen gesessen hätten. Hast du sonst noch was, Harry?«

Ein stämmiger, unordentlicher Mann stand auf, drehte sich um und wandte sich den Anwesenden zu. Er schluckte etliche Male und sagte dann stotternd: »C-C-C-Cruz' Frau b-b-bumst den V-V-Vetter. D-Das Au-Au-to wurde nie ge-ge-gestohlen gemeldet, und die N-Nachbarn behaupten, die F-Frau hätte gewünscht, daß der V-V-Vetter ge-ge-gegen seine Bewährungsauflagen verstößt, damit C-C-Cruz nicht herausfindet, was sich zwischen den b-b-beiden abspielt.«

Harry Sears setzte sich unvermittelt wieder hin. Millard lächelte ihm zu und sagte: »Danke, Partner. Meine Herren, Cruz und Villareal haben ihre Bewährung verspielt und sind jetzt Hauptverdächtige, nach denen gefahndet wird. Die Fahndung läuft auf vollen Touren. Und hier kommt der entscheidende Punkt: Beide Kerle sind Säufer, mit mehr als hundert Festnahmen wegen Trunkenheit. Säufer, die bei Gelegenheit Raubüberfälle begehen, stellen eine verdammte Bedrohung dar. Also schnappen wir sie uns. Captain?«

Tierney stand auf und rief in den Saal: »Wegtreten!« Die Cops umringten mich, reichten mir die Hände, schlugen mir auf die Schultern und kniffen mich ins Kinn. Ich ließ das alles über mich ergehen, bis der Raum für die Einsatzbesprechung sich langsam leerte und Ellis Loew, der an seinem Phi-Beta-Kappa-Schlüssel herumfummelte, der von seiner Weste baumelte, auf mich zukam.

»Sie hätten sich auf keinen Schlagabtausch mit ihm einlassen dürfen«, sagte er, den Schlüssel herumwirbelnd. »Bei allen drei Punktrichtern lagen Sie vorn.«

Ich gab dem D. A. den starren Blick zurück. »Wahlvorschlag Nummer fünf ist durchgekommen, Mr. Loew.«

»Ja, in der Tat. Doch einige Ihrer Wohltäter haben Geld

verloren. Verhalten Sie sich hier bei uns etwas gewitzter, Officer. Lassen Sie diese Gelegenheit nicht schießen wie Ihren Kampf.«

»Bist du fertig, Ringstaubwischer?«

Blanchards Stimme rettete mich. Ich ging mit ihm, bevor ich Gelegenheit bekam, gleich hier und jetzt alles zu verpatzen.

Wir fuhren in Blanchards Privatwagen, einem 40er Ford Coupé mit einem unter dem Armaturenbrett angebrachten Funksprechgerät, in südlicher Richtung. Lee ließ sich wortreich über unsere Arbeit aus, während ich auf das Treiben in den Straßen der Innenstadt von Los Angeles starrte.

»... meistens fahnden wir nach den großen Fällen, doch manchmal müssen wir auch Hauptzeugen für Loew aufstöbern, nicht allzu oft – meistens läßt er Fritzie Vogel diese kleinen Sachen erledigen, der sich Bill Koenig als Muskelmann hält. Beides große Scheißkerle. Jedenfalls gibt es bei uns auch gelegentlich flaue Zeiten. Und dann erwartet man von uns, daß wir die anderen Reviere abklappern und in den Einsatzzentralen nach Fällen von höchster Dringlichkeit Ausschau halten – Haftbefehle, die von Bezirksgerichten ausgestellt wurden. Jedes Revier des L.A.P.D. stellt zwei Männer für die Fahndung ab, aber ihre Zeit verbringen sie meistens damit, kleine Strolche zu fangen. Und wir sollen dann dabei aushelfen. Manchmal, wie etwa heute, hörst du was im Wochenbericht über schwere Verbrechen oder findest eine heiße Sache am Schwarzen Brett. Falls aber mal echt Ebbe ist, kannst du für die Winkeladvokaten, die im Department herumlungern, zweiundneunzig gerichtliche Verfügungen zustellen, drei Dollar pro Stück, reines Trinkgeld. Wirklich dicke Knete machst du mit den Krediteintreibern. Ich bekomme Listen von säumigen Zahlern von H. J. Caruso, Dodge und Yeakel Brothers Olds, alles faule Niggerkunden, an denen sich die Kreditvermittler nicht die Hände schmutzig machen wollen. Noch irgendwelche Fragen, Partner?«

Ich mußte dem Drang widerstehen, ihn zu fragen: »Warum

vögelst du nicht mit Kay Lake?«, und, »da wir gerade beim Thema sind, was hat das mit ihr eigentlich auf sich?«

»Ja, schon. Warum hast du mit Boxen aufgehört und dich bei der Polizei beworben? Und erzähl mir bloß nicht, daß es deswegen war, weil deine kleine Schwester verschwunden ist und dir das Verhaften von Kriminellen ein Gefühl von Ordnung gibt. Das habe ich jetzt schon zweimal gehört, und ich kaufe es dir einfach nicht ab.«

Lee hielt den Blick auf den Verkehr gerichtet. »Hast du noch Schwestern? Ich meine, kleinere Geschwister, an denen dir wirklich was liegt?«

Ich schüttelte den Kopf. »Meine Familie ist tot.«

»Laurie auch. Das stand für mich fest, als ich fünfzehn war. Mom und Dad haben Geld für Suchanzeigen und Privatdetektive ausgegeben, aber ich wußte, daß man sie beseitigt hatte. Ich stellte mir immer vor, wie sie heranwuchs, bei allen Schönheitswettbewerben gewann, nur Bestnoten bekam, eine eigene Familie gründete. Das tat so verdammt höllisch weh. Also malte ich mir aus, wie sie heranwuchs und auf die schiefe Bahn geriet. Weißt du, als ein etwas unterbelichtetes Flittchen. Das beruhigte zwar im Moment, aber ich bekam das Gefühl, als würde ich auf sie scheißen.«

Ich sagte: »Hör mal, es tut mir leid.«

Lee stieß mir freundschaftlich in die Seite. »Muß es nicht, weil du nämlich recht hast. Ich habe mit Boxen aufgehört und bin zu den Cops gegangen, weil Benny Siegel mich unter Druck gesetzt hat. Er hat sich in meinen Vertrag eingekauft, schüchterte meinen Manager ein, der sich dünne machte, und versprach mir einen Gang mit Joe Louis, falls ich bereit wäre, vorher bei zwei Schiebungen mitzumachen. Ich sagte nein und ging zum Department, weil die Jungs von den jüdischen Syndikaten sich eisern an die Regel halten, keine Cops umzubringen. Mir ging der Arsch auf Grundeis, daß er mich trotzdem umlegen würde. Und als ich dann hörte, daß die Bankräuber von der Boulevard-Citizens auch einiges von Bennys Geld erbeutet hatten, fuhr ich mit einigen der Tatverdächtigen Schlitten, bis ich ihm Bobby De Witt auf einem Tablett präsentieren konnte. Benny bekam als erster den Tip von mir. Seine Nummer zwei redete ihm aus, ihn kalt zu machen, also gab ich dann schließlich den Hollywood-Bullen die Information. Heute ist Benny mein bester Kumpel, gibt mir dauernd Tips bei den Pferderennen. Nächste Frage?«

Ich beschloß, ihn nicht zu drängen, mir von Kay zu erzählen. Ich warf einen Blick auf die Straße, auf der wir fuhren, und stellte fest, daß wir aus der Innenstadt heraus waren und die Straßenzüge jetzt aus kleinen, ziemlich heruntergekommenen Häusern bestanden. Die Bugsy-Siegel-Geschichte wollte mir nicht aus dem Kopf; ich dachte noch immer darüber nach, als Lee den Wagen abbremste und an den Rinnstein fuhr.

Ich sprudelte hervor: »Zum Teufel, was...«; Lee sagte: »Das hier ist nur zu meiner eigenen, ganz persönlichen Befriedigung. Du erinnerst dich doch noch an den Kinderschänder aus der Zusammenfassung von heute morgen?«

»Klar.«

»Tierney hat doch erklärt, daß es in Highland Park vier Fälle von Verführung Minderjähriger gegeben hat, richtig?«

»Stimmt.«

»Und er wies uns auch darauf hin, daß es eine Liste mit Kontaktadressen gibt.«

»Ja, sicher. Aber was –«

»Bucky, ich habe diese Liste durchgesehen und den Namen eines Hehlers wiedererkannt – Bruno Albanese. Er arbeitet von einem mexikanischen Restaurant in Highland Park aus. Ich habe die Bullen von Highland Park angerufen und bekam die Adressen der Einbrüche, und zwei sind nur einen knappen Kilometer von der Pinte entfernt, wo dieser Hehler auf Kundschaft wartet. Das da ist sein Haus, und die Leute von der Verkehrsdirektion sagen, daß er eine Wagenladung von Strafmandaten zugeschickt bekommen hat, daß eine Vorladung ausgestellt worden ist. Brauchst du noch extra eine Zeichnung?«

Ich stieg aus dem Wagen und kämpfte mich durch einen

unkrautüberwachsenen Vorgarten, der mit Haufen von Hundescheiße geschmückt war. An der Veranda hatte Lee mich eingeholt und drückte auf die Klingel; aus dem Inneren des Hauses ertönte wütendes Gebell.

Die Tür ging einen Spaltbreit auf. Sie war an einer Kette festgemacht. Das Gebell wuchs zu tobendem Lärm an; durch den Spalt erspähte ich eine schlampige Frau. Ich rief: »Polizei!« Lee klemmte seinen Fuß in den Zwischenraum zwischen Türblatt und Schwelle; ich griff nach innen und löste die Kette. Lee stieß die Tür auf, und die Frau rannte nach draußen auf die Veranda. Ich stiefelte ins Haus, dachte besorgt an die Hunde. Ich warf gerade einen Blick in das schäbige Wohnzimmer, als eine große braune Bulldogge mit weit offenem Maul auf mich zugesprungen kam. Ich fummelte an meinem Schießeisen – und das Vieh fing an, mir das Gesicht zu lecken.

So standen wir beide da, die Pfoten des Hundes lagen auf meinen Schultern, und wir erweckten den Anschein, als würden wir den *Lindy Hop* versuchen. Eine große Zunge leckte mich, und die Frau kreischte: »Sei lieb, Hacksaw, ganz lieb!«

Ich griff nach den Beinen des Hundes und setzte ihn sanft auf den Fußboden; prompt wandte er seine Aufmerksamkeit meinem Geschlechtsteil zu. Lee unterhielt sich mit der Schlampe, hielt ihr ein Fahndungsfoto vor das Gesicht. Die Hände in die Hüften gestemmt, ganz das Musterbild einer aufgebrachten Bürgerin, schüttelte sie verneinend den Kopf. Mit Hacksaw dicht auf den Fersen, stellte ich mich zu ihnen.

Lee sagte: »Mrs. Albanese, dieser Mann ist mein Vorgesetzter. Würden Sie bitte wiederholen, was Sie mir gerade gesagt haben?«

Die Schlampe schüttelte die Fäuste; Hacksaw beschnüffelte Lees Mitte. Ich sagte: »Wo ist Ihr Ehemann, gute Frau? Wir haben nicht den ganzen Tag Zeit.«

»Ich hab' es ihm gesagt, und dasselbe sag' ich Ihnen jetzt! Bruno hat für seine Schuld gegenüber der Gesellschaft gebüßt. Er läßt sich nicht mit Kriminellen ein, und ich kenn' keinen Coleman Sowieso. Er ist Geschäftsmann. Sein Bewährungshelfer hat ihn vor zwei Wochen aufgefordert, in dieser mexikanischen Stampe aufzuhören, und ich weiß wirklich nicht, wo er sich jetzt aufhält. Hacksaw, sei brav!«

Ich warf einen Blick auf meinen wirklichen Vorgesetzten, der jetzt mit zweihundert Pfund Hund ein Tänzchen aufführte. »Liebe Dame, Ihr Mann ist ein berüchtigter Hehler mit einer Latte von Strafbefehlen wegen Verkehrsdelikten. Draußen im Wagen habe ich ein Verzeichnis mit heißer Ware, und falls Sie mir nicht sagen wollen, wo er ist, stelle ich Ihr Haus auf den Kopf, bis ich etwas Belastendes finde. Dann lasse ich Sie einsperren, weil Sie gestohlene Waren horten. Also, was ist?«

Die Schlampe schlug sich wütend mit den Fäusten auf die Schenkel; Lee vollführte einen Ringkampf mit Hacksaw, bis er ihn flach auf alle Viere niedergedrückt hatte, und sagte: »Einige Leute geben eben nichts auf Höflichkeit. Mrs. Albanese, wissen Sie, was Russisches Roulette ist?«

Die Frau sagte blubbernd: »Ich bin nicht blöd. Und Bruno hat für alles bezahlt.« Lee zog einen stumpfnasigen .38er hinten aus seinem Hosengürtel, drehte die Trommel und ließ sie dann einrasten. »In diesem Revolver ist eine einzige Patrone. Na, Hacksaw. Fühlst du dich gut?«

Hacksaw machte: »Wuff«, und die Frau sagte: »Das wagen Sie nicht!« Lee drückte dem Hund den .38er auf den Schädel und zog den Abzug durch. Der Hammer machte »klick«, weil die Kammer leer war; die Frau zog keuchend die Luft ein und wurde ganz bleich; Lee sagte: »Fünf sind noch drin! Bereite dich auf den Hundehimmel vor, Hacksaw!«

Lee zog den Abzug ein zweites Mal durch; ich mußte mein Lachen zurückhalten, als der Hammer wieder auf die leere Kammer traf und Hacksaw, den die ganze Angelegenheit langweilte, ihm die Eier leckte. Mrs. Albanese betete inbrünstig mit geschlossenen Augen. Lee sagte: »Es ist Zeit, Hundchen, vor deinen Schöpfer zu treten«; die Frau brabbelte: »Nein! Nein. Nein. Nein! Bruno arbeitet als Barkeeper in Silverlake. Im Buena Vista an der Vendome Avenue. Bitte, bitte lassen Sie meinen Liebling jetzt in Ruhe!«

Lee zeigte mir die leere Trommel seines .38ers, und als wir zu seinem Wagen zurückgingen, hörten wir munteres Gebell hinter uns herschallen. Ich lachte den ganzen Weg bis nach Silverlake.

Das Buena Vista war ein Bar- und Grillrestaurant im Stil eines spanischen Gutshofs – weißgetünchte Lehmwände und mit Weihnachtsbeleuchtung geschmückte Türmchen, sechs Wochen vor dem Fest. Drinnen war es kühl, lauter dunkles Holz. Gleich hinter dem Vorraum stand ein langer Tresen aus Eichenholz, hinter dem ein Mann Gläser polierte. Lee hielt ihm seine Marke hin und sagte: »Bruno Albanese?« Mit niedergeschlagenen Augen zeigte der Mann in den rückwärtigen Teil des Restaurants.

Der hintere Teil des Grills war eng, die Nischen mit Kunstleder ausgeschlagen und die Beleuchtung trüb. Wölfische Eßgeräusche führten uns zur letzten der Nischen – der einzigen, in der jemand saß. Ein dünner, dunkelhäutiger Mann, über einen Teller gebeugt, auf den Bohnen, Chili und Huevos Rancheros gehäuft waren, schaufelte das Essen in sich hinein, als sei es seine Henkersmahlzeit.

Lee klopfte auf den Tisch. »Polizei. Sind Sie Bruno Albanese?«

Der Mann schaute hoch und sagte: »Wer, ich?«

Lee klemmte sich in die Nische und zeigte auf die religiösen Motive an der Wand. »Nein, das Kind in der Krippe. Bringen wir das schnell hinter uns, damit ich Ihnen nicht beim Essen zusehen muß. Es laufen ein paar gepfefferte Anzeigen gegen Sie, aber mein Partner und ich mögen Ihren Hund. Also werden wir Sie nicht einlochen. Ist das nicht nett von uns?«

Bruno Albanese würgte und sagte dann: »Das heißt, Sie wollen einen Tip von mir?«

Lee sagte: »Kluges Kind«, und strich das Fahndungsbild von Maynard auf dem Tisch glatt. »Er bohrt kleine Jungs an. Wir wissen, daß er an Sie verkauft, aber das ist uns schnuppe. Wo ist er?«

Albanese schaute auf die Abbildung und rülpste. »Hab' den Burschen noch nie gesehen. Da hat Ihnen jemand einen Bären aufgebunden.«

Lee sah mich an und seufzte. Er sagte: »Manche Leute reagieren einfach nicht auf Nettigkeit.« Dann packte er Bruno Albanese am Kragen und drückte ihn, Gesicht voran, in seinen Freßteller. Bruno sog durch Mund, Nase und Augen Fett in sich ein, flatterte wild mit den Armen, und seine Beine unter dem Tisch zuckten unkontrolliert. Lee hielt ihn nach unten gedrückt und sagte in leierndem Tonfall: »Bruno Albanese war ein guter Mensch. Er war ein guter Ehemann und seinem Sohn Hacksaw ein guter Vater. Mit der Polizei wollte er nicht zusammenarbeiten, aber wer kann schon ganz vollkommen sein. Partner, kannst du mir einen Grund nennen, warum ich das Leben dieses Scheißkerls schonen soll?«

Albanese gab gurgelnde Laute von sich; in seine Huevos Rancheros tropfte Blut. »Laß Gnade walten«, sagte ich, »sogar Hehler verdienen ein besseres Abendmahl.«

Lee sagte: »Gut gesprochen«, und ließ Albaneses Kopf los. Nach Luft schnappend, blutend und keuchend kam er hoch, wischte sich die ganze mexikanische Küche aus dem Gesicht. Als er wieder zu Atem gekommen war, winselte er: »Versailles Apartments an der 6th und Saint Andrews, Zimmer 803, und verpfeift mich bitte nicht.«

»Bon appetit, Bruno«, verabschiedete sich Lee, und ich setzte hinzu: »Du bist wirklich eine gute Seele.« Wir rannten aus dem Restaurant und fuhren mit Vollgas zur 6th Ecke Saint Andrews.

Die Briefkästen in der Vorhalle des Versailles verzeichneten in Apartment 803 einen Maynard Coleman. Wir fuhren mit dem Aufzug hoch zum achten Stock und drückten auf den Summer; ich legte mein Ohr an die Tür und hörte nichts. Lee zog einen Schlüsselring mit Rohlingen hervor und versuchte sich damit an dem Schloß, bis einer der Schlüssel faßte und der Mechanismus mit einem scharfen Klicken nachgab.

Wir betraten ein stickiges, dunkles kleines Zimmer. Lee schaltete die Deckenbeleuchtung ein, in deren Schein wir ein Murphy-Bett sahen, auf dem viele Stofftiere aufgebaut waren – Teddybären, Pandas und Tiger. Die Behausung stank nach Schweiß, und der Geruch von etwas Medizinischem, das ich nicht einordnen konnte, hing in der Luft. Ich rümpfte die Nase, und Lee klärte mich auf: »Vaseline mit Cortison. Die Homos benutzen das und schmieren sich damit den Arsch. Ich hatte eigentlich vor, Maynard persönlich an Captain Jack zu übergeben, aber jetzt überlasse ich ihn zuerst Vogel und Koenig.«

Ich ging zum Bett und schaute mir die Stofftiere eingehender an; zwischen ihre Beine waren weiche Kinderlöckchen geklebt. Schaudernd sah ich Lee an. Er war ganz bleich, und seine Gesichtsmuskeln zuckten unkontrolliert. Unsere Blicke begegneten sich, wortlos gingen wir aus der Wohnung und fuhren mit dem Fahrstuhl nach unten. Auf dem Bürgersteig fragte ich ihn: »Und was jetzt?«

Lees Stimme bebte: »Such dir eine Telefonzelle und ruf bei D. M. V. an. Gib ihnen Maynards *Alias* und seine Adresse durch und frag nach, ob sie im letzten Monat oder irgendwann früher eine Zulassung auf diesen Namen ausgestellt haben. Falls ja, laß dir eine Beschreibung des Wagens und die Autonummer geben. Wir treffen uns am Wagen.«

Ich rannte zur Ecke, fand einen Münzfernsprecher und wählte die D. M. V.-Auskunft. Der Mann am anderen Ende fragte: »Für wen ist die Auskunft?«

»Officer Bleichert, L.A.P.D., Erkennungsmarke 1611, Anfrage wegen eines Autokaufs, Maynard Coleman oder Coleman Maynard, 643 South Saint Andrews, Los Angeles. Wahrscheinlich noch ganz frisch.«

»Verstanden – eine Sekunde.«

Mit Notizblock und Bleistift in der Hand wartete ich, hatte dabei ständig die Stofftiere vor Augen. Gute fünf Minuten später bekam ich die Information. »Officer, ich bin fündig geworden.« Ich war erregt.

»Legen Sie los!«

»De Soto Limousine, Baujahr 1938, dunkelgrün, Nummernschild B wie Boy, V wie Victor, 1432. Ich wiederhole: B wie Boy –«

Ich schrieb es auf, hängte ein und rannte zurück zum Auto. Lee studierte den Stadtplan von Los Angeles und markierte einige Stellen. Ich sagte: »Wir haben ihn.«

Lee faltete die Karte zusammen. »Wahrscheinlich lungert er vor Schulen rum. In der Nähe der Einbrüche in Highland Park sind ein paar Grundschulen, und auch hier sind etwa ein halbes Dutzend. Ich habe Hollywood und Wilshire über Funk verständigt und ihnen gesagt, was wir haben. Streifenwagen werden zu allen Schulen geschickt, und man wird nach Maynard Ausschau halten. Hatte das D. M. V. was?«

Ich zeigte auf die Eintragung in meinem Notizbuch; Lee schnappte sich das Funkmikrophon und schaltete auf Sendung. Wir hörten ein statisches Knistern, dann gab das Gerät seinen Geist auf und verstummte. Lee sagte: »Scheiße, fahren wir.«

Wir grasten die Grundschulen in Hollywood und im Wilshire-Distrikt ab. Lee fuhr, ich suchte Straßenränder, Ecken und Schulhöfe nach grünen De Sotos und herumlungernden Kerlen ab. Wir machten einmal Halt vor einer Polizeirufsäule, und Lee rief die Reviere Wilshire und Hollywood an, reichte die D. M. V.-Auskunft weiter und ließ sich die Versicherung geben, daß sie an jeden Funkwagen, jede Streife weitergeleitet würde.

Während dieser Stunden sprachen wir kaum ein Wort miteinander. Lee hielt das Lenkrad mit weiß hervortretenden Knöcheln umklammert, während wir langsam durch die Straßen schlichen. Sein Gesichtsausdruck veränderte sich nur einmal, als wir an spielenden Kindern vorbeikamen. Sein Blick war umwölkt, und seine Hände zitterten, und ich dachte: Gleich wird er entweder in Tränen ausbrechen oder in die Luft gehen.

Doch er starrte nur geradeaus, und die einfache Aufgabe, sich wieder in den Verkehr einfädeln zu müssen, schien ihn zu beruhigen. Es war, als wisse er ganz genau, wie weit er sich als Mann gehenlassen konnte, bevor er wieder den Polizisten herauskehrte.

Kurz nach drei Uhr fuhren wir die Van Ness in südlicher Richtung entlang, nachdem wir uns an der Van Ness Avenue-Grundschule umgesehen hatten. Auf dem Weg zum Polar Palace waren wir noch etwa eine Querstraße von unserem Ziel entfernt, als aus der Gegenrichtung ein grüner De Soto BV 1432 an uns vorbeifuhr und auf den Parkplatz der Eisbahn bog.

Ich sagte: »Wir haben ihn! Polar Palace.«

Lee wendete und fuhr an den Bordstein, direkt gegenüber der Einfahrt zum Parkplatz. Maynard schloß den De Soto ab und musterte eine Gruppe von Kindern, die, ihre Schlittschuhe an Bändern über die Schultern gehängt, auf den Eingang zuhüpften. »Los, komm!«, sagte ich.

Lee blieb sitzen. »Du holst ihn dir. Mir könnten die Sicherungen durchgehen. Achte darauf, daß die Kinder aus dem Weg sind. Und falls er irgendwelche verdächtigen Bewegungen macht, leg ihn um.«

Festnahmen im Alleingang waren ein klarer Verstoß gegen die Dienstvorschriften. »Du bist verrückt! Das ist ein –«

Lee schob mich aus der Tür. »Los, hol ihn dir, verdammt! Wir sind bei der Fahndung, nicht in der Sonntagsschule. Na los schon, hol ihn!«

Ich machte einen Hindernislauf durch den dichten Verkehr auf der Van Ness bis zum Parkplatz und erwischte gerade noch einen Blick auf Maynard, der mitten in einer dichten Meute von Kindern den Polar Palace betrat. Ich sprintete zur Eingangstür, riß sie auf und redete mir dabei immer gut zu, ganz sachlich und gelassen zu bleiben.

Kalte Luft wehte mir entgegen; grelles Licht, das sich auf der Eisfläche spiegelte, stach mir in die Augen. Die Hand schützend über die Augen haltend, schaute ich mich um und erblickte Fjorde aus Pappmaché und einen Imbißstand in der Form eines Iglus. Ein paar Kinder drehten ihre Kringel auf dem Eis, und ein anderes Grüppchen bestaunte mit ›Ohs‹ und ›Ahs‹

einen riesigen ausgestopften Polarbären, der aufgerichtet auf den Hinterbeinen an einem Nebenausgang stand. Kein einziger Erwachsener war zu sehen. Dann kam mir die Erleuchtung: Ich mußte auf der Herrentoilette nachsehen.

Ein Pfeil wies mich zum Kellergeschoß. Ich war halb die Treppe hinunter, als Maynard mir entgegenkam, einen kleinen Stoffhasen in Händen haltend. Der üble Geruch von Zimmer 803 stieg mir wieder in die Nase; gerade als er an mir vorbeigehen wollte, sagte ich: »Polizei! Sie sind festgenommen!«, und zog meinen .38er.

Der Kinderschänder riß die Hände hoch; der Stoffhase fiel zu Boden. Ich stieß ihn gegen die Wand, durchsuchte ihn, bog ihm die Arme auf den Rücken und legte ihm Handschellen an. Das Blut stieg mir in Wellen zu Kopf, während ich ihn die Treppen hinaufstieß; ich spürte, daß etwas an meinen Beinen zerrte. »Laß meinen Dad in Ruhe! Laß meinen Dad in Ruhe!« Der Angreifer war ein kleiner Junge in kurzen Hosen und Matrosenjacke. Ich brauchte nur eine halbe Sekunde, um zu erkennen, daß er das Kind des Festgenommenen war – ihre Ähnlichkeit war unverkennbar. Der Junge krallte sich in meinen Gürtel und plärrte: »Laß meinen Daddy in Ruhe!«, während der Vater Zeit gewinnen wollte, um Lebewohl zu sagen und einen Babysitter aufzutreiben; ich lief weiter die Treppen hoch und durch den Polar Palace, den Revolver auf den Kopf des Sittlichkeitsverbrechers gerichtet, ihn mit der anderen Hand vor mir herstoßend, während das Kind sich hinten an mich hängte, heulend und mit aller Kraft nach mir schlagend. Eine Menge Schaulustiger hatte sich versammelt; ich brüllte: »Polizei!«, bis sie sich teilte und man mir den Weg zur Eingangstür freigab. Ein alter Knacker machte sie mir auf und blubberte: »He, bist du nicht Bucky Bleichert?«

Ich keuchte: »Schnappen Sie sich den Jungen und besorgen Sie eine Frau, die auf ihn aufpassen kann.« Der kleine Wüterich wurde zurückgerissen. Ich entdeckte Lees Ford auf dem Parkplatz, schob Maynard den ganzen Weg dorthin vor mir her und dann auf den Rücksitz. Lee drückte auf die Hupe und scherte aus; der Kinderschänder murmelte etwas, das sich anhörte wie: »Himmel, Herrgott, Jesses, hilf!« Ich rätselte, warum die schrille Hupe die Schreie des kleinen Jungen nach seinem Daddy nicht übertönen konnte.

Wir lieferten Maynard im Zellentrakt des Gerichtsgebäudes ab, und Lee rief Fritz Vogel im Einsatzraum des Central an, um ihm mitzuteilen, daß der Kinderschänder in Gewahrsam sei und man ihn jetzt zu den Einbrüchen in Bunker Hill vernehmen könne. Dann ging es zurück zur City Hall, und es gab weitere Anrufe, einen, um die Detectives von Highland Park von Maynards Verhaftung in Kenntnis zu setzen, und einen zweiten bei der Jugendfürsorge von Hollywood, damit ich mein Gewissen wegen des Kindes beruhigen konnte. Die Frau, mit der ich sprach, erzählte mir, daß Billy Maynard bereits dort sei und auf seine Mutter warte, Coleman Maynards Exfrau, eine Nutte vom Autostrich, in sechs Fällen einschlägig vorbestraft. Er plärre noch immer nach seinem Vater, und als ich auflegte, wünschte ich mir, ich hätte nicht angerufen.

Es folgten drei Stunden, die ich mit der Abfassung des Berichts zubrachte. Als festnehmender Officer schrieb ich meinen Rapport in Langschrift aus; Lee tippte ihn ab und ließ unseren Einbruch in Coleman Maynards Apartment einfach unter den Tisch fallen. Ellis Loew trabte aufgeregt in unserem Karnickelstall umher und murmelte: »Großartiger Fang!«, und: »Mit der Kindersache breche ich ihm vor Gericht das Genick.«

Um sieben Uhr abends waren wir mit unserem Papierkram fertig. Lee malte einen Strich in die Luft und sagte: »Wieder einer, den wir für Laurie Blanchard abhaken können. Hast du Hunger, Partner?«

Ich stand auf, reckte mich und fand es plötzlich einen großartigen Einfall, essen zu gehen. Dann sah ich Fritz Vogel und Bill Koenig auf unseren Verschlag zusteuern. Lee flüsterte: »Sei nett, die haben bei Loew einen Stein im Brett.«

Aus der Nähe besehen, ähnelten die zwei einem angeschlagenen Haufen von Gegenspielern an der Mittellinie der Los

Angeles Rams. Vogel war lang und fett, mit einem riesigen platten Kopf, der direkt aus seinem Hemdkragen herauswuchs, und den verwaschensten blauen Augen, die ich je gesehen hatte. Koenig war massig und riesig, noch um einiges größer als meine einsneunzig, doch seine athletische Figur ging langsam aus dem Leim. Er hatte eine breite, plattgeschlagene Nase, Blumenkohlohren, einen schiefen Unterkiefer und winzige Mausezähne. Er sah dämlich aus, Vogel gerissen, und beide zusammen hundsgemein.

Koenig kicherte. »Er hat gestanden. Die Sauereien mit den Kindern und die Einbrüche. Fritzie meint, daß wir alle eine Belobigung bekommen.« Er streckte mir die Hand hin. »Du hast einen guten Kampf geliefert, Blondie.«

Als ich die riesige Faust schüttelte, bemerkte ich frisches Blut auf Koenigs rechter Manschette. Ich sagte: »Danke, Sarge«, und streckte meine Hand Fritz Vogel hin. Er hielt sie nur für den Bruchteil einer Sekunde, sah mich mit einem bohrenden, wütenden Blick an und ließ sie dann fahren, als wäre sie ein warmer Kackhaufen.

Lee versetzte mir einen Schlag auf den Rücken. »Bucky ist ein As, Köpfchen und Cojones! Habt ihr mit Ellis schon über das Geständnis gesprochen?«

Vogel fiel ihm ins Wort: »*Ellis* ist er nur für Leute vom Lieutenant aufwärts!«

Lee lachte: »Ich habe eben mein Privileg. Übrigens nennt ihr ihn ja auch hinter seinem Rücken »Itzig« und »Jiddenbengel«, also was kann es euch stören?«

Vogel wurde rot; Koenig sah sich mit offenem Mund um. Als er sich mir wieder zuwandte, entdeckte ich Blutspritzer vorn auf seinem Hemd. Vogel sagte: »Komm jetzt, Billy!« Koenig folgte ihm beflissen zurück in den Einsatzraum.

»Sei nett – wie?«

Lee zuckte die Achseln. »Scheißkerle. Wenn die keine Cops wären, säßen sie in Atascadero. Mach, was ich dir sage, und mach es nicht wie ich, Partner! Vor mir haben sie Angst, aber du bist für sie nur ein blutiger Anfänger.«

Ich zerbrach mir den Kopf über eine möglichst scharfe Erwiderung. Dann steckte Harry Sears, der jetzt doppelt so schlampig aussah wie heute morgen, den Kopf durch die Tür. »Mir ist was zu Ohren gekommen, das du, glaube ich, wissen solltest, Lee.« Er sprach den Satz ohne das geringste Stottern; ich roch seine Alkoholfahne.

Lee sagte: »Pack aus!« Sears berichtete: »Ich war drüben bei den Bewährungshelfern, und der Leiter dort hat mir erzählt, daß Bobby De Witt auf Bewährung freikommt. Er wird Mitte Januar nach Los Angeles entlassen. Ich dachte, daß ich dir das besser sage.«

Sears nickte mir zu und ging. Ich sah Lee an, dessen Gesichtsmuskeln wieder zuckten wie in Zimmer 803 im Versailles. Ich sagte: »Partner –«

Lee quälte sich ein Lächeln ab. »Jetzt laß uns aber etwas zu beißen suchen. Kay hat Rinderbraten gemacht und meint, ich sollte dich mitbringen.«

Wir machten uns auf zu der Frau, und ich war verblüfft von der Bude: ein beigefarbenes, elegant stromlinienförmiges Haus, etwa vierhundert Meter nördlich vom Sunset Strip. In der Tür ermahnte mich Lee: »Sag bitte nichts von De Witt; das würde Kay nur aufregen.« Ich nickte und stand plötzlich in einem Wohnzimmer, das wie die Kulisse für einen Film aussah.

Die Täfelung bestand aus gewachstem Mahagoni, die Möbel waren dänisch-modern – schimmerndes helles Holz in einem halben Dutzend Schattierungen, der Boden belegt mit gesäumten Teppichen in modernistischem Design. An den Wänden Drucke von hochkarätigen Künstlern des 20. Jahrhunderts, nebelverhangene Wolkenkratzer oder hochragende Bäume in einem Wald oder die Schlote einer expressionistischen deutschen Fabrik. An das Wohnzimmer schloß sich eine Eßecke an, und auf dem Tisch standen frische Blumen und dampfende Schüsseln mit dem Duft guten Essens. Ich sagte: »Nicht übel bei dem Gehalt eines Cop! Du nimmst wohl hier und da Bestechungsgelder, Partner?«

Lee sagte: »Meine Kampfbörse. Hey, Babe, bist du da?«

In einem Kleid mit Blumenmuster, das offenbar auf den Tulpenstrauß auf dem Tisch abgestimmt war, gesellte sich Kay Lake aus der Küche kommend zu uns. Sie ergriff meine Hand und sagte: »Hallo, Dwight.« Ich fühlte mich wie ein Rotzbengel aus der finstersten Gosse, der in einen Schülerball hineinplatzt.

»Hallo Kay.«

Mit leichtem Druck ließ sie meine Hand los und beendete so das längste Händeschütteln der Geschichte. »Sie und Leland Partner! Da möchte man doch glatt wieder an Märchen glauben, nicht wahr?«

Ich drehte mich nach Lee um und sah, daß er verschwunden war. »Nein, ich bin eher Realist.«

»Ich nicht.«

»Das weiß ich wohl.«

»Ich habe soviel Realität abbekommen, daß ich bis zu meinem Lebensende damit auskommen könnte.«

»Ich weiß.«

»Wer hat Ihnen das gesagt?«

»Der *Herald Express* von L. A.«

Kay lachte auf. »Dann haben Sie also die Zeitungsausschnitte über mich gelesen. Sind Sie zu irgendwelchen Schlußfolgerungen gelangt?«

»Ja. Märchen werden nicht wahr.«

Kay blinzelte genau wie Lee; ich bekam das Gefühl, daß sie es ihm beigebracht hatte. »Deswegen muß man sie ja gerade Wirklichkeit werden lassen. Leland! Zeit zum Essen!«

Lee erschien, und wir setzten uns um den Tisch; Kay ließ eine Flasche Champagner knallen und schenkte ein. Als unsere Gläser gefüllt waren, sagte sie: »Auf die Märchen.« Wir tranken, Kay schenkte nach. Lee fiel ein: »Auf die Anleihe, Wahlvorschlag B.« Das zweite Glas Schampus kribbelte mir in der Nase, und ich mußte lachen; ich improvisierte: »Auf den Rückkampf Bleichert–Blanchard in den Pologrounds! Eine größere Sensation als der Kampf Joe Louis gegen Schmeling.«

Lee toastete: »Auf einen zweiten Blanchard-Sieg«; Kay erhob ihr Glas: »Auf ein unblutiges Unentschieden!« Wir tranken die Flasche leer, und Kay holte Nachschub aus der Küche, ließ den Korken knallen und traf Lee damit an der Brust. Als unsere Kelche wieder voll waren, spürte ich die erste Wirkung und sprudelte heraus: »Auf uns!« Lee und Kay sahen mich neugierig an wie in Zeitlupe, und dann bemerkte ich, daß unsere freien Hände auf der Tischplatte nur wenige Zentimeter voneinander entfernt lagen. Kay fiel auf, daß es mir aufgefallen war, und sie blinzelte; Lee sagte: »Ich habe es *so* gelernt.« Unsere Hände trafen sich, und zu dritt riefen wir fröhlich: »Auf uns!«

Gegner, dann Partner, dann Freunde. Und mit der Freundschaft kam Kay, die sich nie zwischen uns stellte, sondern unser Leben außerhalb des Polizeidienstes stets mit Stil und Unbeschwertheit erfüllte.

In diesem Herbst '46 gingen wir überall gemeinsam hin. Wenn wir ins Kino gingen, nahm Kay den Platz zwischen uns und umklammerte bei den gruseligsten Szenen unsere Hände. Wenn wir Freitag abends ins Malibu Rendezvous zum Tanzabend mit der Big Band gingen, tanzte sie abwechselnd mit uns beiden und warf immer eine Münze, um zu sehen, wer den letzten langsamen Tanz bekam. Lee ließ keine Spur von Eifersucht durchblicken, und die Verlockung, die von Kay ausging, schwelte nur ganz leicht weiter. Sie war jedes Mal wieder da, sobald mich ihre Schulter streifte, jedes Mal, wenn wir im Radio die sentimentale Zeile eines Liedes hörten oder ein komisches Plakat sahen, Lee etwas Witziges sagte – es traf uns genau auf dieselbe Weise, und unweigerlich begegneten sich dann unsere Blicke. Je stiller und weicher die Stimmung wurde, desto empfänglicher war Kay, wie ich wußte – und um so mehr begehrte ich sie. Doch ich ließ alles so, wie es war, und das nicht, weil ich meine Partnerschaft mit Lee nicht zerstören wollte, sondern weil dadurch die Vollkommenheit unserer Dreierbeziehung aus dem Gleichgewicht geraten wäre.

Nach unseren Dienstrunden fuhren Lee und ich zu ihm nach

Hause, fanden Kay dort lesend vor, bestimmte Stellen in Büchern mit einem gelben Kreidestift unterstreichend. Sie kochte das Abendessen für uns drei, und manchmal machte sich Lee davon, um mit seinem Motorrad den Mulholland Drive entlangzujagen. Dann unterhielten wir uns.

Immer drehte sich die Unterhaltung um Lee, als sei das Sprechen über den alles beherrschenden, lebenswarmen starken Mittelpunkt von uns dreien in seiner Abwesenheit Verrat an ihm. Kay erzählte von den sechs Jahren am College und den zwei Magistergraden, die Lee mit seiner Kampfbörse finanzierte, und wie ihre Arbeit als Aushilfslehrerin für die »überqualifizierte Dilettantin«, als die sie sich sah, eine geradezu vollkommene Lösung sei; ich erzählte ihr, wie es gewesen war, als Kraut in Lincoln Heights aufzuwachsen. Wir sprachen nie über meine Spitzeldienste für die Fremdenpolizei, und sie nie über ihr Leben mit Bobby De Witt. Wir spürten beide in groben Umrissen die Lebensgeschichte des anderen, doch uns war nicht nach Einzelheiten zumute. Ich war ihr um einiges voraus: Die Ashida-Brüder und Sam Murakami waren nun schon lange tot und vergessen, doch Bobby De Witt stand einen Monat vor seiner Haftentlassung – und ich wußte genau, daß Kay vor seiner Rückkehr Angst hatte.

Falls auch Lee Furcht davor empfand, ließ er sie jedenfalls nie mehr durchblicken seit jenem Augenblick, in dem Harry Sears ihm die Neuigkeit überbracht hatte. Und es überschattete auch nicht die besten Stunden, die wir gemeinsam verbrachten – nämlich die, in denen wir bei der Fahndung arbeiteten. In diesem Herbst lernte ich, was Polizeiarbeit eigentlich war, und Lee wurde mein Lehrer.

Von Mitte November bis Neujahr machten wir insgesamt elf Schwerverbrecher, achtzehn Verkehrssünder und drei Strafentlassene, die gegen die Bewährungsauflagen verstoßen hatten, dingfest. Unsere Razzien unter verdächtig herumlungerndem Gesindel brachten uns ein zusätzliches Halbdutzend weiterer Festnahmen ein, alles Verstöße gegen das Rauschmittelgesetz. Wir arbeiteten auf direkte Weisung von Loew, hielten uns sonst an die Wochenberichte über Schwerverbrechen, und bei den Anschlägen am Schwarzen Brett im Einsatzraum verließ ich mich ganz auf Lees Instinkt. Seine Techniken waren manchmal vorsichtig und umsichtig, manchmal brutal, doch er war stets behutsam mit Kindern, und wenn er mal das Rauhbein herauskehrte, um an Informationen zu gelangen, dann nur deswegen, weil es das einzige Mittel war, Resultate zu erzielen.

So wurden wir zum Verhörteam mit der Rollenverteilung netter Kerl/übler Kerl; Mr. Feuer trug den schwarzen Hut, Mr. Eis den weißen. Unser Ruf als Boxer verschaffte uns auf der Straße zusätzlich Respekt. Und wenn Lee auf jemanden eintrommelte, um Informationen aus ihm herauszuprügeln, und ich schützend dazwischenging, bekamen wir meistens, was wir wollten.

Die Partnerschaft war nicht vollkommen. Wenn wir vierundzwanzig Stunden ohne Pause herunterreißen mußten, schnappte sich Lee einen Süchtigen, filzte ihn nach Benzedrintabletten und schluckte eine Handvoll davon, um wach zu bleiben. Dann wurde für ihn jeder durchsuchte Schwarze zu »Sambo«, jeder weiße Mann zum »Scheißkerl« und jeder Mexikaner zu »Pancho«. Dann brach seine ganze Grobheit durch, ließ ihn sein unleugbares Fingerspitzengefühl vergessen, und zweimal mußte ich ihn mit aller Macht zurückhalten, als er sich von seiner Rolle als Buhmann im schwarzen Hut zu sehr fortreißen ließ.

Doch für das, was ich lernte, war das ein geringer Preis. Unter Lees Anleitung wurde ich schnell gut, und ich war nicht der einzige, der das merkte. Obwohl er fünfhundert Dollar auf meinen Sieg verwettet hatte, erwärmte sich Ellis Loew für mich, als Lee und ich eine Reihe von Schwerverbrechern einlieferten, die er unbedingt unter Anklage stellen wollte. Und Fritz Vogel, der mich haßte, weil ich seinem Sohn den Job bei der Fahndung weggeschnappt hatte, mußte widerwillig ihm gegenüber einräumen, daß ich ein hervorragender Cop war.

Und überraschenderweise hielt meine lokale Berühmtheit lange genug an, mir noch einen zusätzlichen Bonus zu verschaffen. Lee war der bevorzugte Krediteintreiber bei H. J. Caruso, dem Autohändler mit der berühmten Radiowerbung, und wenn wir im Dienst Flaute hatten, suchten wir nach nicht bezahlten Autos in Watts und Compton. Sobald wir eines entdeckten, schlug Lee das Ausstellfenster ein, schloß den Schlitten kurz, während ich Schmiere stand. Danach fuhren wir dann im Convoy zu Carusos Wagenpark an der Figueroa, und H. J. steckte uns jedem einen Zwanziger zu. Wir schwatzten mit ihm über Räuber und Gendarm und Tratsch vom Boxring, und hinterher gab es als Zugabe noch eine Flasche mit gutem Bourbon, den Lee sogleich an Harry Sears weiterreichte, den er schmierte, um weiterhin gute Tips vom Morddezernat zu bekommen.

Manchmal verabredeten wir uns mit H. J. zu den Donnerstagabend-Kämpfen im Olympic. Seine Kabine am Ring war eine Sonderanfertigung, die uns Schutz bot, wenn die Mexikaner auf den obersten Stehplätzen Münzen und Bierdosen voll Pisse in den Ring hinunterwarfen, und während der Vorkämpfe wurden wir regelmäßig als Gäste angesagt. Gelegentlich blieb Benny Siegel vor der Kabine stehen, und dann gingen Lee und er weg, um etwas miteinander zu bereden. Wenn Lee zurückkam, sah er stets etwas eingeschüchtert aus. Der Mann, gegen den er einst angekämpft hatte, war der mächtigste Gangster der Westküste, berühmt für seine Rachsucht und von unberechenbarem Temperament. Doch Lee bekam regelmäßig Tips für die Rennen – und die Pferde, die Siegel ihm nannte, gewannen meistens.

So verging der Herbst. Um Weihnachten bekam der alte Mann Heimurlaub vom Pflegeheim, und ich brachte ihn zum Abendessen mit nach Hause. Er hatte sich einigermaßen von seinem Schlaganfall erholt, doch er hatte noch keine Erinnerung an die englische Sprache und brabbelte nur auf deutsch. Kay fütterte ihn mit Truthahn und Gans ab, und Lee hörte sich den ganzen Abend lang seine Kraut-Monologe an. Und in die Atempausen hinein rief er anfeuernd: »Ja, gib's ihnen, Cop« und »verrückter Kerl«. Als ich ihn wieder vor seinem Heim absetzte, zeigte er mir den Finger und schaffte es, aus eigener Kraft hineinzugehen.

Am Neujahrstag fuhren wir hinunter nach Balboa Island, um uns Stan Kentons Band anzuhören. Wir tanzten ins Jahr 1947 hinein, berauscht vom Champagner, und Kay warf Münzen, um zu entscheiden, wer den letzten Tanz und wer den ersten Kuß zum Jahreswechsel um Mitternacht bekam. Lee bekam den Tanz, und ich schaute zu, wie die beiden zu den Klängen von »Perfidia« über die Tanzfläche wirbelten, und spürte eine unerklärliche Wehmut wegen der Art, in der sie mein Leben verändert hatten. Als es Mitternacht wurde, spielte die Band einen Tusch, und ich wußte nicht mehr ein noch aus.

Kay löste das Problem, indem sie mich weich auf die Lippen küßte und flüsterte: »Ich liebe dich, Dwight.« Eine fette Frau packte mich und blies mir eines dieser Lärmdinger ins Gesicht, bevor ich darauf antworten konnte.

Im lauten Hupkonzert einer langen Schlange von Nachtschwärmern fuhren wir über den Pacific Coast Highway heimwärts. Als wir beim Haus ankamen, ließ sich mein Wagen nicht starten. Also bereitete ich mir ein Bett auf der Couch und war von allzu vielem Alkohol schnell weggetreten. Irgendwann kurz vor Morgengrauen weckten mich merkwürdige Laute, die ich gedämpft durch die Wand hörte. Ich spitzte die Ohren und vernahm Schluchzen, abgelöst von Kays Stimme, sanfter und tiefer, als ich sie je gehört hatte. Das Schluchzen wurde heftiger – ging über in Jammerlaute. Ich preßte mir das Kissen an den Kopf und zwang mich, wieder einzuschlafen.

6. Kapitel

Ich verschlief fast den ganzen Wochenbericht über Schwerverbrechen an diesem trüben 10. Januar und wurde erst hellwach, als Captain Jack bellte: »Das wär's! Lieutenant Millard, Sergeant Sears, Sergeant Blanchard und Officer Bleichert – sofort in Mr. Loews Büro. Weggetreten!«

Ich ging den Korridor hinunter zu Ellis Loews innerem Heiligtum. Lee, Russ Millard und Harry Sears waren bereits dort, drängten sich um Loews Schreibtisch und schnappten sich jeder einen *Herald* von einem Stapel mit der Morgenausgabe.

Lee blinzelte mir zu und reichte mir ein Exemplar, das auf der Seite mit den Lokalnachrichten aufgeschlagen war. Nicht zu übersehen war ein Artikel mit der Überschrift: »Greift Bezirksanwalt der Criminal Division in republikanischen Vorwahlen '48 nach höchstem Amt?« Ich las drei Abschnitte mit Lobeshymnen auf Ellis Loew und seine »Sorge um die Bürger von Los Angeles« und warf die Zeitung auf den Schreibtisch, bevor ich mich übergeben mußte. Lee sagte: »Also da kommt jetzt unser Mann! Hallo, Ellis, gehst du wirklich in die Politik? Sag laut: ›Die einzige Sache, die wir zu fürchten haben, ist die Furcht selbst.‹ Gib mal eine Kostprobe, wie du dich anhörst!«

Lees Nachahmung von Roosevelt wurde von allen mit einem Lachen quittiert; sogar Loew gluckste, als er Durchschläge von Verbrechensberichten verteilte, denen Fahndungsfotos beigeheftet waren. »Hier ist der Kerl, den wir alle fürchten müssen. Lesen Sie selbst und finden Sie heraus, warum!«

Ich las. Der Bericht befaßte sich mit der kriminellen Karriere des Raymond Douglas »Junior« Nash, männlich, weiß, geboren in Tulsa, Oklahoma, im Jahre 1908. Nashs Verurteilungen reichten zurück bis auf das Jahr 1926, und sie umfaßten Haftstrafen im Staatsgefängnis von Texas wegen Unzucht mit Minderjährigen, bewaffneten Raubes, Körperverletzung ersten Grades und Nötigung. Der Staat Kalifornien erhob Anklage in fünf Fällen: Er wurde gesucht wegen dreifachen bewaffneten Raubes vom Oakland County im Norden und in zwei Fällen aus dem Jahre 1944 von der Polizei von Los Angeles wegen Verführung Minderjähriger ersten Grades und Anstiftung eines Minderjährigen zum Verbrechen. Der Strafregisterauszug endete mit einer Mitteilung der San Francisco P. D. Intelligence Squad, in der ein dringender Tatverdacht gegen Nash wegen zahlreicher Überfälle in der Dozen Bay Area ausgesprochen wurde; außerdem ging das Gerücht, er sei beim großen Ausbruchsversuch aus Alcatraz im Mai '46 einer der Helfer von außen gewesen. Anschließend warf ich einen Blick auf die Fahndungsfotos. Junior Nash sah aus wie ein typischer Hinterwäldler aus Oklahoma: lange knochige Kopfform, dünne Lippen, engstehende Augen und Ohren, die besser zu Dumbo, dem Elefanten, gepaßt hätten.

Ich schielte zu den anderen Männern. Loew las das Loblied auf sich selbst im *Herald*; Millard und Sears machten Pokergesichter und studierten noch immer die Durchschläge der Strafakte. Lee sagte: »Und nun die guten Nachrichten, Ellis! Er ist also in Los Angeles und treibt hier sein Unwesen, stimmt's?«

Loew spielte mit seinem Phi-Beta-Kappa-Schlüssel. »Augenzeugen haben ihn als Täter bei zwei Überfällen am Wochenende auf dem Markt in Leimert Park erkannt, weswegen er auch nicht im zusammenfassenden Bericht erwähnt worden ist. Beim zweiten Raub schlug er eine alte Frau mit der Pistole nieder, und vor einer Stunde ist sie im Good Samaritan gestorben.«

Harry Sears stotterte: »G-G-Gibts Ko-Ko-Komplizen?«

Loew schüttelte den Kopf. »Captain Tierney hat heute morgen mit dem Police Department von San Francisco gesprochen. Die behaupten, Nash wäre der Typ ›einsamer Wolf‹. Offenbar ist er für seine Rolle in der Alcatraz-Sache angeheuert worden, aber das war eine Ausnahme. Was ich –«

Russ Millard hob die Hand. »Gibt es einen gemeinsamen Nenner bei Nashs Sexualstraftaten?«

»Darauf wollte ich gerade zu sprechen kommen«, sagte Loew. »Nash hat offenbar einen Hang zu schwarzen Mädchen, den ganz jungen, so um die fünfzehn. Alle Anzeigen wegen Vergewaltigung sind von Farbigen erstattet worden.«

Lee bugsierte mich auf die Tür zu. »Wir machen einen Abstecher zur University Station, lesen uns dort den Bericht durch und nehmen ihn mit. Ich könnte wetten, daß Nash sich irgendwo in Leimert Park versteckt. Die Gegend ist weiß, aber es gibt dort auch Schwarze aus Manchester im Süden, reichlich Ecken und Winkel, wo man Rußkäfer aufgabeln kann.«

Millard und Sears standen auf, um zu gehen. Loew kam noch einmal zu Lee und sagte: »Vermeiden Sie nach Möglichkeit, ihn zu töten, Sergeant! Er hätte es reichlich verdient, aber versuchen Sie es trotzdem!«

Über Lees Gesicht huschte sein altbewährtes dämonisches Grinsen. »Ich werde es versuchen, Sir. Aber sorgen Sie vor Gericht dafür, daß es ihm an den Kragen geht. Die Wähler wollen Kerle wie Junior Nash geröstet sehen. Gibt ihnen das Gefühl, daß sie nachts sicher sind.«

Wir schauten zuerst bei der University Station rein. Der Einsatzleiter zeigte uns die Berichte über die Raubüberfälle und riet uns ab, unsere Zeit damit zu verschwenden, die Gegend um die beiden Marktplätze abzugrasen, da Millard und Sears das bereits täten und sich darauf konzentrierten, eine genauere Beschreibung von Nashs Wagen zu bekommen, angeblich ein Nachkriegsmodell, eine weiße Limousine. Captain Jack hatte University über Nashs Hang zu schwarzen Stricherinnen informiert, und drei Zivilbullen von der Sitte waren abgestellt worden, die Puffs auf der South Side zu überwachen, deren Spezialität junge farbige Mädchen waren. Die Reviere in der Newton Street und in der 77th Street, wo fast ausschließlich Farbige wohnten, sollten nachts Funkstreifen zu Jukebox-Buden und Spielhallen schicken, wo sich die Negerjugend versammelte, sich dort nach Nash umsehen und die Kids auffordern, auf der Hut zu sein.

Uns blieb lediglich, die Gegend auf die schwache Möglichkeit hin zu durchstreifen, daß Nash sich dort noch immer aufhielt, und Lees Spitzel auf ihn anzusetzen. Wir entschieden uns für eine lange Rundfahrt durch Leimert Park und brachen auf.

Die Hauptverkehrsader des Bezirks war der Crenshaw Boulevard. Breit, nach Norden bis zum Wilshire Boulevard verlaufend und südlich bis nach Baldwin Hills, verkündete er »Nachkriegsboom« wie eine Neonleuchtschrift. Jeder Block von der Jefferson Street zum Leimert Park war gesäumt mit verfallenen, einstmals vornehmen Häusern, die niedergerissen worden waren und deren Fassaden man durch riesige Reklameflächen ersetzt hatte, auf denen für Kaufhäuser, gigantische Shoppingcenter, Vergnügungsparks und Lichtspieltheater geworben wurde. Die versprochenen Fertigstellungstermine reichten von Weihnachten '47 bis Frühjahr '49, und die Erkenntnis traf mich wie ein Schock, daß dieser Teil von Los Angeles bis 1950 nicht mehr wiederzuerkennen sein würde. Ostwärts fahrend passierten wir eine freie Fläche nach der anderen, wo wahrscheinlich bald Häuser aus dem Boden gestampft werden würden, dann Häuserzeile um Häuserzeile mit Vorkriegsbungalows aus Adobe-Ziegeln, die sich nur in der Farbe und dem Zustand der Dächer unterschieden. Weiter südlich wurden sie von alten Fachwerkhäusern abgelöst, die zunehmend heruntergekommener aussahen.

Auf den Straßen zeigte sich niemand, der Junior Nash ähnlich sah; und jede weiße Limousine jüngeren Baujahres wurde entweder von einer Frau oder einem gewöhnlichen Spießertyp gefahren.

Kurz vor Santa Barbara und Vermont brach Lee unser langes Schweigen. »Dieses Herumgurken ist Scheiße. Ich werde mich mal an Leute wenden, die mir einen Gefallen schuldig sind.«

Er hielt vor einer Tankstelle, stieg aus und ging zum Münzfernsprecher; ich hörte mir Durchsagen über Funk an. Ich hatte ungefähr zehn Minuten damit herumgebracht, als Lee blaß und verschwitzt zurückkam. »Ich hab' einen Tip bekommen. Einer meiner Spitzel erzählt, daß Nash mit einer Schwarzen in einer Hütte nahe Slauson und Hoover zusammenwohnt.«

Ich schaltete das Funkgerät aus. »Da unten leben nur Farbige. Du meinst –«

»Ich meine, wir sollten verdammt noch mal losziehen.«

Wir nahmen die Vermont bis zur Slauson, fuhren dann Richtung Osten vorbei an Sektenkirchen und Frisiersalons, wo Neger sich das Kraushaar glätten ließen. Dazwischen Ödflächen und Schnapsläden ohne Namen – nur Neonleuchtschrift mit den aufblinkenden Buchstaben L-I-Q-U-O-R, und das um ein Uhr nachmittags. Rechts in die Hoover abbiegend, verlangsamte Lee den Wagen und suchte mit den Augen Vorgärten und Veranden der zur Vermietung stehenden kleinen Hutschachteln ab. Wir kamen an einer Gruppe von drei Negern und einem älteren Weißen vorbei, die vor den Stufen einer besonders heruntergekommenen Hütte herumlungerten; ich sah, daß die vier uns als Cops erkannt hatten. Lee sagte: »Süchtige! Filzen wir die Bande mal. Falls sie nicht sauber sind, quetschen wir vielleicht Nashs Adresse raus.«

Ich nickte; Lee brachte den Wagen mitten auf der Straße mit quietschenden Reifen zum Stehen. Wir stiegen aus und gingen auf die Gruppe zu; die vier steckten die Hände in die Taschen und scharrten mit den Füßen den rituellen Tanz aller Strolche dieser Welt. Ich sagte: »Polizei! Los, an die Wand, ganz sachte und langsam!« Die Hände über den Köpfen flach gegen die Wand gedrückt, Füße einen Schritt zurück, Beine gespreizt, reihten sie sich zur Durchsuchung auf.

Lee nahm die beiden rechts; der weiße Bursche murmelte: »Was zum Teufel – Blanchard?«

Lee sagte: »Schnauze, du Scheißer«, und begann ihn zu durchsuchen. Ich nahm mir zuerst den Neger in der Mitte vor, fuhr mit den Händen die Ärmel seiner Anzugjacke entlang und tauchte sie dann in seine Taschen. Mit der linken Hand zog ich ein Päckchen Luckys und ein Zippo-Feuerzeug heraus, mit der rechten bekam ich eine Handvoll Marihuana-Zigaretten zu fassen. Ich sagte: »Joints«, ließ sie auf das Pflaster fallen und warf Lee einen schnellen Seitenblick zu. Die Hand des neben ihm stehenden Negers im Zoot-Suit fuhr blitzschnell in den Hosenbund; Metall blinkte auf, als seine Hand wieder hervorkam. Ich rief: »Partner, aufgepaßt!« und zog meinen .38er.

Der weiße Mann fuhr herum; Lee schoß ihm zweimal ins Gesicht. Der Zooter hatte sein Springmesser draußen, als ich auf ihn anlegte. Ich schoß, er ließ das Stilett fallen, griff sich an den Hals und taumelte gegen die Wand. Im Herumwirbeln sah ich, wie der Neger ganz außen sich an seiner Hose zu schaffen machte, und schoß dreimal auf ihn. Er wurde zurückgeschleudert; ich hörte noch: »Bucky, in Deckung.« Mich fallen lassend, nahm ich nebenbei wahr, wie der letzte Neger und Lee aus kurzer Distanz aufeinander anlegten. Drei Schüsse von Lee streckten ihn zu Boden, noch bevor es ihm gelungen war, den winzigen Derringer in Position zu bringen. Er war sofort tot, der halbe Schädel weggeschossen.

Ich stand auf, starrte benommen auf die vier Leichen und das blutbedeckte Trottoir, taumelte zum Rinnstein und erbrach mich, bis mir die Brust schmerzte. Ich hörte näherkommende Polizeisirenen, steckte mir die Erkennungsmarke vorn an die Jacke und wandte mich um. Lee drehte den Toten die Taschen nach außen, warf Springmesser und Marihuanazigaretten aufs Pflaster, dorthin, wo sich keine Blutlachen ausbreiteten. Er ging auf mich zu, und ich hoffte, daß er irgendeinen blöden Spruch für mich hätte, der mich etwas beruhigte. Doch er hatte nicht; er heulte wie ein Kind.

Wir verbrachten den Rest des Nachmittags damit, zu Papier zu bringen, was sich innerhalb von zehn Sekunden abgespielt hatte.

Wir schrieben unsere Berichte auf der Wache an der 77th Street und wurden von einem Team der Mordkommission befragt, das alle Vorfälle untersuchte, bei denen Polizisten von der Schußwaffe Gebrauch gemacht hatten. Sie erzählten uns, daß die drei Neger – Willie Walker Brown, Caswell Pritchford und Cato Early – stadtbekannte Dealer gewesen waren, und daß der Weiße – Baxter Fitch – in den späten zwanziger Jahren wegen zweifacher schwerer Körperverletzung verurteilt worden war. Da alle vier Männer bewaffnet gewesen waren und Marihuana besessen hatten, konnten sie uns versichern, daß wir nicht vor den Untersuchungsausschuß mußten.

Ich ließ die Befragung in Ruhe über mich ergehen; Lee tat sich schwer. Es hatte ihn sehr mitgenommen. Er zitterte und murmelte, daß er Baxter Fitch während seines Streifendienstes in Highland Park mehrfach wegen Verstoßes gegen das Meldegesetz festgenommen und den Kerl irgendwie gemocht hätte. Auf dem Revier hielt ich mich immer ganz in seiner Nähe, bugsierte ihn dann durch eine Meute neugieriger Reporter, die Fragen auf ihn abschossen.

Als wir zum Haus kamen, stand Kay schon vorn auf der Veranda; ein Blick in ihr gespanntes Gesicht bewies mir, daß sie bereits Bescheid wußte. Sie rannte auf Lee zu, umarmte ihn und flüsterte: »Baby, oh mein Baby.« Ich sah den beiden zu und bemerkte dann die Zeitung auf dem Geländer.

Ich hob sie auf. Es war die Sonderausgabe des *Mirror,* dessen Aufmacher schreiend verkündete: »Boxercops im Feuergefecht! Vier Ganoven tot!« Darunter Standfotos von Feuer und Eis in geduckter Pose mit Boxhandschuhen und Kopfschutz, daneben die Fotos der toten Männer aus dem Verbrecheralbum. Ich las eine sensationslüsterne Version der Schießerei und einen kurzen Rückblick auf den Kampf im Oktober und hörte dann Lee aufschreien: »Du wirst es nie begreifen! Also laß mich verdammt noch mal damit in Ruhe.«

Lee riß sich los, rannte über den Plattenweg zur Garage, Kay direkt hinter ihm. Ich blieb auf der Veranda stehen, verblüfft von der Verletzlichkeit des hartgesottensten Schweinehunds, den ich je kennengelernt hatte. Ich hörte, wie Lee den Starter seines Motorrads durchtrat; Sekunden später schoß er hinaus auf den Weg, bog schlitternd nach rechts, zweifellos unterwegs zu einer wilden Raserei über den Mulholland Drive.

Als das donnernde Geräusch der Maschine in der Ferne verklungen war, kam Kay zurück. Ich ergriff ihre Hände und sagte: »Er wird drüber wegkommen. Er hat einen der Kerle gekannt, das hat es für ihn so schlimm gemacht. Aber er wird drüber wegkommen.«

Kay warf mir einen seltsamen Blick zu. »Du bist sehr ruhig.«

»Es hieß ganz einfach: sie oder wir. Du kannst dich morgen ausführlich um Lee kümmern. Wir haben dienstfrei. Aber sobald wir wieder am Ball sind, bekommen wir es mit einer richtigen Bestie zu tun!«

»Und du mußt dich auch um ihn kümmern! Bobby De Witt kommt in ungefähr einer Woche raus, und bei seinem Prozeß hat er geschworen, Lee und die anderen Männer, die ihn festgenommen haben, umzubringen. Lee hat Angst, und ich kenne Bobby. Er ist einer von der schlimmsten Sorte.«

Ich legte die Arme um Kay und hielt sie fest. »Sch. Beruhige dich! Feuer und Eis machen das schon.«

Kay löste sich von mir. »Du kennst Bobby nicht. Du weißt nicht, wozu er mich alles gezwungen hat.«

Ich strich ihr eine Strähne aus dem Gesicht. »Doch, ich weiß. Und mich schreckt das nicht. Das heißt, es ist mir ganz und gar nicht egal, aber –«

Kay sagte: »Ich weiß, was du meinst.« Und schob mich weg. Ich ließ sie ziehen, wohl wissend, daß sie mir einen Haufen Dinge erzählen würde, die ich nicht hören wollte, falls ich sie weiter bedrängte. Die Eingangstür schlug zu, und ich setzte mich auf die Treppen, froh darüber, einen Augenblick allein zu sein und gründlich über alles nachdenken zu können.

Vor vier Monaten war ich noch ein Funkstreifenheini ohne Sinn und Ziel gewesen. Jetzt war ich Detective bei der Fahndung, hatte dazu beigetragen, die Initiative zu einer Millionen-Dollar-Anleihe durchzubringen, und meine Personalakte zierten zwei tote Schwarze. Kommenden Monat würde ich dreißig Jahre alt sein, wäre dann fünf Jahre dabei, und man würde mich für die Prüfung zum Sergeant zulassen. Falls ich sie bestand und dann meine Karten richtig ausspielte, könnte ich schon vor meinem fünfunddreißigsten Lebensjahr Detective Lieutenant werden, und das wäre erst der Anfang . . .

Ich wurde langsam unruhig, also ging ich hinein, stöberte im Wohnzimmer herum, blätterte durch Zeitschriften, suchte in den Bücherregalen nach etwas Lesbarem. Dann hörte ich aus dem hinteren Teil des Hauses laut das prasselnde Geräusch niederplatschenden Wassers. Ich ging nach hinten, sah die weit offene Badezimmertür, spürte den Dampf und wußte, daß dies eine Einladung war.

Kay stand nackt unter der Dusche. Ihre Miene war starr, ohne jeden Ausdruck, sogar dann noch, als sich unsere Augen begegneten. Ich nahm den Anblick ihres Körpers in mir auf, von den Brüsten mit kleinen Leberflecken und den dunklen

Brustwarzen bis zu den vollen Hüften und dem flachen Bauch, und dann drehte sie eine Pirouette für mich. Ich sah alte Messernarben, die kreuz und quer vom Schenkel aufwärts über ihr Hinterteil bis zum Rückgrat gingen, unterdrückte ein Zittern und wandte mich ab mit dem inständigen Wunsch, sie hätte mir an dem Tag, an dem ich zwei Männer getötet hatte, diesen Anblick erspart.

II
ECKE 39th UND NORTON

7. Kapitel

Am Mittwochmorgen wurde ich sehr früh vom Telefon geweckt, das schrill in einen Traum einbrach, in dem die Schlagzeile der *Daily News* vom vergangenen Dienstag vorkam – »Aus für Negerganoven! – Feuer und Eis schlagen zu« – und eine wunderschöne Blondine mit Kays Körperbau. In der Annahme, daß es wieder einer aus der Zeitungsmeute wäre, die mich seit der Schießerei nervten, ließ ich den Hörer klappernd auf den Nachttisch fallen und tauchte zurück ins Bett. Dann hörte ich deutlich: »Erhebe dich in vollem Glanz, Partner!«, und hielt ihn ans Ohr.

»Ja, Lee?«

»Weißt du, welchen Tag wir heute haben?«

»Den fünfzehnten. Zahltag. Hast du mich um sechs Uhr früh angerufen, nur um–« Ich stockte, als mir die hektische Fröhlichkeit in Lees Stimme auffiel. »Bist du okay?«

»Mir geht es großartig! Ich bin mit Hundertachtzig den Mulholland Drive entlanggerast, hab' gestern den ganzen Tag trautes Heim mit Kay gespielt. Jetzt ist mir langweilig. Hast du Lust auf ein bißchen Polizeiarbeit?«

»Na, schieß los.«

»Ich habe gerade mit einem Spitzel gesprochen, der mir etwas schuldet. Er sagt, daß Junior Nash sich eine Absteige hält – eine Garage an der Coliseum und Norton, hinter einem grünen Mietshaus. Machen wir ein Rennen? Der Verlierer zahlt heute abend bei den Kämpfen das Bier.«

Neue Schlagzeilen tanzten mir vor den Augen. Ich sagte: »Bin dabei!« Ich legte auf, zog mich in Rekordzeit an, rannte hinaus zu meinem Wagen und drückte die vierzehn oder fünfzehn Kilometer bis Leimert Park voll auf die Tube. Und da stand Lee bereits, an seinen Ford gelehnt, den er am Randstein vor dem einzigen intakten Gebäude in einem langen Straßenzug mit lauter Trümmergrundstücken zu beiden Seiten geparkt hatte – einem kotzgrünen Bungalowkomplex mit einer einstökkigen Hütte dahinter.

Ich setzte mich hinter ihn und stieg aus. Lee zwinkerte mir zu und sagte: »Du hast verloren.«

»Und du hast gemogelt.«

Er lachte: »Stimmt. Ich habe von einem Münzfernsprecher aus angerufen. Haben dich die Reporter belästigt?«

Ich bedachte meinen Partner mit einem langen Blick. Er schien ganz entspannt, doch unter der glatten Oberfläche brodelte es; nach außen hin wirkte er aufgeräumt und witzig wie eh und je. »Ich hab mich verkrochen, und du?«

»Bevo Means ist dagewesen, hat gefragt, wie man sich denn so fühlt. Ich habe ihm erklärt, daß ich mir das nicht zur Gewohnheit machen möchte.«

Ich zeigte auf die Wohnanlage. »Hast du mit einem der Mieter gesprochen, dich nach Nashs Auto umgesehen?«

»Von seinem Wagen keine Spur, aber ich habe mit dem Verwalter gesprochen. Er vermietet die Hütte an Nash. Er hat sie ein paarmal benutzt, um sich mit schwarzen Flittchen zu vergnügen, aber seit einer Woche hat der Verwalter ihn nicht mehr zu Gesicht bekommen.«

»Hast du sie schon durchsucht?«

»Nein, ich hab auf dich gewartet.«

Ich zog meinen .38er und drückte ihn fest an meinen Oberschenkel; Lee blinzelte und tat es mir gleich, dann gingen wir über den Hinterhof zur Hütte. Die Eingangstüren zum Erdgeschoß und zum ersten Stock wirkten windschief und altersschwach. Die Treppe zum ersten Stock war morsch. Lee versuchte die untere Tür; sie schwang kreischend auf. Wir drückten uns neben beiden Pfosten an die Wand, dann wirbelte ich herum und sprang, den Revolver in Schußstellung, hinein.

Kein Geräusch, keine Bewegung, nur Spinnweben und ein Fußboden aus Holzdielen, der mit vergilbten Zeitungen und abgefahrenen Autoreifen übersät war. Ich ging rückwärts wieder hinaus; Lee stieg die Treppe hinauf voran, auf Zehenspitzen laufend. Oben auf dem Absatz rüttelte er am Türknauf, schüttelte verneinend den Kopf, und mit einem einzigen Tritt riß er sie glatt aus den Angeln.

Ich rannte die Stufen hinauf; Lee stürzte mit dem Revolver voran hinein. Oben angekommen, sah ich, wie er sein Schießeisen wieder ins Halfter steckte. Er sagte: »Saustall«, und seine Geste umfaßte den ganzen Raum. Ich stapfte über die Türschwelle und konnte nur zustimmend mit dem Kopf nicken.

Der Verschlag stank nach Fusel. Ein Bett, das aus zwei herausgerissenen und zusammengeschobenen Autorücksitzen bestand, nahm fast die ganze Fläche des Fußbodens ein; es war bedeckt mit weiteren Polsterteilen und gebrauchten Präservativen. In den Ecken häuften sich leere Muskateller-Flachmänner, und das einzige Fenster war streifig von Schmutz und mit Spinnweben verhangen. Der Gestank war überwältigend, also ging ich zum Fenster und riß es auf. Als ich einen Blick nach draußen warf, sah ich eine Gruppe uniformierter Cops und Männer in Zivil an der Norton, kurz vor der 39th Street, am Straßenrand stehen. Sie starrten auf etwas im Gebüsch des unbebauten Grundstücks; zwei Schwarzweiße und ein ungekennzeichneter Wagen waren am Rinnstein geparkt. Ich sagte: »Komm mal her, Lee.«

Lee reckte den Kopf aus dem Fenster und blinzelte. »Ich glaube, ich erkenne Millard und Sears. Die sollten sich heute ein paar Spitzel vornehmen, also vielleicht –«

Lee auf den Fersen, rannte ich nach draußen, polterte die Treppe hinunter und bog um die Ecke zur Norton. Als ich den Kombi des Polizeiarztes und einen Fotografenwagen mit quietschenden Bremsen vorfahren sah, sprintete ich die letzten Meter. Harry Sears kippte vor aller Augen einen mächtigen Zug aus seiner Taschenflasche; in seinen Augen stand das blanke Entsetzen. Die Fotografen schwärmten jetzt auf dem Trümmergrundstück aus und hielten ihre Kameras auf den Boden gerichtet. Mit den Ellenbogen verschaffte ich mir Platz, drängte zwei Streifenpolizisten zur Seite und sah jetzt, worum sich die ganze Aufregung drehte.

Es war der nackte verstümmelte Körper einer jungen Frau, der etwa in Taillenhöhe durchtrennt worden war. Die untere Hälfte lag mit weit gespreizten Beinen im Gebüsch, nur wenige

Meter vom Rumpf entfernt. Aus dem linken Schenkel war ein großes, dreieckiges Stück herausgerissen, und von der oberen Kante verlief ein langer, breiter Schnitt hinunter bis zum Ansatz der Schamhaare. Die Hautlappen neben dem klaffenden Spalt waren zur Seite gezogen; die inneren Organe fehlten. Die obere Hälfte sah noch scheußlicher aus: Die Brüste waren bedeckt mit Brandmalen von Zigaretten, die rechte hing lose herab, nur noch von Hautfetzen am Torso gehalten; die linke war um die Brustwarze herum aufgeschlitzt. Die Schnitte gingen bis tief auf den Knochen, doch das allerschlimmste war das Gesicht des Mädchens. Es war ein einziger purpurner Bluterguß, die Nase tief in die Höhlung gequetscht. Der Mund war in einem schrecklichen Lächeln von einem Ohr zum anderen aufgeschlitzt, als mache er sich irgendwie über die anderen zugefügten Bestialitäten lustig. Ich wußte, daß ich dieses grausige Lächeln mit ins Grab nehmen würde.

Als ich aufschaute, war mir überall kalt; mein Atem kam nur stoßweise. Zu beiden Seiten wurde ich an Schultern und Armen angestoßen und hörte ein Gewirr von Stimmen. »Da ist kein einziger Bluttropfen – das ist das übelste Verbrechen an einer Frau, das ich in meinen ganzen sechzehn Jahren – er hat sie gefesselt; sieh mal, an den Fußgelenken sieht man noch deutlich die Schürfstellen von den Schnüren –«, dann ertönte lang und schrill der Pfiff einer Trillerpfeife.

Das Dutzend Männer hörte auf zu palavern und schaute zu Russ Millard hin. Er sagte ganz ruhig: »Bevor uns die Sache hier ganz aus den Händen gleitet, müssen wir eines unbedingt klarstellen: Falls dieser Mord eine Menge Publicity bekommt, werden bei uns massenhaft Geständnisse eingehen. Das Mädchen hier ist ausgeweidet worden. Wir brauchen Informationen, damit wir alle Verrückten ausscheiden können. Das ist der Punkt. Sprecht mit niemandem. Erzählt es nicht euren Frauen und erzählt es nicht euren Freundinnen, auch nicht euren Kollegen. Harry –«

Harry Sears sagte zustimmend: »Ja, Russ?« und versteckte den Flachmann in der Innenhand. Millard bekam die verstohlene Drehung der Hand mit und richtete angewidert den Blick zum Himmel. »Kein Reporter darf den Leichnam sehen. Ihr Fotografen macht eure Bilder jetzt gleich. Männer von der Leichenschau, deckt ein Laken über den Leichnam, sobald sie fertig sind. Die Leute von der Streife stecken den Tatort ab, im Halbkreis von der Straße bis zwei Meter hinter die Fundstelle der Leiche. Sobald die Leute vom Labor hier eintreffen, um das Opfer zu untersuchen, schaffen sie die Reporter nach drüben auf die andere Straßenseite. Harry, du rufst Lieutenant Haskins von University Station an und sagst ihm, daß er uns jeden verfügbaren Mann schickt, um das Gelände abzusperren.«

Millard schaute sich um und entdeckte mich. »Bleichert – was machen Sie hier? Ist Blanchard auch hier?«

Lee hockte neben der Leiche und schrieb in ein Notizbuch. Mit dem Finger die Straße hoch zeigend sagte ich: »Junior Nash hat eine Garage hinter dem Gebäude da drüben gemietet. Wir waren gerade dabei, sie zu durchsuchen, als wir den Aufruhr hier gesehen haben.«

»Haben Sie Blutspuren gefunden?«

»Nein. Das war nicht Nash, Lieutenant.«

»Nun ja, überlassen wir das den Leuten vom Labor. Harry?«

Sears saß in einem Schwarzweißen und sprach ins Funkmikrophon; als er seinen Namen hörte, rief er zurück. »Ja, Russ?«

»Harry, wenn die Laborleute herkommen, schick sie zu dem grünen Gebäude vorn an der Ecke und laß sie die Garage nach Blutspuren und Fingerabdrücken untersuchen. Dann möchte ich, daß die Straße abgesperrt wird.«

Millard stockte, als er eine Schlange Autos sah, die auf die Norton eingebogen waren und sich in einem Ring um die Absperrungen aufbauten; ich warf einen Blick auf den Leichnam. Die Polizeifotografen schossen noch immer Bilder aus allen Winkeln; Lee schrieb weiter in sein Notizbuch. Die Männer, die sich auf dem Bürgersteig herumdrückten, warfen immer wieder Blicke auf den Leichnam und wandten dann ihre Augen ab. Auf der Straße sprangen Reporter und Fotografen aus den Autos, Harry Sears und eine Gruppe Blauer hatten eine Kette gebildet, um sie zurückzuhalten. Das halb benommene Hinstarren machte mich ganz blöde, und ich riß mich los, um mit einem letzten Blick auf das Mädchen alle Einzelheiten aufzunehmen.

Ihre Beine waren wie zum Geschlechtsverkehr gespreizt, und als ich den Winkel sah, in dem sie abgeknickt waren, erkannte ich, daß sie ihr gebrochen worden waren; in ihrem kohlschwarzen Haar klebte kein getrocknetes Blut, als habe der Killer es gewaschen, bevor er sie hier abgeladen hatte. Das grausige Todesgrinsen war der Gipfel der Brutalität – die Zahnsplitter im aufgequollenen Fleisch des Gaumens zwangen mich, den Blick abzuwenden.

Ich entdeckte Lee auf dem Bürgersteig, wie er gerade dabei half, den Fundort der Leiche mit Seilen abzusperren. Er starrte durch mich hindurch, als sehe er nur noch Gespenster. Ich sagte: »Erinnerst du dich an Junior Nash?«

Lee schaute mich blicklos an. »Das hier hat der nicht gemacht. Er ist zwar der letzte Dreck, aber das war er nicht.«

Von der Straße her ertönte lauter Lärm, als noch mehr Reporter eintrafen und die Blauen sich im Schulterschluß aufstellten, um sie zurückzuhalten. Den Lärm übertönend, rief ich: »Er hat eine alte Frau totgeprügelt. Er steht ganz oben auf unserer Fahndungsliste.«

Lee packte meine Arme und drückte zu, bis sie ganz taub waren. »Das hier ist unser Fall, und wir bleiben dran. Ich bin dein Vorgesetzter, und ich sage es dir hiermit.« Die Worte hallten über den Platz, und alle Köpfe wandten sich in unsere Richtung. Ich riß mich los und blaffte die gespenstische Erscheinung an, die vor mir stand:

»Okay, Partner!«

Während der nächsten Stunde füllte sich Ecke 39th und Norton mit Polizeifahrzeugen, Reportern und einer Menge von Gaffern. Der Leichnam war auf zwei verdeckte Tragbahren gelegt worden; hinten im Leichenwagen wurden dem toten Mädchen die Fingerabdrücke abgenommen, bevor man sie ins Leichenschauhaus karrte. Harry Sears verteilte eine Pressemitteilung, die Russ Millard verfaßt hatte, sehr präzise war und lediglich den Umstand ausließ, daß die Leiche zerstückelt worden war. Sears fuhr zurück zur City Hall, wo er im Archiv die Vermißtenakten durchgehen sollte. Und Millard blieb zurück, um die Ermittlungen zu leiten.

Labortechniker schwärmten überall aus, die das Grundstück nach mutmaßlichen Tatwaffen und Frauenkleidern untersuchen sollten; ein weiteres forensisches Team wurde ausgeschickt, um Junior Nashs Liebesnest nach Blutspuren und Fingerabdrücken zu untersuchen. Dann zählte Millard seine Mannschaft durch. Vier Mann leiteten den Verkehr um, und zwölf Uniformierte und fünf Cops in Zivil, darunter Lee und ich, drängten die Leichenfledderer zurück. Millard holte eine Straßenkarte aus seinem Wagen und teilte das gesamte Gebiet von Leimert Park in Doppelstreifen zu Fuß auf, wies jedem der Männer seinen Abschnitt zu und gab ihm die wichtigsten Fragen mit, die er jeder einzelnen Person in jedem Haus, jeder Wohnung und jedem Laden stellen sollte: »Haben Sie innerhalb der letzten achtundvierzig Stunden eine Frau schreien hören? Haben Sie jemanden beobachtet, der Frauenkleidung beseitigen wollte oder verbrannt hat? Haben Sie verdächtige Autos oder verdächtige Personen in Ihrer Gegend herumlungern sehen? Sind Sie innerhalb der letzten vierundzwanzig Stunden die Norton Avenue zwischen der 39th Street und der Coliseum Street entlanggekommen, und falls ja, haben Sie auf dem unbebauten Grundstück etwas Verdächtiges oder jemand Verdächtigen bemerkt?«

Mir war die Olmsted Avenue, drei Seitenstraßen östlich der Norton und vom Coliseum südlich bis zum Leimert Boulevard zugewiesen worden; Lee hatte man die Geschäfte und Wohnblocks von Crenshaw, von der 39th Street bis nach Norden zur Jefferson gegeben. Wir verabredeten uns für zwanzig Uhr vor dem Olympic und trennten uns dann; ich begann meine Pflastertreterei.

Ich trabte los, läutete an Türen und stellte Fragen, erhielt negative Antworten, schrieb die Adressen derer nieder, die nicht zu Hause waren, damit die zweite Welle der Fragesteller genaue Angaben hatte, nach denen sie arbeiten konnte. Ich redete mit Schnapsdrosseln, alten Hausfrauen und schwatzenden Kindern, mit Rentnern und Wehrpflichtigen auf Heimaturlaub, sogar mit einem dienstfreien Cop, der bei der Division von West Los Angeles arbeitete. Ich flocht Fragen nach Junior Nash und dem neuesten Modell einer weißen Limousine ein und zeigte seine Fahndungsfotos herum. Überall zog ich eine glatte Niete; um sieben Uhr abends ging ich zurück zu meinem Wagen, angewidert von dem Schlamassel, in den ich gestolpert war.

Lees Wagen war verschwunden, und an der Ecke 39th und Norton waren überall Scheinwerfer aufgebaut worden. Ich fuhr weiter zum Olympic in der Hoffnung, daß eine Reihe guter Kämpfe mir den schalen Geschmack im Mund vertreiben würde.

H. J. Caruso hatte vorn am Schalter Eintrittskarten hinterlegt und die Nachricht hinterlassen, daß er eine heiße Verabredung habe und heute abend nicht kommen könne. Lees Ticket steckte noch im Umschlag; ich ließ mir meins aushändigen und setzte mich auf den Platz in H. J.s Kabine. Den ersten Vorkampf bestritten zwei Bantamgewichtler über die volle Zeit, und ich machte es mir gemütlich, um zuzuschauen und auf Lee zu warten.

Die beiden winzigen mexikanischen Kampfhähne lieferten sich ein beherztes Gefecht, ganz nach dem Geschmack der Menge. Von der Galerie wurden Geldmünzen hinuntergeworfen; die Arena hallte wider von Rufen in Englisch und Spanisch. Nach der vierten Runde wußte ich, daß Lee nicht mehr auftauchen würde; die beiden schwer gezeichneten Boxer erinnerten mich an das verstümmelte Mädchen. Ich stand auf und wußte genau, wo ich Lee finden würde.

Ich fuhr zurück zur 39th und Norton. Der ganze Platz war

taghell von Suchscheinwerfern beleuchtet. Lee stand innerhalb der Absperrung. Die Nacht war kalt geworden; unter seinem Sportsakko hatte er die Schultern eingezogen und beobachtete, wie die Labortechniker das Gebüsch durchkämmten.

Ich ging auf ihn zu. Lee sah mich kommen und zog beidhändig, mit vorgestreckten Zeigefingern und dem Daumen als Hammer. Ich kannte das schon an ihm, wenn er bis zum Kragen voll mit Benzedrin war.

»Wir waren verabredet, weißt du das noch?«

Das Licht der Suchscheinwerfer tauchte Lees grobes, nervös zuckendes Gesicht in ein bläulich-weißes Licht.

»Ich habe dir gesagt, daß dies hier Vorrang hat! Ist das klar?«

Ich bemerkte, daß auch ringsum auf den Freiflächen Scheinwerfer aufgebaut waren. »Kann sein, daß dies hier Vorrang für die Mordkommission hat, genau so, wie Junior Nash für uns die Nummer eins ist.«

Lee schüttelte den Kopf. »Partner, das hier ist ein dickes Ding! Horrall und Thad Green sind vor ein paar Stunden hier gewesen. Jack Tierney ist zur Mordkommission abgestellt worden, um die Ermittlungen zu leiten, mit Russ Millard als Experten im Hintergrund. Willst du meine Meinung hören?«

»Na los, raus damit!«

»Dieser Fall wird eine große Show. Ein nettes weißes Mädchen wird zu Hackfleisch gemacht, die Abteilung schwärmt aus, um den Killer zu schnappen und den Wählern zu zeigen, daß sie durch die Verabschiedung der Anleihe eine knallharte, erfolgreiche Polizeitruppe bekommen haben.«

»Vielleicht ist sie gar kein so nettes Mädchen gewesen. Vielleicht war die alte Dame, die Nash umgebracht hat, die süße Oma von irgendwem. Vielleicht nimmst du diese Sache zu persönlich, und vielleicht überlassen wir sie lieber der Mordkommission und konzentrieren uns auf unsere Aufgabe, bevor Junior noch jemanden umbringt.«

Lee ballte die Fäuste. »Hast du noch mehr von deinen ›Vielleicht‹ auf Lager?«

Ich ging einen Schritt auf ihn zu. »Vielleicht hast du Angst davor, daß Bobby de Witt rauskommt. Vielleicht bist du zu stolz, mich um Hilfe zu bitten, ihn einzuschüchtern und von der Frau fernzuhalten, die wir beide gern haben. Vielleicht überlassen wir es der Mordkommission, den nächsten Strich für Laurie Blanchard abzuhaken.«

Lees Fäuste öffneten und schlossen sich, und er wandte sich von mir ab. Ich sah, wie sein Körper vor- und zurückschaukelte, hoffte, er würde in Kampfstellung gehen oder den Klugscheißer spielen, anstatt tiefverletzt zu sein, bis ich dann plötzlich sein Gesicht sah. Ich ballte die Fäuste und schrie heraus: »Rede mit mir, verdammt noch mal, wir sind Partner!! Wir haben gemeinsam vier Scheißkerle umgelegt und jetzt brockst du mir solche Kacke ein.«

Lee wandte sich zu mir um. Er zeigte mir sein dämonisches Lächeln, doch es wirkte verzerrt und kläglich. Seine Stimme war krächzend und angespannt.

»Ich war immer ihr Wachhund, wenn Laurie spielen ging. Ich war der Aufpasser, der Schläger, und die anderen Kinder haben mich gefürchtet. Ich hatte eine Menge Freundinnen – du weißt schon, kindliche Schwärmereien. Die Mädchen haben mich immer wegen Laurie aufgezogen, mir immer vorgerechnet, wieviel Zeit ich mit ihr verbrachte, als wäre sie eigentlich meine Liebste.

Weißt du, ich habe sie abgöttisch geliebt. Sie war hübsch, und alle haben sie geliebt.

Dad redete immer davon, daß sie Ballettstunden bekommen sollte und Klavierunterricht und Gesangsunterricht. Ich sollte einen Idiotenjob bei Firestone-Reifen übernehmen, genau wie er, und Laurie sollte Künstlerin werden. Das war natürlich nur Blabla, aber ich war damals noch ein Kind, und das klang für mich ganz echt, ganz wirklich.

Ungefähr um diese Zeit jedenfalls ist sie verschwunden. Dad redete damals andauernd von Gesangsstunden hier und Ballettstunden da, und mich machte das ganz verrückt und wild auf Laurie. Ich ließ sie einfach sausen, wenn sie nach der Schule noch spielen ging. Da war so ein wildes Mädchen, das in unsere

Gegend gezogen war, sie war schon 'ne heiße Nummer und zeigte sich uns Jungs immer nackt. Ich schmuste mit ihr rum, als Laurie abgeschleppt wurde, als ich auf meine Schwester hätte aufpassen müssen.«

Ich streckte die Hand aus, um meinen Partner bei der Schulter zu nehmen und um ihm zu sagen, daß ich ihn verstehen könne; Lee schüttelte meine Hand ab: »Sag mir bloß nicht, daß du das verstehst, weil ich dir noch nicht gesagt habe, was das Ganze für mich so schlimm macht. Jemand hat sich Laurie geschnappt. Irgendein Perverser hat sie erwürgt und dann zerstückelt, und als sie starb, hatte ich ganz häßliche Gedanken. Wie sehr ich sie haßte, weil sie Dads Prinzeßchen war und ich nur ein blöder Knilch. Ich stellte mir vor, wie meine eigene Schwester verhackstückt wurde, wie diese Leiche von heute morgen, und ich lachte, während ich mit diesem Flittchen zusammen war, sie vögelte und ihrem Alten den Schnaps wegsoff.«

Lee holte tief Atem und zeigte ein paar Meter weit weg auf den Boden. Mit Talkumpuder war innerhalb des abgegrenzten Gebietes die Lage der beiden Körperhälften nachgezeichnet worden. Ich starrte auf die Umrisse der gespreizten Beine; Lee sagte: »Ich werde ihn mir schnappen, mit oder ohne deine Hilfe, ich werde ihn mir schnappen!«

Ich quälte mir ein geisterhaftes Lächeln ab. »Ich seh' dich morgen in der Zentrale.«

»Mit oder ohne dich!«

Ich sagte: »Hab verstanden«, und ging zu meinem Wagen. Als ich den Zündschlüssel drehte, sah ich auf einem anderen Trümmergrundstück grelles Licht aufscheinen.

8. Kapitel

Der erste, den ich am nächsten Morgen im Bereitschaftsraum sah, war Harry Sears, der in einen Artikel mit der Schlagzeile: »Suche nach der Höhle des Werwolfs im Foltermord!!!« vertieft war; dann sah ich, mit Handschellen an eine Sitzbank gekettet, fünf Männer – zwei abgewrackte Kerle, zwei biedere Typen und einen Mann im Drillich der hiesigen Strafanstalt. Harry ließ die Zeitung sinken und stammelte: »Be-Be-Bekenner be-be-behaupten, sie hätten das Mä-Mä-Mädchen aufgeschl-schlitzt.« Ich nickte und hörte Schreie aus dem Verhörraum.

Nur Sekunden später führte Bill Koenig einen total verfetteten, völlig gebrochenen Mann durch die Tür und verkündete lauthals: »Er war es nicht.« Einige Polizisten trommelten ironisch Beifall auf ihren Schreibtischen; das andere Halbdutzend wendete angewidert den Blick ab.

Koenig stieß den fetten Mann nach draußen auf den Flur. Ich fragte Harry: »Wo ist Lee?«

Harry zeigte auf die Tür von Ellis Loews Büro. »B-Bei Loew. Re-Reporter sind b-bei ihm.«

Ich ging hinüber und spähte durch die Tür, die einen Spalt breit offen stand. Ellis Loew stand hinter seinem Schreibtisch und zog seine Nummer vor einer Meute von Zeitungsleuten ab. Lee saß in seinem einzigen Sonntagsanzug neben dem Bezirksstaatsanwalt. Er sah müde aus – aber nicht halb so durchgerüttelt und verrückt wie gestern abend.

Loew deklamierte klangvoll ». . . und die abscheulichen Umstände dieses Mordes lassen es dringend geboten erscheinen, daß wir alle nur denkbaren Anstrengungen unternehmen, diesen Unhold so schnell wie möglich dingfest zu machen. Einige hervorragende Polizisten, darunter Mr. Feuer und sein Partner Mr. Eis, sind von ihren Dienstverpflichtungen freigestellt worden, um bei den Ermittlungen zu helfen. Und mit so hervorragenden Männern als Unterstützung denke ich, daß wir sehr bald mit Ergebnissen rechnen können. Darüber hinaus . . .«

Ich konnte nicht länger zuhören, weil mir das Blut im Schädel hämmerte. Ich schob die Tür weiter auf; Lee entdeckte mich, machte seine Verbeugung vor Loew und kam zu mir auf den Gang. Er schob mich in unseren Verschlag; ich wirbelte herum. »Du hast uns auf die Sache angesetzt, stimmt's?«

Lee drückte mir die Hände vor die Brust, schob mich sacht zurück und sagte: »Nun mal ganz langsam und vorsichtig, okay? Erstens habe ich Ellis einen Bericht gegeben. Darin steht, wir hätten sichere Erkenntnisse darüber, daß Nash aus unserem Amtbereich verschwunden ist.«

»Verdammt – bist du verrückt?«

»Sch . . . Hör zu, damit wollte ich erst mal die Wogen glätten. Der Haftbefehl gegen Nash gilt noch immer, sein Liebesnest steht unter Beobachtung. Jeder Cop in der South Side ist darauf aus, den Schweinehund zu kassieren. Ich werde heute abend selbst in der Bude Schmiere stehen. Ich nehm' ein Fernglas mit und denke, mit den Straßenlaternen und den Suchscheinwerfern wird es hell genug sein, daß ich die Nummernschilder aller Wagen erkennen kann, die die Norton runterfahren. Vielleicht fährt auch der Killer vorbei, nur um zu spionieren, was sich da tut. Ich schreibe mir alle Nummernschilder auf und überprüfe sie bei der Zulassungsstelle und bei der Verkehrsüberwachung.«

Ich seufzte: »Jesses – Lee!«

»Partner, alles, was ich will, ist eine Woche für das Mädchen. Für Nash ist inzwischen gesorgt. Und falls er bis dahin nicht unter Verschluß ist, übernehmen wir die Sache wieder.«

»Er ist zu gefährlich, um ihn frei rumlaufen zu lassen. Das weißt du selbst ganz genau!«

»Partner, für den ist gesorgt! Jetzt sag mir bloß nicht, daß du deinen Ruhm als Gangsterkiller nicht gern noch ein bißchen ausbauen würdest. Sag mir bloß nicht, du wüßtest nicht selbst ganz genau, daß das tote Mädchen ein viel größeres Ding ist als Junior Nash.«

Ich sah schon wieder Schlagzeilen über Feuer und Eis vor mir. »Eine Woche, Lee, nicht länger!«

Lee zwinkerte mir zu: »Bei meiner Bullenehre!«

Über die Sprechanlage ertönte Captain Jacks Stimme: »Meine Herren, alle in den Einsatzraum, sofort!«

Ich schnappte mir mein Notizbuch und ging durch den Mannschaftsraum. Die Zahl der Bekenner hatte zugenommen, und die Neuzugänge waren mit Handschellen an Heizkörper und Heizungsrohre gefesselt worden. Bill Koenig schlug auf einen alten Knaben ein, der mit Bürgermeister Bowron zu sprechen verlangte; Fritz Vogel trug Namen und persönliche Daten auf einem Klemmblock ein. Der Raum für die Einsatzbesprechungen war gerammelt voll mit Leuten aus dem Hauptkommissariat, aus der Verwaltung und mit einer Wagenladung Zivilbullen, die ich noch nie vorher gesehen hatte. Captain Jack und Russ Millard standen vorn auf dem Podium neben einem Standmikrophon. Tierney tippte auf das Mikro, räusperte sich und legte los:

»Meine Herren, das ist eine Kurzfassung zum Fall 187 in Leimert Park. Ich bin überzeugt, daß Sie alle die Zeitungen gelesen haben und wissen, daß uns Schwerstarbeit bevorsteht. Nicht nur das, es wird auch schrecklich viel Kleinarbeit geben. Im Amt des Bürgermeisters gehen ständig Anrufe ein; auch wir haben eine Menge Anrufer. Der Stadtrat bekommt eine Flut von Anrufen, und Chief Horrall hat persönlich Gespräche von Leuten entgegengenommen, die wir bei Laune halten müssen. Dieses Werwolf-Zeug in den Zeitungen wird uns noch eine Menge mehr Anrufe einbringen, also machen wir uns mit Hochdruck daran.

Wir wollen erst einmal die Kompetenzen festlegen. Ich habe die Leitung, Lieutenant Millard führt die Ermittlungen durch. Sergeant Sears ist Verbindungsmann zwischen den Abteilungen. Der stellvertretende Bezirksanwalt, Mr. Loew, macht die Öffentlichkeitsarbeit für Presse, Parteien und Organisationen. Und mit Wirkung vom 16. 1. 47 werden folgende Männer zum Hauptkommissariat der Mordkommission abgestellt: Sergeant Anders, Detective Arcola, Sergeant Blanchard, Officer Bleichert, Sergeant Cavanaugh, Detective Ellison, Detective

Grimes, Sergeant Koenig, Detective Liggett, Detective Navarette, Sergeant Pratt, Detective J. Smith, Detective W. Smith, Sergeant Vogel. Die Genannten werden sich nach dieser Besprechung bei Lieutenant Millard melden. Russ, Sie sind dran!«

Ich zückte meinen Bleistift und schaffte mir bei meinen Nachbarn etwas Ellenbogenfreiheit, um besser schreiben zu können. Alle anderen Cops machten es genau wie ich; man konnte die Spannung in der Luft geradezu spüren.

Millard sprach in dem gepflegten Tonfall, mit dem ein Anwalt vor Gericht sein Plädoyer halten würde:

»Gestern, sieben Uhr morgens, Norton Avenue, zwischen 39th und Coliseum, ein totes Mädchen, nackt, in zwei Hälften geschnitten, dicht neben dem Bürgersteig auf einem aufgelassenen Grundstück. Offenbar gefoltert, doch ich will mich dazu nicht näher äußern, bis der Autopsiebericht vorliegt – Doc Newbarr wird heute nachmittag die Autopsie durchführen. Keine Reporter – wir möchten nicht, daß gewisse Einzelheiten bekannt werden.

Das ganze Gebiet ist gründlich durchkämmt worden – bisher keinerlei Anhaltspunkte. An der Fundstelle der Leiche gibt es keine Blutspuren; das Mädchen wurde offenbar woanders getötet und dann auf dem Freigelände abgeladen. In dieser Gegend gibt es viele Freiflächen, und sie werden nach Tatwaffen und Blutspuren durchsucht. Ein tatverdächtiger Raubmörder namens Raymond Douglas Nash hat eine Garage ganz in der Nähe angemietet – der Unterschlupf wurde nach Fingerabdrücken und Blutspuren durchsucht. Die Männer von der Spurensicherung zogen eine Niete, und Nash scheidet in dem Fall des Mädchens als Verdächtiger aus.

Sie ist bisher nicht identifiziert, in der Vermißtenkartei hat man keine Beschreibung gefunden, die auf sie hindeutet. Ihre Fingerabdrücke sind weitergeleitet worden, so daß es also irgendwann eine positive Rückmeldung geben wird. Ein anonymer Anruf beim Revier University Station hat übrigens alles ausgelöst. Ein Officer, der den Anruf entgegennahm, meinte, es sei eine hysterisch klingende Frau gewesen, die gerade ihre

Tochter zur Schule brachte. Die Frau habe ihren Namen nicht genannt und eingehängt. Aber wir können sie wohl von der Liste der Verdächtigen streichen.«

Millard redete in sachlichem, professoralem Tonfall weiter. »Solange das Opfer nicht identifiziert ist, konzentrieren sich die Ermittlungen auf das Gebiet zwischen 39th Street und Norton, und dort werden wir die Befragungen noch einmal durchführen müssen.«

Rundum wurde laut aufgestöhnt. Millard sagte schneidend: »University Station wird unsere Leitstelle sein, und dort stehen Schreibkräfte zur Verfügung, die alle eingehenden Berichte stenographieren und abtippen werden. Streifenbeamte werden Berichte über sämtliche Vorkommnisse abliefern und alles zusammentragen, was irgendwie als Beweismittel dienen kann. Sie finden die Berichte ausgehängt am Schwarzen Brett im Mannschaftsraum. Durchschläge werden an alle Reviere in Los Angeles weitergereicht sowie an die Sheriff-Büros außerhalb unserer unmittelbaren Zuständigkeit. Alle Männer hier, die von anderen Einheiten kommen, sollen an ihre Dienststellen weitergeben, was sie hier und heute bei der Einsatzbesprechung gehört haben, es auf jede Liste über ungelöste Verbrechen setzen, jede Streife informieren. Wenn Ihnen etwas wichtig erscheint, rufen Sie sofort die Zentrale der Mordkommission, Apparat 411, an. So, hier habe ich eine Liste mit Personen, die gestern nicht befragt werden konnten. Sie gilt nicht für Bleichert und Blanchard. Bucky, Lee – nehmt euch denselben Bereich vor wie gestern. Die Männer aus anderen Abteilungen halten sich in Bereitschaft; die anderen Männer, die mir von Captain Tierney gerade überstellt worden sind, melden sich sofort bei mir. Das wäre es.«

Ich riß die Tür nach draußen auf und rannte die Feuertreppe hinunter zum Parkplatz, weil ich nicht den Wunsch hatte, Lee zu begegnen und mit ihm auch nicht darüber reden wollte; weil ich im Fall Nash nachgegeben hatte. Der Himmel hatte sich dunkelgrau verfärbt, und auf dem Weg nach Leimert Park mußte ich daran denken, daß das Unwetter Spuren auf den

Trümmergrundstücken auslöschte, die Ermittlungen über das verstümmelte Mädchen wegspülte und zugleich Lees Kummer über seine kleine Schwester wegwaschen würde, bis schließlich alle Gullis überschwemmt wären und Junior Nashs Kopf aus den Fluten auftauchte und mich bäte, ihn festzunehmen. Als ich meinen Wagen einparkte, ging der Wolkenbruch los; kurz darauf schien wieder die Sonne – und eine Reihe negativer Antworten flutete durch meine Phantasie.

Ich stellte dieselben Fragen, die ich am Tag davor schon gestellt hatte, wobei ich starke Betonung auf die Person Nashs legte. Doch diesmal war es anders. Cops durchkämmten die ganze Gegend, schrieben sich die Nummern abgestellter Wagen auf und durchsuchten Mülltonnen nach Frauenkleidung – und die Einheimischen hatten Radio gehört und die Zeitungen gelesen.

Eine alte Schachtel, die mir ihren Sherry-Atem ins Gesicht blies, hielt mir ein Plastik-Kruzifix hin und fragte mich, ob es den Werwolf abhalten würde; ein alter Knabe, der ein Unterhemd und dazu den Kragen eines Geistlichen trug, erklärte mir, das tote Mädchen sei ein Sühneopfer gewesen, weil Leimert Park bei den Wahlen '46 demokratisch gewählt habe. Ein kleiner Junge zeigte mir ein Standfoto aus einem Film mit Lon Chaney Jr. als dem Wolfmann und berichtete mir, daß das Trümmergrundstück an der 39th und Norton die Startrampe für sein Raumschiff sei, und ein Boxfan, der mich noch vom Blanchard-Kampf her kannte, bat mich erst um ein Autogramm und sagte mir dann glatt ins Gesicht, daß der Bassett seines Nachbarn der Killer sei und ob ich nicht, bitte sehr, das Vieh sofort erschießen könne. Die Neins der Normalen waren so langweilig wie die verrückten Antworten sich phantasievoll anhörten, und ich fing an, mich wie der einzige Normale in einer monströsen Komödie zu fühlen.

Um ein Uhr dreißig machte ich Schluß und ging zurück zu meinem Wagen, dachte an Mittagessen und daran, noch bei der University Station vorbeizuschauen. Unter einen Scheibenwischer war ein Stück Papier geklemmt – ein persönlicher Briefbogen Thad Greens, und genau auf der Mitte des Blattes stand in Maschinenschrift: Amtlicher Polizeizeuge – gestatten Sie diesem Officer die Anwesenheit bei der Autopsie von Jane Doe #31, am 16. 1. 47 um vierzehn Uhr. Darunter war Greens Namenszug gekritzelt – und er sah verdächtig nach der Handschrift von Sergeant Leland C. Blanchard aus. Ich mußte unfreiwillig lachen, setzte mich in den Wagen und fuhr zum Queen of Angels Hospital.

Auf den Fluren wimmelte es von Schwestern in Nonnentracht und Alten, die an Krücken gingen. Ich zeigte meine Marke einer ältlichen Schwester und fragte nach der Autopsie; sie bekreuzigte sich und führte mich durch die Vorhalle, zeigte auf die Doppeltür zu einem Durchgang, auf der das Wort ›Pathologie‹ stand. Ich ging auf den Streifenpolizisten zu, der dort Wache schob und legte ihm meine Einladung vor; er gab sich einen Ruck, drückte die Türen für mich auf, und ich betrat einen kleinen, kalten Raum ganz in antiseptischem Weiß mit einem langen Metalltisch in der Mitte. Darauf lagen zwei mit Tüchern verdeckte Objekte. Ich setzte mich auf eine Bank gegenüber dem Seziertisch, bei dem Gedanken erzitternd, das Todeslächeln des Mädchens noch einmal sehen zu müssen.

Wenige Sekunden später schwang die Doppeltür auf. Ein großer alter Mann, der eine Zigarre rauchte, kam herein, neben ihm eine Nonne mit einem Stenoblock in der Hand. Ihnen folgten Russ Millard, Harry Sears und Lee. Der Einsatzleiter der Mordkommission meinte kopfschüttelnd: »Sie und Blanchard tauchen ständig auf wie Falschgeld! Doc, dürfen wir auch rauchen?«

Der alte Mann zog ein Skalpell aus seiner Gesäßtasche und wischte es an seinem Hosenbein ab. »Sicher. Dem Mädel macht das nichts mehr aus. Sie ist für immer im Land der Träume. Schwester Margaret, würden Sie mir bitte dabei helfen, das Tuch wegzunehmen?«

Lee setzte sich zu mir auf die Bank; Millard und Sears zündeten sich Zigaretten an und zückten Füllhalter und Notizbücher. Lee fragte mich: »Hat das heute morgen irgendwas gebracht?«

Ich sah, daß sein Benzedrin-Rausch alles andere als verflogen war. »Ja. Ein Wolfsmensch, Schlächter vom Mars, hat die Bluttat begangen. Buck Rogers jagt ihn in seinem Raumschiff, und du solltest nach Hause gehen und dich ausschlafen.«

Lee gähnte wieder. »Später. Mein bester Tip lautete, daß es die Nazis gewesen sind. Ein Knabe hat mir erzählt, er hätte in einer Bar an der 39th und Crenshaw Hitler gesehen. Oh Jesses, Bucky!«

Lee schlug die Augen nieder; ich schaute zum Seziertisch. Das tote Mädchen war jetzt bloßgelegt. Ihr Kopf war in unsere Richtung gerollt. Ich starrte auf meine Schuhe, während der Arzt im Medizinerjargon herunterratterte:

»Sektionsbefund: Bei der Leiche handelt es sich um eine Weiße, weiblich. Muskeltonus läßt Rückschlüsse auf ein Alter zwischen sechzehn und dreißig Jahren zu. Der Leichnam liegt vor in zwei Hälften, Schnittstelle etwa in der Nabelgegend. Zur oberen Hälfte: Der Kopf ist intakt, mit stark eingedrückten Schädelfrakturen. Gesichtszüge stark unkenntlich durch massive subkutane Blutungen, Hämatome und Ödeme. Nasenbein nach unten zu verschoben. Glatter Einriß an beiden Mundwinkeln über die Kaumuskeln hinweg, erstrecken sich vom Kiefergelenk aufwärts bis zu beiden Ohrläppchen. Keine sichtbaren Anzeichen für Halsverletzungen. Multiple Rißwunden am Thorax vorn, konzentriert auf beide Brüste. Brandwunden von Zigaretten auf beiden Brüsten. Rechte Brust fast ganz vom Thorax abgetrennt. Untersuchung der oberen Hälfte der Bauchhöhle zeigt nirgendwo flüssiges Blut. Gedärme, Leber und Milz entfernt.«

Der Arzt zog hörbar die Luft ein; ich schaute hoch und sah, daß er heftig an seiner Zigarre paffte. Die stenographierende Nonne holte ihn mit ihrer Mitschrift ein, und Millard und Sears blickten teilnahmslos auf den Leichnam, während Lee, sich Schweiß von den Augenbrauen wischend, noch immer zu Boden starrte. Der Pathologe befühlte beide Brüste und sagte dann: »Fehlende Anzeichen für Hypertrophie lassen darauf schließen, daß zur Todeszeit keine Schwangerschaft vorgelegen hat.« Er packte sein Skalpell und begann in der unteren Hälfte des Leichnams herumzustochern. Ich schloß die Augen und lauschte.

»Untersuchung der unteren Hälfte des Leichnams: zeigt einen senkrechten Schnitt vom Nabel bis zur Schambeinfuge. Gedärme, Uterus, Ovarien und Rektum entfernt, multiple Einrisse sowohl an der vorderen wie der hinteren Seite der Bauchhöhle. Große dreieckige Fleischwunde auf linkem Schenkel. Schwester, helfen Sie mir, sie umzudrehen!«

Ich hörte, wie die Türen aufgingen; eine Stimme rief: »Lieutenant!« Ich öffnete die Augen und sah, wie Millard aufstand und der Arzt und die Nonne die Leiche auf den Bauch drehten. Als die Rückseite oben war, hob der Pathologe die Beine an den Fußknöcheln an und bog sie durch. »Beide Beine am Knie gebrochen und abheilende, leichte Peitschenstriemen oberhalb des Rückenwirbels und an den Schultern. Schürfwunden an beiden Fußknöcheln. Schwester, reichen Sie mir Speculum und Tupfer!«

Millard kam zurück und schob Sears ein Blatt Papier zu. Er las es und stieß dabei Lee an. Der Arzt und die Nonne drehten die untere Hälfte des Leichnams wieder um und spreizten die Beine weit auseinander. Mein Magen verkrampfte sich; Lee sagte: »Bingo.« Er starrte auf das Fernschreiben, während der Pathologe weiter tönte: vom Fehlen vaginaler Abschürfungen und dem Vorhandensein alter Samenspuren. Die Kälte in seiner Stimme machte mich rasend; ich griff nach dem Blatt und las: »Russ – es handelt sich um Elizabeth Ann Short, geboren am 29. 7. 24 in Medford, Massachusetts. Bundespolizei hat ihre Fingerabdrücke – sie wurde September '43 in Santa Barbara festgenommen. Ihre Vorgeschichte wird gerade durchleuchtet. Nach der Autopsie im Rathaus zurückmelden. Alle verfügbaren Officer, die mit dem Fall befaßt sind, zusammenrufen – J. T.«

Der Pathologe sagte: »Soweit das vorläufige post mortem. Später kann ich Ihnen dann nähere Einzelheiten mitteilen, und ich werde einige toxikologische Tests durchführen.« Er bedeckte die beiden Hälften von Elizabeth Ann Short mit Tüchern und fügte hinzu: »Noch Fragen?« Ihren Stenoblock umklammernd ging die Nonne entschlossen zur Tür.

Millard fragte: »Können Sie uns den Tathergang rekonstruieren?«

»Vorbehaltlich der noch ausstehenden Testergebnisse, sicher. Hier erst einmal, was sie nicht war: Sie war nicht schwanger. Sie wurde nicht vergewaltigt. Aber während der vergangenen Woche muß sie sich aus freiem Willen auf Geschlechtsverkehr eingelassen haben. Innerhalb dieser vergangenen Woche muß sie auch das eingesteckt haben, was man eine sanfte Auspeitschung nennen könnte; die letzten Spuren auf Hinterteil und Rücken sind älter als die Schnittwunden vorn. Ich denke mir, folgendes ist passiert: Ich glaube, sie wurde gefesselt und mindestens sechsunddreißig bis achtundvierzig Stunden lang mit einem Messer gefoltert. Ich vermute, daß ihre Beine mit einem glatten, abgerundeten Instrument, etwa einem Baseballschläger, gebrochen wurden, während sie noch am Leben war. Ich glaube, sie wurde entweder mit einem Gegenstand ähnlich einem Baseballschläger totgeprügelt, oder sie erstickte an dem Blut aus ihrer Mundwunde. Nachdem sie tot war, wurde sie mit einem Fleischermesser oder etwas ähnlichem in zwei Hälften geschnitten, und dann machte sich der Killer mit einer Art Federmesser über ihre inneren Organe her. Und danach ließ er den Leichnam ausbluten und wusch ihn meiner Meinung nach in einer Badewanne. Wir haben den Nieren Blutproben entnommen, und in den nächsten Tagen werden wir Ihnen sagen können, ob sie Rauschgift oder Alkohol im Körper hatte.«

Lee fragte: »Doc, verstand dieser Kerl etwas von Medizin und Anatomie? Warum lag ihm so viel an den inneren Teilen?«

Der Arzt starrte auf seinen Zigarrenstummel. »Fragen Sie mich nicht! Die Organe in der oberen Hälfte konnte er leicht herausreißen. Den Zugang zu den tiefer liegenden Organen hackte er sich mit dem Messer frei, als seien die es gewesen, die ihn hauptsächlich interessierten. Er könnte eine medizinische Ausbildung haben, doch genausogut eine veterinärmedizinische oder die eines Präparators, oder er hat gute biologische Kenntnisse, oder er könnte Physiologie 104 an der Volkshochschule von Los Angeles belegt haben, oder meine Anfängerklasse für Pathologie an der U.C.L.A. Fragen Sie mich nicht! Ich kann Ihnen nur eins mit Sicherheit sagen: Sie war sechs bis acht Stunden tot, bevor Sie sie gefunden haben. Und sie wurde irgendwo an einem abgelegenen Ort umgebracht, an dem es fließend Wasser gab. Harry, hat das Mädchen schon einen Namen?«

Sears versuchte ihm zu antworten, doch sein Mund zuckte nur unkontrolliert. Millard legte ihm eine Hand auf die Schulter und sagte: »Elizabeth Short.«

Der Arzt machte mit seiner Zigarre eine ergebene Geste zum Himmel. »Möge Gott dich lieben, Elizabeth. Russell, wenn du den Schweinehund erwischst, der ihr das angetan hat, versetz ihm einen Tritt in die Eier und sag ihm, der kommt mit den besten Grüßen von Doctor Frederick D. Newbarr. Und jetzt verschwindet alle. In zehn Minuten bekomme ich einen Todesspringer auf den Tisch.«

Als ich aus dem Aufzug stieg, hörte ich Ellis Loews Stimme lauter und eine Oktave tiefer als gewöhnlich über den Flur hallen. Was ich noch mitbekam, war: »Vivisektion einer schönen jungen Frau, Werwolf-Psychopath«, und dann: »Mein politischer Ehrgeiz muß hinter meinem Wunsch zurückstehen, daß Recht gesprochen und vollstreckt wird.« Als ich eine Verbindungstür zum Raum der Mordkommission aufstieß, wurde ich des Wunderknaben der Republikaner ansichtig, der in ein Radiomikrophon tremolierte, während ein Aufnahmeteam ihn umringte. Am Rockaufschlag trug er eine Anstecknadel der American Legion – erstanden vermutlich von einem alten Kämpfer und Wermutbruder, der auf dem Parkplatz des Stadtarchivs schlief, einem Mann, den er einst unnachsichtig wegen Vagabundierens verfolgt hatte.

Im Bereitschaftsraum wimmelte es von den Vögeln der Rundfunkstationen, also ging ich durch den Vorraum zu Tierneys Büro. Lee, Russ Millard, Harry Sears und zwei altgediente Cops, die ich kaum kannte – Dick Cavanaugh und Vern Smith –, drängten sich um Captain Jacks Schreibtisch und studierten einen Bogen Papier, den der Boss ihnen hinhielt.

Ich schaute Harry über die Schulter. An das Blatt waren drei Schnappschüsse einer atemberaubenden Brünetten, zusammen mit drei Aufnahmen vom Gesicht des Opfers von der 39th und Norton aus nächster Nähe geklammert. Das schreckliche Lächeln des aufgeschlitzten Mundes sprang mich an. Captain Jack sagte: »Die erkennungsdienstlichen Fotos stammen vom Santa Barbara P. D. Sie haben das Short-Mädchen im September '43 wegen Alkoholmißbrauchs als Minderjährige eingelocht und sie dann zu ihrer Mutter nach Massachusetts zurückgeschickt. Das Boston P. D. hat sich vor einer Stunde mit ihr in Verbindung gesetzt. Sie fliegt her, um morgen die Leiche zu identifizieren. Die Cops in Boston dehnen ihre Suche weiter nach Osten aus, und alle dienstfreien Tage sind gestrichen. Sollte sich jemand beschweren wollen, zeige ich ihm diese Bilder. Was hat Doc Newbarr gesagt, Russ?«

Millard erwiderte: »Zwei Tage lang gefoltert. Todesursache die Wunde am Mund oder die Schläge auf den Kopf. Keine Vergewaltigung. Innere Organe entfernt. Sechs bis acht Stunden tot, bevor die Leiche auf dem Grundstück abgeladen wurde. Was gibt es sonst noch über sie?«

Tierney ging die Papiere auf seinem Schreibtisch durch. »Bis auf die Festnahme als Jugendliche keine weiteren Eintragungen. Vier Schwestern, die Eltern geschieden; hat während des Krieges in einem P. X. in Camp Cooke gearbeitet. Der Vater ist hier in Los Angeles. Was steht als nächstes an?«

Ich war der einzige, der mit den Augen zwinkerte, als der Big Boss die Nummer zwei um Rat anging. Millard sagte: »Ich möchte mit den Erkennungsfotos noch einmal Tür-zu-Tür-Befragungen in Leimert Park durchführen. Ich, Harry und zwei weitere Männer. Dann will ich zur University Station, eingegangene Berichte lesen und Anrufe beantworten. Hat Loew die Fotos der Presse gezeigt?«

Tierney nickte: »Ja, und Bevo Means hat mir erzählt, daß der Vater der *Times* und dem *Herald* einige alte Portraitaufnahmen des Mädchens verkauft hat. In den Abendausgaben wird sie auf der Titelseite stehen.«

Millard schnaufte: »Verdammt!« Es war der einzige Fluch, den man ihn je aussprechen gehört hatte. Etwas abgekühlt sagte er: »Jetzt werden sie aus ihren Löchern hervorgekrochen kommen. Hat man den Vater schon befragt?«

Tierney schüttelte den Kopf und sah unter seinen Notizen nach. »Cleo Short, 1020 1/2 South Kingsley, Wilshire District. Ich habe ihn angerufen und ihm sagen lassen, daß er sich bereithalten soll, daß wir Männer zu ihm hinschicken, die mit ihm sprechen werden. Russ, was meinst du? Werden sich jetzt alle Psychos in die hier verlieben?«

»Wieviele Bekenntnisse haben wir bisher?«

»Achtzehn.«

»Das wird sich bis morgen früh verdoppelt haben. Und es werden mehr sein, nachdem Loew die Presse mit seiner blumigen Prosa richtig in Fahrt gebracht hat.«

»Ich würde eher sagen, daß ich sie *motiviert* habe, Lieutenant, und ich denke doch, daß meine Prosa der Art des Verbrechens durchaus angemessen ist!«

Ellis Loew stand in der Tür, Fritz Vogel und Bill Koenig dicht hinter ihm. Millard wich dem Blick des ruhmsüchtigen Strebers nicht aus. »Zuviel Öffentlichkeit stellt eine Behinderung dar, Ellis! Wären Sie Polizist, würden Sie das wissen.«

Loew lief rot an und griff nach seinem Phi-Beta-Kappa-Schlüssel. »Ich bin ziviler Polizist mit Rang, von der Stadt Los Angeles speziell mit Angelegenheiten wie dieser beauftragt.«

Millard lächelte. »Sie sind Zivilist, Herr Jurist!«

Loew starrte ihn wütend an und wandte sich dann zu Tierney: »Captain, haben Sie schon Leute geschickt, die mit dem Vater des Opfers sprechen?«

Captain Jack erwiderte: »Noch nicht, Ellis, aber bald.«

»Wie wäre es mit Vogel und Koenig? Die beiden bringen uns, was wir wissen müssen.«

Tierney warf Millard einen Blick zu. Der Lieutenant schüttelte kaum merklich den Kopf; Captain Jack sagte: »Äh ... – Ellis, bei großen Mordfällen teilt der Einsatzleiter die Leute ein. Äh – Russ, was meinst du, wer gehen sollte?«

Millard warf einen prüfenden Blick auf Cavanaugh und Smith. Ich versuchte, möglichst unauffällig dreinzuschauen, und Lee, abgeschlafft an die Wand gelehnt, gähnte. Dann kam der Marschbefehl: »Bleichert, Blanchard – ihr beide fragt den Vater von Miss Short aus. Liefert euren Bericht morgen früh bei der University Station ab.«

Loews fahrige Hände rissen den Phi-Beta-Kappa-Schlüssel von seinem Kettchen ab; er fiel zu Boden. Bill Koenig drängte sich durch die Tür und hob ihn auf; Loew fegte hinaus auf den Flur. Vogel stierte zu Millard hin und folgte ihm dann. Eine Dunstwolke Old Grand Dad um sich verbreitend, sagte Harry Sears: »Er schickt ein paar Nigger in die Gaskammer, und schon steigt ihm das zu Kopf.«

Vern Smith ergänzte: »Aber vorher müssen die Nigger geständig gewesen sein.«

Dick Cavanaugh meinte: »Bei Fritzie und Bill gestehen alle!«

Russ Millard knurrte: »Großkotziger Schweinehund mit Scheiße im Hirn!«

Wir fuhren mit zwei Wagen zum Wilshire District und trafen uns bei einsetzender Dämmerung vor Nummer 1020 1/2 South Kingsley. Es war eine Garagenwohnung, ein Anbau an der Rückseite eines großen viktorianischen Hauses. Drinnen brannte Licht; Lee sagte gähnend: »Netter Kerl – übler Kerl«, und drückte auf den Summer.

Ein hagerer Mann in den Fünfzigern öffnete uns die Tür und fragte: »Cops – wie?« Er hatte dunkles Haar und blasse Augen wie das Mädchen auf den Fotos vom Erkennungsdienst. Doch damit endete auch schon jede Ähnlichkeit. Elizabeth Short war atemberaubend gewesen; er dagegen wirkte, als habe man ihm die Luft abgeschnürt: eine knochige Figur in ausgebeulten braunen Hosen und schmuddeligem Unterhemd, die Schultern übersät mit Leberflecken, unrasiertes Gesicht voller Aknenarben. Beiseite tretend, um uns einzulassen, sagte er: »Ich habe ein Alibi. Nur für den Fall, daß Sie glauben sollten, ich hätte es getan. Wie Beton, und das heißt: absolut wasserdicht.«

Vom Scheitel bis zur Sohle Mr. Weißhut, stellte ich uns vor: »Ich bin Detective Bleichert, Mr. Short. Das ist mein Kollege Sergeant Blanchard. Wir möchten Ihnen unser Beileid zum Verlust Ihrer Tochter aussprechen.«

Cleo Short schlug die Tür hinter uns zu. »Ich lese Zeitung, ich weiß, wer Sie sind! Keiner von Ihnen hätte auch nur eine Runde mit Gentleman Jim Jeffries durchgestanden. Und was Ihr Beileid anbetrifft, kann ich nur sagen: C'est la vie! Betty hat die Musik bestellt, also mußte sie auch für die Kapelle bezahlen. Nichts im Leben ist gratis. Wollen Sie mein Alibi hören?«

Ich setzte mich auf ein fadenscheiniges Sofa und blickte mich im Zimmer um. Die Wände waren vom Boden bis zur Decke mit Regalen zugestellt, die von Schundromanen überquollen; dann waren da die Couch, ein einziger Stuhl und sonst nichts. Lee zog sein Notizbuch hervor. »Da Sie so begierig sind, uns alles zu erzählen, schießen Sie los!«

Short lehnte sich in den Stuhl zurück und stemmte die Beine auf den Boden wie ein Tier, das sich mit den Pfoten in die Erde krallt. »Von Dienstag, dem Vierzehnten, vierzehn Uhr, bis Mittwoch, dem Fünfzehnten, siebzehn Uhr, habe ich im Stück malocht. Siebenundzwanzig Stunden hintereinander, mit eineinhalb Stunden Pause vor den letzten siebzehn Stunden. Ich bin Kühlschrankmechaniker, der beste im ganzen Westen. Ich arbeite bei Frost King Appliances, 4831 South Berendo. Der Name meines Chefs ist Mike Mazmanian. Rufen Sie ihn an. Mein Alibi ist sauberer als ein Popcornfurz, und das heißt: wasserdicht.«

Lee gähnte und schrieb die Angaben nieder; Cleo Short kreuzte die Arme über seiner knochigen Brust, als wolle er uns damit trotzig herausfordern. Ich sagte: »Wann haben Sie Ihre Tochter zum letzten Mal gesehen, Mr. Short?«

»Betty zog im Frühjahr '43 nach Westen, mit Glitzeraugen

und dem Kopf voller Flausen. Ich habe sie nicht mehr gesehen, seit ich diese vertrocknete alte Schraube, meine Frau, am 1. März 1930 in Charlestown, Massachusetts, sitzengelassen habe. Das Kapitel war für mich ein für allemal abgeschlossen. Aber dann hat mir Betty geschrieben, daß sie da unbedingt raus muß, also –«

Lee unterbrach ihn: »Schluß mit dem Gelaber, Pop! Wann hast du Elizabeth zum letzten Mal gesehen?«

Ich warf ein: »Langsam, Partner. Der Mann kommt uns doch entgegen! Bitte, fahren Sie fort, Mr. Short.«

Cleo Short sank noch tiefer auf seinem Stuhl zusammen und starrte giftig auf Lee. »Bevor dieser Schläger hier unverschämt wurde, wollte ich gerade erzählen, daß ich Betty von meinem Konto einen Hunderter überwiesen und ihr dann fünfunddreißig Dollar die Woche versprochen habe, so als Taschengeld, wenn sie mir das Haus in Ordnung hält. Ein großzügiges Angebot, wie ich finde. Aber Betty hatte anderes im Kopf. Bei Hausarbeit war sie lausig, also habe ich sie am 2. Juni 1943 rausgeschmissen und seitdem nicht mehr gesehen.«

Ich schrieb mir seine Angaben auf und sagte dann: »Haben Sie gewußt, daß sie sich kürzlich in Los Angeles aufgehalten hat?«

Cleo Shorts starrer Blick ging von Lee zu mir. »Nein.«

»Hatte sie irgendwelche Feinde, die Sie kennen?«

»Nur sich selbst.«

Lee schnauzte: »Keine neunmalklugen Antworten, Pops!«

Ich flüsterte: »Laß ihn reden«, und sagte dann laut: »Wo ist Elizabeth denn hin, nachdem sie im Juni '43 von hier weggegangen ist?«

Short stieß seinen Zeigefinger gegen Lee vor: »Sagen Sie Ihrem Kumpel, wenn er mich noch einmal Pops nennt, nenne ich ihn eine Pflaume. Sagen Sie ihm, mangelnder Respekt ist immer gegenseitig! Sagen Sie ihm, daß ich Chief C. D. Horralls Modell *Maitag* 821 höchstpersönlich repariert habe, und das heißt: wasserdicht.«

Lee ging hinüber ins Badezimmer; ich sah, wie er sich mit

Wasser aus dem Hahn eine Handvoll Pillen einwarf. Mit seidenweicher Stimme fuhr ich fort: »Mr. Short, wohin ist Elizabeth im Juni '43 gegangen?«

Short sagte: »Wenn diese Niete da Hand an mich legt, fahr ich ihm an den Karren, aber wasserdicht.«

»Ich bin überzeugt, daß Sie das tun werden. Würden Sie jetzt bitte –«

»Betty zog hoch nach Santa Barbara und bekam einen Job im P. X. von Camp Cooke. Im Juli bekam ich eine Postkarte von ihr. Sie schrieb, daß ein Soldat sie übel zugerichtet hätte. Das war das letzte, was ich von ihr gehört habe.«

»Erwähnte sie auf der Karte auch den Namen des Soldaten?«

»Nein.«

»Hat sie von irgendwelchen Freundinnen geschrieben, die sie in Camp Cooke hatte?«

»Nein.«

»Und von Männerfreundschaften?«

»Hah!«

Ich legte meinen Füllhalter hin. »Warum ›Hah‹?«

Der alte Mann lachte so wild, daß ich befürchtete, seine Hühnerbrust würde explodieren. Lee kam aus dem Bad; ich gab ihm ein Zeichen, sich still zu verhalten. Er nickte und setzte sich neben mich; wir warteten, bis Short sich eins abgelacht hatte. Als er nur noch ein trockenes Glucksen herausbrachte, sagte ich: »Erzählen Sie mir von Betty und den Männern.«

Short kicherte. »Sie mochte sie, und sie mochten sie. Betty hielt mehr von Quantität als von Qualität, und ich glaube, sie konnte einfach nicht nein sagen, genau wie ihre Mutter.«

»Das wüßte ich gerne etwas genauer«, sagte ich. »Namen, Daten, Beschreibungen.«

»Offenbar haben Sie im Ring zuviel einstecken müssen, Sunny, weil Sie eine Schraube locker haben. Nicht einmal Einstein würde sich an die Namen aller Freunde von Betty erinnern, und mein Vorname ist nicht Albert.«

»Nennen Sie uns doch nur einfach die Namen, an die Sie sich erinnern können.«

Short hakte seinen Daumen im Gürtel ein und schaukelte auf seinem Stuhl hin und her. »Betty war verrückt nach Männern, verrückt nach Soldaten. Sie war wild auf die geschniegelten Typen aus der Offiziersmesse und auf jeden, der weiß war und Uniform trug. Als sie für mich die Haushälterin spielen sollte, streunte sie auf dem Hollywood Boulevard herum und ließ sich von den frisch Eingezogenen zu Drinks einladen. Als sie noch bei mir wohnte, ging es hier zu wie im Soldatenheim.«

Lee sagte: »Wollen Sie Ihre eigene Tochter eine Herumtreiberin nennen?«

Short zuckte die Achseln. »Ich habe fünf Töchter. Ein fauler Apfel darunter ist gar nicht so schlecht.«

Lees Wut war ihm deutlich anzusehen; ich legte ihm beruhigend eine Hand auf den Arm und konnte fast sein Blut summen spüren. »Und wie ist es mit Namen, Mr. Short?«

»Tom, Dick, Harry – auf mich, Cleo Short, warfen diese Typen nur einen einzigen Blick und machten sich dann pronto mit Betty auf und davon. Genauer kann ich es nicht sagen. Wenn Sie nach jemandem Ausschau halten, der in Uniform nicht allzu übel aussieht, dann liegen Sie wohl gar nicht so schief.«

Ich schlug eine leere Seite im Notizbuch auf. »Wie war es mit Arbeitsstellen? Hatte Betty einen Job, während sie hiergewesen ist?«

Der alte Mann schrie: »Bettys Job war, für mich zu arbeiten! Sie sagte, sie wollte sich nach Arbeit beim Film umsehen, aber das war eine Lüge! Alles, was sie wollte, war, in diesen schwarzen Klamotten den Boulevard entlangzuflanieren und auf Männerfang zu gehen. Sie hat meine Badewanne damit ruiniert, ihr Zeug schwarz zu färben, und dann ist sie abgehauen, bevor ich ihr den Schaden vom Lohn abziehen konnte. In den Straßen herumzustreunen wie ein Spinnenweibchen, eine schwarze Witwe, kein Wunder, daß sie dabei zu Schaden gekommen ist! Aber das ist die Schuld ihrer Mutter, nicht meine. Diese irische Gewitterziege ohne Unterleib! Nein, nein, ganz und gar nicht mein Fehler.«

Lee zog den nackten Zeigefinger über seine Kehle; wir gingen nach draußen auf die Straße und überließen es Cleo Short, seine vier Wände anzuschreien. Lee stöhnte: »Jesses, Scheiße«; ich seufzte: »Ja«, und mußte dabei an die Tatsache denken, daß man uns gerade die gesamte US-Army als möglichen Kreis von Verdächtigen präsentiert hatte.

Ich suchte in meinen Taschen nach einer Münze. »Du wirfst sie, und das entscheidet darüber, wer alles aufschreibt.«

Lee sagte: »Du machst das – okay? Ich möchte mich in Junior Nashs Loch auf die Lauer legen und mir ein paar Autonummern aufschreiben.«

»Versuch ein bißchen zu schlafen.«

»Das werde ich.«

»Nein, wirst du wohl nicht.«

»Man kann eben niemanden austricksen, der einen selber bescheißt. Hör mal, kannst du nicht zum Haus fahren und Kay Gesellschaft leisten? Sie macht sich meinetwegen Sorgen, und ich möchte nicht, daß sie allein bleibt.«

Ich dachte an das, was ich gestern zwischen 39th und Norton gesagt hatte – diese Bemerkung darüber, was wir alle drei ganz genau wußten, doch worüber wir niemals redeten, jenen einen Schritt nach vorn, den zu tun einzig Kay den Mut hatte. »Ist doch klar, Lee.«

Ich fand Kay in der Haltung, die sie jedes Wochenende einnahm – lesend auf der Couch im Wohnzimmer. Sie schaute gar nicht hoch, als ich hereinkam, blies nur träge einen Rauchring und sagte: »Hi, Dwight.«

Ich zog mir einen Stuhl an den Kaffeetisch, der vor dem Sofa stand. »Wie konntest du wissen, daß ich es bin?«

Kay markierte einen Absatz in ihrem Buch. »Lee stampft, du trittst ganz behutsam auf.«

Ich lachte. »Das ist symbolisch, aber sag es niemandem weiter.«

Kay drückte ihre Zigarette aus und ließ ihr Buch sinken. »Du klingst besorgt.«

Ich sagte: »Lee ist wegen des toten Mädchens völlig außer Fassung. Er hat durchgesetzt, daß wir zu den Ermittlungen abgestellt worden sind, obwohl wir nach einem Hauptverdächtigen fahnden müßten. Und er nimmt Benzedrin und wird langsam etwas zapplig. Hat er dir von ihr erzählt?«

Kay nickte: »Ein bißchen.«

»Hast du die Zeitungen gelesen?«

»Ich habe es bewußt vermieden.«

»Nun, der Fall des Mädchens wird hochgespielt als die heißeste Nummer seit der Atombombe. Hundert Männer arbeiten an einem einzigen Mordfall, Ellis Loew will sich daran mästen, Lee hat sich ihnen als Kuckucksei ins Nest gelegt–«

Kay blockte meine Tirade mit einem Lächeln ab: »Und du bist am Montag noch in den Schlagzeilen gewesen, und heute bist du langweilig wie altbackenes Brot und möchtest natürlich hinter deinem großen bösen Räuber her, um wieder auf die Titelseite zu kommen.«

»Touché, aber das ist nur teilweise so.«

»Ich weiß. Sobald du die Schlagzeile bekommen hast, kriechst du in dein Versteck und liest keine Zeitungen mehr.«

Ich seufzte: »Jesses, ich wünschte mir, du wärst nicht so viel klüger als ich.«

»Und ich wünsche mir, du wärst nicht so vorsichtig und kompliziert. Dwight, was soll mit uns geschehen?«

»Mit uns dreien?«

»Nein, uns beiden.«

Ich schaute mich im Wohnzimmer um, betrachtete all die verschiedenen Hölzer und das Leder und den Chromstahl. Da stand ein Mahagonischränkchen mit Glastüren; es war gefüllt mit Kays Kaschmirpullovern in allen Farben des Regenbogens, das Stück zu vierzig Dollar. Die Frau selbst, eine arme Weiße aus South Dakota, verwöhnt und zu Geschmack gekommen durch die Liebe eines Cops, saß mir gegenüber, und zum erstenmal sagte ich genau das, was mir im Kopf herumging: »Du würdest ihn nie verlassen. Du würdest das hier nie verlassen. Falls du es vielleicht doch tätest, dann vielleicht erst, wenn Lee und ich keine Partner mehr sind. Ja, vielleicht hätten wir dann gemeinsam eine Chance. Aber sonst ... Du würdest das alles niemals aufgeben.«

Kay zündete sich die nächste Zigarette an und nahm sich dabei Zeit. Nach einem langen ersten Zug sagte sie: »Du weißt, was er für mich getan hat.«

»Und für mich.«

Kay legte ihren Kopf zurück und starrte an die Decke aus gemaltem Stuck mit Mahagonitäfelung; Rauchringe blasend sagte sie: »Du bist für mich ein richtiger Schulmädchenschwarm gewesen. Bobby De Witt und Lee haben mich immer zu den Kämpfen mitgeschleift. Ich brachte meinen Skizzenblock mit, damit ich mich nicht wie eine dieser gräßlichen Frauen fühlen mußte, die ihre Männer anstacheln und reizen müssen und dabei immer so tun, als hätten sie Gefallen daran. Gefallen hast *du* mir. Die Art, wie du dich wegen deiner Zähne über dich selbst lustig machen konntest. Die Art, wie du deine Deckung eingesetzt hast, um Treffer zu vermeiden. Dann bist du der Polizei beigetreten, und Lee erzählte mir, wie er gehört hätte, daß du deine japanischen Freunde denunziert hast. Ich habe dich deswegen nicht gehaßt, du bist mir dadurch einfach nur wirklicher erschienen. Auch bei der Sache mit den Zoot-Suiters. Du bist mein Bilderbuchheld gewesen, nur daß eben die Geschichten echt waren, hier und da zusammengesetzt aus kleinen Stückchen und Teilchen. Dann kam die Sache mit dem Kampf auf, und obwohl ich den Gedanken daran haßte, habe ich Lee zugeredet, es zu machen. Weil es für mich wie ein Zeichen dafür war, daß wir drei füreinander bestimmt sind.«

Zig Sachen fielen mir ein, die ich dazu sagen wollte, alle richtig und wahr und ausschließlich über uns zwei. Doch ich konnte nicht und suchte bei Lee Schutz. »Ich möchte nicht, daß du dir über Bobby De Witt Sorgen machst. Sobald er rauskommt, setze ich ihn unter Druck, aber schwer! Er wird nie in die Nähe von dir oder Lee kommen.«

Kay wandte die Augen von der Decke ab und sah mich mit einem seltsamen Blick an, hart und fest, doch auf einem Grund voll Traurigkeit. »Ich habe aufgehört, mir über Bobby Sorgen zu machen. Lee wird schon mit ihm fertig.«

»Ich denke, Lee hat Angst vor ihm?«

»Die hat er, doch ich glaube, eher deswegen, weil er so viel über mich weiß. Und Lee befürchtet, daß er das überall herumerzählt. Nicht, daß es jemanden interessieren würde.«

»Mich interessiert es. Und wenn ich mich an De Witt hänge, wird er froh sein, wenn er überhaupt noch einen Ton rausbringen kann.«

Kay erhob sich. »Für einen Mann mit einem butterweichen Herzen, was bist du da doch für ein harter Knochen! Ich geh' ins Bett. Gute Nacht, Dwight.«

Als ich die Klänge eines Schubert-Quartetts aus Kays Schlafzimmer hörte, holte ich mir Füllhalter und Papier aus dem Schreibschrank und brachte meinen Bericht über die Befragung von Elizabeth Shorts Vater zu Papier. Ich vergaß nicht, sein »wasserdichtes« Alibi zu erwähnen, seine Schilderung des Verhaltens seiner Tochter, als sie '43 mit ihm zusammengelebt hatte, die Prügel, die sie von einem Soldaten in Camp Cooke bezogen hatte und die lange Parade namenloser Freunde. Unnötige Details, mit denen ich den Bericht ausschmückte, lenkten meine Gedanken fast erfolgreich von Kay ab, und als ich geendet hatte, machte ich mir zwei Schinkenbrote, spülte sie mit einem Glas Milch hinunter und schlief auf der Couch ein.

Meine Träume bestanden aus erkennungsdienstlichen Fotos von Schwerverbrechern und, aus jüngster Zeit, Ellis Loew, der mit den Codenummern für Schwerverbrechen, die quer über seine Brust gedruckt waren, die richtige, die hehre Seite des Gesetzes darstellte. Betty Short gesellte sich in Schwarz-Weiß zu ihm, einmal en face, dann mit Aufnahmen ihres Profils von links, dann lösten sich all die Gesichter auf in Berichtsformulare des L.A.P.D., die endlos vor mir abrollten, während ich versuchte, in die leeren Kästchen Angaben über Junior Nashs gegenwärtigen Aufenthalt einzutragen. Ich wachte mit Kopfschmerzen und der Gewißheit auf, daß mir ein sehr langer Tag bevorstand.

Draußen dämmerte es. Ich ging hinaus auf die Veranda und holte die Morgenausgabe des *Herald* herein. Die Schlagzeile lautete: »Jagd auf Liebhaber im Foltermord«. In der Mitte direkt darunter ein Portraitfoto von Elizabeth Short. Darunter als Bildunterschrift: »Die schwarze Dahlie.« Und dann der kurze Text: »Die Ermittlungsbehörden untersuchten heute das Liebesleben der zweiundzwanzigjährigen Elizabeth Short, Opfer des »Werwolf-Mörders«, die sich nach Auskunft von Freundinnen durch ihre Liebesromanzen von einem unschuldigen Mädchen in eine schwarzgewandete, mannstolle Straftäterin verwandelte, die unter dem Namen ›Schwarze Dahlie‹ bekannt war.«

Ich spürte, daß Kay neben mir stand. Sie griff nach der Zeitung, überflog die Titelseite und schauderte leicht. Sie mir zurückgebend, fragte sie: »Wird all das denn nicht bald vorüber sein?«

Ich blätterte die vorderen Seiten durch. Elizabeth Short nahm ganze sechs Seiten in Anspruch. Die Mehrzahl der Artikel portraitierte sie als geheimnisvolle *femme fatale* in einem hautengen schwarzen Kleid. »Nein«, sagte ich.

9. Kapitel

Reporter umschwärmten University Station. Der Parkplatz war überfüllt, und am Bordstein reihte sich Aufnahmewagen an Aufnahmewagen. Also parkte ich in zweiter Spur, schob den Vordruck mit der Aufschrift: »Amtliches Polizeifahrzeug« unter meine Scheibenwischer und drängte mich mit eingezogenem Kopf durch den Cordon der Journalistenmeute, um zu vermeiden, daß man mich erkannte. Es funktionierte nicht; ich hörte sie »Buck-kie« und »Blei-chert« rufen, dann packte mich jemand von hinten. Meine Jackettaschen wurden ausgerissen, und den Rest des Weges rammte ich mich durch die Menge.

Die Eingangshalle war voll von Uniformierten der Tagschicht, die ihren Streifendienst antraten; eine Verbindungstür öffnete sich in einen vor Aktivität brodelnden Mannschaftsraum. Längs der Wände waren Feldbetten aufgestellt; auf einem Lager lag Lee wie tot hingestreckt, die Beine mit Zeitungsbogen zugedeckt. Auf allen Schreibtischen klingelten Telefone, und meine pochenden Kopfschmerzen kehrten mit doppelter Stärke zurück. Ellis Loew heftete verschiedene Blätter ans Schwarze Brett; ich tippte ihm kräftig auf die Schulter.

Er drehte sich um. Ich sagte: »Ich will aus diesem Zirkus raus! Ich bin bei der Fahndung, nicht bei der Mordkommission, und es gibt Flüchtige, deren Festnahme höchste Dringlichkeit hat. Ich möchte wegbeordert werden – sofort.«

Loew zischte mich an: »Nein! Sie arbeiten für mich, und ich will Sie beim Short-Fall dabeihaben! Das ist endgültig und absolut unwiderruflich! Und Ihre Primadonna-Sonderwünsche, Officer, lasse ich mir nicht bieten. Haben Sie verstanden?«

»Ellis, verdammt noch mal!«

»Verdienen Sie sich erst einmal Streifen am Ärmel, Bleichert, bevor Sie mich so nennen dürfen! Bis dahin heißt es für Sie *Mr. Loew*. Jetzt gehen Sie und lesen Sie Millards zusammenfassenden Bericht.«

Ich stürmte zur hintersten Ecke des Mannschaftsraums. Russ Millard schlief auf einem Stuhl, die Beine auf den Schreibtisch vor sich gelegt. An der Korkpinnwand etwas weiter hingen vier maschinengeschriebene Blätter. Ich las:

> Erster zusammenfassender Bericht.
> 187P.C., Opfer: Short, Elizabeth Ann, weiblich.
> Weiß.
> geb. 29. 7. 24. Aktenstück vom 17. 1. 47, sechs Uhr früh.

Meine Herren –
Hier der erste zusammenfassende Bericht zu E. Short, Leichenfund, Ort und Zeit 15. 1. 37, 39th und Norton, Leimert Park.

1. Bisher dreiunddreißig falsche oder mutmaßlich falsche Geständnisse. Eindeutig unschuldige Bekenner, freigelassen, wirre und schwer gestörte Personen, festgehalten im Stadtgefängnis bis zur Klärung der Alibis und der amtsärztlichen Untersuchung. Aktenkundige abartige Personen befragt von Dr. De River, Konziliarpsychiater in Anwesenheit von Angehörigen der Kriminalabteilung. Bisher ohne Ergebnisse.

2. Ergebnisse des vorläufigen post mortem und nachfolgender Tests: Opfer erstickt an Blut aus Messerwunde Ohr-zu-Ohr durch Mund. Zur Todeszeit kein Alkohol, keine Betäubungsmittel (Einzelheiten siehe Aktenstück 14/187/47).

3. Boston P.D. überprüft Vorgeschichte von E. Short, Familie, frühere Männerbekanntschaften und deren Aufenthalt zur Tatzeit. Vater (C. Short) hat bestätigtes Alibi – scheidet als Verdächtiger aus.

4. C.I.D. von Camp Cooke untersucht Berichte über Mißhandlung von E. Short durch Soldaten, als sie in 9/43 dort im P.X. arbeitete. E. Short festgenommen wegen Trunkenheit als Minderjährige in 9/43; laut C.I.D. sind alle Soldaten, mit denen sie festgenommen wurde, im Einsatz in Übersee, so daß sie als Verdächtige ausscheiden.

5. Mülltonnen im gesamten Stadtbereich nach Kleidung von E. Short durchsucht. Alle Frauenkleidung, die gefunden wurde, wird im zentralen kriminaltechnischen Labor untersucht (siehe Berichte kriminaltechnisches Labor).

6. Befragungsaktionen im gesamten Stadtgebiet, Berichte über Zeitraum 12. 1. 47–15. 1. 47, gesammelt und gesichtet. Ein Nachtrag: Beschwerde einer Frau in Hollywood über Schreie in »schrecklichem Kauderwelsch«, Nacht vom 13. 1. zum 14. 1. in Hollywood Hills. Ergebnis nach Untersuchung: Partylärm von Nachtschwärmern. Befragungsteams: Zwischenfall nicht berücksichtigen.

7. Bestätigte telefonische Hinweise: E. Short wohnte in 12/46 meiste Zeit in San Diego im Haushalt von Mrs. Elvira French. Opfer begegnete Mrs. Frenchs Tochter Dorothy in Lichtspieltheater, wo Dorothy arbeitete, erzählte (nicht bestätigte) Geschichte über Ehemann, der sie verlassen habe. Die Frenchs nahmen sie auf, und E. Short erzählte ihnen widersprüchliche Geschichten: sie sei die Witwe eines Majors vom Air Corps; von einem Marineflieger schwanger; mit einem Piloten verlobt. Opfer hatte viele Männerbekanntschaften während ihres Aufenthalts im Haus der French (Vergleiche 14/187/47).

XXXX8. E. Short verließ das Haus der Frenchs am 9. 1. 47 in Begleitung eines Mannes, den sie »Red« nannte (folg. Beschreibung: Weißer, männlich, 25 bis 30 Jahre, groß, »gutaussehend«, 1,70 bis 1,80 Meter groß, rotes Haar, blaue Augen). »Red« angeblich Vertreter. Fährt eine Dodge-Limousine, Vorkriegsmodell; Strafzettel aus Huntington Park liegen vor. Suche nach Fahrzeug fortgesetzt. »Red« dringend zur Zeugeneinvernahme gesucht.

9. Bestätigte Information: Val Gordon (weiblich, weiß) Riverside, California, sagte in Telefonat mit uns, sie sei Schwester des verstorbenen Air Corps Majors Matt Gordon. Sagte: E. Short habe ihr und ihren Eltern Herbst '46 geschrieben, kurz nachdem Major Gordon bei einem Flugzeugabsturz ums Leben gekommen war. Log, sie sei Gordons Verlobte gewesen, forderte Geld von ihnen. Eltern der Miss Gordon wiesen Forderung zurück.

10. Ein der E. Short gehörender Koffer im Railway Express Büro in der Innenstadt von Los Angeles sichergestellt (R.E.-Angestellter entdeckte Name des Opfers und Bild in den Zeitungen. Erinnerte sich, daß sie Ende Nov. '46 Koffer deponiert hatte). Kofferinhalt überprüft. Durchschläge von Hunderten von Liebesbriefen an verschiedene Männer (die meisten Wehrdienstleistende) gefunden sowie (weitaus weniger) kurze Mitteilungen an sie. Auch viele Fotos von E. Short mit Soldaten im Koffer. Briefe durchgelesen, Namen und Beschreibungen der Männer zusammengestellt.

11. Bestätigte telefonische Information: Ehemaliger Leutenant des Air Corps J. G. Fickling rief aus Mobile, Alabama, an, nachdem er E. Shorts Namen und Bild in Mobile Zeitungen gesehen hatte. Erklärte, er und Opfer hätten Ende '43 in Boston »kurze Affäre« miteinander gehabt, und sie habe stets gleichzeitig zehn weitere Männerbekanntschaften auf Abruf in Bereitschaft gehabt. Fickling hat für Mordzeit bestätigtes Alibi. Schei-

det als Verdächtiger aus, bestreitet auch, je mit E. Short verlobt gewesen zu sein.

12. Zahlreiche telefonische Hinweise an alle Abteilungen des L.A.P.D. und alle Sheriff-Büros. Mutmaßliche Anrufe von Spinnern ausgesondert, andere von Zentraler Mordkommission an die verschiedenen Reviere weitergeleitet. Allen Hinweisen wird nachgegangen.

XXXXX13. Bestätigte Adressen: E. Short lebte 1946 unter folgenden Adressen (Namen zu den im folgenden genannten Adressen sind die von Anrufern oder Mitbewohnern mit derselben Anschrift, alle vom Einwohnermeldeamt bestätigt. Eintragungen fehlen zu Linda Martin).

13/A/1611 N. Orange Dr. Hollywood (Harold Costa, Donald Leyes, Marjorie Graham) 6024 Carlos Avenue, Hollywood 1842 N. Cherokee, Hollywood (Linda Martin, Sheryl Saddon) 53 Linden, Long Beach.

14. Ergebnisse der R.I.D.-Spurensicherung auf Freiflächen Leimert Park: keine Frauenkleidung gefunden, zahlreiche Messer und Messerklingen, kommen jedoch als Mordwaffe nicht in Frage, da viel zu verrostet. Keinerlei Blutspuren.

15. Ergebnisse der Tür-zu-Tür-Befragung Leimert Park (mit Fotos von E. Short): Null (Behauptungen, sie gesehen zu haben, stammen offensichtlich von Spinnern).

Zusammenfassung: Nach meiner Auffassung sollten sich sämtliche Ermittlungsarbeiten auf die Befragung von Bekanntschaften E. Shorts konzentrieren, insbesondere auf ihre zahlreichen Männerbekanntschaften. Sergeant Sears und ich werden nach San Diego fahren, um die dortigen Kontaktpersonen zu befragen. Mit Fahndungsersuchen nach »Red« und Überprüfung von Kontaktadressen in L. A. werden innerhalb kurzer Zeit wichtige Informationen eingehen.

Russell A. Millard, Lt.,
Erkennungsmarke 493, Zentrale Mordkommission.

Ich drehte mich um und sah, daß Millard mich beobachtete. Er sagte: »Mal ganz unter uns – was halten Sie eigentlich davon?«

Ich befühlte meine ausgerissene Tasche. »Ist sie das wert, Lieutenant?«

Millard lächelte; mir fiel auf, daß seine zerknitterte Kleidung und die Stoppeln am Kinn diesem Eindruck von Klasse, den er vermittelte, keinen Abbruch taten. »Ich denke schon. Ihr Partner glaubt das auch.«

»Lee macht immer Jagd auf Buhmänner, Lieutenant.«

»Wissen Sie, Sie können mich Russ nennen.«

»Okay, Russ!«

»Was haben Sie und Blanchard aus dem Vater herausbekommen?«

Ich gab Millard meinen Bericht. »Nichts besonderes, nur noch weitere Anhaltspunkte dafür, daß das Mädchen eine Herumtreiberin gewesen ist. Was hat das eigentlich mit dem Gerede über die »Schwarze Dahlie« auf sich?«

Millard schlug auf die Stuhllehne. »Das hat uns Bevo Means eingebrockt. Er fuhr nach Long Beach und sprach mit dem Angestellten am Empfang des Hotels, wo das Mädchen sich im vergangenen Sommer aufgehalten hat. Der Mann erzählte ihm, daß Betty Short stets hautenge schwarze Kleider getragen hätte. Bevo dachte an diesen Film mit Alan Ladd, *Die blaue Dahlie*, und da kam ihm der Einfall. Ich glaube, dieser hübsche, bildkräftige Name wird uns ein weiteres Dutzend Bekenntnisse pro Tag einbringen. Wie Harry ganz richtig sagte, als er schon ein paar intus hatte: ›Wenn's auch sonst keiner mehr tut, Hollywood fickt dich immer.‹ Sie sind doch ein ganz gerissenes Kerlchen, Bucky. Was denken Sie eigentlich?«

»Ich denke, ich möchte zurück zur Fahndung. Könnten Sie das mit Loew arrangieren?«

Millard schüttelte den Kopf. »Nein. Aber würden Sie meine Frage beantworten?«

Ich kämpfte gegen das Bedürfnis an, etwas in Stücke zu hauen oder mich aufs Betteln zu verlegen. »Sie hat zur falschen Zeit und am falschen Ort ja oder nein zum falschen Kerl gesagt. Und da sie mehr Gummi abgerubbelt hat als der San Berdoo Highway, und weil sie es nicht über sich bringen konnte, die

Wahrheit zu sagen, würde ich meinen, daß wir eine Heidenarbeit vor uns haben, diesen mistigen Kerl zu finden, Sir.« Millard stand auf und reckte sich. »Sie heller Junge gehen jetzt zur Hollywood Station, schnappen sich dort Bill Koenig, und dann machen Sie beide sich auf den Weg und befragen die Mieter der Hollywood-Adressen in meinem Bericht. Achten Sie vor allem auf die Männerbekanntschaften. Sie halten Koenig nach Möglichkeit an kurzer Leine, und schreiben *Sie* den Bericht, weil Billy praktisch Analphabet ist. Erstatten Sie dann hier Bericht, sobald sie fertig sind.«

Mit Kopfschmerzen, die sich inzwischen zu einer ausgewachsenen Migräne entwickelt hatten, bewies ich dienstlichen Gehorsam. Das letzte, was ich hörte, bevor ich wieder Pflaster trat, war, wie eine Gruppe von Cops dümmlich gackernd Elizabeth Shorts Liebesbriefe las.

Ich holte Koenig an der Hollywood Station ab und fuhr mit ihm zu der Adresse in der Carlos Avenue. Als wir vor Nummer 6024 parkten, sagte ich: »Sie sind mein Vorgesetzter, Serge. Wie wollen Sie die Sache angehen?«

Koenig räusperte sich laut und schluckte den Schleimbrokken zurück, den er hochgewürgt hatte. »Fritzie besorgt sonst immer das Reden, aber der liegt krank zu Hause. Wie wäre es, wenn Sie reden und ich mich im Hintergrund halte?« Er öffnete sein Sakko und zeigte mir einen lederüberzogenen Totschläger, der in seinem Hosengürtel steckte. »Glauben Sie, daß wir den brauchen werden?«

Ich sagte: »Wir stellen nur Fragen« und stieg aus dem Wagen. Auf der Veranda zu Nummer 6024, einem dreistöckigen braunen Holzhaus mit dem Schild »Zimmer zu vermieten«, das vorn auf der Wiese aufgestellt war, saß eine alte Dame. Sie sah mich herankommen, schlug ihre Bibel zu, in der sie gelesen hatte, und sagte: »Tut mir leid, junger Mann, aber ich vermiete nur an ehrgeizige junge Mädchen mit guten Referenzen.«

Ich hielt ihr meine Marke hin. »Wir sind von der Polizei, Madam. Wir möchten mit Ihnen über Betty Short sprechen.«

Die alte Frau sagte: »Ich kannte sie unter dem Namen Beth«, und warf dabei einen Blick auf Koenig, der auf der Wiese stand und hingebungsvoll in seiner Nase bohrte.

Ich sagte: »Er sucht nach Anhaltspunkten.«

Die Frau schnaubte ungehalten. »Er wird sie wohl kaum in seinem großen Gesichtserker finden. Wer hat Beth Short umgebracht, Officer?«

Ich zog Füllhalter und Notizblock. »Wir sind ja hier, um das herauszufinden. Würden Sie mir bitte Ihren Namen sagen?«

»Ich bin Miss Loretta Janeway. Ich habe die Polizei angerufen, als ich Beths Namen im Radio gehört habe.«

»Miss Janeway, wann hat Elizabeth Short unter dieser Anschrift gewohnt?«

»Ich habe in meinem Buch nachgesehen, gleich nachdem ich es in den Nachrichten gehört habe. Beth hatte ein Zimmer im dritten Stock auf der rechten Seite, und das vom 14. September bis 19. Oktober vorigen Jahres.«

»Ist sie Ihnen empfohlen worden?«

»Nein. Ich erinnere mich noch sehr gut, weil Betty ein so hübsches Mädchen gewesen ist. Sie klopfte an die Tür und sagte, sie hätte mein Schild gesehen, als sie die Gower Street entlanggegangen sei. Sie sagte, sie wäre eine vielversprechende Schauspielerin und suche ein billiges Zimmer, bis sie ihren Durchbruch hätte. Ich sagte, das hätte ich doch schon mal irgendwo gehört und meinte dann, sie wäre gut beraten, wenn sie diesen schrecklichen Boston-Akzent ablegen könnte. Na, Beth lächelte nur und sagte, ohne jede Spur von Akzent: ›Jetzt ist die Zeit für alle guten Menschen gekommen, ihresgleichen hilfreich zur Seite zu stehen.‹ Dann sagte sie: ›Sehen Sie? Sehen Sie, wie ich Ihren Ratschlag gleich umgesetzt habe?‹ Es lag ihr so sehr daran zu gefallen, daß ich ihr das Zimmer vermietet habe, obwohl es sonst gegen meine Grundsätze ist, an Leute vom Film Zimmer abzugeben.«

Ich schrieb mir die Daten auf und fragte dann: »War Beth eine gute Mieterin?«

Miss Janeway schüttelte den Kopf. »Gott sei ihrer armen

Seele gnädig, aber sie war eine gräßliche Mieterin, und sie hat mich bereuen lassen, daß ich mit meinem Grundsatz, keine Filmfritzen aufzunehmen, gebrochen habe. Sie war mit ihrer Miete immer im Verzug, versetzte ständig ihren Schmuck, um Geld zum Essen zu haben, und versuchte mich herumzukriegen, daß sie mich täglich statt wöchentlich bezahlte. Einen Dollar pro Tag wollte sie bezahlen. Können Sie sich vorstellen, wieviel Platz ich in meinem Kassenbuch brauchen würde, wenn ich das jeden meiner Mieter machen ließe?«

»Hat Beth sich mit anderen Mietern angefreundet?«

»Großer Gott, nein! Das Zimmer im dritten Stock auf der rechten Seite ganz hinten hat eine separate Außentreppe, also mußte Beth nicht wie die anderen Mädchen durch den Vordereingang, und sie hat nie an meinem Kaffeeklatsch teilgenommen, den ich immer sonntags nach der Kirche für die Mädchen veranstaltet habe. Beth selbst ging nie zur Kirche, und zu mir hat sie mal gesagt: ›Es mag ja Mädchen geben, die schmachtend bei Mondenschein ihren Ein- und Einzigen anbeten, aber mir ist nun mal danach, jeden Tag einen anderen Mann zu haben.‹«

»Und jetzt die wichtigste Frage, Miss Janeway: Hat Beth Freunde gehabt, während sie hier gewohnt hat?«

Die alte Frau nahm die Bibel auf und drückte sie an sich.

»Officer, wären sie durch den Vordereingang gekommen, wie die Beaus der anderen Mädchen auch, hätte ich sie wohl gesehen. Ich will den Toten ja nichts Schlechtes nachsagen, also möchte ich nicht mehr verraten, als daß ich zu den unchristlichsten Zeiten Schritte auf Beths Treppe gehört habe.«

»Hat Beth jemals irgendwelche Feinde erwähnt? Jemanden, vor dem sie Angst hatte?«

»Nein.«

»Wann haben Sie sie das letzte Mal gesehen?«

»Ende Oktober, am Tag, als sie ausgezogen ist. Sie sagte zu mir in reinstem Kalifornisch: ›Ich habe ein Loch gefunden, das mir besser zusagt.‹«

»Hat sie Ihnen gesagt, wohin sie zieht?«

Miss Janeway sagte: »Nein«, beugte sich dann verschwörerisch zu mir und zeigte auf Koenig, der zurück zum Auto schlurfte und sich dabei die Hoden kratzte: »Sie sollten mit diesem Mann mal über seine Hygiene reden! Offen gestanden, das ist ja abscheulich!«

Ich sagte: »Ich danke Ihnen, Miss Janeway«, ging zum Wagen und setzte mich hinter das Steuer.

Koenig grunzte: »Was hat die Zicke über mich gesagt?«

»Sie sagte nur, daß Sie nett sind.«

»Ja?«

»Ja.«

»Was hat sie noch gesagt?«

»Daß ein Mann wie Sie ihr das Gefühl gibt, wieder jung zu sein.«

»Ja?«

»Ja. Ich sagte ihr, das könnte sie vergessen, Sie wären verheiratet.«

»Bin nicht verheiratet!«

»Ich weiß.«

»Warum haben Sie's ihr dann gesagt?«

Ich fädelte mich in den Verkehr ein. »Wollen Sie etwa, daß sie Ihnen Liebesbriefe ins Büro schickt?«

«Oh, jetzt habe ich kapiert! Was hat sie über Fritzie gesagt?«

»Kennt sie denn Fritzie?«

Koenig schaute mich an, als sei ich schwachsinnig. »Viele Leute reden über Fritzie hinter seinem Rücken.«

»Was sagen sie denn?«

»Lügen.«

»Welche Art Lügen denn?«

»Schlimme Lügen.«

»Zum Beispiel?«

»Lügen wie die, daß er sich die Syph geholt hat, als er noch bei der Sitte war und die Nutten vögelte. Daß er einen Monat vom Dienst beurlaubt worden ist, weil er die Quecksilberkur machen mußte; daß er deswegen auch zum Hauptkommissariat versetzt worden ist. Üble Lügen, und noch Schlimmeres.«

Auf meinem Rücken begann es zu kribbeln. Ich bog auf die Cherokee und fragte: »Und das wäre?«

Koenig rutschte dichter zu mir. »Wollen Sie mich aushorchen, Bleichert? Suchen Sie nach schlimmen Sachen, die Sie über Fritzie sagen können?«

»Nein, nein! Bin bloß neugierig.«

»Aus Neugier ist auch die Miezekatze umgekommen! Denken Sie immer dran!«

»Werde ich! Was haben Sie bei der Prüfung zum Sergeant bekommen, Bill?«

»Weiß nicht.«

»Was?«

»Fritzie hat sie für mich abgelegt. Denken Sie an die Miezekatze, Bleichert. Ich will nicht, daß jemand etwas Schlechtes über meinen Partner sagt!«

Nummer 1842, ein großes, stuckverziertes Wohnhaus, kam in Sicht. Ich fuhr quer über die Straße, parkte und murmelte: »Ich rede bloß mit denen«, und ging entschlossen ins Treppenhaus.

Auf dem Stillen Portier stand der Name *S. Saddon* zusammen mit neun anderen – alle in Wohnung 604. Linda Martin war nicht aufgeführt. Ich nahm den Aufzug zum sechsten Stock, ging den Flur entlang, in dem es schwach nach Marihuana roch, und klopfte an die Tür. Big-Band-Musik wurde abgestellt, die Tür öffnete sich, und eine jüngere Frau, mit allerlei Glitzerzeug als Ägypterin zurechtgemacht, stand vor mir, in der Hand eine Kopfbedeckung aus Pappmaché. Sie fragte: »Sind Sie der Fahrer von RKO?«

Ich sagte: »Polizei.« Die Tür wurde mir vor der Nase zugemacht. Ich hörte die Toilettenspülung; das Mädchen kam einen Augenblick später zurück, und ich ging unaufgefordert in das Apartment. Das Wohnzimmer hatte eine sehr hohe gewölbte Decke; entlang den Wänden standen schlampig gemachte Feldbetten; Koffer, Reisetaschen und Seesäcke quollen aus einem offenen Wandschrank, und vor einige ungepolsterte Sitzbänke war schräg ein Tisch mit Linoleumplatte geschoben worden. Der Tisch war übersät mit Kosmetika und Schminkspiegeln; der rissige Holzfußboden rundum war dicht bestäubt mit verschüttetem Rouge und Gesichtspuder.

Das Mädchen fragte mich: »Ist es wegen der Strafzettel für ordnungswidriges Überqueren der Straße, die ich vergessen habe zu bezahlen? Hören Sie, ich habe bei RKO drei Tage mit *Der Fluch des Mumiengrabes* zu tun. Und sobald man mich bezahlt hat, schicke ich einen Scheck. Geht das in Ordnung?«

Ich sagte: »Es ist wegen Elizabeth Short, Miss–«

Die Frau stöhnte auf, als sei sie auf der Bühne. »Saddon. Sheryl mit Y, L am Ende. Hören Sie, ich habe heute morgen mit einem Polizisten am Telefon gesprochen, mit einem Sergeant Sowieso, der schwer gestottert hat. Er hat mir neuntausend Fragen über Betty und ihre neuntausend Freunde gestellt, und ich habe ihm neuntausendmal erklärt, daß hier eine Menge Mädchen nächtigen und sich mit einer Menge Knaben verabreden und die meisten nur für eine Nacht da sind. Ich habe ihm erzählt, daß Betty von Anfang November bis Anfang Dezember hier gewohnt hat, daß sie einen Dollar pro Tag wie wir anderen auch bezahlt hat und daß ich mich an die Namen keiner ihrer Verabredungen erinnern kann. Darf ich jetzt also gehen? Ich werde gleich abgeholt, ich brauche den Job ganz dringend!«

Sheryl Saddon war ganz außer Atem und schwitzte unter ihrem metallischen Kostüm. Ich deutete auf ein Feldbett. »Setzen Sie sich und beantworten Sie meine Fragen, oder ich loche Sie wegen des Stoffs ein, den Sie gerade die Toilette hinuntergespült haben.«

Die Drei-Tage-Cleopatra setzte sich folgsam und warf mir einen Blick zu, bei dem ein Julius Cäsar zur Salzsäule erstarrt wäre. Ich sagte: »Erste Frage: Wohnt hier eine Linda Martin?«

Sheryl Saddon grabschte nach einem Päckchen Old Golds auf dem Feldbett und zündete sich einen Glimmstengel an. »Ich habe es doch Sergeant Stottermann schon erzählt! Betty hat Linda Martin mehrmals erwähnt. Sie hauste mit Betty in ihrer anderen Absteige an der Ecke De Longpré und Orange.

Übrigens brauchen Sie Beweise, wenn Sie jemanden festnehmen wollen.«

Ich zog Füller und Notizbuch heraus. »Wie steht es mit Feinden, die Betty hatte? Androhungen von Prügeln?«

»Bettys Problem waren nicht ihre Feinde, sondern zu viele Freunde, falls Sie mir folgen können. Kapiert?«

»Kluges Kind. Hat einer von denen sie je bedroht?«

»Nicht daß ich wüßte. Hören Sie, können wir das nicht schnell hinter uns bringen?«

»Immer mit der Ruhe! Was hat Betty gearbeitet, während sie hier gewohnt hat?«

Sheryl Saddon schnaubte: »Sie Komiker, Betty hat nicht gearbeitet! Sie schnorrte sich Kleingeld von den anderen Mädchen hier, und hin und wieder ließ sie sich unten am Boulevard von irgendwelchen Opas mit ein paar Drinks und einem Abendessen freihalten; ein paarmal haute sie für ein oder zwei Tage ab und kam dann mit Geld wieder und erzählte wilde Geschichten darüber, wie sie es bekommen hätte. Sie war eine so durchtriebene kleine Lügnerin, daß niemand ihr je geglaubt hat.«

»Erzählen Sie mir von den wilden Geschichten. Und über Bettys Lügen im allgemeinen.«

Sheryl drückte ihre Zigarette aus und zündete sich gleich die nächste an. Sie rauchte eine Zeitlang schweigend, und mir war bewußt, daß die Schauspielerin in ihr sich für den Gedanken erwärmte, eine kleine Einlage zu geben und Betty Short zu imitieren. Schließlich sagte sie: »Sie kennen diesen ganzen Mist in den Zeitungen über die ›Schwarze Dahlie‹?«

»Ja.«

»Na ja, Betty zog sich aus Angabe immer schwarze Klamotten an, um Filmproduzenten zu beeindrucken, wenn sie mit den anderen Mädchen die Runde machte, was allerdings nicht oft vorkam, weil sie am liebsten jeden Tag bis mittags schlief. Aber manchmal erzählte sie dann, sie trage Schwarz, weil ihr Vater gestorben wäre oder weil sie um die Jungs trauerte, die im Krieg gefallen sind. Am nächsten Tag erzählte sie dann urplötzlich, daß ihr Vater noch am Leben wäre. Als sie mal ein paar Tage verschwunden war und gut bestückt zurückkam, machte sie einem der Mädchen weis, daß ein reicher Onkel gestorben wäre und ihr einen Batzen hinterlassen hätte, und einer anderen, daß sie das Geld in Gardena beim Pokern gewonnen hätte. Sie tischte uns neuntausend Lügen darüber auf, daß sie verheiratet wäre, und das mit neuntausend verschiedenen Kriegshelden. Sind Sie jetzt im Bilde?«

Ich erwiderte: »Ich kann's mir lebhaft vorstellen. Aber wechseln wir das Thema.«

»Prima. Wie wäre es mit dem internationalen Finanzsystem?«

»Wie ist das mit dem Film? Ihr Mädchen versucht doch alle reinzukommen, stimmt's?«

Sheryl warf mir einen Blick zu wie ein schmachtender Vamp: »Ich bin mittendrin. Ich habe in *Die Pantherfrau, Angriff des Phantommonsters* und *Süß, süß ist der Duft des Geißblatts* mitgespielt.«

»Meine Glückwünsche. Hat Betty je Arbeit beim Film gehabt?«

»Vielleicht. Vielleicht einmal, aber vielleicht auch wieder nicht, weil Betty so eine verflixte Lügnerin gewesen ist.«

»Reden Sie weiter.«

»Na ja, an Thanksgiving versammelten sich alle Küken vom sechsten Stock, um ein Festessen zusammen zu kochen. Und Betty hatte gerade Geld und spendierte zwei ganze Kisten Bier. Sie prahlte damit, daß sie in einem Film mitspielte, und sie zeigte diesen Motivsucher herum, von dem sie behauptete, sie hätte ihn vom Regisseur geschenkt bekommen. Viele Mädchen haben ja solche albernen, billigen kleinen Sucher, die sie von irgendwelchen Filmfritzen haben. Aber der, den sie hatte, war ein ganz teurer, an einem Kettchen und mit einem kleinen Samtkästchen. Ich erinnere mich noch, daß Betty an diesem Abend auf Wolken schwebte und das Blaue vom Himmel herunterschwatzte.«

»Hat sie Ihnen den Titel des Films genannt?«

Sheryl schüttelte den Kopf. »Nein.«

»Hat sie im Zusammenhang mit dem Film irgendwelche Namen erwähnt?«

»Falls sie es getan hat, habe ich es vergessen.«

Ich schaute mich noch einmal im Zimmer um, zählte zwölf Feldbetten zu einem Dollar die Nacht pro Stück und dachte an den Hauswirt, der dabei fett wurde. Ich sagte: »Wissen Sie, was eine Besetzungscouch ist?«

Die Augen der falschen Cleopatra schleuderten Blitze. »Nicht mit mir, mein Lieber. Bei mir läuft so etwas nie!«

»Und Betty Short?«

»Wahrscheinlich.«

Ich hörte lautes Hupen, ging zum Fenster und sah hinaus. Ein Laster mit offener Ladefläche und einem Dutzend Cleopatras und Pharaos hinten drauf hielt am Bordstein direkt hinter meinem Wagen. Ich drehte mich um, nur um es Sheryl zu sagen, doch sie war bereits aus der Tür.

Die letzte Adresse auf Millards Liste war 1611 North Orange Drive, ein Häuschen mit rosa Stukkaturen, stilreiner Touristenkitsch im Schatten der Hollywood High School. Koenig schreckte aus seiner nasebohrenden Träumerei hoch, als ich in zweiter Spur davor parkte und zeigte auf zwei Männer, die auf der Treppe Zeitung lasen. »Die übernehme ich. Sie nehmen die Weiberröcke. Haben die auch Namen?«

Ich sagte: »Vermutlich Harold Costa und Donald Leyes. Sie sehen müde aus, Sarge. Wollen Sie's nicht lieber aussitzen?«

»Mir ist langweilig. Was soll ich die Kerle denn fragen?«

»Ich mach das schon für Sie, Sarge.«

»Denken Sie an die Miezekatze, Bleichert! Dasselbe, was mit ihr passiert ist, passiert mit allen, die an meinem Ast sägen, wenn Fritzie nicht in der Nähe ist. Also, wonach soll ich nun die Kerle fragen?«

»Sarge –«

Koenig sprühte mich mit seiner Spucke an. »Ich stehe im Rang über Ihnen, Klugscheißer! Sie tun das, was Big Bill sagt.«

Ich sah rot und murmelte tonlos: »Lassen Sie sich Ihre Alibis geben und fragen Sie sie, ob sich Betty Short je mit Prostitution abgegeben hat.« Koenigs Antwort war ein wieherndes Lachen. Ich rannte über den Rasen und hastete die Stufen hinauf. Die beiden Männer rückten zur Seite, um mich durchzulassen. Die Vordertür öffnete sich direkt in ein schäbiges Wohnzimmer. Eine Gruppe junger Leute saß rauchend herum, in die Lektüre von Filmzeitschriften vertieft. Ich sagte: »Polizei. Ich bin auf der Suche nach Linda Martin, Marjorie Graham, Harold Costa und Donald Leyes.«

Ein honigblondes Mädchen in einem Hosenanzug knickte eine Seite von *Photoplay* um. »Ich bin Marjorie Graham, und Hal und Don sind draußen.«

Die übrigen jungen Leute standen auf und gingen nach draußen auf den Flur, als sei ich ein Sack voll böser Überraschungen. Ich sagte: »Es geht um Elizabeth Short. Hat jemand von Ihnen sie gekannt?«

Ein halbes Dutzend Leute schüttelte schockiert und mit traurigen Blicken verneinend den Kopf; draußen hörte ich Koenig brüllen: »Sag die Wahrheit! Hat die Short für Geld die Beine breit gemacht?«

Marjorie Graham sagte: »Ich war diejenige, die die Polizei angerufen hat, Officer. Ich habe ihr Lindas Namen gegeben, weil ich wußte, daß sie Betty auch gekannt hat.« Ich zeigte zur Tür. »Was ist mit den beiden Burschen draußen?«

»Don und Harold? Sie sind beide mit Betty ausgegangen. Harold hat Sie angerufen, denn er wußte ja, daß Sie nach Anhaltspunkten suchen. Wer ist dieser Mann, der sie so anschreit?«

Ich überging die Frage, setzte mich neben Marjorie Graham und zog mein Notizbuch. »Was können Sie mir über Betty sagen, das ich nicht bereits weiß? Können Sie mir Tatsachen geben? Die Namen anderer Freunde? Beschreibungen? Bestimmte Daten? Feinde? Ein mögliches Motiv von jemandem, der sie umbringen wollte?«

Die Frau wand sich unbehaglich. Mir wurde bewußt, daß ich

die Stimme gehoben hatte. In leiserem Tonfall fügte ich hinzu: »Fangen wir mit den Daten an. Wann hat Betty hier gewohnt?«

»Anfang Dezember«, erwiderte Marjorie Graham. »Ich erinnere mich deshalb noch so genau daran, weil ein Häufchen von uns hier herumsaß und sich ein Radioprogramm zum fünften Jahrestag von Pearl Harbor anhörte, als sie hier einzog.«

»Das war also am siebten Dezember?«

»Ja.«

»Und wie lange blieb sie hier?«

»Nicht länger als eine Woche.«

»Woher wußte sie von diesem Haus?«

»Ich vermute, Linda Martin hat ihr davon erzählt.«

In Millards Bericht war erwähnt worden, daß Betty Short fast den ganzen Dezember in San Diego verbracht hatte. Ich sagte: »Aber dann ist sie kurz darauf ausgezogen, stimmt's?«

»Ja.«

»Warum, Miss Graham? Betty wohnte vergangenen Herbst an drei verschiedenen Adressen – alle in Hollywood. Warum ist sie so viel herumgezogen?«

Marjorie Graham nahm ein Papiertaschentuch aus ihrer Handtasche und zerknüllte es. »Na ja, ganz sicher weiß ich es auch nicht.«

»War ein eifersüchtiger Freund hinter ihr her?«

»Das glaube ich nicht.«

»Miss Graham – was glauben Sie wirklich?«

Marjorie seufzte. »Officer, Betty verbrauchte Menschen wie Taschentücher. Sie borgte sich Geld von ihnen und erzählte ihnen Geschichten und ... Na ja, hier wohnen eine Menge ziemlich ausgeschlafener junger Leute, und ich denke mir, daß sie Betty sehr schnell durchschaut haben.«

Ich sagte: »Erzählen Sie mir von Betty. Sie haben sie gemocht, nicht wahr?«

»Ja. Sie war lieb und zutraulich und irgendwie auch ein kleines bißchen dumm, aber ... begeisterungsfähig. Sie hatte diese seltene Gabe, wenn man es so nennen will. Sie tat alles, damit man sie mochte, und sie übernahm gleich alle Eigenarten derjenigen, mit denen sie gerade zusammen war. Jeder hier raucht, und Betty fing mit Rauchen an, um eine von uns zu sein, obwohl es für ihr Asthma nicht gut war und sie Zigaretten haßte. Und das Komische ist, sie hat versucht, genau so zu gehen und zu reden wie man selbst. Doch trotzdem blieb sie dabei immer ganz sie selbst, während sie das tat. Sie blieb stets Betty oder Beth oder welche Kurzform von Elizabeth sie gerade angenommen hatte.«

Diese traurigen Einzelheiten gingen mir im Kopf herum. »Worüber haben Sie und Betty sich denn so unterhalten?«

Marjorie sagte: »Meistens hörte ich Betty nur zu. Wir saßen oft hier und hörten Radio, und Betty erzählte Geschichten. Liebesgeschichten, bei denen es um all diese Kriegshelden ging – Lieutenant Jo und Major Matt und so weiter und so weiter. Ich wußte, daß es nur Phantasien waren. Manchmal sprach sie davon, ein Filmstar zu werden, als bräuchte sie dazu nicht mehr, als in ihren schwarzen Kleidern herumzulaufen, und früher oder später würde sie dann schon entdeckt werden. Das hat mich fast verrückt gemacht, weil ich Kurse am Pasadena Playhouse belegt habe und sehr gut weiß, daß Schauspielerei harte Arbeit ist.«

Ich blätterte zurück zu den Notizen über mein Gespräch mit Sheryl Saddon. »Miss Graham, hat Betty irgendwann Ende November davon gesprochen, daß sie in einem Film mitgemacht hat?«

»Ja, gleich am ersten Abend, an dem sie hier war, brüstete sie sich damit. Sie sagte, sie hätte eine bedeutende Nebenrolle und zeigte den Motivsucher herum. Ein paar von den Jungs drängten sie, Einzelheiten zu erzählen, und dem einen sagte sie, sie drehe bei der Paramount und einem anderen, daß sie bei der Fox wäre. Ich dachte, daß sie bloß angab, um Beachtung zu finden.«

Ich schrieb »Namen« über ein neues Blatt und unterstrich das Wort dreimal. »Marjorie, wie steht es mit Namen? Bettys Männerfreunde, Personen, mit denen Sie sie gesehen haben?«

»Nun, ich weiß, daß sie mit Don Leyes und Harold Costa

ausging, und einmal habe ich sie mit einem Matrosen gesehen, und ich . . .«

Marjorie stockte; in ihre Augen trat ein besorgter Ausdruck.

»Was ist? Mir können Sie es erzählen.«

Marjories Stimme war angestrengt und dünn. »Kurz bevor sie auszog, sah ich Betty und Linda Martin, die mit einer großen älteren Frau auf dem Boulevard sprachen. Sie trug einen Männeranzug und hatte kurzgeschnittenes Haar wie ein Mann. Ich habe sie nur dieses eine Mal mit ihr gesehen. Also bedeutet das vielleicht nicht–«

»Wollen Sie damit sagen, daß die Frau Lesbierin war?«

Marjorie nickte heftig mit dem Kopf und kramte nach einem Kleenex; Bill Koenig kam herein und winkte mich mit gekrümmtem Zeigefinger zu sich heran. Ich ging zu ihm hinüber. Er flüsterte: »Diese Burschen haben geredet, sagten, die Leiche hätte ihren Muff jedem angeboten und daß sie mal schlimm ausgepeitscht worden ist. Ich habe Mr. Loew angerufen. Er sagte, ich sollte das unter Verschluß halten, weil das ein besseres Bild macht, wenn man sie als nettes junges Herzchen hinstellt.«

Ich verkniff mir den Drang, die Lesbenspur durchzuhecheln; der Staatsanwalt und seine Arschkriecher würden das wahrscheinlich auch unterdrücken. Ich sagte: »Hier ist noch schnell etwas zu erledigen. Lassen Sie sich die Aussagen von den Kerlen bestätigen, okay?«

Koenig kicherte und ging hinaus; ich bat Marjorie, einen Augenblick ruhig sitzen zu bleiben, und ging in den Vorraum. Dort stand ein Anmeldetisch, auf dem aufgeschlagen das Meldebuch lag. Ich blieb davor stehen und blätterte die Seiten durch, bis ich neben der Zeile mit dem Vordruck »Zimmer 14« in krakeliger Kinderschrift den Namen Linda Martin fand.

Ich ging über den Flur in den ersten Stock zu einem der hinteren Räume, klopfte an die Tür und wartete auf eine Antwort. Als alles still blieb, drehte ich den Türknauf. Er bewegte sich, und ich drückte die Tür auf.

Es war ein beklemmend enges kleines Zimmer, das nichts

enthielt als ein ungemachtes Bett. Ich warf einen Blick in den Wandschrank; er gähnte mich leer an. Auf dem Nachttisch lag ein Stapel Zeitungen von gestern, die alle auf der Seite mit der Schauergeschichte um den »Werwolf-Mörder« aufgeschlagen waren; plötzlich wußte ich mit großer Bestimmtheit, daß das Martin-Mädchen eine Spur war. Ich bückte mich hinunter zum Fußboden, tastete mit der Hand unter dem Bett entlang, streifte einen flachen Gegenstand und nahm ihn auf.

Es war ein rotes Plastikportemonnaie. Ich öffnete es und fand darin zwei Pennys, einen Vierteldollar und einen Schülerausweis der Cornhusker High School, Cedar Rapids, Iowa. Die Karte war ausgestellt auf Lorna Martilkova, geboren 19. 12. 31. Unter den Namenszug der Schule war das Foto eines hübschen jungen Mädchens geheftet. In Gedanken tippte ich bereits einen landesweiten Suchbefehl nach einer entlaufenen Jugendlichen.

Marjorie Graham tauchte in der Tür auf. Ich hielt ihr den Ausweis hin; sie sagte: »Das ist Linda. Gott, sie ist ja erst fünfzehn!«

»Für Hollywood ist das schon Mittelalter. Wann haben Sie sie zuletzt gesehen?«

»Heute morgen. Ich erzählte ihr, daß ich die Polizei angerufen hätte und daß Sie wohl vorbeikommen und mit uns über Betty reden würden. Habe ich etwas falsch gemacht?«

»Das konnten Sie ja nicht wissen. Und vielen Dank auch.«

Marjorie lächelte, und ich ertappte mich dabei, wie ich ihr eine schnelle Abreise ohne Rückfahrkarte aus der Traumfabrik wünschte. Ich behielt meinen Wunsch für mich, als ich zurücklächelte, und ging hinaus. Auf der Veranda stand Bill Koenig in »Rührt-Euch-Stellung«, und Donald Leyes und Harold Costa lagen hingestreckt in Gartenstühlen, und sahen leicht grün um die Kiemen aus wie Boxer, die ein paar Wirkungstreffer einstecken mußten.

Koenig sagte: »Sie haben es nicht getan.« Ich sagte: »Kein Scheiß, Sherlock?«

Koenig sagte: »Mein Name ist nicht Sherlock!«

Ich sagte: »Kein Scheiß.«
Koenig sagte: »Was?«

In Hollywood Station übte ich mich in der Lieblingsbeschäftigung eines Cops der Fahndung, nämlich dem Ausfüllen eines landesweiten Suchbefehls nach einer ausgerissenen Minderjährigen und eines Fahndungsersuchens nach der Hauptzeugin Lorna Martilkova/Linda Martin, hinterlegte die Formulare beim Leiter der Tagschicht, der mir versicherte, daß binnen einer Stunde alles über Funk durchgegeben werde und er Männer zu Nr. 1611 Orange Drive schicken wolle, um die Mieter nach Linda/Lornas mutmaßlichem Verbleib auszufragen. Nachdem ich das erledigt hatte, schrieb ich meinen Bericht über die Serie von Befragungen, kennzeichnete dabei Betty Short als gewohnheitsmäßige Lügnerin und wies auf die Möglichkeit hin, daß sie irgendwann im November '46 in einem Film mitgewirkt haben könnte; bevor ich ihn beendete, überlegte ich, ob ich Marjorie Grahams Hinweis auf die alte Lesbe mit aufnehmen sollte. Falls Ellis Loew ihn zu Gesicht bekam, würde er ihn wahrscheinlich unterdrücken, genauso wie die Auskunft, daß Betty sich mit Gelegenheitsprostitution abgegeben hatte. Also beschloß ich, ihn im Bericht wegzulassen und die Information mündlich an Russ Millard weiterzugeben.

Von einem Telefon im Mannschaftsraum rief ich die Schauspielergewerkschaft und das zentrale Besetzungsbüro an und fragte nach Elizabeth Short. Ein Angestellter teilte mir mit, daß niemand dieses Namens oder mit irgendeiner Schreibweise des Vornamens Elizabeth in den Unterlagen geführt werde, was es höchst unwahrscheinlich machte, daß sie in einer Hollywood-Produktion mitgewirkt hatte. Ich legte auf und hielt den Film für ein weiteres Märchen, das Betty erzählt hatte, mit dem Motivsucher als Märchenschlüssel.

Es war später Nachmittag. Koenig vom Hals zu haben war, als habe man eine Krebskrankheit überlebt, und die drei Interviews lagen mir auf der Seele wie eine Überdosis Betty/Beth Short und ihrer letzten schäbigen Monate auf Erden. Ich war müde und hungrig, also fuhr ich auf ein Sandwich und ein Nickerchen nach Hause – und lief direkt in die nächste Vorführung der Schwarze-Dahlie-Show.

Kay und Lee standen um den Eßtisch herum und begutachteten Tatortfotos, die Ecke 39th und Norton aufgenommen worden waren. Da war Betty Shorts eingeschlagener Schädel; Betty Shorts zerfetzte Brüste; Betty Shorts ausgeweidete untere Körperhälfte und Betty Shorts weit gespreizte Beine – das alles in Hochglanz und Schwarz-Weiß. Kay rauchte nervös und warf flüchtige Blicke auf die Bilder; Lee stierte auf sie hinunter, seine Gesichtsmuskeln in ein Halbdutzend verschiedene Richtungen zuckend. Der Benzedrinmann aus dem Weltraum. Keiner der beiden sagte ein Wort zu mir; ich stand nur da und spielte den Unerschütterlichen angesichts der berühmtesten Leiche in der Geschichte von Los Angeles.

Endlich sagte Kay: »He, Dwight!« Und Lee stieß mit zitterndem Finger auf eine Nahaufnahme des verstümmelten Rumpfes. »Das ist kein Gelegenheitsjob. Ich habe es im Gefühl. Vern Smith meint, irgendein Kerl hätte sie auf der Straße aufgegabelt, sie irgendwohin mitgenommen und gefoltert und dann auf dem Trümmergrundstück abgeladen. Quatsch! Der Kerl, der das getan hat, haßte sie aus einem ganz bestimmten Grund und wollte es die ganze verdammte Welt wissen lassen. Jesses! Zwei volle Tage lang hat er an ihr rumgeschnitten. Babe, du hast einen medizinischen Vorbereitungskurs mitgemacht. Glaubst du, daß der Kerl eine medizinische Ausbildung gehabt hat? Du weißt schon, eine Art verrückter Doktor?«

Kay drückte ihre Zigarette aus und sagte: »Lee, Dwight ist hier«; Lee wirbelte herum.

Ich sagte: »Partner«, und Lee versuchte zu blinzeln und zu lächeln und zu sprechen, und das alles gleichzeitig.

Was herauskam, war eine schreckliche Grimasse; als er hervorstieß: »Bucky, hör auf Kay! Ich habe ja gewußt, daß all die Bildung, die ich ihr gekauft habe, mir mal zugute kommen würde«, mußte ich wegschauen. Kays Stimme war sanft, geduldig. »Dieses Theoretisieren ist glatter Schwachsinn, aber ich gebe dir eine Theorie, wenn du etwas ißt und ein bißchen ruhiger wirst.«

»Also Vorlesung. Theorie – ab!«

»Na ja, es ist pure Vermutung. Aber vielleicht waren es zwei Killer, weil die Schnitte, die der Folterer gemacht hat, ungeschickt und grob sind, während der Trennschnitt und der Schnitt am Unterleib, die ihr beide offensichtlich post mortem zugefügt worden sind, sauber und exakt aussehen. Aber vielleicht gibt es doch nur einen einzigen Killer, der sich, nachdem er das Mädchen umgebracht hatte, beruhigte, sie auseinanderschnitt und den Vertikelschnitt am Unterbauch anbrachte. Übrigens hätte jeder die inneren Organe entfernen können, nachdem der Körper in zwei Teile geschnitten war. Verrückte Ärzte gibt es nur im Kino. Liebling, du mußt dich beruhigen. Du mußt aufhören, diese Pillen zu nehmen, und du brauchst etwas zu essen. Hör auf Dwight, der wird dir dasselbe sagen.«

Ich sah Lee an, der einwandte: »Ich bin zu überdreht, um zu essen.« Dann streckte er mir die Hand entgegen, als sei ich gerade hereingekommen: »He, Partner. Hast du heute etwas Gutes über unser Mädchen erfahren?«

Ich dachte daran, ihm zu sagen, daß sie meiner Erkenntnis nach die Hundertschaft rund um die Uhr arbeitender Cops nicht wert sei; ich dachte wieder daran, alles hinzuschmeißen und Betty Short als trauriges, verlogenes kleines Flittchen hinzustellen, um meinen Entschluß zu rechtfertigen. Doch als ich Lees von Drogen verstörtes Gesicht sah, brachte ich nur heraus: »Nichts, das es wert wäre, daß du dir so etwas antust! Nichts, das es wert ist, dich außer Gefecht zu setzen, jetzt, da ein Ganove, den du nach Quentin geschickt hast, in drei Tagen in L. A. sein wird. Denk daran, daß deine kleine Schwester dich so sehen könnte. Denk an sie –«

Ich bremste mich, als Tränen aus Lees weltentrückten Augen kullerten. Jetzt stand er da wie der einzige aufrechte Mann unter seinen Blutsbrüdern. Kay stellte sich zwischen uns, eine Hand auf meine und die andere auf seine Schulter gelegt. Ich ging hinaus, bevor Lee richtig zu weinen anfing.

University Station erwies sich als ein weiterer Nebenschauplatz der hysterischen Posse um die Schwarze Dahlie.

Im Umkleideraum war eine Wettliste aufgehängt. Sie war unbeholfen gezeichnet, aufgeteilt wie ein Würfeltisch, mit freigelassenen Feldern für folgende Quotierungen: »Gelöst – ausgezahlt 2:1, Sexualverbrechen im Rausch – ausgezahlt 4:1, ungelöst – ausgezahlt 1:1, Liebhaber – ausgezahlt 1:4; und »Red« – kein Einsatz, bis Verdächtiger festgenommen.« Der »Hausbuchmacher« war ein gewisser Sergeant Shiner, und bisher galt als heißer Favorit der »Liebhaber«, auf den ein Dutzend Männer in der Hoffnung gesetzt hatten, für ihren Zehner ein Vielfaches zu gewinnen.

Im Mannschaftsraum trieb man mit dem Entsetzen Scherz. Jemand hatte zwei durchschnittene Hälften eines billigen schwarzen Kleides über den Eingang gehängt. Harry Sears tanzte halb weggetreten um eine schwarze Reinemachefrau, führte sie vor als die *echte* Schwarze Dahlie, die beste schwarze Sängerin seit Billie Holliday. Sie tranken aus Harrys Feldflasche, die Reinemachefrau krächzte Gospelsongs, während die Officer, die Telefonate zu erledigen hatten, die Hände an die Ohren preßten.

Auch Routineangelegenheiten wurden in einer Art wildem Wahnsinn erledigt. Männer arbeiteten sich durch Berge von Kfz-Zulassungen und Straßenkarten von Huntington Park, in dem Versuch, eine Spur jenes »Red« zu finden, mit dem Betty Short nach San Diego aufgebrochen war; andere lasen ihre Liebesbriefe, und zwei Officer waren in ständigem telefonischen Kontakt mit der Zulassungsstelle, um Auskünfte über die Nummernschilder einzuholen, die sich Lee letzte Nacht notiert hatte, als er in Junior Nashs Liebesnest auf Posten gewesen war. Millard und Lee waren gegangen, so daß ich meinen Bericht über die Befragungen und eine Notiz über die Fahndungsersuchen, die ich rausgeschickt hatte, in einem großen Eingangskorb mit der Aufschrift »Einsatzberichte« deponierte. Dann zog ich ab, bevor irgendein vorgesetzter Vogel mich dazu zwingen konnte, bei diesem Zirkus mitzuwirken.

Während ich mich treiben ließ, mußte ich an Lee denken; aber an Lee zu denken weckte in mir den Wunsch, wieder zurück im Mannschaftsraum zu sein, wo hin und wieder auch ein Witz über das tote Mädchen gerissen wurde, um das Entsetzen zu mildern. Und wieder machte es mich verrückt, ständig über Lee nachdenken zu müssen, und ich schaltete um auf Junior Nash, einen professionellen Revolvermann, der bei weitem gefährlicher war als fünfzig eifersüchtige Mörder-Liebhaber. Nervös und gereizt besann ich mich darauf, daß ich ein Cop bei der Fahndung war, und setzte mich in Leimert Park auf seine Spur.

Aber es gab kein Entrinnen vor der Schwarzen Dahlie.

Als ich an der Ecke 39th und Norton vorbeifuhr, sah ich Schaulustige, die über das Grundstück stapften, während Eiscreme- und Hot Dog-Verkäufer gute Geschäfte machten; eine alte Frau verhökerte Hochglanzfotos von Betty Short vor einer Bar Ecke 39th und Crenshaw, und ich fragte mich, ob der reizende Cleo Short sie vielleicht für einen kleinen Anteil mit den Negativen versorgt hatte. Angewidert schlug ich mir die ekelhafte Posse aus dem Kopf und ging an die Arbeit.

Ich verbrachte fünf volle Stunden damit, South Crenshaw und South Western abzuklappern, Nashs Fahndungsfoto herumzuzeigen und von seiner Vorliebe für minderjährige schwarze Mädchen zu erzählen. Zu hören bekam ich überall nur ein Nein und die Frage: »Warum sind Sie nicht hinter dem Kerl her, der dieses reizende Dahlien-Mädchen zerstückelt hat?« Als der Abend bereits ziemlich vorgerückt war, versuchte ich mich damit abzufinden, daß Junior Nash tatsächlich aus LA verschwunden sein könnte. Und vor lauter Ungeduld und Gereiztheit machte ich dann doch im Affenzirkus weiter.

Nachdem ich zum Abendbrot einige Burger verschlungen hatte, rief ich die Zentralkartei der Sitte unter ihrer Nachtnummer an und fragte nach bekannten Treffs von Lesbierinnen. Der Mann bei der Sitte befragte seine Karteien und nannte mir die Namen dreier Cocktailbars, alle draußen im Valley und alle im selben Straßenblock am Ventura Boulevard: das *Dutchess,* der *Swank Spot* und *La Vernes Hideaway.* Ich wollte schon einhängen, als er noch hinzufügte, daß sich das Gebiet außerhalb der Zuständigkeit des L.A.P.D. befinde, und zwar in einem Bezirk, der noch nicht eingemeindet war und einem Sheriff-Büro unterstand, das den drei Etablissements wahrscheinlich seinen besonderen Schutz gewährte – zu einem angemessenen Preis.

Auf der Fahrt ins Valley dachte ich nicht an Zuständigkeiten. Ich phantasierte, wie es Frauen mit Frauen machten. Keine lesbischen Typen, sondern sanfte Mädchen mit harten Kanten, ein bißchen wie die Freundinnen am Boxring. Als ich den Cahuenga Paß hinter mir hatte, versuchte ich, sie zu paaren, zu gruppieren. Was meine Phantasie zusammenbrachte, waren lediglich ihre Körper und der Geruch nach Hautcreme und Ledersitzen in schicken Straßenkreuzern – aber keine dazugehörigen Gesichter. Dann probierte ich es mit Betty/Beth und Linda/Lorna, kombinierte Polizeifotos und Schülerausweise mit den Körpern jener Mädchen, die ich noch aus meinen letzten Kämpfen als Profi in Erinnerung hatte. Meine Phantasie wurde immer bildhafter; dann kam Block 11000 Ventura Boulevard in Sicht, und das Spiel ›Frauen mit Frauen‹ wurde Wirklichkeit.

Der *Swank Spot* hatte eine Blockhüttenfassade und doppelte Schwingtüren wie in einem Westernfilm. Der Innenraum war eng und schlecht beleuchtet; meine Augen brauchten lange, sich an das Schummerlicht anzupassen. Als es mir endlich gelungen war, erblickte ich Frauen, die mich mit Blicken zu töten versuchten.

Einige waren mächtige Weiber in Khakihemden und scharf gebügelten GI-Hosen; die anderen waren sanfte Mädchen in Rock und weichen Wollpullovern. Eines der derben Mannweiber beäugte mich von Kopf bis Fuß; das Mädchen, das neben ihr stand, ein graziler Rotschopf, legte ihr den Kopf an die Schulter und schlang einen Arm um ihre dicke Taille. Ich spürte, wie mir langsam der Schweiß ausbrach, und hielt an der Bar nach jemandem Ausschau, der hier die Regie führte. Ich entdeckte eine abgeteilte Ecke am hinteren Ende des Raums, Rattanstühle und einen Tisch voller Schnapsflaschen. Das alles eingerahmt von Neonleuchten an der Wand, die abwechselnd blutrot, gelb und orange aufblinkten. Dorthin machte ich mich auf, und händchenhaltende Pärchen lösten sich und ließen mir gerade genug Platz, mich durchzumanövrieren.

Die Lesbe hinter der Bar goß mir ein Glas Whiskey randvoll ein, stellte es vor mich hin und sagte: »Sind Sie von der Gewerbeaufsicht?« Sie hatte durchdringende helle Augen; das Neonlicht, das sich darin brach, ließ sie fast durchsichtig erscheinen. Ich hatte mit einemmal das verrückte Gefühl, daß sie ganz genau wußte, was ich auf dem Weg hierher phantasiert hatte.

Den Stoff in einem Schluck hinunterkippend, sagte ich: »Mordkommission L.A.P.D.« Die Frau entgegnete: »Dann sind Sie hier in fremdem Revier. Wer ist denn kaltgemacht worden?« Ich zog den Schnappschuß von Betty Short und den Schülerausweis von Lorna/Linda heraus und legte beides vor sie auf die Bar. Der Whiskey glättete meine heisere Stimme: »Haben Sie eine der beiden gesehen?«

Die Frau warf einen langen Blick auf die Fotos und dann auf mich. »Wollen Sie damit sagen, daß die Dahlie eine Schwester war?«

»Sagen Sie es mir!«

»Ich sage Ihnen, daß ich sie außer in den Zeitungen noch nie gesehen habe, und das kleine Schulmädel habe ich auch noch nie gesehen. Weil ich und meine Freundinnen sich nicht mit Minderjährigen abgeben, capisce?«

Ich zeigte auf mein Schnapsglas; die Frau schenkte mir nach. Ich trank; ich bekam einen Schweißausbruch, dann wurde mir kühler. »Capisce – ja. Wenn Ihre Mädchen es mir bestätigen und ich es Ihnen abnehme.«

Die Frau stieß einen Pfiff aus, und bald darauf war die Bar von Frauen umlagert. Ich griff mir die Bilder und reichte sie einem Girl, das eng umschlungen mit einer Lady im Lumberjack dastand. Sie sahen sich die Fotos an und schüttelten die Köpfe. Dann reichten sie sie einer Frau in Fallschirmspringerkluft. Auch sie sagte nein, und ich reichte sie an das nächststehende Pärchen weiter. Sie murmelten: »Die Schwarze Dahlie«, und ihren Stimmen war die Erschütterung anzumerken. Beide sagten nein; die letzte Lesbe sagte: »Nyet, nein, no, und übrigens ist sie auch nicht mein Typ.« Sie drückte mir die Fotos in die Hand und spuckte auf den Fußboden. Ich sagte: »Guten Abend, Ladies«, und als ich mich aus der Tür schlich, hörte ich vielstimmig hinter mir das Wort ›Dahlie‹.

Das *Dutchess* bedeutete zwei weitere Gratisschnäpse, ein Dutzend feindseliger Blicke und negative Antworten. Das alles eingerahmt von altenglischem Stil. Als ich im *La Vernes Hideaway* durch die Tür kam, war ich halb blau und gereizt, ohne daß ich einen Grund dafür zu nennen wußte.

Im *La Verne* war es dunkel, an der Decke waren Punktstrahler an einem Gestell angebracht, die schattiges Licht an die mit billigen Tapeten mit kitschigen Palmenmotiven tapezierten Wände warfen. Lesbische Pärchen knutschten in engen Nischen; der Anblick zweier Frauen, die einander inbrünstig küßten, ließ mich wie gebannt hinstarren. Dann schaute ich verlegen weg und suchte mir den Weg zur Bar.

Sie lag etwas zurückgesetzt links im hinteren Teil des Lokals, ein langer Tresen mit buntschillernden Lichtern, die ein Panorama von Waikiki Beach beleuchteten. Niemand bediente dahinter, auf den Barhockern saßen keine Gäste. Ich blieb mitten im Raum stehen, räusperte mich laut, um die Verliebten in den Schmuseecken auf den Boden der Wirklichkeit zurückzuholen. Meine Taktik hatte Erfolg; Klammern und Küssen hörten auf, wütende und empörte Blicke wandten sich mir, dem Bringer schlechter Neuigkeiten, zu.

Ich sagte nur: »Mordkommission L.A.P.D.« und reichte die Fotos der mir am nächsten sitzenden Lesbe hin. »Die Dunkelhaarige, das ist Elizabeth Short, die Schwarze Dahlie, falls Sie die Zeitungen gelesen haben. Die andere ist ihre Freundin. Ich möchte wissen, ob jemand von Ihnen sie gesehen hat. Und falls ja, mit wem.«

Die Bilder wurden von Nische zu Nische weitergereicht; ich

studierte, wie die Frauen reagierten, und mir war bewußt, daß ich ihnen wohl nur mit dem Gummiknüppel ein aufrichtiges Ja oder Nein würde abringen können. Niemand sagte etwas; was ich von den Gesichtern ablas, war bloße Neugier, hin und wieder gemischt mit Erregung. Eine Frau, die wie ein Fernfahrer im Blaumann aussah, reichte mir die Fotos zurück. Ich griff danach und wollte schon auf die Straße stürzen, um endlich frische Luft zu schnappen, als ich hinter der Bar eine Frau erblickte, die Gläser polierte.

Ich ging an die Bar, legte meine Waren aus und bedeutete ihr mit der Hand, zu mir zu kommen. Sie hielt sich die Fotos vors Gesicht und sagte dann: »Ich habe ihr Bild in der Zeitung gesehen. Das ist auch alles.«

»Und was ist mit diesem Mädchen hier? Sie reist unter dem Namen Linda Martin.«

Die Barfrau hielt den Schülerausweis von Lorna/Linda hoch und kniff die Augen zusammen; ich sah, wie ein Anflug von Wiedererkennen über ihre Züge huschte. »Nein, tut mir leid!«

Ich lehnte mich über den Tresen. »Verdammt, lügen Sie mich nicht an! Sie ist ganze fünfzehn Jahre alt. Also rücken Sie jetzt schon damit raus oder ich hänge Ihnen was wegen Beihilfe an, und Sie lecken die nächsten fünf Jahre Muschis in Tehachapi.«

Die Lesbe schreckte zurück; halb erwartete ich, daß sie zu einer Flasche greifen und mir damit den Scheitel ziehen würde. Die Augen fest auf den Bartresen gerichtet, sagte sie dann: »Das Kind ist öfter hier gewesen. Vor vielleicht zwei, drei Monaten. Aber ich habe die Dahlie nie gesehen, und ich glaube, daß die Kleine Jungs mochte. Ich meine, von den Schwestern hat sie nur Drinks geschnorrt, das war auch schon alles.«

Mit einem Seitenblick fiel mir auf, wie eine Frau, die sich gerade an der Bar niederlassen wollte, ihren Entschluß änderte, nach ihrer Handtasche griff und auf die Tür zusteuerte, als habe sie nach meiner Unterhaltung mit dem Barmädchen eine Geistererscheinung gesehen. Unter einem der kleinen

Scheinwerfer leuchtete ihr Gesicht auf; ich bemerkte eine flüchtige Ähnlichkeit mit Elizabeth Short.

Ich sammelte meine Fotos ein, zählte bis zehn und folgte der Frau. Als ich bei meinem Wagen angelangt war, sah ich, wie sie die Tür eines schneeweißen Packard Coupés aufschloß, das in einiger Entfernung von mir parkte. Als sie aus der Parklücke setzte, zählte ich bis fünf und folgte ihr dann.

Die rollende Beschattung führte mich über den Ventura Boulevard zum Cahuenga Paß und dann hinunter nach Hollywood. Der Verkehr war am späten Abend spärlich, also hielt ich mich einige Wagenlängen hinter dem Packard, der südlich auf Highland zufuhr, aus Hollywood hinaus in den Bezirk Hancock Park. An der 4th Street bog die Frau nach links ab; kurze Zeit darauf waren wir im Herzen von Hancock Park – eine Gegend, die die Cops von der Wilshire Division den »Pfau-unter-Glas-Bezirk« nannten.

Der Packard bog an der nächsten Ecke in die Muirfield Road ein und hielt vor einer riesigen Tudor-Villa mit einer Rasenfläche von der Größe eines Footballfeldes davor. Ich fuhr an dem geparkten Wagen vorbei und erkannte im Licht meiner Scheinwerfer das Nummernschild: CAL RQ 765. Im Rückspiegel sah ich, wie die Frau die Fahrertür abschloß; selbst aus dieser Entfernung konnte ich erkennen, daß sie eine auffallende, elegante Erscheinung war.

Auf der 3rd Street verließ ich Hancock Park. An der Western sah ich einen Münzfernsprecher, stieg aus, rief die Nachtbereitschaft der Kfz-Zulassungsstelle an und bat im Zuge der Ermittlungen eines Verbrechens um den Namen des Halters eines weißen Packard Coupés mit der Nummer CAL RQ 765. Der Mann in der Vermittlung ließ mich fast fünf Minuten warten und las mir dann die Eintragung vor:

Madeleine Cathcart Sprague, weiblich, weiß, geboren 14. 11. 25 in L.A., wohnhaft 482 South Muirfield Road; keine Ordnungswidrigkeiten, nicht gesucht, keine Vorstrafen.

Als ich nach Hause fuhr, verflog die Wirkung des Alkohols. Ich begann mich zu fragen, ob Madeleine Cathcart Sprague überhaupt etwas mit Betty/Beth oder Lorna/Linda zu tun hatte, oder ob sie nicht einfach nur eine betuchte Lesbe mit einem Hang zum Anrüchigen war. Das Lenkrad mit einer Hand haltend, nahm ich die Fotos von Betty Short heraus, verglich sie mit dem Gesicht des Sprague-Mädchens und konnte nicht mehr feststellen als eine vage Ähnlichkeit. Dann sah ich mich ihren Hosenanzug vom Leibe reißen, und mir wurde bewußt, daß alles andere gleichgültig war.

10. Kapitel

Am nächsten Morgen spielte ich auf dem Weg zur University Station am Autoradio herum. Das Dexter-Gordon-Quartett versetzte mich mit seinem Bebop in gute Laune, bis das Stück *Billie's Bounce* plötzlich von einer aufgeregten Ansagerstimme unterbrochen wurde: »Wir unterbrechen unser Programm, um eine Sondermeldung durchzugeben. Ein Hauptverdächtiger im Mordfall Elizabeth Short, dem schwarzhaarigen Partygirl mit dem Beinamen ›Schwarze Dahlie‹, ist festgenommen worden. Der Mann, der der Polizei bisher nur unter dem Namen »Red« bekannt war, ist jetzt identifiziert worden als Robert »Red« Manley, fünfundzwanzig Jahre alt, wohnhaft Huntington Park, Vertreter von Haushaltswaren. Manley wurde heute morgen im Haus einer Freundin in Southgate aufgegriffen und wird derzeit auf dem Polizeirevier Hollenbeck im Osten von Los Angeles festgehalten und befragt. In einem Exklusivinterview für KGFJ verlautbarte Deputy D. A. Ellis Loew, Starjurist und Verbindungsmann der Polizei zu den Medien: »Red Manley ist ein Hauptverdächtiger. Wir haben ihn als den Mann identifiziert, der Betty Short am 9. Januar von San Diego hierher gefahren hat, sechs Tage bevor ihr von Folterungen geschundener Körper auf dem aufgelassenen Grundstück in Leimert Park gefunden wurde. Das erscheint uns als der große Durchbruch, auf den wir alle gehofft und um den wir gebetet haben. Gott hat unsere Gebete erhört.«

Ellis Loews Geschwafel wurde abgelöst von einem Werbespot für die Heilmethode H, in dem Erleichterung beim Anschwellen von Hämorrhoiden versprochen wurde, bei Mißerfolg Rückerstattung des doppelten Kaufpreises. Ich drehte das Radio ab und fuhr zum Revier Hollenbeck Station.

Das Straßenstück davor war abgesperrt; Streifenpolizisten hatten alle Hände voll zu tun, Reporter in Schach zu halten. Ich parkte in einer Durchfahrt hinter dem Revier und betrat durch den Hintereingang den Raum mit den Haftzellen. Männer, die wegen Trunkenheit eingelocht waren, jammerten darüber, daß man sie vergessen habe; hartgesottene Ganoven starrten brütend vor sich hin. Die Zellen waren voll, doch es gab keine Wächter. Als ich die Verbindungstür zum Wachraum aufstieß, wurde mir klar, warum.

Es sah aus, als sei die ganze Mannschaft des Reviers auf dem engen Flur zusammengepackt, an dem die Verhörräume untergebracht waren und wo jeder den Hals reckte, um einen Blick durch das Einwegfenster in die Zelle links zu erhaschen. Russ Millards eindringliche, gesetzte Stimme kam über einen Wandlautsprecher.

Ich stieß den Officer neben mir an. »Hat er gestanden?«

Der Mann schüttelte den Kopf. »Nein. Millard und sein Partner spielen hier schon die ganze Zeit Jekyll und Hyde.«

»Hat er zugegeben, das Mädchen gekannt zu haben?«

»Ja. Wir sind über die Kfz-Zulassungsstelle an ihn geraten, und er ist ganz friedlich mitgekommen. Läßt du dich auf eine kleine Wette ein? Unschuldig oder schuldig? Entscheide dich! Ich fühl' mich heute jedenfalls unheimlich gut.«

Ich ignorierte das Angebot, pflügte mich mit dem Ellenbogen bis zum Glasfenster durch und schaute hinein. Millard saß an einem windschiefen Holztisch, vor ihm ein hübscher junger Knabe mit karottenfarbener Sturmfrisur, der nervös eine Schachtel Zigaretten befingerte. Er sah zu Tode erschrocken aus; Millard wirkte wie der nette Geistliche im Kino, dem man alles anvertrauen konnte – wie einer, der die Welt kennengelernt hatte und bereit war, jedem Absolution zu erteilen.

Die Stimme des Karottenkopfes tönte über den Lautsprecher. »Bitte, ich habe es Ihnen jetzt schon dreimal gesagt!«

Millard wandte milde ein: »Albert, wir müssen das machen, weil Sie sich nicht gemeldet haben. Seit drei Tagen ist Betty Short in den Schlagzeilen aller Zeitungen von Los Angeles, und Sie haben gewußt, daß wir mit Ihnen reden wollen, aber Sie haben sich versteckt. Was meinen Sie, was wir davon halten?«

Robert »Red« Manley zündete sich eine Zigarette an, inhalierte und hustete. »Ich wollte nicht, daß meine Frau es erfährt. Ich wollte nicht, daß sie mitbekommt, daß ich sie betrüge.«

»Aber Sie haben sie doch nicht betrogen. Betty hätte deswegen kein Aufhebens gemacht. Sie hat Sie ein bißchen aufgegeilt und nicht rangelassen, das ist doch kein Grund, sich vor der Polizei zu verstecken.«

»Ich war einmal unten in Dago mit ihr verabredet. Wir haben die langsamen Tänze getanzt. Das ist doch genauso, als wäre ich meiner Frau untreu, oder?«

Millard legte eine Hand auf Manleys Arm. »Gehen wir noch einmal ganz zum Anfang zurück. Erzählen Sie mir, wie Sie Betty getroffen haben, was Sie gemacht und worüber Sie sich unterhalten haben. Lassen Sie sich Zeit, niemand drängt Sie.«

Manley drückte seine Zigarette in einem überquellenden Aschenbecher aus, zündete sich gleich die nächste an und wischte sich den Schweiß von der Stirn. Ich sah mich auf dem Flur um und entdeckte Ellis Loew, der gegenüber an der Wand lehnte, neben ihm Vogel und Koenig wie zwei Bulldoggen, die nur auf den Befehl warteten, anzugreifen. Im Lautsprecher knackte es, dann hörte ich einen Seufzer; ich drehte mich um und sah, wie der Verdächtige sich auf seinem Stuhl wand. »Und das ist jetzt wirklich das letzte Mal, daß ich es Ihnen erzählen muß?«

Millard lächelte. »Ganz recht. Also los, Jungchen.«

Manley stand auf, reckte sich und wanderte herum, während er sprach. »Ich traf Betty eine Woche vor Weihnachten in dieser Bar in der Innenstadt von Dago. Wir fingen gerade an zu schwatzen, und Betty ließ durchblicken, daß sie es gründlich satt hätte, bei dieser Frau, Mrs. French, und ihrer Tochter noch weiter zu wohnen. Ich spendierte ihr ein Essen in einem italienischen Schuppen in der Altstadt, danach gingen wir im *Sky Room* des *El Cortez Hotel*s tanzen. Wir –« Millard unterbrach ihn. »Spielen Sie immer den Schürzenjäger, wenn Sie geschäftlich unterwegs sind?«

Manley brüllte empört: »Ich war nicht hinter Weibern her!«

»Was haben Sie dann gewollt?«

»Ich war einfach nur angewidert und müde, das ist alles. Ich war mir nicht sicher, ob Betty nur eine Glücksjägerin oder ein nettes Mädchen war, und ich wollte es herausfinden. Ich wollte mich auf die Probe stellen, ob ich meiner Frau treu sein kann, und ich hatte gerade ...«

Manley verstummte; Millard sagte: »Junge, Herrgottnochmal, sagen Sie die Wahrheit! Sie waren doch auf eine Nummer aus, stimmt's?«

Manley sackte in seinen Stuhl zurück. »Stimmt.«

»Wie Sie es auf Geschäftsreisen immer machen, richtig?«

»Nein, mit Betty war das ganz anders.«

»Inwieweit war sie denn anders? Auf der Walze sein heißt doch, was aufreißen, oder?«

»Nein, ich betrüge meine Frau nicht, wenn ich unterwegs bin! Bei Betty war es einfach nur so ...«

Millards Stimme war so leise, daß sie kaum über den Lautsprecher kam. »Betty hat Sie einfach umgehauen, stimmt's?«

»Stimmt.«

»Und dann hatten Sie den Wunsch, Dinge zu tun, die Sie noch nie getan hatten. Sie waren ganz verrückt, Sie wollten –«

»Nein, nein!! Ich wollte sie vögeln, aber ich wollte ihr nicht weh tun.«

»Sch ... Sch ... Wie war das noch mal? Um Weihnachten, da hatten Sie Ihre erste Verabredung mit Betty. Haben Sie sie zum Abschied geküßt?«

Manley packte den Aschenbecher mit beiden Händen; sie zitterten, und Kippen purzelten auf den Tisch. »Bloß auf die Wange.«

»Na, kommen Sie schon, Red! Sie sind doch handgreiflich geworden!«

»Nein!«

»Sie haben sich dann zwei Tage vor Weihnachten noch einmal mit Betty getroffen, stimmt's?«

»Richtig.«

»Und sie waren wieder im *El Cortez* tanzen, stimmt's?«

»Stimmt.«

»Weiches Licht, Drinks, zärtliche Musik, und dann haben Sie sich ein bißchen vorgewagt, stimmt's?«

»Verdammt, hören Sie doch auf, immer *stimmt's* zu sagen! Ich hab versucht, Betty zu küssen, und sie hat mir diesen Schmalz erzählt, daß sie nicht mit mir schlafen könnte, weil der Vater ihres Kindes ein Kriegsheld wäre und ich nur beim Musikkorps. Bei diesem Thema war sie total bekloppt. Sie redete immer nur über diese verkackten Kriegshelden.« Millard war aufgestanden. »Warum nennen Sie sie ›verkackt‹, Red?«

»Weil ich wußte, daß das alles nur Lügen waren. Betty behauptete, sie wäre mit dem einen verheiratet und mit dem anderen verlobt und dabei wußte ich immer, daß sie mich bloß kleinkriegen wollte, weil ich nie an der Front gewesen bin.«

»Hat sie irgendwelche Namen genannt?«

»Nein, nein, immer bloß den Rang. Major soundso, Captain soundso, als müßte ich mich schämen, daß ich es nie weiter gebracht habe als bis zum Feldwebel.«

»Haben Sie sie deswegen gehaßt?«

»Nein, nein, legen Sie mir nichts in den Mund, was ich nicht gesagt habe!«

Millard reckte sich und ließ sich dann schlaff in seinen Stuhl zurücksinken. »Wann haben Sie Betty nach dieser zweiten Verabredung wiedergesehen?«

Manley seufzte und ließ seinen Kopf müde auf die Tischplatte sinken. »Ich hab Ihnen die ganze Geschichte jetzt schon dreimal erzählt.«

»Junge, je schneller Sie sie mir noch einmal erzählen, desto schneller kommen Sie nach Hause.«

Manley schaukelte und schlang die Arme um seine Schultern. »Nach unserer zweiten Verabredung habe ich bis zum Januar nichts mehr von Betty gehört, als dann dieses Telegramm in mein Büro kam. In dem Telegramm stand, daß sie mich gerne sehen würde, wenn ich meine nächste Geschäftsreise nach Dago machte. Ich telegrafierte zurück, teilte ihr mit, daß ich am nächsten Nachmittag in Dago sein würde und sie dann abholen käme. Ich holte sie dann auch ab, und sie bat mich, daß ich sie im Auto nach L. A. mitnehmen sollte. Ich sagte –«

Millard unterbrach ihn mit einer Handbewegung. »Hat Betty gesagt, warum sie nach L. A. mußte?«

»Nein.«

»Hat sie gesagt, daß sie dort mit jemandem verabredet ist?«

»Nein.«

»Sie haben eingewilligt, es zu tun, weil Sie glaubten, sie hätte eine Schwäche für Sie?«

Manley seufzte. »Ja.«

»Fahren Sie fort, Junge.«

»An dem Tag nahm ich dann Betty auf meine Runde mit. Sie blieb im Wagen sitzen, während ich Kunden aufsuchte. Für den nächsten Vormittag hatte ich einige Termine in Oceanside, also verbrachten wir die Nacht dort in einem Motel und –«

»Junge, sagen Sie uns doch noch mal den Namen.«

»Es nannte sich *Cornucopia Motor Lodge.*«

»Und Betty hat Sie in dieser Nacht wieder hängen lassen?«

»Sie . . . sie sagte, sie hätte ihre Tage.«

»Und Sie sind auf diesen alten Trick reingefallen?«

»Ja.«

»Hat Sie das nicht verrückt gemacht?«

»Oh verdammt, ich hab' sie nicht getötet!«

»Sch . . . Sie haben im Sessel geschlafen, und Betty schlief im Bett, richtig?«

»Ja, das stimmt.«

»Und am Morgen?«

»Am Morgen fuhren wir dann rauf nach L. A. Betty begleitete mich wieder auf meiner Runde und versuchte, einen Fünfer aus mir rauszuleiern, doch ich hab ihn ihr nicht gegeben. Dann hat sie mir eine wilde Geschichte aufgetischt, daß sie ihre Schwester vor dem Biltmore Hotel treffen müßte. Ich wollte sie loswerden, also setzte ich sie an diesem Abend vor dem Biltmore ab, so ungefähr gegen fünf Uhr, und ich habe sie dann nie wieder gesehen, bis dann später all dies Zeug über die Dahlie in den Zeitungen gestanden hat.«

Millard sagte: »Das war also am Freitag, 10. Januar, um 17 Uhr, als Sie sie zum letzten Mal gesehen haben?«

Manley nickte. Millard schaute direkt zum Einwegfenster hin, rückte den Knoten seiner Krawatte zurecht und ging dann nach draußen. Auf dem Flur umschwärmten ihn die anderen Officer und sprudelten Fragen heraus. Harry Sears ging jetzt in den Raum; neben mir erhob sich eine vertraute Stimme über den Lärm. »Jetzt kannst du mal sehen, warum Russ immer Harry um sich hat.«

Es war Lee mit seinem unverschämten Grinsen, der jetzt so unbekümmert aussah wie eine Million steuerfreie Dollars. Ich faßte ihn um den Hals. »Willkommen daheim auf der Erde.«

Lee gab mir einen Stoß. »Das ist deine Schuld, daß ich so gut aussehe. Gleich nachdem du gegangen bist, hat Kay mir K.O.-Tropfen untergemischt, irgendein Zeug, das sie aus der Apotheke geholt hatte. Ich schlief volle siebzehn Stunden durch, bin dann aufgestanden und habe wie ein Pferd gegessen.«

»Daran bist du ganz allein Schuld, weil du ihr die Kurse in Chemie bezahlt hast. Was hältst du von Red?«

»Ein übler Schürzenjäger, und bis Ende der Woche ein geschiedener Schürzenjäger obendrein. Stimmst du mir da zu?«

»Könnte ungefähr stimmen.«

»Hast du gestern etwas herausbekommen?«

Als ich sah, daß mein bester Freund wie ein neuer Mensch aussah, fiel es mir leicht, ihm die Wahrheit zu sagen. »Du hast meinen Bericht gelesen?«

»Ja, bei University. Gute Arbeit, das mit der Suchmeldung. Hast du sonst noch was?«

Ich log ihn glatt an. Im Hinterkopf hatte ich dabei die tanzende Gestalt einer schicken Frau im Hosenanzug. »Nein, und du?«

Durch die Einwegscheibe starrend, sagte Lee: »Nein, aber was ich gesagt habe, daß ich den Schweinehund schnappen will, das gilt noch immer. Gott, sieh dir bloß mal Harry an!«

Das tat ich. Der sanfte, höfliche Stotterer umkreiste den Tisch im Verhörraum, wirbelte einen mit Metall verstärkten Totschläger herum, den er jedesmal, nachdem er sein Opfer umrundet hatte, krachend auf die Tischplatte knallen ließ. *»Ka-thack«* kam es über den Lautsprecher; Red Manley, die Arme fest um seine Brust geschlungen, zuckte jedesmal zusammen, wenn ein Schlag durch das Zimmer hallte.

Lee stieß mich an. »Russ hält sich eisern an eine Regel – niemals wirklich zuschlagen! Aber sieh doch nur einmal, wie –«

Ich schob Lees Hand weg und starrte gebannt durch die Einwegscheibe. Sears ließ den Totschläger nur wenige Zentimeter vor Manley niedersausen, ohne Stottern, die Stimme schneidend vor kalter Wut. »Du hast also wieder einmal Frischfleisch gebraucht und geglaubt, bei Betty könntest du leicht landen. Erst hast du den starken Mann markiert, und als damit nichts lief, hast du angefangen zu betteln. Damit war es auch Essig, also hast du ihr Geld angeboten. Da hat sie dir erzählt, sie hätte ihre Periode, und da bist du dann endgültig ausgerastet. Du wolltest sie richtig bluten sehen. Sag mir, wie du ihr die Titten aufgeschlitzt hast. Sag mir –«

Manley schrie auf: »Nein!« Sears schmetterte den Totschläger mitten in den Aschenbecher. Das Glas zersprang, vom Tisch flogen Zigarettenkippen. Red biß sich auf die Unterlippe; Blut schoß hervor und lief ihm das Kinn hinunter. Sears schlug immer weiter auf die Glassplitter ein; im Verhörraum ging ein Scherbenregen nieder. Manley wimmerte: »Nein, nein, nein, nein!!« Sears zischte ihn an: »Du hast genau gewußt, was du wolltest! Du bist ein ganz abgebrühter Ficker und kennst Orte, wohin man Mädchen abschleppen kann. Du hast Betty mit ein paar Drinks weichgemacht, hast sie dazu gebracht, daß sie von ihren ehemaligen Freunden geschwärmt hat, und hast dann den guten Kumpel gespielt, den netten kleinen Feldwebel, der nichts dagegen hat, Betty den echten Männern zu überlassen. Männern mit Fronterfahrung, die es verdient hatten, mit einem scharfen Flittchen wie ihr eine Nummer zu machen und –«

»Nein!«

Sears hämmerte auf die Tischplatte. *Ka-thack!* »Ja, Reddylein, ja! Ich stelle mir vor, daß du sie dann in irgendeinen Geräteschuppen abgeschleppt hast, vielleicht auch in eines dieser stillgelegten Lagerhäuser auf dem Gelände der alten Ford-Fabrik in Pico-Rivera. Da gab es Draht, und eine Menge Schneidewerkzeuge lagen herum, und da hast du einen Steifen bekommen. Dann ist dir die Ladung in die Hose gegangen, bevor du an Betty rangekommen bist. Vorher warst du schon ganz wild, aber dann bist du wirklich rasend geworden. Du mußtest an all die Mädchen denken, die über deinen winzigen Schwanz gelacht haben, und wie du bei deiner Frau immer abgeblitzt bist. ›Nicht heute nacht, Reddylein, ich hab' Kopfschmerzen.‹ Also hast du sie geschlagen und gefesselt und auf sie eingeprügelt, aufgeschlitzt. Gib es doch zu, du verdammter Perverser!«

»Nein!«

Kathack!

Von der Wucht des Schlages wurde der Tisch angehoben. Manley sprang fast von seinem Stuhl; nur Sears Hände auf der Lehne bewahrten ihn davor, umzukippen.

»Ja, Reddylein, ja! Du mußtest an jedes Mädchen denken, das gesagt hat: ›Ich lutsch ihn dir nicht‹, an jedes einzelne Mal, als deine Mammi dir den Hintern versohlt hat, an jeden verächtlichen Blick, den du von echten Soldaten einstecken mußtest, wenn du deine Posaune in der Armyband gespielt hast. Riesenweiber, Zwergenschwanz – das ist dir doch immer wieder durch den Kopf gegangen! Dafür mußte Betty bezahlen, stimmt's?«

Aus Manleys Mund tropften Blut und Speichel in seinen

Schoß, und er würgte: »Nein, bitte, Gott ist mein Zeuge! Nein!« Sears sagte: »Gott haßt Lügner«, und schlug dreimal donnernd auf den Tisch – *ka-thack, ka-thack, ka-thack*. Manleys Kopf sank auf die Brust, und er schluchzte trocken auf; Sears kniete neben seinem Stuhl. »Erzähl mir, wie Betty geschrien und gebettelt hat, Red. Sag es mir, und dann sprich mit Gott!«

»Nein! Nein, ich habe Betty nicht wehgetan!«

»Hast du dann wieder einen Steifen bekommen? Bist du gekommen und gekommen und immer wieder gekommen? Je länger du sie aufgeschlitzt hast?«

»Nein, oh Gott, oh Gott!«

»So ist es recht, Red! Sprich mit Gott! Gesteh ihm alles! Er wird dir vergeben.«

»Nein, bitte, Gott!«

»Nun sag es doch schon, Red! Erzähl es Gott, wie du sie geschlagen und gequält und Betty Short drei Tage lang aufgeschnitten und sie dann in zwei Hälften zerlegt hast!«

Sears hämmerte einmal, zweimal, dreimal auf den Tisch. Dann riß er ihn um. Red kam taumelnd aus seinem Stuhl hoch und fiel auf die Knie. Er rang die gefalteten Hände und murmelte: »Der Herr ist mein Hirte, mir wird nichts mangeln«, und begann dann hemmungslos zu weinen. Sears schaute direkt auf das Einwegfenster, und jede Falte seines verzerrten dicklichen Gesichts verriet deutlich seinen Selbstekel. Er gab das Zeichen mit dem Daumen nach unten und kam aus dem Verhörraum.

Russ Millard ging draußen gleich auf ihn zu und führte ihn abseits von der Meute in meine Richtung. Als ich ihrer geflüsterten Unterhaltung lauschte, bekam ich in groben Zügen folgendes mit: Beide hielten Manley für sauber, doch sie wollten ihn noch mit Pentothal vollpumpen und ihn dem Lügendetektortest unterziehen, um ganz sicher zu gehen. Als ich noch einmal durch das Einwegfenster schaute, sah ich, wie Lee und ein anderer Mann in Zivil Red Handschellen anlegten und ihm aus dem Verhörraum halfen. Lee machte spielerisch Schattenboxen mit ihm, was er gewöhnlich nur mit Kindern tat, sprach leise, eine Hand auf seine Schulter gelegt, auf ihn ein. Die Menge machte Platz, als die drei in Richtung der Haftzellen verschwanden. Harry Sears ging zurück in den Verschlag und räumte die Unordnung auf, die er angerichtet hatte; Millard wandte sich zu mir. »Guter Bericht gestern, Bleichert.«

Ich sagte: »Danke«, und wußte sofort, daß ich bei ihm auf dem Prüfstand war. Unsere Blicke trafen sich. Ich fragte: »Was kommt als nächstes?«

»Sagen Sie es mir!«

»Zuerst schicken Sie mich zurück zur Fahndung, stimmt's?«

»Falsch, aber machen Sie weiter.«

»Okay, dann kämmen wir also die Gegend um das Biltmore herum durch und versuchen, jeden einzelnen Schritt Betty Shorts seit dem 10., als Red sie dort abgesetzt hat, bis zum 12. oder 13. zu rekonstruieren, als sie umgebracht wurde. Wir gehen da alles mit dem Staubkamm durch, setzen unsere Befragungen fort und können nur beten, daß bei den falschen Bekenntnissen und der Publicity, die die Sache bekommen hat, noch nicht alle Spuren kalt sind.«

»Machen Sie weiter.«

»Wir wissen, daß Betty vom Film besessen und bei Männern nicht wählerisch war, daß sie geprahlt hat, vergangenen November in einem Film mitgespielt zu haben. Also würde ich jede Wette eingehen, daß sie zu einer schnellen Nummer bereit war, nur um eine Rolle zu ergattern. Ich denke, wir sollten Produzenten und Besetzungsleiter fragen und zusehen, was uns das bringt.«

Millard lächelte. »Ich habe heute morgen Buzz Meeks angerufen. Er ist ein Ex-Cop und arbeitet als Wachschutzleiter für US Aircraft. Er ist der nicht offizielle Verbindungsmann des Departments zu den Studios, und er will sich umhören. Sie machen sich, Bucky. Bleiben Sie am Ball!«

Ich wurde schwankend – einerseits wollte ich einen Vorgesetzten beeindrucken; dann aber wollte ich die reiche Lesbe auch selbst aufs Korn nehmen. Millards Fragerei schien mir ein wenig herablassend. Er warf mir ein paar Brocken Lob hin, um einen jungen Cop davon abzuhalten, über einen ungeliebten Auftrag zu quengeln. Madeleine Cathcart Sprague kam mir wieder in den Sinn. Doch ich sagte: »Ich weiß nur, daß Sie ein Auge auf Loew und seine Knaben haben sollten. Ich habe es nicht in meinen Bericht geschrieben, aber Betty hat sich an jeden verkauft, wenn sie ganz dringend Geld brauchte. Und Loew versucht das zu vertuschen. Ich glaube, er hält mit allem zurück, was sie als Herumtreiberin erscheinen lassen könnte. Je mehr Sympathie die Öffentlichkeit für das Mädchen hegt, um so größer wird das Tamtam um ihn sein, wenn er die Anklage vertritt, falls diese Geschichte überhaupt je vor Gericht geht.«

Millard lachte: »Sie schlaues Kerlchen! Wollen Sie damit etwa behaupten, daß Ihr Boß Beweise unterdrückt?«

Ich mußte mir wohl denselben Vorwurf machen. »Ja, und er ist ein verkackter, großmäuliger Hundesohn.«

Millard sagte: »Touché«, und reichte mir ein Stück Papier: Bettys Anlaufstellen, Restaurants und Bars im Bereich der Wilshire Division. »Sie können allein oder mit Blanchard arbeiten, das ist mir gleich.«

»Ich würde lieber die Gegend um das Biltmore abgrasen.«

»Ich weiß, daß Sie das gern würden, aber ich brauche Leute, die mit dem Gebiet, in dem sie arbeiten sollen, vertraut sind. Und ich brauche helle Köpfe, die die Fehlanzeigen aus den Hinweislisten ausscheiden können.«

»Was werden Sie selbst tun?«

Millard lächelte traurig. »Ich werde ein Auge auf den beschissenen Hundesohn haben, der Beweise unterdrückt und auf seine Schläger, um sicherzustellen, daß sie nicht versuchen werden, ein Geständnis von diesem unschuldigen Mann in der Arrestzelle zu erpressen.«

Ich konnte Lee nirgendwo in der Umgebung des Reviers entdecken, also überprüfte ich die Hinweisliste im Alleingang. Der Mittelpunkt des Gebiets, wo die Befragungen durchgeführt werden sollten, war der Wilshire Distrikt. Restaurants,

Bars und Musikhallen an der Western, der Normandie und der 3rd Street. Die Leute, mit denen ich sprach, waren überwiegend Kneipenhocker, Typen, die tagsüber die Zeit totschlugen und ganz begierig waren, sich mit der Polizei gutzustellen oder mal mit jemand anderem zu schwatzen als nur mit den üblichen blöden Bekanntschaften, die sie in Pinten fanden. Auf Tatsachen aus, bekam ich nur handfeste Phantastereien aufgetischt – praktisch jeder wollte von Betty eine lange Geschichte gehört haben, offenbar aus Zeitungsartikeln und Radioberichten zurechtgeschustert, während sie in Wirklichkeit mit Red Manley in Dago war oder irgendwo anders, wo man sie zu Tode folterte. Je länger ich zuhörte, desto eifriger redeten sie über sich selbst, verwoben ihre eigenen traurigen Geschichten mit der Story der Schwarzen Dahlie, von der sie ernsthaft glaubten, sie wäre eine schillernd verführerische Sirene kurz vor dem Absprung zu Starruhm in Hollywood gewesen. Es war, als würden sie ihr eigenes Leben für einen saftigen Mord in den Schlagzeilen verhökern. Ich flocht Fragen nach Linda Martin/Lorna Martilkova, Junior Nash und Madeleine Cathcart Sprague und ihrem schneeweißen Packard ein, doch es brachte mir nichts als verdatterte Gesichter. Ich beschloß, daß mein Ermittlungsbericht aus zwei Wörtern bestehen sollte: alles Bockmist.

Kurz nach der Dämmerung hörte ich auf und fuhr zum Haus, um mich mit einem tüchtigen Abendessen zu belohnen.

Als ich vorfuhr, sah ich gerade, wie Kay aus der Tür und die Treppen hinunterstürmte, einen Arm voll Papier auf den Rasen schleuderte, dann kehrtmachte, zornig zurückrannte, während Lee wild mit den Armen gestikulierend und brüllend neben ihr herstolperte. Ich ging quer über den Rasen und kniete mich neben den Haufen weggeworfener Papiere; die losen Blätter waren Kopien von Berichtsformularen des L.A.P.D. Als ich sie durchblätterte, entdeckte ich Ermittlungsberichte, Beweisaufnahmen, Verhörprotokolle, Listen mit eingegangenen Hinweisen und einen vollständigen Autopsiebericht – auf den oberen Rand war überall »E. Short, weibl., weiß, Todestag 15. 1. 47« getippt. Sie waren offensichtlich von University Station entwendet – und allein schon ihr Besitz würde ausreichen, Lee die Suspendierung vom Dienst zu garantieren.

Kay kam mit der nächsten Ladung heraus und schrie: »Nach allem, was schon passiert ist, allem, was noch passieren könnte – wie kannst du nur so etwas tun! Es ist krank, und es ist verrückt!« Sie lud das Papier neben dem anderen Haufen ab; Hochglanzfotos von der 39th und Norton starrten mich an. Lee packte sie an den Armen. Sie versuchte, sich ihm zu entwinden, doch er hielt sie fest. »Oh verdammt, du weißt genau, was mir das bedeutet! Du weißt es! Ich werde jetzt ein Zimmer mieten, wo ich das Zeug aufbewahren kann. Aber, Baby, steh mir in dieser Sache bei! Das ist meine ganz persönliche Angelegenheit, und ich brauche dich ... Und du weißt es.«

Endlich entdeckten sie mich. Lee sagte: »Bucky, sag du es ihr! Du mußt sie überzeugen.«

Das war so ziemlich das Komischste, was ich in dem Possenspiel um die Dahlie bisher gehört hatte. »Kay hat recht. Du hast dich in dieser Sache mindestens in drei Fällen eines Dienstvergehens schuldig gemacht, und es gerät dir –« Ich hielt inne und mußte an das denken, was ich mir selbst geleistet hatte und wohin ich heute um Mitternacht gehen wollte. Mit einem Blick auf Kay schaltete ich einen Gang zurück. »Ich habe ihm eine Woche Zeit dafür versprochen. Das heißt, noch weitere vier Tage. Am Mittwoch ist es vorüber.«

Kay seufzte: »Dwight, du kannst manchmal so windelweich sein.« Dann ging sie ins Haus. Lee machte den Mund auf, um etwas Witziges zu sagen. Mitten durch die Papiermassen aus dem L.A.P.D. bahnte ich mir den Weg zu meinem Wagen.

Der schneeweiße Packard parkte genau an derselben Stelle wie am vergangenen Abend. Ich setzte mich direkt dahinter. Auf dem Vordersitz zusammengekauert, verbrachte ich gereizt Stunden damit, Laufkundschaft zu beobachten, die in die drei Bars an diesem Straßenstück ging oder herauskam – knallharte

Lesben, zarte Weibchen und unzweifelhaft Detectives aus dem Sheriff-Büro mit jenem kantigen Aussehen, das Bullen eigen ist. Mitternacht kam und ging vorüber; der Fußgängerverkehr nahm zu – meist Lesbierinnen, die die Motels auf der anderen Straßenseite ansteuerten. Dann schritt *sie* aus der Tür von *La Vernes Hideaway,* allein, eine atemberaubende Erscheinung in einem grünen Seidenkleid.

Ich ließ mich aus der Beifahrertür gleiten, als sie den ersten Schritt vom Bordstein auf die Straße setzte und mir dabei einen Seitenblick zuwarf. »Ein bißchen durch die Slums gestreift, Miss Sprague?«

Madeleine Sprague blieb stehen; ich schloß zu ihr auf. Sie kramte in ihrer Handtasche, zog Wagenschlüssel und ein dickes Bündel Geldscheine heraus. »Daddy spioniert also wieder mal. Er ist wieder auf einem seiner kleinen calvinistischen Kreuzzüge und hat Ihnen geraten, Sie könnten ruhig grob mit mir umspringen.« Übertrieben imitierte sie den Tonfall des tiefbesorgten Vaters: »Maddy, mein Mädchen, du solltest derart unpassende Orte nicht aufsuchen! Es wäre nicht ratsam, wenn du dort von den falschen Leuten gesehen würdest, Kleines.«

Meine Beine zitterten, wie sie es dann immer taten, wenn ich auf den Gong zur ersten Runde wartete. Ich sagte: »Ich bin ein Officer der Polizei.«

Madeleine Sprague fand zu ihrem normalen Tonfall zurück. »Oh, kauft sich Daddy jetzt schon Polizisten?«

»Er hat mich nicht gekauft.«

Sie hielt mir das Geld hin und sah mich von oben bis unten an. »Nein, wahrscheinlich nicht. Sie wären besser gekleidet, wenn Sie für ihn arbeiteten. Also versuchen wir es mal mit den West Valley Sheriffs. Sie haben bereits La Verne erpreßt, also dachten sie auch, sie könnten mal versuchen, auch noch die Kundschaft auszunehmen.«

Ich nahm das Geld, zählte die einhundert Dollar durch und gab es ihr dann zurück. »Versuchen wir es mal mit Mordkommission L.A.P.D. Versuchen wir es mal mit Elizabeth Short oder Linda Martin.«

Madeleine Spragues Hochnäsigkeit war wie weggeblasen. Besorgt runzelte sie die Stirn, und ich erkannte, daß ihre Ähnlichkeit mit Betty/Beth sich nur auf die Frisur und das Make-up beschränkte; im großen und ganzen waren ihre Züge weniger fein als die der Dahlie und die Entsprechungen nur oberflächlich. Ich musterte ihr Gesicht genau: Im Licht der Straßenlaterne fielen mir die angsterfüllten haselnußbraunen Augen auf; die Stirn war gefurcht, als arbeite ihr Verstand auf Hochtouren. Ihre Hände zitterten. Also nahm ich ihr Wagenschlüssel und Geld ab, stopfte sie in ihre Handtasche, stellte sie auf die Kühlerhaube des Packard. Mir war klar, daß ich sie jetzt einschüchtern mußte, wenn ich etwas aus ihr herausbekommen wollte. Ich sagte: »Sie können hier oder in der Innenstadt mit mir reden, Miss Sprague. Sie dürfen mich nur nicht anlügen. Ich weiß, daß Sie sie gekannt haben, und falls Sie mir irgend etwas auftischen wollen, heißt es ab ins Revier mit einer Menge Publicity, die Sie sicher nicht wollen.«

Das Klassemädchen fand seine Fassung wieder. Ich wiederholte: »Hier oder in der Innenstadt?« Sie öffnete die Beifahrertür des Packard, stieg ein und rutschte hinter das Steuer. Auch ich kletterte hinein und machte die Innenbeleuchtung an, damit ich ihr Gesicht sehen konnte. Der Geruch von Lederpolsterung und abgestandenem Parfum warf mich fast um. Ich sagte: »Erzählen Sie mir, wie lange Sie Betty Short gekannt haben.«

Madeleine Sprague rutschte unbehaglich auf ihrem Sitz hin und her. »Woher wissen Sie denn, daß ich sie gekannt habe?«

»Sie haben gestern abend die Flucht ergriffen, als ich das Mädchen an der Bar befragt habe. Was ist mit Linda Martin? Kennen Sie die auch?«

Madeleines rotlackierte Fingernägel strichen über das Lenkrad. »Das ist alles nur ein unglückliches Zusammentreffen gewesen. Vergangenen Herbst habe ich Betty und Linda im *La Verne* getroffen. Betty sagte, sie wäre zum ersten Mal da. Ich glaube, ich habe dann später noch einmal mit ihr gesprochen. Mit Linda habe ich mich öfter unterhalten. Aber das war nur Cocktailbartratsch.«

»Wann war das im vergangenen Herbst?«

»Ich glaube, im November.«

»Haben Sie mit einer der beiden geschlafen?«

Madeleine prallte zurück: »Nein.«

»Warum nicht? Darum dreht sich doch alles in diesem Schuppen, oder etwa nicht?«

»Nicht ganz.«

Ich tippte ihr schwer auf die grünseidene Schulter. »Sind Sie lesbisch?«

Madeleine sagte in gewollt forschem Tonfall: »Man könnte sagen, ich nehme es, wie es kommt, junger Freund.«

Ich lächelte und tätschelte noch einmal die Stelle, wo ich sie eben noch ziemlich unsanft angefaßt hatte. »Sie wollen mir also weismachen, daß Ihr einziger Kontakt zu Linda Martin und Betty Short in harmlosen Unterhaltungen in einer Cocktailbar vor zwei Monaten bestanden hat. Richtig?«

»Ja, genau das wollte ich sagen!«

»Warum sind Sie dann gestern fluchtartig abgehauen?«

Madeleine hob ergeben die Augen zum Himmel und stöhnte: »Oh Mann«; ich sagte: »Lassen Sie die Albernheiten und reden Sie Klartext.« Die höhere Tochter stieß hervor: »Mister, mein Vater ist Emmett Sprague. *Der* Emmet Sprague. Er hat halb Hollywood und Long Beach aufgebaut, und was er nicht bauen konnte, hat er gekauft. Er mag keine Publicity. Und die Schlagzeile in den Zeitungen: ›Tochter eines Finanzmagnaten im Fall Schwarze Dahlie vernommen – füßelte mit totem Mädchen in Lesbenbar‹ würde er noch viel weniger mögen. Sind Sie jetzt im Bilde?«

Ich sagte: »In Technicolor«, und tätschelte wieder Madeleines Schulter.

Sie rutsche weg und seufzte. »Wird mein Name in alle möglichen Polizeiakten kommen? Wo jeder schleimige kleine Polizist und jeder schleimige kleine Skandaljournalist sie einsehen kann?«

»Vielleicht ja, vielleicht auch nicht.«

»Was muß ich tun, um ihn draußen zu halten?«

»Überzeugen Sie mich von ein paar Dingen.«

»Und die wären?«

»Nun, schildern Sie mir doch bitte den Eindruck, den Sie von Betty und Linda hatten. Sie sind ein gescheites Kind – sagen Sie frei heraus, was Sie von ihnen gehalten haben.«

Madeleine strich über das Lenkrad, dann über das schimmernde Eichenholz des Armaturenbretts. »Nun ja, Schwestern waren sie keine. Sie haben das *Hideaway* nur besucht, um Drinks und ein Abendessen zu schnorren.«

»Was bringt Sie darauf?«

»Ich habe sie dabei beobachtet, wie sie Annäherungsversuche abgeschmettert haben.«

Ich mußte an Marjorie Grahams ältere Frau in Männerkleidung denken. »Waren irgendwelche Annäherungsversuche auffällig? Sie wissen schon, grob und zudringlich? Aggressive Kühe, die hartnäckig geblieben sind?«

Madeleine lachte. »Nein, die Annäherungsversuche, die ich beobachten konnte, waren sehr damenhaft.«

»Von wem gingen die aus?«

»Frauen aus dem Milieu, die ich noch nie vorher gesehen hatte.«

»Und seither?«

»Ja, auch seither nicht.«

»Worüber haben Sie denn mit den beiden gesprochen?«

Madeleine lachte wieder, diesmal etwas bissig. »Linda redete über den Knaben, den sie in Kuhkaff, Nebraska, zurückgelassen hatte, oder wo immer das gewesen ist, woher sie kam. Und Betty schwatzte über die neueste Ausgabe von *Screenworld*. Vom Gesprächsniveau her waren sie Ihnen etwa ebenbürtig, nur daß sie besser ausgesehen haben.«

Ich lächelte und sagte: »Sie sind sehr nett.«

Madeleine lächelte und sagte: »Das sind Sie aber nicht. Sehen Sie, ich bin müde. Wollen Sie mich nicht auffordern zu beweisen, daß ich Betty nicht getötet habe? Da ich es wirklich beweisen kann, würde das nicht dieser ganzen Farce ein Ende setzen?«

»Ich komme darauf gleich zurück. Hat Betty je davon gesprochen, in einem Film mitgewirkt zu haben?«

»Nein, aber sie war durch und durch vom Film besessen.«

»Hat sie Ihnen je einen Sucher gezeigt, so eine gerahmte Linse an einer Kette?«

»Nein.«

»Wie steht es mit Linda? Hat sie davon gesprochen, in einem Film mitgespielt zu haben?«

»Nein, es ging immer nur um ihren Liebsten in Kuhkaff.«

»Haben Sie eine Idee, wohin sie gegangen sein könnte, falls sie beschlossen hat, durchzubrennen?«

»Ja. Kuhkaff, Nebraska.«

»Und sonst nirgendwo hin?«

»Nein. Kann ich–«

Ich berührte Madeleines Schulter, und diesmal war es mehr ein Streicheln als ein Tätscheln. »Ja, geben Sie mir Ihr Alibi. Wo sind Sie zwischen vergangenem Montag, 13. Januar, und Mittwoch, 15. Januar, gewesen und was haben Sie in der Zeit getan?«

Madeleine legte ihre Hände trichterartig vor den Mund und blies eine Trompetenfanfare. Dann ließ sie sie auf den Sitz dicht neben mein Knie sinken. »Ich war von Sonntag nacht bis Mittwoch morgen in unserem Haus in Laguna. Daddy und Mammi und die kleine Schwester Martha sind dort mit mir gewesen, ebenso unsere Dienstboten, die im Haus wohnen. Falls Sie sich das bestätigen lassen wollen, rufen Sie Daddy an. Unsere Nummer ist Webster 4391. Aber bitte, seien Sie diskret. Sagen Sie ihm nicht, wo Sie mich getroffen haben. Und was jetzt? Haben Sie noch irgendwelche anderen Fragen?«

Meine private Spur im Dahlien-Fall war damit versandet. Aber ich sah jetzt grünes Licht in einer anderen Richtung. »Ja. Machen Sie es manchmal auch mit Männern?«

Madeleine berührte mein Knie. »In letzter Zeit bin ich keinem begegnet, aber ich würde es mit Ihnen machen, falls mein Name nicht in die Zeitungen kommt.«

Meine Beine wurden zu Gelee. »Morgen abend?«

»Ja, gut. Holen Sie mich um acht ab, wie ein Gentleman. Die Adresse ist 482 South Muirfield.«

»Ich kenne die Adresse.«

»Das überrascht mich nicht. Wie heißen Sie?«

»Bucky Bleichert.«

Madeleine meinte: »Das paßt zu Ihren Zähnen.«

Ich sagte: »Also dann acht Uhr«, und stieg aus dem Packard, solange mir meine Beine noch gehorchten.

11. Kapitel

Lee sagte: »Hast du Lust, dir heute abend im *Wiltern* alte Filme über Boxkämpfe anzusehen? Sie zeigen Klassiker – Dempsey, Ketchel, Greb. Was meinst du dazu?«

Wir saßen uns im Mannschaftsraum von University an Schreibtischen gegenüber und machten Telefondienst. Die Nieten vom Innendienst, die dem Short-Fall zugeteilt worden waren, hatten sonntags freibekommen, so daß jetzt Detectives im Außendienst die Idiotenarbeit machen mußten, Hinweise entgegennahmen, Namen und Adressen derer, die die Hinweise gegeben hatten, in Formulare eintrugen und die nächstgelegenen Kriminalabteilungen zu Rückfragen aufforderten. Wir waren jetzt seit einer Stunde ohne Unterbrechung dabei, und Kays Bemerkung, ich sei windelweich, hing irgendwie zwischen uns in der Luft. Als ich Lee anschaute, fiel mir auf, daß seine Pupillen schon wieder stecknadelgroß waren, ein sicheres Anzeichen dafür, daß er auf dem nächsten Benzedrintrip war. Ich sagte: »Ich kann nicht.«

»Warum nicht?«

»Ich bin verabredet.«

Lee grinste verzerrt. »Ja? Mit wem denn?« Ich wechselte das Thema. »Hast du das mit Kay geradegebogen?«

»Ja, ich habe ein Zimmer für das Zeug gemietet, im *El Nido Hotel,* Santa Monica und Wilcox. Neun Dollar die Woche, ein Klacks, wenn sie sich dadurch besser fühlt.«

»De Witt kommt morgen raus, Lee. Ich denke, ich sollte mich an ihn hängen, vielleicht sogar Vogel und Koenig auf ihn ansetzen.«

Lee trat nach einem Papierkorb. Papierknäuel und leere Pappbecher flogen heraus; an den anderen Schreibtischen schossen Köpfe hoch. Dann klingelte sein Telefon.

Lee hob ab. »Mordkommission, Sergeant Blanchard am Apparat.«

Ich starrte auf die Namen möglicher Zeugen; Lee lauschte seinem Anrufer. Der Mittwoch, der Tag, an dem die Dahlie gebrochen worden war, erstand vor mir wie etwas, das bereits Ewigkeiten entfernt war. Und ich fragte mich, ob er nicht einen Entzug vom Benzedrin nötig hätte. Madeleine Sprague schoß mir durch den Kopf – wohl zum neunmillionsten Mal, seit sie gesagt hatte: »Ich würde es mit Ihnen machen, falls mein Name nicht in die Zeitungen kommt.« Lee hatte jetzt schon sehr lange telefoniert, ohne eine Bemerkung einzuflechten oder Fragen zu stellen; ich wünschte mir allmählich, daß auch mein Telefon klingeln und Madeleine verscheuchen würde.

Lee legte den Hörer auf. Ich fragte: »Was Interessantes?«

»Nur ein weiterer Verrückter. Mit wem bist du heute abend verabredet?«

»Mit einem Mädchen aus der Nachbarschaft.«

»Nettes Mädchen?«

»Ein echter Schatz. Partner, falls ich dich nach Dienstag noch mal so bedröhnt antreffe, gibt's den Rückkampf Bleichert-Blanchard.«

Lee grinste seltsam fremd. »Es muß heißen Blanchard-Bleichert! Und du würdest wieder verlieren. Ich hole mal Kaffee. Möchtest du welchen?«

»Schwarz, ohne Zucker.«

»Du machst dich.«

Ich sammelte insgesamt sechsundvierzig telefonische Hinweise, davon etwa die Hälfte einigermaßen zusammenhängend. Lee machte sich am frühen Nachmittag aus dem Staub, und Ellis Loew hielt mich mit dem Auftrag fest, Russ Millards neuen zusammenfassenden Bericht abzutippen. Darin wurde festgehalten, daß Red Manley zu seiner Frau entlassen worden war, nachdem er den Lügendetektor- und die Pentothaltests zweifelsfrei bestanden hatte, und daß Betty Shorts Liebesbriefe gründlich durchgesehen worden seien. Eine ganze Reihe ihrer Liebhaber war identifiziert und als unverdächtig ausgeschieden worden. Genauso wie die meisten der Kerle, die auf Fotos mit ihr zu sehen waren; Anstrengungen, auch noch die verbleibenden Männer zu identifizieren, wurden fortgesetzt, und die MP von Camp Cooke hatte angerufen und mitgeteilt, daß der Soldat, der Betty '43 verprügelt hatte, bei der Invasion in der Normandie gefallen sei. Was Bettys viele Heiraten und Verlobungen anging, hatten die Zentralkarteien von 48 Bundesstaaten nur zu vermelden, daß ihr noch nie eine Heiratslizenz ausgestellt worden war.

Von da an gab es in dem Bericht nur noch Fehlanzeigen. Die Nummernschilder, die Lee aus dem Fenster von Junior Nashs Absteige erspäht und aufgeschrieben hatte, ergaben absolut nichts; täglich gingen in den Telefonzentralen des L.A.P.D. und des Sheriff-Departments dreihundert Meldungen von Leuten ein, die die Dahlie gesehen haben wollten. Bisher waren dreiundneunzig falsche Geständnisse abgelegt worden, vier schwerstgestörte Irre wurden im Gerichtsgefängnis festgehalten, da sie keine Alibis hatten und auf eine amtsärztliche Untersuchung und möglicherweise ihre Verbringung nach Camarillo warteten. Die Befragungen von Haus zu Haus liefen immer noch auf Hochtouren – einhundertneunzig Männer waren rund um die Uhr mit dem Fall beschäftigt. Den einzigen Hoffnungsschimmer boten meine Befragungen vom 17. 1.: Linda Martin/Lorna Martilkova war in einer Reihe von Cocktailbars in Encino gesichtet worden, und auf dieses Gebiet konzentrierten sich die Bemühungen, sie hopszunehmen. Ich brachte meine elende Tipperei zu Ende, inzwischen fest davon überzeugt, daß Elizabeth Shorts Mörder nie gefunden werden würde, und verwettete mein Geld darauf – ein Zwanziger auf

»ungelöst 2:1« wanderte in den größer werdenden Topf im Mannschaftsraum.

Pünktlich um acht Uhr abends läutete ich vor der Villa der Sprągues. Ich hatte mich in Schale geworfen – blauer Blazer, weißes Hemd und graue Flanellhosen – und schalt mich einen verdammten Narren, weil ich in feiner Gegend vor feinen Leuten meinen Kotau machte – und ich schwor mir, die Klamotten sofort abzulegen, sobald Madeleine und ich in meine Bude kamen. Die Nachwirkungen der zehn Stunden Telefondienst spürte ich trotz der Dusche, unter die ich mich auf dem Revier gestellt hatte, und überhaupt fühlte ich mich unbehaglich und deplaziert; mein linkes Ohr summte noch immer vom wüsten Schwall grotesken Geschwafels über die Dahlie.

Umwerfend schick in einem Rock und einem knapp sitzenden Kaschmirpullover öffnete Madeleine mir die Tür. Sie musterte mich kurz von Kopf bis Fuß, nahm mich an die Hand und sagte: »Hör mal, ist mir furchtbar unangenehm, daß ich unsere Pläne ändern mußte, aber Daddy hat von dir gehört. Er hat darauf bestanden, daß du zum Dinner bleibst. Ich habe ihm erzählt, wir wären uns auf dieser Kunstausstellung in Stanley Roses Bookshop begegnet. Also wenn du schon jeden nach meinem Alibi ausfragen mußt, dann versuch wenigstens, das möglichst unauffällig zu tun. In Ordnung?«

Ich sagte: »Na klar«, und Madeleine hakte sich bei mir ein und führte mich nach drinnen. Die Eingangshalle war so spanisch, wie das Äußere der Villa reinster Tudor-Stil war: Wandbehänge und gekreuzte Schwerter an den weißgekalkten Wänden, dicke Perserteppiche auf schimmernd gewachstem Holz. Die Vorhalle öffnete sich direkt in ein riesiges Wohnzimmer, das die Atmosphäre eines Herrenclubs ausstrahlte; grüne Ledersessel, die um niedrige Tische und Beistelltischchen gruppiert waren; ein gewaltiger gemauerter Kamin; kleine orientalische Brücken in vielen leuchtenden Farben und in verschiedenen Winkeln zueinander ausgelegt, so daß immer noch genügend von den Eichendielen zu sehen war.

Die Wände waren mit Kirschholz getäfelt, und von ihnen starrten gerahmte Familienfotos in weichen Sepiatönen auf mich herab.

Neben dem Kamin stach mir ein ausgestopfter Spaniel ins Auge, in dessen Maul eine zusammengerollte, vergilbte Zeitung geklemmt war. Erklärend sagte Madeleine: »Das ist Balto. Die Zeitung, das ist die Ausgabe der *Los Angeles Times* vom 1. August 1926. Das ist der Tag, an dem Daddy erfuhr, daß er seine erste Million gemacht hatte. Balto war damals unser Hund, unser Liebling. Daddys Buchhalter rief an und sagte: »Emmett, du bist jetzt Millionär.« Daddy reinigte gerade seine Pistolen, und Balto kam mit der Zeitung. Daddy wollte dem Augenblick etwas Denkwürdiges verleihen, und er erschoß ihn. Wenn du genau hinsiehst, kannst du vorn in der Brust noch das Einschußloch sehen. Jetzt hol tief Luft, mein Schatz, das da ist die Familie.«

Mit zusammengebissenen Zähnen ließ ich mich von Madeleine in einen kleinen Salon geleiten. Die Wände waren mit gerahmten Fotos bedeckt; in Lehnsesseln von einheitlichem Stil saßen steif die drei anderen Mitglieder der Sprague-Familie. Sie schauten gleichzeitig zu uns hoch. Niemand stand auf. Mit einem Lächeln, bei dem ich es vermied, meine Zähne sehen zu lassen, sagte ich: »Hallo.« Madeleine machte uns miteinander bekannt, während ich das Familienstilleben angaffte.

»Bucky Bleichert, ich möchte meine Familie vorstellen: meine Mutter, Ramona Cathcart Sprague. Mein Vater, Emmett Sprague. Meine Schwester, Martha McConville Sprague.«

Mit unmerklichem Kopfnicken und angedeutetem Lächeln kam die versteinerte Gruppe zum Leben. Dann setzte Emmett Sprague ein strahlendes Lächeln auf, erhob sich und streckte mir die Hand entgegen. Ich sagte: »Ist mir ein Vergnügen, Mr. Sprague«, und schüttelte sie, wobei wir einander eingehend musterten. Der Patriarch war klein, gedrungen, mit einem Brustkorb mächtig wie ein Faß, zerfurchtem, wettergegerbtem

Gesicht und einer üppigen Mähne dichten weißen Haars, das früher einmal strohblond gewesen sein mochte. Ich schätzte sein Alter auf Mitte Fünfzig. Sein Händedruck hatte den festen Griff von jemandem, der in seinem Leben viel körperliche Arbeit geleistet hatte. Sein Akzent war glasklares, klangvolles Schottisch und hatte keinerlei Ähnlichkeit mit dem breiten Schnarren, mit dem seine Tochter ihn zu imitieren versuchte. »Ich habe Ihren Kampf gegen Mondo Sanchez gesehen. Sie haben ihn nach Strich und Faden ausgeboxt. Sie waren ein echter zweiter Billy Conn.«

Ich dachte an Sanchez zurück, einen hochgepäppelten Mittelgewichtler, gegen den ich angetreten war, weil mein Manager mir den Ruf verschaffen wollte, daß ich reihenweise Mexikaner flachlegen konnte. »Danke, Mr. Sprague.«

»Ich muß Ihnen danken, daß Sie damals eine so glänzende Vorstellung geboten haben. Mondo war auch ein guter Mann. Was ist aus ihm geworden?«

»Er starb an einer Überdosis Heroin.«

»Gott sei seiner Seele gnädig. Zu schade, daß er nicht im Ring gestorben ist. Das hätte seiner Familie viel Kummer erspart. Da wir gerade von Familie sprechen, schütteln Sie doch bitte auch den anderen die Hand.«

Martha Sprague erhob sich wie auf Befehl. Sie war klein, mollig und blond, ihrem Vater auffallend ähnlich, mit blauen Augen, die so hell waren, daß es aussah, als würde sie sie regelmäßig zum Entfärben geben, und einem Hals voller Aknenarben, der vom Kratzen rot und wund war. Sie wirkte auf mich wie ein Backfisch, der niemals seinen Babyspeck loswerden und sich zu einer Schönheit auswachsen würde. Ich schüttelte ihre kräftige Hand und hatte mitleidige Gefühle für sie; sie merkte sofort, was ich von ihr hielt. Ihre blassen Augen flammten auf, und sie riß ihre Hand aus meinem Griff los.

Ramona Sprague war die einzige der drei, die Ähnlichkeit mit Madeleine zeigte; wäre sie nicht gewesen, hätte ich angenommen, daß das schöne Mädchen adoptiert worden war. Sie hatte das gleiche üppige dunkle Haar und die blasse Haut wie

Madeleine. Doch sonst war an der knapp über fünfzigjährigen Frau nichts Anziehendes. Sie war fett, ihr Gesicht schlaff. Rouge und Lippenstift waren leicht verschoben aufgetragen, so daß ihr Gesicht auf störende Weise schief wirkte. Als ich ihre Hand ergriff, sagte sie: »Madeleine hat so viel Nettes über Sie gesagt.« Ihre Stimme war schleppend und eine Spur verwaschen. Als sie mich anhauchte, roch ich keinen Alkohol; ich fragte mich, ob sie einen Griff in den Giftschrank getan hatte.

Madeleine seufzte: »Daddy, können wir endlich essen? Bucky und ich möchten noch rechtzeitig zu einer Show um halb zehn.«

Emmett Sprague versetzte mir einen kräftigen Schlag auf den Rücken. »Meiner Ältesten gehorche ich immer. Bucky, unterhalten Sie uns ein bißchen mit Anekdoten vom Boxen und aus Ihrer Polizeiarbeit?«

»Zwischen zwei Happen gern«, sagte ich.

Spragues nächster Schlag auf meinen Rücken war noch kräftiger. »Ich wußte ja, Sie haben sich im Ring nicht viel schwere Dinger eingehandelt. Sie sind wie Fred Allen. Also los, die ganze Familie. Das Dinner ist aufgetragen.«

Wir gingen im Gänsemarsch in ein luftiges, holzgetäfeltes Eßzimmer. Der Tisch in der Mitte war klein und bereits für fünf Personen gedeckt. Ein Servierwagen war neben der Tür abgestellt, von dem der unverwechselbare Duft von Corned Beef und Kohl herüberwehte. Gevatter Sprague sagte launig: »Herzhaftes Futter nährt herzhafte Leute, *haute cuisine* ist nur für Dekadente. Hauen Sie rein, Junge, unser Mädchen geht Sonnabend abends immer zu ihren Voodoo-Versammlungen. Also sind wir Weißen heute ganz unter uns.«

Ich nahm mir einen Teller und häufte ihn mit Essen voll. Martha Sprague goß Wein ein, und Madeleine nahm sich von allem nur ganz wenig, setzte sich an den Tisch und winkte mir, neben ihr Platz zu nehmen. Als ich mich niederließ, hörte ich Martha verkünden: »Ich möchte Mr. Bleichert gegenüber sitzen, damit ich ihn zeichnen kann!«

Emmett schnappte meinen Blick auf und zwinkerte mir zu.

»Bucky, Sie werden jetzt wohl das Opfer einer grausamen Karikatur. Marthas Bleistift ist gnadenlos. Sie ist gerade neunzehn und in der angewandten Kunst bereits eine hochbezahlte Kraft. Maddy ist meine Hübsche, aber Martha ist das unbestrittene Genie.«

Martha wand sich gequält auf dem Stuhl. Sie setzte ihren Teller genau mir gegenüber ab, nahm Platz und arrangierte Bleistift und einen kleinen Zeichenblock neben ihrer Serviette. Ramona wählte den Stuhl daneben und tätschelte ihren Arm; Emmett, der an der Schmalseite des Tisches neben seinem Stuhl stand, brachte einen Toast aus: »Auf neue Freundschaft, blühenden Wohlstand und den großartigen Boxsport.«

Ich sagte: »Amen«, schaufelte mir ein großes Stück Corned Beef in den Mund und kaute darauf herum. Es war fett und trocken, doch ich setzte dazu eine genießerische Miene auf und sagte: »Das ist aber köstlich!«

Ramona Sprague warf mir einen ausdruckslosen Blick zu; Emmett meinte: »Lacey, unser Mädchen, glaubt an Voodoo-Zauber, irgendeine christliche Spielart davon. Wahrscheinlich hat sie die Kuh mit einem Zauber belegt, hat einen Pakt mit ihrem Niggerjesus geschlossen, worauf das Vieh ordentlich fett und saftig geworden ist. Da wir gerade von unseren schwarzen Brüdern reden, was war das eigentlich für ein Gefühl, die beiden schwarzen Halunken umzulegen, Bucky?«

Madeleine flüsterte: »Sag etwas Witziges.«

Emmett, der ihre Bemerkung aufgeschnappt hatte, sagte gackernd: »Ja, Junge, heitern Sie mich auf! Wirklich, Sie sollten alle reichen Männer ein bißchen aufheitern, die auf die sechzig zugehen. Sie könnten sonst senil werden und Sie mit ihren Erben verwechseln.«

Ich lachte und zeigte dabei meine Beißer; Martha griff nach ihrem Bleistift, um sie im Bild festzuhalten. »Ich habe kaum was dabei empfunden. Die Situation war doch: entweder sie oder wir.«

»Und Ihr Partner, dieser blonde Bursche, gegen den Sie letztes Jahr gekämpft haben?«

»Lee hat es doch etwas schwerer genommen als ich.«

Emmett sagte: »Blonde sind sensibel. Ich muß das wissen, weil ich selber einer bin. Gott sei Dank haben wir noch zwei Brünette in der Familie, die dafür sorgen, daß wir die Beine auf der Erde behalten. Maddy und Ramona haben diese bulldoggenhafte Zähigkeit, die Martha und mir fehlt.«

Nur das Essen, das ich gerade mit vollem Mund kaute, hielt mich davon ab, laut loszuprusten. Ich mußte an die verwöhnte, verdorbene Herumtreiberin denken, die ich später am Abend noch bumsen würde, und sah ihre Mutter an, die mich dümmlich über den Tisch hinweg anlächelte. Der Impuls, laut herauszulachen, wurde stärker und stärker; schließlich gelang es mir, den dicken Brocken hinunterzuschlucken, und anstatt loszuprusten, rülpste ich nur und hob mein Glas. »Auf Ihr Wohl, Mr. Sprague! Dafür, daß Sie mich zum ersten Mal seit einer Woche zum Lachen gebracht haben.«

Ramona warf mir einen angewiderten Blick zu; Martha konzentrierte sich ganz auf ihr Kunstwerk. Madeleine füßelte unter dem Tisch mit mir, und Emmett erwiderte meinen Toast: »Junge, Sie hatten eine schwere Woche, wie?«

Ich lachte: »Reichlich. Ich bin der Mordkommission überstellt worden, um am Fall der Schwarzen Dahlie zu arbeiten. Meine dienstfreien Tage sind gestrichen, mein Partner ist von der Sache besessen, und die Verrückten kriechen massenhaft aus ihren Löchern. Jetzt bearbeiten schon zweihundert Cops diesen einen Fall. Es ist absurd.«

Emmett meinte: »Aber tragisch ist es doch, nicht wahr? Wie lautet denn Ihre Theorie, Junge? Wer auf Gottes Erdboden könnte einem anderen Menschen so etwas antun?«

Jetzt wußte ich, daß die Familie nichts über die zweifelhafte Verbindung Madeleines zu Betty Short wußte, und beschloß, wegen des Alibis nicht nachzubohren. »Ich halte es für ein Gelegenheitsverbrechen. Das Short-Mädchen war, nun ja, sagen wir, leichtsinnig. Sie war eine zwanghafte Lügnerin mit einer Hundertschaft von Liebhabern. Falls wir den Mörder jemals erwischen, wird es ein reiner Zufallstreffer.«

Emmett sagte aus voller Brust: »Gott sei ihr gnädig! Ich jedenfalls hoffe, sie erwischen ihn. Und ich hoffe auch, er bekommt seinen heißen Termin in dem kleinen grünen Raum in San Quentin.«

Ihre Zehen an meinem Bein hinaufschiebend, protestierte Madeleine schmollend: »Daddy, du reißt das Gespräch wieder einmal an dich und läßt Bucky für sein Abendessen auch noch singen!«

»Soll ich etwa für mein eigenes singen, Liebchen? Obwohl ich hier die Brötchen verdiene?«

Gevatter Sprague war ernstlich verärgert – ich konnte es daran erkennen, wie sich sein Gesicht hochrot verfärbte, und daran, wie er auf sein Corned Beef einhackte. Der Mann erweckte meine Neugier, und ich fragte ihn: »Wann sind Sie eigentlich in die Vereinigten Staaten gekommen?«

Emmett strahlte mich an. »Ich singe für jeden, der meine Erfolgsgeschichte vom armen Einwanderer hören möchte. Was für ein Name ist das: Bleichert? Holländisch?«

»Deutsch«, sagte ich.

Emmett erhob sein Glas: »Ein großartiges Volk, die Deutschen. Hitler hat es ein bißchen weit getrieben, aber denken Sie an meine Worte: Irgendeines nicht so fernen Tages werden wir bedauern, daß wir uns nicht mit ihm zusammengetan haben, um die Roten zu bekämpfen. Aus welcher Gegend in Deutschland stammen Ihre Leute, Junge?«

»München.«

»Ah, München! Das wundert mich aber, daß Sie von dort weg sind. Wäre ich in Edinburgh oder in irgendeinem anderen zivilisierten Ort aufgewachsen, würde ich noch immer im Kilt herumlaufen. Aber ich stamme aus diesem gottserbärmlichen Aberdeen, also bin ich gleich nach dem ersten Weltkrieg nach Amerika ausgewandert. Ich habe eine Menge von Ihren tapferen deutschen Landsleuten während des Krieges getötet, junger Mann, aber sie haben auch versucht, mich umzubringen. Also fühlte ich mich dazu berechtigt. Haben Sie Balto draußen in der Halle gesehen?«

Ich nickte; Madeleine stöhnte auf, Ramona Sprague wand sich und spießte eine Kartoffel auf. Emmett fuhr fort: »Mein alter Traumtänzerfreund Georgie Tilden hat ihn präpariert. Träumer Georgie hatte einen Sack voll eigenartiger Talente. Während des Krieges sind wir in einem Schottenregiment zusammengewesen, und ich habe Georgies Leben gerettet, als eine Meute Ihrer tapferen deutschen Landsleute uns zu dicht auf den Pelz rückte und mit Bajonetten angriff. Georgie war ganz hingerissen von den Flimmerkisten; er liebte eine gute Show aus dem alten Kurbelkasten. Nach dem Waffenstillstand sind wir dann nach Aberdeen zurückgegangen, erkannten sehr schnell, daß die Stadt ein toter Hund war, und Georgie überredete mich, mit ihm nach Kalifornien zu gehen – er wollte versuchen, beim Stummfilm Arbeit zu finden. Er hat noch nie zu irgend was getaugt, es sei denn, ich habe ihn geführt und mit der Nase draufgestoßen. Also habe ich mich erst einmal in Aberdeen umgeschaut, schnell eingesehen, daß mich dort nur ein Begräbnis dritter Klasse erwartet, und dann gesagt: na schön, Georgie, also auf nach Kalifornien! Vielleicht landen wir da einen Treffer. Und falls nicht, sind wir immerhin da gestrandet, wo ständig die Sonne scheint.«

Ich mußte an meinen Alten denken, der 1908 mit dem Kopf voll großer Träume nach Amerika gekommen war – doch auf der Stelle die erste deutsche Einwanderin geheiratet hatte, der er begegnet war, und fortan für Pacific Gas and Electric als Lohnsklave geschuftet hatte. »Und was ist dann passiert?«

Emmett Sprague klapperte mit seiner Gabel über den Tisch. »Klopf auf Holz, Junge. Für uns war es genau die richtige Zeit, hier anzukommen. Hollywood war damals noch eine Viehweide. Doch der Stummfilm war groß im Kommen. Georgie bekam Arbeit als Beleuchter, und mir bot sich die Gelegenheit, verdammt gute Häuser zu bauen – wirklich verdammt gut und billig. Ich schlief im Freien und steckte jeden verdammten Penny, den ich verdiente, gleich wieder in mein Geschäft, nahm Kredite auf von jeder Bank und Darlehen von jedem Wucherer, der bereit war, mir Geld zu leihen, und kaufte davon verdammt gutes Bauland – verdammt gut und billig. Georgie machte mich damals mit Mack Sennett bekannt, und ich half ihm dabei, draußen in seinem Studio in Edendale Kulissen zu bauen. Und dann bin ich ihn um ein Darlehen angegangen, um noch mehr Grundstücke kaufen zu können. Der alte Mack wußte genau, wann er jemanden vor sich hatte, der auf dem Weg nach oben war, weil er selbst so einer gewesen ist. Er bewilligte mir das Darlehen unter der Bedingung, daß ich ihm bei dem Bauprojekt half, das er gerade hochzog – Hollywood Land – genau unterhalb dieses gotterbärmlichen dreißig Meter hohen Reklameschilds am Mount Lee, das er errichten ließ, um dafür die Trommel zu rühren. Old Mack wußte genau, was man aus einem Dollar herauspressen kann. Oh ja, da waren Statisten, die schwarz auf seinen Baustellen arbeiteten und umgekehrt. Nach zehn oder zwölf Stunden Aufnahme für einen Streifen mit den Keystone Kops fuhr ich sie rüber nach Hollywood Land, und dort hängten sie unter Scheinwerferlicht noch mal sechs Stunden dran. Bei einer Reihe von Filmen kam ich als Regieassistent sogar an den Etat ran, so groß war des alten Mack Dankbarkeit darüber, daß ich seine Sklaven so erbarmungslos auspreßte.«

Madeleine und Ramona stocherten mit bockigen Gesichtern in ihrem Essen herum, als hätten sie schon mehrmals gezwungenermaßen die Zuhörerschaft bei dieser Geschichte abgeben müssen; Martha zeichnete noch immer, starrte mich, ihr unfreiwilliges Opfer, dabei unverwandt an. »Was ist aus Ihrem Freund geworden?« fragte ich.

»Gott schütze ihn, aber zu jeder Erfolgsgeschichte gibt es immer auch eine, die von krassem Versagen zeugt. Georgie hat nie die richtigen Leute geschmiert. Er hatte nicht die Fähigkeit und den Drang, seine gottgegebenen Talente richtig zu nutzen, und er fiel einfach hinten runter. 1936 wurde er durch einen Autounfall zum Krüppel, und heute ist er, nun ja, einfach nur noch ein Niemand. Ich verschaffe ihm Gelegenheitsarbeiten auf meinen Mietgrundstücken, und die Stadt beschäftigt ihn mit Abfallbeseitigung –«

Ich hörte ein scharfes, quietschendes Geräusch und schaute hinüber zur anderen Tischseite. Ramona hatte beim Aufspießen einer Kartoffel danebengestochen, und ihre Gabel war über den Tellerrand geglitten. Emmett fragte: »Mutter, fühlst du dich wohl? Schmeckt dir das Essen?«

Ramona starrte hinunter in ihren Schoß und sagte: »Ja, Vater«; für mich sah es so aus, als stütze Martha sie am Ellenbogen. Madeleine füßelte unter dem Tisch wieder mit mir. Emmett meinte abschätzig: »Mutter, du und dein kleines Genie, ihr beide habt nicht gerade viel dazu beigetragen, unseren Gast zu unterhalten. Würde es euch etwas ausmachen, euch jetzt an unserer Unterhaltung zu beteiligen?«

Madeleine bohrte ihre Zehen in meinen Fußknöchel – genau in dem Moment, als ich den Versuch machen wollte, alle mit einem kleinen Witz aufzuheitern. Ramona Sprague lud sich einen winzigen Happen auf die Gabel, kaute geziert darauf herum und sagte dann: »Wußten Sie, daß der Ramona Boulevard nach mir benannt worden ist, Mr. Bleichert?«

Das verrutschte Gesicht der Frau schien sich um die einzelnen Worte zu sammeln; sie sprach sie mit seltsamer Würde aus. »Nein, Mrs. Sprague, das habe ich nicht gewußt. Ich dachte, er wäre nach der Ramona Pagaent benannt worden.«

»Mich hat man nach der Heidin benannt«, sagte sie. »Nachdem Emmett mich wegen des Geldes meines Vaters geheiratet hatte, versprach er meiner Familie, daß er seinen Einfluß beim Stadtbauamt nutzen würde, damit eine Straße nach mir benannt würde, da sein ganzes Geld damals in Grundstücken angelegt war und er es sich nicht leisten konnte, mir einen Ehering zu kaufen. Vater hatte angenommen, daß es sich um eine Straße in einer hübschen Wohngegend handeln würde. Aber alles, was Emmett bekommen konnte, war eine Sackgasse in einem Puffgebiet in Lincoln Heights. Kennen Sie die Umgebung dort, Mr. Bleichert?« Die Stimme der Frau, die vorhin noch der unterwürfige Fußabtreter gewesen war, bebte jetzt von verhaltener Wut.

»Ich bin dort aufgewachsen«, sagte ich.

»Dann wissen Sie auch, daß die mexikanischen Prostituierten sich dort in die Fenster legen, um Kunden anzulocken. Nun, nachdem es Emmett gelungen war, Rosalinda Street in Ramona Boulevard umzubenennen, nahm er mich auf einen kleinen Streifgang mit. Die Prostituierten begrüßten ihn beim Namen. Manche hatten sogar anatomische Spitznamen für ihn. Das machte mich sehr traurig, und ich fühlte mich sehr verletzt. Aber ich habe meine Zeit abgewartet und mich revanchiert. Als die Mädchen noch klein waren, führte ich eigene heidnische Spiele auf, gleich draußen auf dem Rasen vor dem Haus. Ich holte noch die Nachbarkinder als Statisten dazu, und wir stellten Episoden aus Mr. Spragues Vergangenheit nach, über die er lieber den Mantel des Vergessens gebreitet hätte, die er lieber –«

Vom Kopfende des Tisches ertönte lautes Krachen; Gläser kippten um und Teller klapperten. Ich starrte in meinen Schoß, um den verbissenen Einzelkämpfern der Familie Gelegenheit zu geben, ihre Würde wiederzuerlangen, und sah, wie Madeleine die Knie ihres Vaters so fest umklammert hielt, daß ihre Finger blauweiß waren. Mit ihrer freien Hand packte sie auch mein Knie – mit der zehnfachen Kraft, die ich bei ihr vermutet hätte. Schreckliches Schweigen dehnte sich qualvoll, dann sagte Ramona Cathcart Sprague plötzlich in die Stille hinein: »Vater, ich singe gern für mein Abendessen, wenn Bürgermeister Bowron oder Stadtrat Tucker zu uns zum Dinner kommen, aber nicht für Madeleines männliche Nutten. Ein gewöhnlicher Polizist – mein Gott! Emmett,wie gering denkst du von mir!«

Ich hörte, wie Stühle über den Boden scharrten, Knie an den Tisch stießen, dann hastige Schritte, die sich aus dem Eßzimmer entfernten. Ich sah, daß meine Hand Madeleines in derselben Weise umspannt hielt, in der ich sie in einem Acht-Unzen-Handschuh krümmen mußte. Das Mädchen aus gutem Hause flüsterte: »Es tut mir leid, Bucky, es tut mir leid.« Dann sagte eine fröhliche Stimme: »Mr. Bleichert?« Ich schaute hoch, weil sie sich so glücklich und gesund und frisch anhörte.

Es war Martha McConville Sprague, die mir ein Blatt Papier

hinhielt. Ich griff mit meiner freien Hand danach; Martha lächelte, machte auf dem Absatz kehrt und ging hinaus. Madeleine murmelte noch immer entschuldigende Worte, während ich auf das Bild starrte. Es zeigte uns beide splitternackt. Madeleine hielt die Beine gespreizt. Dazwischen lag ich und nagte mit Bucky Bleicherts riesigen Beißern an ihr.

Wir nahmen den Packard hinunter zur South La Brea, wo sich Absteige an Absteige reihte. Ich fuhr, und Madeleine war rücksichtsvoll genug, nicht zu reden, bis wir an einer Raststätte im Blockhausstil vorbeigefahren waren, die sich Red Arrow nannte. Dann sagte sie: »Hier ist es. Hier ist die Luft rein.«

Ich parkte vor einer Reihe von Vorkriegsbungalows; Madeleine ging ins Büro und kehrte mit dem Schlüssel zu Zimmer elf zurück. Sie öffnete die Tür; ich schaltete die Wandbeleuchtung ein.

Die Bude war in trüben Brauntönen gehalten und stank muffig nach ihren vormaligen Bewohnern. Aus Nummer zwölf konnte ich mithören, wie ein kleines Rauschgiftgeschäft abgewickelt wurde; Madeleine sah immer mehr aus wie in der Karikatur ihrer Schwester. Ich langte nach dem Lichtschalter, um das alles auszulöschen. Sie sagte: »Nein, bitte, ich möchte dich sehen können.«

Der Rauschgiftverkauf entwickelte sich zu einem handfesten Streit. Ich entdeckte ein Radio auf dem Nachttisch und stellte es an; ein Werbespot für *Gortons Magazin der Schlanken Linie* überlagerte den wütenden Wortwechsel. Madeleine zog sich noch im Stehen ihren Pullover und ihre Nylons aus; sie hatte sich schon bis auf ihre Unterwäsche entkleidet, bevor ich mich mit meiner Kleidung abzumühen begann. Der Reißverschluß ging kaputt, als ich aus meinen Hosen stieg; ich riß mir eine Hemdnaht auf, als ich mein Schulterhalfter ablegen wollte. Dann lag Madeleine nackt auf dem Bett – und das Bild, das die kleine Schwester von ihr gemalt hatte, war weggewischt.

In Sekundenschnelle war auch ich nackt und gesellte mich zu der höheren Tochter im Bett. Sie murmelte etwas wie: »Du darfst meine Familie nicht hassen, sie sind nicht schlecht«, und ich brachte sie mit einem ungestümen Kuß zum Verstummen. Sie erwiderte ihn; unsere Lippen und Zungen spielten miteinander, bis wir uns voneinander lösen mußten, um wieder zu Atem zu kommen. Ich ließ meine Hände zu ihren Brüsten wandern, umspannte und knetete sie; Madeleine stieß keuchend hervor, daß sie mich für die anderen Spragues entschädigen wolle. Je mehr ich sie küßte und befühlte und schmeckte, und je mehr sie es genoß, desto wortreicher murmelte sie von »denen« – also griff ich ihr ins Haar, bog ihren Kopf zurück und zischte: »Nicht die – ich! Mach's mit mir! Sei ganz bei mir!«

Madeleine gehorchte, und wie in einem Umkehrbild zu dem, das ihre Schwester gezeichnet hatte, legte sie sich zwischen meine Beine. So gefangen, wie ich jetzt war, spürte ich, daß ich sehr schnell explodieren würde. Ich mußte Madeleine wegschieben, damit es mir nicht sofort kam, flüsterte auf sie ein: »Ich – nicht die anderen«, streichelte ihr Haar, versuchte mich auf das blödsinnige Gedudel im Radio zu konzentrieren. Madeleine hielt mich fester umklammert als irgendeines der billigen Mädchen, die um den Boxring herumgesessen hatten; als ich mich abgekühlt hatte und bereit war, legte ich sie auf den Rücken und stieß tief in sie hinein.

Jetzt war es nicht mehr das Schmierenstück vom reichen Mädchen und dem einfachen Polizisten. Es waren nur noch wir beide, gemeinsam, klammernd, uns windend, heftig uns mit aller Kraft aneinanderdrängend. Aber wir hatten Zeit, alle Zeit der Welt. Wir bewegten uns gleitend, bis die Tanzmusik und das Geklingel der Werbung verstummten und im Radio nur noch das Sendezeichen zu hören war und auch das schließlich abbrach, es in dem engen Zimmer ganz still wurde und nur noch wir beide einander hörten. Dann brachten wir es zu Ende – beide gleichzeitig, vollkommen.

Danach hielten wir einander eng umschlungen, und Schweißperlen, die uns von Kopf bis Fuß bedeckten, ließen uns aneinanderkleben. Ich mußte daran denken, daß in weniger als vier Stunden mein Dienst beginnen würde, und ich stöhnte;

Madeleine löste sich aus der Umarmung und äffte mein Markenzeichen, mein bleckendes Grinsen, nach, wobei sie blendend weiße Zähne entblößte. Lachend sagte ich: »Na also, jetzt hast du deinen Namen aus den Zeitungen herausgehalten.«

»Bis wir die schwere Unzucht von Bleichert und Sprague aufdecken.«

Ich mußte noch lauter lachen. »Das wäre ganz nach dem Geschmack deiner Mutter.«

»Mutter ist eine Heuchlerin. Sie nimmt Pillen, die ihr der Arzt verschreibt – also ist sie keine Süchtige. Ich spiele herum – also bin ich eine Nutte. Sie ist abgesichert, kann alles rechtfertigen, aber ich nicht.«

»Doch, kannst du wohl, du bist meine –« Ich konnte jetzt schlecht sagen: *Nutte.*

Madeleine kitzelte mich an den Rippen. »Nun sag es schon! Spiel nicht den Cop aus Dummsdorf. Sag es schon!«

Ich schnappte mir ihre Hand, bevor ich von der Kitzelei ganz durchdrehte. »Du bist meine Herzallerliebste. Du bist meine unsterbliche Liebe. Du bist mein Schätzchen. Du bist die Frau, für die ich Beweismittel unterdrücke –«

Madeleine biß mich in die Schulter und sagte: »Ich bin deine Nutte.«

Ich lachte. »Schön. Schön. Du bist der Verstoß 234/apc.«

»Was ist das denn?«

»Das Kürzel im kalifornischen Strafgesetzbuch für Prostitution.«

Madeleines Augenbrauen schossen hoch, und sie kicherte. »Verstoß?«

Ich hob ergeben die Hände. »So weit hast du mich gebracht.«

Die höhere Tochter knabberte an mir. »Ich mag dich, Bucky.«

»Ich mag dich auch.«

»Aber zu Anfang hast du mich nicht gemocht. Sag die Wahrheit – du hast mich zu Anfang doch bloß vögeln wollen.«

»Das stimmt.«

»Also, wann hast du dann angefangen, mich zu mögen?«

»In dem Augenblick, in dem du deine Sachen ausgezogen hast.«

»Du Schweinehund. Willst du wissen, wann ich angefangen habe, dich zu mögen?«

»Sag es mir.«

»Als ich Daddy erzählt habe, daß ich diesen netten Polizisten Bucky Bleichert getroffen habe. Daddy ist der Kiefer runtergefallen. Er war tief beeindruckt. Und Emmett McConville Sprague ist wirklich ein Mann, den man nur schwer beeindrucken kann.«

Ich mußte an die Grausamkeit des Mannes gegenüber seiner Frau zurückdenken und sagte möglichst beiläufig: »Er ist sehr beeindruckend.«

Madeleine meinte lächelnd: »Sehr diplomatisch. Er ist ein harter Brocken, ein grober, beinharter, schottischer Hundesohn. Aber er ist ein Mann. Weißt du eigentlich, wie er wirklich sein Geld gemacht hat?«

»Wie denn?«

»Schwarzgeld von Gangstern und Schlimmeres. Daddy hat morsches Holz und alte Kulissen von Mack Sennett gekauft und Häuser damit gebaut. Er hat überall in L. A. regelrechte Brandfallen und Bruchbuden, die unter dem Namen irgendwelcher Phantasiegesellschaften registriert sind. Er ist dick befreundet mit Mickey Cohen. Seine Leute kassieren für ihn die Miete.«

Ich zuckte die Achseln. »Mick und Bürgermeister Bowron und die halbe Kontrollkommission stecken unter einer Decke. Siehst du da meinen Revolver und meine Handschellen?«

»Ja.«

»Cohen hat sie bezahlt. Er hat das Geld für einen Fonds aufgebracht, mit dem jungen Polizisten dabei geholfen werden soll, sich ihre Ausrüstung zu kaufen. Das ist ausgezeichnete Reklame. Das Finanzamt macht bei ihm nie eine Buchprüfung, weil Mick den Beamten im Außendienst Benzin und Öl für ihre Autos bezahlt. Was du da sagst, kann mich nicht schockieren.«

Madeleine fragte: »Möchtest du ein Geheimnis wissen?«

»Klar.«

»Ein halber Block von Daddys Häusern in Long Beach ist beim Erdbeben '33 eingestürzt. Zwölf Leute sind damals umgekommen. Daddy hat einen Haufen Geld hingeblättert, damit sein Name aus der Liste der Baufirmen gelöscht wird.«

Ich hielt Madeleine auf Armeslänge von mir weg. »Warum erzählst du mir diese Sachen?«

Meine Hand streichelnd, sagte sie: »Weil Daddy von dir so beeindruckt ist. Weil du von denen, die ich je zu uns nach Hause geschleppt habe, der einzige bist, von dem er glaubt, daß er etwas taugt. Weil Daddy Härte zu schätzen weiß, weil er glaubt, daß du hart bist. Und falls das zwischen uns etwas Ernsteres werden sollte, wird er es dir wahrscheinlich selbst sagen. Diese Leute liegen ihm schwer auf dem Gewissen, und er läßt das an Mutter aus, weil es ihr Geld gewesen ist, mit dem er den Wohnblock gebaut hat. Ich möchte nicht, daß du Daddy allein nach dem beurteilst, was du heute abend mitbekommen hast. Die ersten Eindrücke sind die dauerhaftesten, und ich mag dich, und ich möchte nicht –«

Ich zog Madeleine an mich. »Sei still, Mädchen. Du bist jetzt bei mir, nicht bei deiner Familie.«

Madeleine klammerte sich an mich. Ich wollte ihr die Gewißheit geben, daß alles in Ordnung sei, und hob aufmunternd ihr Kinn. In ihren Augen standen Tränen; sie sagte: »Bucky, ich habe dir noch nicht alles über Betty Short erzählt.«

Ich packte sie an den Schultern. »Was!«

»Nun werde nicht gleich wütend auf mich! Es ist eigentlich nichts weiter. Ich wollte es einfach nur nicht vor dir geheimhalten. Ich habe dich anfangs nicht sehr gemocht, also habe ich nicht –«

»Sag es mir jetzt, sofort!«

Über schweißnasse Laken hinweg, die uns voneinander trennten, schaute sie mich an. »Vergangenen Sommer bin ich viel in Bars herumgegammelt, ganz normale Bars in Hollywood. Da hörte ich dann von einem Mädchen, das mir angeblich sehr ähnlich sehen sollte. Ich wurde neugierig auf sie und hinterließ in einigen der Pinten eine Nachricht – »würde gern mit meiner Doppelgängerin zusammentreffen«, und darunter meine Privatnummer. Betty hat mich angerufen, und dann haben wir uns getroffen. Wir haben uns unterhalten, das war auch schon alles. Im vergangenen November bin ich ihr dann im *La Verne* in Begleitung von Linda Martin begegnet. Es war purer Zufall.«

»Und das ist alles?«

»Ja.«

»Dann, mein Schatz, solltest du dich besser auf etwas gefaßt machen. Ungefähr fünfzig Cops kämmen die Bars durch, und falls auch nur einer von ihnen deine kleine Doppelgängerbotschaft zu sehen bekommt, wirst du überall auf den Titelseiten stehen. Es gibt absolut nichts, was ich dagegen tun könnte. Und falls das passiert, bitte mich auch nicht darum – weil ich bereits alles getan habe, was ich tun konnte.«

Mich sanft wegschiebend, sagte Madeleine: »Darum kümmere ich mich schon.«

»Du meinst, dein Daddy wird das tun?«

»Bucky, Schätzchen, willst du damit sagen, daß du auf einen Mann eifersüchtig bist, der doppelt so alt ist wie du und nur halb so groß?«

Plötzlich mußte ich wieder an die Schwarze Dahlie denken, deren Tod mich und die heldenhafte Schießerei aus den Schlagzeilen verbannt hatte. »Warum hast du dich eigentlich mit Betty Short treffen wollen?«

Madeleine schauderte zusammen; der rote Neonpfeil, der dieser Absteige den Namen gab, blinkte durch das Fenster herein und huschte über ihr Gesicht. »Ich habe hart an mir arbeiten müssen, um so frei und ungebunden zu sein«, sagte sie, »aber nach der Art, wie man mir Betty beschrieben hat, klang es ganz so, als wäre sie ein Naturtalent, ein wildes Mädchen auf freier Wildbahn.«

Ich küßte mein wildes Mädchen. Wir liebten uns noch einmal, und die ganze Zeit mußte ich sie mir dabei zusammen mit Betty Short vorstellen – zwei echte Naturtalente.

Russ Millards prüfendem Blick entgingen meine zerknitterten Sachen nicht, und er meinte fragend: »Ein Zehntonner oder eine Frau?«

Ich schaute mich im Mannschaftsraum des University Reviers um, der sich langsam mit Leuten von der Tagschicht füllte. »Betty Short. Heute kein Telefondienst, okay, Boß?«

»Wie wäre es mit etwas frischer Luft?«

»Lassen Sie hören.«

»Linda Martin wurde gestern abend in Encino gesichtet, wo sie in einigen Bars etwas abstauben wollte. Ihr beide, Blanchard und Sie, fahrt runter ins Valley und schaut euch nach ihr um. Beginnt bei Nummer zwanzigtausend am Victory Boulevard und arbeitet euch dann nach Westen vor. Ich schicke euch noch ein paar Männer hinterher, sobald sie sich hier zurückgemeldet haben.«

»Wann?«

Millard warf einen Blick auf seine Uhr. »Jetzt gleich, wenn schon nicht früher.«

Ich hielt Ausschau nach Lee, der sich nicht blicken ließ, nickte zustimmend und langte nach dem Telefon auf meinem Schreibtisch. Ich rief die Zentrale an, das Büro von City Hall Warrants und die Auskunft, um mir die Nummer des *El Nido Hotel*s geben zu lassen. Mit meinem ersten Anruf hatte ich kein Glück, und auch die beiden anderen brachten mich nicht auf die Spur von Lee Blanchard. Dann kam Millard mit Fritz Vogel zurück und – verblüffenderweise – Johnny Vogel in Zivil.

Ich stand auf. »Ich kann Lee nirgends auftreiben, Skipper.«

Millard sagte: »Dann gehen Sie mit Fritzie und John. Nehmen Sie einen ungekennzeichneten Wagen mit Funk, damit Sie mit den anderen Männern da draußen Verbindung halten können.«

Die fetten Vogelscheuchen starrten erst mich an und warfen sich dann lange Blicke zu. Sie schienen damit zum Ausdruck bringen zu wollen, daß mein unmanierlicher Zustand in ihren

Augen ein Schwerverbrechen der Kategorie B war. »Danke, Russ«, sagte ich.

Wir fuhren ins Valley, die beiden Vogels auf den Vordersitzen und ich im Fond. Ich versuchte vor mich hinzudösen, doch Fritzies Monolog über Nutten und Frauenmörder machte es unmöglich. Johnny nickte nur zu allem; jedes Mal, wenn sein Vater eine Atempause einlegte, kommentierte er eifrig: »Stimmt, Dad.« Als wir über den Cahuenga Pass fuhren, ging Fritzie die Luft aus; Johnnys Jasagerrolle war damit vorerst ausgespielt. Ich schloß die Augen und lehnte mich gegen das Seitenfenster. Zum Schnurren des Automotors legte Madeleine einen langsamen Striptease hin, als ich die Vogels miteinander flüstern hörte.

»... er ist eingeschlafen, Daddy.«

»Nenn mich bei der Arbeit nicht Daddy, wie oft soll ich dir das noch sagen, verdammt! Du hörst dich dabei an wie ein Pupjunge.«

»Ich hab *bewiesen,* daß ich kein Pupjunge bin! Homos können nicht fertig bringen, was ich geschafft habe! Ich bin jetzt keine Jungfer mehr, also nenn mich nicht Pupjunge.«

»Sei still, verdammt noch mal!«

»Daddy, ich meine, Dad–«

»Ich hab gesagt, du sollst still sein, Johnny!«

Der fette großmäulige Cop, der sich hier wie ein Kleinkind behandeln ließ, weckte mein Interesse; ich täuschte ein Schnarchen vor, damit die beiden weiterplauderten. Johnny flüsterte: »Hörst du, Dad, er ist eingeschlafen, und *er* ist der Pupjunge, nicht ich. Ich habe es bewiesen! Dieser Schweinehund mit den vorstehenden Zähnen, ich kann es mit ihm aufnehmen, Dad. Du weißt, daß ich das könnte, dieses Schwein, das mir den Job geklaut hat. Dabei hatte ich die Fahndung schon in der Tasche, bis dann–«

»John Charles Vogel, du hältst jetzt sofort die Klappe oder ich kleb' dir ein Pflaster vor den Mund, ob du nun vierundzwanzigjähriger Polizist bist oder nicht.«

Dann knackte es im Funkgerät, und eine Stimme quäkte; ich gähnte laut und ausgiebig. Johnny drehte sich um und grinste. Er sagte: »Na, ein bißchen Schönheitsschlaf nachgeholt?«, und kratzte dabei seinen legendären Zinken.

Mein erster Impuls war, ihn darauf anzusprechen, was er damit gemeint habe, daß er es mit mir aufnehmen könne – dann gewann mein Sinn für Diplomatie, den ich mir im Mannschaftsraum erworben hatte, die Oberhand. »Ja, gestern ist es spät geworden.«

Johnny zwinkerte mir mit falscher Vertraulichkeit zu. »Ich bin selbst ein geiler Bock, wenn ich mal 'ne Woche ohne bin, geh' ich die Wände hoch.«

Der Mann aus der Zentrale tönte: »... ich wiederhole, 10-A-94, geben Sie Ihren Standort durch!«

Fritzie griff nach dem Mikrophon. »10-A-94, sind Ecke Victory und Saticoy.«

Der Mann aus der Zentrale gab seinen Spruch durch: »Setzen Sie sich mit dem Barmann in der Caledonia Lounge, Ecke Victory und Valley View, in Verbindung. Die gesuchte Linda Martin soll sich dort aufhalten. Alarmstufe drei.«

Fritzie ließ die Sirene aufheulen und trat das Gaspedal durch. Die anderen Wagen fuhren an den Bordstein. Wir schossen auf der mittleren Spur voran. Ich sandte ein Stoßgebet zu dem calvinistischen Gott, an den ich als Kind einst geglaubt hatte: Bitte, laß das Martin-Mädchen Madeleine Sprague mit keinem Wort erwähnen! Im Rückspiegel tauchte Valley View Avenue auf; Fritzie bog scharf rechts ein und ließ vor einer nachgemachten Bambushütte die Sirene sterben.

Die Tür der imitierten Bambushütte flog auf; Linda Martin/Lorna Martilkova, die so blank geschrubbt aussah wie auf ihrem Foto, stürzte heraus. Ich fiel halb aus dem Wagen und rannte den Bürgersteig entlang, während Vogel & Vogel hinter mir herkeuchten und schnauften. Linda/Lorna rannte wie eine Antilope, eine übergroße Handtasche eng an die Brust gepreßt; mit einem Zwischenspurt verkürzte ich die Entfernung zwischen uns. Das Mädchen erreichte jetzt eine verkehrsreiche

Seitenstraße und stürzte sich mitten in den Verkehr; Autos wichen ihr aus, sie blickte über ihre Schulter zurück; ich brachte einen Bierwagen und ein Motorrad auf Kollisionskurs, atmete tief durch und warf mich nach vorn. Das Mädchen stolperte über die Bordschwelle, seine Handtasche beschrieb einen Bogen in der Luft, ich vollführte einen letzten, weiten, entscheidenden Sprung und packte sie.

Auf dem Bürgersteig rappelte sich sich wieder hoch, spuckte mich an und trommelte gegen meine Brust; ich schnappte mir ihre winzigen Fäuste, drehte sie ihr auf den Rücken und ließ die Handschellen an ihren Gelenken einschnappen. Lorna versuchte jetzt mit kleinen, wohlgezielten Ausfällen gegen meine Beine zu treten. Einer ihrer Tritte traf mich am Oberschenkel; das Mädchen, das wegen der Handschellen sein Gleichgewicht verlor, setzte sich glatt auf den Hintern. Ich half ihr auf und handelte mir dafür einen dicken Qualster Spucke auf der Hemdbrust ein. Lorna keuchte: »Ich bin eine Minderjährige, die ihre Rechte ganz genau kennt, und falls Sie mich anfassen, ohne daß eine weibliche Vertrauensperson dabei ist, kann ich Sie verklagen.« Tief Luft holend zog und zerrte ich sie da hin, wo ihre Handtasche liegengeblieben war.

Überrascht vom Gewicht und der Ausbuchtung durch einen sperrigen Gegenstand, hob ich sie auf. Als ich hineinschaute, entdeckte ich eine schmale Filmspule. Ich sagte: »Wovon handelt denn der Film?« Das Mädchen stammelte: »B-B-Bitte, Mister, meine E-Eltern!«

Neben uns ertönte eine Hupe; ich entdeckte Johnny Vogel, der sich aus dem Seitenfenster des Straßenkreuzers beugte. »Millard hat angeordnet, daß wir das Mädchen ins Jugendgefängnis in der Georgia Street bringen.«

Ich schaffte Lorna zum Wagen und verfrachtete sie auf den Rücksitz. Fritzie ließ die Sirene aufgellen, und wir fuhren mit durchgetretenem Gaspedal stadteinwärts.

Wir brauchten fünfunddreißig Minuten bis in die Innenstadt von L. A.

Millard und Sears warteten auf den Stufen der Georgia Street Juvenile Hall bereits auf uns. Ich führte das Mädchen hinein, während Vogel & Vogel vor uns herhasteten. Drinnen bahnten uns Jugendfürsorgerinnen und Bullen vom Jugendgericht den Weg; Millard öffnete uns eine Tür mit der Aufschrift »Verhörraum«. Ich schloß Lornas Handschellen auf, Sears ging in das Zimmer, stellte Stühle zurecht, verteilte Aschenbecher und Notizblocks. Millard sagte: »Johnny, Sie fahren jetzt zurück zum University Revier und übernehmen dort Telefondienst.«

Fettbalg wollte schon protestieren, überlegte es sich dann aber anders und schaute zu seinem Vater hin. Fritzie nickte zustimmend; mit verletzter Miene stolzierte Johnny aus dem Raum. Fritzie verkündete: »Ich werde jetzt Mr. Loew anrufen. Er muß unbedingt eingeweiht werden.«

Millard sagte: »Nein. Nicht bevor wir eine Aussage haben.«

»Dann überlassen Sie sie mir! Die Aussage haben Sie dann sehr schnell.«

»Es muß eine freiwillige Aussage sein, Sergeant.«

Fritzie lief rot an. »Ich werde so eine verdammte Beleidigung nicht auf mir sitzen lassen, Millard.«

»Sie können auf sich sitzen lassen wollen, was immer Sie möchten. Aber Sie werden jetzt verdammt noch mal tun, was ich Ihnen sage! Was immer Mr. Loew dazu zu sagen oder nicht zu sagen hat, ist das klar?«

Fritzie Vogel war stocksteif stehengeblieben. Er sah aus wie eine H-Bombe in Menschengestalt, kurz vor dem Explodieren, und seine Stimme war der Zünder. »Du hast mit der Dahlie rumgehurt, stimmt's, Mädel? Du und sie, ihr habt eure kleinen Mösen hingehalten. Sag mir, wo ihr gewesen seid an den Tagen, von denen wir nichts wissen.«

Lorna meinte verächtlich: »Fick dich selbst, Charlie.«

Fritzie stapfte auf sie zu; Millard stellte sich zwischen sie. »Ich stelle hier die Fragen, Sergeant.«

Man hätte eine Nadel fallen hören können. Vogel stand auf Tuchfühlung mit Millard. Sekunden verstrichen, dann quäkte

Fritzie: »Sie sind ein gottverdammter schlappärschiger Bolschewik.«

Millard machte einen Schritt nach vorn; Vogel wich einen Schritt zurück. »Raus, Fritzie!«

Vogel ging drei Schritte zurück. Er berührte mit den Hacken die Wand und schaffte es dann doch noch bis zur Tür, die er hinter sich zuwarf. Der Nachhall war lange zu hören. Harry entschärfte dann die Bombe endgültig. »Wie fühlt man sich denn so, Miss Martilkova, der Mittelpunkt von so viel Aufregung zu sein?«

Das Mädchen sagte: »Ich bin Linda Martin«, und strich ihren Rock glatt.

Ich suchte mir einen Stuhl, gab Millard mit den Augen einen Wink und deutete auf die Handtasche, die auf dem Tisch lag und aus der die Filmspule hervorschaute. Der Lieutenant nickte und setzte sich neben Lorna. »Du weißt, daß es hier um Betty Short geht, nicht wahr, Kleine?«

Das Mädchen senkte den Kopf und fing an zu schnüffeln; Harry reichte ihr ein Kleenex. Sie riß es in Streifen und legte sie auf dem Tisch neben sich aus. »Heißt das, daß ich zu meinen Leuten nach Hause zurück muß?«

Millard nickte: »Ja.«

»Mein Dad wird mich durchprügeln. Er ist ein blöder Polacke, und immer besäuft er sich und prügelt mich dann.«

»Kleine, sobald du zurück in Iowa bist, hast du eine Vorstrafe und die Fürsorge kümmert sich um dich. Dann kannst du deiner Fürsorgerin erzählen, daß dein Vater dich prügelt, und die wird dann verdammt schnell dafür sorgen, daß das ein Ende hat.«

»Wenn mein Alter rausfindet, was ich in L. A. getrieben habe, wird er mich mächtig vermöbeln.«

»Er wird gar nicht dahinterkommen, Linda. Ich habe den beiden Polizisten, die gerade gegangen sind, eingeschärft, daß alles, was du sagst, streng vertraulich ist.«

»Wenn Sie mich aber nach Cedar Rapids zurückschicken, werde ich mit Sicherheit gleich wieder abhauen.«

»Da bin ich mir auch ganz sicher. Also, je eher du uns erzählst, was wir über Betty hören wollen und je eher wir dir glauben können, desto früher sitzt du wieder im Zug und kannst dir überlegen, abzuhauen. Das wäre doch ein guter Grund für dich, Linda, ehrlich zu uns zu sein, oder?«

Die Kleine spielte jetzt wieder mit ihrem Kleenex herum. Ich spürte, wie hier ein kleiner, raffinierter Verstand versuchte, alle Winkelzüge mitzumachen, sich alle möglichen Auswege zu überlegen. Schließlich seufzte sie tief auf. »Nennen Sie mich doch Lorna. Wenn ich nach Iowa zurück muß, werde ich mich sowieso wieder daran gewöhnen müssen.«

Millard lächelte; Harry Sears zündete sich eine Zigarette an und ließ den Füllhalter über seinen Stenoblock kreisen. Mein Blut summte unablässig: *nicht Madeleine, nicht Madeleine, nicht Madeleine.*

Russ fragte: »Lorna, bist du bereit, jetzt mit uns zu reden?«

Die vormalige Linda Martin brachte tapfer heraus: »Schießen Sie los!«

Millard fragte sie: »Wann und wo bist du Betty Short begegnet?« Lorna rollte ihre Kleenexstreifen zusammen. »Vergangenen Herbst in diesem Schuppen für Karrieremädchen auf der Cherokee.«

»1842 North Cherokee?«

»Ja, ja, da war es.«

»Und ihr habt euch angefreundet?«

»Ja, stimmt.«

»Sag bitte ja oder nein, Lorna.«

»Ja, wir sind Freundinnen geworden.«

»Was habt ihr denn so gemeinsam unternommen?«

Lorna biß auf ihren Fingerkuppen herum. »Wir haben über Sachen geredet, worüber Mädchen eben so schwatzen. Wir haben Erkundungsgänge gemacht. Wir haben in Bars Drinks und was zu Essen geschnorrt –«

Ich unterbrach sie. »In welcher Art von Bars?«

»Was meinen Sie damit?«

»Ich meine, nette Läden, Kaschemmen, Soldatenkneipen?«

»Oh, nee, einfach Lokale in Hollywood. Lokale, in denen wir sicher sein konnten, daß sie mich nicht nach dem Ausweis fragen würden.«

Mein Blutdruck ging merklich runter. Millard fragte: »Du hast Betty dann von der Pension am Orange Drive erzählt, dem Haus, in dem du untergekommen warst, stimmt's?«

»Mmh – ich meine, ja.«

»Warum ist Betty dann aus dem Haus in der Cherokee ausgezogen?«

»Da wohnten einfach zu viele, und sie hat bei allen Mädchen mal hier, mal da einen Dollar geschnorrt, und alle waren ziemlich sauer auf sie.«

»Ist eine ganz besonders wütend auf sie gewesen?«

»Das weiß ich nicht.«

»Bist du sicher, daß Betty nicht ausgezogen ist, weil sie irgendwelchen Ärger mit einem Freund hatte?«

»Da bin ich mir ganz sicher.«

»Kannst du dich noch an die Namen einzelner Männer erinnern, mit denen Betty im vergangenen Herbst ausgegangen ist?«

Lorna zuckte die Achseln. »Die hatte sie bloß irgendwo aufgerissen.«

»Gib uns doch ein paar Namen, Lorna.«

Das Mädchen zählte an den Fingern ab und beim Dritten machte sie Halt. »Na ja, da waren diese zwei Typen am Orange Drive, Don Leyes und Hal Costa, und dann noch ein Matrose namens Chuck.«

»Und der Nachname von Chuck?«

»Nee, weiß ich nicht, aber er war Maat, ich glaube Bordkanonier.«

Millard wollte ihr gerade die nächste Frage stellen, doch ich hielt die Hand hoch und unterbrach ihn. »Lorna, ich habe kürzlich mit Marjorie Graham gesprochen, und sie erzählte mir, sie hätte dir gesagt, daß die Polizei zum Orange Drive kommen würde, um mit den Mietern dort über Betty zu sprechen. Da bist du abgehauen. Warum?«

Lorna biß einen Nietnagel ab und sog an der Wunde. »Weil ich wußte, wenn das Foto in die Zeitungen kommt mit mir als Bettys engster Freundin, dann würden es meine Eltern sehen, und die Polizei hätte mich dann nach Hause geschickt.«

»Wo bist du hingegangen, als du uns ausgebüchst bist?«

»Ich habe einen Mann in einer Bar getroffen und ihn überredet, mir ein Zimmer in einer Autoraststätte im Valley zu besorgen.«

»Hast du –«

Millard schnitt mir das Wort mit einer Handbewegung ab. »Du hast uns erzählt, daß du und Betty die Besetzungsbüros abgeklappert habt. Habt ihr jemals irgendwo beim Film Arbeit bekommen?«

Lorna verschränkte die Finger in ihrem Schoß. »Nein.«

»Würdest du mir dann sagen, was auf der Filmrolle in deiner Handtasche ist?«

Den Blick zu Boden gerichtet und die Augen voller Tränen, flüsterte Lorna Martilkova: »Es ist ein Film.«

»Ein schmutziger Film?«

Lorna nickte stumm. Von den Kullertränen, die jetzt reichlich flossen, löste sich der Lidschatten auf und hinterließ Schmierspuren auf ihrer Wange; Millard reichte ihr ein Taschentuch. »Schätzchen, du wirst uns wohl alles erzählen müssen, von Anfang an. Also überlege es dir gut und laß dir Zeit. Bucky, bringen Sie ihr ein Glas Wasser.«

Ich ging aus dem Zimmer, fand im Vorraum einen Wasserspender, einen Behälter mit Pappbechern, von denen ich einen vollaufen ließ und in den Verhörraum zurücktrug. Lorna sprach gerade leise und zögernd vor sich hin, als ich den Becher vor ihr auf den Tisch setzte.

»...und ich hing in dieser Bar in Gardena rum. Dieser Mexikaner – Raoul oder Jorge oder so – quatschte mich an. Ich dachte, ich wäre schwanger, und brauchte ganz dringend Geld. Er sagte mir, ich könnte zweihundert Dollar verdienen, wenn ich in einem Pornofilm mitmache.«

Lorna verstummte, trank gierig, holte tief Luft und fuhr

dann fort: »Der Mann sagte dann, er bräuchte noch ein anderes Mädchen. Also rief ich dann Betty in ihrer Bleibe in der Cherokee an. Sie sagte sofort ja, und der Mexikaner und ich haben sie dann abgeholt. Der hat uns dann mit Marihuanazigaretten ganz heiß gemacht. Ich glaube, weil er Angst hatte, wir würden Muffensausen bekommen und kneifen. Wir sind dann runter nach Tijuana gefahren und haben den Film in einem großen Haus außerhalb der Stadt gemacht. Der Mex machte die Beleuchtung und hat die Kamera bedient und hat uns gesagt, was wir machen sollen. Und dann hat er uns zurück nach L. A. gefahren, und das ist wirklich alles, von Anfang an. Also, würden Sie jetzt bitte meine Leute anrufen?«

Ich schaute erst zu Russ und dann zu Harry; sie starrten das Mädchen mit unbewegten Mienen an. In dem Wunsch, meine eigene, private Spur weiterzuverfolgen, fragte ich: »Wann hast du den Film gemacht, Lorna?«

»Das war so um Thanksgiving.«

»Kannst du uns den Mexikaner genauer beschreiben?«

Lorna stierte den Fußboden an. »So ein öliger Mex eben. Vielleicht dreißig, vielleicht vierzig, was weiß ich. Ich war ziemlich weggetreten und kann mich nicht mehr so genau erinnern.«

»Schien er besonders interessiert an Betty?«

»Nein.«

»Hat er eine von euch beiden angefaßt? Ist er grob geworden? Wollte er was von euch?«

»Nein. Er hat uns bloß rumkommandiert.«

»Euch beide?«

Lorna schniefte und wimmerte: »Ja«; mir summte das Blut in den Ohren. Meine Stimme hörte sich in meinen eigenen Ohren hundsgemein an, als sei ich die Puppe eines Bauchredners. »Das war dann also nicht bloß Nackedei-Stoff. Das waren du und Betty, und ihr habt die Lesben gespielt.«

Lorna schluchzte trocken auf und nickte; ich mußte an Madeleine denken und trieb die Fragerei weiter, wobei ich völlig vergaß, in welche Verlegenheit das Mädchen mich noch bringen könnte. »Bist du lesbisch? War Betty lesbisch? Hast du in Lesbenkneipen rumgeschmust?«

Millard fauchte mich an: »Bleichert, lassen Sie das!« Lorna beugte sich in ihrem Stuhl nach vorn, klammerte sich an den sanften, väterlichen Polizisten und drückte ihn leidenschaftlich an sich. Russ sah mich dabei an und machte mit der flachen Hand eine beschwichtigende Geste wie ein Dirigent, der das Orchester auffordert, Vibrato zu spielen. Mit der anderen Hand streichelte er dem Mädchen den Kopf und gab dann Sears ein Zeichen einzuspringen.

Das Mädchen stöhnte auf: »Ich bin nicht lesbisch, ich bin nicht lesbisch. Es war doch bloß dieses eine Mal.« Millard wiegte sie in seinen Armen wie ein Baby.

Sears fragte: »War denn Betty eine Lesbierin, Lorna?«

Mir stockte der Atem. Lorna wischte die Augen am Revers von Millards Jackett trocken und sah dann mich an. Sie sagte: »Ich bin keine Lesbe, und Betty war auch keine. Und wir haben nur in stinknormalen Bars rumgehangen, und es war bloß dieses eine Mal im Film, weil wir beide pleite waren und das Zeug geraucht hatten. Und wenn das je in die Zeitungen kommt, bringt mein Daddy mich um.«

Ich schielte zu Millard hinüber, spürte, daß er ihr die Geschichte abkaufte, und hatte mit einem Mal das sichere Gefühl, daß dieser Nebenaspekt des Falls, bei dem die Lesbierinnen ins Spiel kamen, völlig belanglos war. Harry fragte: »Hat der Mexikaner Betty einen Bildsucher geschenkt?«

Den Kopf an Millards Schulter gelehnt, murmelte Lorna: »Ja.«

»Kannst du dich noch an sein Auto erinnern, an das Fabrikat, die Farbe?«

»Ich ... Ich glaube, es war schwarz und ganz alt.«

»Weißt du noch, in welcher Bar du ihm begegnet bist?«

Lorna hob den Kopf; ich sah, daß ihre Tränen getrocknet waren. »Ich glaube, das war am Aviation Boulevard, ganz in der Nähe, wo all die Flugzeugfabriken sind.«

Ich stöhnte auf; dieser Teil Gardenas war eine zwei Kilometer lange Zeile mit Jukebox-Pinten, Poker-Kaschemmen und Puffs, die unter dem Patronat der Polizei standen. Harry fragte: »Wann hast du Betty zum letzten Mal gesehen?«

Lorna ging jetzt zu ihrem Stuhl zurück und wappnete sich gegen den nächsten Ansturm von Gefühlen – eine beeindrukkend tapfere Reaktion für ein fünfzehnjähriges Kind. »Ich habe Betty ein paar Wochen später zum letzten Mal gesehen, kurz bevor sie aus dem Haus am Orange Drive ausgezogen ist.«

»Weißt du, ob Betty den Mexikaner noch einmal wiedergesehen hat?«

Lorna kratzte auf dem abblätternden Lack ihres Fingernagels herum. »Der Mex war bloß eine Eintagsfliege. Er hat uns bezahlt, hat uns nach L. A. zurückgefahren und ist dann abgetaucht.«

Ich mischte mich wieder ein. »Aber du hast ihn noch einmal gesehen, stimmt's? Er kann nämlich gar keine Gelegenheit gehabt haben, eine Kopie des Films anzufertigen, bevor ihr alle von Tijuana zurückgefahren seid.«

Lorna starrte auf ihre Fingernägel. »Ich bin ihn in Gardena suchen gegangen, als ich das in den Zeitungen von Betty gelesen habe. Er wollte gerade wieder nach Mexiko zurück, und ich habe ihm dann eine Kopie des Films abgeluchst. Sehen Sie ... Er hatte die Zeitungen nicht gelesen, also wußte er auch nicht, daß Betty ganz plötzlich berühmt geworden war. Sehen Sie ... ich stellte mir vor, daß ein Amateurfilm mit der Schwarzen Dahlie ein echtes Sammlerstück sein könnte. Und falls dann die Polizei versuchen sollte, mich zu meinen Leuten nach Hause zu schaffen, hätte ich ihn verkaufen und mir einen Anwalt nehmen können, der mich freigekämpft hätte. Sie geben ihn mir doch zurück, bitte? Sie werden doch verhindern, daß andere Leute sich den ansehen?«

Und das aus Kindermund, dachte ich. Millard sagte: »Du bist noch einmal nach Gardena gegangen und hast den Mann wiedergefunden?«

»Hmm, ich meine, ja.«

»Wo denn?«

»In einer dieser Bars am Aviation Boulevard.«

»Kannst du mir das Lokal beschreiben?«

»Es war dunkel drinnen, und draußen gingen die Lichter immer an und aus.«

»Und er hat dir ganz freiwillig eine Kopie des Films gegeben? Einfach so gratis?«

Lorna schlug die Augen nieder. »Ich hab' es ihm und seinen Freunden gemacht.«

»Kannst du uns dann nicht eine bessere Beschreibung von ihm geben?«

»Er war fett und hatte einen winzigen Pimmel. Er war häßlich, und seine Freunde auch.«

Millard dirigierte Sears zur Tür; Harry ging leise auf Fußspitzen hinaus. Russ sagte: »Wir wollen versuchen, das aus den Zeitungen herauszuhalten, und wir werden den Film vernichten. Nur eine Frage noch, bevor die Wärterin dich nach oben auf dein Zimmer führt. Falls wir dich mit nach Tijuana nehmen – was glaubst du, könntest du dann das Haus wiederfinden, wo der Film gedreht worden ist?«

Kopfschüttelnd erwiderte Lorna: »Nein. Ich will auch nicht noch einmal an diesen gräßlichen Ort. Ich will nach Hause.«

»Damit dein Vater dich prügelt?«

»Nein, damit ich noch mal abhauen kann.«

Sears kam mit einer Wärterin wieder. Die Frau führte die abgebrühte/ sanft anschmiegsame/ jämmerliche/ dreiste Linda/ Lorna aus dem Raum. Harry, Russ und ich schauten einander an; das Traurige, das um dieses Mädchen war, erstickte mich fast. Schließlich sagte der Älteste von uns: »Irgendwelche Anmerkungen dazu?«

Harry ging als erster darauf ein. »Sie hält irgend etwas zurück, was den Mex und diese Hütte in Tijuana angeht. Wahrscheinlich hat er sie durchgeprügelt und gevögelt, und sie hat Angst, daß er sich rächen könnte. Aber abgesehen davon nehme ich ihr die Geschichte ab.«

Russ lächelte. »Und wie ist es mit Ihnen, Sie heller Knabe?«

»Was den Mexiko-Teil angeht, verheimlicht sie uns etwas.

Ich würde denken, daß sie regelmäßig mit ihm gebumst hat, und jetzt will sie ihn vor einer Anklage wegen Verführung Minderjähriger schützen. Ich möchte auch wetten, daß der Kerl ein Weißer ist, daß der angebliche Mex nur ein Ablenkungsmanöver ist, damit sich die Tijuana-Geschichte glaubwürdiger ausnimmt – die ich ihr übrigens auch abkaufe –, weil dieses Nest ein Sammelbecken für diesen ganzen Dreck ist und die meisten Pornohändler, die ich früher festgenommen habe, ihr Zeug von da bezogen haben.«

Millard zwinkerte mir à la Lee Blanchard zu. »Bucky, heute sind Sie aber besonders schlau! Harry, ich möchte, daß Sie sich einmal mit Lieutenant Waters hier unterhalten. Sagen Sie ihm, er möchte das Mädchen für zweiundsiebzig Stunden fest unter Verschluß halten. Ich möchte, daß sie eine Einzelzelle bekommt, und ich möchte, daß Meg Caulfield von Wilshire Clerical hierher beordert wird und die Zellengenossin spielt. Sagen Sie Meg, daß sie alles aus ihr herausholen und alle vierundzwanzig Stunden Bericht erstatten soll.

Sobald du das erledigt hast, rufst du das Archiv der Sitte an, wo sie nach Mexikanern und Weißen suchen sollen, die wegen Verbreitung von Pornographie vorbestraft sind. Und dann rufst du Vogel und Koenig an und schickst sie runter nach Gardena, wo sie die Bars nach Lornas Filmfritzen durchkämmen sollen. Ruf auch im Bureau an und erzähl Captain Jack, daß wir einen kleinen Film mit der Dahlie haben, den wir uns mal ansehen wollen. Ja, und dann ruf die *Times* an und gib ihnen die Geschichte mit dem Schmutz und Schund, bevor Ellis Loew sich wieder mit seinem breiten Arsch draufsetzt. Statt Lorna erwähnst du eine gewisse Jane Doe. Laß sie auch einen Aufruf bringen, daß wir für Hinweise über den Handel mit Pornographie dankbar sind. Und dann pack deine Reisetasche, denn spätabends fahren wir nach Dago und von dort weiter nach Tijuana.«

Ich sagte: »Russ, Sie wissen, daß das ein dickes Ding ist.«

»Ja, das größte, seit Sie und Blanchard sich gegenseitig die Scheiße aus dem Leib geprügelt haben und danach Partner geworden sind. Kommen Sie, Sie kluges Köpfchen! Im Rathaus wird heute abend ein pikanter Film gezeigt.«

Im Einsatzraum waren bereits ein Projektor und eine Filmleinwand aufgebaut worden; die Stars aller Ränge der Polizei waren versammelt, um die Stars des Pornofilms in Aktion zu sehen. Lee, Ellis Loew, Jack Tierney, Thad Green und Polizeichef C. D. Horrall höchstselbst saßen direkt vor der Leinwand; Millard reichte dem Zivilangestellten, der den Projektor bediente, die Filmrolle und murmelte: »Wo bleibt das Popcorn?«

Der große Boß kam auf mich zu und schüttelte mir mit Siegerlächeln die Hand. »Ist mir ein Vergnügen, Sir«, sagte ich.

»Das Vergnügen liegt ganz auf meiner Seite, Mr. Eis, und meine Frau möchte Sie noch nachträglich zu der Gehaltserhöhung beglückwünschen, die Sie und Mr. Feuer für uns herausgeholt haben.« Er zeigte auf den Sitz neben Lee. »Licht aus. Kamera ein. Film ab!«

Ich setzte mich neben meinen Partner. Lee wirkte erschöpft, doch er war auf keinem Pillentrip. Eine *Daily News* lag aufgeschlagen auf seinem Schoß; ich las die Schlagzeile »Kopf des Boulevard-Citizens-Bankraubes morgen in Freiheit – nach acht Jahren Haft wieder in L. A.« Lee bemerkte meinen derangierten Zustand und fragte: »Na, zum Schuß gekommen?«

Ich wollte ihm gerade antworten, als die Lichter ausgingen. Auf der Leinwand tauchte verschwommen ein Bild auf. Zigarettenrauch kräuselte sich im Licht des Projektors. Ein Titel wurde eingeblendet – *Sklavenmädchen aus der Hölle* – dann kam in körnigem Schwarz-Weiß ein großer Raum mit hoher Decke und ägyptischen Hieroglyphen an den Wänden ins Blickfeld. Säulen in Form sich windender Schlangen waren überall im Raum aufgestellt; die Kamera holte zwei Schlangen aus Pappmaché näher heran, jede den Schwanz der anderen in sich hineinwürgend. Dann löste sich das Schlangenbild auf, Betty Short erschien, nur mit Nylonstrümpfen bekleidet, und führte ungeschickt einen Hula-Tanz auf.

Mir zog sich der Magen zusammen. Ich hörte, wie Lee scharf

die Luft einsog. Auf der Leinwand erschien ein Arm, der Betty einen zylindrischen Gegenstand reichte. Sie nahm ihn; die Kamera fuhr näher heran. Es war ein Dildo, dessen Schaft mit Schuppen bedeckt war und aus dessen übergroßem, gekerbtem Kopf Fangzähne ragten. Betty steckte ihn sich in den Mund und sog mit weit offenen Augen und glasigem Blick daran.

Es gab einen plötzlichen Schnitt, und dann kam Lorna, nackt mit gespreizten Beinen auf einem Diwan liegend. Betty erschien auf der Leinwand, und sie kniete sich zwischen Lornas Beine, steckte ihr den Dildo hinein und täuschte hitzigen Sex damit vor. Lorna wand sich und warf ihre Hüften hin und her. Das Bild wurde unscharf, dann kam wieder eine Nahaufnahme – Lorna, die sich in gespielter Ekstase wand. Sogar ein Zweijähriger hätte sagen können, daß sie das Gesicht verzog, um Schreie zurückzuhalten. Betty kam wieder ins Bild, zwischen Lornas Schenkeln kniend. Sie schaute zur Kamera hoch, und man konnte sehen, wie ihre Lippen die Worte formten: »Nein, bitte.« Dann wurde ihr Kopf nach unten gedrückt und ihre Zunge fuhr leckend um den Dildo – die Einstellung war so nahe, daß jede häßliche Einzelheit millionenfach vergrößert schien.

Ich wollte die Augen davor verschließen, doch ich konnte es nicht. Neben mir sagte Chief Horrall ganz ruhig: »Russ, was meinen Sie, glauben Sie, daß das hier etwas mit der Ermordung des Mädchens zu tun hat?«

Millard erwiderte mit heiserer Stimme: »Vielleicht eine Sache mit Fernwirkung, Chief. Der Film wurde im November gedreht, und nach dem, was uns das Martilkova-Mädchen erzählt hat, kommt der Mexikaner als Killer nicht in Frage. Trotzdem muß das überprüft werden. Vielleicht hat der Mex jemandem den Film gezeigt, der dann ganz verrückt nach Betty war. Was ich –«

Lee warf seinen Stuhl um und brüllte: »Wen kümmert das einen Dreck, ob er sie umgebracht hat oder nicht! Ich habe Pfadfinder wegen Kleinigkeiten im Vergleich zu dem hier in die Gaskammer geschickt! Also wenn ihr deswegen nichts unternehmen wollt, *ich* werde es jedenfalls tun!«

Alles saß wie erstarrt. Lee stand vor der Leinwand und kniff im heißen weißen Licht die Augen zusammen. Er fuhr herum und ging wütend auf die Obszönität los; die Leinwand und der Ständer stürzten krachend zu Boden. Betty und Lorna setzten ihre Sexspiele auf einer mit Kreide vollgeschriebenen Wandtafel fort; Lee stürmte davon. Ich hörte, wie hinter mir der Projektor umgeworfen wurde; Millard schrie: »Bleichert, holen Sie ihn zurück!«

Ich stand auf, stolperte, kam wieder hoch, hastete aus dem Einsatzraum und sah gerade noch, wie Lee am Ende des Korridors in den Fahrstuhl stieg. Als die Türen sich schlossen und der Aufzug sich abwärts bewegte, rannte ich zur Treppe, jagte sechs Stockwerke hinunter und hinaus auf den Parkplatz, gerade rechtzeitig, um Zeuge zu werden, wie Lee mit quietschenden Reifen in Richtung Norden auf den Broadway zufuhr. Auf den für das Department reservierten Parkplätzen standen aufgereiht einige ungekennzeichnete Fahrzeuge; ich rannte hinüber und suchte gleich beim ersten unter dem Fahrersitz nach dem Schlüssel. Ich fand ihn tatsächlich. Ich drehte die Zündung, trat aufs Gas und jagte los.

Ich gewann schnell Boden, setzte mich direkt hinter Lees Ford, als er auf dem Sunset Boulevard auf die mittlere Fahrspur wechselte und weiter nach Westen fuhr. Ich drückte dreimal kurz auf die Hupe; er antwortete mit dem Hupsignal des L.A.P.D., das die Bedeutung hatte »Polizei auf Verfolgungsjagd«. Die Wagen vor ihm scherten aus, um ihn durchzulassen. Mir blieb nichts anderes übrig, als meine eigene Hupe zu betätigen und mich an ihn zu hängen.

Wir jagten in rasender Fahrt aus der Innenstadt hinaus, durch Hollywood und über den Cahuenga Paß zum Valley. Als wir auf den Ventura Boulevard einbogen, sah ich Gespenster, als mir bewußt wurde, daß die Lesbenbars ganz in der Nähe waren; als Lee mit quietschenden Bremsen seinen Ford genau vor einer der Bars zum Halten brachte, schluckte ich schwer in einer Welle von Panik und dachte: Er kann doch unmöglich von meinem Edelflittchen wissen! Ausgeschlossen! Bestimmt sind ihm nur bei dem Lesbenfilm die Sicherungen durchgebrannt. Dann sprang Lee aus dem Wagen und drängte sich durch die Tür von *La Vernes Hideaway*. In noch größerer Panik fuhr ich meinen Straßenkreuzer rückwärts in eine Gasse und trat die Bremse; Gedanken an Madeleine und eine Anklage wegen Unterdrückung von Beweismitteln schwirrten in meinem Kopf und sorgten dafür, daß ich meinem Partner auf den Fersen blieb.

Lee stand vor den Nischen voll kesser Väter und zarter Weibchen und stieß brüllend Flüche aus. Mit den Augen suchte ich das Lokal nach Madeleine und dem Barmädchen ab, das ich befragt hatte; als ich sie zu meiner Erleichterung nirgendwo entdeckte, machte ich mich bereit, meinen besten Freund außer Gefecht zu setzen.

»Habt ihr verdammten Mösenleckerinnen einen kleinen Film mit dem Titel *Sklavenmädchen aus der Hölle* gesehen? Kauft ihr diesen Scheißdreck von einem fetten Mexikaner um die Vierzig, ihr –«

Ich packte Lee von hinten in einem Doppelnelson und drehte ihn zum Ausgang hin. Seine Arme waren steif verkrampft und sein Rücken durchgebogen, doch es gelang mir, sein eigenes Gewicht gegen ihn einzusetzen. Wir torkelten nach draußen, stolperten dann gemeinsam in einem Wirbel aus Armen und Beinen und fielen beide auf den Bürgersteig. Ich hielt ihn weiter im Griff, so fest ich konnte, dann hörte ich näherkommende Sirenen, und dann ging mir auf, daß Lee sich gar nicht mehr wehrte – er lag nur noch da und murmelte immer wieder: »Partner.«

Das Sirenengeheul wurde lauter und verstummte dann abrupt; ich hörte Wagentüren zuschlagen. Ich löste meinen Griff von Lee und half ihm, der jetzt schlaff wie eine Lumpenpuppe war, auf die Füße. Ellis Loew stand vor uns.

Loew stand nackte Mordlust im Gesicht. Blitzartig traf mich die Erkenntnis, daß Lees Ausbruch die Folge seiner jammervollen Keuschheit, einer Woche voll Tod und Dope und pornographischen Zwangsvorstellungen sein mußte. Ich konnte mich jetzt sicher fühlen und legte meinem Partner einen Arm um die Schulter. »Mr. Loew, das war nur dieser gottverdammte Film. Lee dachte, daß die Lesben hier uns vielleicht auf die Spur des Mexikaners bringen könnten.«

Loew zischte: »Bleichert, seien Sie still!« Seine ganze Wut richtete sich gegen Lee. »Blanchard, ich habe Sie zur Fahndung geholt! Sie sind mein Mann, und Sie lassen mich vor den zwei mächtigsten Männern des Departments wie einen Trottel aussehen. Das ist kein Lesbenmord. Die beiden Mädchen standen unter Drogeneinfluß und haben sich davor geekelt. Ich habe Sie vor Horrall und Green gedeckt, aber ich weiß nicht, ob ich Ihnen damit auf lange Sicht einen Gefallen getan habe. Wenn Sie nicht Mr. Feuer, der große Lee Blanchard wären, hätte man Sie jetzt vom Dienst suspendiert. Sie nehmen den Short-Fall persönlich, und das verstößt gegen die Grundsätze unseres Berufs, was ich nicht bereit bin, hinzunehmen! Morgen früh tun Sie wieder Dienst bei der Fahndung! Sie melden sich bei mir um acht Uhr und bringen förmliche Entschuldigungsschreiben für Chief Horrall und Chief Green mit. Wenn Ihnen Ihre Pension lieb ist, gebe ich Ihnen den Rat, zu kuschen.«

Lee, der mit hängenden Schultern dastand, sagte: »Ich möchte nach Tijuana, um diesen Schmutzfink aufzustöbern.«

Loew schüttelte den Kopf. »Unter den gegebenen Umständen erscheint mir Ihre Bitte lächerlich. Vogel und Koenig gehen nach Tijuana. Sie sind wieder bei der Fahndung, und Bleichert, Sie bleiben dem Short-Fall zugeteilt. Ich wünsche einen guten Tag, Officers.«

Loew stapfte wütend zurück zu seinem Schwarzweißen; der Streifenfahrer wendete im dichten Verkehr. Lee sagte: »Ich muß mit Kay sprechen.« Ich nickte, und ein Streifenwagen vom Sheriff-Büro fuhr an uns vorbei. Der Cop auf dem Beifahrersitz warf den Lesben, die aufgebracht vor dem Eingang standen, Kußhände zu. Lee ging schleppend auf seinen Wagen zu und murmelte: »Laurie. Laurie, oh Kleine!«

13. Kapitel

Ich zeigte mich am nächsten Morgen um acht Uhr im Büro, weil ich Lee über die Demütigung seiner Zwangsversetzung zur Fahndung hinweghelfen wollte und bereit war, die harten Brocken mit ihm zu teilen, die Ellis Loew ihn zweifellos zwingen würde zu schlucken. Von Chief Green lagen zwei identisch lautende Benachrichtigungen auf unseren Schreibtischen: »Melden Sie sich morgen, am 22. 1. 47, 18.00 Uhr in meinem Büro.« Die von Hand geschriebenen Mitteilungen wirkten unheilverkündend.

Lee meldete sich um acht nicht zum Dienst; ich hockte während der nächsten Stunde an meinem Schreibtisch, stellte mir vor, wie beunruhigt er über Bobby De Witts Freilassung sein mußte, er, der Gefangene seiner eigenen Gespenster, um seine Rechtfertigung als Gespensterjäger gebracht, jetzt, da man ihn vom Dahlien-Fall abgezogen hatte. Durch die Trennwand zum Büro des Bezirksanwalts hörte ich Loew am Telefon mit den Herausgebern der Stadtausgaben des *Mirror* und der *Daily News* belfern und betteln, republikanischen Schlachtrossen, denen man nachsagte, daß sie seinen politischen Zielen wohlwollend gegenüberstanden. Das Gespräch lief darauf hinaus, daß er ihnen versprach, der *Times* und dem *Herald* durch Insider-Informationen über den Dahlien-Fall das Wasser abzugraben, allerdings unter der Voraussetzung, daß sie Einzelheiten aus Bettys anrüchigem Vorleben herunterspielten und sie als ein liebes, wenngleich etwas fehlgeleitetes Mädchen portraitierten. Den selbstzufriedenen Abschiedsworten entnahm ich, daß die Zeitungsleute darauf einsteigen wollten und es ihm abkauften, als er sagte: »Je mehr Sympathie wir auf das Mädchen ziehen, desto mehr Rückenwind bekommen wir, wenn ich den Killer unter Anklage stelle.«

Als Lee um zehn noch nicht aufgetaucht war, ging ich in den Einsatzraum und las mich durch die immer mehr anschwellende E. Short-Akte, da ich mich vergewissern wollte, daß Madeleines Name nirgendwo erwähnt wurde. Zwei Stunden und zweihundert Aktenblätter später konnte ich zufrieden sein. Unter den Hunderten von Befragten war ihr Name nicht aufgeführt, und es gab auch keinerlei Hinweise auf sie. Die einzige Erwähnung von Lesbierinnen, die sich darin fand, war offensichtlich verrücktes Geschwätz – religiöse Irre mit wütenden telefonischen Denunziationen über Mitglieder rivalisierender Sekten, über »lesbische Nonnen«, die das Mädchen Papst Pius XII. als Opfer darbringen wollten, und »Lesben, die antichristliche kommunistische Zeremonien abhalten«.

Auch gegen Mittag war Lee noch nicht erschienen. Ich rief im Haus an, im Mannschaftsraum von University und im *El Nido Hotel,* jedesmal erfolglos. Weil ich den Eindruck erwekken wollte, schwer beschäftigt zu sein, damit niemand mich auf irgendeine Sache ansetzen konnte, ging ich die Anschlagbretter durch und las Abschlußberichte.

Russ Millard hatte vor seiner Abreise nach San Diego und Tijuana gestern abend seinen Bericht ergänzt und auf den letzten Stand gebracht. Darin stand, daß er und Harry Sears die Täterkartei und das Archiv der Sitte nach überführten oder tatverdächtigen Pornographiehändlern durchkämmen und in Tijuana Erkundungen über die Sexfilmhersteller einziehen wollten. Vogel und Koenig war es nicht gelungen, Lorna Martilkovas »Mexiko-Mann« in Gardena dingfest zu machen, und auch sie sollten als Verstärkung mit nach Tijuana kommen, um die Szene der Pornomacher aufzuhellen. Gestern war die offizielle Leichenschau abgehalten worden; Elizabeth Shorts Mutter hatte die sterblichen Überreste ihrer Tochter identifiziert. Marjorie Graham und Sheryl Saddon hatten über Bettys Leben in Hollywood ausgesagt, Red Manley hatte noch einmal bestätigt, daß er Betty von Dago hierher gefahren und am 10. Januar vor dem Biltmore-Hotel abgesetzt hatte. Intensive Nachforschungen im Bereich des Biltmore hatten bislang keine Bestätigung dafür erbracht, daß sie dort gesehen worden war. Immer noch wurden die Strafakten von Triebtätern und polizeibekannten Sexualstraftätern durchkämmt. Die vier geisteskranken Bekenner wurden noch immer im City Jail festgehalten, warteten dort auf die Überprüfung ihrer Alibis, amtsärztliche Untersuchungen und weitere Verhöre. Der Zirkus lief wieder auf Hochtouren. Telefonische Hinweise gingen ein, die wiederum Zeugenbefragungen aus dritter und vierter Hand auslösten – Polizisten sprachen mit Personen, die Leute kannten, die ihrerseits Leute kannten, die die exzentrische Dahlie gekannt hätten. Es war eine einzige große Suche nach der sprichwörtlichen Stecknadel im Heuhaufen.

Ich ging ich zurück in meinen Verschlag. Madeleine ging mir durch den Kopf; ich nahm den Hörer ab und rief sie an.

Beim dritten Läuten ging sie ran. »Hier Villa Sprague.«

»Ich bin es. Wollen wir uns treffen?«

»Wann?«

»Jetzt gleich. Ich hole dich in fünfundvierzig Minuten ab.«

»Komm nicht hierher, Daddy hat eine geschäftliche Verabredung zum Essen. Sollen wir uns im *Red Arrow* treffen?«

Ich seufzte. »Weißt du, ich habe eine eigene Wohnung.«

»Ich bumse nur in Motels. Das ist eine der Idiosynkrasien eines reichen Mädchens. Zimmer elf im Arrow, in fünfundvierzig Minuten.«

Ich sagte: »Ich werde da sein« und legte auf. Ellis Loew klopfte gegen die Trennwand. »An die Arbeit, Bleichert, Sie haben den ganzen Morgen nur herumgebummelt, und Sie gehen mir auf die Nerven. Und falls Sie Ihren Phantom-Partner zu Gesicht bekommen, sagen Sie ihm, daß sein Nichterscheinen ihm drei Tage Gehaltskürzung eingebracht hat. Jetzt suchen Sie sich einen Funkwagen und schwirren Sie ab.«

Ich schwirrte direkt zum *Red Arrow Hotel*. Madeleines Pakkard war im Durchgang hinter den Bungalows geparkt; die Tür zu Zimmer elf war unverschlossen. Ich ging hinein, konnte ihr Parfum riechen und blinzelte in die Dunkelheit, bis mich ein Kichern belohnte. Mich auskleidend, gewöhnte ich mich langsam an das Dämmerlicht; ich erblickte Madeleine – meinen nackten Leitstern auf zerknitterten Laken.

Unser Zusammenprall war von einer Heftigkeit, daß die Sprungfedern auf den Boden stießen. Madeleine küßte sich abwärts, bis sie zwischen meinen Beinen war, ihn mir hart machte und sich dann schnell auf den Rücken legte. Ich drang in sie ein und mußte dabei an Betty und das schlangenähnliche Ding denken. Dann löschte ich das Bild aus, indem ich mich auf die geriffelte Tapete dicht vor meinen Augen konzentrierte. Ich wollte es langsam angehen lassen, doch Madeleine keuchte: »Halt nicht zurück, ich bin soweit!« Ich stieß fest zu, wir prallten aufeinander, mit den Händen umklammerte ich die Bettumrandung. Madeleine legte klammernd die Beine um meine Hüften, griff nach den Streben am Kopfende und drückte, zog und krümmte sich mir entgegen. Wir kamen im Abstand von nur wenigen Sekunden, bewegten uns krampfartig langsam auf den rauschhaften Kontrapunkt zu; als mein Kopf auf das Kissen zurückfiel, mußte ich hineinbeißen, um mein Zittern zu unterdrücken.

Madeleine glitt unter mir weg. »Liebling, stimmt auch alles mit dir?«

Ich sah wieder das Schlangending. Madeleine kitzelte mich; ich drehte mich um und schaute sie an, um es zum Verschwinden zu bringen. »Lächle mich an! Schau mir weich und liebevoll in die Augen!«

Madeleine grinste mich an wie eine freche Göre. Ihr verschmierter tiefroter Lippenstift erinnerte mich an das Todeslächeln der Dahlie; ich schloß die Augen und zog sie heftig an mich. Sie streichelte mich sanft und murmelte: »Bucky, was ist mit dir?«

Ich starrte auf die Fenstervorhänge. »Gestern haben wir Linda Martin aufgegriffen. Sie hatte die Kopie eines Pornofilms in ihrer Handtasche, in dem sie und Betty Short Lesben spielten. Gedreht worden ist er drüben in Tijuana mit allem Geisterspuk und drum und dran. Mir hat es einen Schauder eingejagt, und für meinen Partner war es noch schlimmer.«

Madeleine hörte auf, mich zu streicheln. »Hat Linda mich erwähnt?«

»Nein. Und ich habe sämtliche Berichte zum Fall durchgesehen, nirgendwo wird deine kleine Botschaft auch nur mit einem Wort erwähnt. Aber wir haben eine Polizistin zu dem Mädchen in die Zelle gesteckt, die es aushorchen soll, und falls die Kleine plaudert, bist du erledigt.«

»Ich mache mir darum keine großen Sorgen, Liebling. Linda kann sich an mich vermutlich nicht einmal mehr erinnern.«

Ich drehte mich so, daß ich Madeleine aus der Nähe beobachten konnte. Ihr Lippenstift war ein blutiger Strich, und ich tupfte ihn mit dem Kissen weg. »Babe, ich halte deinetwegen Beweismittel zurück. Ich bin voll entschädigt mit dem, was ich dafür bekomme, aber es spukt mir doch dauernd im Kopf herum. Also sag mir auch wirklich alles, was gewesen ist. Ich bitte dich nur dieses eine Mal darum. Gibt es etwas zwischen dir und Betty und Linda, wovon du mir nicht erzählt hast?«

Madeleine strich mit ihren Fingern über meinen Brustkorb und erforschte die Narben, die ich aus dem Blanchard-Kampf davongetragen hatte. »Liebling, Betty und ich haben uns ein einziges Mal geliebt, nur das eine Mal im vergangenen Sommer, als wir einander begegnet sind. Ich habe es nur gemacht, um mal zu fühlen, wie es ist, mit einem Mädchen zusammen zu sein, das mir so ähnlich sieht.«

Ich hatte das Gefühl, unaufhaltsam in die Tiefe zu stürzen als würde das Bett unter mir weggezogen. Madeleine sah aus wie ein Gesicht am Ende eines Tunnels, wie festgehalten und ferngehalten durch einen raffinierten Kameratrick. Sie sagte: »Bucky, das ist auch schon alles. Ich schwöre dir, das ist wirklich alles!« Ihre Stimme schien dabei zitternd aus dem Nichts heranzuwehen. Ich stand auf und zog mich an, und erst als ich meinen .38er umschnallte und die Handschellen einhakte, hatte ich das Gefühl, endlich nicht mehr im Treibsand zu stekken.

Madeleine bettelte: »Bleib, Liebling, bleib!« Ich ging aus der Tür, bevor ich ihr nachgeben konnte. In meinem Streifenwagen stellte ich das Funkgerät auf Empfang und hoffte auf die alten vertrauten Polizeigeräusche, die mich ablenken könnten.

Der Mann in der Zentrale bellte: »Alarmstufe vier für alle Einheiten nahe Crenshaw und Stocker. Klarer Fall von Raub, zwei Tote, auch der Verdächtige tot, Wagen 4/A/82 berichtet, daß es sich bei dem Verdächtigen um Raymond Douglas Nash handelt, ein Weißer, seit längerem flüchtig. Haftbefehl Nummer –«

Ich riß das Funkmikrophon heraus, drehte die Zündung, trat auf das Gas, ließ die Sirene aufheulen, und das alles, wie mir schien, in einer einzigen Bewegung. Als ich von der Bordsteinkante schoß, hörte ich Lee beruhigend sagen: »Sag bloß, du wüßtest nicht selbst, daß das tote Mädchen ein fetterer Brokken ist als Junior Nash«; auf der Jagd zurück in die Innenstadt sah ich mich, wie ich vor den Gespenstern meines Partners um Vergebung bittend einen Kotau machte, obwohl ich genau wußte, daß der Killer aus Oklahoma ein notorischer Mörder war. Als ich mit quietschenden Reifen auf den Parkplatz der Hall bog, sah ich Lee zappeln, strampeln, schlagen, zerren und mich schütteln, um seinen Willen durchzusetzen; als ich zum Büro hinaufstürzte, sah ich rot.

Ich kam aus dem Treppenhaus und brüllte: »Blanchard!« Dick Cavenaugh, der gerade von den Haftzellen kam, zeigte auf die Tür zur Toilette. Ich trat die Tür auf; Lee stand am Waschbecken und wusch sich die Hände.

Er hielt sie hoch, um mir das Blut zu zeigen, das aus Schürfwunden an den Knöcheln tropfte. »Ich habe gegen eine Wand gehauen, zur Sühne wegen Nash.«

Das reichte mir nicht. Ich ließ meiner blinden Wut freien Lauf, hämmerte auf meinen besten Freund ein, bis meine eigenen Hände kaputt waren und er besinnungslos vor mir am Boden lag.

14. Kapitel

Den ersten Bleichert-Blanchard Kampf zu verlieren, machte mich zur lokalen Berühmtheit, brachte mir den Job bei der Fahndung und annähernd neuntausend Dollar in bar; den Rückkampf gewonnen zu haben, brachte mir ein verstauchtes linkes Handgelenk, zwei angeschlagene Knöchel und einen Tag im Bett ein, ganz benommen von einer allergischen Reaktion auf die Codein-Pillen, die Captain Jack mir verabreicht hatte, nachdem ihm die Schlägerei zu Ohren gekommen war und er gesehen hatte, wie ich mir in meinem Verschlag die Faust zu verbinden versuchte. Das einzig Gute, das mir mein »Sieg« einbrachte, war eine vierundzwanzigstündige Atempause vom Fall Elizabeth Short; aber das Schlimmste stand mir noch bevor – mich mit Lee und Kay zusammenzusetzen, um zu sehen, ob unser Dreiergespann noch zu retten war, ohne allzu viele Zugeständnisse machen zu müssen.

Ich fuhr Mittwoch nachmittag zum Haus, am Tag des einwöchigen Jubiläums des Dahlien-Mordes, nachdem sie zu trauriger Berühmtheit aufgestiegen war. Die Vorstellung bei Thad Green war für sechs Uhr abends angesetzt, und falls es eine Gelegenheit gab, noch zuvor mit Lee ins reine zu kommen und unsere Partnerschaft zu flicken, mußte ich es jetzt versuchen.

Die Eingangstür stand offen; auf dem Kaffeetisch lag eine Nummer des *Herald*, auf den Seiten zwei und drei aufgeschlagen. Sie waren voll mit dem ganzen Müll meines chaotischen Lebens – dem Dahlienfall, dem gemeinen Gesicht Bobby De Witts, der auf Heimatkurs war, Junior Nash, der von einem Detective des Sheriff-Büros außer Dienst niedergeschossen worden war, nachdem er einen Laden mit japanischen Spezialitäten ausgeraubt, den Besitzer und seinen vierzehnjährigen Sohn umgebracht hatte.

»Wir sind berühmt, Dwight.«

Kay stand im Flur. Ich lachte; in meinen angebrochenen Knöcheln pochte der Schmerz. »Vielleicht ist das bei uns ein Dauerzustand. Wo ist Lee?«

»Ich weiß nicht. Er war bis gestern nachmittag hier.«

»Du weißt, daß er in Schwierigkeiten steckt, wie?«

»Ich weiß, daß du ihn zusammengeschlagen hast.«

Ich ging zu ihr. Kays Atem roch nach vielen Zigaretten. Ihr Gesicht war vom Weinen verquollen. Ich nahm sie in die Arme; auch sie umarmte mich und sagte: »Ich mache dir deswegen keinen Vorwurf.«

Ich verwuschelte ihr das Haar. »De Witt ist inzwischen wahrscheinlich in L. A. Falls Lee heute abend nicht zurück ist, komme ich und bleibe bei dir.«

Kay entzog sich mir. »Komm nicht, es sei denn, du möchtest mit mir schlafen.«

»Ich sagte: »Kay, ich kann nicht!«

»Warum? Wegen des Nachbarmädchens, mit dem du gehst?«

Mir fiel die Lüge ein, die ich Lee aufgetischt hatte. »Jaaa ... Nein, deswegen nicht. Es ist nur einfach so, daß ...«

»Es ist was, Dwight?«

Ich drückte Kay so an mich, daß sie mir nicht in die Augen sehen und mich nicht dabei ertappen konnte, daß die eine Hälfte dessen, was ich ihr zu sagen hatte, mich zum Kind machte, während ich bei der anderen Hälfte als Lügner dastand. »Es ist eben so, daß du und Lee meine Familie seid, und Lee ist mein Partner, und solange wir die Schwierigkeiten, in denen er jetzt steckt, nicht geregelt bekommen und wissen, ob wir noch immer Partner sein können, ist es nicht gut und richtig, wenn du und ich zusammen sind. Das Mädchen, mit dem ich mich treffe, bedeutet mir nichts. Nein wirklich, überhaupt nichts.«

Kay sagte: »Du hast einfach Angst vor allem, was nicht mit Boxkampf und Cops und Revolvern und *all dem* zu tun hat« und legte die Arme noch fester um mich. Ich ließ mich von ihr halten und wußte, daß sie den Nagel auf den Kopf getroffen hatte. Dann löste ich mich von ihr und fuhr in die Innenstadt zurück zu »all dem«.

Die Uhr in Thad Greens Warteraum ging auf sechs, und Lee war noch nicht da; um sechs Uhr eins öffnete Greens Assistent die Tür und führte mich hinein. Der Chief of Detectives schaute von seinem Schreibtisch hoch. »Wo ist Blanchard? Ihn wollte ich eigentlich hier sehen.«

Ich sagte: »Ich weiß es nicht, Sir« und blieb in Habacht-Stellung stehen; Green deutete auf einen Stuhl. Ich setzte mich, und der C.O.D. starrte mich grimmig an. »Ich gebe Ihnen genau fünfzig Worte, mir das Verhalten Ihres Partners von Montag abend zu erklären. Los.«

Ich sagte: »Sir, Lees kleine Schwester wurde ermordet, als er noch ein Junge war, und der Dahlien-Fall ist für ihn geradezu zu einer Besessenheit geworden. Bobby De Witt, der Mann, den er wegen des Boulevard-Citizens-Raubes hinter Gitter gebracht hat, ist gestern entlassen worden. Und vor einer Woche erst haben wir diese vier Strolche erschossen. Der Auslöser war dann der Pornofilm. Der hat Lee vollends den Rest gegeben, und er hat den ganzen Wirbel in der Lesbenbar veranstaltet, weil er glaubte, er könnte so eine Spur zu dem Mann finden, der den Film gemacht hat.«

Green nickte vor sich hin. »Sie hören sich an wie ein Winkeladvokat, der die Handlungsweise seines Mandanten zu rechtfertigen sucht. In meiner Abteilung kommt ein Mann mit seinem Gefühlsballast ins reine, bevor er sich die Dienstmarke ansteckt, oder er muß gehen. Und nur damit Sie wissen, daß ich nicht ganz ohne Verständnis für seine Handlungsweise bin, sage ich Ihnen jetzt folgendes: Ich suspendiere Blanchard für die Dauer eines Disziplinarverfahrens, aber nicht wegen des Blödsinns von Montag abend. Ich suspendiere ihn wegen eines Memos, das er eingereicht hat und in dem er feststellt, sichere Erkenntnisse darüber zu haben, daß Junior Nash sich nicht mehr in unserem Amtsbereich aufhält. Ich glaube, das war eine glatte Falschmeldung. Was meinen Sie, Officer?«

Ich spürte, wie mir die Beine zu zittern begannen. »Ich habe es geglaubt, Sir.«

»Dann sind Sie offenbar doch nicht so intelligent, wie Ihre

Noten an der Polizeiakademie glauben machen. Sobald Sie Blanchard sehen, richten Sie ihm aus, daß er seinen Revolver und seine Dienstmarke abzugeben hat. Sie befassen sich weiter mit Ermittlungen im Short-Fall, und bitte, lassen Sie in Zukunft gefälligst die Finger von städtischem Eigentum. Guten Abend, Officer.«

Ich stand auf, salutierte und retirierte aus dem Amtszimmer, wobei ich meine militärische Haltung beibehielt, bis ich auf dem Flur war und zum Einsatzraum hinüberging. Ein Telefon zu mir heranziehend, rief ich im Haus, dann im Mannschaftsraum von University und im *El Nido Hotel* an – und zog jedesmal eine Niete. Dann kam mir ein finsterer Verdacht, und ich wählte die Nummer der Bewährungsstelle.

Ein Mann antwortete: »Los Angeles County Parole, womit kann ich dienen?«

»Hier ist Officer Bleichert L.A.P.D. Ich brauche die Anschrift eines erst kürzlich Strafentlassenen.«

»Legen Sie los, Officer.«

»Robert »Bobby« De Witt. Gestern aus Quentin gekommen.«

»Das ist einfach. Er hat sich bisher noch nicht bei seinem Bewährungshelfer gemeldet. Wir haben den Busbahnhof in Santa Rosa angerufen und herausgefunden, daß De Witt keine Fahrkarte nach L. A., sondern eine nach San Diego mit Anschluß nach Tijuana gekauft hat. Wir haben noch keinen Suchbefehl nach ihm herausgegeben. De Witts Bewährungshelfer vermutet, daß er nach Tijuana gegangen sein könnte, um zu bumsen. Er will ihm bis morgen früh Zeit geben, sich zu melden.«

Ich legte auf, erleichtert darüber, daß De Witt nicht direkt nach L. A. zurückgekehrt war. In der Absicht, mich auf die Suche nach Lee zu machen, nahm ich den Aufzug hinunter zum Parkplatz und entdeckte Russ Millard und Harry Sears, die gerade die Treppe zum Hintereingang hinaufgingen. Russ bemerkte mich und winkte mich heran; ich trottete zu ihnen hinüber.

Ich fragte: »Was ist los gewesen in T. J.?«

Harry, dessen Atem nach Sen-Sen duftete, antwortete: »Der Pornofilm – Fehlanzeige. Wir haben das Haus gesucht und konnten es nicht finden. Wir haben uns ein paar Pornohändler vorgeknöpft – wieder Fehlanzeige. Wir haben einige Bekannte der Short in Dago überprüft – dritte Fehlanzeige. Ich –«

Millard legte seinem Partner seine Hand auf die Schulter. »Bucky, Blanchard hält sich in Tijuana auf. Jemand von der Grenzpolizei, mit dem wir gesprochen haben, hat ihn gesehen und nach all dem Rummel um den Boxkampf wiedererkannt. Er soll sich mit einer üblen Bande von Rurales eingelassen haben.«

Ich mußte an De Witts Reiseziel Tijuana denken und rätselte herum, warum Lee wohl den Wunsch gehabt haben sollte, mit der mexikanischen Staatspolizei zu sprechen. »Wann?«

Sears sagte: »Gestern abend. Loew und Vogel und Koenig sind auch da unten im *Divisidero Hotel.* Sie haben die Cops in Tijuana befragt. Russ glaubt, daß sie sich da unten ein paar verdächtige Typen vornehmen, denen sie den Mord an der Dahlie anhängen können.«

Vor meinem inneren Auge sah ich Lee auf der Jagd nach dämonischen Unholden; ich sah ihn blutig mir zu Füßen liegen und schauderte. Millard erklärte: »Was reiner Blödsinn ist, weil Meg Caulfield die wahre Geschichte über den Schmutzfink mit den Pornofilmen aus dem Martilkova-Mädchen herausgeholt hat. Er ist ein Weißer namens Walter »Duke« Wellington. Wir haben sein Strafregister bei der Sitte eingesehen, und er ist ein paarmal wegen Verbreitung von Pornographie vorbestraft. Das wäre soweit alles schön und gut, doch Captain Jack hat einen Brief von Wellington bekommen, der vor drei Tagen aufgegeben wurde. Er hält sich versteckt, weil ihn die ganze Publicity im Dahlien-Fall kopfscheu gemacht hat. Aber er gibt darin zu, den Film mit Betty Short und Lorna gemacht zu haben. Er hatte Angst, wegen des Mordes hopsgenommen zu werden. Also schickte er in allen Einzelheiten ein Alibi für die Tage, an denen Betty verschwunden war. Jack hat es persönlich überprüft, und es ist wasserdicht. Wellington hat eine Kopie seines Briefes an den *Herald* geschickt, und sie werden ihn morgen veröffentlichen.«

Ich sagte: »Also hat Lorna gelogen, um ihn zu schützen?«

Sears nickte. »Genau so sieht es aus. Allerdings wird Wellington noch immer wegen Zuhälterei gesucht. Und Lorna wurde dann mit einem Mal ganz zugeknöpft, als ihr aufging, was Meg von ihr wollte. Aber hier kommt nun das Tollste: Wir haben Loew angerufen, um ihm mitzuteilen, daß die Sache mit dem Mexikaner eine Finte war. Aber ein Vertrauensmann bei den Rurales hat uns erzählt, daß Vogel und Koenig noch immer Verdächtige vernehmen.«

Der Zirkus entwickelte sich immer mehr zur Farce. Ich sagte: »Wenn sich durch den Brief an die Zeitung ihr Ausflug nach Mexiko als Windei herausstellt, werden sie hier die kleinen Schmutzfinken hochnehmen. Wir sollten unsere Informationen nicht mehr an sie weitergeben. Lee ist jetzt zwar suspendiert, aber er hat eine Kopie der gesamten Akte angefertigt und sie in einem Hotelzimmer in Hollywood in Sicherheit gebracht. Wir sollten versuchen, es zu halten und unser Zeug dort zu lagern.«

Millard und Sears nickten bedächtig. Aber jetzt rückte ich mit der echten Hiobsbotschaft heraus. »Die Bewährungsstelle sagt, daß Bobby De Witt eine Fahrkarte nach Tijuana gekauft hat. Wenn Lee auch da unten ist, könnte es Ärger geben.«

Millard schauderte. »Das gefällt mir ganz und gar nicht. De Witt ist ein ganz übler Kunde, und vielleicht hat er herausgefunden, daß Lee dorthin wollte. Ich werde die Grenzpolizei anrufen und anweisen, daß sie ihn festnehmen sollen.«

Plötzlich ging mir auf, daß alles an mir hängenbleiben würde. »Ich werde gehen.«

15. Kapitel

In der Morgendämmerung überschritt ich die Grenze. Tijuana erwachte gerade zum Leben, als ich auf die Hauptstraße, die Revolucion, einbog. Bettelnde Kinder wühlten in Mülltonnen nach etwas Eßbarem zum Frühstück. Taco-Verkäufer rührten in Töpfen von Hundegulasch. Matrosen und Marinesoldaten wurden am Ende ihres Landgangs aus unzähligen Puffs eskortiert. Die, die gewitzter waren, torkelten über die Calle Colon und kauften bei Schwarzhändlern Penicillin; die Dummköpfe hatten es eilig, in den Osten Tijuanas zu kommen, ins *Blue Fox* und den *Chicago Club* – zweifellos begierig, die erste Morgenvorstellung der Donkey-Show noch mitzubekommen. Touristenautos waren bereits in Massen vor billigen, verkommenen Kaschemmen vorgefahren. Rurales in Vorkriegs-Chevys kreuzten in ihren schwarzen Uniformen, die ungute Erinnerungen an Nazis wachriefen, rastlos durch die Stadt.

Auch ich fuhr umher und hielt Ausschau nach Lee und seinem Ford, Baujahr 1940. Ich dachte schon daran, vor dem Häuschen der Grenzwachen zu halten oder vor dem Revier der Rurales, doch noch rechtzeitig fiel mir ein, daß mein Partner ja vom Dienst suspendiert, illegal bewaffnet war und möglicherweise unter so großer innerer Anspannung stand, daß ein falsches Wort von der falschen Person ihn zu Gott weiß was hinreißen konnte. Da ich mich von früheren Schulausflügen aus meiner High-School-Zeit noch an das *Divisidero Hotel* erinnern konnte, fuhr ich hinaus zum Stadtrand, um mir bei Amerikanern Hilfe zu holen.

Die rosa Monstrosität im Art-Deco-Stil stand auf einer Anhöhe mit Blick auf eine Stadt aus Wellblechhütten. Ich schüchterte den Empfangsportier ein; er teilte mir mit, daß sich die »Loew-Gesellschaft« in Suite 462 befinde. Ich traf sie im hinteren Teil des Erdgeschosses, wo hinter einer Tür wütende Stimmen nach draußen drangen.

Fritzie Vogel kreischte: »Ich sage immer noch, daß wir einen Spitzel anheuern sollten! Im Brief an den *Herald* steht nichts von einem Pornofilm, sondern nur, daß Wellington die Dahlie und das andere Mädchen im November getroffen hat. Wir können noch immer –«

Ellis Loew brüllte zurück: »Das können wir eben nicht! Wellington hat Tierney gegenüber zugegeben, daß er den Film gemacht hat. Er hat die Leitung bei diesen Ermittlungen, und wir können nicht über seinen Kopf hinweg handeln.«

Ich öffnete die Tür und erblickte Loew, Vogel und Koenig, die auf Stühlen hockten und die letzte Ausgabe des *Herald* aufgeschlagen auf den Knien hielten. Der Wortwechsel zwischen ihnen verstummte unvermittelt; Koenig sperrte den Mund weit auf; Loew und Vogel murmelten gleichzeitig: »Bleichert.«

Ich sagte: »Hört auf mit dem verdammten Geschwätz über die verdammte Dahlie. Lee ist hier in der Stadt, Bobby De Witt ist auch hier, und es wird einen Tanz geben, hier –«

Loew sagte: »Der verdammte Blanchard ist suspendiert!« Ich stürzte mich auf ihn. Koenig und Vogel bauten sich schützend vor ihm auf; der Versuch, sie zu überwinden, war so, als stoße man gegen eine Ziegelwand. Der Bezirksstaatsanwalt flüchtete sich auf die andere Seite des Zimmers, Koenig hielt meine Arme fest, Vogel legte mir die Hände vor die Brust und schob mich nach draußen. Loew schoß durch die Tür giftige Blicke auf mich ab, während Fritzie mir das Kinn hochdrückte. »Ich habe eine Schwäche für Halbschwergewichtler. Falls du mir versprichst, Billy nicht zu schlagen, werde ich dir dabei helfen, deinen Partner zu finden.«

Ich nickte, und Koenig ließ mich frei. Fritzie sagte: »Wir nehmen meinen Wagen. Du siehst mir nicht so aus, als wärst du in der Verfassung, selbst zu fahren.«

Fritzie fuhr, während ich mich umschaute. Er schwatzte unablässig weiter über den Short-Fall und über den Lieutenant-Rang, den er ihm unweigerlich einbringen würde; ich sah von Bettlern umschwärmte Turistas, Nutten, die auf den Vordersitzen von Autos ihren Fahrern einen bliesen, und geckenhaft aufgemachte Jugendliche auf der Suche nach Besoffenen, die sie ausnehmen konnten. Nach vier Stunden ergebnisloser Suche wurden die Straßen derart verstopft, daß kein Vorwärtskommen mehr war, und wir stiegen aus und gingen zu Fuß.

Zu Fuß war der Wirbel um uns herum noch schlimmer. Die Bettelkinder sprangen einem direkt ins Gesicht, schnatterten laut und streckten Kruzifixe vor. Fritzie trat fluchend nach ihnen, doch ihre von Hunger gezeichneten Gesichter gingen mir durch und durch, so daß ich mir für einen Fünfer Peso-Münzen geben ließ, die ich mit vollen Händen in den Rinnstein warf, sobald eine Gruppe von Bettlern uns einkreiste. Sie spritzten auseinander, kratzten, bissen und prügelten, doch das war immerhin besser, als eingesunkene Augen zu sehen, die ins Nichts starrten.

Nach einer Stunde Umherlaufen immer noch kein Lee, nirgendwo sein 40er Ford und keine Gringos, die Ähnlichkeit mit Bobby De Witt hatten. Dann sprach mich ein Rurale in Schwarzhemd und Schaftstiefeln an, der in einer Einfahrt herumlungerte. Fragend sagte er: »Policia?«, und ich blieb stehen und zeigte ihm meine Dienstmarke.

Der Cop wühlte in seinen Taschen und zog ein Telex mit einem Rasterbild hervor. Es war so verschwommen, daß kaum etwas zu erkennen war, doch der Name Robert Richard De Witt war überdeutlich zu lesen. Fritzie schnippte wohlwollend an die Epauletten des Cops. »Wo, Admiral?«

Der Mexikaner schlug die Hacken zusammen und bellte: »Estacion, vamanos!«

Er ging vor uns her und bog in eine Gasse ein, die von Kliniken für Geschlechtskrankheiten gesäumt war, und deutete schließlich auf einen Schuppen aus Fertigteilen, der rundum mit Stacheldraht abgesichert war. Fritzie drückte ihm einen Dollar in die Hand; der Mex verabschiedete sich mit einem Mussolini-Gruß, machte auf dem Absatz kehrt und stiefelte davon. Ich lief auf die Wachstation zu und mußte an mich halten, um nicht zu rennen.

Vor dem Eingang standen Rurales mit Maschinenpistolen

Wache. Ich zeigte meine Marke vor; sie schlugen die Hacken zusammen und ließen mich hinein. Fritzie holte mich drinnen ein; mit einer Dollarnote wedelnd, ging er direkt auf den Empfangsschalter zu. Der Cop dahinter schnappte sich das Geld, und Fritzie sagte: »Fugitivo? Americano? De Witt?«

Der Mann hinter dem Schalter lächelte, legte einen Schalter dicht neben seinem Stuhl um, und an der Längswand des Raumes sprangen klickend vergitterte Türen auf. Zu mir gewandt, sagte Fritzie: »Was genau wollen wir eigentlich von dem Dreckskerl wissen?«

Ich erklärte es ihm: »Lee ist hier und wahrscheinlich jagt er auf eigene Faust einer Spur nach. De Witt ist direkt von Quentin aus hierher gefahren.«

»Ohne sich bei seinem Bewährungshelfer zu melden?«

»Genau.«

»Und De Witt hat seit der Boulevard-Citizens-Sache Blanchard auf dem Kieker?«

»Stimmt.«

»Das reicht.«

Wir gingen die Reihe der Haftzellen ab. In der letzten war De Witt, der allein auf dem Fußboden hockte. Wir hörten den Summer, und die Tür sprang auf; der Mann, der Kay Lake so sadistisch gequält hatte, stand auf. Die Jahre im Knast waren ihm gar nicht gut bekommen: Der harte Kerl mit dem gemeinen Gesicht auf den Zeitungsfotos von '39 sah jetzt sehr mitgenommen aus, aufgeschwemmt, mit Falten im Gesicht, und seine Pachuco-Frisur war genauso außer Mode wie sein Anzug von der Heilsarmee.

Fritzie und ich gingen hinein. De Witts Begrüßung war eine gelungene Mischung aus *bravado* und einer Spur Unterwürfigkeit. »Cops, wie? Na ja, immerhin seid ihr Amerikaner. Ich hätte nie gedacht, daß ich einmal froh sein würde, euch Jungs zu sehen.«

Fritzie sagte: »Warum jetzt damit anfangen?« und trat De Witt in die Eier. Er krümmte sich zusammen; Fritzie riß ihn an seinem Entenschwanz hoch und schlug ihm mit dem Handrükken schwer ins Gesicht. De Witt lief ein blutiger Speichelfaden aus dem Mund. Fritzie löste den Griff in seinem Nacken und bekam Pomade auf den Ärmel. De Witt stürzte zu Boden, kroch zur Kloschüssel und kotzte. Als er sich aufzurichten versuchte, drückte Fritzie seinen Kopf zurück ins Becken und hielt ihn, den eleganten Halbschuh mit den auf Hochglanz polierten weißen Kappen in seinen Nacken gesetzt, nach unten.

Vogel sagte: »Lee Blanchard ist hier in T. J., und du bist direkt aus Big Q. hierher gekommen. Das ist ein verdammt merkwürdiges Zusammentreffen, das mir ganz und gar nicht gefällt, und ich mag dich nicht, ich mag die syphilitische Nutte nicht, die dich geboren hat, ich kann dieses rattenverseuchte Land nicht leiden, in dem ich jetzt sein muß, wo ich doch besser daheim bei meiner Familie sein könnte. Aber was mir gefällt, ist, Kriminelle zu quälen, ihnen Schmerzen zuzufügen, also beantwortest du jetzt besser meine Fragen wahrheitsgemäß, Wort für Wort, oder ich mache dich nach Strich und Faden fertig.«

Fritzie zog sein Bein weg; De Witt kam, nach Luft japsend, hoch. Ich hob ein dreckiges kariertes Hemd vom Boden auf und wollte es ihm schon reichen, als mir wieder die Peitschenstriemen an Kays Beinen einfielen. Das Bild, das plötzlich vor mir aufstieg, veranlaßte mich, De Witt das Hemd ins Gesicht zu werfen, draußen vom Gang einen Stuhl zu holen und meine Handschellen loszumachen. Fritzie wischte dem Ex-Häftling das Gesicht, ich drückte ihn auf den Sitz und fesselte seine Hände hinten an den Stuhllehnen.

De Witt schaute zu uns hoch; seine Hosenbeine wurden dunkel vor Nässe, als sich seine Blase entleerte. Fritzie sagte: »Hast du gewußt, daß Sergeant Blanchard hier in Tijuana ist?«

De Witt schüttelte heftig den Kopf, wobei die Reste des Toiletteninhaltes um ihn sprühten wie bei einem Hund. »Ich hab' Blanchard seit meinem verdammten Prozeß nicht mehr gesehen.«

Fritzie schlug ihn mit dem Handrücken, und sein Freimaurerring riß dabei die Wange auf. »Fluch nicht, wenn du mit mir sprichst, und rede mich gefälligst mit *›Sir‹* an! Also, hast du gewußt, daß Sergeant Blanchard hier in Tijuana ist?«

De Witt spuckte ein Nein heraus; Fritzie sagte: »Nein, Sir«, und schlug ihn wieder ins Gesicht. De Witt ließ den Kopf hängen, der kraftlos auf seiner Brust hin und her rollte. Fritzie hob mit einem Finger sein Kinn an: »Nein, was?«

»Nein, Sir.«

Durch den Nebel meines wütenden Hasses dämmerte mir, daß er die Wahrheit sagte. Ich fragte: »Blanchard hat Angst vor dir, warum?«

Sich auf dem Stuhl herumwerfend, eine fettig verschmierte Locke in der Stirn, lachte De Witt auf. Es war ein wildes Gelächter von der Art, das den Schmerz erst vergessen und dann noch schlimmer macht. Fritzie ballte die Faust, bereit zuzuschlagen; ich sagte: »Laß ihn.« Vogel gab nach; De Witts irres Gelächter verlor sich.

Nachdem er zischend Luft geholt hatte, stieß er hervor: »Mannomann, was für ein Witz! Das Herzchen Lee mußte ja Angst vor mir bekommen, so wie ich beim Prozeß die Klappe aufgerissen habe, doch alles, was ich weiß, ist nur das, was ich in den Zeitungen gelesen habe, und ich kann nur sagen, daß diese kleine Marihuana-Razzia und das, was danach passiert ist, mir eine Scheiß-Angst eingejagt hat, wirklich und wahrhaftig. Mag ja sein, daß ich bis dahin an Rache gedacht hatte, vielleicht habe ich meinen Zellengenossen Scheiß erzählt, aber als der hübsche Lee dann diese Nigger umgelegt hat und –«

Vogel versetzte De Witt einen rechten Haken, der ihn mitsamt dem Stuhl auf dem Boden landen ließ. Blut und Zähne spuckend, stöhnte der alternde Schmalzkanten auf, mußte dabei aber hilflos weiterkichern; Fritzie kniete sich neben ihn und drückte ihm die Schlagader zu, unterbrach damit die Blutzufuhr zum Gehirn: »Bobbyboy, ich mag Sergeant Blanchard auch nicht, aber er ist nun mal ein Kollege von mir, und ich laß nicht zu, daß ein syphilitischer Abschaum wie du respektlos über ihn herzieht. Also, ich frage nochmal: Du hast einen Verstoß gegen die Bewährungsauflagen riskiert und eine Rückkehr nach Quentin, nur um hierher zu fahren. Wenn ich jetzt meine Hand von deinem Hals nehme, wirst du mir sagen, warum, oder ich drück dir die Schlagader zu, bis deine grauen Zellen knacken und platzen und plop machen wie Kelloggs Reisflocken.«

Fritzie ließ ihn los; De Witts Gesicht, das bläulich gewesen war, verfärbte sich jetzt hochrot. Mit einer Hand packte Vogel den Verdächtigen mitsamt dem Stuhl, an den er gefesselt war und richtete ihn auf. Ex-Schönling Bobby fing wieder an zu lachen. Er spuckte Blut und hörte abrupt auf. Wie er jetzt zu Fritzie hochschaute, erinnerte er mich an einen Hund, der seinen grausamen Herrn liebt, da er der einzige ist, den er hat. Seine Stimme klang wie das Jaulen eines getretenen Köters: »Ich bin hergekommen, um ein bißchen Heroin aufzutreiben und mit zurück nach L.A. zu nehmen, bevor ich mich bei meinem Bewährungshelfer melde. Der Knabe, den man mir zugewiesen hat, ist angeblich ein Weichling, zu dem man einfach gehen und sagen kann: ›Sehen Sie mal, Sir, ich bin acht Jahre im Knast gewesen und mußte nur mal ein bißchen abgestandenen Saft loswerden.‹ Und es heißt, er tut einem nichts, wenn man sich ein bißchen verspätet.«

De Witt holte tief Luft; Fritzie sagte: »Knack, krach und plopp.« Hündchen Bobbyboy legte jaulend sein Geständnis ab. »Der Verbindungsmann hier ist ein Mex namens Felix Chasco. Ich sollte ihn heute abend im *Calexico Gardens Motel* treffen. Der Mann in L.A. ist der Bruder des Kerls, den ich von Quentin her kenne. Ich habe ihn noch nie gesehen, und bitte, bitte schlagen Sie mich nicht mehr!«

Fritzie stieß einen lauten Seufzer aus und rannte beschwingt aus der Zelle, um weiterzugeben, was er gerade gehört hatte; De Witt leckte sich Blut von den Lippen und schaute hündisch zu mir, seinem neuen Herren, hoch, nachdem Vogel gegangen war. Ich fuhr ihn an: »Und jetzt noch den Rest über dich und Lee Blanchard. Und werd' nicht wieder hysterisch.«

De Witt sagte: »Sir, alles, was zwischen mir und Blanchard steht, ist nur, daß ich diese Fotze Kay Lake gebumst habe.«

Ich erinnere mich nur noch daran, wie ich auf ihn losgegangen bin, und ich erinnere mich noch, wie ich ihn mit zwei Händen am Hals hochgestemmt habe und mir dabei überlegte, wie fest man die Kehle eines Hundes zudrücken mußte, bis seine Augen rausquellen. Ich erinnere mich, wie sich sein Gesicht verfärbte, und an Stimmen, die Spanisch sprachen, und an Fritzie, der brüllte: »Seine Geschichte stimmt!« Dann erinnere ich mich noch, wie ich zurückgerissen wurde und dabei dachte: Also so ist es, wenn einem eine Eisenstange über den Schädel gezogen wird. An das, was danach war, habe ich keine Erinnerung.

Ich kam wieder zu mir und hatte dabei die Phantasie, ich wäre in einem dritten Bleichert-Blanchard-Kampf auf die Bretter geschickt worden, wobei ich mir gleichzeitig Sorgen darüber machte, wieviel Schmerz ich wohl meinem Partner zugefügt haben mochte. Ich brabbelte: »Lee? Lee? Geht es dir auch gut?« und erblickte hochschauend zwei Cops mit Schmalztollen und lächerlich großen Blechsternen auf ihren schwarzen Hemden. Fritzie Vogel ragte über ihnen auf und sagte: »Ich habe Bobbyboy laufen lassen, damit er uns zu seinem Kumpel führt. Aber er ist seinen Beschattern entwischt, während du deinen Schönheitsschlaf gehalten hast. Und das könnte sehr schlimm für ihn sein.«

Irgend jemand mit Riesenkräften hob mich vom Zellenboden auf; als ich langsam klarer wurde, ging mir auf, daß das nur Big Bill Koenig gewesen sein konnte. Benommen und mit wackligen Knien ließ ich mich von Fritzie und den mexikanischen Cops aus der Polizeistation nach draußen führen. Die Dämmerung hatte gerade eingesetzt, und der Himmel über Tijuana war bereits von Neonlicht erhellt. Ein Studebaker Streifenwagen kam heran; Fritzie und Bill verfrachteten mich auf den Rücksitz. Der Fahrer ließ die lauteste Sirene aufheulen, die je vernommen wurde, und preschte dann davon.

Wir fuhren Richtung Westen aus der Stadt hinaus und hielten nach einiger Zeit knirschend auf dem kiesbedeckten Platz eines Gebrauchtwagenhändlers, einem Gelände in der Form eines Hufeisens. Tijuana-Cops in Khakis und Überfallhosen standen mit Maschinenpistolen vor einem Schuppen am hintersten Ende Wache. Fritzie zwinkerte mir zu und reichte mir seinen Arm, damit ich mich auf ihn stützte; ich stieß ihn beiseite und schaffte es, ohne fremde Hilfe hinauszuklettern. Fritzie führte uns an; die Cops salutierten mit dem Lauf ihrer Maschinenpistolen und öffneten dann die Tür für uns.

Der Raum war ein Schlachthaus, in dem es nach Kordit stank. Bobby De Witt und ein Mexikaner lagen tot am Boden. Überall sickerte Blut aus Einschußlöchern; Klumpen von Hirnmasse, aus denen Flüssigkeit austrat, waren über eine ganze Wand verspritzt; De Witt hatte noch deutliche Würgemale dort am Hals, wo ich ihn umklammert gehalten hatte. Mein erster zusammenhängender Gedanke war, daß ich all dies während meines Blackouts angerichtet hätte, um dadurch die einzigen zwei Menschen, die ich liebte, zu rächen und zu beschützen. Fritzie mußte meine Gedanken erraten haben, denn er lachte und sagte: »Nein, nein, du nicht, Boyo! Der Kumpel da drüben ist Felix Chasco, ein berüchtigter Drogenhändler. Vielleicht war es ein anderer Rauschgifthändler, vielleicht war es Lee, vielleicht war es die Rache Gottes. Ich würde sagen, lassen wir doch unsere mexikanischen Kollegen ihre eigene schmutzige Wäsche waschen und machen besser kehrt, fahren wir zurück nach L.A. und schnappen uns den Hundesohn, der die Dahlie zerstückelt hat.«

16. Kapitel

Der Mord an Bobby De Witt war dem *Mirror* von Los Angeles eine halbe Spalte wert, und ich bekam von einem überraschend milde gestimmten Ellis Loew einen Tag frei, während Lees Verschwinden ein ganzes Team der Metropolitan Division rund um die Uhr beschäftigte.

Ich verbrachte fast einen vollen Tag in Captain Jacks Büro,

wo man mich nach allen Regeln der Kunst ausfragte. Sie stellten mir Hunderte von Fragen über Lee – über die Gründe für sein Ausrasten während der Vorführung des Pornofilms und in *La Vernes Hideaway,* über seine Besessenheit vom Short-Fall, seinen Bericht über Nash und seine wilde Ehe mit Kay. Bedenkenlos verbog ich die Tatsachen und log, indem ich Dinge ausließ – ich erwähnte nicht, daß Lee Benzedrin nahm, verschwieg ihnen sein Archiv im *El Nido Hotel* genauso wie den Umstand, daß sein Zusammenleben mit Kay keusch war. Die Bullen von der Metro fragten mich wiederholt, ob ich mir vorstellen könne, daß Lee Bobby De Witt und Felix Chasco erschossen hätte; ich erwiderte ihnen ein ums andere Mal, daß er nicht fähig sei, einen kaltblütigen Mord zu begehen. Nach einer Erklärung für die Flucht meines Partners befragt, gestand ich ihnen, daß ich Lee wegen der Sache mit Nash zusammengeschlagen hätte, fügte hinzu, daß er ein Ex-Boxer sei, vielleicht auch schon bald ein Ex-Cop, zu alt, seine Karriere als Boxer fortzusetzen, zu unstet, das Leben eines Spießers zu führen – und daß Mexiko für einen Menschen wie ihn wahrscheinlich genau das richtige sei. Als die Ausfragerei an einen toten Punkt gelangte, bekam ich das deutliche Gefühl, daß niemand ein Interesse daran hatte, sich um Lees Sicherheit Sorgen zu machen – vielmehr zimmerten sie einen Fall zusammen, um Lees Ausschluß aus dem L.A.P.D. zu erwirken. Wiederholt wurde ich gewarnt, meine Nase in ihre Untersuchung zu stecken, und jedesmal, wenn ich ihnen das Versprechen dazu gab, ballte ich die Fäuste, um den Impuls zu unterdrücken, ihnen Beleidigungen und Schlimmeres zurückzugeben.

Von der City Hall machte ich mich auf, um Kay zu besuchen. Zwei Klugscheißer der Metropolitan Division hatten ihr bereits einen Besuch abgestattet, sie in die Mangel genommen, nach ihrem Zusammenleben mit Lee ausgefragt und noch einmal ihre alte Affaire mit Bobby De Witt aufgewärmt. Der eiskalte Blick, den sie für mich übrig hatte, verriet mir, daß sie mich für ein schmieriges Stück Dreck hielt, weil ich zu derselben schleimigen Truppe bei der Polizei gehörte; als ich sie zu trösten versuchte und ihr ein paar aufmunternde Worte über Lees Rückkehr sagte, erwiderte sie nur: »Ja, ja, und so weiter und so weiter«, und schob mich weg.

Dann durchsuchte ich Zimmer zweihundertvier des *El Nido Hotels* in der Hoffnung, eine Art Botschaft zu finden, irgendeinen Anhaltspunkt, aus dem hervorging: »Ich bin bald zurück, und wir drei werden wieder zusammensein.« Was ich vorfand, war eine Kultstätte für Elizabeth Short.

Das Zimmer war eine typische Junggesellenbude à la Hollywood: Murphy-Bett, Waschbecken, winziges Klo. Die Wände jedoch waren geschmückt mit Portraitfotos von Betty Short, Bildern aus Zeitungen und Zeitschriften, den schrecklichen Tatortfotos von der 39th und Norton, einige davon stark vergrößert, um jedes entsetzliche Detail deutlich herauszunehmen. Das Bett war vollgestellt mit Pappkartons – die gesamte Akte eines Kriminalfalls mit Durchschlägen verschiedener Memos, Listen mit Hinweisen, Beweisaufnahmen, Verhörprotokollen und Zeugenvernahmen, alles hervorragend alphabetisch geordnet.

Da ich nichts anderes zu tun und niemanden zur Gesellschaft hatte, mit dem ich es hätte tun können, blätterte ich die Mappen durch. Von der Informationsmenge allein konnte einem schwindelig werden. Der Gedanke an den Einsatz von Männern und Zeit vergrößerte den Schwindel noch. Die Tatsache aber, daß sich alles nur um ein einziges törichtes Mädchen drehte, war am schwindelerregendsten. Ich wußte nicht, ob ich Betty Shorts Andenken hochhalten oder ihre Bilder von den Wänden reißen sollte. Also zeigte ich dem Empfangsportier auf meinem Weg nach draußen meine Dienstmarke, zahlte eine Monatsmiete im voraus und ließ den Raum so, wie ich es Millard und Sears versprochen hatte – obwohl ich ihn in Wirklichkeit allein für Sergeant Leland C. Blanchard hielt.

Der sich irgendwo draußen im großen Nichts aufhielt.

Ich rief die Anzeigenabteilungen der *Times,* des *Mirror,* des *Herald* und der *Daily News* an und ließ eine Nachricht einrükken, die bis auf Widerruf erscheinen sollte: »Feuer – Nachtschatten – Raum bleibt unverändert. Schick mir eine Nachricht – Eis.« Nachdem ich das hinter mir hatte, fuhr ich zu dem einzig denkbaren Ort, wo ich ihm eine Nachricht übermitteln konnte.

Ecke 39th und Norton war jetzt wieder einfach eine große Freifläche, keine Scheinwerfer, keine Polizeiautos, keine nächtlichen Gaffer. Ein heißer Santa-Ana-Wind wehte von der Wüste herüber, während ich dort stand, und je mehr ich mich danach sehnte, daß Lee zurückkommen möge, desto deutlicher wurde mir bewußt, daß mein heißsporniges Polizistendasein endgültig Vergangenheit war, so wie jedermanns liebste Verflossene.

17. Kapitel

Am folgenden Morgen schickte ich den hohen Tieren eine Botschaft. Versteckt in einem Abstellraum auf dem Flur, weit weg von meinem Verschlag, tippte ich mit drei Durchschlägen für Loew, Russ Millard und Captain Jack mein Gesuch, von diesem Fall abgezogen zu werden. Der Brief hatte folgenden Wortlaut:

> Ich möchte darum ersuchen, unverzüglich von den Ermittlungen im Fall Elizabeth Short freigestellt zu werden, damit ich wieder meinen Pflichten bei Central Division Warrants nachkommen kann. Ich habe den Eindruck, daß der Short-Fall personell mehr als ausreichend besetzt ist, von weitaus erfahreneren Officers, als ich selbst einer bin, und daß ich dem Department wirkungsvoller dienen könnte, wenn ich wieder bei der Fahndung wäre. Da mein Partner, Sergeant L. C. Blanchard, zudem als vermißt gilt, werde ich zwangsläufig in der Stellung eines dienstälteren Officers sein, der vor die Notwendigkeit gestellt ist, einen Ersatzmann zu einem Zeitpunkt einzuarbeiten, zu dem sich aller Wahrscheinlichkeit nach ein großer Berg unerledigter wichtiger Vor-

gänge angesammelt hat. In Vorbereitung auf meine Pflichten als dienstälterer Officer der Fahndung habe ich mich ganz auf die Prüfung für den Rang eines Sergeant eingestellt, die ich im Zuge der Beförderungen in diesem Frühjahr abzulegen gedenke. Dies, so meine ich, wird mir die erforderlichen Führungsqualitäten vermitteln, die geeignet sind, meinen relativen Mangel an Erfahrung im Außendienst der Kriminalabteilung auszugleichen.

Hochachtungsvoll

Dwight W. Bleichert, Dienstnummer 1611

Central Detectives

Abschließend überlas ich den Brief noch einmal und kam zu dem Schluß, daß dies genau die richtige Mischung aus Respekt und Eifer sei, wobei mir vor allem die Halbwahrheit über die Sergeant-Prüfung ein guter Abschluß zu sein schien. Ich unterschrieb gerade die Durchschläge, als ich aus dem Mannschaftsraum gewaltigen Lärm hörte.

Ich steckte die gefalteten Blätter in meine Jackentasche und ging nachsehen. Eine Gruppe von Detectives und Leuten aus dem kriminaltechnischen Labor in weißen Kitteln umstanden einen Tisch, starrten auf etwas, das dort lag und schnatterten und gestikulierten wild. Ich gesellte mich zu ihnen und murmelte: »Heiliger Bimbam«, als ich sah, weswegen sie solchen Aufruhr machten.

Ein Umschlag lag auf einem Metalltablett, das für Beweisstücke benutzt wurde. Er war frankiert und abgestempelt und roch schwach nach Benzin. Die obere weiße Seite war mit Buchstaben beklebt, die aus Zeitungen und Zeitschriften ausgeschnitten worden waren. Sie waren zu folgendem Wortlaut zusammengesetzt:

AN DEN *HERALD* UND ANDERE ZEITUNGEN VON L.A.!

HIER SIND DIE PERSÖNLICHEN SACHEN DER DAHLIE.

BRIEF FOLGT.

Ein Labormensch, der sich Gummihandschuhe übergestreift hatte, schlitzte den Umschlag auf und zog den Inhalt heraus –

ein kleines schwarzes Adreßbuch, eine Sozialversicherungskarte in einer Plastikhülle und einen dünnen Stapel Fotos. Die Augen zusammenkneifend, las ich den Namen auf der Karte – Elizabeth Ann Short –, und sofort wurde mir bewußt, daß das ein Durchbruch im Dahlienfall war. Der Mann neben mir erzählte gerade über die Art und Weise der Zustellung – bei der Leerung hatte ein Postbeamter den Umschlag in einem Briefkasten in der Nähe der Stadtbücherei gefunden, kurz vor einem Herzanfall gestanden und dann eine Funkstreife herangewinkt, die den Fund mit Höchstgeschwindigkeit und jaulenden Sirenen eingeliefert hatte.

Ellis Loew bahnte sich einen Weg nach vorn zu den Labortechnikern, dichtauf gefolgt von Fritzie Vogel. Der Cheflaborant fuchtelte wütend mit den Händen; ein Durcheinander wilder Mutmaßungen hallte durch den Raum. Dann ertönte ein lauter Pfiff, und Russ Millard rief: »Verdammt, verzieht euch und laßt sie ihre Arbeit tun. Und ich möchte doch sehr um Ruhe bitten.«

Wir kamen seiner Aufforderung nach.

Die Techniker machten sich über den Umschlag her, bestäubten ihn mit Fingerabdruckpulver, blätterten durch das Adreßbuch, untersuchten die Fotos und leierten ihre Befunde herunter wie Chirurgen an einem Operationstisch:

»Zwei Teilabdrücke auf der hinteren Lasche, verschmiert, nur ein oder zwei Vergleichsstücke. Nicht ausreichend, einen fertigen Satz herzustellen. Vielleicht genug, um mit den Abdrücken eingelieferter Verdächtiger zu vergleichen –

Keine Abdrücke auf Sozialversicherungskarte –

Seiten des Adreßbuches lesbar, doch mit Benzin getränkt. Keine Chance, weitere Fingerabdrücke zu gewinnen. Namen und Telefonnummern überwiegend von Männern, nicht alphabetisch aufgeführt, einige Blätter herausgerissen –

Die Fotos zeigen das Short-Mädchen mit Wehrpflichtigen in Uniform, deren Gesichter ausgekreuzt sind –«

Verblüfft fragte ich mich: Würde tatsächlich ein Brief folgen? War meine Theorie, daß es sich um eine Zufallstat gehandelt hatte, damit gestorben, da die Sachen offenbar vom Mörder abgeschickt worden waren? War dann er vielleicht einer der Soldaten auf den Bildern? War die Sendung per Post nur Katz-und-Maus-Spiel oder die Vorankündigung einer baldigen Kapitulation und eines umfassenden Geständnisses? Um mich herum äußerten andere Männer dieselben Vermutungen, stellten dieselben Fragen, redeten in Zweier- oder Dreiergruppen miteinander oder wirkten abwesend und in sich gekehrt, als führten sie Selbstgespräche. Die Labortechniker zogen mit dieser Fülle neuer Anhaltspunkte ab, die sie vorsichtig in gummibehandschuhten Händen davontrugen. Der einzige Mann im Raum, der die Ruhe bewahrt hatte, ließ wieder einen Pfiff ertönen.

Und wieder legte sich die Aufregung sofort. Russ Millard zählte uns mit Pokergesicht einzeln durch und scheuchte uns hinüber zum Schwarzen Brett. Dort nahmen wir Aufstellung; er sagte: »Was das zu bedeuten hat, weiß ich zwar nicht, außer daß ich mir ziemlich sicher bin, daß der Killer das Zeug geschickt hat. Die Jungs aus dem Labor werden mit dem Umschlag noch einige Zeit brauchen. Dann fotografieren sie uns die Seiten und geben uns Namenslisten, damit wir mit unseren Befragungen beginnen können.«

Dick Cavenaugh sagte: »Russ, der treibt mit uns sein Spiel! Einige der Seiten waren herausgerissen, und ich würde zehn zu eins darauf wetten, daß sein Name auf einer von den fehlenden gestanden hat.«

Millard lächelte. »Vielleicht. Vielleicht aber auch nicht. Vielleicht ist er verrückt und möchte erwischt werden. Vielleicht ist er aber auch einigen dieser Leute in dem Buch bekannt. Vielleicht finden die Techniker Abdrücke auf den Fotos oder sind in der Lage, anhand der Rangabzeichen auf den Uniformen einige der Männer zu identifizieren. Vielleicht schickt der Schweinehund wirklich einen Brief. Ich weiß, das sind eine Menge Vielleichts, also werde ich euch sagen, was unumstößlich feststeht: Alle elf, die ihr hier seid, laßt stehen und liegen, womit ihr gerade beschäftigt seid, und kämmt das

Gebiet um den Briefkasten durch, wo dieser Umschlag entdeckt worden ist. Harry und ich gehen die Akten zum Fall noch einmal durch, um zu sehen, ob irgendeiner unserer früheren Verdächtigen dort wohnt oder arbeitet. Danach aber, sobald wir die Namenslisten aus dem Buch haben, werden wir sehr diskret vorgehen. Betty hat sich ziemlich sorglos mit Kerlen eingelassen. Aber es ist ganz und gar nicht mein Stil, darauf hinzuarbeiten, daß Ehen und Familien in die Brüche gehen. Harry!«

Sears stand vor der Wandkarte der Innenstadt von Los Angeles, in der einen Hand einen Füllhalter, in der anderen ein Klemmbrett. Er stotterte: »W-w-w-wir w-w-w-werden S-S-Streifen zusammenstellen.« Ich sah schon den Stempel auf meinem Versetzungsgesuch: abgelehnt. Dann hörte ich vom hintersten Ende des Mannschaftsraums einen hitzigen Streit.

Die Streitenden waren Ellis Loew und Jack Tierney, die beide erregt ihre Argumente vorbrachten und dabei versuchten, mit gedämpften Stimmen zu sprechen. Sie hatten sich hinter einem Pfeiler versteckt, um ungestört zu sein. Ich schlüpfte in eine Telefonkabine ganz in der Nähe, um zu horchen – in der Hoffnung, etwas über Lee aufzuschnappen.

Aber es drehte sich nicht um Lee – es ging um *sie*.

». . . Jack, Horrall möchte drei Viertel der Männer von der Untersuchung abziehen, durchgebrachte Anleihe oder nicht. Er meint jetzt, er hätte den Wählern bereits genug geboten. Wir können ihn ausmanövrieren, indem wir hundertprozentig jedem einzelnen Namen im Buch nachgehen und Nachforschungen anstellen. Je mehr Publicity der Fall bekommt, desto mehr Druck können wir auf Horrall machen –«

»Aber verdammt, Ellis –«

»Nein, hören Sie mir gut zu! Früher lag mir daran, herunterzuspielen, daß das Mädchen ein Flittchen war. So wie ich es jetzt sehe, sind die Dinge viel zu weit gediehen, um noch irgend etwas unter Verschluß zu halten. Wir wissen, wer sie war, und wir werden das hundertfach von den Männern in jenem kleinen schwarzen Buch bestätigt bekommen. Wir lassen sie von unseren Männern ausfragen, ich werde die Namen an meine Kontaktleute bei der Zeitung weitergeben. Wir halten diese Sache voll unter Dampf, bis wir den Killer haben.«

»Das ist doch ein reines Glücksspiel, Ellis! Der Name des Killers steht wahrscheinlich gar nicht in dem Buch. Er ist ein Psycho, und er zeigt uns den blanken Hintern und sagt: Hier, nun macht mal was draus. Das Mädchen war wie ein Eisenbahntunnel, Ellis. Ich habe es von Anfang an gewußt, genau wie Sie auch. Aber das muß sich ungünstig auf uns auswirken. Ich arbeite an einem Halbdutzend anderer Mordfälle mit unzureichender Besetzung. Und falls die Namen der verheirateten Männer in die Zeitung kommen, wird ihnen ihr ganzes Leben um die Ohren fliegen, nur weil sie Betty Short mal für eine kurze Nummer aufgerissen haben.«

Ein längeres Schweigen entstand. Dann sagte Loew: »Jack, Sie wissen selbst, früher oder später werde ich Bezirksanwalt sein. Wenn nicht schon im kommenden Jahr, dann spätestens '52. Und Sie wissen auch, daß Green in einigen Jahren in Pension geht. *Und Sie wissen auch, wen ich an seiner Stelle haben will.* Jack, ich bin sechsunddreißig, und Sie sind neunundvierzig. Ich bekomme vielleicht schnell wieder eine ähnlich große Sache, Sie nicht. Um Himmels willen, verlassen Sie sich doch nur einmal auf Ihren Weitblick!«

Wieder Schweigen. Ich stellte mir Captain Jack Tierney vor, der das Für und Wider abwog, seine Seele an den Satan mit dem Phi-Betta-Kappa-Schlüssel zu verkaufen oder standhaft der City of Los Angeles zu dienen.

Als er schließlich sagte: »Okay, Ellis«, zerriß ich mein Versetzungsgesuch und schlenderte zurück, um wieder beim Zirkus mitzumachen.

18. Kapitel

Während der nächsten zehn Tage verwandelte sich der Zirkus vollends zur Farce, hier und da durchsetzt mit einer kleinen privaten Tragödie.

Aus dem »Todesbrief« ließen sich keine weiteren Erkenntnisse gewinnen, und die 243 Namen in dem Büchlein wurden auf vier Detective-Teams verteilt, wobei die knappe Anzahl verfügbarer Cops, auf die Jack Tierney angespielt hatte, es notwendig machte, an diesem Punkt der Ermittlungen verstärkt Rundfunk und Fernsehen mit Informationen zu versorgen. Russ Millard forderte zwanzig Einsatzgruppen und eine zügige, gründliche Fahndungsaktion; Captain Jack, der vom Staatsanwalts-Satan gebremst wurde, verweigerte sie ihm. Da man Big Bill Koenig für zu »aufbrausend« hielt, um Befragungen durchzuführen, und ihn für Routinearbeiten abstellte, wurde ich mit Fritz Vogel zusammengespannt. Gemeinschaftlich befragten wir ungefähr fünfzig Leute, zumeist Männer, über ihre Verbindung zu Elizabeth Short. Wie nicht anders zu erwarten, hörten wir Geschichten über Begegnungen mit Betty in Bars, wo sie ihr Drinks und ein Abendessen bezahlt hatten, ihren Phantasien lauschten, die Braut oder Witwe von Kriegshelden zu sein, mit ihr ins Bett gegangen waren oder auch nicht. Etliche Männer kannten die vielbegehrte Dahlie nicht einmal – sie waren »Freunde von Freunden«, die aus einer Solidarität der Schürzenjäger heraus ihre Namen weitergegeben hatten.

Aus unserem Paket von Namen waren insgesamt sechzehn der Männer das, was Fritzie unter die Rubrik »überführte Dahlien-Ficker« setzte. Es waren zumeist Filmfritzen der unteren Preisklasse: Agenten, Talentsucher und Besetzungsleiter, die herumhingen auf der Jagd nach knackigen Möchtegern-Starlets in Schwab's Drugstore, leere Versprechungen auf den Lippen, die Taschen voller Tinnef zum Verschenken; stolz oder schamerfüllt erzählten sie von Engagements auf der Besetzungscouch, jede Geschichte mindestens genauso trübsinnig wie Bettys Märchen vom Glück mit irgendwelchen Chargen in

Uniform. Schließlich war den Männern in Elizabeth Shorts kleinem schwarzen Büchlein zweierlei gemeinsam – ihre Namen kamen in die Tageszeitungen von L.A., und sie spuckten Alibis aus, die sie als Verdächtige nicht in Frage kommen ließen. Und im Mannschaftsraum verbreitete sich die Kunde, daß nach so viel Publicity nicht wenige von ihnen auch als Ehemänner nicht mehr in Frage kamen.

Die Frauen waren ein buntgemischtes Häuflein. Die meisten waren einfach Zufallsbekanntschaften – Mädchen, mit denen sie einen Schwatz gehalten hatte, Schnorrerinnen, die wie sie in Bars herumhingen, und ehrgeizige Schauspielerinnen, die nirgendwo ankamen. Ungefähr ein Dutzend gingen auf den Strich oder waren Halbprofessionelle, Seelenfreundinnen für einen flüchtigen Moment, die Betty in Bars aufgegabelt hatte. Sie gaben uns Hinweise, die sich zu neuen Ermittlungen ausweiteten – insbesondere die Auskunft, daß Betty sich freischaffend an Kongreßteilnehmer in verschiedenen Innenstadthotels der unteren Kategorie verkauft hatte. Sie deuteten an, daß Betty sich nur ganz selten so offen angeboten hatte, und konnten keinen ihrer Kunden namentlich benennen; Fritzie zog bei seinem Herumfragen in den Hotels zu seinem Ärger nur Nieten, und die Tatsache, daß einige andere Frauen – in der Kartei als Prostituierte geführt – nicht aufgestöbert werden konnten, brachte ihn noch mehr auf.

Madeleine Spragues Name war in dem Buch nicht aufgeführt, ebensowenig wurde er in einer der nachfolgenden Befragungen genannt. Die 243 Namen erbrachten keine eindeutigen Verbindungen zu Lesbierinnen oder Lesbenbars, und jeden Abend überprüfte ich im Mannschaftsraum von University die Anschlagbretter, um nachzusehen, ob irgendeines der anderen Teams ihre Spur aufgenommen hatte. Das war nicht der Fall, und ich bekam langsam ein Gefühl beruhigender Sicherheit angesichts meiner Unterdrückung von Beweismitteln.

Während die Befragungen der Adressen im Buch Schlagzeilen machten, ging der übrige Zirkus wie gehabt weiter: Hinweise, mehr Hinweise und noch mehr Hinweise kosteten Tausende von Dienststunden; Anrufe von Denunzianten und schriftliche Bezichtigungen zwangen Detectives in den Revieren der Bezirke, sich mit gehässigen Irren abzugeben, die ihre Feinde wegen Hunderter kleinerer und größerer Vergehen anschwärzten. Weggeworfene Frauenkleidung wurde im kriminaltechnischen Hauptlabor begutachtet, und jedes schwarze weibliche Kleidungsstück der Größe acht, das irgendwo gefunden wurde, löste die nächste ausgedehnte Schnüffelaktion in der Gegend der Fundstelle aus.

Die größte Überraschung auf unseren Rundfahrten war jedoch Fritz Vogel. Befreit von Bill Koenig, verfügte er über einen erstaunlichen Witz, und obwohl er den Muskelmann herauskehrte, war er bei Vernehmungen genauso fähig wie Russ Millard. Er wußte genau, wann er Druck ausüben mußte, wenn er an Informationen gelangen wollte, schlug dann schnell und hart zu, angetrieben von persönlicher Gehässigkeit, doch zugleich auch fähig, sie einmal wegzulassen, sobald der Befragte mit dem herausrückte, was wir von ihm wissen wollten. Manchmal spürte ich, daß er sich zurückhielt, wohl aus Respekt vor meinem Befragungsstil als netter Kerl, da der Pragmatiker in ihm durchaus wußte, daß dies die beste Art war, zu Resultaten zu gelangen. Sehr bald schon wurde aus uns ein sehr wirkungsvolles Duo mit verteilten Rollen, und ich stellte fest, daß ich einen mildernden Einfluß auf Fritzie ausübte, seiner eingestandenen Vorliebe, Kriminellen Schmerz zu bereiten, einen Riegel vorschob. Er zollte mir milden Respekt dafür, wie ich Bobby De Witt fertiggemacht hatte, und schon binnen weniger Tage unserer Partnerschaft auf Zeit redeten wir allerlei Blödsinn in gebrochenem Deutsch, ein gelungener Zeitvertreib während der Hin- und Rückfahrten zu den Orten unserer Verhöre. Bei mir ließ Fritzie keine langen Tiraden ab und erwies sich als ganz passabler Bursche – der allerdings auch seine gemeinen Seiten hatte. Er sprach über die Dahlie und den von ihm angestrebten Leutnantsrang, aber er redete kein ungereimtes Zeug. Und da er nie versuchte, mir die Dreckarbeit aufzuhalsen, und sich in seinen Verhörprotokollen nicht auf meine Kosten herausstrich, bekam ich den Eindruck, daß Loew sein Vorhaben entweder aufgegeben hatte oder nur seine Zeit abwartete. Mir wurde auch deutlich bewußt, daß Fritzie mich ständig taxierte, daß er genau wußte, daß Koenig unmöglich als Partner mit ihm in die oberen Ränge der Kriminalabteilung aufsteigen konnte. Doch jetzt, nachdem Lee fort war, wäre ich durchaus der geeignete Mann für ihn. Diese Anerkennung schmeichelte mir, und während der Befragungen gab ich mich messerscharf. Ich hatte bei der Fahndung die zweite Geige neben Lee gespielt, und falls Fritzie und ich jemals Partner werden sollten, wollte ich ihm vorsorglich zu verstehen geben, daß ich niemals den Lakaien – oder Trottel – für jemanden abgeben würde, wie es Harry Sears gegenüber Russ Millard tat.

Millard, das genaue Gegenstück zu Fritzie, zog mich immer enger in seinen Bann. Er war dazu übergegangen, Zimmer 204 im *El Nido* zu seiner Außenstelle zu machen, wohin er am Ende einer Schicht ging, um Lees hervorragend aufbereitete Sammlung von Aktenstücken durchzugehen. Seit Lee verschwunden war, wußte ich mit meiner Zeit nichts rechtes anzufangen, also leistete ich ihm an vielen Abenden Gesellschaft. Wenn er sich die Schreckensbilder der Dahlie anschaute, schlug er stets das Zeichen des Kreuzes und murmelte inbrünstig: »Elizabeth«; im Hinausgehen sagte er dann: »Ich erwische ihn schon, Liebes.« Er ging stets pünktlich um zwanzig Uhr heim zu seiner Frau und seinen Söhnen. Daß ein Mensch so tief Anteil nehmen und etwas dennoch so lässig beiseite schieben konnte, verblüffte mich. Ich fragte ihn deswegen; er antwortete: »Ich werde nicht zulassen, daß Brutalität mein Leben beherrscht.«

Ab zwanzig Uhr war mein eigenes Leben von zwei Frauen beherrscht, war ich der Schnittpunkt ihres seltsam starken Willens.

Vom *El Nido* aus ging ich Kay besuchen. Seit Lee verschwunden war und die Rechnungen nicht mehr bezahlte, hatte sie sich eine Ganztagsbeschäftigung suchen müssen, und das war ihr auch geglückt – sie hatte eine Stelle als Lehrerin für Schüler der sechsten Klasse an einer Grundschule einige Blocks vom Strip entfernt angenommen. Ich fand sie dann bei der Korrektur von Arbeitsheften und mit stoischem Gleichmut Kunstwerke von Kindern begutachtend, froh, mich zu sehen, doch darunter spröde, als könne das Aufrechterhalten einer nichtssagenden Fassade ihren Schmerz über Lees Abwesenheit und ihren Zorn über mein Zaudern am besten in Schach halten. Ich versuchte sie etwas durchzurütteln, indem ich ihr sagte, daß ich sie wohl begehrte, jedoch nur dann den ersten Schritt tun könne, sobald die Fragen um Lees Verschwinden geklärt wären; sie antwortete mir dann mit hochgebildetem psychologischem Wischiwaschi über unseren fehlenden Dritten, wobei sie die Bildung, die er ihr zu erwerben ermöglicht hatte, als Waffe gegen ihn kehrte. Ich ging regelmäßig in die Luft beim Anhören von Phrasen wie etwa »paranoide Tendenzen« und »pathologischer Egoismus« – auf die ich ihr dann nur zurückgeben konnte: »Er hat dich gerettet. Er hat dich gemocht.« Kays Entgegnung darauf lautete: »Er hat mir nur geholfen.« Es war mir unmöglich, die unter dem Jargon verschüttete Wahrheit hervorzuziehen und die Tatsache voll zu begreifen, daß wir beide ohne Lee als Mittelpunkt ziemlich hilflos waren, eine Familie ohne Oberhaupt. Es war dieser Zustand des Sich-im-Kreise-Drehens, der mich zehn Tage hintereinander aus dem Haus trieb – direkt ins *Red Arrow Hotel.*

Ich brachte also Kay mit zu Madeleine.

Zuerst vögelten wir, das Reden kam später. Die Gespräche drehten sich stets um Madeleines Familie, gefolgt von Phantasien, die ich ausspann, damit ich mir nicht – vom Glanz ihrer Geschichten geblendet – allzu armselig vorkommen mußte. Das Mädchen aus höheren Kreisen sprach von ihrem Raubbaron-Vater, dem Emmett Sprague, der in der Gründerzeit Hollywoods ein Herz und eine Seele mit Mack Sennett gewesen war; dann Mommy, die großen Künstlern Modell stand und köstlich berauschende Elixiere schlürfte, sie, die in direkter Linie von der größten Großgrundbesitzerfamilie Kaliforniens, den Cathcarts, abstammte; geniale kleine Schwester Martha, die brillante Gebrauchsgraphikerin, der kommende Star in der Ad Agenca Row in der Innenstadt. Den richtigen Rahmen dazu bildeten Bürgermeister Fletcher Bowron, der öffenlichkeitssüchtige Ganove Mickey Cohen, »Träumer« Georgie Tilden, Emmetts vormaliger Schuhputzer, Sohn eines berühmten schottischen Anatomen und verhinderter Star der Stummfilmära. Enge Freunde waren auch die Dohenys und Sepulvedas und Mulhollands, ebenso wie Gouverneur Earl Warren und Bezirksanwalt Buron Fitts. Da ich nur den senilen Dolph Bleichert, die verblichene Greta Heilbrunner-Bleichert, die Japaner, die ich ans Messer geliefert, und Gegner und Bekannte aus meinen Boxertagen vorzuweisen hatte, war das Garn, das ich spinnen konnte, mehr als fadenscheinig: Schulauszeichnungen, die ich gewonnen, Abschlußbälle, an denen ich teilgenommen hatte; '43 ein Gastspiel als Leibwächter von Roosevelt. Das haspelte ich herunter, bis es wieder Zeit war zu vögeln. Und ich war dankbar dafür, daß wir bei unserer Rammelei stets das Licht ausmachten, so daß Madeleine nicht in meinem Gesicht lesen und erkennen konnte, daß es der nackte Hunger war, der mich kommen ließ.

Oder die Dahlie.

Beim ersten Mal traf es mich ganz unvermittelt. Wir liebten uns gerade und standen beide kurz vor dem Höhepunkt. Meine Hand rutschte am Bettpfosten ab, traf den Lichtschalter an der Wand und tauchte Betty Short unter mir in grelles Licht. Sekundenlang glaubte ich wirklich, es wäre *sie,* und ich rief nach Lee und Kay, mir zu helfen. Als meine Geliebte wieder Madeleine war, streckte ich die Hand nach dem Schalter, doch sie packte mein Handgelenk. Im Taumel heftiger Bewegungen, quietschender Bettfedern und grellem Licht wurde aus Madeleine Betty – wurden ihre Augen blau anstatt haselnußbraun, wurde ihr Körper zum Körper Bettys aus dem Pornofilm, ließ ich sie stumm die Worte formen: »Nein, bitte.« Als es mir kam, wurde mir bewußt, daß es mit Madeleine *allein* niemals so gut sein könnte; als das reiche Mädchen flüsterte: »Ich wußte ja, daß sie früher oder später von dir Besitz ergreifen würde«, schluchzte ich trocken auf, gestand ihr, daß mein ganzes Bettgeflüster ein einziges Lügengewebe sei, und erzählte ihr atemlos in einem Stück die wahre Geschichte von Lee und Kay und Bucky, bis zu Mr. Feuers Fixierung auf das tote Mädchen und seinem Sprung vom Erdenrand. Nachdem ich geendet hatte, sagte Madeleine: »Ich werde niemals eine Lehrerin aus Sioux Falls, South Dakota, sein, doch ich will gern Betty oder jede andere sein, ganz wie du mich haben möchtest.« Ich ließ mir von ihr über das Haar streichen, froh und dankbar, daß ich jetzt nicht mehr lügen mußte, doch zugleich traurig darüber, daß sie – und nicht Kay – diejenige war, der ich mein Geständnis machte.

So kam es zwischen Elizabeth Short und mir zu einer förmlichen Verbindung.

19. Kapitel

Lee blieb verschollen, und Madeleine blieb Betty, und es gab nichts, was ich gegen diese doppelte Verwandlung unternehmen konnte. Ich befolgte die Warnung der Fatzken von der Metropolitan Police und steckte meine Nase nicht in ihre Ermittlungen, hörte jedoch nicht auf zu grübeln, ob Mr. Feuer sein Untertauchen mit Vorbedacht geplant oder ob es sich nur zufällig ergeben hatte. Ich ging seine Bankauszüge durch, stellte fest, daß sich sein Kontostand auf achthundert Dollar belief und in jüngster Zeit keine Abhebungen erfolgt waren. Und als ich hörte, daß bundesweit und in Mexiko ein Fahndungsbefehl nach Lee und seinem Ford, Baujahr 1940, ausgestellt worden und ergebnislos geblieben war, sagte mir mein Instinkt, daß er von der Grenze aus tiefer nach Süden geflohen sein mußte, wo die Rurales sich mit schriftlichen Ersuchen der Gringopolizei den Arsch wischten. Russ Millard teilte mir mit, daß zwei Mexikaner, beide berüchtigte Rauschgifthändler, wegen des Mordes an Bobby De Witt und Felix Chasco in Juarez festgenommen worden seien, was für mich eine große Erleichterung war, da die Metropolitan Police die Sache Lee in die Schuhe hatte schieben wollen – doch dann sickerten aus den oberen Etagen Gerüchte durch. Es hieß, Chief Horrall habe den Fahndungsbefehl zurückgezogen und die Parole ausgegeben, daß man »schlafende Hunde nicht wecken soll«. Thad Greens Sekretärin machte Harry Sears die vertrauliche Mitteilung, daß sie einem Gespräch entnommen habe, man wolle Lee formell aus dem L.A.P.D. entlassen, falls er nicht binnen dreißig Tagen vom Zeitpunkt seines Verschwindens an wieder auftauche.

Der Januar neigte sich seinem Ende zu, regenverhangene, trübe Tage, in denen es nur einen Lichtblick gab. Mit der Post traf wieder ein Umschlag im Bureau ein. Ausgeschnittene Buchstaben waren auf einfachem weißen Papier zu der folgenden Botschaft zusammengesetzt:

Habe meine Absicht geändert.
Ihr würdet kein ehrliches Spiel spielen.
Tötung der Dahlie gerechtfertigt.
– Rächer an der Schwarzen Dahlie.

Unten auf das Blatt war das Foto eines kleinen, gedrungenen Mannes geklebt, der einen dreiteiligen Anzug trug und dessen Gesicht herausgekratzt war. Von dem Foto oder dem Umschlag ließen sich keine Fingerabdrücke nehmen oder andere forensische Spuren gewinnen. Und da die Bilder der Soldaten aus dem ersten Brief als polizeiliche Maßnahme zur Ausscheidung von Verdächtigen der Presse vorenthalten worden waren, wußten wir, daß Brief Nummer zwei echt sein mußte. Die übereinstimmende Meinung im Bureau war die, daß das Foto den Killer zeigte, der sich hiermit symbolisch vom »Gesamtbild« eliminiert hatte.

Jetzt, da sich die Spuren aus dem Todesbrief und dem Pornofilm im Sande verlaufen hatten, setzte sich noch eine Auffassung durch: daß wir den Schweinehund niemals fassen würden. Die Wetten im großen Topf im Mannschaftsraum, die auf »ungelöst« gesetzt wurden, standen jetzt fünfzig zu fünfzig;

Thad Green teilte Russ und Captain Jack mit, daß Horrall beabsichtige, am 5. Februar den Dahlien-Fall nur noch auf kleiner Flamme weiterkochen zu lassen und eine große Zahl von Officers wieder zu ihrem normalen Dienst zurückzuschicken. Ein Gerücht besagte, daß auch ich rückversetzt und Johnny Vogel als Partner zugeteilt werden würde. Stinkmaul Johnny stank mir natürlich, doch wieder zur Fahndung zurück zu können, war für mich wie das wiedergefundene Paradies. Betty Short würde dann nur noch an dem einen Ort existieren, wo ich sie haben wollte – als zündender Funke in meiner Phantasie.

20. Kapitel

Mit Wirkung vom morgigen Tag, dem 6. 2. 47, werden die folgenden Officer der Central Division und des Detective Bureau, die den Ermittlungen im Fall E. Short zugewiesen gewesen sind, wieder normalen Dienst tun:

Sgt. T. Anders – wieder zur Hauptabteilung Betrug

Det. J. Arcola – wieder zur Hauptabteilung Einbruch

Sgt. R. Cavenaugh – wieder zur Hauptabteilung Raub

Det. G. Ellison – wieder zur Hauptkriminalabteilung

Det. A. Grimes – wieder zur Hauptkriminalabteilung

Det. C. Liggett – wieder zur Hauptabteilung Jugendstrafsachen

Det. R. Navarette – wieder zur Hauptabteilung Betrug

Sgt. J. Pratt – wieder zur Hauptabteilung Mord (wegen Dienstplan bei Lt. Ruley melden)

Det. J. Smith – wieder zur Hauptabteilung Mord

Det. W. Smith – wieder zur Hauptkriminalabteilung

Chief Horrall und Deputy Chief Green haben mich gebeten, Ihnen allen für Ihre Hilfe bei diesen Ermittlungen zu danken, vor allem denen, die so viele Überstunden geleistet haben. Jeder einzelne wird ein persönliches Dankschreiben erhalten.

Mit bestem Dank auch von –

Capt. J. V. Tierney, Commander, Hauptkriminalabteilung.

Die Entfernung zwischen dem Schwarzen Brett und Millards Büro betrug etwa zehn Meter; ich brauchte ungefähr eine Zehntelsekunde, um sie zu überbrücken. Russ schaute von seinem Schreibtisch auf. »Hi, Bucky. Was Neues aus der Trickkiste?«

»Warum stehe ich nicht auf der Versetzungsliste?«

»Ich habe Jack gebeten, dich am Short-Fall dranzulassen.«

»Warum?«

»Weil du dich zu einem verdammt guten Detective mauserst und Harry sich 1950 zur Ruhe setzt. Willst du noch mehr hören?«

Ich überlegte gerade, was ich noch sagen könnte, als das Telefon klingelte. Russ hob ab und sagte: »Mordkommission, Zentrale, Millard.« Dann hörte er eine Zeitlang nur zu und zeigte auf den Zweitapparat auf der anderen Seite seines Schreibtischs. Ich nahm den Hörer ab und hörte eine tiefe Männerstimme mitten im Satz weitersprechen:

». . . ist hier bei einer C.I.D.-Einheit in Fort Dix. Ich weiß, daß bei Ihnen eine Menge Geständnisse eingegangen sind. Aber diese eine hört sich sehr vielversprechend an.«

Russ sagte aufmunternd: »Fahren Sie fort, Major.«

»Der Name des Soldaten ist Joseph Dulange. Er ist bei der Militärpolizei. Seine Kompanie ist dem Hauptquartier in Fort Dix unterstellt. Als er gerade nach einem schweren Rausch wieder zu sich kam, legte er seinem Kompanieführer gegenüber ein Geständnis ab. Seine Kameraden haben erzählt, daß er immer ein Messer trägt, und am 8. Januar ist er nach Los Angeles in Urlaub geflogen. Darüber hinaus haben wir Blutflecken an einem Paar seiner Hosen gefunden – allerdings zu wenig, um die Blutgruppe zu ermitteln. Persönlich glaube ich, daß er ein ganz mieser Hund ist. Während des Krieges war er in Übersee in eine Menge Keilereien verwickelt, und sein Kompanieführer hat uns gesagt, daß er mit Vorliebe Frauen schlägt.«

»Major, ist Dulange gegenwärtig in Ihrer Nähe?«

»Ja. In einer Zelle auf der anderen Seite des Gangs.«

»Würden Sie bitte eines für mich tun? Bitten Sie ihn doch mal, Elizabeth Shorts Muttermale zu beschreiben. Falls er darin ganz genau ist, werden mein Partner und ich in der nächsten Transportmaschine sitzen, die von Camp MacArthur abfliegt.«

Der Major erwiderte: »Yes, Sir;« am anderen Ende in Fort Dix blieb die Leitung eine Weile stumm. Russ meinte zu mir: »Harry hat die Grippe. Hast du Lust auf einen Abstecher nach New Jersey, Schlaukopf?«

»Ist das Ihr Ernst?«

»Falls dieser Soldat von den Muttermalen auf Elizabeths Kehrseite erzählt, dann ganz bestimmt.«

»Fragen Sie ihn doch nach den Peitschenstriemen, nach dem, was nicht in die Zeitungen gekommen ist.«

Russ schüttelte ablehnend den Kopf. »Nein, das könnte ihn zu sehr aufregen. Falls dies hier echt ist, fliegen wir zur Vernehmung und erstatten von Jersey aus Bericht. Falls Jack oder Ellis von dieser Sache Wind bekommen, schicken sie mit Sicherheit Fritzie, und der hätte diesen Soldaten morgen auf dem elektrischen Stuhl, schuldig oder nicht.«

Der Ausfall gegen Fritzie wurmte mich. »So übel ist er nun auch wieder nicht. Und ich glaube auch, daß Loew inzwischen aufgegeben hat, einen Schuldigen in diesem Fall zu präparieren.«

»Dann bist du wohl doch ein ziemlich leichtgläubiger Schlaukopf. Fritzie ist einer von der übelsten Sorte, und Ellis –«

Der Major meldete sich wieder in der Leitung. »Sir, Dulange hat gesagt, das Mädchen hätte drei kleine dunkle Leberflecken auf der linken Backe ihres, äh ... nun ja, derrière.«

»Sie hätten ruhig Hintern sagen können, Major. Und wir sind schon unterwegs.«

Corporal Joseph Dulange war ein großer, muskelbepackter Mann von neunundzwanzig Jahren, dunkelhaarig, pferdegesichtig, mit einem bleistiftdünnen Schnauzbart. In olivfarbener Haftkleidung saß er uns im Vernehmungsraum der Militärpolizei von Fort Dix an einem Tisch gegenüber und sah unverbesserlich gemein aus. Ihm zur Seite saß ein Anwalt beim Militärgericht im Captainsrang, wahrscheinlich, um sicherzustellen, daß Russ und ich es nicht mit dem dritten Grad versuchten, der Zivilisten vorbehalten war. Der achtstündige Flug hatte uns ordentlich durchgerüttelt; um vier Uhr nachmittags war ich noch ganz auf L.A.-Zeit eingestellt, erschöpft zwar, doch zugleich aufgedreht. Auf der Fahrt vom Militärflugplatz zu den Kasernen hatte der C.I.D.-Major, mit dem wir am Telefon gesprochen hatten, uns kurze Angaben zu Dulange gemacht. Er war ein zum zweiten Mal verheirateter Kriegsveteran, immer scharf auf Schnaps und ein gefürchteter Schläger. Die Angaben waren unvollständig, doch entscheidend waren zwei Tatsachen: Er war am 8. Januar nach L.A. geflogen und am 17. Januar in der Pennsylvania Station von New York City wegen Volltrunkenheit festgenommen worden.

Russ machte den Eröffnungszug. »Corporal, mein Name ist Millard, und der Mann in meiner Begleitung ist Detective Bleichert. Wir sind vom Los Angeles Police Department, und falls Sie uns davon überzeugen können, daß Sie Elizabeth Short getötet haben, werden wir Sie verhaften und mit uns nehmen.«

Dulange lümmelte sich in seinen Stuhl und sagte mit hoher, näselnder Stimme: »Ich habe sie aufgeschlitzt.«

Russ seufzte auf. »Eine Menge anderer Leute haben uns dasselbe erzählt.«

»Ich habe sie auch gefickt.«

»Tatsächlich. Sie haben Ihre Frau betrogen?«

»Ich bin Franzose.«

Ich schlüpfte in die Rolle des üblen Bullentyps. »Ich bin Deutscher, und da ist auch was drauf geschissen. Was soll das damit zu tun haben, daß Sie Ihre Frau betrügen?«

Dulange ließ seine Zunge wie ein Reptil vorschnellen. »Ich besorge es ihnen auf französisch. Meine Frau mag es nicht auf diese Weise.«

Russ stieß mich mit dem Ellenbogen an. »Corporal, warum haben Sie Ihren Urlaub gerade in Los Angeles gemacht? Was hat Sie dort so interessiert?«

»Fotzen. Johnnie Red Label. Trubel.«

»Das alles hätten Sie auch drüben am Fluß in Manhatten finden können.«

»Sonne, Filmstars, Palmen.«

Russ lachte. »Klar, das alles gibt es in L.A. Klingt ja ganz so, als würde Ihre Frau Sie an der langen Leine halten. Sie wissen schon – daß Sie den Urlaub ganz allein machen konnten.«

»Sie weiß, daß ich Franzose bin. Ich besorge es ihr immer gut, wenn ich zu Hause bin. Missionarsstil, fünfundzwanzig Zentimeter. Sie kann sich nicht beklagen.«

»Und was ist, wenn sie sich doch beklagt, Jo? Was würden Sie dann mit ihr machen?«

Mit steinerner Miene sagte Dulange: »Beklagt sie sich einmal, kriegt sie meine Fäuste zu spüren. Zweimal, und ich schneide sie in zwei Hälften.«

Ich warf ein: »Wollen Sie mir weismachen, daß Sie fünftausend Kilometer weit fliegen, nur um Fotzen zu lecken?«

»Ich bin Franzose.«

»Für mich sehen Sie wie ein Homo aus. Die Lecker sind alle verkappte Tunten, das ist erwiesen. Was sagen Sie dazu, Scheißkerl?«

Der Soldat/Jurist stand auf und flüsterte etwas in Russ' Ohr; Russ stieß mich unter dem Tisch an. Dulanges steinerne Miene bekam einen Riß, und er grinste breit. »Plattfuß, meine Antwort heißt: fünfundzwanzig Zentimeter.«

Russ meinte beschwichtigend: »Sie müssen Detective Bleichert entschuldigen, Joe, bei ihm brennen schnell die Sicherungen durch.«

»Er hat einen zu kurzen Pimmel, wie alle Krauts. Als Franzose weiß ich das.«

Russ lachte schallend, als habe er im Herrenclub gerade einen umwerfend komischen Witz gehört. »Joe, Sie sind 'ne Marke.«

Dulange ließ seine Zunge herausschnellen. »Ich bin Franzose.«

»Joe, Sie sind ein ziemlich wilder Typ, und Major Carroll hat mir vorhin erzählt, daß Sie gern Frauen prügeln. Stimmt das?«

»Können Nigger tanzen?«

»Bestimmt können sie das. Macht es Ihnen Spaß, Frauen zu schlagen, Joe?«

»Wenn sie es herausfordern.«

»Wie oft fordert es Ihre Frau denn heraus?«

»Die dicken fünfundzwanzig Zentimeter fordert sie jede Nacht.«

»Nein, ich meine, bittet sie darum, geschlagen zu werden?«

»Jedesmal, wenn ich mich mit Johnnie Red rumtreibe und sie es rausbekommt, fordert sie es auch heraus.«

»Johnnie und Sie, Sie sind alte Kumpel?«

»Johnnie Red ist mein bester Freund.«

»Ist Johnnie mit Ihnen nach L.A. geflogen?«

»In meiner Tasche.«

Ich fand es entnervend, mit einem Psycho-Säufer Konversation zu machen; ich mußte an Fritzie und seine direkte Vorgehensweise denken. »Haben Sie den Säuferwahn, Sie Scheißkerl? Wollen Sie mit mir einen kleinen Gang zwischen den Seilen machen? Damit Sie wieder klar werden?«

»Bleichert, das reicht!«

Ich hielt den Mund. Der Militärjurist funkelte mich an; Russ rückte seine Krawatte gerade – das Zeichen für mich, mich zurückzuhalten. Dulange ließ die Fingerknöchel seiner linken Hand knacken, einen nach dem anderen. Russ warf lässig eine Packung Zigaretten auf den Tisch. Der wohl älteste »Ich-bin-dein-Kumpel-Trick« aus dem Lehrbuch.

Der Franzose sagte: »Johnnie Red mag es nicht, wenn ich rauche, außer in seiner Gesellschaft. Wenn Sie Johnnie herschaffen, rauche ich. Ich kann auch besser in Johnnies Gegenwart ein Geständnis ablegen. Fragen Sie den katholischen Kaplan im North Post. Er hat mir erzählt, daß er Johnnie schon immer von weitem riecht, wenn ich zur Beichte komme.«

Ich begann langsam zu wittern, daß Corporal Joseph Dulange einer von den Verrückten war, die süchtig nach öffentlichem Ruhm gierten. Russ belehrte ihn: »Geständnisse unter Alkoholeinfluß gelten nicht vor Gericht, Joe. Aber ich mache Ihnen einen Vorschlag. Sie überzeugen mich, daß Sie Betty Short getötet haben, und ich werde dafür sorgen, daß Johnnie mit uns nach Los Angeles kommt. Ein netter Achtstundenflug gibt Ihnen reichlich Zeit, Ihre Bekanntschaft mit ihm aufzufrischen. Was sagen Sie dazu?«

»Ich sage, daß ich die Dahlie verhackstückt habe.«

»Und ich sage, daß Sie es nicht waren. Ich sage, daß Johnnie und Sie wohl noch längere Zeit getrennt bleiben müssen.«

»Ich habe sie zerstückelt.«

»Wie denn?«

»Ihre Titten, von Ohr zu Ohr, und dann halbiert. Hack, hack, hack!«

Russ seufzte: »Gehen wir noch einmal zurück, Joe. Sie sind am Mittwoch, den 8. Januar, von Dix abgeflogen und abends im Camp MacArthur gelandet. Also, Sie und Johnnie sind jetzt in L.A. und scharf darauf, eine Sause zu machen. Wohin sind Sie zuerst gegangen? Zum Hollywood Boulevard, zum Sunset Strip, zum Strand? Wohin?«

Dulange ließ seine Fingerknöchel knacken. »Nathans Tattoo Parlor, 463 North Alvarado.«

»Was haben Sie dort gemacht?«

Crazy-Joe streifte seinen linken Ärmel hoch und enthüllte die gespaltene Zunge einer Schlange, unter die der Name »Frenchy« tätowiert war. Als er seinen Bizeps anspannte, dehnte sich die Tätowierung. Dulange sagte: »Ich bin ein Franzose.«

Auf gekonnte Art trat Millard jetzt scheinbar den Rückzug an. »Ich bin ein Cop, und langsam wird es mir langweilig. Wenn es mir langweilig wird, übernimmt Detective Bleichert. Detective Bleichert war früher einmal der Zehnte in der Weltrangliste im Leichtschwergewicht, und er ist ganz und gar kein netter Mann. Stimmt's, Partner?«

Ich ballte die Fäuste. »Ich bin Deutscher.«

Dulange lachte. »Keine Kraft, kein Saft. Kein Johnnie, keine Geschichte.«

Ich hätte ihn fast über den Tisch angesprungen. Russ packte meinen Ellenbogen wie ein Schraubstock und feilschte mit unserem Gegenüber. »Joe, ich schlage Ihnen ein Geschäft vor. Zuerst einmal überzeugen Sie uns davon, daß Sie Betty Short überhaupt gekannt haben. Geben Sie uns ein paar Tatsachen, ein paar Namen, Daten, nähere Beschreibungen. Wenn Sie das machen, und wenn wir dann unsere erste Pause einlegen, können Johnnie und Sie zurück in Ihre Zelle und Wiedersehen feiern. Was meinen Sie dazu?«

»Johnnie *Pint?*«

»Nein, sein großer Bruder, Johnnie *Gallone.*«

Johnnie griff gierig nach der Zigarettenpackung und klopfte einen Glimmstengel heraus; Russ hatte schon sein Feuerzeug parat und zündete ihn an. Dulange nahm einen sagenhaften ersten Zug, und zusammen mit dem Rauch sprudelten dann die Worte aus ihm heraus:

»Also, wir aus dem Tätowierungsladen raus, Johnnie und ich, und dann im Taxi in die Innenstadt, wo wir uns ein Zimmer genommen haben. *Havanna Hotel,* Ecke Ninth und Olive, zwei Dollar pro Nacht, überall riesige Käfer. Die machten Bambule, also hab' ich Mausefallen ausgelegt. Das hat sie allegemacht. Ich und Johnnie haben das erst einmal überschlafen, und am nächsten Tag sind wir dann auf Fotzenjagd gegangen. Kein Glück. Den Tag darauf habe ich mir dann am Busbahnhof diese Filipino-Fotze aufgerissen. Sie hat gesagt, sie braucht eine Busfahrkarte nach Frisco, also habe ich ihr einen Fünfer für mich und Johnnie geboten. Sie hat gesagt, für zwei Kerle ist ein Zehner das Minimum. Ich sage ihr darauf, Johnnie hängt durch wie Jesus, und eigentlich müßte sie mich bezahlen. Wir gehen zurück ins Hotel, und alle Schaben haben sich irgendwie wieder aus den Mausefallen befreit. Ich stelle ihr erst einmal Johnnie vor und sage ihr, daß er als erster dran ist. Sie bekommt Schiß und sagt: ›Glaubst du, du bist Fatty Arbuckle?‹ Ich stecke es ihr, daß ich Franzose bin. Frag sie, wer sie glaubt, wer sie ist, daß sie Johnnie Red gegenüber die Vornehme spielt.

Die Schaben heulen wie die Nigger. Die Filipino-Fotze meint: Johnnie hat zu scharfe Zähne, nee, Sir. Sie macht sich mit hundert Sachen aus dem Staub, und Johnnie und ich verkriechen uns bis Samstag nachmittag. Wir brauchen dringend was zum bumsen. Wir gehen zu diesem Army-Navy-Laden am Broadway, und ich kaufe mir da ein bißchen Lametta für meine Eisenhower-Jacke. Ehrenkreuz mit Eichenlaub, Silver Star, Bronze Star, Auszeichnungen aus allen Schlachten gegen die Japse. Ich seh' aus wie George S. Patton, nur noch eine Nummer größer. Johnnie und ich gehen in diese Bar, die *Night Owl.* Die Dahlie kommt reinspaziert; und Johnnie sagt: ›*Yes, Sir, that's my baby, no Sir, don't mean maybe, yes Sir, that's my baby now.*‹«

Dulange drückte seine Zigarette aus und langte nach der Packung. Russ machte Notizen.

Ich dachte über Ort und Zeit nach, und aus den Tagen, da ich noch Funkstreife gefahren war, erinnerte ich mich noch gut an die *Night Owl.* Sie befand sich Ecke Sixth und Hill – nur zwei Seitenstraßen vom Biltmore-Hotel entfernt, wo Red Manley am Freitag, den 10. Januar, Betty Short abgesetzt hatte. Der Franzose hatte, obwohl seine Erinnerungen vom Säuferwahn getrübt waren, für mich doch wieder an Glaubwürdigkeit gewonnen.

Russ fragte: »Joe, das war von Sonnabend, den 11., auf Sonntag, den 12., wovon Sie jetzt sprechen?«

Dulange zündete sich hastig die nächste Zigarette an. »Ich bin Franzose, kein wandelnder Kalender. Auf Samstag folgt Sonntag. Also finden Sie es selbst raus.«

»Gut, machen Sie weiter.«

»Na ja, die Dahlie und ich und Johnnie, wir schwatzen ein bißchen, und ich lade sie ein, mit ins Hotel zu kommen. Wir kommen also dahin, und überall sind Schaben und machen Krach und nagen am Holz. Die Dahlie sagt, daß sie sich nicht flachlegt, bevor ich nicht alle umgebracht habe. Ich schnappe mir also Johnnie und schlage mit ihm auf sie ein. Und Johnnie hat mir auch gesagt, daß es gar nicht wehgetan hat. Aber die Dahlie will einfach nicht die Beine breitmachen, bevor ich nicht die Schaben auf die feine wissenschaftliche Art beseitigt habe. Ich gehe also runter auf die Straße und hole diesen Arzt. Für einen Fünfer spritzt er diesen Schaben ein Gift. Dann vögeln die Dahlie und ich wie Karnickel, wobei uns Johnnie Red zuschaut. Er wird ganz wild, weil die Dahlie so gut ist, weil ich ihn nicht ranlassen will.«

Ich schaltete mich ein und forderte ihn mit aller Schärfe auf: »Beschreib mal ihren Körper, und gib dir Mühe, oder du kriegst Johnnie Red nicht mehr zu sehen, bis du aus diesem Schlamassel rauskommst.«

Dulanges Gesicht wurde ganz weich; er sah aus wie ein Kleinkind, dem man gedroht hatte, ihm seinen Teddybären wegzunehmen. Russ sagte aufmunternd: »Beantworten Sie die Frage, Joe.«

Dulange grinste: »Bevor ich sie ihr abgeschnitten habe, hatte sie stramme kleine Titten mit rosa Nippeln. Die Beine ein bißchen dick, hübscher Pelz. Sie hatte diese Leberflecken, von denen ich Major Carroll erzählt hab'. Und sie hatte diese Kratzer auf dem Rücken, noch ganz frisch, als wäre sie gerade ausgepeitscht worden.«

Ich fuhr leicht zusammen und dachte an die schwachen Striemen von einer Peitsche, die der Leichenbeschauer bei der Autopsie erwähnt hatte.

Russ sagte: »Weiter, Joe!« Dulange grinste idiotisch. »Dann spielt die Dahlie verrückt. Fragt: Wie kommt es, daß du nur Corporal bist? Wo du doch all diese Auszeichnungen bekommen hast? Sie nennt mich Matt und Gordon und redet andauernd über unser Baby, obwohl wir es erst einmal gemacht hatten und das auch noch mit 'nem Gummi. Johnnie wird dabei ganz mulmig, und er und die Schaben fangen an zu singen: *»No, Sir, that ain't my baby.«* Ich will noch weiterbumsen, also geh' ich mit der Dahlie runter auf die Straße und dann zu diesem Kakerlakendoktor. Ich schieb' ihm einen Zehner rüber, und er tut so, als würde er sie gründlich untersuchen, und sagt dann: ›Es wird ein gesundes Baby, und in sechs Monaten ist es soweit.‹«

Trotz des Säuferwahns, in dem er sich befand, hatte er uns wieder eine Bestätigung geliefert; der ›Matt‹ und ›Gordon‹, die er erwähnte, waren offenbar Matt Gordon und Joseph Gordon Fickling, zwei der Phantasie-Ehemänner, von denen Betty Short immer erzählt hatte. Ich dachte: Jetzt steht es Fünfzig zu Fünfzig, schließen wir die Sache also ein für allemal ab. Erlösen wir endlich Big Lee Blanchard; Russ setzte nach. »Und dann was, Joe?«

Dulange sah jetzt richtig verblüfft aus – ihm waren keine Großtuerei, keine Schreckensvisionen im Säuferwahn und auch nicht der Wunsch anzumerken, mit Johnnie Red wiedervereint zu sein.

»Dann hab' ich sie aufgeschlitzt.«

»Wo?«

»In zwei Hälften geteilt.«

»Nein, Joe, wo haben Sie den Mord begangen?«

»Oh. Im Hotel.«

»Welche Zimmernummer?«

»116.«

»Wie haben Sie den Leichnam dann zur Ecke 39th und Norton geschafft?«

»Ich hab' ein Auto geklaut.«

»Was war das für ein Auto?«

»Ein Chevy.«

»Baujahr und Modell?«

»43er Limousine.«

»Während des Krieges sind keine neuen amerikanischen Wagen gebaut worden, Joe. Versuchen Sie es noch einmal.«

»47er Limousine.«

»Und jemand hat in einem so tollen neuen Wagen einfach die Schlüssel steckenlassen? Mitten in der Innenstadt von Los Angeles?«

»Ich hab' die Drähte kurzgeschlossen.«

»Wie würden Sie das machen, Joe?«

»Was denn?«

»Erklären Sie mir einfach, wie Sie dabei vorgehen.«

»Ich hab' vergessen, wie ich es gemacht hab'. Ich war besoffen.«

Jetzt mischte ich mich ein. »Wo ist Ecke 39th und Norton?«

Dulange spielte mit der Zigarettenschachtel. »Das ist nahe Crenshaw Boulevard und Coliseum Street.«

»Komm mit irgend etwas rüber, das nicht in den Zeitungen gestanden hat.«

»Ich habe sie von einem Ohr zum anderen aufgeschlitzt.«

»Das weiß doch jeder.«

»Ich und Johnnie, wir haben sie vergewaltigt.«

»Sie ist nicht vergewaltigt worden. Und Johnnie hätte keine Spuren zurückgelassen. Es gab keine. Warum hast du sie umgebracht?«

»Sie war schlecht zu vögeln.«

»Bockmist! Du hast doch eben noch gesagt, Betty hätte wie ein Karnickel gefickt.«

»Wie ein blödes Karnickel.«

»Bei Nacht sind alle Katzen grau, du Scheißkerl. Also, warum hast du sie umgebracht?«

»Sie wollte es nicht auf französisch machen.«

»Das ist doch kein Grund! In jedem x-beliebigen Fünfdollarpuff kannst du es französisch haben. Ein Franzose wie du müßte das doch wissen.«

»Sie hat es schlecht auf französisch gemacht.«

»Das gibt es doch nicht, du Scheißtyp.«

»Aber ich habe Hackfleisch aus ihr gemacht.«

Ich schlug knallend mit der Handfläche auf die Tischplatte wie Harry Sears. »Du bist ein gottverdammter verlogener Hundesohn!«

Der militärische Rechtsbeistand erhob sich halb von seinem Stuhl; Dulange plärrte: »Ich will meinen Johnnie haben.«

Russ wandte sich an den Captain. »Ich wäre Ihnen dankbar, wenn er uns in sechs Stunden wieder zur Verfügung stehen könnte.« Und dann lächelte er mir zu – es war das sanfteste Lächeln, das ich bei ihm je gesehen hatte.

Als wir gingen, war aus dem Fünfzig zu Fünfzig eher ein Fünfundsiebzig zu Fünfundzwanzig geworden. Russ ging, um seinen Bericht durchzugeben und die kriminaltechnische Abteilung in Zimmer 116 des *Havanna Hotels* zu schicken, damit sie es auf Blutflecken untersuchten; ich begab mich in mein Gästezimmer in der Kaserne, das Major Carroll mir angewiesen hatte. Ich träumte von Betty Short und Fatty Arbuckle in Schwarz-Weiß; als der Wecker klingelte, griff ich gerade nach Madeleine.

Die Augen aufschlagend, sah ich Russ, der piekfein in einem neuen Anzug vor mir stand. Er reichte mir eine Zeitung und sagte: »Ellis Loew sollte man nie unterschätzen.«

Der Aufmacher in der Regionalausgabe von Newark war übertitelt mit der Schlagzeile: »Soldat aus Fort Dix in sensationellem Mordfall in Los Angeles Hauptverdächtiger.« Darunter prangten nebeneinander die Fotos von Joe Dulange und Loew, der sich hinter seinem Schreibtisch in Positur geworfen hatte. Der Wortlaut des Artikels war:

> In einer Verlautbarung gegenüber der überregionalen Ausgabe des *Mirror* erklärte der stellvertretende Bezirksstaatsanwalt von Los Angeles, Ellis Loew, Chefermittler in dem geheimnisvollen Mordfall um die ›Schwarze Dahlie‹: »Gestern abend ist uns endlich ein Durchbruch gelungen. Ich bin gerade von zweien meiner engsten Mitarbeiter, Lieutenant Russell Millard und Officer Dwight Bleichert, davon in Kenntnis gesetzt worden, daß Corporal Joseph Dulange aus Fort Dix in New Jersey den Mord an Elizabeth Short gestanden hat und daß dieses Geständnis erhärtet wird durch Tatsachen, die nur dem Mörder bekannt sein können. Corporal Dulange ist für seine abartigen Neigungen bekannt, und ich werde den Medien gegenüber weitere Verlautbarungen

geben, sobald die Männer, denen Dulange die Tat gestanden hat, ihn zur Vernehmung nach Los Angeles überführt haben.«

Der Fall Elizabeth Short hat seit dem 15. Januar, als Miss Shorts nackter, verstümmelter Körper, der in der Mitte zerteilt worden war und auf einem Trümmergrundstück in Los Angeles gefunden wurde, sämtlichen Dienststellen Rätsel aufgegeben. Der stellvertretende Bezirksstaatsanwalt Loew war nicht bereit, auf nähere Einzelheiten des Geständnisses von Corporal Dulange einzugehen, doch er erklärte, daß Dulange zu Miss Elizabeth Short intime Beziehungen unterhalten habe. »Weitere Einzelheiten werden noch bekanntgegeben«, sagte er. »Im Augenblick ist jedoch am wichtigsten, daß dieser Unhold in sicherem Gewahrsam ist, wo er nicht mehr töten kann.«

Ich lachte. »Was haben Sie Loew eigentlich erzählt?«

»Nichts. Als ich das erste Mal mit Captain Jack sprach, sagte ich ihm, daß Dulange als mutmaßlicher Täter in Frage käme. Er schnauzte herum, weil wir ihn vor unserer Abreise nicht verständigt haben, und das war es auch schon. Als ich ihn das zweite Mal angerufen habe, sagte ich ihm, Dulange machte auf uns mehr und mehr den Eindruck, als wäre er noch einer dieser Verrückten. Er schien sehr betroffen, und jetzt weiß ich auch warum.«

Ich stand auf und reckte mich. »Na, dann können wir ja nur hoffen, daß er sie wirklich umgebracht hat.«

Russ schüttelte den Kopf. »Das SID hat erklärt, daß man im Hotelzimmer keine Blutflecken gefunden hätte und daß es dort auch kein fließend Wasser gibt, mit dem er das Blut hätte wegspülen können. Und Carroll hatte Berichte aus drei Bundesstaaten über Dulanges Verbleib zwischen dem 10. und 17. Januar – Ausnüchterungszellen, Krankenhäuser, Polizeireviere. Wir haben eine Niete gezogen: Franzmann war zwischen dem 14. und 17. Januar in der geschlossenen Abteilung des St.

Patricks Hospitals in Brooklyn, *delirium tremens*. Er wurde am Morgen des 17. entlassen und zwei Stunden später in der Penn Station aufgegriffen. Der Mann ist sauber.«

Ich wußte nicht mehr, auf wen ich wütend sein sollte. Loew und Kumpane wollten den Fall mit allen Mitteln knacken. Millard forderte Gerechtigkeit, und ich würde nach Hause kommen und Schlagzeilen sehen, in denen ich als kompletter Idiot dastand.

»Und was ist mit Dulange? Wollen Sie sich ihn noch einmal vornehmen?«

»Und mir noch mehr Schwachsinn über keifende Kakerlaken anhören? Oh nein! Carroll hat ihm vorgehalten, was man über ihn herausgefunden hat. Da hat er gestanden, er hätte die Mordgeschichte nur erfunden, um auf die Titelseiten zu kommen. Er möchte sich mit seiner ersten Frau aussöhnen und hat sich Hoffnungen gemacht, daß er bei soviel Öffentlichkeit ihre Sympathie zurückgewinnen könnte. Ich habe noch einmal mit ihm gesprochen und nichts gehört als verrückte Suffgeschichten. Von dem werden wir nichts mehr erfahren.«

»Jesus Christus!«

»Ja, der Erlöser, wirklich und wahrhaftig. Man wird Joe schleunigst aus der Armee entlassen. Und wir fliegen in einer Dreiviertelstunde zurück nach Los Angeles. Also, zieh dich an, Partner.«

Ich stieg in meine stinkenden Klamotten, und dann gingen Russ und ich nach draußen zum Schlagbaum, um dort auf den Jeep zu warten, der uns zum Flugplatz bringen sollte. Schon von fern erkannte ich eine große Gestalt in Uniform, die sich uns näherte. Ich zitterte vor Kälte; der große Mann stand jetzt fast vor uns. Ich sah, daß es kein anderer als Corporal Joseph Dulange war.

Als er mit uns vor dem Schlagbaum stand, streckte er uns triumphierend eine Zeitung hin und tippte auf sein Bild auf der Titelseite. »Ich bin berühmt, und du bist nur Kleingedrucktes, du blöder Kraut. Unter ›Ferner liefen‹, wie es sich gehört.«

Sein Atem stank nach Johnnie Red, und ich versetzte ihm

einen Haken, genau auf den Punkt. Dulange fiel um wie eine Ladung Ziegelsteine; meine rechte Hand tat höllisch weh. Russ Millards Blick gemahnte mich an Jesus, nachdem er sich dazu durchgerungen hatte, den Heiden zu vergeben. Ich sagte: »Seien Sie doch nicht so gottverdammt korrekt! Müssen Sie denn immer den Heiligen spielen?«

21. Kapitel

Ellis Loew sagte: »Ich habe diese kleine Versammlung aus verschiedenen Gründen einberufen, Bucky. Einer davon ist der, daß ich mich dafür entschuldigen möchte, mich gleich auf Dulange gestürzt zu haben. Es war voreilig von mir, mit meinen Kontaktleuten bei der Zeitung zu reden. Und Sie müssen das nun ausbaden. Dafür möchte ich mich in aller Form entschuldigen.«

Ich schaute Loew und Fritzie Vogel an, der neben ihm saß. Die »kleine Versammlung« fand im Wohnzimmer in Fritzies Haus statt; in den Schlagzeilen der letzten beiden Tage stand ich als ein übereifriger Cop, der blind auf alles Jagd machte. »Was erwarten Sie von mir, Mr. Loew?«

Fritzie lachte; Loew sagte: »Nennen Sie mich doch Ellis.«

Die ganze Veranstaltung war ein unerreichter Tiefpunkt plumper Vertraulichkeit – mit allem, was dazugehörte, mit Highballs und einem Teller mit Keksen, den Fritzies Hausfrau zur Besänftigung der Gemüter aufgetragen hatte. In einer Stunde wollte ich mich mit Madeleine treffen – und eine Verbrüderung mit meinem Chef außerhalb der Dienststunden war nun wirklich das Letzte, was ich mir wünschte. »Okay, Ellis.«

Der Ton, in dem ich das sagte, paßte Loew gar nicht. »Bucky, in der Vergangenheit sind wir schon ein paarmal aneinandergeraten. Vielleicht geraten wir uns auch jetzt in die Wolle, doch ich möchte meinen, daß wir in einigen Dingen schon übereinstimmen. Wir beide möchten, daß der Short-Fall zum Abschluß gebracht wird und wir uns wieder unseren eigentlichen Aufgaben widmen können. Sie wollen zurück zur Fahndung, und so gern ich den Killer auch unter Anklage stellen würde, sind mir jetzt die Ermittlungen aus den Händen geglitten. Es wird für mich höchste Zeit, daß ich mich den alten Fällen zuwende, die sich auf meinem Schreibtisch stapeln.«

Ich fühlte mich wie ein ausgefuchster Pokerspieler, der einen Royal Flush in Händen hält. »Was möchten Sie denn nun, Ellis?«

»Ich möchte Sie morgen wieder bei der Fahndung haben, und ich will im Short-Fall noch einen letzten Versuch machen, bevor ich mir meine alten Akten wieder vornehme. Wir sind beide ehrgeizig, richtige Aufsteiger, Bucky. Fritzie will Sie als Partner haben, sobald er zum Lieutenant befördert wird, und –«

»Russ Millard möchte mich auch haben, wenn Harry Sears in den Ruhestand tritt.«

Fritzie nahm einen Schluck von seinem Highball. »Sie sind ihm zu rauh, mein Lieber. Er hat überall herumerzählt, daß Sie leicht die Beherrschung verlieren. Der alte Russ ist ein Waschweib, und mein Typ liegt Ihnen viel mehr.«

Mit seiner Vermutung lag er gar nicht so sehr daneben; ich mußte an den angewiderten Blick zurückdenken, mit dem Russ mich bedacht hatte, nachdem ich Dulange eins reingewürgt hatte. »Also, was soll ich nun tun, Ellis?«

»Also schön, Dwight, gut, ich werd's Ihnen sagen. Im City Jail halten wir noch immer vier Bekenner fest. Sie haben keine Alibis für die Tage, in denen Betty Short spurlos verschwunden war. Sie sind bei ihrer ersten Vernehmung nicht ansprechbar gewesen, und es sind durchweg gewalttätige Irre mit Schaum vor dem Mund. Ich möchte, daß sie noch einmal verhört werden, und es geht mir dabei – wie sagt man doch gleich – um die Verhältnismäßigkeit der Mittel. Dabei werden Muskeln gebraucht, und Fritzie wollte zuerst Bill Koenig dabeihaben, doch dem steckt die Gewalttätigkeit so tief in den Knochen, daß ich lieber Sie ausgesucht habe. Also, Dwight, ja oder nein? Zurück zur Fahndung, oder Dreckarbeit bei der Mordkommission, bis Russ Millard Ihrer überdrüssig wird? Millard ist ein geduldiger, vorausschauender Mann, Dwight. Da könnte es für Sie eine sehr lange Wartezeit bedeuten.«

Mit meinem Royal Flush war es wohl nichts. »Ja.«

Loew strahlte. »Sie gehen jetzt zum Stadtgefängnis. Die Wärter von der Nachtschicht haben den vier Männern schon die Entlassungspapiere ausgestellt. Bei der Fahrbereitschaft für die Nachtschicht ist ein Gefangenentransporter abgestellt. Schlüssel sind unter der Matte. Fahren Sie die Verdächtigen zu 1701 South Alameda, wo Sie dann Fritzie treffen – und: herzlich willkommen bei der Fahndung, Dwight!«

Ich stand auf. Loew nahm sich noch einen Keks vom Teller und knabberte geziert darauf herum; Fritzie trank sein Glas leer, wobei ihm die Hände stark zitterten.

Die Geisteskranken warteten schon in einer Gemeinschaftszelle auf mich; sie trugen Gefängniskluft, waren aneinandergekettet, und man hatte sie auch an den Füßen gefesselt. Die Entlassungspapiere hatte man mir zusammen mit einer Kopie ihres Vorstrafenregisters und erkennungsdienstlichen Fotos ausgehändigt; als die Zellentür elektronisch geöffnet wurde, verglich ich die Gesichter mit den Fotos.

Paul David Orchard war klein und gedrungen, hatte eine platte, zerquetschte Nase und langes, von Pomade triefendes Blondhaar; Cecil Thomas Durkin war ein Mulatte um die 50, kahlköpfig, mit fleckiger Haut und beinahe einen Meter fünfundneunzig groß. Charles Michael Issler hatte riesige, tiefeingesunkene Augen, und Loren Bidwell war ein zerbrechlicher alter Mann mit Schüttellähmung, dessen Haut von Leberflekken überzogen war. Er sah derart erbärmlich aus, daß ich mir noch einmal seine Papiere ansah, um zu überprüfen, ob es sich auch um den richtigen Mann handelte; Vorstrafen wegen sexueller Belästigung von Kindern, die bis auf das Jahr 1911 zurückgingen, überzeugten mich schließlich. »Na, dann mal nach draußen mit euch«, sagte ich. »Los, vorwärts!«

Die vier schlurften hinaus, gingen mit merkwürdig gespreizten Beinen seitwärts, wobei ihre Ketten über den Boden klirrten. Ich zeigte auf einen Seitenausgang, der in einen schmalen Durchgang mündete; der Gefängniswärter öffnete die Tür von außen. Meine tanzenden Derwische hüpften hinaus auf den Parkplatz; der Wärter behielt sie im Auge, während ich die Minna holte und im Rückwärtsgang durch die Gasse fuhr.

Der Wärter öffnete die Hintertür des Gefangenentransporters; ich schaute durch den Rückspiegel und beobachtete, wie meine Fracht einstieg. Die Männer flüsterten miteinander, sogen in tiefen Zügen die frische Nachtluft ein, während sie unbeholfen ins Wageninnere kletterten. Der Wärter verriegelte hinter ihnen die Tür und gab mir mit dem Revolver in der Hand das Zeichen, daß ich abfahren konnte.

1701 South Alameda lag im Industriegebiet im Osten von Los Angeles, etwa zweieinhalb Kilometer vom Stadtgefängnis entfernt. Fünf Minuten später hatte ich es gefunden – ein gigantisches Lagerhaus mitten in einem Block mit gigantischen Lagerhäusern, das einzige mit erleuchtetem Firmenschild an der Straßenfront: »Kounty King Frühstücksfleisch – wir beliefern Los Angeles County seit 1923 mit hochwertigen Lebensmitteln.« Als ich davor hielt, tippte ich kurz auf die Hupe; eine Tür unterhalb des Lichtkastens öffnete sich, dann ging das Licht wieder aus, und Fritzie Vogel stand da, die Daumen in den Hosenbund gehakt.

Ich stieg aus und entriegelte die Hintertür. Die Verrückten stolperten auf die Straße; Fritzie rief ihnen zu: »Hier entlang, meine Herren.« Die vier liefen im Spreizschritt in die Richtung, aus der die Stimme kam; in Fritzies Rücken ging ein Licht an. Ich schloß den Wagen ab und ging zu ihm hinüber.

Fritzie schob den letzten der Irren hinein und begrüßte mich im Eingang. »Beziehungen, alter Knabe! Der Mann, dem dieser Laden gehört, ist Sheriff Biscailuz eine Gefälligkeit schuldig, und der hat in seiner Kriminalabteilung einen Lieutenant, dessen Bruder Arzt ist, der wiederum mir etwas schuldig ist. Sie werden gleich sehen, wovon ich rede.«

Ich schloß die Tür und legte den Riegel vor; Fritzie führte

mich an unserer Tanztruppe vorbei durch einen Vorraum, in dem es nach Fleisch stank. An dessen Ende schloß sich ein riesiger Raum an; mit Sägemehl bedeckter Zementboden, Reihe um Reihe rostiger Fleischerhaken, die von der Decke hingen. Von einigen baumelten Rinderhälften herab, ungekühlt, bei normaler Raumtemperatur, und Schmeißfliegen taten sich am Fleisch gütlich. Mein Magen revoltierte; dann erblickte ich hinten vier Stühle neben vier unbenutzten Haken, und ich bekam eine Vorahnung von dem, was sich hier abspielen würde.

Fritzie schloß die Handschellen auf, mit denen die Irren aneinander gefesselt waren, und fesselte ihnen damit dann wieder die Hände vorn. Ich stand dabei und beobachtete, wie sie darauf reagierten. Des alten Bidwells Händezittern hatte sich rasend beschleunigt. Durkin summte vor sich hin. Orchard schniefte mit schräggelegtem Kopf, als habe das Gewicht seiner öligen Schmachtlocke ihn heruntergezogen. Einzig Charles Issler schien klar genug bei Verstand, um Besorgnis zu zeigen – er rieb sich unbehaglich die Hände und schaute abwechselnd zu Fritzie und mir; sein Blick hatte etwas Gehetztes.

Fritzie zog eine Rolle Klebeband aus seiner Tasche und reichte sie mir hin. »Kleben Sie ihre Vorstrafenregister an die Wand neben den Haken, in alphabetischer Reihenfolge.«

Während ich das tat, fiel mir ein von einem Tuch verhängter Tisch auf, der ein paar Schritte weiter quer in die Tür zu einem Seitengang geschoben worden war. Fritzie führte die Gefangenen zu den Stühlen und befahl ihnen, sich draufzustellen. Dann legte er die Ketten ihrer Handschellen lose über die Fleischerhaken. Ich überflog die Listen mit den Vorstrafen in der Hoffnung, von Untaten zu lesen, die meinen Haß auf die vier schüren konnten, genug jedenfalls, um die Nacht zu überstehen und endlich wieder zur Fahndungsabteilung zurückkehren zu können.

Loren Bidwell hatte dreimal in Atascadero eingesessen, jedesmal wegen Verführung Minderjähriger. Zwischen seinen Haftstrafen hatte er sich aller aufsehenerregenden Sexualverbrechen schuldig bekannt und war in den 20er Jahren sogar einer der Hauptverdächtigen im Hickman-Fall, dem Mord an einem Kind, gewesen. Cecil Durkin war ein Rauschgifthändler, Messerstecher und ein in allen Zuchthäusern gefürchteter Vergewaltiger, der mit einigen guten Combos zusammen Schlagzeug gespielt hatte. Er hatte zwei Haftstrafen wegen Betruges in Quentin abgesessen und war vor seiner letzten Bleibe festgenommen worden, weil er öffentlich masturbiert hatte – vor dem Haus eines Bandleaders, der ihn als Bezahlung für einen Auftritt in einem Nachtclub angeblich mit Stoff abgefüllt hatte. Dafür war er zu zwölf Jahren Zuchthaus verurteilt worden; seit seiner Entlassung hatte er als Tellerwäscher gearbeitet und in einem Wohnheim der Heilsarmee gelebt.

Charles Issler war Zuhälter und ein berüchtigter Bekenner, dessen Spezialität Morde an Prostituierten waren. Wegen Zuhälterei hatte er ein Jahr im Bezirksgefängnis abgesessen; wegen seiner falschen Geständnisse war er zweimal für neunzig Tage zur Beobachtung in die Klapsmühle Camarillo gesteckt worden. Paul Orchard war Exhibitionist und Strichjunge und ehemaliger Deputy Sheriff im San Bernardino County. Abgesehen von seinen Sittlichkeitsdelikten hatte er noch zwei Vorstrafen wegen schwerer Körperverletzung und Mißhandlung.

Langsam wallte Haß in mir auf. Ich fühlte mich angespannt, als müsse ich gleich im Ring gegen einen Kerl antreten, von dem ich nicht wußte, ob ich es mit ihm aufnehmen konnte. Fritzie sagte: »Ein reizendes Quartett, wie?«

»Die reinsten Chorknaben.«

Fritzie winkte mich zu sich heran; ich stellte mich neben ihn und schaute mir die vier Verdächtigen an. Mein Haß blieb ungebrochen, als er sagte: »Ihr habt alle gestanden, die Dahlie getötet zu haben. Wir können es euch nicht nachweisen. Also liegt es ganz bei euch, uns zu überzeugen. Bucky, Sie stellen Fragen nach den Tagen, die das Mädchen verschwunden gewesen ist. Ich höre in Ruhe mit, bis ich die ersten unverschämten Lügen höre.«

Zuerst nahm ich mir Bidwell vor. Seine Schüttellähmung

brachte den Stuhl unter ihm zum Wackeln; ich langte hinauf zum Fleischerhaken, um ihn ruhigzuhalten. »Erzähl mir von Betty Short, Pops. Warum hast du sie umgebracht?«

Der alte Mann sah mich flehend an. Ich schaute weg. Fritzie, der auf den Strafregisterauszug an der Wand zeigte, sagte in die plötzlich entstandene Stille hinein: »Nur nicht so zaghaft, Jungchen. Dieser Vogel hier hat kleine Jungs gezwungen, seinen Schwanz zu lutschen.«

Meine Hand zuckte und riß am Fleischerhaken. »Also, gesteh jetzt, Pops! Warum hast du sie umgebracht?«

Bidwell antwortete mit brüchiger Stimme. »Ich habe sie nicht getötet, Mister. Ich wollte nur einen Freifahrschein in die Klapsmühle, drei warme Mahlzeiten am Tag und eine Kiste zum Pennen. Das war alles, was ich wollte. Bitte, Mister!«

Der alte Knacker sah nicht einmal stark genug aus, ein Messer anzuheben, geschweige denn, eine Frau zu fesseln und die zwei Körperhälften einer Leiche nach draußen zu einem Wagen zu tragen. Ich wandte mich Cecil Durkin zu.

»Jetzt zu dir, Cecil. Erzähl mal!«

Der Mann mit der Schmalztolle machte sich über mich lustig. »Dir was erzählen? Du hast diese Zeile wohl aus Dick Tracy oder Gangbusters, wie?«

Aus dem Augenwinkel bemerkte ich, wie Fritzie mich prüfend beobachtete. »Zum letzten Mal, du Scheißkerl! Erzähl mir jetzt alles von dir und Betty Short!«

Durkin kicherte. »Ich habe Betty Short gefickt, und ich habe deine Mamma gefickt. Ich bin dein Daddy.«

Ich schlug ihm eine Links-Rechts-Kombination auf den Solar Plexus, kurze kleine Gerade, die wehtaten. Durkins Beine knickten ein, doch es gelang ihm, sich auf dem Stuhl zu halten. Er schnappte keuchend nach Luft, und kaum daß er sich einigermaßen erholt hatte, tönte er wieder großmäulig: »Du glaubst wohl, du bist superschlau, wie? Du bist der böse Kerl, dein Kumpel ist der nette Kerl. Du prügelst mich, er rettet mich. Wißt ihr beiden Clowns denn nicht, daß diese Varieténummer längst abgesetzt ist?«

Ich massierte meine rechte Hand, deren Knöchel noch immer von den Schlägen für Lee Blanchard und Joe Dulange geschwollen waren. »Ich bin der nette Kerl, Cecil. Denk immer dran!«

Es war mir damit gelungen, Durkin zum Schweigen zu bringen und nachdenklich zu stimmen; ich wandte meine Aufmerksamkeit jetzt Charles Michael Issler zu.

Er schaute auf mich herab und sagte: »Ich habe Liz nicht getötet. Ich weiß selbst nicht, warum ich solche Sachen mache. Und ich entschuldige mich dafür. Lassen Sie bitte nicht zu, daß dieser Mann da mich quält.«

Er brachte das mit ruhigem Ernst vor, doch es war irgend etwas an ihm, das mich abstieß. Ich sagte: »Überzeug mich von deiner Unschuld!«

»Das ... Das kann ich nicht. Ich habe es einfach nicht getan.«

Ich mußte daran denken, daß Issler Zuhälter war, Betty eine Gelegenheitsprostituierte, und ich fragte mich, ob möglicherweise eine Verbindung zwischen ihnen bestanden haben könnte – bis mir wieder einfiel, daß die Nutten in dem kleinen schwarzen Büchlein, die ich befragt hatte, mich darüber aufgeklärt hatten, daß sie immer nur als Freischaffende gearbeitet habe. Ich sagte: »Hast du Betty Short gekannt?«

»Nein.«

»Hattest du von ihr gehört?«

»Nein.«

»Warum hast du dann den Mord an ihr gestanden?«

»Sie ... Sie sah so süß und hübsch aus, und ich fühlte mich so schlecht. Als ich ihr Bild in der Zeitung gesehen habe, bin ich ... Ich weiß auch nicht warum, aber bei den Hübschen muß ich immer gestehen.«

»Aus deinem Vorstrafenregister geht hervor, daß du immer nur singst, wenn es sich um Nutten handelt. Warum?«

»Na ja, ich ...«

»Prügelst du deine Mädchen, Charly? Machst du sie süchtig? Sorgst du dafür, daß sie deine Kumpel bedienen –«

Ich hielt inne, als ich plötzlich an Kay und Bobby De Witt denken mußte. Isslers Kopf fuhr auf und nieder, langsam zuerst, dann mit immer schnellerem Nicken. Dann fing er an zu schluchzen. »Ich mache solche schlechten Sachen. Böse, böse Sachen. Böse, böse, böse.«

Fritzie schlenderte heran und stellte sich neben mich, Schlagringe aus Messing über beide Fäuste gezogen. Er sagte: »Jetzt mal weg mit den Samthandschuhen, das bringt uns nicht weiter«, und trat Isslers Stuhl unter ihm weg. Der Zuhälter-Bekenner kreischte auf und baumelte am Haken wie ein Fisch an der Angel; Knochen knackten, als sein volles Gewicht plötzlich an Handschellen riß. Fritzie sagte zu mir: »Jetzt schau mal gut zu, Jüngelchen.«

Er brüllte: »Exhibitionist, Nigger, Babyficker«, und trat dabei die anderen drei Stühle weg. Jetzt baumelten alle vier Bekenner hilflos herab, kreischend, einander mit den Beinen umschlingend, ein einziger zappelnder, zuckender Oktopus in Häftlingsdrillich. Auch die Schreie klangen wie von einer einzigen Stimme – bis sich Fritzie ausschließlich Charles Michael Issler widmete.

Weit ausholend landete er Schwinger in seiner Körpermitte, links, rechts, links, rechts. Issler schrie gurgelnd, würgte; Fritzie kreischte wütend: »Erzähl jetzt von den letzten Tagen der Dahlie, du syphilitischer Zuhälter.«

Ich hatte ein Gefühl, als würden meine Beine gleich unter mir wegknicken. Issler kreischte schrill: »Ich . . . weiß . . . überhaupt . . . nichts!« Fritzie versetzte ihm einen Aufwärtshaken.

»Sag mir, was du weißt!«

»Ich weiß nur, daß Sie bei der Sitte gewesen sind!« Fritzie trommelte auf ihn ein. »Sag mir, was du weißt! Sag mir, was deine Pferdchen dir erzählt haben, du syphilitischer Zuhälter.«

Issler erbrach sich; Fritzie ging noch mehr in ihn hinein und bearbeitete seinen ganzen Körper. Ich hörte es knacken, dann starrte ich nach links auf einen Alarmknopf an der Wand neben dem Verbindungsgang. Ich starrte und starrte und starrte; plötzlich hatte ich Fritzie wieder im Blickfeld, der herumwirbelte und zu dem mit einem Tuch verhängten Tisch hinüberrannte, der mir vorhin aufgefallen war.

Die Verrückten baumelten mit leisem Gestöhn an den Haken. Fritzie stand jetzt neben dem Tisch, lachte mit hämischem Gemecker auf und riß das Tuch herunter.

Auf dem Tisch lag eine nackte Frauenleiche, die in Taillenhöhe durchgetrennt war – ein pummeliges Mädchen, das man so frisiert und zurechtgemacht hatte, daß es Ähnlichkeit mit Elizabeth Short hatte. Fritzie packte Charlie Issler hinten am Kragen und zischte: »Hier habt ihr Jane Doe Nummer dreiundvierzig, die ihr nach Herzenslust zerstückeln könnt! Ihr werdet jetzt alle auf sie einstechen, und der beste Schlitzer bekommt zur Belohnung die Fahrkarte ins Jenseits.«

Issler schloß die Augen, zerbiß seine Unterlippe. Der alte Bidwell lief purpurrot an, und vor seinem Mund stand Schaum. Ich konnte riechen, daß sich Durkins Darm entleert hatte, und sah, daß Orchards Handgelenke gebrochen waren, die Hände unnatürlich verrenkt im rechten Winkel abstanden. Fritzie holte ein Stilett hervor und ließ die Klinge herausspringen. »So, und jetzt zeigt ihr mir, wie ihr es gemacht habt, ihr Dreckskerle! Zeigt mir all das, wovon nichts in den Zeitungen gestanden hat! Zeigt es mir, und ich will nett zu euch sein, und dann gehen auch eure Schmerzen weg. Bucky, nimm ihnen die Handschellen ab!«

Ich setzte mich in Bewegung. Ich rannte in Fritzie hinein, schleuderte ihn zu Boden, ging zum Alarmknopf und drückte ihn. Eine Sirene ertönte, so gut, so schrill und laut, daß ich das Gefühl hatte, von ihren Schallwellen aus dem Lagerhaus hinausgetragen zu werden und in den Häftlingstransporter und weiter die ganze Strecke bis vor Kays Tür. Und dann fand ich kein Wort der Entschuldigung mehr für Lee. Und meine Treue zu ihm war ausgelöscht.

So kam es, daß Kay Lake und ich in aller Form vereinigt wurden.

22. KAPITEL

Den Alarm ausgelöst zu haben, war die kostspieligste Handlung meines Lebens.

Loew und Vogel gelang es, die Sache zu vertuschen. Ich wurde aus der Fahndungsabteilung geschmissen und wieder in Uniform gesteckt – Streifendienst zu Fuß und im Schichtwechsel in der Gegend um Central Station, meinem alten Zuhause. Lieutenant Jastrow, mein Schichtleiter, war dick mit Loew befreundet. Ich wußte genau, daß er jeden meiner Schritte überwachte – nur darauf wartete, daß ich einen Patzer beging, gegen irgend etwas verstieß und den einen großen falschen Schritt machte, den ich unweigerlich irgendwann tun mußte.

Ich unternahm nichts dagegen. Das Wort eines Officers mit fünf Dienstjahren stand gegen das eines mit zweiundzwanzig Jahren auf dem Buckel, und gegen das des zukünftigen District Attorneys der Stadt, machtvoll unterstützt von dem Einfluß, den sie hatten; die Männer der Funkstreife, die auf den Alarm hin gekommen war, wurden zum neuen Team der Fahndungsabteilung ernannt, ein Akt der Begünstigung, mit dem sichergestellt wurde, daß sie den Mund hielten. Was mich davon abhielt, verrückt zu werden, und mich etwas tröstete, waren zwei Dinge: Fritzie hatte niemanden umgebracht, und als ich die Entlassungsakten im Stadtgefängnis einsah, erfuhr ich, daß die vier Bekenner im Queen-of-Angels-Krankenhaus wegen »Unfallverletzungen« behandelt worden waren und man sie dann zur »Beobachtung« in vier verschiedene Irrenhäuser des Bundesstaates geschafft hatte. Und mein Entsetzen erst hatte mich dazu getrieben, jetzt das zu tun, wozu ich lange, lange Zeit allzu ängstlich und blöd gewesen war.

Kay.

In jener ersten Nacht war sie sowohl meine Trösterin wie meine Geliebte. Ich hatte Angst, zuviel Aufhebens, zuviel Geräusch zu machen oder mich heftig zu bewegen, also zog sie mich aus, hieß mich still sein und murmelte jedesmal nur, wenn ich anfangen wollte, über Fritzie oder die Dahlie zu reden: »Ja, ja, das alles, das alles.« Sie berührte mich so leicht und sanft, daß ich es kaum als Berührung empfand; ich berührte jeden Teil ihres Körpers, bis sich meine Fäuste entkrampften und meine Muskeln lösten. Dann erregten wir einander. Als wir uns liebten, war Betty Short weit, weit weg.

Eine Woche später brach ich mit Madeleine, dem »Mädchen aus der Nachbarschaft«, dessen Identität ich Lee und Kay verschwiegen hatte. Ich nannte ihr keinen Grund, und als ich gerade den Telefonhörer auflegen wollte, sagte die reiche Herumtreiberin noch triumphierend: »Du und Sicherheit gefunden? Weißt du, du wirst zurückgekrochen kommen. Ich sehe aus wie *sie.*«

Sie.

Ein Monat verging. Lee kehrte nicht zurück. Die beiden Rauschgifthändler wurden wegen der Morde an De Witt und Chasco abgeurteilt und gehenkt. Meine Anzeige lief weiter in allen vier Tageszeitungen von Los Angeles. Der Short-Fall verschwand aus den Schlagzeilen und rutschte auf die letzten Seiten. Es gingen kaum noch Hinweise ein. Alle außer Russ Millard und Harry Sears nahmen wieder ihre gewöhnlichen Dienstpflichten wahr. Noch immer mit ihrem Fall betraut, leisteten Russ und Harry ihren Achtstundentag in der Mordkommission ab und verbrachten ihre Abende im *El Nido,* wo sie Lees perfekt angelegte Akte immer wieder durchgingen. Wenn ich dann um 21 Uhr Dienstschluß hatte, kam ich auf meinem Weg zu Kay manchmal auf einen Sprung vorbei, mich im Stillen darüber wundernd, von wieviel Besessenheit Mr. Mordkommission gepackt war, der seine Familie vernachlässigte und verbissen bis Mitternacht sich in die Papiere versenkte. Der Mann lud buchstäblich dazu ein, ihm zu beichten; als ich ihm die Geschichte von Fritzie und dem Lagerhaus erzählte, bestand seine Absolution in einer väterlichen Umarmung und der Ermahnung an mich: »Leg die Sergeant-Prüfung ab. In einem Jahr werde ich mich an Thad Green wenden. Er ist mir noch etwas schuldig. Und wenn Harry sich zur Ruhe setzt, wirst du mein Partner.«

Das war ein Versprechen, auf das ich bauen konnte, und es brachte auch mich zurück zur Akte Short. Wenn ich tagsüber dienstfrei hatte und Kay arbeitete, las ich sie immer und immer wieder, da ich sonst nichts zu tun hatte. Die Ordner mit dem Buchstaben R, S und T fehlten, was ärgerlich war. Doch ansonsten waren die Unterlagen vollkommen. Meine wirkliche, leibhaftige Frau hatte Betty Short über eine Linie zurückgedrängt in den Bereich beruflicher Neugier. Und so las ich, dachte nach und stellte vom Standpunkt eines Mannes, der ein guter Detective zu werden beabsichtigte, Hypothesen auf – auf dem besten Weg dahin war ich schließlich schon gewesen, bis ich den Alarm ausgelöst hatte. Manchmal hatte ich ein Gespür, daß bestimmte Verbindungslinien unbedingt gezogen werden müßten. Manchmal verfluchte ich mich selbst, weil ich nicht zehn Prozent mehr graue Zellen hatte. Manchmal führten die Aktenkopien mich einfach dazu, an Lee zu denken.

Ich blieb mit der Frau zusammen, die er aus einem Alptraum gerettet hatte. Kay und ich genossen an drei oder vier Tagen die Woche unser häusliches Glück. Und da ich im Schichtwechsel arbeitete, wurde es manchmal spät. Wir liebten uns auf eine sanfte Art und redeten über die schlimmen Ereignisse der vergangenen Monate. Und so behutsam und zärtlich und gut ich auch war, innerlich brannte ich auf schnelle, überraschende Lösungen – Lees Rückkehr, dann den Dahlienmörder auf einem Tablett servieren. Noch einmal mit Madeleine im *Red Arrow* bumsen oder Ellis Loew und Fritzie festnageln. Das alles vermischte sich immer wieder mit der häßlichen Erinnerung daran, wie ich Durkin geschlagen hatte, verbunden mit der Frage: Wie weit wäre ich in jener Nacht vielleicht noch gegangen?

Aber am meisten schaffte mich mein Streifenrevier. Mir war auf der East 5th das Stück von der Main zur Stanford zugeteilt worden. Sammelstellen für Blutspender, Schnapsläden, die ausschließlich Halbliterflaschen und Flachmänner verkauften, Absteigen zu fünfzig Cent pro Nacht und halbverfallene Obdachlosenasyle. Als ungeschriebenes Gesetz galt dort, daß jemand, der Streife ging, grundsätzlich physische Gewalt anzuwenden hatte. Ansammlungen von Säufern löste man auf, indem man mit dem Schlagstock auf die Wermutbrüder einschlug; man griff sich kleine Übeltäter vor den Ladenbüros der Sklavenhändler, wo sie darauf warteten, für irgendeinen Job angeheuert zu werden. Man verhaftete unterschiedslos Besoffene und Taschendiebe, um das von den städtischen Behörden gesetzte Soll zu erfüllen, schlug sie nieder, falls sie versuchten, sich ihrem Abtransport zu widersetzen. Es war Dreckarbeit, und die einzigen Officer, die darin gut waren, waren die aus Oklahoma hierher verpflanzten Hinterwäldler, die während des Krieges, als Personalmangel geherrscht hatte, angeworben worden waren. Ich tat meinen Streifendienst nur halbherzig: hier und da mal ein kleiner Puff mit dem Gummiknüppel, ein paar Münzen für die Wermutbrüder, um sie von der Straße zu holen und dafür zu sorgen, daß sie sich in irgendeiner Kaschemme unterstellten, wo sie von mir unbehelligt bleiben konnten. Nur wenige Festnahmen, wenn ich bei den Trunkenbolden Kontrolle machte. Ich kam bei den anderen Streifengängern bald in den Ruf, ein »Waschlappen« zu sein. Zweimal sah mich Johnny Vogel dabei, wie ich Kleingeld verteilte und hupte im Vorbeifahren wie ein Verrückter. Nach meinem ersten Monat wieder in Uniform gab mir Lieutenant Jastrow in seiner Dienstbeurteilung die schlechteste Note – ein Mann aus der Verwaltung hinterbrachte mir, er habe mein »Widerstreben« gerügt, »die erforderlichen Zwangsmittel einzusetzen, um widerspenstige Straftäter einzuliefern«. Bei Kay löste dieser Satz Gelächter aus, doch ich sah schon einen ganzen Stapel mieser Beurteilungen vor mir, der schließlich so dick anschwoll, daß auch Russ Millards ganzer Einfluß nichts ausrichten würde, mich zurück in die Kriminalabteilung zu holen.

Ich war also genau wieder da, wo ich vor dem Boxkampf und der Sache mit der Anleihe gestanden hatte, nur etwas weiter östlich jetzt und zu Fuß. Als ich zur Fahndung gekommen war, hatten Gerüchte meinen Weg gepflastert; jetzt rankten sich heiße Spekulationen um meinen Sturz. Die eine Geschichte lautete, man habe mich fallenlassen, weil ich Lee geschlagen hatte. In anderen wurde unterstellt, ich hätte mich in Bestechungsaffairen auf das Gebiet der East Valley Division vorgewagt und mit einem Grünschnabel der Truppe aus der 77th Street, der '46 die Goldenen Handschuhe gewonnen hatte, Streit angefangen; mir dadurch Ellis Loews Zorn zugezogen, daß ich einer Rundfunkstation Informationen zum Dahlien-Fall zugespielt hätte, die seine Kandidatur zum Bezirksanwalt nicht unterstützen wollte etc., etc. In jedem dieser Gerüchte wurde ich hingestellt als einer, der anderen in den Rücken fiel, als Bolschewik, als Feigling und als Narr. Als meine zweite Dienstbeurteilung mit der Zeile endete: »Die passive Dienstauffassung dieses Officers hat ihm die Feindschaft jedes Streifenpolizisten eingebracht, der unnachsichtig für die Einhaltung der Gesetze kämpft«, begann ich in Erwägung zu ziehen, Fünfdollarnoten an die Wermutbrüder zu verteilen und jeden Blauuniformierten zusammenzuschlagen, der mich schief ansah.

Dann kehrte sie zurück.

Auf meinen Streifengängen dachte ich nie an sie; wenn ich über der Akte brütete, war es einfach trockene Polizeiarbeit, ein Verbinden von Fakten und ein Spiel mit Theorien wie bei jedem anderen x-beliebigen Mordfall. Sobald mein Liebesspiel mit Kay allzusehr von Gefühlen belastet war, kam sie mir zu Hilfe, erfüllte vorübergehend ihren Zweck und wurde wieder in die dunklen Bezirke meiner Seele verbannt, sobald wir fertig wurden. Nur wenn ich schlief, wenn ich hilflos war, erwachte sie zum Leben.

Es war immer derselbe Traum. Ich war mit Fritz Vogel im Lagerhaus und prügelte Cecil Durkin zu Tode. Sie schaute dabei zu und schrie, daß keiner der Verrückten sie getötet habe, versprach, mit mir zu schlafen, wenn ich Fritzie dazu bringen könnte, nicht weiter auf Charlie Issler einzuschlagen. Ich hörte dann auf, begehrte sie, wollte Sex. Fritzie fuhr fort in seinem blutigen Geschäft, und Betty weinte um Charlie, während ich sie nahm.

Beim Erwachen war ich immer erleichtert, wenn es draußen schon hell wurde, besonders wenn Kay neben mir lag.

Im April, fast zweieinhalb Monate nach Lees Verschwinden, erhielt Kay einen Brief mit dem offiziellen Briefkopf des L.A.P.D.:

3. 4. 47
Sehr geehrte Miss Lake,
hiermit teilen wir Ihnen mit, daß Leland C. Blanchard aufgrund seines moralischen Fehlverhaltens mit Wirkung vom 15. 3. 47 offiziell vom Dienst beim Los Angeles Police Department entlassen worden ist. Da Sie die Nutznießerin seines Kontos bei der Los Angeles Credit Union gewesen sind und da Mr. Blanchard für uns unerreichbar bleibt, halten wir es für ein Gebot der Fairneß, Ihnen den Restbetrag auf seinem Gehaltskonto zukommen zu lassen.
Mit freundlichem Gruß
Leonard V. Strock
Sergeant
Personalabteilung

In der Anlage befand sich ein Scheck über 14.11 Dollar. Das versetzte mich in mörderische Wut, und mit verdoppeltem Eifer machte ich mich an das Studium der Mordakte, um nicht gleich den Kampf gegen einen neuen Feind aufnehmen zu müssen – die Bürokratie, die mich im Griff hielt.

23. Kapitel

Zwei Tage später entsprang die Verbindung förmlich den kopierten Aktenstücken und fraß sich mir in die Eingeweide.

Es war mein eigenes Vernehmungsprotokoll, abgelegt am 17. 1. 47. Unter dem Namen Marjorie Graham hatte ich eingetragen: »M. G. gibt an, daß E. Short Kurzformen des Namens ›Elizabeth‹ verwendete, und das jeweils wechselnd, je nach der Begleitung, in der sie sich befand.«

Bingo.

Ich hatte gehört, wie man Elizabeth Short manchmal Betty, dann Beth und ein- oder zweimal Betsy nannte, doch nur Charles Michael Issler, ein Zuhälter, hatte von ihr als »Liz« gesprochen. Im Lagerhaus hatte er abgestritten, sie gekannt zu haben. Ich erinnerte mich, daß er mir als mutmaßlicher Killer nicht sehr überzeugend erschienen war, daß ich ihn jedoch trotzdem als einigermaßen zwielichtig empfunden hatte. Immer wenn ich früher an das Lagerhaus hatte zurückdenken müssen, waren meine stärksten Verdachtsmomente gegen Durkin gerichtet gewesen; diesmal hielt ich mich allein an die Tatsachen:

Fritzie hatte Issler halbtot geprügelt und die anderen drei Verrückten kaum beachtet.

Er hatte sich nur auf Nebensächlichkeiten gestürzt und gebrüllt: »Sag mir, was du von den Tagen weißt, an denen die Dahlie verschwunden gewesen ist. Sag mir, was du weißt. Sag mir, was deine Pferdchen dir erzählt haben.«

Und Issler hatte erwidert: »Ich weiß nur, daß Sie bei der Sitte gearbeitet haben.«

Mir fiel wieder ein, wie Fritzies Hände an diesem Abend gezittert hatten; ich erinnerte mich, wie er Lorna Martilkova angeschrien hatte: »Du hast mit der Dahlie herumgehurt, oder etwa nicht? Sag mir, wo du an den Tagen gewesen bist, die sie verschwunden war.« Und dann kam die Erleuchtung: Fritzies und Johnnys geflüsterte Unterhaltung auf der Fahrt hinaus ins Valley.

»Ich habe doch bewiesen, daß ich kein Pupjunge bin. Homos könnten gar nicht tun, was ich gemacht habe.«

»Sei still, verdammt noch mal!«

Ich rannte nach draußen auf den Gang, fütterte das Münztelefon und wählte Russ Millards Nummer im Dezernat.

»Mordkommission, Lieutenant Millard.«

»Russ, ich bin's, Bucky.«

»Stimmt etwas nicht, Schlaukopf? Du hörst dich ganz durcheinander an.«

»Russ, ich glaube, ich habe etwas gefunden. Ich kann jetzt nicht darüber sprechen. Aber du mußt mir einen Gefallen tun.«

»Es geht um Elizabeth?«

»Ja. Verdammt, Russ –«

»Ganz ruhig, Junge, und eins nach dem anderen.«

»Ich brauche Charles Michael Isslers Akte von der Sitte. Er hat drei Vorstrafen wegen Zuhälterei, also muß er dort aktenkundig sein.«

»Und?«

Ich schluckte trocken. »Ich möchte, daß überprüft wird, wo sich Fritz Vogel und John Vogel zwischen dem 10. und 15. Januar aufgehalten haben.«

»Willst du damit sagen –«

»Ich sage nur vielleicht. Aber es gibt deutliche Anhaltspunkte.«

Nach längerem Schweigen sagte er: »Wo bist du?«

»Im *El Nido.*«

»Bleib dort! Ich rufe dich innerhalb einer halben Stunde zurück.«

Ich hängte ein und wartete, füllte die Zeit mit Gedanken an Rache und Triumph. Siebzehn Minuten später läutete das Telefon; ich riß den Hörer von der Gabel. »Russ, was –«

»Die Akte fehlt. Ich habe selbst unter »I« nachgesehen. Alles war sehr schlampig wieder eingestellt, und ich vermute, daß sie erst kürzlich geklaut worden ist. Was das andere angeht: Fritzie hatte an all diesen Tagen Dienst, hat Überstunden gemacht, um alte Fälle zu bearbeiten. Und Johnny hat Urlaub gemacht. Ich weiß allerdings nicht, wo. Und jetzt hätte ich gern deine Erklärung für all das.«

Ich hatte eine Eingebung. »Jetzt nicht. Wir treffen uns heute abend hier, spät. Falls ich noch nicht da sein sollte, warte auf mich.«

»Bucky –«

»Später, Padre.«

Ich meldete mich an diesem Nachmittag krank; am selben Abend noch beging ich zwei Schwerverbrechen.

Mein erstes Opfer war jemand, der auch Schichtdienst hatte; ich rief die Personalabteilung an und tat so, als wäre ich von der Lohnbuchhaltung, um mir seine private Adresse und die Telefonnummer geben zu lassen. Der Mann rückte sie mir heraus; bei einsetzender Dunkelheit parkte ich auf der anderen Straßenseite und behielt das Apartmenthaus im Blick, in dem John Vogel wohnte.

Es war eine stuckverzierte Schachtel mit vier Wohnungen an der Mentone auf der Stadtgrenze zwischen Los Angeles und Culver City, eine Scheußlichkeit in Lachsrosa, die von zwei Häusern derselben Bauweise in Hellgrün und Dunkelbraun eingerahmt wurde. An der Straßenecke stand eine Telefonzelle; von dort aus wählte ich Stinkmaul Johnnys Nummer an, eine Vorsichtsmaßnahme, um sicherzugehen, daß der Schweinehund nicht zu Hause war. Ich ließ es zwanzigmal klingeln, ohne daß abgehoben wurde. Dann ging ich in aller Ruhe auf das Haus zu, fand im Erdgeschoß eine Tür mit dem Namen Vogel über dem Briefschlitz, benutzte eine verbogene Haarnadel am Türschloß, um mich selbst einzulassen.

Drinnen holte ich erst einmal tief Luft, jeden Augenblick gewärtig, von einem mörderischen Wachhund angesprungen zu werden. Ich schaute auf das Leuchtzifferblatt meiner Armbanduhr und gab mir allerhöchstens zehn Minuten. Dann kniff ich auf der Suche nach einem Lichtschalter die Augen zusammen. Ich entdeckte die Umrisse einer Stehlampe. Ich ging darauf zu, zog an der Schnur und stand in einem sauber aufgeräumten Wohnzimmer. Darin standen ordentlich eine Sitzgruppe, ein Sofa mit dazu passenden Sesseln, ein falscher Kamin, Hochglanzfotos mit den lächelnden Gesichtern von Rita Hayworth, Betty Grable und Ann Sheridan, Scotch und, säuberlich über das Kaffeetischchen gebreitet, eine erbeutete japanische Fahne. Das Telefon stand auf dem Fußboden neben dem Sofa, und gleich daneben fand ich ein Adreßbuch; die Hälfte der Zeit, die ich mir zugestanden hatte, verbrachte ich damit.

Ich ging jede Seite einzeln durch. Weder Betty Short noch Charles Issler waren darin aufgeführt. Und keiner der darin vorkommenden Namen war in Lees Akte verzeichnet oder tauchte in Bettys »kleinem schwarzen Büchlein« auf. Jetzt waren fünf Minuten um, und mir blieben nur noch weitere fünf.

Neben dem Wohnzimmer gab es noch eine Küche, eine Eßecke und ein Schlafzimmer. Ich knipste die Lampe aus, ging im Dunkeln hinüber zur halboffenen Schlafzimmertür und tastete die Wand nach einem Lichtschalter ab. Als ich ihn gefunden hatte, machte ich Licht.

Mein Blick fiel auf ein ungemachtes Bett, eine große Kommode und auf Wände, die mit erbeuteten japanischen Fahnen dekoriert waren. Ich zog die oberste Schublade der Kommode auf, fand darin drei deutsche Parabellum, Ersatzmagazine und einzelne Patronen – und mußte über Johnnys ausgefallenen Geschmack lachen. Dann zog ich eine der mittleren Schubladen auf, und mich überkam ein Prickeln.

Schwarze Lederkleidung, Ketten, Peitschen, Stachelhalsbänder, Tijuana-Kondome, die ein Glied zehn Zentimeter länger machten, pornographische Bücher. Nahaufnahmen von Speckröllchen, Nadeleinstichen, abblätterndem Nagellack und von stierenden Augen, besinnungslos von Drogen. Keine Spur von Betty Short, von Lorna Martilkova oder von den ›*Sklavenmädchen aus der Hölle*‹ und ägyptischem Schnickschnack, auch nicht von Duke Wellington, aber deutliche Hinweise – zum Beispiel auf die »leichten Peitschenstriemen des Opfers« –, die mir ausreichend schienen, Johnny Vogel zum Verdächtigen Nummer Eins zu machen. Ich drückte die Schubladen wieder zu, knipste das Licht aus, tappte ins Wohnzimmer hinüber, schaltete die Lampe ein und griff mir dann das Adreßbuch. Die Nummer von »Daddy und Mom« war Granite-9401; falls niemand antwortete, war es bis zum Ort der nächsten Straftat nur noch zehn Minuten Fahrtzeit.

Ich wählte; ich ließ Fritz Vogels Telefon fünfundzwanzigmal klingeln. Dann machte ich das Licht aus und sauste los.

Vogel Seniors kleines Fachwerkhaus lag in völliger Dunkelheit, als ich den Wagen gegenüber auf der Straße abstellte. Ich saß hinter dem Steuer, versuchte, mir die Anordnung der Räume nach meinem kürzlichen Besuch zu vergegenwärtigen, und mir fielen zwei Schlafzimmer am Ende eines langen Flurs, die Küche, eine hintere Veranda und eine geschlossene Tür auf dem Flur gegenüber dem Badezimmer ein. Falls Fritzie ein Zimmer hatte, in dem er nur seine privatesten Dinge aufbewahrte, dann mußte es hinter dieser Tür sein.

Ich ging über den Fahrweg zur Rückseite des Hauses. Die Tür zur hinteren Veranda, wo Botenjungen ihre Lieferungen abstellten, war offen; ich ging auf Zehenspitzen an einer ausrangierten Waschmaschine vorbei zum Hintereingang des Hauses. Diese Tür war aus Massivholz, doch als ich am Knauf zog, stellte ich fest, daß sie von innen nur mit einem einfachen Haken am Rahmen, der von einer Öse in der Wand gehalten wurde, verschlossen war. Ich rüttelte vorsichtig am Türknauf und stellte fest, daß reichlich Spielraum vorhanden war; falls es mir gelang, das kleine Stück Eisen hochzuschieben, wäre ich drinnen.

Ich ging in die Knie und tappte am Boden herum, hielt inne, als meine Finger ein dünnes Stück Metall berührten. Es wie ein Blinder abtastend, erkannte ich, daß es sich um einen Ölstabmesser handelte. Ich lächelte über mein unverhofftes Glück, stand auf und entriegelte die Tür.

Diesmal gab ich mir fünfzehn Minuten, durchquerte die Küche, lief dann den Flur hinunter, die Arme vorgestreckt, um nicht irgendwo anzustoßen. Eine Nachtbeleuchtung wies mir den Weg in den Flur zum Badezimmer – und führte mich genau zu dem Raum, von dem ich hoffte, daß Fritzie hier seine Schätze versteckte. Ich drehte den Knopf – und die Tür schwang auf.

In dem kleinen Raum war es stockfinster. Ich tastete mich an der Wand entlang, stieß an Bilderrahmen, bewegte mich unsicher weiter, bis mein Bein einen langen Gegenstand streifte, der ins Wanken geriet. Er wäre fast umgefallen, doch ich fing ihn gerade noch auf und entdeckte jetzt, daß es sich um eine geschwungene Stehlampe handelte. Ich suchte nach dem Zugschalter und machte Licht. Bei den gerahmten Bildern handelte es sich um Fotografien von Fritzie in Uniform, in Zivil, aufgereiht zu einem Gruppenbild mit den anderen Absolventen der Polizeischule aus dem Jahre 1925. An die hintere Wand war ein Schreibtisch gerückt, unterhalb eines Fensters, das mit einem Samtvorhang verhängt war. Davor stand ein Drehstuhl und neben dem Schreibtisch ein Karteischränkchen.

Ich schob das erste Fach auf und blätterte mich durch braune Umschläge, die Stempel trugen mit dem Vermerk »Ermittlungsbericht – Betrugsdezernat«, »Ermittlungsbericht – Diebstahlsdezernat«, »Ermittlungsbericht – Raubdezernat«, und auf seitlich angebrachten Aufklebern standen die Namen von Personen. Um einen gemeinsamen Nenner zu finden, ging ich den Inhalt der nächsten drei Umschläge durch – in jedem steckte nur ein einziges Blatt, offenbar die Kopie aus einer Akte.

Ein einziger Blick darauf sagte mir genug.

Es handelte sich um Bilanzen, Listen mit Bankauszügen und anderen Effekten, Aufstellungen über Vermögenswerte und Kontenbewegungen notorischer Krimineller, denen das Department juristisch nicht beikommen konnte. Die Dienststellen, die auf dem Briefkopf jedes einzelnen Blattes als Adressaten genannt waren, machten es überdeutlich – es waren Mitteilungen des L.A.P.D. an die Bundesbehörden mit der Empfehlung, Ermittlungen wegen Steuerhinterziehung einzuleiten. Handschriftliche Notizen – Telefonnummern, Namen und Adressen – füllten die Zwischenräume, und ich erkannte Fritzies Handschrift und den unverwechselbaren Strich seines Parker-Füllfederhalters wieder.

Mein Atem ging stoßweise, während ich dachte: Volltreffer. Entweder legt er den Ganoven mit den Informationen aus der vollständigen Akte die Daumenschrauben an oder er verkauft ihnen Tips, wann seitens der Bundesfinanzbehörde etwas gegen sie im Busch ist.

Unehrenhafte Entlassung aus dem Dienst.

Diebstahl und Besitz amtlicher Schriftstücke aus dem L.A.P.D.

Behinderung der Ermittlungsarbeit von Bundesbehörden.

Aber nichts über Johnny Vogel, Charlie Issler oder Betty Short.

Ich ging noch den Inhalt von vier weiteren Umschlägen durch und fand dieselben mit Randnotizen bekritzelten Berichte über Vermögensverhältnisse und finanzielle Transaktionen. Ich merkte mir die Namen zu jedem einzelnen der Blätter und zog dann das Fach ganz zuunterst auf. Ich entdeckte auf der ersten Karteikarte den Vermerk »Überführte Straftäter – Archiv Sittendezernat –« und wußte sofort, daß ich fündig geworden war.

Das nächste Karteiblatt enthielt Einzelheiten von Festnahmen, Angaben über den Modus operandi und die zahlreichen Geständnisse von Charles Michael Issler, männlich, Weißer, geboren in Joplin, Missouri im Jahre 1911; die nächste Karte war eine Liste mit Kontaktadressen; ein von seinem Bewährungshelfer im Juni 46 angelegtes Verzeichnis seiner Strichmädchen führte die Namen von sechs Frauen auf, zusammen mit Telefonnummern, dem Wohnsitz zur Zeit der Festnahme und Angaben über ihre Vorstrafen wegen Prostitution. Unter der Überschrift »? – keine Vorstrafen wegen Prostitution« standen die Namen von vier weiteren Frauen. Der dritte Name lautete: »Liz Short« mit dem Zusatz »– nur gelegentlich«. Ich blätterte weiter zu Seite drei und las die Namen in der Spalte mit der Überschrift »Bekannte Kontaktpersonen«; ein Name ging mir durch und durch: »Sally Stinson« stand ebenfalls in Betty Shorts kleinem schwarzen Büchlein, und keines der vier Teams, die mit den Befragungen betraut gewesen waren, hatte ihrer habhaft werden können. Hinter ihren Namen hatte jemand von der Sitte in Klammern geschrieben »Betätigungsfeld Biltmore-Bar – Kongreßteilnehmer«. Fritzie hatte mit seinem Füllhalter einen Kreis um diese Eintragung gemalt.

Ich zwang mich, wie ein Detective zu denken und nicht wie ein rachsüchtiges Kind. Von allem anderen einmal abgesehen, stand fest, daß Charlie Issler Betty Short gekannt haben mußte. Betty wiederum kannte Sally Stinson, die im Biltmore ihre Freier aufgabelte. Fritz Vogel hatte nicht gewollt, daß jemand davon erfuhr. Er hatte die Folterszene im Lagerhaus wahrscheinlich inszeniert, um herauszufinden, wieviel Sally und/ oder seine anderen Mädchen Issler über Betty und die Männer erzählt hatten, mit denen sie kürzlich zu tun gehabt hatte.

»Ich habe doch bewiesen, daß ich kein Pupjunge bin. Homos könnten gar nicht tun, was ich gemacht habe. Ich bin jetzt keine Jungfer mehr. Also behaupte nicht, ich wäre schwul.«

Ich legte die Umschläge in der Reihenfolge ab, in der ich sie herausgezogen hatte, schob die Karteikästen wieder hinein, löschte das Licht und legte den Haken an der Hintertür vor, bevor ich vorn hinausspazierte, als gehöre mir das Haus, wobei ich mir kurz überlegte, ob es eine Verbindung zwischen Sally Stinson und dem fehlenden Ordner mit dem Buchstaben »S« in Lees Gesamtakte gab. Als ich zu meinem Wagen trabte, wurde mir bewußt, daß das ausgeschlossen war – Fritzie konnte nicht wissen, daß das Zimmer mit den Akten im *El Nido* überhaupt existierte. Dann wurden diese Überlegungen von einem anderen Gedanken abgelöst: Falls Issler etwas über »Liz« und ihre kleinen Tricks gebrabbelt hatte, das ich mitgehört haben könnte, mußte Fritzie felsenfest davon überzeugt gewesen sein, daß er mich dazu bringen konnte, den Mund zu halten. Darin hatte er sich gründlich verschätzt, und dafür würde ich ihn bluten lassen.

Russ Millard erwartete mich mit den Worten: »Berichte, Officer.«

Ich setzte ihm die Geschichte in allen Einzelheiten auseinander. Als ich geendet hatte, baute er sich vor dem Bild Elizabeth Shorts an der Wand auf und sagte: »Wir machen Fortschritte, Liebes.« Dann reichte er mir förmlich die Hand.

Wir schüttelten einander die Hände wie Vater und Sohn nach dem großen gewonnen Spiel. »Was unternehmen wir als nächstes, Padre?«

»Erst einmal meldest du dich zurück zum Dienst, als wäre nichts geschehen. Harry und ich nehmen uns Issler in der Klapsmühle vor, und ich werde einige Männer abstellen, die sich um den Verbleib von Sally Stinson kümmern sollen.«

Ich schluckte: »Und Fritzie?«

»Darüber muß ich noch nachdenken.«

»Ich möchte, daß man ihn festnagelt.«

»Ich weiß. Ich weiß. Aber denk immer an eines: Die Männer, die er erpreßt hat, sind Kriminelle, die vor Gericht nie gegen ihn aussagen würden. Und falls er Wind davon bekommt und die Durchschläge vernichtet, würden wir nicht einmal imstande sein, eine Untersuchung durch die Kontrollkommission der Polizei gegen ihn einzuleiten. Für all dies müssen wir uns eine Menge Beweismittel beschaffen. Also sind wir zunächst einmal ganz auf uns selbst gestellt. Und du beruhigst dich besser erst einmal und zügelst dein Temperament, bis alles vorüber ist.«

Ich sagte: »Ich möchte aber dabeibleiben.«

Russ nickte: »Ich will es auch gar nicht anders haben.« Auf seinem Weg zur Tür tippte er zum Abschiedsgruß für Elizabeth an seinen Hut.

Ich nahm wieder meinen Schichtdienst auf und spielte den Waschlappen; Russ schickte die Männer los, die nach Sally Stinson suchen sollten. Einen Tag später rief er mich zu Hause an, und eine der Neuigkeiten, die er mir zu berichten hatte, war gut, die andere schlecht:

Charles Issler hatte einen Anwalt aufgetrieben, der eine Habeas-Corpus-Klage für ihn angestrengt hatte; vor drei Wochen hatte man ihn aus der Nervenklinik Mira Loma entlassen müssen. Seine Wohnung in L.A. stand leer. Er war unauffindbar. Das war ein schwerer Rückschlag, doch zum Ausgleich dafür fanden wir für Vogels Erpressungen reichlich Bestätigungen.

Harry Sears überprüfte Fritzies Berichte über seine Festnahmen – angefangen von seinem Dienst beim Betrugsdezernat

1934 bis zu seiner derzeitigen Stellung in der Hauptkriminalabteilung. Irgendwann einmal hatte Vogel jeden einzelnen Mann, der in den Finanzberichten des L.A.P.D./F.B.I. genannt worden war, festgenommen, und die Bundesbehörde hatte keinen einzigen von ihnen angeklagt.

Ich hatte am darauffolgenden Tag keinen Schichtdienst, und in der Zeit, die ich mit der großen Akte verbrachte, hatte ich nur einen Gedanken im Kopf: Bestätigung. Russ rief an, um mir mitzuteilen, daß er keine Spuren über den Verbleib von Issler habe, daß es ganz so aussehe, als sei er nicht mehr in der Stadt. Harry stellte Johnny Vogel während seines Dienstes und in seiner Freizeit unter Beobachtung; ein befreundeter Kollege, der im Sheriff-Büro von West-Hollywood bei der Sitte arbeitete, war mit einigen Kontaktadressen herausgerückt – Freunde von Sally Stinson. Russ ermahnte mich zigmal, ruhig zu bleiben und nichts zu überstürzen. Dabei wußte er verdammt genau, daß ich Fritzie bereits in Folsom und Johnny in der Todeskammer hatte.

Ich stand für Donnerstag auf dem Dienstplan und stand früh auf, um einen langen Vormittag mit der großen Akte zu verbringen. Ich machte mir gerade Kaffee, als das Telefon klingelte.

Ich nahm den Hörer ab. »Ja, bitte?«

»Russ hier. Wir haben Sally Stinson. Wir treffen uns in einer halben Stunde in 1546 North Havenhurst.«

»Bin schon unterwegs.«

Bei der Adresse handelte es sich um ein Apartmenthaus im Stil eines spanischen Schlößchens: weißgekalkter Beton, Ziertürmchen und Balkons mit verwitterten Geländern. Treppchen führten zu den einzelnen Türen; ganz rechts stand Russ bereits wartend vor einer Tür.

Ich stellte den Wagen im Parkverbot ab und rannte zu ihm hinüber. Ein Mann in einem zerknautschten Anzug mit einem lächerlichen Partyhütchen auf dem Kopf torkelte mit einem selig besoffenen Grinsen im Gesicht über den Plattenweg. Er brabbelte: »Schichtwechsel, wie? Zur Abwechselung mal ein flotter Dreier, oh là là!«

Russ ließ mich die Treppen vorangehen. Ich klopfte an die Tür; eine nicht mehr ganz junge Blondine mit Hochfrisur und verschmiertem Make-up riß sie auf und keifte: »Was hast du denn diesmal wieder vergessen –« und dann: »Oh, Scheiße!«

Russ hielt ihr seine Marke hin. »L.A.P.D. Sind Sie Sally Stinson?«

»Nein, ich bin Eleanor Roosevelt. Hören Sie mal, ich habe in letzter Zeit die Jungs vom Sheriff-Büro reichlich gespickt. Also ist mit Geld nichts mehr drin. Seid ihr auf eine Spritztour vorbeigekommen?«

Ich wollte sie aus dem Weg schieben; Russ packte mich am Arm. »Miss Stinson, wir sind hier wegen Liz Short und Charlie Issler. Und entweder wir erledigen das gleich hier oder im Frauengefängnis.«

Sally Stinson raffte ihren Morgenmantel vorn zusammen und preßte die Hände an die Brust. Sie sagte: »Hören Sie, ich habe es dem anderen Kerl schon erzählt«, hielt dann plötzlich inne und wiegte sich hin und her. Sie sah aus wie das geborene Opfer in alten Horrorfilmen, das seine Begegnung mit dem Monster hat; ich wußte genau, welches ihr Monster gewesen war. »Wir haben mit dem Kerl nichts zu tun. Wir möchten mit Ihnen nur über Betty Short reden.«

Sally fragte hoffnungsvoll: »Und er wird nichts erfahren?«

Russ setzte seine Beichtvatermiene auf und log: »Nein, das ist streng vertraulich.«

Sally trat zur Seite. Russ und ich betraten ein Zimmer von überwältigender Schäbigkeit – Billigmöbel, kahle Wände, in einer Ecke abgestellte Koffer für ein schnelles Verduften. Sally legte die Kette vor die Tür. Ich sagte: »Wer ist der Bursche, den sie gerade erwähnt haben, Miss Stinson?«

Russ befummelte den Knoten seiner Krawatte; ich hielt mich zurück. Sally deutete zur Couch hin. »Bringen wir es schnell hinter uns! Aber solche Dinge im Stehen besprechen geht mir gegen den Strich.«

Ich setzte mich; neben meinem Knie quoll die Polsterung aus einem Riß im Bezug, und eine Sprungfeder ragte heraus. Russ nahm auf einem Stuhl Platz und zog sein Notizbuch hervor; Sally setzte sich mit dem Rücken zur Wand und dem Blick zur Tür auf ihren Kofferstapel, als wäre sie auf dem Sprung. Ihr Einleitungssatz war uns aus allen Befragungen im Short-Fall sattsam bekannt. »Ich weiß nicht, wer sie umgebracht hat.«

Russ erwiderte: »Na gut, aber fangen wir einmal ganz von vorn an. Wann sind Sie Liz Short begegnet?«

Sally kratzte sich zwischen den Schenkeln. »Vergangenen Sommer. Im Juni vielleicht.«

»Wo?«

»In der Bar des *Yorkshire House Grill* in der Innenstadt. Ich war hundemüde und wartete auf meinen ... wartete auf Charlie. Liz machte sich an diesen reich aussehenden alten Knacker ran, der ihr dann aber zu stürmisch wurde. Sie hat ihn verscheucht. Dann haben wir angefangen, uns zu unterhalten, und schließlich kam Charlie.«

Ich sagte: »Und dann?«

»Dann entdeckten wir, daß wir viele Gemeinsamkeiten hatten. Liz meinte, sie wäre pleite. Charlie fragte sie, ob sie sich auf die Schnelle einen Zwanziger verdienen wollte. Liz sagte ja. Charlie schickte uns dann zu einem Kongreß von Leuten aus der Textilbranche ins *Mayflower*.«

»Und?«

»Und Liz war verdammt guuuut! Wenn Sie Einzelheiten wollen, müssen Sie warten, bis ich meine Memoiren herausbringe. Aber eines kann ich sagen: Ich bin ziemlich gut dabei, so zu tun, als würde es mir Spaß machen, aber Liz war mir um Längen voraus. Sie war großartig. Sie hatte diesen Tick, ihre Strümpfe dabei anzubehalten. Aber sonst war sie eine richtige Virtuosin. Wirklich reif für den Oscar.«

Ich mußte an diesen dreckigen Film denken – und an den merkwürdigen Striemen auf Bettys linkem Oberschenkel. »Wissen Sie, ob Liz je bei pornographischen Filmen mitgemacht hat?«

Sally schüttelte den Kopf. »Nein, aber wenn, wäre sie bestimmt guuuut gewesen.«

»Kennen Sie einen Mann namens Walter ›Duke‹ Wellington?«

»Nein.«

»Linda Martin?«

»Nee.«

Jetzt übernahm Russ wieder. »Haben Sie noch mehr solche Sachen mit Liz gemacht?«

Sally erwiderte: »Vergangenen Sommer, vier- oder fünfmal. Hoteljobs. Immer bei Kongressen.«

»Fallen Ihnen dabei irgendwelche Namen ein, Organisationen, Beschreibungen?«

Sally lachte auf und kratzte sich im Schoß. »Mr. Polizist, mein erstes Gebot lautet: die Augen fest zumachen und vergessen. Darin bin ich gut.«

»Hat sich einer der Hoteljobs im *Biltmore* abgespielt?«

»Nein. Im *Mayflower,* im *Hacienda House.* Vielleicht auch noch im *Rexford.*«

»Hat einer der Männer merkwürdig auf Liz reagiert? Ist er grob mit ihr umgesprungen?«

Sally sagte grinsend: »Meistens waren sie nur einfach ganz glücklich, weil sie ihnen so schön was vorgemacht hat.«

Begierig, endlich auf Vogel zu sprechen zu kommen, wechselte ich das Thema. »Erzählen Sie mir von Charlie Issler und Ihnen. Wußten Sie, daß er ein Geständnis abgelegt hat, die Dahlie ermordet zu haben?«

Sally erwiderte: »Nein, anfangs nicht. Dann ... Na ja, jedenfalls war ich dann gar nicht überrascht, als ich davon hörte. Charlie leidet wohl an dem, was man vielleicht Geständniszwang nennen könnte. Also immer, wenn eine Prostituierte umgebracht wird und das groß in die Zeitungen kommt, heißt es, Tschüßchen, Charlie, und schon mal das Jodfläschchen bereitlegen, für den Tag, an dem er wieder zurückkommt, weil er immer dafür sorgt, daß die Jungs mit dem Gummiknüppel ihn tüchtig bearbeiten.«

Russ fragte: »Was glauben Sie, warum er das wohl macht?«

»Wie wäre es denn damit: Weil er ein schlechtes Gewissen hat?«

Ich sagte: »Und wie wäre es, wenn Sie uns jetzt einmal erzählen, wo Sie zwischen dem 10. und 15. Januar gewesen sind, und uns dann noch von dem Kerl berichten, den wir alle nicht leiden können?«

»Hört sich wirklich so an, als hätte ich die Wahl.«

»Haben Sie auch. Entweder reden Sie jetzt und hier mit uns, oder ab ins Frauengefängnis.«

Russ zerrte heftig an seiner Krawatte. »Können Sie sich erinnern, wo sie an diesen Tagen gewesen sind, Miss Stinson?«

Sally angelte nach Zigaretten und Streichhölzern und zündete sich einen Glimmstengel an. »Jeder, der Liz gekannt hat, kann sich genau erinnern, wo er damals gewesen ist. Wissen Sie, das ist so wie mit dem Tag, an dem Roosevelt gestorben ist. Man wünscht sich immer, man könnte die Uhr noch einmal zurückdrehen und die Dinge ändern.«

Ich wollte mich für meine Grobheit entschuldigen; Russ übernahm das für mich. »Mein Partner wollte nicht unangenehm werden, Miss Stinson. Es ist nur so, daß ihm diese Geschichte unter die Haut geht.«

Das war ein großartiger Schachzug. Sally Stinson ließ ihre Zigarette zu Boden fallen, trat sie mit dem nackten Fuß aus und klopfte dann auf ihre Koffer. »Für mich heißt es Adios, sobald Sie hier aus der Tür sind. Ihnen werde ich es erzählen, aber keinem Bezirksanwalt, keinem Geschworenengericht, keinen anderen Bullen, das ist endgültig! Sally macht 'ne Fliege, sobald Sie mir den Rücken drehen.«

Russ sagte: »Abgemacht.« Jetzt bekam Sally Farbe im Gesicht. Das und die wutblitzenden Augen machten sie gut zehn Jahre jünger. »Am Freitag, den 10., bekam ich einen Anruf in diesem Hotel, in dem ich gerade war. Ein Kerl sagte, er wäre ein Freund von Charlie und daß er mich für einen Knaben anheuern möchte, den er gut kennt und der es noch nie gemacht hat. Eine Zweitagesitzung im *Biltmore* und hundertfünfzig Dollar. Ich hake nach und frage ihn, woher er meine Nummer hätte, da ich Charlie eine ganze Weile nicht gesehen hatte. Der Kerl sagt nur: Mach dir darüber keine Gedanken. Triff dich mit mir und dem Jungen morgen nachmittag vor dem Biltmore.

Ich war wieder mal pleite, also sage ich: ›Okay.‹ Und dann habe ich die beiden getroffen, große fette Kerle in Schale, darunter gut versteckt ihre Schießeisen, und da wußte ich gleich, das sind zwei Bullen, Vater und Sohn. Dann haben sie mir Geld rübergereicht, Sohnemann stinkt aus'm Maul, aber ich kenne Schlimmeres. Er nennt mir Daddys Namen, und da kriege ich es ein bißchen mit der Angst, aber Daddy gibt sich ganz höflich, und der Bengel ist so lahm, daß ich ganz sicher weiß, mit dem komme ich schon zurecht.«

Sally zündete sich die nächste Zigarette an. Russ reichte mir Fotos der beiden Vogels herüber; ich gab sie an Sally weiter. Sie sagte: »Sind nicht zu verwechseln«, brannte mit der Glut ihrer Chesterfield die Gesichter aus und erzählte dann weiter.

»Vogel hatte eine Suite gemietet. Sohnemann und ich spielten herum, und er versuchte mich dazu rumzukriegen, mit diesen verrückten Sexinstrumenten, die er mitgebracht hatte, ein bißchen Spaß zu haben. Ich sagte: Nee, nee, nee, damit is' nix. Er verspricht mir noch einmal einen Zwanziger extra, wenn er mich aus Spaß nur ganz leicht auspeitschen kann. Da habe ich nur gesagt: Erst wenn es in der Hölle schneit, und dann hat er –«

Ich unterbrach ihre Geschichte. »Hat er auch von Pornofilmen gesprochen, von lesbischem Zeug?«

Sally schnaubte: »Er redete über Baseball, seinen Pimmel. Er nannte ihn sein großes Schnitzel, und wissen Sie was: Fehlanzeige!«

Russ sagte: »Erzählen Sie weiter, Miss Stinson.«

»Na ja, wir haben den ganzen Nachmittag gevögelt, und ich habe mir angehört, wie der Knabe die ganze Zeit über die Brooklyn Dodgers und das große Schnitzel gelabert hat, bis ich schon ganz blau im Gesicht war. Dann hat es mir gereicht, und ich habe gesagt: ›Gehen wir was essen und ein bißchen Luft schnappen.‹ Und dann sind wir runter in die Lobby.

Und da saß Liz, mutterseelenallein. Sie erzählt mir, daß sie dringend Geld braucht, und weil mir gleich auffällt, daß sie Sohnemann gut gefällt, habe ich was arrangiert. Dann sind wir zurück in die Suite, und ich konnte eine kleine Erholungspause einlegen, während sich die anderen im Schlafzimmer getummelt haben. Liz ist dann eine halbe Stunde vor Mitternacht abgehauen, hat mir noch zugeflüstert: ›Kleines Schnitzel‹, und dann habe ich sie nie wiedergesehen, bis ihr Bild in allen Zeitungen war.«

Ich schaute zu Russ hinüber. Mit den Lippen formte er das Wort: »Dulange«; ich nickte und stellte mir vor, wie Betty herumgestreift war, bis sie dann am Morgen des 12. Franzmann Joe getroffen hatte. Langsam ergab sich ein Bild von den letzten Tagen der Dahlie.

Aufmunternd sagte Russ: »Und dann sind Sie und John Vogel wieder zur Sache gekommen?«

Sally warf die Fotos auf den Fußboden. »Ja.«

»Hat er mit Ihnen über Liz Short gesprochen?«

»Er sagte, ihr hätte das große Schnitzel gefallen.«

»Hat er auch gesagt, daß sie vorhatten, sich wieder zu treffen?«

»Nein.«

»Hat er etwas darüber erwähnt, was sein Vater und Liz gemacht haben?«

»Nein.«

»Was hat er denn über Liz gesagt?«

Sally legte sich die Arme um die Brust. »Er sagte, sie hätte bei seiner Art von Spielchen gern mitgemacht. Ich frage: ›Welche Spielchen denn?‹ Sohnemann erklärte es mir. ›Herr und Sklavin und Bulle und Hure.‹«

Ich sagte: »Bitte, kommen wir zum Ende.«

Sally warf einen Blick zur Tür. »Zwei Tage, nachdem Liz in allen Zeitungen stand, kam Fritz Vogel zu mir ins Hotel und erzählte mir, Sohnemann hätte zugegeben, daß er es mit ihr getrieben hätte. Er versprach mir, daß er meinen Namen aus einer Polizeiakte verschwinden lassen würde, und er fragte mich aus nach meinem ... Beschützer. Ich erwähnte Charlie, und Vogel konnte sich noch aus der Zeit an ihn erinnern, als er bei der Sitte gewesen war. Und dann wurde ihm mit einem Mal ganz mulmig, weil ihm einfiel, daß Charlie ja dieses Bekennerproblem hatte. Er rief von meinem Apartment irgendeinen seiner Kumpel an und gab ihm den Auftrag, Charlies Akte von der Sitte zu klauen. Dann rief er noch jemanden an und drehte fast durch, weil ihm dieser jemand erzählte, daß Charlie schon in Haft wäre, daß er schon ein Geständnis abgelegt hätte, Liz ermordet zu haben.

Dann schlug er mich zusammen. Er stellte mir lauter Fragen, wie etwa die, ob Liz wohl Charlie gegenüber erwähnt haben könnte, daß sie mit dem Sohn eines Bullen gebumst hätte. Ich sagte ihm, daß Charlie und Liz nur 'ne Zufallsbekanntschaft gewesen wären, daß er sie nur ein paarmal anschaffen geschickt hätte, und das vor vielen, vielen Monaten. Aber er prügelte trotzdem weiter. Und dann drohte er, er würde mich umbringen, falls ich der Polizei von seinem Sohn und der Dahlie erzählte.«

Ich stand auf, um zu gehen; Russ blieb sitzen. »Miss Stinson, vorhin haben Sie gesagt, daß Sie Angst bekommen hätten, nachdem John Vogel ihnen den Namen seines Vaters genannt hatte. Warum?«

Sally flüsterte: »Ich habe da so eine Geschichte gehört.« Plötzlich sah sie nicht nur verbraucht aus, sondern uralt.

»Was war das denn für eine Geschichte?«

Sallys Geflüster wurde fast noch leiser. »Wie man ihn rausgeschmissen hat bei der Sitte.«

Bill Koenigs Version fiel mir ein – daß Fritzie sich, als er bei der Sitte gearbeitet hatte, von einer Nutte mit Syphilis angesteckt und man ihn dazu verdonnert hatte, sich einer Kur zu unterziehen. »Er hat sich was Schlimmes geholt, stimmt's?«

Sally sagte jetzt klar und vernehmlich: »Ich habe gehört, er hätte sich die Syphilis geholt und wäre total durchgedreht. Er glaubte, er hätte sich bei einer Schwarzen angesteckt. Also mischte er dieses Haus in Watts auf, und dann hat er alle Mädchen gezwungen, es mit ihm noch einmal zu treiben, bevor er seine Kur anfing.«

Meine Knie waren jetzt noch weicher als an jenem Abend im Lagerhaus. Russ sagte: »Danke, Sally.«

Ich sagte: »Komm, wir schnappen uns Johnny.«

Wir fuhren mit meinem Wagen in die Innenstadt. Johnny hatte gestern Tagschicht gehabt, war Streife gegangen und hatte dann auch noch die Nachtschicht drangehängt, so daß ich mir eine gute Chance ausrechnete, ihn um elf Uhr vormittags allein anzutreffen.

Ich ließ den Wagen langsam rollen und hielt Ausschau nach einer vertrauten Gestalt im blauen Anzug. Russ hatte von Red Manleys Verhör noch eine Ampulle Pentothal und eine Spritze übrig, die er jetzt vorn auf das Armaturenbrett legte; sogar ihm war bewußt, daß das, was jetzt kam, nicht ohne Gewalt abgehen würde. Wir fuhren durch eine Gasse hinter der Jesus-Hilft-Mission, als ich ihn entdeckte – er hatte sich gerade zwei Penner vorgenommen, die in einer Mülltonne wühlten.

Ich sprang aus dem Wagen und rief: »He, Johnny!« Vogel junior drohte den Wermutbrüdern mit dem Finger und kam dann, die Daumen in seinen Sam-Browne-Gürtel gehakt, zu uns geschlendert.

Er fragte hämisch: »Was machst du denn in Zivil, Bleichert?« Ich versetzte ihm einen Haken in die Weichteile. Er knickte vornüber, und ich packte seinen Kopf und schlug ihn auf das Wagendach. Johnny gingen die Lichter aus, und er sackte zusammen. Ich hielt ihn aufrecht; Russ krempelte seinen linken Ärmel hoch und jagte ihm die Spritze mit dem Wahrheitsserum in die Armbeuge.

Jetzt war er völlig hinüber. Ich zog den .38er aus seinem Halfter, warf ihn auf den Vordersitz und verfrachtete Johnnie auf die Rückbank. Ich stieg neben ihm ein; Russ setzte sich ans Steuer. Mit quietschenden Reifen schossen wir durch die

Gasse, während die Penner uns mit ihren Flachmännern fröhlich zuwinkten.

Für die Fahrt zum *El Nido* brauchten wir eine halbe Stunde. Johnny kicherte in seinem drogenumnebelten Schlummer und wäre ein paarmal fast zu sich gekommen; Russ fuhr schweigend. Als wir zum Hotel kamen, ging Russ voraus, sah, daß niemand in der Lobby war und machte mir von der Tür her ein Zeichen. Ich legte mir Johnny über die Schulter und schleppte ihn hoch zu Zimmer 204 – das war die Schwerarbeit meines Lebens.

Als ich mit ihm treppauf ging, war er halb bei sich; seine Lider begannen zu flattern, als ich ihn auf einen Stuhl warf und sein linkes Handgelenk an ein Heizungsrohr fesselte. Russ erklärte mir: »Das Pentothal hält ein paar Stunden vor. Er kann uns jetzt nicht mehr mit Lügen kommen.« Ich weichte ein Handtuch im Waschbecken ein und drückte es Johnny ins Gesicht. Als er zu husten anfing, nahm ich das Handtuch weg.

Johnny kicherte vor sich hin. Ich sagte: »Elizabeth Short« und zeigte auf die Hochglanzfotos an der Wand. Johnny, dessen Gesicht schlaff und wie Gummi war, fragte schleppend: »Was ist denn mit ihr?« Ich bearbeitete ihn noch einmal mit dem Handtuch, um die Spinnweben aus seinem Gehirn zu vertreiben. Johnny spuckte; ich ließ den Klumpen aus kaltem nassen Frottee in seinen Schoß fallen. »Wie wäre es denn mit *Liz* Short? An die erinnerst du dich doch?«

Johnny lachte; Russ bedeutete mir mit einer Handbewegung, mich neben ihn auf die Bettkante zu setzen. »Hierbei gibt es eine bestimmte Methode. Laß mich die Fragen stellen. Du bleibst einfach nur sitzen und versuchst dich zu beherrschen.«

Ich nickte. Johnny hatte uns beide jetzt wieder ganz klar im Blickfeld, doch seine Pupillen waren nadelspitz und seine Gliedmaßen schlaff und schwammig. Russ fragte: »Wie heißt du, Junge?«

Johnny antwortete: »Sie kennen mich doch, Lieutenant.« Seine Stimme klang jetzt kaum noch verwaschen.

»Sag es mir trotzdem.«

»Vogel, John Charles.«

»Wann bist du geboren?«

»Am 6. Mai 1922.«

»Wieviel ist sechzehn plus sechsundfünfzig?«

Johnny dachte einen Augenblick nach und sagte dann: »Zweiundsiebzig.« Dann hielt mich sein Blick fest. »Warum haben Sie mich geschlagen, Bleichert? Ich habe Ihnen doch nie etwas zuleide getan?«

Fettklößchen schien ernstlich gekränkt. Ich blieb zugeknöpft; Russ fragte weiter: »Wie heißt dein Vater, Junge?«

»Sie kennen ihn doch, Lieutenant. Oh ... Friedrich Vogel, abgekürzt Fritzie.«

»Dieselbe Abkürzung wie in Liz, Liz Short?«

»Ja klar ... Wie Liz, Betty, Beth, Dahlie ... 'ne Menge Kurznamen.«

»Denk mal zurück an letzten Januar, Johnny. Dein Dad wollte, daß du deine Unschuld verlierst, stimmt's?«

»Äh ... ja.«

»Er hat dir für zwei Tage eine Frau gekauft. Stimmt's?«

»Keine Frau, jedenfalls keine echte. Ne Hure, eine Huuuuuure.« Der langgezogene Vokal kippte in Gelächter um; Johnny versuchte in die Hände zu klatschen. Die eine Hand schlug gegen seine Brust; die andere riß an seinen Handschellen. Vorwurfsvoll sagte er: »Das ist nicht recht, das werde ich Daddy sagen.«

Russ antwortete milde: »Das ist nur für ganz kurze Zeit. Du hast im *Biltmore* die Prostituierte gehabt, stimmt's?«

»Stimmt. Daddy hat Prozente bekommen, weil er den Hausdetektiv kennt.«

»Und du hast dann auch Liz Short im *Biltmore* getroffen, stimmt's?«

Über Johnnys Gesicht liefen krampfartige Zuckungen – seine Augenlider flatterten, die Lippen zuckten und seine Stirnader schwoll an. Er erinnerte mich an einen zu Boden gegangenen Boxer, der von den Brettern hochzukommen versuchte. »Äh ... das stimmt.«

»Wer hat euch miteinander bekanntgemacht?«

»Wie heißt sie doch gleich ... die Hure.«

»Und Liz und du, was habt ihr beide dann gemacht, Johnny? Erzähl es mir einfach.«

»Wir ... wir haben drei Stunden lang zehnmal gestöpselt und Spiele gespielt. Ich habe ihr das große Schnitzel gegeben. Wir haben Hoppereiter gespielt, und ich mochte Liz gern. Also habe ich ihr ganz sanft ein bißchen die Peitsche gegeben. Sie war viel netter als diese Blondie-Nutte. Sie hat ihre Strümpfe anbehalten, weil sie, wie sie mir gesagt hat, dieses Muttermal hat, das niemand sehen durfte. Sie mochte mein Schnitzel, und ich durfte sie küssen, ohne das Odol, mit dem ich bei Blondie erst gurgeln mußte.«

Ich mußte an Bettys Striemen am Oberschenkel denken, und mir stockte der Atem. Russ fragte: »Johnny, hast du Liz getötet?«

Fat Boy warf sich in seinem Stuhl herum. »Nein. Nein. Nein. Nein. Nein. Nein!«

»Sch ... Ganz ruhig, Junge, ruhig. Wann ist Liz denn gegangen?«

»Ich habe sie nicht aufgeschlitzt!«

»Wir glauben dir doch, Junge. Also, wann ist Liz denn nun gegangen?«

»Spät. Spät am Samstag. Vielleicht um zwölf, vielleicht um eins.«

»Du meinst Sonntag morgen, ganz früh?«

»Ja.«

»Hat sie gesagt, wohin sie wollte?«

»Nein.«

»Hat sie die Namen irgendwelcher Männer genannt, Freunde, Bekannte, mit denen sie sich treffen wollte?«

»Äh ... irgendeinen Flieger, mit dem sie verheiratet war.«

»Und das ist alles?«

»Ja.«

»Hast du sie wiedergesehen?«

»Nein.«

»Hat dein Vater Liz gekannt?«

»Nein.«

»Hat er den Hoteldetektiv gezwungen, den Namen im Register zu ändern, nachdem Liz' Leiche gefunden worden war?«

»Äh . . . Ja.«

»Weißt du, wer Liz Short getötet hat?«

»Nein. Nein!«

Johnny brach der Schweiß aus. Dasselbe galt auch für mich – ich gierte nach Tatsachen, um ihn festzunageln. Und jetzt sah es ganz so aus, als hätten er und die Dahlie nur eine flüchtige Affäre für eine Nacht gehabt. Ich sagte: »Du hast deinem Vater dann von Liz erzählt, nachdem sie in die Zeitungen gekommen war, stimmt das?«

»Äh . . . ja.«

»Und er hat dir dann von einem Kerl namens Charlie Issler erzählt, einem Kerl, der für Liz Short den Zuhälter gemacht hat?«

»Ja.«

»Und er hat dir auch gesagt, daß sich Issler in Haft befand, weil er ein Geständnis abgelegt hatte?«

»Äh . . . ja.«

»Jetzt sag mir auch, was er dagegen unternehmen wollte, du Scheißkerl! Und erzähle es mir ganz langsam und genau.«

Fettklößchens Herzfrequenz geriet an einen kritischen Punkt. »Daddy hat versucht, Ellis Jiddenbengel dahin zu bringen, Issler laufen zu lassen, aber der wollte nicht. Daddy kannte diesen Gehilfen im Leichenschauhaus, der ihm was schuldete. Und er bekam diese Unfalleiche und hat Jiddenbengel seine Idee schmackhaft gemacht. Daddy wollte eigentlich Onkel Bill dafür haben. Aber Jiddenbengel sagte: ›Nein, nimm dir Bleichert!‹ Daddy meinte, daß Sie es machen würden, weil Sie ohne Blanchard, der Ihnen immer vorgesagt hat, was zu tun ist, einfach weich wie Knete wären. Daddy meinte, Sie wären ein Waschlappen, ein verheulter Weichling mit Raffzähnen . . .« Johnny brach in hysterisches Gelächter aus, schüttelte den Kopf, wobei er Schweißtropfen versprühte, ratschte mit der Handschelle über das Heizungsrohr wie ein Tier im Zoo, das ein neues Spielzeug entdeckt hat. Russ baute sich vor mir auf. »Ich bringe ihn dazu, eine Erklärung zu unterschreiben. Du gehst jetzt mal eine halbe Stunde nach draußen, um dich abzukühlen. Ich werde ihm Kaffee eintrichtern, und wenn du zurückkommst, überlegen wir uns, was wir als nächstes tun.«

Ich stieg hinaus auf die Feuertreppe, setzte mich und ließ meine Beine über den Rand baumeln. Ich beobachtete die Autos, die über die Wilcox nach Hollywood fuhren und zog Bilanz, bedachte noch einmal, was mich das alles gekostet hatte, die ganze große *Enchilada*. Dann spielte ich Siebzehn und Vier mit den Ziffern von Nummernschildern, Südrichtung gegen Nordrichtung, und die Wagen aus anderen Bundesstaaten waren meine Asse. Südrichtung, das war ich, das Haus; Nordrichtung, das waren Lee und Kay. Südrichtung hielt eine schlappe Siebzehn; Nordrichtung zog ein As und eine Königin: *Blackjack!* Die *Enchilada* widmete ich uns dreien und ging dann zurück ins Zimmer.

Verschwitzt und mit gerötetem Gesicht und unter heftigem Zittern unterschrieb Johnny Vogel gerade Russ' Erklärung. Ich las das Geständnis über seine Schulter mit: Es war eine Schilderung der Vorgänge im *Biltmore*. Sie handelte von Betty und den Schlägen, die Sally Stinson später von Fritzie hatte einstecken müssen. Und alles zusammen ergab vier schwere Vergehen und zwei Schwerverbrechen.

Russ sagte: »Ich möchte das vorerst noch unter Verschluß halten und mich juristisch beraten lassen.«

Ich sagte: »Nein, Padre.« Und wandte mich Johnny zu.

»Sie sind festgenommen wegen Begünstigung von Prostitution, der Zurückhaltung von Beweismitteln, wegen Behinderung polizeilicher Ermittlungen und Mittäterschaft bei Mißhandlung ersten Grades und Anstiftung zu schwerer Körperverletzung.«

Johnny blubberte: »Daddy«, und schaute hilfesuchend zu Russ. Russ sah mich an – und hielt mir die Erklärung hin. Ich steckte sie in die Tasche und fesselte Junior die Handgelenke auf dem Rücken, während er leise vor sich hinschluchzte.

Der Padre seufzte: »Es ist und bleibt ein einziges Scheißhaus bis zur Pensionierung.«

»Ich weiß.«

»So kommst du nie wieder zur Kriminalabteilung.«

»Ich bin bei Scheiße langsam auf den Geschmack gekommen, Padre. Ich glaube gar nicht, daß es so schlimm werden wird.«

Ich führte Johnny nach unten zu meinem Wagen und brachte ihn vier Seitenstraßen weiter bis Hollywood Station. Reporter und Fotografen lungerten auf der Vordertreppe herum.

Sie gerieten völlig aus dem Häuschen, als sie den uniformierten Cop sahen, der von einem Zivilbullen in Handschellen ins Schlepptau genommen worden war. Blitzlichter flammten auf. Einige aus der Zeitungsmeute kannten mich und brüllten meinen Namen. Ich schrie zurück: »Kein Kommentar!« Drinnen wurden wir fassungslos von Blauen begafft. Ich schob Johnny vor mir her zum Schalter und flüsterte ihm ins Ohr: »Erzähl deinem Daddy, daß ich über seine Erpressungsgeschäfte mit den Berichten an die Bundesfinanzbehörde Bescheid weiß und über seine Syphilis und die Vorgänge im Puff in Watts. Sag ihm, daß ich morgen damit zu den Zeitungen gehe.«

Johnny schluchzte wieder leise vor sich hin. Ein Lieutenant in Uniform kam heran und blaffte: »Was zum Teufel hat das alles zu bedeuten?«

Vor meinen Augen flammte ein Blitzlicht auf; mit gezücktem Notizbuch stand Bevo Means neben mir. Ich sagte: »Ich bin Officer Dwight Bleichert und dies ist Officer John Charles Vogel.« Dem Lieutenant die Erklärung überreichend, gab ich ihm ein Zeichen. »Lochen Sie ihn ein.«

Zu Mittag machte ich mich über ein großes Steak her, fuhr dann in die Innenstadt zur Central Station, um meinen regulären Dienst aufzunehmen. Auf dem Weg in den Umkleideraum hörte ich über die Sprechanlage eine Stimme belfern: »Officer

Bleichert, melden Sie sich sofort im Büro der Einsatzleitung.«

Ich machte auf dem Absatz kehrt und klopfte an Lieutenant Jastrows Tür. Er rief laut: »Es ist offen!« Ich ging hinein und salutierte wie ein idealistischer Grünschnabel. Jastrow erhob sich, übersah meine stramme Haltung und rückte seine Hornbrille zurecht, als sehe er mich heute zum ersten Mal.

»Von heute an sind Sie zwei Wochen beurlaubt, Bleichert. Sobald Sie wieder Ihren Dienst antreten, melden Sie sich bei Chief Green. Er wird Ihnen eine andere Abteilung zuweisen.«

Ich wollte mir diese Gelegenheit nicht entgehen lassen und fragte ihn: »Warum?«

»Fritz Vogel hat sich gerade das Gehirn weggepustet. Deswegen.«

Mein Salutieren zum Abschied war doppelt so zackig wie bei meiner Begrüßung; Jastrow sah auch jetzt wieder darüber hinweg. Ich ging über den Flur und mußte dabei an die mißhandelten Huren denken, wobei ich mich fragte, ob man der Sache nachgehen oder sie fallenlassen würde. Der Bereitschaftsraum war gerammelt voll mit Blauen, die auf einen Einsatzbefehl warteten – das war das letzte Hindernis, das ich zu nehmen hatte, bevor ich auf dem Parkplatz in meinen Wagen steigen und nach Hause fahren konnte. In soldatisch strammer Haltung durchquerte ich den Raum, handelte mir böse Blicke ein, die ich zurückgab, bis sie die Augen niederschlugen. Als ich ihnen den Rücken kehrte, hörte ich sie zischen: »Verräter! Bolschewik!« Ich war fast schon aus der Tür, als ich Händeklatschen hörte. Und als ich mich umdrehte, sah ich Russ Millard und Thad Green, die mir zum Abschied applaudierten.

Ins Scheißhaus, ins Exil geschickt, und auch noch stolz darauf; zwei Wochen, die ich herumbringen mußte, bevor ich meine Strafe in irgendeiner vergammelten Außenstelle des L.A.P.D. abzuleisten hatte. Als Grund für die Vogel-Festnahme wurden »dienstliche Verstöße« genannt, und der Selbstmord als die »Verzweiflungstat eines Vaters aus Scham über die Schande« hingestellt. Ich wollte meine glorreichen Tage auf die einzige Weise beschließen, die mir angemessen erschien – ich machte mich auf die Suche nach dem verlorengegangenen Mann.

Ich begann mit meinen Nachforschungen in Los Angeles.

Aus der wiederholten Lektüre von Lees Festnahmebuch ergaben sich keinerlei Anhaltspunkte; ich befragte noch einmal die Lesbierinnen in *La Verne's Hideaway* und wollte wissen, ob Mr. Feuer noch einmal aufgetaucht sei, um sie wieder zu beschimpfen – die Antwort war ein eindeutiges Nein samt gellendem Protest. Der Padre beschaffte sich einen Durchschlag der gesamten Blanchard-Akte über dessen Festnahmen von Schwerverbrechern – sie verriet mir absolut nichts. Kay, die mit unserem monogamen Verhältnis ganz zufrieden war, schalt mich, daß ich mich bei dem, was ich unternahm, schlimmer als ein Narr benähme – und ich wußte, daß es ihr Angst machte.

Daß ich die Issler/Stinson/Vogel-Verbindung aufgedröselt hatte, überzeugte mich von einem – ich war ein guter Detective. In Verbindung mit Lee wie ein Detective zu denken war schon etwas anderes, doch ich mußte mich dazu zwingen. Die Skrupellosigkeit, die ich immer in ihm gesehen und insgeheim bewundert hatte, beeindruckte mich nur noch mehr und machte meine Sorge um ihn um so größer. Was die Tatsachen anbelangte, kam ich immer auf folgende Punkte zurück:

Lee verschwand, als die Dahlie, das Benzedrin und Bobby De Witts bevorstehende Entlassung ihn in die Enge getrieben hatten;

er wurde zum letzten Mal in Tijuana zu einem Zeitpunkt gesehen, als De Witt nach dorthin unterwegs war und die

Ermittlungen im Short-Fall sich auf das Grenzgebiet USA–Mexiko konzentrierten;

De Witt und sein Komplize im Rauschgifthandel, Felix Chasco, wurden zur gleichen Zeit ermordet. Und obwohl man zwei Mexikaner deswegen festnagelte, konnte es sich ebensogut um ein krasses Fehlurteil handeln – weil die Rurales einen Mordfall vom Tisch haben wollten;

Schlußfolgerung: Lee Blanchard konnte sehr wohl De Witt und Chasco ermordet haben, wobei sein Motiv in dem Wunsch bestanden haben mochte, sich selbst vor Racheanschlägen zu schützen und Kay vor möglichen Repressalien Bobby De Witts. Schlußfolgerung innerhalb dieser Schlußfolgerung: Es machte mir nichts aus.

Mein nächster Schritt bestand darin, mir die Unterlagen über De Witts Prozeß anzusehen. Bei der Lektüre der Prozeßakten in der Hall of Records schälten sich weitere Tatsachen heraus:

Lee hatte die Informanten gekannt, die ihm den Tip gegeben hatten, daß De Witt der »Kopf« beim Boulevard-Citizens-Raub gewesen war, doch er hatte erklärt, sie hätten die Stadt verlassen, um Racheakten aus dem Weg zu gehen. Mein Anruf im Zentralarchiv war ergebnislos – die Spitzel hatten keinerlei Vorstrafen. De Witt hatte behauptet, die Polizei habe ihn aufgrund seiner früheren Verhaftungen wegen Rauschgiftbesitzes reingelegt, und die Staatsanwaltschaft hatte ihre Anklage auf den Fund der markierten Banknoten aus dem Raub in De Witts Haus gestützt und auf den Umstand, daß er für den Zeitpunkt des Überfalls über kein Alibi verfügte. Zwei Männer der Viererbande wurden noch am Tatort getötet, De Witt festgenommen, während der vierte Mann in Freiheit blieb. De Witt behauptete, nicht zu wissen, um wen es sich handelte – obwohl ihm die Preisgabe des Namens einen milderen Spruch eingebracht hätte.

Schlußfolgerung: Vielleicht waren die Beweismittel wirklich vom L.A.P.D. untergeschoben. Vielleicht war Lee daran beteiligt. Vielleicht war die Initiative dazu auch von ihm ausgegangen, um Benny Siegel eine Gefälligkeit zu erweisen, dessen

Gelder von den wirklichen Räubern erbeutet worden waren und den Lee aus gutem Grund fürchten mußte – schließlich hatte er eine Schiebung bei einem Boxkampf platzen lassen. Dann begegnete Lee bei De Witts Prozeß Kay, verliebte sich in sie auf seine keusch-schuldbewußte Weise und lernte Bobby danach erst richtig hassen.

Schlußfolgerung innerhalb dieser Schlußfolgerung: Kay konnte von allem nichts gewußt haben. De Witt war Abschaum, der genau das bekommen hatte, was er verdiente.

Und die abschließende Schlußfolgerung: Um die letzte Bestätigung oder ein endgültiges Nein zu bekommen, mußte ich den Mann selbst anhören.

Nach vier Tagen »Urlaub« brach ich nach Mexiko auf. In Tijuana verteilte ich Pesos und amerikanisches Kleingeld und zeigte Fotos von Lee herum, wobei ich mir die Vierteldollars für »Informacion importante« aufsparte. Damit erwarb ich mir eine ständige Gefolgschaft, bekam keinerlei Hinweise und konnte die sichere Gewißheit haben, daß man mich glatt niedertrampeln würde, falls ich weiterhin mit Geld um mich warf. Von da an hielt ich mich an die diskrete Entrichtung eines Obolus von einem Dollar für eine Auskunft, wie es Tradition war im Verhältnis zwischen Gringo-Cop und Mex-Cop.

Die Tijuana-Cops waren Geier in Schwarzhemden, die nur gebrochen Englisch sprechen konnten – das internationale Bakschisch-Kauderwelsch jedoch beherrschten sie ganz exzellent. Hin und wieder hielt ich »Streifenpolizisten« auf der Straße an, zeigte meine Erkennungsmarke und die Fotos vor, drückte ihnen Dollarscheine in die Hände und stellte Fragen im besten Englisch-Spanisch-Mischmasch, das ich zustande brachte. Die Scheine wurden mir schnell aus der Hand gepflückt, ich erntete Kopfschütteln, Breitseiten von unsinnigem, zweisprachigem Palaver, hörte jedoch vereinzelt auch recht merkwürdige Geschichten, die durchaus wahr sein mochten.

In der einen war von *»el blanco explosivo«* die Rede, der bei einer Privatvorführung von Pornofilmen im *Chicago Club* in den letzten Januartagen in Tränen ausgebrochen war; in einer anderen wurde ein großer blonder Kerl erwähnt, der drei auf Betrunkene spezialisierte Straßenräuber zusammengeschlagen hatte und sich dann mit etlichen Zwanzigern, die er von einem dicken Geldbündel blätterte, von den Cops freikaufte. Den Vogel schoß eine Geschichte ab, der zufolge Lee einem Lepra-Prediger-Priester, dem er in einer Bar begegnet war, 200 Mäuse gespendet und eine Lokalrunde ausgegeben hatte und darauf nach Ensenada gefahren war. Dieser Hinweis war mir einen Fünfer wert und die Bitte um eine nähere Erklärung. Der Cop sagte: »Der Priester ist mein Bruder. Er hat sich selbst geweiht. *Vaya con Dios!* Behalten Sie Ihr Geld!«

Ich fuhr die 130 Kilometer Küstenstraße südlich nach Ensenada und rätselte herum, woher Lee wohl das Geld haben mochte, mit dem er offensichtlich nur so um sich warf. Die Fahrt war angenehm – mit Gestrüpp bedeckte felsige Hügel, die zu meiner Rechten immer wieder einen Blick auf den Ozean freigaben, zur Linken Berge und Täler, dicht mit Laubwald bewachsen. Der Autoverkehr war mager, doch in Richtung Norden war, mit kurzen Unterbrechungen, eine Kette von Menschen zu Fuß unterwegs: ganze Familien, die Koffer schleppten und gleichzeitig verängstigt und glücklich aussahen, als wüßten sie nicht so recht, was der Sprung über die Grenze ihnen bescheren würde, doch immerhin mußte es besser sein, als mexikanischen Staub einzuatmen und Touristen etwas Kleingeld aus der Tasche zu ziehen.

Als ich mich gegen Einbruch der Dämmerung Ensenada näherte, wurde aus der dünnen Kette eine wahre Völkerwanderung. Ein dichter Menschenzug schleppte sich an der nach Norden führenden Straßenseite entlang, ihre Habe in Decken gewickelt und über die Schultern geschlungen. Jeder fünfte oder sechste der Marschierenden trug eine Fackel oder eine Laterne, und die Mütter hatten sich ihre Kleinkinder wie in einem Rucksack auf den Rücken geschnallt. Als ich über den letzten Hügel vor der Stadtgrenze Ensenadas fuhr, sah ich herab auf ein schmieriges Gewaber von Neonlicht, die Strahlen vieler Taschenlampen als kleine Pünktchen, die die Dunkelheit durchdrangen, bis sie vom sie umgebenden grellen Geflacker verschluckt wurden.

Ich steuerte hinab, verschaffte mir einen flüchtigen Überblick über die Stadt, die mir wie eine vom Meer umwogte Version Tijuanas erschien, die sich dem gehobenen Typus des *Turista* andiente. Die Gringos benahmen sich anständig, auf den Straßen gab es keine bettelnden Kinder, und vor den zahlreichen Puffs sah man auch keine Schlepper und Aufreißer. Der Zug der Grenzgänger, der sich aus der Steppe heranbewegte, mußte durch Ensenada hindurch, um die Küstenstraße zu erreichen – und sie mußten den Rurales Tribut entrichten, um durchgelassen zu werden.

Es war der unverfrorenste Akt der Plünderung, den ich je zu Gesicht bekommen hatte. Rurales in Braunhemden, Überfallhosen und Schaftstiefeln gingen von einem Bauern zum anderen, nahmen Geld entgegen und befestigten mit einem Hefter Kontrollzettel an ihrer Schulter; Polizisten in Zivil verkauften Päckchen mit Trockenobst und Dörrfleisch, steckten die erhaltenen Münzen in Geldwechsler, die sie seitlich umgeschnallt trugen. Andere Rurales waren ganz vorn in der Schlange aufgebaut und kontrollierten die Passierscheine; als ich von der Hauptstraße in eine Gasse abbog, die von roten Laternen gesäumt war, konnte ich zusehen, wie zwei Braunhemden mit den Kolben ihrer Waffen einen Mann bewußtlos schlugen: Es waren abgesägte Schrotflinten.

Ich beschloß, daß es wohl klüger wäre, mit meinen Nachforschungen zuerst bei der Polizei zu beginnen, bevor ich mich daran machte, die Einwohnerschaft Ensenadas auszufragen. Außerdem war Lee gesehen worden, wie er sich, kurz nachdem er L.A. verlassen hatte, mit einer Gruppe Rurales nahe der Grenze unterhalten hatte, und so würde es vielleicht möglich sein, von den örtlichen Dienststellen einen Hinweis auf seinen Verbleib einzuholen.

Ich folgte einer Karawane altertümlicher Streifenwagen aus

den 30er Jahren, vorbei an der Zeile mit roten Laternen bis zu einer Straße, die parallel zum Strand verlief – und dort war das Revier. Es war eine umgewandelte Kirche: vergitterte Fenster in schwarz, das Wort POLICIA über religiöse Motive gepinselt, die in die weiße Stuckfassade gemeißelt waren. Auf der Wiese war ein Scheinwerfer aufgebaut; als ich mit gezückter Dienstmarke und breitem amerikanischem Grinsen aus dem Wagen stieg, wurde er auf mich gerichtet und leuchtete mich grell an.

Die Augen mit der Hand gegen das blendende Licht schützend und mit von der Hitzewoge brennendem Gesicht blieb ich kurz davor stehen. Ein Mann rief gackernd: »Yanqui Cop, J. Edgar, Texas Rangers.« Er hatte eine Hand vorgestreckt, als ich vorbei wollte. Ich legte eine Dollarnote hinein und betrat das Revier.

Das Innere gemahnte noch stärker an eine Kirche: Wandbehänge aus Samt mit einer Bilderfolge von Jesus' zahlreichen Abenteuern schmückten die Eingangshalle; die Bänke, auf denen Braunhemden herumlungerten, sahen aus wie Kirchengestühl. Der Schaltertisch war ein großer Klotz aus dunklem Holz, in den Jesus am Kreuz geschnitzt war – wahrscheinlich ein ausrangierter Altar. Der fette Rurale, der dahinter Wache stand, leckte sich die Lippen als ich herankam – er erinnerte mich an einen unverbesserlichen Kinderschänder.

Ich hatte die obligatorische Dollarnote schon in der Hand, doch hielt ich sie noch zurück. »Los Angeles Police, ich möchte den Chef sehen.«

Das Braunhemd rieb Daumen und Zeigefinger aneinander, zeigte dann auf die Schutzhülle meiner Dienstmarke. Ich reichte sie ihm zusammen mit dem Dollar; er geleitete mich durch einen Flur mit religiösen Wandmalereien bis zu einer Tür mit dem Schild CAPITÁN darüber. Ich mußte draußen warten, während er hineinging und in zungenbrechendem Spanisch Meldung machte; als er wieder herauskam, salutierte er hakkenschlagend vor mir.

»Officer Bleichert, treten Sie bitte näher.«

Die akzentfrei gesprochenen Worte überraschten mich; ich kam der Aufforderung nach und ging hinein. Ein hochgewachsener Mexikaner in grauem Anzug stand mit ausgestreckter Hand vor mir – diesmal, um mir die Hand zu schütteln, und nicht in Erwartung einer Dollarnote.

Wir reichten uns die Hände. Der Mann setzte sich hinter einen großen Schreibtisch und tippte auf ein Schildchen mit dem Namen CAPITÁN VASQUEZ. »Womit kann ich Ihnen helfen, Officer?«

Ich nahm die Hülle mit meiner Erkennungsmarke vom Schreibtisch und legte statt dessen ein Foto von Lee darauf. »Dieser Mann ist ein Angehöriger der Polizei von Los Angeles. Er wird seit Ende Januar vermißt, und als er zum letzten Mal gesehen wurde, war er unterwegs hierher.«

Vasquez musterte die Fotografie. Seine Mundwinkel zuckten; er versuchte sofort, seine Reaktion zu verbergen, indem er verneinend den Kopf schüttelte. »Nein, ich habe diesen Mann nie gesehen. Ich werde sofort eine Suchmeldung herausgeben und lasse Nachforschungen unter den hier ansässigen Amerikanern anstellen.«

Ich ging auf seine Lüge ein. »Er ist schwer zu verfehlen, Captain. Blond, einsachtzig groß, gebaut wie ein Scheunentor.«

»Ensenada zieht rauhe Burschen an, Officer. Das ist auch der Grund dafür, warum die hiesige Polizeitruppe so gut bewaffnet und so wachsam ist. Wollen Sie länger bleiben?«

»Zumindest über Nacht. Vielleicht haben ihn Ihre Männer übersehen, und ich finde den einen oder anderen Hinweis.«

Vasquez lächelte. »Das möchte ich bezweifeln. Sind Sie allein gekommen?«

»Zwei Kollegen warten auf mich in Tijuana.«

»Und zu welcher Abteilung gehören Sie?«

Ich antwortete ihm mit einer dicken Lüge. »Metropolitan.«

»Sie sind noch sehr jung für eine derart angesehene Stellung.«

Ich nahm das Foto vom Tisch. »Nepotismus, Captain! Mein

Vater ist stellvertretender Revierleiter und mein Bruder arbeitet im Konsulat in Mexiko City. Gute Nacht.«

»Und Ihnen viel Glück, Bleichert!«

Ich mietete ein Zimmer in einem Hotel unweit dem Amüsierviertel. Für zwei Dollar bekam ich eine Bude mit Meeresblick, einem Bett mit einer Matratze so dünn wie ein Eierkuchen, einem Waschbecken und einen Schlüssel für die Gemeinschaftstoilette auf dem Gang ausgehändigt. Ich setzte mein leichtes Gepäck auf dem Nachttisch ab, und als Vorsichtsmaßnahme beim Hinausgehen riß ich mir zwei Haare aus und klebte sie mit Spucke in den Türspalt. Falls die Fascisti mein Zimmer durchwühlten, würde ich es wissen.

Ich schritt mitten in das Neon-Gewaber.

Die Straßen waren voll mit Männern in Uniform: Braunhemden, Marinesoldaten und Matrosen. Weit und breit waren keine Mexikaner zu sehen, und alle verhielten sich ziemlich gesittet – sogar die kleinen Ansammlungen von Saufbrüdern, die betrunken herüberwinkten. Ich bekam den Eindruck, daß das wandelnde Aufgebot von Rurales tatsächlich für Ruhe und Ordnung sorgte. Die meisten der Braunhemden waren schmächtige Bantamgewichte, doch sie waren mit einem ganzen Waffenarsenal behängt: abgesägte Schrotflinten, Maschinenpistolen, .45er Automatiks und Schlagringe, die an ihren Patronengurten baumelten.

Buntfarbig schillernde Lichtreklamen blendeten mich: *Flame Club, Arturo's Oven, Club Boxeo, Falcon's Lair, Chico's Club Imperial. Boxeo* hieß auf spanisch Boxen – also stattete ich meinen ersten Besuch diesem Schuppen ab.

Ich erwartete, in eine dunkle Höhle zu stolpern, doch ich fand mich in einem verschwenderisch beleuchteten Raum wieder, in dem es von Matrosen wimmelte. Mexikanische Mädchen tanzten halbnackt auf einem langen Bartresen. In ihren Höschen steckten Dollarnoten. Blecherne Marimba-Musik und anfeuernde Rufe machten aus der Kaschemme eine ohrenbetäubende Lärmfalle; ich stellte mich auf Zehenspitzen und hielt nach jemandem Ausschau, der wie ein Geschäftsführer oder wie der Besitzer aussah. In der hintersten Ecke entdeckte ich einen Alkoven bedeckt mit Fotos, die Boxer in Kampfpose zeigten. Ich fühlte mich davon magnetisch angezogen und schlängelte mich an einem neuen Trupp von Nackedeis vorbei, um nach hinten zu gelangen.

Und tatsächlich entdeckte ich dort auch mich in großer Gesellschaft mit anderen berühmten Halbschwergewichtlern, eingeklemmt zwischen Gus Lesnevich und Billy Conn;

und da war auch das Foto von Lee gleich neben Joe Louis, gegen den er hätte antreten können, wenn er sich auf Benny Siegels Schiebungen eingelassen hätte.

Bleichert und Blanchard. Zwei weiße Hoffnungen, die eine große Zukunft hinter sich hatten.

Ich starrte lange Zeit die Bilder an, bis das lärmende Treiben um mich herum verflog und ich mich nicht mehr in einer gepolsterten Mülltonne befand, sondern zurückversetzt wurde in die Jahre '40 und '41, als ich Kampf auf Kampf gewonnen und willige Mädchen gebumst hatte, die alle wie Betty Short ausgesehen hatten. Und Lee sammelte K.O.-Siege und lebte mit Kay zusammen – und seltsam, plötzlich waren wir wieder eine Familie.

»Zuerst Blanchard und jetzt Sie. Wer ist der Nächste? Willie Pep?«

Mit einem Ruck war ich wieder in der lärmenden Mülltonne und sprudelte hervor: »Wann? Wann haben Sie ihn gesehen?«

Herumwirbelnd sah ich einen gebeugten alten Mann. Sein Gesicht war rissiges Leder, die Knochen darin zusammengeflickt – formlos wie ein zerknautschter Sandsack –, doch seine Stimme war nicht die eines Mannes, den man zum Halbidioten geschlagen hatte: »Vor ein paar Monaten, als wir im Februar die schweren Regenfälle hatten. Wir müssen uns zehn Stunden lang nur über Boxkämpfe unterhalten haben.«

»Wo ist er jetzt?«

»Ich habe ihn seit diesem einen Mal nicht wiedergesehen, und vielleicht möchte er auch Sie gar nicht sehen. Ich habe versucht, über den Kampf mit ihm zu reden, den ihr beide euch geliefert habt, aber Big Lee hat sich gesträubt. Er sagte: ›Wir sind keine Partner mehr‹, und fing dann an, mir einzureden, daß das Federgewicht die beste Gewichtsklasse ist. Ich hab' dazu nur gesagt, nix da – es sind die Mittelgewichtler: Zale, Graziano, La Motta, Cerdan, das sind die Größten.«

»Ist er noch in der Stadt?«

»Ich glaube nicht. Mir gehört dieser Laden, und er ist nie hierher zurückgekommen. Wollen Sie noch eine alte Rechnung begleichen? Oder geht's vielleicht um einen Rückkampf?«

»Ich suche nur nach ihm, weil ich ihm eine Menge Schwierigkeiten ersparen möchte.«

Der alte Kämpe dachte über meine Worte nach und sagte dann: »Ich habe 'ne Schwäche für leichtfüßige Techniker wie Sie, also will ich Ihnen 'nen Tip geben. Ich hab' gehört, daß Blanchard drüben im *Club Satan* einen solchen Aufstand gemacht hat, daß er sich mit einer happigen Bestechungssumme bei Captain Vasquez freikaufen mußte. Sie gehen fünf Seitenstraßen weiter bis zum Strand, da ist der *Satan*. Wenden Sie sich an Ernie, den Koch. Er hat alles gesehen. Sagen Sie ihm, daß ich ihn bitte, offen und ehrlich zu Ihnen zu sein, und holen Sie tief Luft, wenn Sie 'reingehen, denn da, woher Sie kommen, haben Sie so einen Schuppen noch nie gesehen.«

Der *Club Satan* war eine Hütte aus Lehmziegeln mit einem Schieferdach, die von einer einfallsreichen Neonreklame geziert wurde: ein kleiner roter Teufel, dessen steifes Glied mit einer Eichel in Form eines Dreizacks in die Luft stak. Er hatte seinen eigenen Türwächter, einen kleinen Mex im Braunhemd, der die neu eintreffende Kundschaft von oben bis unten musterte und dabei an seinem Gummiknüppel herumfingerte. In seine Schulterklappen waren Dollarnoten gesteckt; ich bereicherte die Sammlung durch mein eigenes Scherflein und wappnete mich innerlich, bevor ich hineinging.

Aus der Mülltonne kam ich in ein Loch, wo es Scheiße hagelte.

Die Bar war eine Pißrinne. Marinesoldaten und Matrosen masturbierten hinein, während sie mit der freien Hand nach nackten Mädchen grabschten, die oben auf dem Tresen hockten. Unter Tischen, die dem Vorraum mit einem Podium für die Band zugekehrt waren, waren Frauen damit beschäftigt, den Gästen einen zu blasen. Ein Kerl im Teufelskostüm rammelte auf einer Matratze ein fettes Weib. Ein Esel mit Teufelshörnern aus rotem Samt, die ihm über die Ohren gestreift waren, stand daneben und fraß friedlich Heu aus einem Korb auf dem Fußboden. Rechts von der Bühne krächzte ein mit einem Frack behangener Gringo in ein Mikrophon: »Ich hab 'ne reiche Braut, die heißt Roseanna – sie benutzt 'ne Tortilla als Diaphragma! Hey! Hey! Ich hab 'ne Braut, oh die ist smart, die macht mir meinen Knüppel hart! Ich hab 'ne Braut, die heißt Corrine, die macht mir meine Banana-Cream! Hey! Hey! . . .«

Die »Musik« wurde vom Gegröle an den Tischen übertönt – »Esel! Esel!« Eine johlende Meute drückte mich in eine Ecke, und dann streifte mich umwerfender Knoblauchatem. »Du will an Bar, Hübscher? Kraftfrühstück ein Dollar. Du will mich? Einmal um die Welt, zwei Dollar.«

Ich hatte den Mut, sie mir genauer anzusehen. Sie war alt, fett, ihre Lippen schorfig vom Schanker. Ich zog Geldscheine aus der Tasche und drängte sie ihr auf, ohne hinzusehen, welchen Wert die Noten hatten. Die Nutte machte einen Knicks vor ihrem Nachtclub-Jesus; ich brüllte ihr zu: »Ernie, ich muß ihn sehen! Der Mann vom *Club Boxeo* hat mich geschickt.«

Mamacita rief aus: »*Vamanos*!« und rannte voraus, um mir den Weg freizumachen, drängte sich durch eine Schlange von Angetrunkenen, die nach einem Platz an den Tischen zum Abendessen anstanden. Sie führte mich zu einem Vorhang neben der Bühne und dann in einen Gang dahinter, von dem aus man in die Küche kam. Ein würziges Aroma kitzelte meine Geschmacksnerven – bis ich das Hinterteil eines Hundekadavers sah, das aus einem Kochtopf ragte. Die Frau redete auf spanisch mit dem Chef – einem seltsam aussehenden Burschen, der halb Mexikaner, halb Chinese sein mußte. Er nickte mir zu und kam zu mir heran.

Ich hatte das Foto von Lee schon in der Hand. »Ich hab gehört, daß dieser Mann hier vor einiger Zeit einen ziemlichen Wirbel gemacht hat.«

Der Mann ließ seinen Blick über das Foto huschen. »Wer will das wissen?«

Ich zog meine Dienstmarke und fixierte den Kerl mit stählernem Blick.

Er fragte: »Er dein Freund?«

»Mein bester Freund.«

Der Mann versteckte die Hände unter seiner Schürze; ich wußte, daß er in der einen ein Messer hielt. »Dein Freund trinken vierzehn Große von meinem besten Mescal, Hausrekord. Das hat gefallen mir. Er hat auf tote Frau viele Toasts ausgebracht. War mir egal. Aber er wollte mir Eselschau versauen, und das ich nicht dulden.«

»Was ist passiert?«

»Vier meiner Männer er geschafft, fünften nicht. Rurales ihn nach Hause bringen, wo er kann ausschlafen.«

»Das ist alles?«

Der Mischling zog ein Stilett hervor, drückte auf den Knopf, ließ die Klinge herausspringen und kratzte sich mit der stumpfen Seite am Nacken. »Finito.«

Ich ging durch die Hintertür hinaus in einen Durchgang. Meine Angst um Lee wuchs. Zwei Männer in glänzenden Anzügen lungerten unter einer Laterne herum; als sie mich sahen, kratzten ihre Füße in schnellerem Tempo den Boden, und sie starrten auf die Straße, als sei Dreck für sie plötzlich was ganz Faszinierendes. Ich rannte los; knirschender Kies hinter mir verriet mir, daß die beiden mir dicht auf den Fersen waren.

Der Durchgang endete in einer Seitenstraße, die auf den Strich mit den roten Laternen führte, und im spitzen Winkel dazu führte ein schmaler Weg, der steinig und holprig war, hinunter zum Strand. Ich spurtete ihn entlang, meine Schultern streiften Maschendraht, hinter dem unter wütendem Gekläff

Hunde hochsprangen und nach mir zu schnappen versuchten. Ihr Gebell übertönte den Straßenlärm; ich wußte nicht, ob ich die beiden noch immer im Nacken hatte. Ich sah die Strandpromenade vor mir auftauchen, orientierte mich kurz, rechnete mir aus, daß mein Hotel rechts eine Nebenstraße weiter sein mußte, schaltete einige Gänge herunter und schlenderte langsam weiter.

Ich hatte einen halben Straßenzug Vorsprung.

Bis zu meiner Absteige waren es noch etwa hundert Meter. Tief Luft holend ging ich gemächlich darauf zu, ganz der amerikanische Simpel, der von einer Sause heimkehrt. Der Hinterhof lag verlassen; ich griff nach meinem Zimmerschlüssel. Ein Lichtstrahl aus dem zweiten Stockwerk huschte über meine Tür – die Haare im Türspalt waren verschwunden.

Ich zog meinen .38er und trat die Tür auf. Ein Weißer saß mit bereits erhobenen Händen im Stuhl neben dem Bett, wandte mir sein Gesicht zu, in dem ein entwaffnendes Lächeln stand: »Immer mit der Ruhe, Junge! Ich bin ein Freund. Ich bin nicht bewaffnet, und falls Sie mir nicht glauben, können Sie mich gleich filzen.«

Ich deutete mit meinem Revolver zur Wand. Der Mann stand auf und legte, die Arme über den Kopf erhoben, die Handflächen gegen die Wand, spreizte die Beine. Ihm den .38er an die Wirbelsäule drückend tastete ich ihn ab, fand ein von einem Clip zusammengehaltenes Geldbündel, Schlüssel und einen fettigen Kamm. Den Lauf fest in seinen Rücken gedrückt, untersuchte ich das Geldbündel. Die Banknoten waren US-Währung; in einer Klarsichthülle steckte eine kalifornische Zulassung als Privatdetektiv. Sie war ausgestellt auf den Namen Milton Dolphine, und seine Geschäftsadresse lautete 986 Copa De Oro in San Diego.

Ich warf das Geldbündel aufs Bett und lockerte den Druck meiner Waffe; Dolphine drehte sich halb herum. »Das Geld da ist eine Lapalie im Vergleich zu dem, was Blanchard in den Fingern hatte. Sie und ich, wir könnten Partner werden und uns 'ne goldene Nase verdienen.«

Ich trat ihm die Beine weg. Dolphine flog auf den Boden und schluckte Staub vom Teppich. »Sie rücken jetzt mit allem raus, was Sie wissen, und seien Sie vorsichtig mit dem, was Sie über meinen Partner sagen, oder es geht ab ins Gefängnis von Ensenada zum Verhör!«

Dolphine zog die Knie an und setzte sich halb auf. Schweratmend sagte er: »Bleichert, was glauben Sie denn, wie ich hergefunden habe, verdammt! Ihnen dämmert wohl nicht, daß ich vielleicht ganz in der Nähe gewesen bin, als Sie vor Vasquez ihre Nummer als Gringo-Cop abgezogen haben.«

Ich versuchte den Mann einzuschätzen. Er war über vierzig, fett und mit beginnender Glatze, doch wahrscheinlich ein harter Brocken – wie ein Ex-Athlet, dessen Härte Schlauheit gewichen war, nachdem er körperlich abgebaut hatte. Ich sagte: »Ich werde beschattet. Von wem?«

Dolphine befreite spuckend seinen Mund von Spinnweben. »Von den Rurales. Vasquez hat ein ganz persönliches Interesse daran, daß Sie hier nichts über Blanchard herausfinden.«

»Wissen die denn, daß ich hier abgestiegen bin?«

»Nein. Ich hab dem Captain erzählt, daß ich Sie beschatten würde. Seine anderen Wachhunde müssen Sie aufgespürt haben. Haben Sie sie abgeschüttelt?«

Ich nickte und spielte mit dem Lauf meines Revolvers an seiner Krawatte. »Wie kommt's, daß Sie mit mir zusammenarbeiten wollen?«

Dolphine legte die Hand vorsichtig an die Mündung und schob den Lauf beiseite. »Ich hab da schon meine eigenen Interessen, und ich bin verdammt gut darin, von beiden Seiten aus gegen die Mitte zu spielen. Übrigens rede ich lieber im Sitzen. Was meinen Sie, ist das wohl möglich?«

Ich zog den Stuhl heran und stellte ihn vor ihm auf. Dolphine kam auf die Beine, klopfte seinen Anzug ab und ließ sich darauf fallen. Ich steckte mein Schießeisen zurück ins Halfter. »Langsam und alles von Anfang an!«

Dolphine hauchte auf seine Fingernägel und polierte sie am Stoff seines Hemdes. Ich nahm den einzigen anderen Stuhl in dieser Bude und setzte mich mit dem Gesicht zur Lehne, um etwas zu haben, woran ich mich festhalten konnte. »Reden Sie jetzt, verdammt noch mal.«

Dolphine spurte. »Vor ungefähr einem Monat kam eine Mexikanerin in mein Büro in Dago. Mächtig aufgedonnert und kiloweise Make-up im Gesicht, aber sonst mächtig schick herausgeputzt. Sie bot mir fünfhundert Dollar, damit ich Blanchard für sie finden sollte. Dann sagte sie mir, er wäre irgendwo in der Gegend von Tijuana oder Ensenada. Sie erklärte, er wäre ein Bulle aus Los Angeles, ein Draufgänger. Da ich wußte, daß die L.A.-Bullen eine Schwäche für die grünen Scheine haben, mußte ich sofort ans große Geld denken.

Ich holte bei meinen Verbindungsleuten in Tijuana Erkundigungen über ihn ein und zeigte das Zeitungsfoto herum, das die Frau mir gegeben hatte. Ich erfuhr, daß Blanchard gegen Ende Januar in Tijuana gewesen war, Schlägereien angefangen, schwer gesoffen und mit einer Menge Kies um sich geworfen hatte. Dann berichtete mir ein Kumpel bei der Grenzpolizei, daß er sich in Ensenada versteckt hält und Schutzgelder an die Rurales zahlt – die stillhalten, wenn er sich besäuft und in der Stadt Zoff macht –, etwas, das Vasquez sonst nie geduldet hätte.

Okay, also kam ich hierher und nahm die Beschattung von Blanchard auf, der hier den reichen Gringo markierte. Ich sehe, wie er zwei Typen zusammenschlägt, die eine Señorita belästigt hatten, während ihm Rurales seelenruhig dabei zuschauen und nichts unternehmen. Da wird mir klar, daß die Geschichte mit dem Schutzgeld stimmen muß, und mein nächster Gedanke war nur Geld, Geld, Geld!«

Dolphine malte ein Dollarzeichen in die Luft; ich packte die Stuhllehne so fest, daß ich fühlen konnte, wie das Holz nachgab. »Und jetzt wird's interessant. Es gab da so ein armseliges Würstchen, einen Rurale, der von dem Segen nichts abbekam, und der steckte mir, er hätte mit angehört, wie Blanchard zwei Rurales in Zivil angeheuert hat, die Ende Januar zwei Feinde von ihm in Tijuana umlegen sollten. Also bin ich zurück nach

Tijuana gefahren, hab die Bullen dort ein bißchen geschmiert und dabei erfahren, daß am 23. Januar zwei Kerle namens Robert De Witt und Felix Chasco weggepustet worden sind. Der Name De Witt kam mir irgendwie bekannt vor, also rief ich einen Freund bei der Polizei in San Diego an. Der hörte sich um und rief mich dann zurück. Und jetzt passen Sie auf, falls Sie es nicht schon wissen! '39 sorgte Blanchard dafür, daß De Witt nach Quentin kam, und De Witt schwor, sich an ihm zu rächen. Ich denke mir, daß De Witt auf Bewährung freikam und Blanchard ihn umlegen ließ, um seinen eigenen Arsch zu retten. Ich hab meinen Partner in Diego angerufen und eine Nachricht für die Mexikanerin durchgegeben, ungefähr mit dem Wortlaut: ›Blanchard ist in Ensenada, wohlbehütet von den Rurales, die wahrscheinlich De Witt und Chasco in seinem Auftrag kaltgemacht haben.‹«

Ich ließ die Rückenlehne los. Meine Hände waren ganz taub. »Wie hieß diese Frau?«

Dolphine zuckte die Achseln. »Sie nannte mir den Namen Delores Garcia, aber der war bestimmt erfunden. Nachdem ich von der De Witt-Chasco-Affäre Wind bekommen hatte, ahnte ich, daß sie wohl eine von den Weibern war, die Chasco aushielten. Er war ja bekannt als Gigolo, und eine Menge reicher Mexikanerinnen hielten ihm die Stange, so daß mir die Vermutung kam, daß die Dame wegen seiner Ermordung Rachegelüste hatte. Ich dachte mir, daß sie irgendwie spitzgekriegt haben mußte, daß Blanchard für die beiden Morde verantwortlich war und sie mich nur dazu benutzte, ihn aufzuspüren.«

Ich fragte: »Haben Sie von dem Dahlien-Fall in L.A. gehört?«

»Ach, diese Sensationsgeschichte?«

»Lee hat daran gearbeitet, kurz bevor er hierherkam, und Ende Januar stellte sich heraus, daß es eine Verbindung nach Tijuana gab. Ist Ihnen irgendwann zu Ohren gekommen, daß er wegen der Dahlie Nachforschungen angestellt hat?«

Dolphine sagte: »*Nada*. Wollen Sie auch noch den Rest hören?«

»*Rapidamente*.«

»Okay. Also, ich kehrte zurück nach Dago, und mein Partner erzählte mir, daß die mexikanische Dame die Nachricht erhalten hätte, die ich für sie hinterlassen hatte. Ich schwirrte ab nach Reno, um mir ein bißchen Urlaub zu gönnen, und verzockte das Geld am Spieltisch, das sie mir gegeben hatte. Ich mußte wieder an Blanchard denken und das viele Geld, über das er verfügen mußte, und dann überlegte ich mir, was die Mexikanerin wohl mit ihm vorhaben mochte. Das alles wurmte mich gewaltig, und ich ging dann zurück nach Dago, erledigte dort ein paar Vermißtenfälle und fuhr ungefähr zwei Wochen später zurück nach Ensenada. Und wissen Sie was? Dieser verdammte Blanchard war einfach verschwunden!

Nur ein Blödmann hätte Vasquez oder irgend jemanden aus seiner Truppe gefragt. Also hab' ich in der Stadt rumgehangen und mich umgehört. Dann sah ich einen Penner, der seine alte Lederjacke trug, und dann diesen anderen Typ, der sein Sweatshirt mit dem Aufdruck *Legion Stadium* anhatte. Ich bekam heraus, daß in Juarez zwei Kerle wegen des Mordes an De Witt und Chasco gehenkt worden waren und dachte mir: ›Aha! Da haben die Rurales also wieder mal zwei Dumme gesucht und gefunden.‹ Ich blieb in der Stadt und hielt mich an Vasquez, dem ich ein paar Rauschgiftsüchtige anschleppte, um ihn bei Laune zu halten. Langsam wurde mir deutlich, was mit Blanchard passiert sein mußte. Wenn er tatsächlich Ihr bester Kumpel gewesen ist, halten Sie sich fest.«

Als ich hörte, wie er in der Vergangenheitsform sprach, lockerte sich mein Griff um die Stuhllehne, an die ich mich geklammert hatte. Dolphine hakte nach: »Soll ich weitermachen, Junge?«

Ich stöhnte auf: »Na gut, bis zum bitteren Ende!«

Der Privatdetektiv sprach ruhig und beherrscht, als sei er gerade dabei, eine Handgranate zu entschärfen. »Er ist tot. Man hat ihn mit einer Axt zerstückelt. Penner haben ihn gefunden. Sie sind in das Haus eingebrochen, in dem er übernachtete, und einer von ihnen hat freiwillig geplaudert, um zu verhindern, daß man ihnen die Sache anhängt. Vasquez hat sie mit ein paar Pesos abgefunden, damit sie den Mund hielten, und hat ihnen Sachen zum Anziehen von Blanchard gegeben, und dann haben ihn Rurales draußen vor der Stadt verscharrt. Ich hab Gerüchte gehört, daß von dem Geld nichts gefunden worden ist, aber ich bin am Ball geblieben, weil ich mir dachte, daß Blanchard ein heißes Eisen war und früher oder später irgendein amerikanischer Bulle aufkreuzen würde, um nach ihm zu suchen. Als Sie dann auf dem Revier aufgetaucht sind und herumgetönt haben, Sie kämen von der ›Metropolitan‹, wußte ich Bescheid.«

Ich wollte es abstreiten, doch meine Lippen waren wie vereist; den Rest sprudelte Dolphine nur so hervor: »Vielleicht sind es die Rurales gewesen, vielleicht auch die Frau oder Freunde von ihr. Vielleicht hat sich einer von ihnen das Geld gekrallt, vielleicht nicht, und wir sind noch am Ball. Sie haben Blanchard gekannt, Sie müßten eigentlich wissen, wer –«

Ich sprang auf und kippte ihn mitsamt seinem Stuhl nach hinten. Mein Schlag erwischte ihn am Hals, und als er zu Boden ging, mußte er wieder Staub schlucken. Ich drückte ihm meinen Revolver ins Genick; der Scheißkerl von einem Privatdetektiv winselte und bettelte um Gnade: »Hören Sie, ich konnte ja nicht wissen, daß Ihnen die Sache so nahegeht! Ich hab ihn nicht umgebracht, und ich lege mich nicht quer, wenn Sie den finden, der es getan hat. Bitte, Bleichert, verdammt!«

Auch ich sagte jetzt mit versagender Stimme: »Wie soll ich wissen, daß alles auch wahr ist, was Sie mir erzählen?«

»Unten am Strand gibt es eine Sandgrube, da laden die Rurales Leichen ab. Eine Meute von Kindern hat mir erzählt, sie hätten dort um die Zeit, als man angeblich auf der Suche nach Blanchard gewesen ist, ein paar Uniformierte dabei beobachtet, wie sie dort einen Leichnam verscharrten, bei dem es sich vielleicht um Blanchard gehandelt haben könnte. Verdammt, Mann, das ist die Wahrheit!«

Ich entspannte den Hahn des .38ers. »Dann führen Sie mich hin.«

Das Massengrab lag fünfzehn Kilometer südlich von Ensenada, nur wenige Meter abseits der Küstenstraße auf einem Hügel mit Blick auf den Ozean. Ein großes, brennendes Kreuz markierte die Stelle. Dolphine fuhr ganz heran und stellte den Motor ab. »Es ist nicht das, was Sie glauben. Die Einheimischen hier lassen das verdammte Ding Tag und Nacht brennen, weil sie nicht wissen, wer dort begraben ist, und viele von ihnen haben Angehörige, die vermißt werden. Bei ihnen ist das ein Ritual. Sie zünden die Kreuze an, und die Rurales dulden es, als wäre es eine Art Zauber, um die Bäuerlein in Schach zu halten. Übrigens, können Sie das Ding da nicht weglegen?«

Mein Dienstrevolver war immer noch auf Dolphines Bauch gerichtet; ich fragte mich, wie lange ich ihn schon so gehalten hatte. »Nein. Haben Sie Werkzeug dabei?«

Dolphine schluckte. »Gartengeräte. Hören Sie –«

»Nein. Bringen Sie mich zu der Stelle, von der die Kinder Ihnen erzählt haben, und dann graben wir.«

Dolphine stieg aus dem Wagen, ging um ihn herum und öffnete die Heckklappe. Ich lief hinter ihm her und beobachtete ihn dabei, wie er eine große Schaufel herausnahm. Der Schein des Feuers beleuchtete das alte Dodge-Coupé des Privatdetektivs; neben dem Reserverad fiel mir ein Stapel mit Zaunpfählen und Matten auf. Ich schob den .38er in meinen Hosenbund, umwickelte die Enden der Zaunpfähle mit Stofffetzen, hatte so zwei Fackeln, die ich in der Form eines Kreuzes verband und anzündete. Eins davon reichte ich Dolphine und sagte: »Sie gehen voran!«

Wir stapften hinein in die Sandgrube, zwei Gesetzlose, die Feuerbälle an einem Stab vor sich hertrugen. Der weiche Boden machte das Vorwärtskommen mühselig; der Schein der Fackeln warf gespenstisches Licht auf Votivgaben – kleine Blumensträuße und Heiligenstatuetten, die hier und da auf dem Kamm eines Hügels niedergelegt worden waren. Dolphine brabbelte vor sich hin, daß die Gringos auf der anderen Seite des Hügels verscharrt würden; ich spürte, wie unter meinen Füßen knackend Knochen zerbrachen. Wir erstiegen eine

Düne, und Dolphine winkte mit seiner Fackel zu einer zerfetzten amerikanischen Flagge hin, die in den Sand gesteckt war. »Hier! Der Kerl hat gesagt, es wäre genau bei *el bannero*.«

Mit einem Fußtritt räumte ich die Fahne aus dem Weg; ein Schwarm von Insekten flog summend auf. Dolphine kreischte: »Mistviecher«, und schlug mit seiner Fackel nach ihnen.

Verwesungsgeruch stieg aus einem Loch vor unseren Füßen auf. »Los, graben!«, sagte ich.

Dolphine machte sich an die Arbeit; ich mußte an Gespenster denken – Betty Short und Laurie Blanchard – und wartete darauf, daß die Schaufel auf Knochen stieß. Als es dann zum ersten Mal wirklich geschah, sagte ich einen Psalm auf, den mein Alter mir eingetrichtert hatte; beim nächsten Mal summte ich »Our Fathers« vor mich hin, ein Lied, das Danny Boylan immer vor unseren Sparringsrunden zu singen pflegte. Als Dolphine sagte, »Hier, ein Matrose! Man kann ihn an der Jacke erkennen«, wußte ich selbst nicht mehr, ob ich mir Lee lebendig und voll Schmerz und Qual wünschte oder tot im großen Nirgendwo – und ich stieß Dolphine weg und fing selbst an zu graben.

Mit der ersten Schaufel legte ich den Schädel des Matrosen frei, mit der zweiten stieß ich in den Stoff seiner Jacke und trennte die obere Hälfte vom Rest des Skeletts ab. Die Beine waren bereits zerbröckelt; ich setzte die Schaufel daneben und hob Sand aus, in dem kleine Quarzsplitter aufblinkten. Dann kamen große Nester mit Würmern und Eingeweiden und eine blutgetränkte Krinoline und Sand und viele Knochen und nichts – und dann sah ich sonnenverbrannte helle Haut und blonde Augenbrauen, umgeben von Narbengewebe, geklammert und genäht, das mir vertraut vorkam. Dann lächelte Lee wie die Dahlie, mit Würmern, die an seinen Mundrändern wimmelten, und toten Löchern, wo einst die Augen gewesen waren.

Ich warf die Schaufel hin und lief davon. Dolphine rief hinter mir her »Und das Geld?!«; ich riß das brennende Kreuz nieder, mußte daran denken, daß *ich* Lee diese Narben zugefügt, *ich* ihm das angetan hatte. Ich rannte auf den Wagen zu, sprang hinein, legte den Rückwärtsgang ein, pflügte dabei das Kruzifix in den Sand, schaltete krachend vom ersten in den zweiten und dritten Gang und schoß davon. Im Wegfahren hörte ich noch den Aufschrei »Mein Wagen! Das Geld!«, während ich auf die Küstenstraße bog, Richtung Norden, nach dem Schalter für die Sirene suchte, wütend auf das Armaturenbrett einhämmerte, bis mir bewußt wurde, daß ich in einem Privatauto saß, das nicht damit ausgerüstet war.

Ich schaffte es bis nach Ensenada in einem Tempo, das doppelt so schnell war wie die vorgeschriebene Höchstgeschwindigkeit. Ich stellte den Dodge in der Straße vor dem Hotel ab, rannte dann zu meinem Wagen – verhielt urplötzlich, blieb stehen als ich drei Männer sah, die, ihre Hände in den Jackentaschen vergraben, auf mich zukamen.

Mein Chevy stand zehn Meter weiter weg; den Mann in der Mitte erkannte ich als Captain Vasquez, die beiden anderen schwärmten aus, um mich in die Zange zu nehmen. Die einzige Zuflucht bot mir eine Telefonzelle links neben einer Tür in der Krümmung des U-förmigen Hinterhofs. Also stand auch Bucky Bleichert kurz davor, als einer der vermißten Toten in einer Sandgrube verscharrt zu werden, gemeinsam mit seinem besten Freund. Ich beschloß, Vasquez ganz dicht an mich herankommen zu lassen und ihm dann das Gehirn wegzublasen. Dann trat plötzlich eine Frau, eine Weiße, aus der linken Tür, und ich sah meinen Rettungsanker.

Ich stürzte mich auf sie und packte sie an der Kehle. Sie fing an zu schreien. Ich erstickte ihr gellendes Kreischen, indem ich ihr die Hände auf den Mund preßte. Die Frau ruderte mit den Armen und wurde dann ganz steif. Ich zog meinen .38er und setzte ihn ihr an den Kopf.

Die Rurales kamen vorsichtig näher, ihre Pistolen dicht an den Körper gedrückt. Ich schob die Frau in die Telefonzelle und zischelte: »Wenn Sie jetzt schreien, sind Sie tot! Schreien Sie, und Sie sind tot!« Als wir drinnen waren, drückte ich sie mit den Knien gegen die Wand und hatte jetzt die Hände frei;

ihre Schreie blieben stumm wie bei einem Fisch. Ich setzte ihr meinen Revolver an den Mund, damit sie still blieb, nahm den Hörer ab, steckte Münzen hinein und wählte die »0«. Vasquez stand jetzt dicht vor der Zelle, wachsam und nach einem billigen amerikanischen Eau de Cologne riechend. Dann meldete sich die Vermittlung: »*Que?*« Ich sprudelte hervor: »*Habla inglés?*«

»Ja. Bitte, Sir?«

Ich klemmte den Hörer in meine Halsgrube und suchte sämtliche Münzen zusammen, die ich in meinen Taschen hatte. Ich fütterte sie in den Münzschlitz. Meinen .38er hielt ich der Frau noch immer vors Gesicht. Nachdem der Automat all meine Pesos verschlungen hatte, sagte ich: »Federal Bureau of Investigation, San Diego, Auslandsabteilung. Es handelt sich um einen Notfall.«

Die Frau in der Vermittlung murmelte: »Yes, Sir.« Ich hörte wie das Gespräch durchkam. Die Zähne der Frau klapperten jetzt gegen meinen Revolverlauf. Vasquez versuchte es mit Bestechung: »Blanchard war sehr reich, mein Freund! Wir könnten gemeinsam sein Geld finden. Sie könnten hier sehr gut leben. Sie –«

»FBI, Special Agent Rice.«

Ich starrte Vasquez mit durchbohrendem Blick an: »Hier ist Officer Dwight Bleichert, Los Angeles Police Department. Ich bin in Ensenada und hab Schwierigkeiten mit einigen Rurales bekommen. Sie stehen kurz davor, mich wegen nichts und wieder nichts umzubringen, und ich dachte mir, daß Sie vielleicht Captain Vasquez davon abbringen können.«

»Was soll –«

»Sir, ich bin angestellt bei der Polizei von Los Angeles, und Sie sollten das besser sofort erledigen.«

»Sie wollen mich unter Druck setzen, Junge?«

»Verdammt, brauchen Sie noch Beweise? Ich hab bei der Mordkommission mit Russ Millard und Harry Sears zusammengearbeitet. Ich war bei der Fahndung, ich habe –«

»Hol den Mex an die Strippe, Junge.«

Ich reichte den Hörer Vasquez hinaus. Er nahm ihn und richtete seine Automatik auf mich; mein .38er zielte auf die Frau. Quälend langsam vergingen Sekunden; es blieb bei unserer Patt-Situation, während der Rurale-Boß mit immer blasser werdendem Gesicht dem Bundespolizisten zuhörte. Endlich ließ er den Hörer fallen und senkte seine Waffe. »Fahr nach Hause, *puta*! Verschwinde aus meiner Stadt, verschwinde aus meinem Land!«

Ich steckte meinen Revolver ins Halfter und drückte mich aus der Telefonzelle. Die Frau kreischte auf. Vasquez ging ein paar Schritte zurück und scheuchte seine Männer weg. Ich stieg in meinen Wagen, und die Furcht verlieh mir auf meiner Fahrt aus Ensenada Höchstgeschwindigkeit. Erst als ich zurück in Amerika war, fing ich wieder an, auf Geschwindigkeitsbegrenzungen zu achten – und dann kam erst der ganze Schmerz über mich wegen Lee.

Die Morgendämmerung stieg über den Hügeln von Hollywood auf, als ich an Kays Tür klopfte. Ich stand fröstelnd auf der Veranda, dicke Wolken ballten sich am Himmel, und streifiges Sonnenlicht erhellte unvertraute Gegenstände um mich her, die ich nicht sehen wollte. Von drinnen hörte ich »Dwight?« rufen, gefolgt vom Zurückschieben des Riegels. Dann erschien die letzte aus dem Trio Blanchard/Bleichert/Lake in der Tür und sagte nur: »Das war's dann wohl.«

Es war ein Nachruf, den ich nicht hören wollte.

Ich ging hinein, verblüfft darüber, wie fremd und geschmackvoll das Wohnzimmer aussah. Kay sagte: »Lee ist tot?«

Zum ersten Mal setzte ich mich in seinen Lieblingssessel. »Die Rurales oder irgendeine Mexikanerin oder deren Freunde haben ihn umgebracht. Oh, Babe, ich –«

Daß ich Lees Koseform für sie verwendete, brachte mich aus der Fassung. Ich schaute zu Kay hin, die sich gegen das Sonnenlicht abhob. »Er hat Rurales angeheuert, um De Witt ermorden zu lassen, aber das ist völlig belanglos. Wir müssen Russ

Millard und ein paar anständige mexikanische Cops darauf ansetzen . . .«

Ich hielt inne, als mein Blick auf das Telefon auf dem Kaffeetisch fiel. Ich wählte die Privatnummer des Padre. Kay hielt meine Hand fest. »Nein. Ich muß erst mit dir sprechen.«

Ich ging vom Sessel zur Couch hinüber; Kay setzte sich neben mich. Sie sagte: »Du wirst Lee sehr verletzen, wenn du in dieser Sache den wilden Mann spielst.«

In diesem Augenblick erkannte ich, daß sie damit gerechnet haben mußte; jetzt ging mir auch auf, daß sie mehr wußte als ich. »Man kann niemandem wehtun, der bereits tot ist.«

»Oh doch, das kann man, Babe.«

»Nenn mich nicht so! So hat er dich genannt!«

Kay rückte näher an mich heran und tätschelte meine Wange. »Du kannst ihm wehtun, und du kannst uns wehtun.«

Ich entzog mich ihrer Liebkosung. »Dann sag mir warum, *Babe*!«

Kay verknotete den Gürtel ihres Morgenmantels und fixierte mich mit kaltem Blick. »Ich bin Lee nicht erst bei Bobbys Prozeß begegnet«, sagte sie. »Ich kannte ihn schon vorher. Wir hatten uns angefreundet, und ich hab' ihn darüber angelogen, wo ich wohnte, damit Lee nichts von Bobby erfährt. Dann hat er es selbst herausgefunden, und ich hab' ihm erzählt, wie schlimm alles wäre, und er berichtete mir von einem Geschäft, das er möglicherweise abschließen könnte. Einzelheiten wollte er mir nicht sagen. Und dann wurde Bobby wegen Bankraubes verhaftet, und alles war ein einziges großes Chaos.

Lee hat den Banküberfall geplant und sich drei Männer beschafft, die ihm dabei helfen sollten. Er hatte sich aus dem Vertrag mit Ben Siegel freigekauft, und das kostete ihn sein ganzes Geld, das er als Boxer verdient hatte. Zwei der Männer wurden während des Raubüberfalles getötet, einer flüchtete nach Kanada, und Lee war der vierte. Lee hat Bobby die Sache untergeschoben, weil er ihn wegen der schrecklichen Sachen haßte, die er mit mir gemacht hat. Bobby wußte gar nicht, daß wir einander regelmäßig trafen, und wir haben es so aussehen lassen, als wären wir uns zum ersten Mal bei dem Prozeß begegnet. Bobby wußte, daß man ihn verladen hatte, doch er hatte nicht Lee in Verdacht, sondern ganz allgemein die Polizei von Los Angeles.

Lee wollte mir ein Heim schaffen, und das hat er auch getan. Er war sehr vorsichtig mit seinem Anteil von der Beute, und er übertrieb immer, wenn er von seinen Ersparnissen aus den Kampfgagen sprach und von Spielgewinnen, so daß seine Vorgesetzten nie den Eindruck hatten, er lebte über seine Verhältnisse. Er schadete seiner Karriere, indem er mit einer Frau zusammenlebte, obwohl wir ja eigentlich kein echtes Liebespaar waren. Es war wie ein schönes Märchen, bis letzten Herbst, kurz nachdem du und Lee Partner geworden seid.«

Ich rückte näher an Kay heran, war voll Bewunderung für Lee, den umsichtigsten, gerissensten korrupten Cop der Geschichte. Ich wußte, daß er dazu fähig war.

Kay machte sich von mir los. »Laß mich zu Ende erzählen, bevor du sentimental wirst. Als Lee erfuhr, daß Bobby auf Bewährung freikommen würde, ging er zu Ben Siegel und versuchte, ihn von ihm umbringen zu lassen. Er hatte Angst, daß Bobby über mich reden würde und unser schönes Märchen auffliegen ließe, mit all den häßlichen Einzelheiten, die er über deinen feinen Partner wußte. Siegel weigerte sich, und ich sagte Lee, das wäre jetzt auch gleichgültig, da wir ja zu dritt wären und uns die Wahrheit nicht wehtun könnte. Dann tauchte kurz vor Silvester der dritte Mann aus dem Banküberfall auf. Er wußte, daß Bobby De Witt vorzeitig entlassen werden würde, und er stellte eine erpresserische Forderung: Lee sollte ihm zehntausend Dollar zahlen, oder er wollte Bobby erzählen, daß Lee den Raub geplant und ihm in die Schuhe geschoben hatte.

Der Mann nannte Lee als letzte Frist den Tag vor Bobbys Entlassung. Lee hielt ihn hin, ging dann zu Ben Siegel, von dem er sich das Geld leihen wollte. Siegel gab ihm nichts, und Lee bat, daß er den Mann für ihn töten sollte. Aber auch das tat er nicht. Lee brachte in Erfahrung, daß der Mann sich mit einigen Negern abgab, die mit Marihuana handelten und er –«

Ich sah es auf mich zukommen, riesig und in schwarzen Lettern, wie die Schlagzeilen, die es mir damals eingebracht hatte. Kays nächste Worte taten weh: »Dieser Mann hieß Baxter Fitch. Siegel wollte Lee nicht helfen, also benutzte er dich. Die Männer waren bewaffnet, so daß ihr juristisch gesehen wohl im Recht gewesen seid, und ich vermute, ihr könnt euch glücklich schätzen, daß niemand die Angelegenheit näher untersucht hat. Das ist die einzige Sache, die ich ihm nicht verzeihen kann, die einzige Sache, für die ich mich selbst hassen muß, weil ich es zugelassen habe. Nun, ist dir noch immer sentimental zumute, Kunstschütze?«

Ich konnte darauf nicht antworten; Kay tat es an meiner Stelle: »Ich glaube, nun wohl nicht mehr! Ich bringe es jetzt schnell hinter mich, und du kannst mir dann sagen, ob du noch immer Rache willst.

Dann ereignete sich diese Short-Sache, und Lee sprang gleich darauf an, wegen seiner kleinen Schwester und aus welchen anderen Gründen auch immer. Er hatte Angst, daß Fitch bereits mit Bobby gesprochen haben könnte, daß Bobby von dem abgekarteten Spiel wußte. Er wollte ihn töten oder umbringen lassen, und ich bat und bettelte, daß er nichts unternehmen sollte, da doch niemand Bobby Glauben schenken würde und er sich nicht auch noch mit ihm anlegen müßte. Wäre da nicht dieses verdammte tote Mädchen gewesen, hätte ich ihn vielleicht umstimmen können. Aber der Fall zog sich dann nach Mexiko hinüber, und dahin sind dann ja auch Bobby und Lee und du. Ich wußte, daß es mit dem schönen Märchen vorbei ist. So steht es.«

DIE COPS FEUER UND EIS BRINGEN SCHWARZE GANOVEN ZUR STRECKE

SCHIESSEREI IN DER SOUTHSIDE – COPS: 4, GANGSTER: 0

VIER RAUSCHGIFTSÜCHTIGE VON BOXERN ERLEDIGT – POLIZISTEN LIEFERN BLUTIGE SCHIESSEREI

Völlig erschlagen wollte ich aufstehen; Kay packte mich am Hosengürtel und zog mich mit beiden Händen wieder hinunter. »Nein! Diesmal machst du nicht wieder deinen berühmten Bucky-Bleichert-Abgang! Bobby hat Fotos von mir aufgenommen, und das hat Lee gestoppt. Er hat mich seinen Freunden angeboten und mich mit einem Abziehleder verprügelt. Auch dem hat Lee ein Ende gemacht. Er wollte mich lieben, nicht ficken, und er wollte auch, daß wir beide zusammen sind, und wenn du von ihm nicht so eingeschüchtert gewesen wärst, hättest du das auch gewußt. Wir dürfen seinen Namen nicht in den Dreck ziehen. Wir müssen alles auf sich beruhen lassen und ihm vergeben und weitermachen, nur wir beide, und –«

Ich trat die Flucht an, bevor Kay auch noch den Rest des Trios zerstören konnte.

Kunstschütze.

Strohpuppe.

Total unfähiger Detective, der zu blind war mitzubekommen, daß er den Handlanger bei einem Mord gespielt hatte.

Der schwache Punkt in einem Märchentrio.

Der beste Freund eines Cop-Bankräubers und jetzt Hüter seiner Geheimnisse.

»Laß alles auf sich beruhen!«

Die nächste Woche verbarrikadierte ich mich in meiner Wohnung und brachte den Rest meines »Urlaubs« herum. Ich schlug auf den Sandsack ein, sprang Seil und hörte Musik; ich saß auf der Hintertreppe und sah den Amseln zu, die auf der Wäscheleine meiner Hauswirtin kauerten. Ich verurteilte Lee wegen vierfachen Mordes in Verbindung mit dem Boulevard-Citizens-Bankraub und ließ bei seinem Mord Nummer fünf Gnade walten – dem Mord an ihm. Ich dachte an Betty Short, an Kay, und beide verschwammen ineinander; ich rekonstruierte mir im Geist unsere Partnerschaft als gegenseitige Verführung und fand heraus, daß ich so geil auf die Dahlie war, weil ich sie in- und auswendig kannte, daß ich Kay liebte, weil ich vor ihr nichts geheimhalten konnte.

Und ich grübelte über die vergangenen sechs Monate nach. Es war alles so klar:

Das Geld, das Lee in Mexiko ausgegeben hatte, war vermutlich von der Beute aus dem Bankraub abgezweigt worden.

Silvester hatte ich ihn weinen hören; einige Tage davor hatte Baxter Fitch ihn zu erpressen versucht.

Im Herbst dieses Jahres hatte Lee eine private Unterredung mit Benny Siegel, und er sprach ihn immer wieder an, wenn er zu den Kämpfen im Olympic ging; da hatte er versucht, ihn zu überreden, Bobby De Witt umzubringen.

Kurz vor der Schießerei hatte Lee am Telefon mit einem Spitzel gesprochen – angeblich über Junior Nash. Der »Spitzel« hatte Fitch und die Schwarzen aufgestöbert, und als Lee zurück zum Wagen gekommen war, hatte er ausgesehen, als erblicke er Gespenster. Zehn Minuten später waren vier Männer tot.

In der Nacht, in der ich Madeleine Sprague begegnet war, hatte Kay Lee angeschrien: »Und was noch alles passieren könnte« – eine bedeutungsschwere Zeile, wahrscheinlich ihre Voraussage des Desasters mit Bobby De Witt. Während der Zeit, die wir am Dahlien-Fall gearbeitet hatten, war sie flatterig, übellaunig, um Lees Wohlergeben besorgt gewesen, und trotzdem hatte sie aus irgendeinem Grund akzeptiert, daß er sich wie ein Wahnsinniger benahm. Ich hatte damals geglaubt, sie wäre wegen Lees Besessenheit von dem Mord an Betty Short beunruhigt; sie war den Ereignissen vorausgeeilt und hatte vom Ende ihres glücklichen Märchens gewußt.

Es war alles so klar.

»Laß alles auf sich beruhen.«

Als mein Kühlschrank leer war, machte ich einen Marsch hinunter zum Supermarkt, um mich wieder mit Proviant einzudecken. Beim Hineingehen sah ich einen Laufjungen die Lokalseite der Frühausgabe des *Herald* lesen. Ganz unten auf der Seite war ein Foto von Johnny Vogel; ich schaute dem Jungen über die Schulter und las, daß man ihn aus dem Polizeidienst ausgestoßen hatte, da er angeblich einen Diebstahl nicht angezeigt hatte. Eine Spalte weiter stieß ich auf den Namen Ellis

Loew – Bevo Means zitierte aus einer Erklärung von ihm: »Die Elizabeth-Short-Ermittlungen sind nicht meine einzige Lebensaufgabe – ich habe vieles auf der Pfanne, das wichtiger ist.« Das verscheuchte jeden Gedanken an Essen, und ich fuhr nach West-Hollywood.

Es war gerade Pause. Kay stand mitten auf dem Schulhof und beaufsichtigte Kinder, die sich im Sandkasten tummelten. Ich sah ihr eine Weile aus dem Wagen zu und ging dann zu ihr.

Die Kinder bemerkten mich zuerst. Ich bleckte sie mit meinen Zähnen an, bis sie zu lachen anfingen. Da drehte Kay sich um. Ich sagte: »Bucky Bleicherts berühmter Auftritt.«

Kay sagte: »Dwight«; die Kinder schauten uns an, als wüßten sie, daß dies ein großer Moment war. Jetzt hatte auch Kay verstanden. »Bist du hergekommen, um mir etwas zu sagen?«

Ich lachte; die Kinder waren ganz begeistert, als ich ihnen wieder die Zähne zeigte. »Ja. Ich hab beschlossen, alles auf sich beruhen zu lassen. Willst du mich heiraten?«

Kay sagte ganz ausdruckslos: »Und alles andere begraben wir? Auch dieses verflixte tote Mädchen?«

»Ja. Auch sie.«

Kay warf sich mir in die Arme. »Dann ja.«

Wir umarmten uns. Die Kinder riefen im Chor: »Miss Lake hat einen Freund! Miss Lake hat einen Freund!«

Drei Tage später, am 2. März 1947, wurden wir getraut. Es ging im Eilverfahren, das Jawort nahm uns der protestantische Pfarrer beim L.A.P.D. ab. Die kleine Feier fand im Hinterhof von Lee Blanchards Haus statt. Kay trug ein rosa Kleid, eine Anspielung auf ihre längst verlorene Jungfernschaft; ich trug meine blaue Ausgehuniform. Russ Millard war Trauzeuge, und Harry Sears war einer unserer Gäste. Anfangs stotterte er noch, und jetzt konnte ich zum ersten Mal beobachten, daß es genau nach dem vierten Drink aufhörte. Ich holte den alten Mann aus dem Pflegeheim, und er hatte keine Ahnung, wer ich war, doch immerhin schien er sehr vergnügt – er bediente sich aus Harrys Flachmann, trieb neckische Spielchen mit Kay und hüpfte nach der Musik aus dem Radio herum. Auf einem Tisch hatten wir Sandwiches und Punsch, starken und schwachen, angerichtet. Zu sechst aßen und tranken wir, und Wildfremde, die auf dem Strip spazierengingen und das Lachen und die Musik hörten, platzten in unsere Party hinein. Bei Einbruch der Dunkelheit war der Hof voller Leute, die ich nicht kannte, und Harry rannte zum Hollywood Ranch Market, um mehr Essen und Stoff zu kaufen. Ich nahm die Patronen aus meinem Dienstrevolver und ließ die unbekannten Zivilisten damit herumspielen, während Kay mit dem Pfarrer Polka tanzte. Als es ganz dunkel geworden war, wollte ich nicht, daß es zu Ende ging, also lieh ich mir von den Nachbarn lange Ketten mit Weihnachtskerzen, die ich über die Hintertür und die Wäscheleine und Lees heißgeliebte Yuccapalme hängte. Wir tanzten und tranken und aßen unter einer künstlichen Konstellation von roten, blauen und gelben Sternen. Gegen zwei Uhr früh machten die Clubs am Strip dicht, und Nachtschwärmer aus dem *Trocadero* und *Mocambo* betraten die Szene, und Errol Flynn hing eine Weile bei uns herum, tauschte seine Texasjacke gegen meine Dienstjacke mitsamt der Erkennungsmarke und Auszeichnungen von der Polizeischule. Wäre da nicht das Gewitter gekommen, hätte es noch endlos so weitergehen können – und so wollte ich es auch. Aber unter leidenschaftlichen Küssen und Umarmungen löste sich die Party auf, und Russ fuhr den alten Mann zurück ins Pflegeheim. Kay Lake Bleichert und ich zogen uns ins Schlafzimmer zurück, um die Ehe zu vollziehen, und ich ließ das Radio an, das mir helfen sollte, nicht an Betty Short zu denken. Es war nicht nötig – sie kam mir keine Sekunde in den Sinn.

III
KAY UND MADELEINE

25. Kapitel

Die Zeit verging. Kay und ich arbeiteten und spielten das jungverheiratete Paar.

Nach hektischen und kurzen Flitterwochen in San Francisco kehrte ich zu den Trümmern meiner Polizeikarriere zurück. Thad Green redete Tacheles mit mir: Er zollte mir zwar Achtung dafür, wie ich mit den Vogels umgesprungen war, doch er hielt mich als Streifencop für ungeeignet – ich hätte mir die Feindschaft sämtlicher Polizeiränge zugezogen, und meine Anwesenheit in einer uniformierten Truppe würde mir nur ständigen Kummer einbringen. Da ich in dem einen Jahr auf dem Junior College Bestnoten in Chemie und Mathematik vorzuweisen hatte, brachte er mich im polizeitechnischen Labor unter.

Es war praktisch ein Zivilistenjob – weiße Kittel im Labor und grauer Anzug im Außendienst. Ich bestimmte Blutgruppen, verstreute Fingerabdruckpulver und schrieb ballistische Berichte; an den Tatorten kratzte ich Gewebe von den Wänden, untersuchte es unter dem Mikroskop und erteilte den Detectives von der Mordkommission bereitwillig Auskunft. Ich war umgeben von Teströhrchen, Flaschen, Bunsenbrennern und menschlichen Überresten – eine klinische Intimität mit dem Tod, an die ich mich nie gewöhnen konnte; meine Tätigkeit gemahnte mich ständig daran, daß ich kein Polizist mehr war, daß man mir nicht zutraute, meine eigenen Erkenntnisse richtig einzuordnen.

Von verschiedenen Richtungen her nahm ich noch einmal Freunde und Feinde unter die Lupe, die mir der Dahlien-Fall zugetragen hatte.

Russ und Harry behielten das Zimmer mit den Akten im *El Nido* und machten in ihren Ermittlungen zum Short-Fall noch immer Überstunden. Auch ich hatte einen Schlüssel, doch machte ich von ihm keinen Gebrauch – eingedenk meines Versprechens an Kay, »dieses tote Mädchen« endgültig zu begraben. Manchmal traf ich mich mit dem Padre zum Lunch und fragte ihn, wie es vorangehe; er antwortete immer nur: »Langsam«, und ich wußte, daß er den Killer nie finden und die Suche nach ihm auch niemals aufgeben würde.

Im Juni '47 wurde Ben Siegel im Apartment seiner Geliebten erschossen aufgefunden. Bill Koenig, der nach Fritz Vogels Selbstmord wieder in der 77th Street Streife gehen mußte, bekam Anfang '48 an einer Straßenecke in Watts eine volle Ladung Schrot ins Gesicht. Beide Fälle blieben ungelöst. Ellis Loew hatte eine sichere Kandidatur in den Vorwahlen der Republikaner im Juni '48, und zu diesem festlichen Anlaß kochte ich Reagenzgläser voll Scheiße mit meinem Bunsenbrenner und brachte das ganze kriminaltechnische Labor gegen mich auf.

Zu den allgemeinen Wahlen '48 erfuhr ich Neuigkeiten über die Spragues. Eine Splittergruppe von Reformdemokraten bewarb sich um Sitze im Stadtrat und Verwaltungsrat von Los Angeles, und das Hauptthema ihres Wahlkampfes war »Stadtplanung«. Sie behaupteten, überall in Los Angeles gebe es schlampig entworfene, schlecht, gefährlich und unsicher gebaute Wohnhäuser, und sie forderten einen Untersuchungsausschuß, vor den die Baufirmen zitiert werden sollten, die während des Grundstückbooms in den zwanziger Jahren die Bauten errichtet hatten. Der Skandal verursachte viel Lärm und Geschrei und Fortsetzungsartikel über die Boom-Barone – darunter Mack Sennett und Emmett Sprague – und deren »Verbindungen zu Gangsterkreisen«. Die Zeitschrift *Confidential* brachte eine Serie über Sennetts Hollywoodland-Flächenbebauung und darüber, daß die Handelskammer von Hollywood aus dem riesigen Hollywoodland-Wahrzeichen auf dem Mount Lee die Buchstaben L-A-N-D herausbrechen wollte, und sie zeigte ein Foto des Regisseurs der Keystone Kops, der neben einem bulligen Mann mit einem niedlichen kleinen Mädchen im Schlepptau stand. Ich war mir nicht ganz sicher, ob es sich bei den beiden um Emmett und Madeleine handelte, aber auf jeden Fall schnitt ich mir das Bild aus.

Meine Feinde;

meine Freunde;
meine Frau.

Ich stellte kriminaltechnische Beweismittel sicher, und Kay unterrichtete an der Schule, und eine Zeitlang hatte es für uns den Reiz des Neuen, ein gemütliches Spießerleben zu führen. Da das Haus abbezahlt war und wir über zwei Gehälter verfügten, hatten wir viel Geld zum Ausgeben, und wir verwandten es, um Lee Blanchard und den Winter '47 in Vergessenheit geraten zu lassen. Wir unternahmen Wochenendausflüge in die Wüste und in die Berge; an drei oder vier Tagen in der Woche gingen wir abends in Restaurants essen. Wir mieteten uns in Hotelzimmern ein, und wir taten ganz heimlich, als seien wir ein romantisches Liebespaar, und ich brauchte länger als ein Jahr, um zu erkennen, daß wir all diese Dinge nur taten, um das Geld mit vollen Händen zu verpulvern, das aus dem Boulevard-Citizens-Bankraub übrig war. Und ich war so besinnungslos in meinem Bemühen zu vergessen, daß ich buchstäblich einen Schlag auf den Kopf brauchte, um aufzuwachen.

Auf dem Flur hatte sich ein Brett in der Täfelung gelöst, und ich nahm es ganz heraus, um es neu zu verleimen. Als ich in das Loch blickte, entdeckte ich ein Bündel Banknoten, zweitausend Dollar in Hunderter-Scheinen, mit einem Gummiband zusammengehalten. Ich empfand weder Freude darüber, noch war ich schockiert; mein Gehirn machte nur *tick, tick, tick*, und Fragen stiegen in mir hoch, die geschlummert hatten, während ich mich in ein normales Alltagsleben gestürzt hatte:

Wenn Lee dieses Geld hatte plus den Unsummen, die er in Mexiko ausgegeben hatte, warum hatte er dann nicht Baxter Fitch ausbezahlt?

Wenn er das Geld hatte, warum hatte er sich dann an Ben Siegel gewandt und versucht, zehntausend Riesen von ihm zu leihen, um Fitchs erpresserischer Forderung nachzukommen?

Wie hatte Lee dieses Haus gekauft und eingerichtet, Kay eine Ausbildung gezahlt und noch immer eine erhebliche Summe übrigbehalten, wo doch sein Anteil an der Beute kaum mehr als fünfzigtausend Dollar betragen haben mochte?

Natürlich erzählte ich Kay davon; natürlich konnte sie die Fragen nicht beantworten; natürlich haßte sie es, wenn ich so in der Vergangenheit herumrührte. Ich erklärte ihr, wir könnten das Haus verkaufen und uns wie alle anderen Spießer eine Wohnung mieten – und natürlich wollte sie das nicht. Es hatte Komfort, Stil – war ein Bindeglied zu ihrem alten Leben, das sie nicht missen mochte.

Ich verbrannte das Geld in Lee Blanchards hypermodernem Kochherd. Kay fragte mich nie danach, was ich damit gemacht hatte. Diese einfache Handlung gab mir ein Stück meiner Selbstachtung zurück, kostete mich jedoch vieles von dem, was meine Frau und mich miteinander verband – und meine Gespenster kehrten zurück.

Kay und ich schliefen immer seltener miteinander. Wenn wir es taten, war es eine oberflächliche Beruhigung für sie und bei mir eine dumpfe Explosion. Ich geriet gefährlich nahe an den Punkt, Kay Lake Bleichert als eine Frau zu sehen, die durch die obszönen Abartigkeiten in ihrem früheren Leben verdorben war, jetzt auf die dreißig zuging und keinen Spaß mehr an der Liebe hatte. Ich nahm Gesichter aus der Gosse mit in unser Bett, Gesichter von Nutten, die ich in der Innenstadt sah und im Dunkeln mit Kays Körper in Verbindung brachte. Die wenigen ersten Male funktionierte es, bis ich erkannte, wohin ich eigentlich gehen wollte. Als ich schließlich gewaltsam den Schritt tat und schweißgebadet neben ihr aufwachte, streichelte Kay mich mit mütterlichen Händen, und ich spürte genau, daß sie wußte, daß ich mein eheliches Treueversprechen gebrochen hatte – ganz dicht bei ihr liegend.

Dann kam das Jahr 1949. Ich baute die Garage zu einem Trainingsraum aus, komplett mit Sandsack und Birne, Springseilen und Gongs. Ich nahm wieder ein richtiges Kampftraining auf und dekorierte die Wände der Garage mit Kampffotos des jungen Bucky Bleichert um etwa 1940–41. Wie ich so aus schweißgeblendeten Augen blinzelnd, mein eigenes Konterfei sah, brachte mich das ihr wieder näher, und ich durchwühlte Antiquariate nach alten Sonntagsbeilagen und Zeitschriften.

Ich fand verblichene Fotos in *Colliers*; in alten Ausgaben des *Boston Globe* ein paar Familienfotos. Ich hielt sie in der Garage unter Verschluß, und der Stapel wuchs an, bis er dann eines Nachmittags verschwunden war. An diesem Abend hörte ich Kay drinnen im Haus schluchzen, und als ich hineinging, um mit ihr zu reden, war die Schlafzimmertür abgeschlossen.

26. Kapitel

Das Telefon klingelte. Ich griff nach dem Zweitapparat auf dem Nachttisch, bis mir plötzlich aufging, daß ich seit einem Monat auf der Couch schlief, und suchte tastend auf dem Couchtisch. »Ja?«

»Schlafen Sie noch?«

Es war die Stimme von Ray Pinker, meinem Dienststellenleiter beim SID. »Ich habe geschlafen.«

»Ja, richtig, Vergangenheitsform. Hören Sie zu?«

»Sprechen Sie.«

»Gestern abend Selbstmord mit einer Schußwaffe. 514 South June Street, Hancock Park. Leiche bereits entfernt. Alles sieht hieb- und stichfest aus. Gehen Sie nochmal gründlich drüber und bringen Sie den Bericht Lieutenant Reddin beim Revier Wilshire. Alles verstanden?«

Ich gähnte. »Ja. Ist der Tatort versiegelt?«

»Die Witwe wird Ihnen alles zeigen. Seien Sie höflich, wir haben es mit stinkreichen Leuten zu tun.«

Ich legte auf und stöhnte. Dann traf mich wie ein Schlag, daß die Sprague-Villa nur einen Steinwurf von der Adresse in der June Street entfernt war. Plötzlich faszinierte mich der Auftrag.

Eine Stunde später läutete ich an der Tür zu der säulengeschmückten Villa im Kolonialstil. Eine hübsche, grauhaarige Frau um die fünfzig öffnete. Sie trug erdverkrustete Gummistiefel. Ich stellte mich vor: »Ich bin Officer Bleichert, L.A.P.D. Darf ich Ihnen mein Beileid aussprechen, Mrs. –«

Ray Pinker hatte mir nicht den Namen genannt. Die Frau sagte: »Ich nehme Ihr Beileid entgegen. Ich heiße übrigens Jane Chambers. Sind Sie der Mann vom Labor?«

Ich merkte, daß ihre kurzangebundene, spröde Art nur Fassade war und die Frau zitterte; ich mochte sie sofort. »Ja, falls Sie mir die Stelle zeigen wollen, mache ich mich an die Arbeit und lasse Sie in Frieden.«

Jane Chambers geleitete mich in ein ganz in Holz gehaltenes Foyer. »Die Bibliothek gleich hinter dem Eßzimmer. Sie sehen das Absperrseil. Wenn Sie mich jetzt bitte entschuldigen wollen. Ich möchte etwas im Garten arbeiten.«

Im Hinausgehen betupfte sie ihre Augen. Ich fand das Zimmer, stieg über das Absperrseil und fragte mich, warum der Mistkerl sich dort umgebracht hatte, wo seine Angehörigen die Bescherung sehen konnten.

Es sah aus wie eine klassische Selbsttötung mit einem Schrotgewehr: umgestürzte Ledersessel, daneben mit Kreide auf den Fußboden aufgemalt die Umrisse des Toten. Die Waffe, eine doppelläufige Flinte vom Kaliber .12 lag genau dort, wo sie liegen mußte – einen Meter vom Leichnam entfernt, der Lauf voll Blut und mit Gewebefetzen. Die hellen Gipswände und die Stuckdecke waren voll Blut und getrockneter Gehirnmasse. Die Zahnsplitter verrieten, daß das Opfer sich beide Läufe in den Mund geschoben haben mußte.

Ich verbrachte eine Stunde damit, Schußwinkel und Entfernung und die Spuren an Wänden und Decke zu vermessen, kratzte Materiestücke in Teströhrchen und bestäubte die Waffe mit Fingerabdruckpuder. Als ich damit fertig war, nahm ich einen Beutel aus meinem Laborköfferchen und wischte damit das Schrotgewehr ab, wohl wissend, daß es in den Besitz eines begeisterten Sportsmanns beim L.A.P.D. übergehen würde. Dann ging ich hinaus in die Eingangshalle und blieb überrascht stehen, als ich etwa in Augenhöhe ein gerahmtes Gemälde erblickte.

Es war das Portrait eines Clowns, eines Jungen in einem uralten Hofnarrenkostüm. Sein Körper war verkrüppelt und verkrümmt; er hatte ein dümmliches Lächeln von einem Ohr zum anderen aufgesetzt, und der Mund wirkte wie eine durchgehende Narbe.

Gebannt starrte ich darauf, dachte an Elizabeth Short, tot aufgefunden an der Ecke 39th und Norton. Je länger ich hinstarrte, desto mehr verschmolzen beide miteinander; endlich konnte ich meine Augen abwenden und ließ sie zu einem Foto schweifen, das zwei junge Frauen Arm in Arm zeigte, von denen die eine wie Jane Chambers aussah.

»Die anderen Überlebenden. Hübsch, nicht wahr?«

Ich drehte mich um. Die Witwe war jetzt doppelt so dreckig wie vorhin und roch nach Insektenspray und nasser Erde. »Wie ihre Mutter. Wie alt sind sie?«

»Linda ist dreiundzwanzig, Carol zwanzig. Sind Sie im Arbeitszimmer fertig?«

Ich mußte daran denken, daß die Töchter im gleichen Alter wie die Sprague-Mädchen waren. »Ja. Wenn jemand saubermacht, raten Sie ihm, reines Ammoniak zu nehmen. Mrs. Chambers –«

»Jane.«

»Jane, kennen Sie Madeleine und Martha Sprague?«

Jane Chambers schnaubte: »Die Mädchen und die Familie. Woher kennen Sie sie denn?«

»Ich habe mal für sie gearbeitet.«

»Schätzen Sie sich glücklich, daß es nur eine kurze Bekanntschaft gewesen ist.«

»Was meinen Sie damit?«

Auf dem Flur schlug das Telefon an. Jane Chambers sagte: »Weitere Beileidsbezeugungen. Danke, daß Sie so nett gewesen sind, Mr. –«

»Bucky. Auf Wiedersehen, Jane.«

»Auf Wiedersehen.«

Auf dem Revier Wilshire Station schrieb ich meinen Bericht, überprüfte dann noch einmal die Selbstmordakte Chambers, Eldrige Thomas, gestorben am 2. 4. 49. Sie verriet mir nicht viel: Jane Chambers hatte den Schuß gehört, den Leichnam gefunden und sofort die Polizei verständigt. Als die Detectives ankamen, hatte sie ihnen berichtet, daß ihr Mann wegen seines schlechten Gesundheitszustandes und wegen der gescheiterten Ehe seiner Tochter deprimiert gewesen sei. Selbstmord: nach Abschluß weiterer forensischer Untersuchungen ein abgeschlossener Fall.

Mein Bericht bestätigte klar und einfach den Tathergang. Aber ich hatte das Gefühl, daß etwas fehlte. Ich mochte die Witwe, die Spragues lebten einige Häuser weiter, ich war noch immer neugierig. Ich suchte mir im Einsatzraum ein Telefon und rief Russ Millards Kontaktleute bei der Zeitung an, denen ich zwei Namen nannte: Eldridge Chambers und Emmett Sprague. Dann stellten sie ihre eigenen Nachforschungen an, erledigten Telefonate und klingelten direkt bei mir auf dem Apparat, vor dem ich gespannt gekauert hatte. Vier Stunden später wußte ich folgendes:

Daß Eldridge Chambers als schwerreicher Mann gestorben war; daß er zwischen 1930 und 1934 Vorsitzender der Immobilienkammer von Südkalifornien gewesen war;

daß er 1929 Sprague für die Mitgliedschaft im Wilshire Country Club vorgeschlagen hatte, doch daß man den Schotten wegen seiner »jüdischen Geschäftsverbindungen« – das heißt, die Ganoven von der Ostküste – abgelehnt hatte.

Und dann kam es: Chambers hatte durch Mittelsmänner Sprague aus dem Grundstücksamt vertreiben lassen, als während des Erdbebens von 1933 etliche seiner Häuser eingestürzt waren.

Das reichte für saftigen Zeitungsklatsch, doch es war nicht genug für einen Cop mit Teströhrchen, einer zerbröckelnden Ehe und reichlich Zeit zur Verfügung; als ich aus den Zeitungen erfuhr, daß Eldridge Chambers beerdigt worden war, ging ich noch einmal hin, um mit seiner Witwe zu sprechen.

Sie öffnete mir die Tür in Gärtnerkleidung, in der Hand eine Heckenschere. »Haben Sie etwas vergessen oder sind Sie so neugierig, wie ich Sie eingeschätzt habe?«

»Das letztere trifft zu.«

Jane lachte und wischte sich Erde aus dem Gesicht. »Nachdem Sie gegangen waren, habe ich mich an Ihren Namen erinnert. Sie sind doch eine Art Sportler gewesen?«

Ich mußte lachen. »Ich war Boxer. Sind Ihre Töchter hier? Haben Sie jemanden, der bei Ihnen wohnt?«

Jane schüttelte den Kopf. »Nein, und so ist es mir auch lieber. Wollen Sie mir im Garten beim Tee Gesellschaft leisten?«

Ich nickte. Jane führte mich durch das ganze Haus und hinaus auf eine schattige Veranda, die auf eine riesige geschwungene Rasenfläche führte, deren Boden zu mehr als der Hälfte umgegraben war. Ich setzte mich in einen Gartenstuhl; sie goß geeisten Tee ein. »Diese ganze Gartenarbeit habe ich seit Sonntag geschafft. Ich glaube, das hat mehr geholfen als all die Beileidsbekundungen, die ich bekommen habe.«

»Sie werden sehr gut damit fertig.«

Jane setzte sich neben mich. »Eldridge hatte Krebs. Also hatte ich schon halb damit gerechnet. Obwohl, eine Schrotflinte in unserem eigenen Heim hatte ich nicht erwartet.«

»Haben Sie einander nahegestanden?«

»Nein, nicht mehr. Nachdem die Mädchen erwachsen waren, hätten wir uns früher oder später scheiden lassen. Sind Sie verheiratet?«

»Ja. Fast zwei Jahre.«

Jane nippte an ihrem Tee. »Gott, ein Frischverheirateter. Es gibt nichts Besseres, stimmt's?«

Meine Miene mußte mich verraten haben. Jane sagte: »Tut mir leid«, und wechselte das Thema.

»Woher kennen Sie die Spragues?«

»Ich hatte etwas mit Madeleine, bevor ich meiner Frau begegnete. Wie gut kennen Sie sie denn?«

Jane überdachte meine Frage und starrte hinaus auf den umgepflügten Garten. »Eldridge und Emmett kannten sich schon lange«, sagte sie schließlich. »Sie machten eine Menge Geld mit Grundstücken und waren gemeinsam bei der Immobilienkammer. Vielleicht sollte ich das einem Polizisten gegenüber nicht sagen, aber Emmett war ein ziemlicher Schurke. Viele seiner Häuser stürzten während des großen Erdbebens '33 ein, und Eldridge hat mir erklärt, daß er noch über eine Menge anderes Grundeigentum verfügt, das früher oder später auch zusammenkrachen wird – Häuser aus dem allerschlechtesten Material. Eldridge hat Emmett aus dem Amt jagen lassen, als er herausfand, daß Schwindelgesellschaften die Mieteinnahmen einziehen und Verkäufe tätigen – er war sehr aufgebracht darüber, daß Emmett nie zur Rechenschaft gezogen werden würde, falls noch mehr Leute seinetwegen ihr Leben lassen müßten.«

Ich erinnerte mich daran, mit Madeleine über dieselbe Sache gesprochen zu haben. »Was Sie von Ihrem Mann sagen, klingt so, als wäre er ein guter Mensch gewesen.«

Janes Lippen verzogen sich zu einem Lächeln – es sah aus, als geschehe es ganz gegen ihren Willen. »Er hatte so seine Augenblicke.«

»Er ist wegen Emmett nie zur Polizei gegangen.«

»Nein. Er hatte Angst vor seinen Gangsterfreunden. Er tat nur, was er tun konnte, das waren kleine Nadelstiche gegen Emmett. Daß er aus dem Amt gejagt wurde, hat ihn wahrscheinlich ein paar Geschäfte gekostet.«

»›Er tat, was er konnte‹ ist kein schlechter Nachruf.«

Jetzt verzogen sich Janes Lippen mißmutig. »Er tat es aus Schuldgefühlen heraus. Eldridge besaß Slum-Blocks in San Pedro. Als er erfuhr, daß er Krebs hatte, begann er sich richtig schuldig zu fühlen. Vergangenes Jahr wählte er die Demokraten, und als die es schafften, hat er sich einige Male mit Mitgliedern des neuen Stadtrats getroffen. Ich bin sicher, daß er ihnen seine schmutzigen Geschichten über Emmett gesteckt hat.«

Ich mußte an den Untersuchungsausschuß denken, den die Skandalblätter angekündigt hatten. »Vielleicht tut Emmett einen tiefen Sturz. Ihr Mann könnte damit –«

Jane klopfte mit ihrem Ehering auf den Holztisch. »Mein Mann war reich und hübsch und ein hemmungsloser Schürzenjäger. Ich liebte ihn, bis ich herausfand, daß er mich betrog, und jetzt fange ich an, ihn wieder zu lieben. Das ist so sonderbar.«

»Das ist gar nicht so sonderbar«, sagte ich.

Jane lächelte sehr sanft. »Wie alt sind Sie, Bucky?«

»Zweiunddreißig.«

»Nun, ich bin einundfünfzig, und ich halte es für sonderbar, also ist es auch sonderbar. Was das menschliche Herz angeht, sollten Sie in Ihrem Alter nicht alles verstehen und verzeihen. Sie sollten noch Illusionen haben.«

»Sie machen sich über mich lustig, Jane. Ich bin Polizist. Cops haben keine Illusionen.«

Jane lachte herzlich auf. »Touché. Da bin ich aber mal neugierig. Wie konnte sich ein Ex-Boxer-Cop mit Madeleine Sprague einlassen?«

Jetzt log ich. »Ich hielt sie an, weil sie eine Ampel überfahren hatte, und dann führte eins zum anderen.« Mein Magen krampfte sich zusammen, als ich beiläufig fragte: »Was wissen Sie von ihr?«

Jane stampfte mit dem Fuß auf, um eine Krähe zu verscheuchen, die ganz in der Nähe die Rosenbüsche beäugte. »Was ich von den exzentrischen Spragues weiß, ist mindestens zehn Jahre alt und ziemlich merkwürdig. Beinah barock.«

»Ich bin ganz Ohr.«

Jane sagte: »Mancher würde vielleicht sagen: ganz Zähne.« Als ich nicht lachte, schaute sie quer über den umgegrabenen Garten zur Muirfield Road und auf das Grundstück des Baubarons. »Als meine Mädchen und Maddy und Martha noch klein waren, führte Ramona lebende Bilder und merkwürdige Kulthandlungen auf dem großen Rasen vor ihrem Haus auf. Kleine Szenen, bei denen die Mädchen Tierkostüme und Kittelkleider trugen. Ich ließ Linda und Carol daran teilnehmen, obwohl ich wußte, daß Ramona eine schwer gestörte Frau ist. Als die Mädchen ein bißchen älter waren – so im Backfischalter –, wurden die lebenden Bilder immer absonderlicher. Ramona und Maddy konnten sehr gut schminken, und Ramona führte diese ... Epen auf, in denen Szenen nachgestellt wurden, die Emmett und sein Freund Georgie Tilden während des Ersten Weltkriegs erlebt hatten. Also ließ sie die Kinder Soldatenröcke tragen und schwärzte ihnen das Gesicht, und sie trugen Spielzeugmusketen mit sich herum. Manchmal schmierte sie ihnen rote Farbe ins Gesicht, und manchmal filmte Georgie sie auch dabei. Das wurde so bizarr, fiel so aus dem Rahmen, daß ich Linda und Carol nicht mehr mit den Sprague-Mädchen spielen ließ. Dann kam Carol eines Tages mit Bildern heim, die Georgie von ihr aufgenommen hatte. Sie spielte eine Tote und war über und über mit einem roten Färbemittel verschmiert. Das gab dann den Ausschlag. Ich stürmte hinüber zum Haus der Spragues und beschimpfte Georgie, da ich wußte, daß man Ramona für ihre Handlungen nicht verantwortlich machen konnte. Der arme Mann nahm meine Schmähungen einfach hin, und später fühlte ich mich ganz schrecklich deswegen – er wurde bei einem Autounfall verkrüppelt, und das machte ihn halb zum Idioten. Früher pflegte er für Emmett Grundstücke zu verwalten, doch jetzt tut er nur noch Gartenarbeit und räumt städtische Grundstücke frei.«

»Und was wurde dann aus Madeleine und Martha?«

Jane zuckte die Achseln. »Martha entpuppte sich als malendes Wunderkind, und Madeleine wurde eine Rumtreiberin, was Sie vermutlich selbst am besten wissen.«

Ich wandte ein: »Seien Sie nicht kratzbürstig, Jane.«

Wieder mit ihrem Ring auf den Tisch klopfend, sagte Jane: »Ich bitte um Entschuldigung. Vielleicht wünsche ich mir auch nur, ich selbst könnte mich nochmal richtig austoben. Gewiß kann ich den Rest meines Lebens nicht damit verbringen, Gartenarbeit zu tun, und für Gigolos bin ich zu stolz. Was meinen Sie denn?«

»Sie werden einen anderen Millionär finden.«

»Sehr unwahrscheinlich, und der eine, den ich hatte, reicht mir fürs Leben. Wissen Sie, was mir ständig durch den Kopf geht? Daß wir kurz vor dem Jahr 1950 stehen und ich 1898 geboren worden bin. Das ist niederschmetternd.«

Ich sagte ihr, woran ich während der vergangenen halben Stunde hatte denken müssen: »Sie erwecken in mir den Wunsch, daß die Dinge anders wären, daß die Zeit anders wäre.«

Jane lächelte und seufzte auf: »Bucky, ist das das höchste, was ich von Ihnen erwarten kann?«

Ich seufzte zurück: »Ich glaube, es ist das beste, was überhaupt jemand erwarten kann.«

»Ein bißchen sind Sie ein Voyeur, wissen Sie.«

»Und ein bißchen sind Sie eine Klatschbase.«

»Touché. Na, kommen Sie, ich bring Sie raus.«

Auf dem Weg zur Tür hielten wir uns an den Händen. In der Eingangshalle suchte mich wieder der gemalte Mund des Clowns heim. Darauf deutend, sagte ich: »Gott, das ist gespenstisch.«

»Auch sehr wertvoll. Eldridge hat es mir zu meinem neunundvierzigsten Geburtstag gekauft, aber ich hasse es. Würden Sie es gern mitnehmen?«

»Danke, nein wirklich, danke.«

»Dann danke ich Ihnen auch. Sie waren mein bester Tröster.«

»Und Sie waren meine Trösterin.«

Wir umarmten uns flüchtig und ich machte mich auf den Weg.

27. Kapitel

Bunsenpenner.

Stubenhocker.

Kriminalist ohne Fall.

Diese drei Stationen durchlief ich im Frühjahr '49. Kay brach jeden Morgen zeitig zur Schule auf; ich gab vor zu schlafen, bis sie gegangen war. Allein in der Märchenhütte, berührte ich die persönlichen Gegenstände meiner Frau – die Kaschmir-Pullover, die Lee ihr gekauft hatte, ihre Examensarbeiten, die

Bücher, die sie geortet hatte und demnächst lesen wollte. Ich sah mich nach einem Tagebuch um, doch das fand ich nie. Im Labor stellte ich mir vor, wie Kay meine Sachen durchwühlte. Ich spielte mit dem Gedanken, Tagebuch zu führen und es offen herumliegen zu lassen – detaillierte Schilderungen der Paarungen mit Madeleine Sprague –, damit sie ihre Nase hineinstecken und mir meine Besessenheit von der Dahlie entweder vergeben oder unsere Ehe aus ihrem lähmenden Zwischenzustand reißen würde. Ich hatte bereits fünf Seiten vollgekritzelt – und hörte auf, als ich plötzlich Madeleines Parfüm roch, das sich mit dem beißenden Lysolgeruch des *Red Arrow Motels* vermischte. Und daß ich die Seiten zerriß und wegwarf, fachte das kleine Strohfeuer nur zu rasender Glut an.

Vier Nächte hintereinander hielt ich die Villa in der Muirfield Road unter Beobachtung. Auf der anderen Straßenseite geparkt, sah ich zu, wie Lichter an- und ausgingen, Schatten hinter bleigefaßten Fenstern hin und her huschten. Ich spielte mit der Vorstellung, das Familienleben der Spragues gründlich zu zerrütten, von Emmett Geld zu erpressen und ihm die Daumenschrauben anzusetzen, mit Madeleine durch die Gegend zu vögeln. In jenen Nächten verließ kein Familienmitglied die Villa – alle vier Wagen blieben auf dem Rondell am Ende der Zufahrt abgestellt. Ich fragte mich, was sie wohl tun mochten, welche gemeinsamen Geschichten sie einander erzählten, ob sich wohl jemand erinnern würde, falls jemand den Cop erwähnte, der vor zwei Jahren bei ihnen zum Dinner gewesen war.

In der fünften Nacht ging Madeleine, bekleidet mit einem rosa Pullover und Hosen, bis zur Straßenecke, um einen Brief in den Kasten zu stecken. Als sie zurückkam, erkannte ich an ihrem überraschten Gesicht, das vom Scheinwerferlicht vorüberfahrender Autos erhellt wurde, daß sie meinen Wagen bemerkt hatte. Ich wartete, bis sie eilig wieder in ihrer Tudor-Festung verschwunden war, und fuhr dann heimwärts, mir ständig wiederholend, womit Jane Chambers mich geneckt hatte, »Voyeur, Voyeur«.

Als ich ins Haus ging, hörte ich, daß die Dusche an war; die Schlafzimmertür stand offen. Auf dem Plattenteller drehte sich Kays Lieblingsquintett von Brahms. An das erste Mal zurückdenkend, als ich meine Frau nackt gesehen hatte, zog ich mich aus und legte mich aufs Bett.

Die Dusche wurde abgestellt; die Klänge von Brahms waren dadurch lauter zu hören. In ein Badetuch gehüllt, erschien Kay in der Tür. Ich sagte: »Babe«, sie sagte: »Oh, Dwight«, und ließ das Handtuch fallen. Wir fingen beide gleichzeitig an zu sprechen, Entschuldigungen, Erklärungen. Ich konnte ihre Worte nicht ganz deutlich verstehen und mir war bewußt, daß auch sie mich nicht hören konnte. Ich wollte aufstehen, um den Plattenspieler abzustellen, doch da war Kay schon bei mir am Bett.

Wir küßten einander unbeholfen. Mein Mund war gierig weit geöffnet, ich küßte viel zu hastig, vergaß dabei ganz, wie sehr Kay es liebte, sanft bezwungen zu werden. Als ich ihre Zunge spürte, entzog ich mich ihr, da ich wußte, wie sehr sie es haßte. Mit geschlossenen Augen ließ ich meine Lippen ihren Hals entlangwandern; sie stöhnte auf und ich wußte, daß sie mir etwas vormachte. Die Liebesgeräusche waren dann noch quälender – genau die richtigen Laute, wie man sie von einer Pornodarstellerin erwarten würde. Kays Brüste in meinen Händen waren schlaff, ihre Beine geschlossen, doch dicht an mich gepreßt. Mit einem Knie drückte ich sie auseinander – die Reaktion war ein krampfartiges Zucken. Ich war jetzt steif, machte Kay feucht und drang in sie ein.

Ich behielt meine Augen offen und suchte ihren Blick, um ihr zu verstehen zu geben, daß es einzig um uns beide ging, nur um uns allein; Kay wandte ihren Blick ab und ich wußte, daß sie das Spiel durchschaute. Ich wollte mich leicht machen und ganz langsam sein, ganz sanft, doch der Anblick einer pochenden Ader an Kays Hals brachte mich dazu, mit aller Gewalt auf sie einzustoßen. Als es mir kam, stammelte ich grunzend: »Es tut mir so verdammt leid, so leid«, und was immer Kay darauf erwidert haben mochte, wurde von dem Kissen erstickt, in dem sie ihr Gesicht barg.

28. Kapitel

In der nächsten Nacht parkte ich wieder auf der anderen Straßenseite vor der Villa der Spragues, diesmal in einem unauffälligen Ford, den ich bei meinen Einsätzen in der kriminaltechnischen Abteilung fuhr. Ich verlor jedes Zeitgefühl, doch gleichzeitig wußte ich, daß jede Sekunde mich näher an den Punkt brachte, entweder an die Tür zu klopfen oder panikartig zu verschwinden.

Spielerisch stellte ich mir im Geist Madeleine nackt vor; ich verwünschte die übrige Sprague-Sippe. Dann wurde die Auffahrt plötzlich hell, eine Tür wurde zugeworfen und die Scheinwerfer des Packard flammten auf. Er bog auf die Muirfield Road, dann links in die Sixth Street und entfernte sich in östlicher Richtung. Ich wartete drei Sekunden und fuhr dann hinterher.

Der Packard hielt sich in der mittleren Fahrspur; gut vier Wagenlängen dahinter hängte ich mich auf der rechten Spur an sie. Wir fuhren aus Hancock Park in den Wilshire District, auf der Normandie nach Süden und dann auf der Eighth Street nach Osten. Über eine Länge von zwei Kilometern sah ich das Glitzern der Lichtreklamen von Nachtbars – und da wußte ich, daß Madeleine etwas im Schilde führte.

Der Packard hielt vor dem *Zimba Room*, einem Schuppen mit gekreuzten Neonspeeren über dem Eingang. Die einzige Parklücke war direkt dahinter, also kam ich langsam herangeschlichen. Meine Scheinwerfer erfaßten die Fahrerin, die gerade die Tür abschloß. Meine Hirnwellen schwappten wild, als ich sah, wer das war. Und doch wieder nicht war.

Elizabeth Short.

Betty Short.

Liz Short.

Die schwarze Dahlie.

Meine Knie krachten gegen das Lenkrad; mit zitternden Händen drückte ich auf die Tube. Die Erscheinung vor mir schützte mit der Hand die Augen gegen das Licht, blinzelte in meine Scheinwerfer und zuckte dann die Achseln. Ich sah vertraute Grübchen sich vertiefen, und es dauerte Ewigkeiten, bis ich in die Wirklichkeit zurückgefunden hatte.

Es war Madeleine Sprague, die sich zu einem vollkommenen Abbild der Dahlie gemacht hatte. Sie trug einen schwarzen Umhang, auch darunter schwarz, Make-up und Frisur waren identisch mit Betty Short auf ihren besten Portrait-Fotos. Ich beobachtete sie, wie sie in die Bar stöckelte, bemerkte auf ihren hochgesteckten schwarzen Locken schräg aufgesetzt etwas Gelbes und wußte, daß sie bei ihrer Verwandlung auch Bettys Barett nicht ausgelassen hatte. Diese Einzelheit traf mich wie eine Links-Rechts-Kombination von Lee Blanchard. Mit weichen Knien folgte ich angeschlagen der Geistererscheinung.

Der *Zimba Room* war eine massive Wand aus Zigarettenqualm, GIs und Jazz aus der Jukebox; Madeleine stand an der Bar und nippte an einem Drink. Als ich mich umschaute, entdeckte ich, daß sie die einzige Frau im Lokal war und bereits beträchtliches Aufsehen erregte – Soldaten und Matrosen stießen sich mit den Ellbogen an, deuteten zu der schwarzgekleideten Gestalt hinüber und flüsterten miteinander.

Ganz hinten fand ich eine Nische, die mit Stoff in Zebrastreifenmuster ausgeschlagen war; dort saßen Matrosen, die eine Flasche herumgehen ließen. Ein einziger Blick in das Pfirsichrosa ihrer Gesichter verriet mir, daß sie noch nicht volljährig waren. Ich hielt ihnen meine Dienstmarke hin und sagte: »Macht 'ne Fliege, oder ich laß euch von den Bullen hoppnehmen.« Die drei Jugendlichen ließen die Flaschen stehen und verpißten sich eilig. Ich setzte mich, um Madeleine dabei zu beobachten, wie sie Betty nachahmte.

Ein halber Schwenker Bourbon beruhigte meine Nerven. Ich konnte Madeleine aus schrägem Blickwinkel an der Bar sehen, umschwärmt von Möchtegern-Liebhabern, die an ihren Lippen hingen und begierig jedes Wort von ihr aufnahmen. Ich saß zu weit ab, um mitzuhören – doch überdeutlich erkannte ich, daß jede einzelne ihrer Gesten nicht ihre eigene, sondern die einer anderen Frau war. Und jedesmal, wenn sie einen aus der Schar ihrer Bewunderer mit der Hand berührte, zuckte meine Hand hinunter zu meinem .38er.

Die Zeit verstrich endlos, in einer Woge von Marineblau und Khaki, deren Zentrum eine Gestalt in Schwarz war.

Madeleine trank, plauderte und wehrte Zudringlichkeiten ab, und mir fiel auf, daß ihre Aufmerksamkeit jetzt fast ausschließlich einem stämmigen Matrosen galt. Ihr Gefolge bröckelte langsam ab, als der Mann giftige Blicke um sich warf; ich trank die Flasche leer. Zur Bar hinüberzustarren ersparte mir nachzudenken, die laute Jazzmusik ließ mich gebannt dem Klang von Stimmen nachlauschen, die sich darüber erhoben. Der Schnaps hielt mich davon ab, den stämmigen Mann wegen zig erfundener Vergehen auf der Stelle zu verhaften. Dann verschwanden die Frau in Schwarz und der Matrose in Blau untergehakt aus der Tür, Madeleine in ihren Stöckelschuhen um einige Zentimeter größer als ihr Begleiter.

Ich ließ ihnen fünf Sekunden Vorsprung und stürzte dann hinterher. Der Packard bog an der Ecke rechts ab, als ich hinter das Steuer rutschte, den Gang einlegte, und als ich jetzt auch rechts abbog, sah ich am Ende des Wohnblocks ihre Rücklichter. Ich gab Gas, fuhr dicht auf, prallte fast auf ihre Stoßstange; Madeleine streckte den Arm aus dem Fenster, gab Zeichen und fuhr auf den Parkplatz eines grellerleuchteten Motels.

Meine Bremsen quietschten, ich setzte ein Stück zurück und löschte die Scheinwerfer. Von der Straße aus konnte ich den Seemann Zigaretten rauchend neben dem Packard stehen sehen, während Madeleine aus dem Büro des Motels den Zimmerschlüssel holte. Einige Zeit später kam sie heraus, genau wie früher; sie ließ den Matrosen vorangehen, wie sie es immer mit mir gemacht hatte. Im Zimmer gingen Lichter an und aus, und als ich lauschend draußen stehenblieb, wurde die Jalousie heruntergelassen, und aus dem Radio tönte über denselben Sender wie einst Musik.

Rollender Einsatz.

Außendienst.

Der Bunsenpenner war jetzt wieder ein Detective, der einen richtigen Fall hatte.

Auch in den vier nächsten Nächten beobachtete ich Madeleine bei ihrem Dahlien-Spiel; es lief immer gleich ab: eine Pinte in der Eighth Street, harter Bursche mit viel Lametta auf der Brust, dann die Absteige Ecke Ninth und Irolo. Sobald die beiden in der Klappe waren, ging ich zurück und stellte Barmännern und GIs Fragen, die bei ihr abgeblitzt waren.

Welchen Namen hatte die Frau in Schwarz benutzt?

Keinen.

Worüber hatte sie gesprochen?

Über den Krieg, und daß sie zum Film wolle.

Ist Ihnen ihre Ähnlichkeit mit der Schwarzen Dahlie aufgefallen, dem Mädchen, das vor einigen Jahren ermordet worden ist, und falls ja, was meinen Sie, hat sie mit ihrem Auftritt bezweckt?

Negative Antworten und Vermutungen: Sie ist eine Verrückte, die sich für die Schwarze Dahlie hält; sie ist eine Nutte, die aus ihrer Ähnlichkeit mit der Dahlie Kapital schlagen will; sie ist eine Polizistin, ein Lockvogel, um den Mörder der Dahlie zu fangen; sie ist eine verzweifelte Frau, die an Krebs stirbt und den Killer der Dahlie auf sich aufmerksam machen will, um Freund Hein ein Schnippchen zu schlagen.

Ich wußte sehr wohl, daß der nächste Schritt darin bestehen mußte, Madeleines Liebhaber ins Gebet zu nehmen – aber ich traute mir dabei selbst nicht. Falls sie genau das Richtige oder genau das Falsche sagten oder mich auf eine richtig-falsche Spur setzten, war mir klar, daß man mich für meine Handlungen nicht mehr verantwortlich machen konnte.

Vier Nächte voller Alkohol, Nickerchen im Wagen und Nickerchen auf der Couch zu Hause bei Kay, die das Schlafzimmer verrammelt hielt, blieben nicht ohne Wirkung auf mich. Bei der Arbeit ließ ich Plättchen mit Abstrichen fallen und vertat mich mit den Blutgruppen, schrieb Berichte in meiner eigenen, vor Erschöpfung unleserlichen Kurzschrift, und zweimal schlief ich über ein Mikroskop gebeugt ein, beim Aufwachen wüste Bilder von Madeleine in Schwarz vor Augen. Als mir klar wurde, daß ich die fünfte Nacht nicht durchstehen würde, meine Wache aber auch nicht aufgeben wollte, stahl ich einige Benzedrin-Tabletten, die von der Rauschgiftabteilung beschlagnahmt worden waren. Sie putschten die Müdigkeit weg und hinterließen in mir ein schales Gefühl von Selbstekel wegen der Dinge, auf die ich mich einließ – und sie machten mir den Kopf klar, retteten mich vor Madeleine/Dahlie und machten mich wieder zu einem richtigen Cop.

Thad Green nickte vor sich hin, als ich bettelnd und feilschend vor ihm stand: Ich war jetzt sieben Jahre bei der Polizei, mein Zusammenstoß mit den Vogels lag mehr als zwei Jahre zurück und war fast in Vergessenheit geraten. Ich haßte die Arbeit im Kriminallabor und wollte wieder Dienst in Uniform tun – am liebsten als Nachtstreife. Ich büffelte für die Sergeant-Prüfung, die kriminaltechnische Abteilung war eine gute Vorbereitung auf mein gestecktes Berufsziel – die Rückkehr zur Kriminalabteilung. Ich wollte mich schon hinreißen lassen zu einer langen Tirade über meine beschissene Ehe, und daß die Nachtschicht eine Möglichkeit sei, meiner Frau aus dem Weg zu gehen, doch der Versuch brach schon im Ansatz in sich zusammen, als Bilder der Frau in Schwarz auf mich einstürmten und mir bewußt wurde, daß ich kurz davor stand zu betteln. Der Chief of Detectives brachte mich schließlich mit einem langen starren Blick zum Verstummen und ich fragte mich schon, ob mir das Benzedrin anzumerken war. Dann sagte er nach langer Pause: »Okay, Bucky«, und zeigte mir die Tür. Ich wartete eine Ewigkeit im Vorzimmer; als Green lächelnd zu mir hinauskam, hätte ich fast einen Luftsprung gemacht. »Von morgen an Nachtstreife in der Newton Street«, sagte er. »Und versuchen Sie da unten ein bißchen nett zu unseren farbigen Brüdern zu sein. Übrigens stehen Sie mächtig unter Strom, und ich möchte auf keinen Fall, daß Sie dieses Zeug da unter die Leute bringen.«

Newton Street Division lag im Südosten der Innenstadt von L.A., 95 Prozent Slum, 95 Prozent Schwarze und nichts als Ärger. An jeder Straßenecke gab es Zusammenrottungen von Säufern oder Glücksspielern; Schnapsläden, Friseurläden, wo sich die Schwarzen ihr Kraushaar glätten lassen konnten, und Billardsalons in jedem Wohnblock, vierundzwanzig Stunden lang Alarmstufe drei. Die Streifen zu Fuß trugen metallverstärkte Schlagstöcke; in den Einsatzräumen wurden große .45er Automatiks mit verbotenen Dum-Dum-Geschossen geladen. Die Saufbrüder vor Ort trugen »Green Lizard« – parfümiertes Wasser, versetzt mit hellem Old Monterey Port, und der Festpreis für eine Nutte lag bei einem Dollar und eineinviertel Dollar, falls man »mit zu ihr« ging – zu den verschrotteten Karren auf dem Autofriedhof Ecke 56th und Central. Die Kids auf der Straße waren mager und verwahrlost, streunende Hunde stöberten nach Freßbarem und knurrten jeden an, unter Verkaufstresen versteckten Ladenbesitzer abgesägte Schrotflinten. Newton Street Division war Kampfgebiet.

Ich meldete mich nach runden vierundzwanzig Stunden in der Falle, in denen ich Alkohol und Benzies weggeschlafen hatte, zum Dienst. Der Revierleiter, ein altgedienter Lieutenant namens Getchell, verwöhnte mich mit einem herzlichen Willkommen, indem er mir mitteilte, Thad Green habe gesagt, ich sei koscher, und er wolle das vorerst akzeptieren, solange ich keinen Mist baute oder das Gegenteil bewiese. Persönlich, so meinte er, hasse er allerdings Boxer und Denunzianten, doch er sei bereit, die Vergangenheit zu vergessen. Nur meine Kollegen würden mir wohl ein bißchen auf den Zahn fühlen wollen; sie haßten ruhmsüchtige Cops, Boxer und Bolschewiken, und aus seiner Zeit beim Streifendienst vor vielen Jahren habe man Fritzie Vogel in Newton Street noch in allerbester Erinnerung. Der gutherzige Revierleiter schickte mich auf Einzelstreife, und als ich aus meiner ersten Einsatzbesprechung kam, war ich entschlossen, koscherer zu sein als Gott selbst.

Mein erster Auftritt im Einsatzraum war aber noch schlimmer.

Als mich der Sergeant vom Dienst meinen Kollegen von der Streife vorstellte, bekam ich keinen Beifall, nur ein Bündel schräger Blicke richtete sich auf mich, böse Blicke und abgewendete Augen. Nach Verlesung der Liste mit den Straftaten vom Vortag kamen von den fünfundfünfzig anwesenden Männern nur sieben auf mich zu, um mir die Hand zu schütteln und Glück zu wünschen. Der Sergeant fuhr mich schweigend durch den Amtsbereich meiner neuen Abteilung und setzte mich, ausgerüstet mit einer Straßenkarte, am östlichen Ende meiner Streife ab; er verabschiedete mich mit den Worten: »Lassen Sie sich von den Niggern keine Scheiße vormachen.« Als ich ihm dankte, fügte er noch hinzu: »Fritz Vogel war einer meiner besten Kumpel«, und brauste los.

Ich beschloß, sehr schnell koscher zu werden.

Die erste Woche in Newton Street bestand aus Razzien, Routinekontrollen, Verhören unter reichlichem Körpereinsatz und dem Sammeln von Informationen über diejenigen, die hier die wirklich schweren Jungs waren. Ich sprengte Green-Lizard-Parties mit meinem Schlagstock, versprach den Saufbrüdern, sie nicht einzulochen, wenn sie Namen herausrückten. Wenn sie nicht gesprächig sein wollten, nahm ich sie fest; wenn sie es taten, verhaftete ich sie trotzdem. Auf dem Bürgersteig vor einem stinkenden Friseurladen Ecke 68th und Beach schnupperte ich Gras, trat die Tür ein und warf mich auf drei Grashüpfer, die solche Mengen von Marihuana bei sich hatten, daß man sie wegen Rauschgifthandels unter Anklage stellen konnte. Sie verpfiffen ihren Lieferanten und aus Dankbarkeit für mein Versprechen, sie laufenzulassen, lieferten sie mir einen Hinweis auf eine bevorstehende Auseinandersetzung zwischen Slausons und Choppers; ich gab die Information dem Einsatzraum durch und winkte einen Schwarzweißen heran, der die Raucher zum Revier verfrachtete. Kontrollen bei den Nutten vom Autofriedhof brachten mir Festnahmen wegen Prostitution, und als ich den Freiern der Mädchen damit drohte, ihre Ehefrauen von ihren kleinen Ausflügen in Kenntnis zu setzen, bekam ich noch mehr Namen. Gegen Ende der Woche konnte ich zweiundzwanzig Festnahmen vorweisen – neun davon wegen Schwerverbrechen. Und ich verfügte über Namen. Namen von Personen, an denen ich meinen Mut beweisen konnte. Namen, die mir spektakuläre Aktionen versprachen, wie ich sie bisher nicht erlebt hatte. Namen, die dazu angetan waren, den Cops, die mich haßten, Angst vor mir einzujagen.

Ich erwischte Downtown Willy Brown, als er gerade aus der *Lucky Time Wine Bar* kam. Ich sagte: »Deine Mutter lutscht die falschen Schwänze, Sambo«; Willy schlug auf mich ein. Ich gab es ihm doppelt zurück; als es vorüber war, hatte Brown Zahnsplitter in seiner Rotznase, und zwei Cops, die auf der anderen Straßenseite in die Luft starrten, erlebten die ganze Sache mit.

Roosevelt Williams, auf Bewährung entlassener Vergewaltiger, Zuhälter und auf ständiger Flucht vor der Polizei, war da schon härter. Auf meinen freundlichen Gruß, »Hallo, Arschgeige«, gab er mir zurück: »Du weißes Schwein« – und schlug dann als erster zu. Fast eine volle Minute lang gab es einen Schlagabtausch direkt unter den Augen einer Meute Choppers, die auf Eingangstreppen herumlungerten. Er bekam Oberwasser, und ich hätte fast schon zum Knüppel gegriffen – etwas, womit kein Ruhmesblatt zu erringen ist. Schließlich ging ich zu einer Attacke à la Lee Blanchard über, deckte ihn mit Aufwärtshaken und Schwingern ein, *wham-wham-wham-wham*, und mein letzter Schlag schickte Williams ins Land der Träume und mich auf die Krankenstation des Reviers, wo mir die Schwester zwei gebrochene Finger schiente.

Mit bloßen Fäusten war jetzt nichts mehr auszurichten. Meine letzten beiden Kunden, Crawford Johnson und sein Bruder Willis, veranstalteten Kartenspiele mit gezinkten Blättern im Andachtsraum der Mighty Reedeemer Baptist Church, Ecke 61st und Enterprise, nur einen Katzensprung von dem Schnellimbiß entfernt, wo die Newton-Street-Cops zum halben Preis essen konnten. Als ich durchs Fenster einstieg, war Willis gerade am Geben. Er schaute hoch und sagte gerade noch: »Äh«, als mein Schlagstock auf seine Hände niedersauste und den Kartentisch zertrümmerte. Crawford griff in seinen Hosenbund; mein zweiter Hieb mit dem Schlagstock schlug ihm einen .45er aus der Hand, auf den ein Schalldämpfer aufgesetzt war. Vor Schmerz heulend, stürmten die Brüder aus der Tür; ich hob meine Neuerwerbung, die nicht zum dienstlichen Gebrauch bestimmte Waffe, vom Boden auf und forderte die anderen Spieler auf, sich ihr Geld zu schnappen und abzuhauen. Als ich nach draußen kam, hatte ich ein Publikum: eine Gruppe von Blauen, die auf dem Bürgersteig Sandwiches mampften und den Johnson-Brüdern nachschauten, die über ihre gebrochenen Hände wimmerten und die Kurve kratzten. »Einige Leute haben für Höflichkeit nichts übrig!« rief ich ihnen zu. Ein alter Sergeant, von dem das Gerücht ging, daß er mich nicht ausstehen könne, rief zurück: »Bleichert, du bist ein echter, ehrlicher weißer Mann!« und da wußte ich, daß ich jetzt koscher war.

Das Aufmischen der Johnson-Brüder machte aus mir eine kleine Berühmtheit. Meine Kollegen begannen nach und nach, sich für mich zu erwärmen – auf jene Art eben, wie man tollkühne Kerle aus der Ferne schätzen kann, doch zugleich dankbar dafür ist, daß man nicht so ist wie sie. Für mich war es beinahe wieder wie in alten Tagen.

In meiner ersten monatlichen Dienstbeurteilung erreichte ich glatt hundert Punkte und Lieutenant Getchell belohnte mich, indem er mich Funkstreife fahren ließ. Das war gewissermaßen ein Aufstieg, und das galt auch für die Gegend, die mir zugewiesen wurde.

Gerüchte besagten, daß sowohl die Slausons als auch die Choppers mich fertigmachen wollten, und falls es denen nicht gelang, warteten im Hintergrund Crawford und Willis Johnson darauf, einen zweiten Versuch zu machen. Getchell wollte mich aus der Schußlinie haben, bis die Gemüter sich beruhigten, also schickte er mich zu einem Abschnitt an der westlichen Grenze unseres Amtsbereichs.

Die neue Tour war eine Einladung zur Langeweile. Eine

gemischt schwarz-weiße Einwohnerschaft, kleine Fabriken und adrette Häuschen, und die besten Fänge, auf die man hoffen durfte, waren betrunkene Autofahrer und Nutten vom Autostrich, die Autofahrer belästigten, weil sie auf ihrem Weg in die Bordell- und Rauschgiftszene von Niggertown noch ein paar Dollar mitnehmen wollten. Ich ahndete Delikte wegen Trunkenheit am Steuer und Straßenprostitution, schrieb kartonweise Strafzettel aus und durchstreifte ansonsten mein Revier auf der Suche nach etwas, das aus dem Rahmen fiel. In der Hoover und Vermont Street schossen Drive-in-Restaurants wie Pilze aus dem Boden, langweilige moderne Flachbauten, wo man im Wagen essen und Musik aus Lautsprechern hören konnte, die man außen neben der Windschutzscheibe anbrachte. So verbrachte ich Stunden, hörte KGFJ mit seinem Bebop-Programm, das Funkgerät leise gestellt, falls eine heiße Meldung durchkam. Ich ließ meine Blicke über die Straße schweifen, während ich auf der Suche nach weißen Huren dasaß und zuhörte, und versuchte mir einzureden, falls ich eine sehen würde, die Betty Short ähnelte, würde ich ihr die Warnung mitgeben, daß 39th und Norton nur ein paar Kilometer entfernt seien, und ich würde sie eindringlich auffordern, vorsichtig zu sein.

Doch die meisten Nutten waren Negerinnen und falsche Blondinen, die zu warnen sich nicht lohnte, und die nur dazu taugten, sich von mir verhaften zu lassen, falls ich meine Festnahmequote nicht erreichte. Trotzdem waren es Frauen, sicheres Gelände, auf dem ich meine Phantasie schweifen lassen konnte, sicherer Ersatz für meine einsame Frau daheim und Madeleine, die in der Eighth Street die Gosse abfischte. Einmal spielte ich kurz mit dem Gedanken, mir eine, die der Dahlie/Madeleine ähnelte, für eine kleine Vögelei herauszupicken, doch ich ließ es stets bleiben – es kam mir zu sehr wie eine Neuauflage von Johnny Vogel und Betty im *Biltmore* vor.

Wenn ich gegen Mitternacht Dienstschluß hatte, war ich stets gereizt, ruhelos, nicht in der Laune, nach Hause zu gehen und mich schlafen zu legen. Manchmal setzte ich mich die ganze Nacht in der Innenstadt in ein Kino, gelegentlich besuchte ich Jazz-Clubs in South Central. Bebop war gerade groß im Kommen, und eine nächtliche Jam-Session mit einem Liter Unverzolltem reichten gewöhnlich aus, daß ich nach Hause trudelte und in traumlosen Schlaf fiel, kurz nachdem Kay frühmorgens zur Arbeit gegangen war.

Doch wenn das alles nichts half, bedeutete das Schweißausbrüche und Jane Chambers grinsenden Clown und Frenchman Joe Dulange, der Kakerlaken erschlug, und Johnny Vogel und seine Peitsche und Betty, die mich anflehte, sie zu ficken oder ihren Mörder umzubringen, eines von beiden jedenfalls. Und am schlimmsten war, alleine in dem Märchenhaus aufzuwachen.

Dann kam der Sommer. An heißen Tagen schlief ich das alles weg; heiße Nächte, das waren Streifenfahrten durch West-Niggertown, zollfreier Whisky, der *Royal Flush* und das *Bido Lito*, Hampton Hawes, Dizzy Gillespie, Wardell Gray und Dexter Gordon. Rastlose Versuche, für die Sergeant-Prüfung zu büffeln und der Drang, Kay und das Märchenschloß schießen zu lassen und mir irgendwo in meinem Revier eine billige Bude zu suchen. Wäre nicht der wundersame Wermutbruder aufgetaucht, hätte es ewig so weitergehen können.

Ich hatte im *Duke's Drive-in* geparkt und spähte zu einer Gruppe Mädchen hinüber, die wie Streunerinnen wirkten und etwa zehn Meter vor mir an der Bushaltestelle standen. Mein Funkgerät war ausgeschaltet, aus dem Lautsprecher draußen tönten wilde Stan-Kenton-Riffs. Durch die hohe Luftfeuchtigkeit und die Hitze, in der sich kein Lüftchen regte, klebte mir die Uniform am Körper; ich hatte seit einer Woche keine Verhaftung vorgenommen. Die Mädchen winkten Autofahrern zu, eine mit wasserstoffsuperoxyd-gebleichtem Haar ließ aufreizend die Hüften kreisen. Ich setzte kreisende Bewegungen und Hüftschwenken in Beziehung zur Musik, spielte kurz mit dem Gedanken, eine Razzia zu veranstalten und abzufragen, ob eine von ihnen auf der Fahndungsliste stand. Dann betrat ein dürrer alter Suffkopp die Szene, in der einen Hand einen Flachmann, die andere um ein paar Münzen bettelnd hingestreckt.

Die unechte Blondine hörte zu tanzen auf und sprach mit ihm; ohne ihre Tanzbewegungen wurde die Musik zu einem schrillen Gekreisch. Ich ließ meine Scheinwerfer aufflammen; der Wermutbruder legte schützend die Hand über die Augen und zeigte mir dann den Finger. Im Nu war ich aus dem Schwarzweißen gesprungen, und zu den Klängen von Stan Kentons Band fiel ich über ihn her.

Linke und rechte Schwinger, kurze Haken. Das Kreischen des Mädchens übertönte noch Big Stan. Der Säufer verfluchte mich, meine Mutter, meinen Vater. In meinem Kopf schalteten sich Sirenen ein, in der Nase hatte ich den Gestank von verfaulendem Fleisch, wie an jenem Abend im Lagerhaus, obwohl mir klar war, daß ich mich täuschen mußte. Der alte Knacker plärrte: »Bitte, bitte.«

Ich rannte stolpernd zur Telefonzelle an der Ecke, warf eine Münze hinein und wählte meine eigene Nummer. Ich ließ es zehnmal klingeln, Kay nahm nicht ab, und dann wählte ich ohne nachzudenken WE-4391. Dann ihre Stimme: »Hallo, hier bei Sprague.« Dann mein Stottern und wieder ihre Stimme: »Bucky, Bucky, bist du das?« Der Säufer ruderte wild mit den Armen in meine Richtung und setzte den Flaschenhals an seine blutigen Lippen. Meine Hände fuhren in die Tasche, ich warf wahllos Geldscheine nach draußen auf den Bürgersteig. »Komm zu mir, Liebster. Die anderen sind unten in Laguna. Es könnte wieder so werden wie –«

Ich ließ den Hörer baumeln und rannte vorbei an dem Alten, der mein Geld aufklaubte. Ich jagte hinunter nach Hancock Park, ich rannte, nur dieses eine einzige Mal, um drinnen im Haus wieder bei ihr sein zu können. Ich klopfte an die Tür. Dann stand Madeleine vor mir, schwarzes Seidenkleid, Hochfrisur, gelbes Barett. Ich griff nach ihr, wollte sie zu mir heranziehen; sie wich zurück, löste ihr Haar und ließ es über die Schultern fallen. »Nein. Nicht jetzt gleich. Es ist alles, womit ich dich halten kann.«

IV
ELISABETH

29. Kapitel

Einen Monat lang hielt mich eine samtene Faust in festem Griff.

Emmet, Ramona und Martha verbrachten den Juni im Strandhaus der Familie im Orange County, und sie hatten Madeleine zurückgelassen, die sich um die Villa in der Muirfield Road kümmern sollte. Uns standen zweiundzwanzig Zimmer eines Traumhauses, das sich ein ehrgeiziger Einwanderer errichtet hatte, zum Spielen zur Verfügung. Es war eine große Verbesserung gegenüber dem *Red Arrow Motel* und Lee Blanchards Monument, das Zeugnis ablegte von Bankraub und Mord.

Madeleine und ich ließen kein Schlafzimmer aus, wir liebten uns, zerwühlten jedes seidene Laken und jeden Überwurf aus Brokat, umgeben von Picassos, niederländischen Meistern und Vasen aus der Ming-Dynastie, die Hunderttausende wert waren. Wir schliefen miteinander am späten Vormittag und frühen Nachmittag und bevor ich nach Niggertown aufbrechen mußte; die Blicke, die ich von den Nachbarn erntete, wenn ich in voller Uniform in mein Auto stieg, waren gratis.

Es war die Wiedervereinigung eingefleischter Herumtreiber, von zweien, die aufeinander lüstern waren und genau wußten, daß sie es nie wieder so gut haben würden wie miteinander. Madeleine erklärte ihre Dahlien-Aktion als eine Strategie, um mich zurückzugewinnen; sie hatte mich in jener Nacht in meinem Wagen sitzen sehen und sofort erkannt, daß eine Betty-Short-Verführung mich zur Rückkehr bewegen würde. Das Verlangen, das sie damit zum Ausdruck brachte, rührte mich zwar, doch die Raffinesse, mit der sie diese Charade aufführte, stieß mich gleichzeitig ab.

Bei diesem ersten Mal veränderte sie ihr Aussehen, kaum daß sich die Tür hinter uns geschlossen hatte. Sie spülte sich das Haar, das schnell wieder seine normale dunkelbraune Farbe annahm, der Pagenschnitt wurde wieder erkennbar, sie zog das enge schwarze Kleid aus. Ich versuchte alles erdenklich Mögliche, aber ich drohte nicht damit, sofort zu gehen und ich bettelte nicht; Madeleine beschwichtigte mich mit den Worten: »Vielleicht, eines Tages.« Der Kompromiß, den wir stillschweigend schlossen, bestand in Gesprächen über Betty.

Ich stellte ihr Fragen, sie wich aus. Die Tatsachen waren mager, und das Gespräch darüber war schnell erschöpft; von diesem Punkt an war alles nur noch Auslegungssache.

Madeleine sprach von Bettys Formbarkeit und Verkleidungssucht, von dem Chamäleon, das sich in alles und jedes verwandelte, um anderen zu gefallen. Ich sah in ihr den Mittelpunkt der vertracktesten und verwirrendsten Detektivarbeit, die im Department je geleistet worden war, von der Zerstörerin der Leben vieler Menschen, die mir nahegestanden hatten, dem menschlichen Rätsel, über das ich unbedingt alles wissen mußte. Das war meine endgültige Sichtweise, und genau betrachtet, war das Ganze ziemlich hohl.

Nachdem wir über Betty geredet hatten, lenkte ich das Gespräch auf die Spragues. Ich erwähnte Madeleine gegenüber nie, daß ich Jane Chambers kannte, und kam auf Umwegen auf die Geschichten zu sprechen, die ich von Jane kannte. Madeleine erklärte, Emmet sei ziemlich besorgt über den bevorstehenden Teilabbau des Hollywoodland-Wahrzeichens; daß die lebenden Bilder ihrer Mutter und ihre seltsame Vorliebe für geheimnisvolle Bücher und mittelalterlichen Kram nichts als »Suchtphantasien« seien – »Mama, die so überreichlich Zeit und ihre Patentmedizin immer in Griffweite hat«. Nach einiger Zeit fing meine Fragerei an, ihr lästig zu werden, und sie verlangte, daß ich von mir erzählte. Ich tischte ihr Lügen auf und fragte mich, wohin ich wohl gehen sollte, falls meine eigene Vergangenheit alles war, was ich verlassen, hinter mir gelassen, aufgegeben hatte.

Als ich vor dem Haus hielt, sah ich einen Lieferwagen die Auffahrt verlassen und Kays Plymouth mit heruntergelassenem Faltdach und mit Kartons vollgepackt. Das schien etwas anderes als die Fahrten zur Wäscherei, um schmutzige Uniformen hinzubringen und saubere abzuholen.

Ich hielt dicht daneben und sprang die Stufen hinauf, wobei ich Madeleines Parfum an mir riechen konnte. Der Lieferwagen setzte gerade zurück; ich schrie: »He! Kommen Sie zurück, verdammt noch mal!«

Der Fahrer beachtete mich nicht; die Worte, die ich von der Veranda zu hören bekam, hielten mich davon ab, ihm nachzusetzen. »Ich hab deine Sachen nicht angerührt. Und die Möbel kannst du behalten.«

Kay trug ihre Eisenhower-Jacke und ihren Tweed-Rock wie an jenem Tag, an dem ich sie kennengelernt hatte. Ich sagte: »Babe«, und wollte schon fragen: »Warum?« Meine Frau ging sofort zum Angriff über. »Hast du geglaubt, ich würde einfach mit ansehen, wie mein Mann drei Wochen verschwindet, und nichts unternehmen? Ich habe Privatdetektive beauftragt, die dir gefolgt sind, Dwight. Sie sieht wie dieses verdammte tote Mädchen aus, also nimm sie dir doch – aber nicht mich.«

Kays tränenloser Blick und ihre ruhig-feste Stimme waren für mich schlimmer als das, was sie sagte. Ich spürte, wie mich ein Zittern überlief, ein ganz schlimmes Flattern. »Babe, verdammt noch mal –«

Kay brachte sich außer Reichweite. »Nuttenficker. Feigling. *Nekrophiler.*«

Das Zittern wurde schlimmer; Kay machte auf dem Absatz kehrt, lief zu ihrem Wagen, was mir wie eine plumpe Pirouette vorkam, mit der sie sich aus meinem Leben verabschiedete. Wieder sog ich eine Duftwolke von Madeleine in mich ein und ging ins Haus.

Die Möbel sahen noch immer unverändert aus, doch auf dem Kaffeetisch lagen keine literarischen Vierteljahresberichte mehr, und die Kaschmir-Pullover in der Glasvitrine im Wohnzimmer waren ausgeräumt. Die Kissen auf meinem Couchbett waren ordentlich aufgereiht, als hätte ich dort nie geschlafen. Mein Plattenspieler stand noch immer neben dem Kamin, doch Kay hatte all ihre Schallplatten mitgenommen.

Ich stemmte Lees Lieblingssessel hoch und schmetterte ihn gegen die Wand; ich schleuderte Kays Schaukelstuhl in den Vitrinenschrank und ließ das Glas zu Bruch gehen; ich riß den Couchtisch hoch und rammte ihn in das vordere Fenster, stieß ihn dann mit den Füßen hinaus auf die Veranda. Die Teppiche und Brücken trat ich zu einem wüsten Haufen zusammen, zerrte Schubladen heraus, riß Fächer aus dem Kühlschrank und schlug mit einem Hammer auf das Waschbecken im Badezimmer ein, bis die Leitungen freilagen. Ich hatte das Gefühl, zehn Runden unter Volldampf vorwärts zu marschieren; als meine Arme zu schlaff wurden, um noch mehr Schaden anzurichten, legte ich meine Uniformstücke zusammen und packte den .45er mit dem Schalldämpfer darauf, stapfte hinaus und ließ die Tür offenstehen, um den Rest von Plünderern besorgen zu lassen.

Da die Spragues jetzt stündlich in L.A. zurückerwartet wurden, gab es für mich nur einen Ort, an den ich mich zurückziehen konnte. Ich fuhr zum *El Nido*, zeigte dem Kerl am Empfang meine Erkennungsmarke und sagte ihm, daß er einen neuen Mieter habe. Er langte unter den Tisch und reichte mir tatsächlich einen Extraschlüssel; nur Sekunden später hatte ich den abgestandenen Rauch von Russ Millards Zigaretten und Harry Sears verschüttetem Whisky in der Nase. Und Auge in Auge starrte mich Elizabeth Short von allen vier Wänden an: lebendig und lächelnd, ein bißchen läppisch, von wirren Träumereien zerstückelt, auf einer unkrautüberwachsenen Freifläche.

Und ohne mir selbst Rechenschaft darüber abzulegen, wußte ich genau, was ich jetzt tun würde.

Ich räumte die Karteikisten vom Bett, verstaute sie im Wandschrank und riß die Decken und Laken herunter; die Fotos der Dahlie waren an die Wand gepinnt; es war einfach, sie mit dem Bettzeug zu verhängen, so daß sie jetzt nicht mehr zu sehen waren. Nachdem ich alles so arrangiert hatte, machte ich mich auf die Suche nach der passenden Frau.

Im Western Costume fand ich eine nachtschwarze Perücke mit aufgetürmter Frisur, bei einem Trödler auf dem Boulevard ein gelbes Barett. Wieder überfiel mich die große Flatter – schlimmer als schlimm. Ich fuhr zur *Firefly Lounge* und hoffte inständig, daß sie noch unter dem Schutz der Sitte der Hollywood Division stand.

Ein Blick in die Runde verriet mir, daß es noch immer der Fall war. Ich setzte mich an die Bar, bestellte einen doppelten Old Forester und starrte auf die Mädchen, die sich auf einem streichholzschachtelgroßen Podium in Positur warfen. Von unten wurden sie von Scheinwerfern angeleuchtet; sie waren in diesem Schuppen überhaupt die einzigen, die Licht abbekamen.

Ich stürzte meinen Drink hinunter. Sie wirkten sehr typisch – rauschgiftsüchtige Nutten in billigen geschlitzten Kimonos. Ich zählte fünf Mädchen. Sie rauchten Zigaretten und ordneten den Stoff ihrer dünnen Fummel so, daß sie mehr Beine zeigen konnten. Keine wies auch nur die geringste Ähnlichkeit auf.

Dann trat eine magere Brünette in bauschigem Cocktailkleid aufs Podium. Sie blinzelte in den Lichtschein, kratzte sich ihre Stupsnase und machte ein paar Tanzschritte.

Ich winkte den Barmann heran. Er kam und brachte die Flasche; ich legte die Hand über mein Glas. »Das Mädchen ganz in Rosa, wieviel würde es kosten, sie eine Stunde mit zu mir nach Hause zu nehmen?«

Der Mann hinter der Bar seufzte: »Mister, wir haben hier selbst drei Zimmer. Die Mädchen haben es nicht gern –«

Mit einem knisternden nagelneuen Fünfziger brachte ich ihn zum Verstummen. »Machen Sie bei mir mal eine Ausnahme. Spendieren Sie sich selbst was davon.«

Der Fünfziger verschwand und dann der Mann. Ich schenkte mir das Glas voll, trank es leer, die Augen fest auf die Theke gerichtet, bis ich eine Hand auf meiner Schulter spürte.

»Hi, ich bin Lorraine.«

Ich wandte mich um. Aus der Nähe hätte sie eine ganz beliebige, hübsche Brünette sein können – perfekte Modelliermasse. »Hi, Lorraine. Ich bin . . . B-B-Bill.«

Das Mädchen kicherte: »Hi, Bill. Wollen wir jetzt gehen?«

Ich nickte; Lorraine schritt vor mir her nach draußen. Das grelle Tageslicht zeigte deutlich die Laufmaschen in ihren Nylons und alte Einstichnarben an ihren Innenarmen. Als sie in den Wagen stieg, sah ich, daß ihre Augen von einem trüben Braun waren; als sie mit den Fingern auf dem Armaturenbrett herumtrommelte, entdeckte ich die einzige Ähnlichkeit mit Betty Short: abblätternder Nagellack. Das reichte mir.

Wir fuhren zum *El Nido* und gingen ohne ein Wort aufs Zimmer. Ich schloß die Tür auf und trat beiseite, um Lorraine vorangehen zu lassen; sie quittierte meine höfliche Geste mit einem Augenrollen und stieß dann einen leisen Pfiff aus, um mir zu verstehen zu geben, daß das Zimmer eine Wucht sei. Ich schloß die Tür hinter uns ab, packte die Perücke aus und reichte sie ihr. »Hier. Zieh deine Sachen aus und setz das auf.«

Lorraine führte einen unbeholfenen Striptease auf. Ihre Schuhe plumpsten auf den Fußboden, und die Nylons rissen, als sie sie abstreifte. Ich ging auf sie zu, um ihr Kleid aufzuhaken, doch sie war darauf gefaßt gewesen, drehte sich weg und machte es selbst. Mit dem Rücken zu mir hakte sie ihren BH auf, stieg aus ihrem Höschen und setzte sich ungeschickt die Perücke auf. Sich zu mir umdrehend, sagte sie: »Ist das für dich das höchste der Gefühle?«

Der Sitz der Perücke war verrutscht, sie wirkte wie ein Mop auf dem Kopf einer Komikerin in einem Vorstadtvarieté; nur ihre Brüste waren gut. Ich zog meine Jacke aus und nestelte an meinem Hosengürtel herum. Irgend etwas in Lorraines Augen bremste mich; mir ging auf, daß sie Angst vor meinem Revolver und den Handschellen hatte. Ich fühlte den Drang, sie zu beruhigen, indem ich ihr offen sagte, daß ich ein Cop war – andererseits schien mir der Gesichtsausdruck besser zu Betty zu passen, und ich blieb stumm.

Das Mädchen sagte: »Du tust mir doch nicht weh–«; ich sagte: »Mund halten«, rückte die Perücke zurecht und stopfte ihr widerspenstiges braunes Haar darunter. Der Sitz war noch immer falsch, hurenhaft und außer Façon. Jetzt überfiel Lorraine ein Zittern; sie zitterte von Kopf bis Fuß, als ich ihr das gelbe Barett auf dem falschen Haar feststeckte, damit alles seine Richtigkeit hatte. Doch ich erreichte damit nur, daß sich Strähnen leblosen, spröden, schwarzen Haars lösten und alles auf eine Seite verrutschte, als sei das Mädchen jener Clown mit dem schrecklich breiten Mund und nicht meine Betty.

Ich sagte: »Leg dich aufs Bett.« Das Mädchen gehorchte, seine Beine waren stocksteif und zusammengepreßt, die Hände hatte es unter sich geschoben; sie war jetzt nur noch ein abgemagertes, dürres Etwas, das überall zuckte und zitterte. Jetzt, da sie ausgestreckt lag, war die Perücke halb auf ihrem Kopf, halb auf dem Kissen. Überzeugt, daß die Bilder an der Wand die ganze Szene erst vollkommen machen würden, zog ich die Laken herunter, mit denen sie verhängt gewesen waren.

Ich starrte auf die hinreißende Fotoschönheit Betty/Beth/ Liz; das Mädchen schrie auf: »Nein! Mörder! Polizei!«

Herumwirbelnd sah ich, wie das nackte falsche Double in gebanntem Entsetzen auf die Bilder von der Ecke 39th und Norton starrte. Ich machte einen Satz zum Bett hinüber, preßte ihr die Hände auf den Mund und drückte sie nieder und sprach abgehackt und deutlich auf sie ein, offen und ehrlich mit mir zu ihr: »Das ist es ja gerade: daß sie alle diese verschiedenen Namen hat, und diese Frau will nie ganz sie selbst sein nur für mich, und ich, ich kann einfach kein anderer sein als sie, und jedesmal, wenn ich es versuche, verderbe ich alles, und mein Freund ist wahnsinnig geworden, weil seine kleine Schwester genauso gut die da hätte sein können, wenn nicht jemand sie umgebracht hätte–«

»UMGEBRACHT –«

Die Perücke lag jetzt zerdrückt auf dem Laken.

Ich hatte meine Hände am Hals des Mädchens.

Dann löste ich meinen Griff und stand ganz langsam auf, die

Innenfläche der Hände mit gespreizten Fingern ihr zugekehrt, nein, ich hatte nichts Böses im Sinn. Die Stimmbänder des Mädchens dehnten sich, doch sie brachte keinen Laut heraus. Sie massierte sich den Hals da, wo meine Hände gelegen hatten, deren hellroter Abdruck noch zu sehen war. Ich ging rückwärts bis zur gegenüberliegenden Wand, unfähig ein Wort zu sprechen.

Mexikanischer Abgang.

Das Mädchen rieb sich die Kehle; die Augen bekamen etwas Eisiges. Sie stieg vom Bett, kleidete sich an, das Gesicht mir zugewandt, wobei das Eis in ihrem Blick immer kälter und tiefer wurde. Es war ein Blick, dem ich nicht standhalten konnte, und da zog ich, ich weiß nicht warum, die Hülle mit meiner Erkennungsmarke hervor und hielt sie ihr vor das Gesicht: L.A.P.D. 1611. Sie lächelte; ich versuchte es ihr nachzumachen; sie kam auf mich zu und spuckte auf das Stück Blech. Die Tür flog krachend zu, die Bilder an den Wänden flatterten, meine Stimme kam keuchend und abgehackt: »Ich erwische ihn für dich, er wird dir nicht mehr wehtun, ich werde die Rechnung begleichen, oh Betty, Jesses, Scheiße, ja, das werd ich!«

31. Kapitel

Die Maschine flog ostwärts, schnitt durch Wolkenbänke und strahlend blauen Himmel. Meine Taschen waren vollgestopft mit Bargeld, das ich von meinem fast leeren Bankkonto abgehoben hatte. Lieutenant Getchell hatte mir meine Geschichte über einen schwererkrankten ehemaligen Schulfreund von der Highschool in Boston abgekauft und mir eine zusätzliche Woche Krankenurlaub bewilligt. Ein Stapel Aktenblätter, das Ergebnis der Ermittlungen der Bostoner Polizei, lag auf meinem Schoß – ich hatte sie mühselig von der *El Nido*-Akte übertragen. Ich hatte mir bereits, unterstützt durch den Stadtplan von Boston, den ich mir am Flughafen von L.A. gekauft hatte, eine Vorgehensweise für meine Befragungen aufgezeichnet. Als das

Flugzeug landete, hieß es für mich, auf nach Medford/Cambridge/Stoneham und in Elizabeth Shorts Vergangenheit – den Teil, der nicht über sämtliche Titelseiten verschmiert worden war.

Ich hatte mich gestern nachmittag gleich über die große Akte hergemacht; das heißt, sobald mein Zittern nachgelassen hatte und ich in der Lage gewesen war, mir klarzumachen, wie dicht ich davor gestanden hatte, mir das Gehirn wegzusprengen – zumindest die vordere Hälfte. Ein kurzer Blick darauf brachte mich zu dem Schluß, daß die Ermittlungen in Los Angeles an einen toten Punkt gelangt waren, beim zweiten und dritten Blick wurde mir klar, daß hier absolut nichts mehr zu holen war, und ein vierter Blick überzeugte mich davon, daß ich, falls ich noch länger in der Stadt blieb, zwischen Madeleine und Kay zu Pulver zerrieben würde. Ich mußte unbedingt hier weg, und falls der Schwur, den ich Elizabeth Short gegenüber abgelegt hatte, überhaupt etwas bedeuten sollte, dann mußte ich mich in ihre Richtung bewegen. Und selbst, wenn ich nur Schatten nachjagte, war es zumindest eine Reise in ein unverfängliches Gebiet – wo meine Dienstmarke und lebende Frauen mich nicht in Schwierigkeiten bringen konnten.

Die Abscheu im Gesicht der Hure würde ich nie vergessen, ich konnte noch immer ihr billiges Parfum riechen und stellte mir vor, wie sie Anschuldigungen gegen mich hervorspuckte, dieselben Worte, wie Kay sie an jenem Tag benutzt hatte, nur noch schlimmer – weil sie wußte, wer und was ich war: eine Nutte mit einer Dienstmarke. Wenn ich an sie zurückdachte, war es, als müßte ich auf den Knien die Überreste meines Lebens zusammenkratzen – beruhigend daran war nur, daß ich nicht tiefer sinken konnte – daß ich mir sonst lieber den Lauf meines .38ers in den Mund schieben würde.

Das Flugzeug landete um 19.35 Uhr; ich war der erste, der mit Reisetasche und Notizbuch in der Hand von Bord ging. Auf dem Flughafen gab es eine Autovermietung; ich mietete mir ein Chevy-Coupé und fuhr stadteinwärts nach Boston, begierig, noch die letzte Stunde Tageslicht zu nutzen.

Mein Wegplan umfaßte die Adressen von Elizabeths Mutter, zweien ihrer Schwestern, ihrer Highschool, ein Eßlokal am Harvard Square, wo sie '42 Serviererin, und das Kino, wo sie zwischen '39 und '40 Süßwarenverkäuferin gewesen war. Ich entschloß mich zu einem weiten Bogen von Boston nach Cambridge, dann nach Medford – Bettys Heimatort.

Das alte, beschauliche Boston hatte für mich etwas Unwirkliches. Ich folgte Hinweisschildern zur Charles River Bridge und fuhr hinüber nach Cambridge: altmodische Kästen im antiquierten Stil und die Straßen voller College-Jugend. Die nächsten Hinweisschilder führten mich zum Harvard-Square; das war meine erste Etappe – Ottos Hofbräu, Zuckerbäckerarchitektur, umschwebt von Kohl- und Bierdunst.

Ich stellte den Wagen in einer Parkbucht ab und ging hinein. Die Hänsel- und Gretel-Atmosphäre war allgegenwärtig – Nischen mit Holzschnitzereien, an den Wänden Bierkrüge, Kellnerinnen in Dirndlkleidern. Ich sah mich nach dem Boß um, und mein Blick fiel auf einen älteren Mann im Frack, der neben der Registrierkasse stand.

Ich ging zu ihm hin, und irgend etwas hielt mich davon ab, mich mit meiner Erkennungsmarke auszuweisen. »Entschuldigen Sie. Ich bin Reporter, und ich schreibe gerade eine Geschichte über Elizabeth Short. Ich hab' gehört, daß sie damals im Jahre '42 hier gearbeitet hat, und ich dachte mir, daß Sie mir vielleicht ein bißchen über sie erzählen könnten.«

Der Mann sagte: »Elizabeth wer? Ist das ein Filmstar?«

»Sie wurde vor einigen Jahren in Los Angeles ermordet. Es ist ein berühmter Kriminalfall. Haben Sie –«

»Ich hab' das Lokal '46 gekauft, und die einzige Angestellte, die aus der Kriegszeit noch übriggeblieben ist, ist Roz. Rozzie, komm doch mal her! Der Mann hier will dich sprechen.«

Ein Schlachtroß von einer Kellnerin, ein Denkmal ihres Berufsstandes, trat in mein Blickfeld – ein Elefantenbaby in schenkellangem Kleid. Der Besitzer sagte: »Der Mann hier ist Reporter. Will mit dir über Elizabeth Short reden. Kannst du dich an die noch erinnern?«

Rozzie ließ eine Kaugummiblase in meine Richtung zerplatzen. »Ich hab's beim ersten Mal schon dem *Globe* und dem *Sentinel* und den Cops erzählt, und an meiner Geschichte gibt's nichts zu ändern. Betsy Short war ein Trampel, die alles fallenließ, und eine Träumerin, und wenn ihretwegen nicht soviel Jungs aus Harvard gekommen wären, hätte man sie hier keinen Tag behalten. Ich hab' gehört, daß sie unsere Kriegsanstrengungen eifrig unterstützt hat, aber ich kenne keinen einzigen von ihren Freunden. Ende der Geschichte. Und Sie sind kein Reporter, Sie sind ein Cop.«

Ich sagte: »Besten Dank für die hellsichtige Bemerkung«, und ging.

Laut Karte war Medford neunzehn Kilometer entfernt, die Ausfahrtstraße dorthin war die Massachusetts Avenue. Ich kam dort an, als es gerade dunkel wurde, und ich roch den Ort zuerst, bevor ich ihn zu Gesicht bekam.

Medford war eine Industriestadt mit qualmenden Fabrikschloten am östlichen Stadtrand. Ich kurbelte mein Fenster hoch, um den Schwefelgestank auszusperren; das Industriegebiet verlor sich in einer Wohngegend mit engbrüstigen Klinkerhäusern, die so dicht aneinander gebaut waren, daß man kaum einen Schuh dazwischen stellen konnte. In jeder Straße waren mindestens zwei Kneipen, und als ich den Swasey Boulevard fand – die Straße, in der das Kino lag–, öffnete ich mein Seitenfenster, um zu prüfen, ob der Gestank inzwischen verflogen war. Das war er nicht – und auf der Windschutzscheibe hatte sich bereits ein Film von schmierigem Ruß abgesetzt.

Ich fand das *Majestic,* einen für Medford typischen Ziegelbau, ein paar Seitenstraßen weiter. Der Leuchtkasten kündigte an »Criss Cross« mit Burt Lancaster und »Duell in der Sonne – Mit großer Starbesetzung«. Der Kassenschalter war unbesetzt, also ging ich direkt in den Kinosaal und zu dem Stand mit Süßwaren. Der Mann dahinter fragte: »Stimmt etwas nicht, Officer?« Ich stöhnte auf bei dem Gedanken, daß die Einheimischen hier offenbar schon meine Dienstnummer kannten – und das fünftausend Kilometer von zu Hause weg.

»Nein, nein, alles in bester Ordnung. Sind Sie der Geschäftsführer?«

»Der Besitzer. Ted Carmody. Sind Sie Polizist aus Boston?«

Widerstrebend hielt ich ihm meine Marke hin. »Los Angeles Police Department. Es ist wegen Beth Short.«

Ted Carmody bekreuzigte sich. »Arme Lizzie. Haben Sie eine heiße Spur gefunden? Sind Sie deswegen hier?«

Ich legte eine Münze auf den Tresen, nahm mir einen Knabberriegel und riß das Papier auf. »Sagen wir mal so: Ich bin Betty etwas schuldig, und ich hätte Ihnen gern ein paar Fragen gestellt.«

»Fragen Sie.«

»Nun, ich habe die Berichte der Boston Police gesehen, und Ihr Name war in den Vernehmungslisten nicht aufgeführt. Hat man mit Ihnen denn nicht gesprochen?«

Carmody gab mir die Münze zurück. »Auf Kosten des Hauses. Ich hab mit den Cops aus Boston deswegen nicht gesprochen, weil sie über Lizzie geredet haben, als wäre sie eine Herumtreiberin gewesen. Und wissen Sie, mit Verleumdern spreche ich kein Wort.«

»Das ist bewundernswert, Mr. Carmody. Aber was hätten Sie ihnen denn erzählt?«

»Jedenfalls nichts Schmutziges, das steht mal fest. Lizzie war für mich ein Goldstück. Wenn die Cops ehrlichen Respekt vor der Toten gehabt hätten, dann hätte ich ihnen genau das erzählt.«

Ich fand den Mann etwas ermüdend. »Ich bin ein respektvoller Mensch. Tun Sie so, als hätten wir die Uhr zwei Jahre zurückgedreht, und erzählen Sie.«

Carmody konnte mit meiner Art nichts Rechtes anfangen, also fing ich an, auf dem Schokoladenriegel herumzukauen, damit er ein bißchen lockerer würde. »Ich hätte ihnen erzählt, daß Lizzie eine schlechte Arbeiterin war«, meinte er bedächtig. »Und ich hätte ihnen gesagt, daß mir das piepegal war. Sie hat die Jungs wie ein Magnet angezogen, und wenn sie ab und zu in den Saal geschlüpft ist, um sich einen Film anzusehen, na und?

Für fünfzig Cents die Stunde konnte ich schließlich nicht erwarten, daß sie wie eine Sklavin für mich ackert, oder?«

Ich fragte: »Was hatte sie denn so an Freunden?«

Carmody schlug mit der Faust auf den Tresen; Weingummis und Schokoriegel fielen um. »Lizzie war keine Stromerin! Der einzige Freund, von dem ich weiß, war dieser blinde Junge, und ich wußte, daß nur Kameradschaft zwischen den beiden war. Hören Sie, wollen Sie wissen, wie Lizzie wirklich gewesen ist? Ich sag's Ihnen. Ich hab diesen Blinden immer gratis reingelassen, damit er sich wenigstens den Dialog anhören konnte, und Lizzie schlüpfte dann rein, setzte sich neben ihn und erzählte ihm, was auf der Leinwand vor sich ging. Sie wissen schon, sie hat ihm alles geschildert. Klingt das so, als wäre sie ein Flittchen gewesen?«

Das traf mich wie ein Schlag in die Herzgegend. »Nein, wirklich nicht. Wissen Sie noch, wie dieser Junge heißt?«

»Tommy Soundso. Er hat ein Zimmer drüben in der VFW-Hall weiter unten an der Straße, und wenn der ein Mörder ist, dann schlag' ich mit den Flügeln und flieg' bis Nantucket.«

Ich streckte ihm meine Hand hin. »Danke für die Schokolade, Mr. Carmody.«

Wir schüttelten uns die Hände. Carmody sagte: »Wenn Sie den Kerl erwischen, der Lizzie umgebracht hat, kauf ich Ihnen die ganze Fabrik, die das Scheißzeug herstellt.«

Als ich ihm antwortete, wurde mir bewußt, daß dies einer der schönsten Augenblicke meines Lebens war.

»Das werde ich.«

Die VFW-Hall war auf der anderen Straßenseite etwas weiter links vom Majestic; es war auch wieder ein rußgeschwärzter Klinkerbau. Als ich zu ihm ging, stellte ich mir den blinden Tommy als großen Tröster vor, als jemanden, mit dem ich reden mußte, damit Betty besänftigt wurde und sie in mir leichter und unbeschwerter leben konnte.

Neben einem Briefkasten mit dem Namen T. Gilfoyle stieg ich die Stufen einer Außentreppe hinauf. Als ich auf die Türklingel drückte, hörte ich Musik; als ich in das einzige Fenster hineinzuschauen versuchte, war dahinter alles stockfinster. Dann ertönte hinter der Tür eine sanfte Männerstimme: »Ja? Wer ist da?«

»Los Angeles Police, Mr. Gilfoyle. Es geht um Elizabeth Short.«

Im Fenster wurde es hell, die Musik verstummte. Die Tür ging auf, und ein großer dicklicher Mann, der eine Brille mit dunklen Gläsern trug, bat mich herein. Sein gestreiftes Sporthemd und die langen Hosen waren makellos sauber, doch das Zimmer war ein Schweinestall, überall Staub und schmieriger Dreck, ganze Armeen von Käfern, die aufgeschreckt von dem ungewohnt hellen Licht ziellos umherkrabbelten.

Tommy Gilfoyle sagte: »Mein Braille-Lehrer hat mir aus den Lokalzeitungen von Los Angeles vorgelesen. Warum haben die so niederträchtige Sachen über Beth verbreitet?«

Ich versuchte es mit Diplomatie. »Weil sie sie nicht so gut gekannt haben wie Sie.«

Tommy lächelte und ließ sich in einen abgewetzten Sessel plumpsen. »Ist die Wohnung wirklich so haarsträubend?«

Auf der Couch lagen Schallplatten herum; ich schob einige zu einem Stapel zusammen und setzte mich. »Ein bißchen Putzen könnte Wunder wirken.«

»Ich werd' manchmal nachlässig. Sind die Ermittlungen wegen Beth wieder aufgenommen worden? Höchste Priorität?«

»Nein. Ich bin aus eigenem Antrieb hier. Wo haben Sie den Polizeijargon aufgeschnappt?«

»Ich bin mit einem Polizisten befreundet.«

Ich wischte einen fetten Käfer von meinem Ärmel. »Tommy, erzählen Sie mir von sich und Beth. Geben Sie mir etwas, das nicht in den Zeitungen gestanden hat. Etwas Gutes.«

»Ist das für Sie eine persönliche Angelegenheit? Wie eine Vendetta?«

»Es ist mehr als das.«

»Mein Freund sagt immer, daß Polizisten, die ihre Arbeit persönlich nehmen, Schwierigkeiten bekommen werden.«

Ich zertrat eine Küchenschabe, die an meinem Schuh herumgekrabbelt war. »Ich will einfach diesen Schweinehund erwischen.«

»Sie müssen nicht schreien. Ich bin blind, nicht taub, und ich war auch nicht blind gegenüber Bettys kleinen Fehlern.«

»Welchen denn?«

Tommy griff nach dem Blindenstock, der an den Sessel gelehnt gewesen war. »Nun, ich möchte damit nicht hausieren gehen, aber Beth war bei Männern nicht wählerisch, genau wie die Zeitungen angedeutet haben. Ich kannte den Grund dafür, aber ich hab' nichts davon laut werden lassen, weil ich ihr Andenken nicht besudeln wollte, und weil ich wußte, daß es der Polizei wenig dabei helfen würde, ihren Mörder zu finden.«

Der Mann schien jetzt hin- und hergerissen zwischen dem Wunsch, sich alles von der Seele zu reden und Geheimnisse zu bewahren. Ich sagte: »Überlassen Sie es mir, das zu beurteilen. Ich bin ein erfahrener Detective.«

»In Ihrem Alter? Ich höre es an Ihrer Stimme, daß Sie noch jung sind. Mein Freund meint, um ein guter Detective zu sein, müßte jemand mindestens zehn Jahre Dienst hinter sich haben.«

»Verdammt noch mal, halten Sie mich nicht hin. Ich bin auf eigene Rechnung hierher gekommen, aber nicht um –«

Ich hielt inne, als ich erkannte, daß der Mann eingeschüchtert war und eine Hand schon nach dem Telefon ausstreckte. »Ach, hören Sie, es tut mir leid. Das heute ist ein langer Tag gewesen, und ich bin weit von zu Hause weg.«

Überraschenderweise lächelte Tommy jetzt. »Auch mir tut's leid. Ich war einfach darauf aus, noch länger Gesellschaft zu haben, und das gehört sich natürlich nicht. Also werd' ich jetzt von Beth erzählen, von all ihren kleinen Schwächen und so weiter.

Sie wissen wahrscheinlich, daß sie einen Starfimmel hatte, und zwar einen ganz gehörigen. Wahrscheinlich haben Sie auch erraten, daß sie nicht viel Talent hatte, und auch das ist wahr. Beth hat mir Theaterstücke vorgelesen – und all die verschiedenen Rollen gesprochen, und sie war schrecklich – ganz schaurig schlecht. Ich verstehe einiges vom gesprochenen Wort, also dürfen Sie mir das getrost glauben.

Worin Beth gut war, das war beschreiben. Ich hab' im *Majestic* oft im Zuschauerraum gesessen, und Beth hat mir dann vieles beschrieben, so daß ich nicht nur auf den Dialog angewiesen war. Sie war wirklich brillant, und ich hab sie dazu ermuntert, für den Film zu schreiben, aber sie wollte partout eine Schauspielerin sein wie alle anderen dummen Mädchen, die unbedingt von Medford wegkommen wollten.«

Auch ich hätte einen Massenmord begehen können, um wegzukommen. »Tommy, Sie sagten vorhin, Sie würden den Grund kennen, weswegen Beth bei Männern so wahllos gewesen ist.«

Tommy seufzte. »Als Beth sechzehn oder siebzehn war, haben sich zwei Kerle über sie hergemacht, irgendwo in Boston, glaube ich. Der eine hat sie vergewaltigt, und der zweite wollte auch, aber dann sind ein Matrose und ein Marinesoldat vorbeigekommen und haben sie vertrieben.

Beth dachte, daß der Mann sie geschwängert haben könnte, also ließ sie sich von einem Arzt untersuchen. Er sagte ihr, sie hätte eine gutartige Zyste an den Eierstöcken, und sie würde deswegen nie Kinder haben können. Beth regte sich furchtbar darüber auf, weil sie schon immer ganz viele Kinder haben wollte. Sie stöberte den Matrosen und den Marinesoldaten auf, die sie gerettet hatten, und sie flehte die beiden an, ihr ein Kind zu machen. Der Marinesoldat lehnte rundweg ab, und der Matrose... nun ja, er benutzte Beth, bis er wieder auf große Fahrt ging.«

Ich mußte sofort an Franzmann Joe Dulange denken – seine Erzählung von der Dahlie, die ganz außer sich gewesen sei, weil sie glaubte, schwanger zu sein, wie er sie dann seinem Arzt-Freund anvertraut hatte, der eine Scheinuntersuchung bei ihr durchgeführt hatte. Dieser Teil von Dulanges Geschichte war offenbar doch nicht so alkoholumnebelt, wie Russ Millard und ich ursprünglich vermutet hatten – jetzt erwies sie sich als wichtige Spur, die Aufschluß geben konnte über Bettys letzte

Tage, und der Kumpel, jener Arzt-Freund, war zumindest ein Kronzeuge, wenn nicht gar der Hauptverdächtige. Ich fragte: »Tommy, kennen Sie die Namen des Matrosen und des Marinesoldaten? Des Arztes?«

Tommy schüttelte den Kopf. »Nein. Aber das war genau der Zeitpunkt, von dem an Betty sich mit Soldaten herumtrieb. Sie hielt sie für ihre Erretter, hoffte, sie könnten ihr ein Kind schenken, ein kleines Mädchen, das später zu einer großen Schauspielerin heranreifte, falls sie selbst es nicht schaffen sollte. Es ist schon traurig, aber der einzige Ort, an dem Beth eine wirklich große Schauspielerin gewesen sein soll, war das Bett, wie ich gehört habe.«

Ich stand auf. »Was war danach zwischen Ihnen und Beth?«

»Wir haben uns aus den Augen verloren. Sie ist aus Medford weggegangen.«

»Sie haben mich auf eine wichtige Spur gebracht, Tommy. Vielen Dank.«

Der blinde Mann tastete nach seinem Stock, als er hörte, daß ich mich verabschieden wollte. »Dann fassen Sie den, der es getan hat, aber lassen Sie nicht zu, daß Betty noch mehr verletzt wird.«

»Das werde ich.«

32. Kapitel

Der Short-Fall war jetzt wieder heiß – jedenfalls was mich anging.

Stundenlanges Herumhorchen in den Kneipen von Medford verschaffte mir ein Bild der promisken Betty an der Ostküste – nach Tommy Gilfoyles Enthüllungen eine glatte Enttäuschung. Ich erwischte einen Mitternachtsflug zurück nach L.A. und rief vom Flughafen aus gleich Russ Millard an. Er stimmte mir zu: Franzmann Joes »Kakerlaken-Doktor« war höchstwahrscheinlich doch keine Ausgeburt von Dulanges Säuferwahn. Er versprach, den CID in Fort Dix anzurufen und zu versuchen, von diesem Verrückten noch nähere Einzelheiten in Erfahrung zu bringen, dann wollten wir als Dreierteam Arztpraxen in der Innenstadt abklappern und uns dabei auf das Gebiet um das *Havanna-Hotel* konzentrieren, wo Dulange mit Betty zusammen gewesen war. Ich sprach die Vermutung aus, daß dieser »Doktor« höchstwahrscheinlich ein Kneipenhocker sei, ein Abtreiber oder Quacksalber; Russ pflichtete mir bei. Er meinte, er wolle sich im Archiv umsehen und mit seinen Spitzeln reden, und dann wollten er und Harry Sears in ungefähr einer Stunde mit ihrer Runde von Tür zu Tür anfangen. Wir teilten uns das Gebiet auf: für mich Figueroa bis Hill, Sixth Street bis Ninth Street; für die beiden anderen Figueroa bis Hill, Fifth Street bis First Street. Ich hängte ein und fuhr auf kürzestem Weg in die Innenstadt.

Ich klaute ein Branchenbuch und stellte mir eine Liste zusammen: niedergelassene Ärzte und Chiropraktiker, Heilkräuterhändler und Wunderheiler – Blutsauger, die unter dem Doktortitel Religion und Wundermittel an Leichtgläubige verkauften. Im Buch waren auch einige Geburtshelfer und Gynäkologen aufgeführt, doch mein Instinkt sagte mir, daß Joe Dulanges Doktorspiel ein Schwindel gewesen war – nicht das Ergebnis einer gezielten Suche nach einem Spezialisten, der Betty beruhigen konnte. Als ich mich an die Arbeit machte, stieg mein Adrenalinspiegel sprunghaft an.

Ich erwischte die meisten Ärzte kurz nach Beginn ihrer Sprechstunde und sammelte das breiteste Sortiment durchaus glaubwürdiger abschlägiger Antworten, das mir als Cop je untergekommen war. Jeder kreuzbrave Bürger, mit dem ich sprach, überzeugte mich ein Stück mehr davon, daß Frenchys Kumpel ein fauler Kunde gewesen sein mußte. Nachdem ich zu Mittag einige Sandwiches verschlungen hatte, setzte ich mich den Schwindlern auf die Spur.

Die Heilkräuterwichtel waren allesamt Chinesen; die Wundertäter waren zur Hälfte Frauen, zur anderen Hälfte angeknackste Spießer. Ich nahm ihnen ihr entsetztes Nein durchaus ab; ich konnte mir gut vorstellen, daß sie alle viel zu große

Angst vor Frenchy gehabt hatten, um sich auf sein Angebot einzulassen. Ich wollte schon anfangen, die Bars abzuklappern und mich nach Kneipendoktoren umzuhören, als mich gewaltige Erschöpfung überkam. Ich fuhr »heim« ins *El Nido* und schlief – volle zwanzig Minuten lang.

Viel zu ruhelos, um wieder einschlafen zu können, versuchte ich, logisch zu denken. Es war jetzt 18.00 Uhr, in den Arztpraxen war die Sprechstunde zu Ende, in den Bars konnte man höchstens nach drei Stunden Wartezeit erfolgversprechend herumhorchen. Russ und Harry würden mich bestimmt anrufen, falls sie irgendwo eine heiße Spur fanden. Also nahm ich mir noch einmal die Akte vor und begann zu lesen.

Die Zeit verging wie im Flug; Namen, Daten und Örtlichkeiten, aufgezeichnet im Polizeijargon hielten mich wach. Dann entdeckte ich etwas, das ich schon zig Mal gelesen haben mußte, doch diesmal stolperte ich darüber.

Es waren zwei kurze schriftliche Anweisungen:

> *18. 1. 47: Harry – Ruf Buzz Meeks bei Hughes an und veranlasse ihn, daß er sich nach möglichen Geschäftskontakten aus der Filmbranche von E. Short umhört. Bleichert meint, das Mädchen hätte einen Starfimmel. Halte dabei Loew heraus – Russ.*
> *22. 1. 47: Russ – Fehlanzeige sagt Meeks. Schade. Er war ganz begierig zu helfen – Harry.*

Frisch, wie ich Bettys Kinomanie noch in Erinnerung hatte, lasen sich diese Mitteilungen ganz anders. Mir fiel wieder ein, wie Russ mir erzählt hatte, er wolle Meeks befragen, den Sicherheitschef bei Hughes und den »nicht offiziellen Verbindungsmann« des Departments zum Hollywood-Milieu; dann mußte ich daran denken, daß es zu der Zeit gewesen sein mußte, als Ellis Loew Beweismittel zu Bettys Promiskuität unterdrückt hatte, um sich bessere Voraussetzungen für einen Schauprozeß zu schaffen. Und dann: In Bettys kleinem Buch waren einige unbedeutende Filmleute aufgeführt – Namen, die während der Verhöraktion '47 überprüft worden waren.

Die große Frage lautete jetzt:

Falls Meeks sich wirklich umgehört hatte, warum hatte er dann nicht zumindest einige wenige Namen aus dem schwarzen Buch aufgespürt und Russ und Harry davon in Kenntnis gesetzt?

Ich ging hinunter zum Empfang, suchte mir im Telefonbuch die Nummer von Hughes Security heraus und wählte. Eine Frauenstimme zwitscherte im höchsten Singsang: »Security. Womit kann ich Ihnen dienen?«

»Ich möchte mit Buzz Meeks sprechen, bitte.«

»Mr. Meeks ist gerade diese Sekunde aus seinem Büro. Soll ich ihm ausrichten, wer angerufen hat?«

»Detective Bleichert, L.A.P.D. Wann ist er denn zurück?«

»Sobald die Etat-Sitzung vorüber ist. Darf ich fragen, worum es sich handelt?«

»Eine Polizeiangelegenheit. Richten Sie ihm aus, daß ich in einer halben Stunde in seinem Büro sein werde.«

Ich legte auf und schaffte es mit Bleifuß in fünfundzwanzig Minuten bis nach Santa Monica. Die Wache am Tor ließ mich auf den Firmenparkplatz und zeigte hinüber zum Werkschutzbüro – ein in Fertigbauweise errichteter Schuppen ganz am Ende einer langen Reihe von Flugzeughangars. Ich parkte ein und klopfte an die Tür; die Frau mit der Singsang-Stimme öffnete mir. »Mr. Meeks sagte, Sie könnten in seinem Büro warten. Es wird nicht mehr lange dauern.«

Ich ging hinein; mit erleichterter Miene machte die Frau sich auf den Weg, froh darüber, daß ihr Arbeitstag jetzt vorbei war. Die Wände drinnen waren fast verdeckt von Modellskizzen der Flugzeugtypen von Hughes Aircraft, Militaria-Kunst in der Qualität der Bildchen auf Cornflake-Kartons. Meeks Büro war besser geschmückt: Fotos eines stämmigen Mannes mit Stiftfrisur, zusammen mit zahlreichen Hollywoodgrößen – Filmschauspielerinnen, die ich namentlich nicht kannte, und Aufnahmen von George Raft und Mickey Rooney.

Ich zog mir einen Stuhl heran. Wenige Minuten später ließ sich der stämmige Mann blicken, streckte mir automatisch die

Hand hin wie jemand, dessen Job zu fünfundneunzig Prozent aus Öffentlichkeitsarbeit bestand. »Hallo. Sie sind also Detective Blyewell?«

Ich stand auf. Wir schüttelten einander die Hand; ich merkte, daß Meeks unangenehm berührt war von meinem Drei-Tage-Bart und den Sachen, die ich zwei Tage nicht gewechselt hatte. »Ich heiße Bleichert.«

»Natürlich. Was kann ich für Sie tun?«

»Ich habe ein paar Fragen wegen eines alten Falles, bei dem Sie der Mordkommission geholfen haben.«

»Verstehe. Dann sind Sie also bei der Kriminalabteilung?«

»Newton Patrol.«

Meeks setzte sich hinter seinen Schreibtisch. »Ein bißchen weit weg von Ihrem Amtsbereich, wie? Und meine Sekretärin sagte, Sie wären Detective.«

Ich machte die Tür zu und lehnte mich dagegen. »Das ist für mich eine ganz persönliche Sache.«

»Dann sollten Sie besser Ihre zwanzig Scheiß-Nigger täglich verhaften. Oder hat Ihnen noch nie jemand gesagt, daß Cops, die alles viel zu persönlich nehmen, als Hungerleider enden?«

»Das wird mir immer wieder gesagt, und ich sag ihnen immer wieder, daß dies meine Heimatstadt ist. Bumsen Sie viel mit Starlets rum, Meeks?«

»Ich hab' Carole Lombard gefickt. Ich würde Ihnen gern ihre Nummer geben, aber sie ist tot.«

»Haben Sie Elizabeth Short gebumst?«

Bingo, direkt ins Schwarze, wie ein gelungener Lügendetektortest, als Meeks jetzt die Röte ins Gesicht schoß und er die Papiere auf seinem Schreibtisch durcheinander brachte; um seine Unsicherheit zu kaschieren, sagte er hochtrabend: »Sie haben wohl im Blanchard-Kampf zuviel am Kopf einstecken müssen. Das Short-Flittchen ist tot.«

Ich machte meine Jacke auf, um Meeks den .45er zu zeigen, den ich bei mir trug. »Nennen Sie sie nicht noch mal so.«

»Na schön, Sie harter Bursche. Sagen Sie mir jetzt gefälligst, was Sie wollen. Dann ist das ein für allemal erledigt, und wir können mit dieser kleinen Charade aufhören, bevor sie uns aus den Händen gleitet. Comprende?«

»1947 hat Harry Sears Sie gebeten, Ihre Kontaktleute beim Film nach Betty Short zu fragen. Sie haben ihm gesagt, da wäre Fehlanzeige. Sie haben gelogen. Warum?«

Meeks hob einen Brieföffner vom Schreibtisch auf. Er fuhr mit einem Finger über die Klinge, merkte dann, was er da tat und legte ihn vorsichtig wieder hin. »Ich habe sie nicht umgebracht, und ich weiß auch nicht, wer's getan hat.«

»Überzeugen Sie mich, oder ich rufe Hedda Hopper an und liefere ihr ihre Klatschspalte von morgen. Wie klingt das: ›Kleiner Hollywood-Schmarotzer unterdrückt Beweise im Dahlien-Fall, weil er Punkt, Punkt, Punkt‹? Sie klären mich jetzt Punkt für Punkt auf, oder ich gebe das ganze Hedda. Comprende?«

Meeks versuchte es noch einmal mit Großtuerei. »Bleichert, mit mir liegen Sie verdammt falsch.«

Ich zog den .45er, vergewisserte mich, daß der Schalldämpfer fest aufsaß, und schob ein Magazin in die Kammer. »Also, jetzt sind Sie dran.«

Vom Sideboard neben seinem Schreibtisch holte Meeks sich eine Karaffe heran; er goß sich einen Kanten ein und nahm einen großen Schluck. »Alles, was ich habe, ist eine Spur, die im Sande verläuft, aber Sie können sie haben, falls Ihnen das so wichtig ist.«

Ich ließ meinen Revolver am Abzugsbügel baumeln. »Aus lauter Hunger, Sie Scheißkerl. Also, jetzt raus damit.«

Meeks öffnete einen in seinen Schreibtisch eingelassenen Safe und entnahm ihm einige Papiere. Er schaute hinein, machte eine Drehung mit seinem Stuhl und sagte, das Gesicht der Wand zugekehrt: »Ich bekam einen Hinweis auf Burt Lindscott, einen Produzenten bei Universal. Er wurde mir zugespielt von einem Kerl, der Lindscotts dicksten Busenfreund Scotty Bennett wie die Pest haßte. Scotty ist ein Zuhälter und Buchmacher, und er hat Lindscotts Privatnummer in Malibu sämtlichen gutaussehenden jungen Dingern gegeben, die sich im Besetzungsbüro bei Universal bewarben. Auch das

Short-Mädchen bekam eine von Scottys Karten, und sie hat Lindscott angerufen. Das übrige, die Daten und so weiter, bekam ich von Lindscott selbst. Am Abend des 10. Januar rief das Mädchen vom *Biltmore* in der Innenstadt an. Burty forderte sie auf, eine Beschreibung von sich selbst zu geben, und was er hörte, gefiel ihm. Er sagte dem Mädchen, er könnte am nächsten Morgen Probeaufnahmen mit ihr machen, sobald er von einer Pokerrunde in seinem Club zurückkäme. Das Mädchen sagte, bis dahin hätte sie aber keine Bleibe, also forderte Lindscott sie auf, hinzukommen und die Nacht in seinem Haus zu verbringen – sein Hausfaktotum würde ihr zu essen geben und ihr Gesellschaft leisten. Sie nahm den Bus nach Malibu, und der Hausdiener – er ist ein Schwuler – leistete ihr auch wirklich Gesellschaft. Am nächsten Tag, gegen Mittag, kamen Lindscott und drei seiner Kumpel schwer besoffen nach Hause.

Die Knaben dachten, sie könnten sich einen Spaß machen, also ließen sie das Mädchen vorsprechen. Sie mußte aus einem Drehbuch lesen, das Burt zu Hause herumliegen hatte. Sie war schlecht, und sie lachten sie aus, und dann machte Lindscott ihr ein Angebot: Sie sollte es mit allen vier Männern machen, und dann wollte er ihr in seinem nächsten Film eine Nebenrolle geben. Die Kleine war noch immer rasend wütend auf sie, weil sie bei ihrer Sprechprobe gelacht hatten, und dann bekam sie einen richtigen Koller. Sie schrie sie an, sie hätten sich vor dem Wehrdienst gedrückt, sie wären Verräter und daß sie nicht den Mumm hätten, Soldaten zu sein. Gegen halb drei an diesem Nachmittag schmiß Burt sie dann raus. Das war Sonnabend, der elfte; der Hausdiener hat erklärt, sie wäre pleite gewesen und hätte ihm gesagt, daß sie jetzt den ganzen Weg in die Innenstadt zurücklaufen müßte.«

Also machte sich Betty zu Fuß auf oder sie fuhr per Anhalter die vierzig Kilometer bis in die Innenstadt, wo sie dann ungefähr sechs Stunden später Sally Stinson und Johnny Vogel in der Lobby des *Biltmore* begegnet war. Ich fragte: »Meeks, warum haben Sie das nicht berichtet? Und sehen Sie mich gefälligst an.«

Meeks schwang in seinem Drehstuhl herum; sein Gesicht war vor Scham ganz aus den Fugen. »Ich hab' damals versucht, Russ und Harry zu erreichen, aber sie waren im Außendienst, so daß ich schließlich Ellis Loew angerufen habe. Er sagte mir, ich sollte nicht weitergeben, was ich herausgefunden hatte, und er drohte mir damit, daß er andernfalls meine Sicherheitsüberprüfung widerrufen würde. Später fand ich dann heraus, daß Lindscott ein Oberbonze bei den Republikanern ist und Loew einen Batzen Geld für seine Kandidatur zum Bezirksanwalt versprochen hatte. Loew wollte nicht, daß man ihn mit der Dahlie in Verbindung brachte.«

Ich machte die Augen zu, um den Mann vor mir nicht mehr ansehen zu müssen; Meeks versuchte sich wortreich herauszureden, während mir Bilder von Betty durch den Kopf gingen, die zuerst verhöhnt, dann übel angemacht und schließlich hinausgeworfen worden war, um da draußen zu sterben. »Bleichert, ich habe Lindscott und seinen Hausdiener und seine Kumpane überprüft. Sie haben mir rechtskräftige Erklärungen abgegeben, die ich hier hinterlegt habe. Keiner von ihnen kann sie ermordet haben. Vom zwölften bis Freitag, den siebzehnten, sind sie alle zu Hause und bei ihrer Arbeit gewesen. Keiner von ihnen kann es getan haben, und ich wäre niemals darauf sitzengeblieben, falls einer der Schweinehunde sie wirklich umgebracht hätte. Ich hab die Erklärungen hier bei mir, und ich kann sie Ihnen zeigen.«

Ich machte die Augen auf; Meeks drehte die Scheibe an einem Wandsafe. Ich fragte: »Wieviel hat Loew Ihnen gezahlt, damit Sie stillhalten?«

Meeks brabbelte: »Einen Tausender«, und wich einen Schritt zurück als erwarte er einen Schlag. Ich verachtete ihn viel zu sehr, um ihm die Befriedigung zu geben, bestraft zu werden, und ließ ihm das Preisschild, das ihm um den Hals hing.

*

Jetzt hatte ich die letzten Tage von Elizabeth Short fast vollständig:

Am Freitag, 10. Januar, setzte Red Manley sie bei einbrechender Dunkelheit vor dem *Biltmore* ab; von dort rief sie Burt Lindscott an, und ihr Malibu-Abenteuer dauerte bis 14.00 Uhr am folgenden Nachmittag. Sonnabend, den 11., war sie abends zurück im *Biltmore* gewesen, hatte Sally Stinson und Johnny Vogel in der Lobby getroffen, dann bis kurz nach Mitternacht mit Johnny herumgespielt und war danach gegangen. Zu dieser Zeit oder später am Morgen war sie Corporal Joseph Dulange begegnet, und zwar in der *Night Owl Bar* Ecke Sixth und Hill Street – zwei Seitenstraßen vom *Biltmore* entfernt. Sie war dort und später dann im *Havanna-Hotel* mit Dulange zusammen gewesen, bis zum Nachmittag oder frühen Abend des Sonntag, den 12. Januar, als er sie zu seinem »Arzt-Freund« mitgenommen hatte.

Als ich zum *El Nido* zurückfuhr, machte mich trotz meiner Erschöpfung ein noch fehlendes Stück in den Ermittlungen ganz kribbelig. Als ich an einer Telefonzelle vorbeifuhr, kam mir die Erleuchtung: Falls Betty Lindscott in Malibu angerufen hatte – und zwar als Ferngespräch –, dann mußte es bei der Telefongesellschaft Unterlagen darüber geben. Falls sie zur selben Zeit oder am 11., bevor oder nachdem sie sich mit Johnny Vogel eingelassen hatte, noch weitere Ferngespräche geführt haben sollte, mußten sie auch diese in den Unterlagen haben – die Gesellschaft verzeichnete sämtliche Anrufe von Münzfernsprechern für ihre Kosten-Nutzen-Rechnung.

Wieder war meine Müdigkeit wie weggeblasen. Auf dem letzten Ende der Strecke steuerte ich durch Nebenstraßen, überfuhr Stoppschilder und raste bei Rot über Kreuzungen; als ich angekommen war, parkte ich direkt vor einem Hydranten und rannte hoch ins Zimmer, um mir mein Notizbuch zu holen. Ich wollte gerade zum Telefon auf dem Flur gehen, als es klingelte.

»Ja, bitte?«

»Bucky? Liebling, bist du das?«

Es war Madeleine. »Hör mal, ich kann jetzt nicht mit dir sprechen.«

»Wir waren gestern verabredet, erinnerst du dich?«

»Ich bin nicht in der Stadt gewesen. Es war was Dienstliches.«

»Du hättest anrufen können. Wenn du mir nicht von deinem kleinen Versteck erzählt hättest, hätte ich denken können, du wärst tot.«

»Madeleine, Herrgott–«

»Liebling, wir müssen uns treffen. Morgen reißen sie diese Buchstaben von der Hollywoodland-Leuchtschrift ab, und nebenbei reißen sie noch ein paar Bungalows nieder, die Daddy da unten besitzt. Bucky, der Filz reicht bis weit in die Stadt hinein, aber es war schließlich Daddy, aber Daddy hat den Grund und Boden dort gekauft und die Häuser unter seinem eigenen Namen hochziehen lassen. Er hat das allerschlechteste Material verwendet, und ein Beauftragter des Stadtrats hat bereits bei Daddys Steuerprüfern herumgeschnüffelt. Einer von denen hat ihm erzählt, daß ein alter Rivale von ihm, der kürzlich Selbstmord begangen hat, dem Stadtrat einen Bericht über Daddys Liegenschaften hinterlassen hat, und–«

Für mich klang das wie alberner Quatsch – Daddy, der starke Mann in Schwierigkeiten, Bucky, der starke Junge als zweite Wahl beim Trostspenden. Ich sagte schnell: »Hör zu, ich kann jetzt nicht mit dir reden«, und hängte ein.

Was jetzt kam, war echte kriminalistische Kleinarbeit. Ich arrangierte mein Notizbuch und den Füller auf dem Pult neben dem Telefon, leerte die Münzsammlung der letzten vier Tage aus meinen Taschen und brachte fast zwei Dollar zusammen – genug für vierzig Anrufe. Zuerst wählte ich die Nachtkontrolle und den Stördienst der Telefongesellschaft und bat um eine Liste sämtlicher Fern- und R-Gespräche, die an den Abenden des 10., 11. und 12. Januar 1947 von Münzfernsprechern im *Biltmore-Hotel* aus getätigt worden waren; sodann um die Namen und Adressen der angerufenen Gesprächsteilnehmer und um die genauen Zeiten der Anrufe.

Nervös wartend stand ich mit dem Hörer in der Hand da, während die Frau ihre Arbeit tat, warf anderen Bewohnern des *El Nido* giftige Blicke zu, die ebenfalls das Telefon benutzen wollten. Dann, eine halbe Stunde später, war sie wieder in der Leitung und begann vorzulesen.

Unter den Eintragungen vom 10. 1. befanden sich die Privatnummer und die Adresse von Lindscott, doch aus jener Nacht gab es keinen weiteren interessanten Eintrag. Trotzdem schrieb ich mir alles auf; dann aber, als die Frau zum Abend des 11. 1. kam – genau zu der Zeit, als Betty Sally Stinson und Johnny Vogel in der Lobby des *Biltmore* begegnet war –, landete ich einen Volltreffer:

Vier Ferngespräche waren mit Praxen von Geburtshelfern in Beverly Hills geführt worden. Ich schrieb mir Namen und Telefonnummern auf, zusammen mit den Nummern der Nachtauftragsdienste und den unmittelbar folgenden Ferngesprächen auf der Liste. Sie brachten keine Erleuchtung – aber zur Sicherheit schrieb ich auch sie auf. Dann ging ich mit Fünf-Cent-Münzen zum Angriff auf Beverly Hills über.

Ich brauchte mein ganzes Kleingeld auf, um zu bekommen, was ich wollte.

Ich erzählte den Angestellten des Auftragsdienstes, daß es sich um eine dringende Polizeisache handele; sie stellten mich zu den Privatanschlüssen der Ärzte durch. Sie mußten erst ihre Sprechstundenhilfen in die Praxis schicken, um die Anmeldungen zu überprüfen und mich dann im *El Nido* anrufen. Das ganze nahm zwei Stunden in Anspruch. Nach Ablauf dieser Zeit hatte ich folgendes:

Am frühen Abend des 11. Januar 1947 hatten eine »Mrs. Fickling« und eine »Mrs. Gordon« insgesamt vier verschiedene Geburtshelferpraxen in Beverly Hills angerufen und um einen Termin für einen Schwangerschaftstest nachgesucht. Die Spätschicht beim Auftragsdienst hatte jeweils für den Morgen des 14. und 15. Januar Besuche vereinbart. Lieutenant Joseph Fickling und Major Matt Gordon waren zwei der Kriegshelden, mit denen Betty ausgegangen war und vorgegeben hatte, verheiratet zu sein; die Termine waren nie wahrgenommen worden, weil sie am 14. zu Tode gemartert worden war; am 15. dann war sie ein verstümmelter Haufen Fleisch an der Ecke 39th und Norton gewesen.

Ich rief Russ Millard in der Mordkommission an; eine vage vertraute Stimme antwortete: »Mordkommission.«

»Lieutenant Millard, bitte.«

»Er ist in Tucson, um einen Gefangenen zu überführen.«

»Harry Sears auch?«

»Yeah. Wie geht's denn, Bucky? Hier ist Dick Cavanaugh.«

»Ich bin überrascht, daß du meine Stimme erkannt hast.«

»Harry Sears hat mir gesagt, daß du anrufen würdest. Er hat eine Liste mit Ärzten für dich hinterlassen, aber ich kann sie im Moment nicht finden. War es das, was du gewollt hast?«

»Ja, und ich muß unbedingt mit Russ sprechen. Wann kommt er denn zurück?«

»Morgen, aber erst spät, glaube ich. Kann ich dich irgendwo erreichen, falls ich die Liste finde?«

»Ich bin unterwegs. Ich rufe dich zurück.«

Auch die anderen Telefonnummern durften nicht ausgelassen werden, doch die Spur zu den Geburtshelfern war zu heiß, um sie nicht sofort aufzunehmen. Ich fuhr zurück in die Innenstadt, um nach Dulanges Doktor-Kumpan Ausschau zu halten, und wieder spürte ich meine Erschöpfung nicht.

Ich blieb bis Mitternacht dran und konzentrierte mich auf die Bars in der Gegend von Sixth und Hill Street, redete mit Zechbrüdern, kaufte ihnen Drinks, füllte mich mit Schnaps und Bebop ab und erhielt eine Reihe Tips über Abtreibungskliniken, die mir ganz brauchbar schienen.

So verstrich ein weiterer schlaflos verbrachter Tag; ich ging dazu über, von Bar zu Bar zu ziehen, hörte im Auto Radio, damit ich nicht einnickte, die Nachrichten tönten ständig von der »Verschandelung eines Wahrzeichens«, das heißt den Riesenlettern der Hollywoodland-Leuchtschrift – man spielte das Abtragen der Buchstaben L-A-N-D als die größte Sache seit Jesus Christus hoch. Mack Sennett und seine Hollywoodland-

Geschäftsfreunde bekamen reichlich Sendezeit, und ein Kino in Hollywood brachte eine Retrospektive einiger seiner alten Keystone-Kops-Filme.

Kurz bevor die Bars dichtmachten, fühlte ich mich selbst wie ein Keystone Kop und sah aus wie ein Penner – wilde Bartstoppeln, verdreckte Sachen, fiebernde Wachheit, unterbrochen von Aussetzern. Als Besoffene, die scharf auf noch mehr Schnaps und Kameraderie waren, mir auf die Schultern zu tätscheln begannen, begriff ich dies als deutlichen Wink, suchte mir einen leeren Parkplatz, schaltete die Zündung aus und schlief.

Gegen Morgen weckten mich Krämpfe in den Beinen. Ich torkelte aus dem Wagen und hielt nach einer Telefonzelle Ausschau; ein Schwarzweißer fuhr vorbei, und der Fahrer warf mir einen mißtrauischen Blick zu. An der Ecke fand ich eine Zelle und wählte die Nummer des Padre.

»Mordkommission. Sergeant Cavenaugh.«

»Dick, hier ist Bucky Bleichert.«

»Genau der Mann, mit dem ich reden wollte. Ich habe die Liste. Hast du einen Bleistift dabei?«

Ich zog ein Notizbuch aus der Tasche. »Schieß los.«

»Okay. Das sind alles Ärzte, denen die Approbation entzogen worden ist. Harry meint, sie hätten '47 in der Innenstadt praktiziert. Der erste ist Gerald Constanzo, 1841 1/2 Breakwater, Long Beach. Nummer zwei, Melvin Praeger, 9661 North Verdugo, Glendale. Der dritte ist Willis Lake. Lake wie in Kakerlake – auf der Wayside Honor Rancho in Gewahrsam, verurteilt wegen des Verkaufs von Morphium anno ...«

Dulange. Delirium tremens.

»Also ziehe ich mit der Dahlie durch die Straße, um den Kakerlaken-Doktor zu suchen. Ich schieb ihm 'nen Zehner rüber, und er tut so, als würde er sie untersuchen ...«

Mein Atem ging flach und stoßweise. Ich fragte: »Dick, hat Harry die Adresse aufgeschrieben, unter der Lake früher praktiziert hat?«

»Ja. 614 South Olive.«

Das *Havanna-Hotel* war nur zwei Seitenstraßen entfernt. »Dick, ruf bitte Wayside an und erzähl dem Wachhabenden, daß ich gleich zu ihm unterwegs sein werde, um Lake im Mordfall Elizabeth Short zu vernehmen.«

»Muttertöle.«

»Schweine-Töle.«

Ein Gang unter die Dusche, eine Rasur und ein Wechsel meiner verschwitzten Sachen im *El Nido* gaben mir wieder das Aussehen eines Detectives bei der Mordkommission; Dick Cavanaughs Rückruf in Wayside würde mir die restlichen Informationen verschaffen, die ich brauchte. Ich nahm den Angeles Crest Highway nach Norden und wettete Fünfzig zu Fünfzig mit mir, daß Dr. Willis Lake Elizabeth Shorts Mörder war.

Ich brauchte für die Fahrt etwas mehr als eine Stunde; das Trara um das Hollywoodland-Wahrzeichen, das aus dem Radio tönte, bildete den Hintergrund. Der Deputy Sheriff im Wachhäuschen prüfte meine Dienstmarke und meinen Dienstausweis und rief zum Hauptgebäude durch, um mein Kommen anzumelden; was immer man ihm erzählt haben mochte, veranlaßte ihn, Habacht-Stellung einzunehmen und zackig vor mir zu salutieren. Der mit Stacheldraht umwickelte Schlagbaum ging hoch; ich fuhr an den Patientenbarracken vorbei bis zu einem wuchtigen Gebäude im spanischen Stil, dessen Portikus mit Fliesen verkleidet war. Als ich den Wagen abstellte, kam ein Captain in Uniform mit einem nervösen Grinsen im Gesicht auf mich zu. »Detective Bleichert, ich bin Oberaufseher Patchett.«

Ich stieg aus und gab dem Mann einen Knochenbrecher-Händedruck à la Lee Blanchard. »Ist mir ein Vergnügen, Captain. Hat man Lake etwas erzählt?«

»Nein. Er sitzt in einem Vernehmungszimmer und wartet auf Sie. Glauben Sie, daß er die Dahlie ermordet hat?«

Ich marschierte einfach los; Patchett steuerte mich in die gewünschte Richtung. »Ich bin mir noch nicht sicher. Was können Sie über ihn berichten?«

»Er ist achtundvierzig Jahre alt, war Anästhesist und wurde im Oktober '47 festgenommen, weil er Morphium aus dem Giftschrank des Krankenhauses an einen Rauschgiftfahnder vom L.A.P.D. verkauft hat. Er bekam fünf bis zehn Jahre, ein Jahr davon in Quentin abgesessen. Er ist hier unten, weil wir in der Krankenabteilung Hilfe brauchten und die Bewährungshilfe ihn für unbedenklich erklärt hat. Er hat keine Vorstrafen, und er ist ein vorbildlicher Häftling gewesen.«

Wir betraten ein flaches Gebäude aus braunen Ziegeln, einen für diesen Bezirk typischen Zweckbau – lange Korridore, eingelassene Stahltüren mit eingestanzten Nummern ohne Namensschilder. Als wir an einer Reihe Türen mit Einweg-Oberlichtfenstern vorbeikamen, packte Patchett mich am Arm. »Da. Das ist Lake.«

Ich starrte hinein. Ein knochiger Mann in mittleren Jahren in derbem Landarbeiter-Drillich saß vor einem Kartentisch und las eine Zeitschrift. Er war ein pfiffig aussehender Bursche – hohe Stirn, bedeckt mit schütterem grauen Haar, hellen klaren Augen, langen, von feinen Äderchen überzogenen Händen, wie man sie bei Ärzten erwartet. Ich fragte: »Möchten Sie dabei sein, Captain?«

Patchett schloß die Tür auf. »Das möchte ich mir nicht entgehen lassen.«

Lake schaute hoch. Patchett sagte: »Doc, das ist Detective Bleichert. Er ist von der Polizei in Los Angeles, und er will Ihnen ein paar Fragen stellen.«

Lake legte die Zeitschrift hin – ein Exemplar von *American Anesthesiologist.* Patchett und ich setzten uns ihm gegenüber; der Arzt-Rauschgifthändler sagte: »Stets zu Ihren Diensten«, mit einem Oststaatenakzent in der gebildet klingenden Stimme.

Ich ging ihm sofort an die Kehle. »Dr. Lake, warum haben Sie Elizabeth Short ermordet?«

In Lakes Gesicht trat der Anflug eines Lächelns; dann verzog es sich langsam zu einem breiten Grinsen. »Eigentlich habe ich Sie schon 1947 erwartet. Nachdem Corporal Dulange sein trauriges kleines Geständnis ablegte, habe ich jeden Augenblick damit gerechnet, daß Sie mir die Tür meiner Praxis eintreten. Aber zweieinhalb Jahre nach der Tat, das überrascht mich doch einigermaßen.«

Meine Haut prickelte; es fühlte sich an, als würden mich gleich fette Käfer zum Frühstück verspeisen. »Bei Mord gibt es keine Verjährung.«

Lakes Grinsen erlosch und wich einer ernsten Miene, die die Ärzte im Film immer dann aufsetzen, wenn sie sich anschicken, eine schlechte Nachricht weiterzugeben. »Gentlemen, am Montag, den 13. Januar 1947, bin ich nach San Francisco geflogen und habe mich im *Saint Francis Hotel* angemeldet und mich dann dort vorbereitet auf meine Eröffnungsrede am Dienstagabend vor der Jahresversammlung der Academy of American Anesthesiologists. Am Dienstagabend habe ich dann meine Rede gehalten, und am 15. Januar, Mittwochmorgen, habe ich auf dem Abschiedsfrühstück im Namen aller die abschließenden Dankesworte gesprochen. Am Nachmittag des fünfzehnten befand ich mich ständig in der Gesellschaft von Kollegen meines Berufsstandes, und sowohl Montag- als auch Dienstagnacht habe ich im *Saint Francis* mit meiner Ex-Frau geschlafen. Falls Sie die Bestätigung dafür möchten, rufen Sie die Academy unter ihrer Los Angeles Nummer an und meine Ex-Frau, Alice Carstairs Lake, in San Francisco CR-1786.«

Ich bat: »Würden Sie das bitte für mich überprüfen, Captain?«, und hielt dabei meine Augen auf Lake geheftet.

Patchett ging hinaus; der Arzt sagte: »Sie sehen enttäuscht aus.«

»Bravo, Willis. Und jetzt erzählen Sie mir mal über sich und Dulange und Elizabeth Short.«

»Werden Sie das Bewährungsamt davon unterrichten, daß ich zur Zusammenarbeit mit Ihnen bereit gewesen bin?«

»Nein, aber wenn Sie mir nichts sagen wollen, veranlasse ich den Bezirksanwalt von L.A., eine Klage wegen Behinderung der Justiz gegen Sie zu formulieren.«

Lake grinste anerkennend zu meiner gelungenen Replik.

»Bravo, Detective Bleichert. Natürlich wissen Sie, daß der Grund für mein exaktes Gedächtnis mit der ganzen Publicity zusammenhängt, die Miss Shorts Tod hervorgerufen hat. Sie können sich also getrost auf mein Gedächtnis verlassen.«

Ich zog Füller und Notizbuch heraus. »Dann los, Willis.«

Lake sagte: »Im Jahre 1947 tätigte ich lukrative Nebengeschäfte mit dem Verkauf von Pharmaka. Ich verkaufte sie vornehmlich in Cocktailbars, und zwar vor allem an Wehrpflichtige, die ihre Segnungen während des Krieges in Übersee entdeckt hatten. So bin ich Corporal Dulange begegnet. Ich trat an ihn heran, doch er ließ mich wissen, daß er ausschließlich den Freuden von Johnnie Walker Red Label hold war.«

»Wo ist das gewesen?«

»In der *Yorkshire House Bar,* zwischen Sixth und Olive Street, ganz in der Nähe meiner Praxis.«

»Fahren Sie fort.«

»Nun, das war am Donnerstag oder Freitag vor Miss Shorts Verschwinden. Ich gab Corporal Dulange meine Karte – sehr unvorsichtig von mir, wie ich im nachhinein feststellen mußte –, und ich ging davon aus, daß ich den Mann nie wiedersehen würde. Bedauerlicherweise hatte ich unrecht.

Ich war damals finanziell in einer mißlichen Lage, die Pferdchen hatten es mir zu sehr angetan, und ich schlief in meinen Praxisräumen. Am zwölften Januar, also Sonntag abends, stand plötzlich Corporal Dulange mit einer wunderschönen jungen Frau namens Beth im Schlepptau vor meiner Tür. Er war ziemlich betrunken und nahm mich beiseite, drückte mir zehn Dollar in die Hand und erzählte mir, daß die hübsche Beth völlig durchgedreht sei, da sie glaube, schwanger zu sein. Ob ich sie denn nicht kurz untersuchen und ihr versichern könne, daß es tatsächlich so sei.

Nun ja, ich fügte mich. Corporal Dulange wartete in meinem Vorzimmer, und ich fühlte der reizenden Betty den Puls und maß ihren Blutdruck und klärte sie dann auf, daß sie tatsächlich schwanger sei, ja. Ihre Reaktion darauf war recht merkwürdig: Sie schien gleichzeitig traurig und erleichtert. Ich deutete mir das so, daß sie einen Grund brauchte, um ihre offenkundige Promiskuität zu rechtfertigen, und ein Kind auszutragen wirkt ja wie ein Freifahrschein.«

Ich seufzte. »Und als Sie dann die Nachricht von ihrem Tod hörten, sind Sie nicht zur Polizei gegangen, weil Sie verhindern wollten, daß jemand die Nase in Ihre Rauschgiftgeschäfte steckt?«

»Ja, das ist richtig. Aber da ist noch etwas. Beth bat mich, mein Telefon benutzen zu dürfen. Ich gestattete es ihr, und sie wählte eine Nummer mit einer Webster-Vorwahl und verlangte, mit Marcy zu sprechen. Sie sagte: ›Hier ist Betty‹, hörte dann eine Weile zu und rief dann: ›Ja wirklich? Ein Mann mit medizinischen Kenntnissen?‹. Den Rest ihrer Unterhaltung habe ich nicht mitgehört, und als Beth dann auflegte, sagte sie: ›Ich hab' eine Verabredung.‹ Sie lief zu Corporal Dulange hinaus ins Wartezimmer, und dann gingen beide. Ich schaute ihnen aus dem Fenster nach, und sie hängte ihn ab. Corporal Dulange ging im Eilschritt davon, und Beth überquerte die Sixth Street und setzte sich an der Bushaltestelle für die Linie in Richtung Westen zum Wilshire Boulevard auf die Bank. Das war Sonntag, den zwölften, gegen 19.30 Uhr. Das wär's. Das ist Ihnen bisher nicht bekannt gewesen, nicht wahr?«

Ich schrieb seinen letzten Satz in Kurzschrift nieder. »Nein, das wußte ich nicht.«

»Werden Sie dem Bewährungsamt davon Mitteilung machen, daß ich Ihnen einen wertvollen Hinweis gegeben habe?«

Patchett kam zur Tür herein. »Er ist sauber, Bleichert.«

»Oh, Scheiße, nein«, sagte ich.

So war ein weiterer Abschnitt aus Bettys letzten Tagen enthüllt; die nächste Fahrt zurück ins *El Nido,* diesmal um die Akte nach Telefonnummern mit der Vorwahl Webster durchzugehen. Als ich mich durch den Papierberg wühlte, ging mir nicht aus dem Kopf, daß die Spragues eine Webster-Nummer hatten, daß die Wilshire-Buslinie nur ein paar Straßen an ihrem Haus vorbeiführte und Lakes Marcy von ihm vielleicht falsch aufgeschnappt worden war und es sich genauso gut um Maddy oder Martha handeln konnte. Das war alles nicht ganz logisch – in der Woche von Bettys Verschwinden war die gesamte Familie in ihrem Strandhaus in Laguna gewesen. Lake wollte mit Gewißheit Marcy gehört haben, und alles, was Madeleine über die Dahlie wußte, hatte ich aus ihr herausgequetscht.

Dennoch schwelte dieser Gedanke weiter in mir, als wolle ein verschütteter Teil in mir der Familie wehtun, für die Art und Weise, wie ich mich mit ihrer Tochter in der Gosse gewälzt und ihren Reichtum ausgenutzt hatte. Ich warf einen weiteren Haken aus, um zu sehen, wohin mich das führte; aber als ich mich zwang, logisch zu denken, fiel alles in sich zusammen.

Als Lee Blanchard '47 verschwand, waren die Ordner mit den Buchstaben R, S und T verschwunden; vielleicht war der Name Sprague darunter gewesen.

Aber es gab keine Sprague-Akte. Lee wußte nicht einmal, daß die Spragues existierten. Ich hatte alles, was auf sie hinweisen konnte, von ihm ferngehalten in dem Wunsch, Madeleines Abenteuer in Lesben-Bars unter Verschluß zu halten.

Unter Schweißausbrüchen plagte ich mich in dem heißen, stickigen Zimmer weiter mit der Akte ab. Nirgendwo tauchte die Vorwahl Webster auf, und mich überfielen langsam Alptraumbilder: wie Betty am 12. 1. 47 um 19.30 Uhr an der Wilshire-Bushaltestelle in Richtung Westen saß, Bucky ein letztes Mal Lebwohl winkte und dann in die Ewigkeit eintauchte. Ich dachte schon daran, bei den Verkehrsbetrieben Erkundigungen einzuholen, sämtliche Fahrer dieser Linie zu befragen – bis mir bewußt wurde, daß die Spur viel zu kalt war, daß jeder Fahrer, der sich erinnert haben könnte, Betty mitgenommen zu haben, mit Sicherheit bereits zum Zeitpunkt der größten Publizität im Jahr '47 damit herausgerückt wäre. Ich dachte auch daran, wegen der anderen Nummern, die ich erhalten hatte, die Telefongesellschaft anzurufen – bis ich einsehen mußte, daß die Zeitfolge gar nicht mehr zu rekonstruieren war – denn nachdem mir Betty wieder abhanden gekommen war, wußte ich ja nicht, wo sie um welche Zeit gewesen sein mochte. Ich rief Russ im Kommissariat an und erfuhr, daß er noch immer in Tucson war, während Harry sich an den Absperrmaßnahmen bei der Teildemontage des Hollywoodland-Wahrzeichens beteiligte. Als ich die Aktendeckel zuklappte, hatte ich nirgendwo eine Nummer mit der Vorwahl Webster gefunden. Dann dachte ich daran, die Liste mit notierten Anrufen Lakes bei der Telefongesellschaft anzuzapfen, mußte den Gedanken jedoch gleich wieder aufgeben. Ein Gespräch von Madison, von der Innenstadt von Los Angeles aus, mit Vorwahl Webster galt nicht als Ferngespräch – es konnte also keine Unterlagen geben, und das galt auch für Anrufe aus dem *Biltmore*.

Lastend groß und häßlich erschlug mich die Erkenntnis: Lebwohl Bleichert an der Bushaltestelle, adios Scheißkerl, du Ehemaliger, du Niemand, Spitzel, Denunziant, Bullenschwein in Niggertown, eine gute Frau gegen einen geilen Feger getauscht, du hast alles, was dir in die Hände gegeben wurde, in reine, unverfälschte Scheiße verwandelt, deine wiederholten Ankündigungen: »Ich werde« laufen alle hinaus auf den Moment in der Sporthalle der Academy, als du in eine rechte Gerade von Blanchard hineingelaufen bist – Absturz in den nächsten Scheißhaufen, frischen Klee verwandelst du in Pferdemist. Lebwohl Betty, Beth, Liz, wir sind ein Gespann von Tramps gewesen, zu schade, daß wir uns nicht vor 39th und Norton begegnet sind, es hätte bestimmt geklappt, vielleicht wären wir beide das einzige gewesen, das wir nicht heillos zuschanden gemacht hätten –

Ich stürzte die Treppe hinunter, schnappte mir den Wagen und fuhr wie der Teufel mit kochenden Reifen, krachenden Gängen und dem Wunsch, auch noch Rotlicht und Sirene zu haben, um schneller zu sein. Hinter der Kreuzung Sunset und Vine staute sich der Verkehr: Eine Lawine von Wagen bog nach Norden auf die Gower und Beachwood. Noch kilometerweit entfernt konnte ich das Hollywoodland-Wahrzeichen erkennen, spinnenartig von Baugerüsten umstellt, und einen Ameisenzug von Menschen, die den Mount Lee hinaufkrabbelten. Daß es jetzt langsamer voranging, beruhigte mich, gab mir ein Ziel.

Ich redete mir zu, daß es noch längst nicht vorüber war, daß ich ins Büro fahren und dort auf Russ warten würde, daß wir beide es schaffen konnten, auch noch den Rest zusammenzusetzen, daß ich jetzt nichts zu tun brauchte, als in die Innenstadt zu gelangen.

Der Verkehrsstau wurde schlimmer – Aufnahmewagen der Filmstudios fuhren geradeaus in Richtung Norden, während Motorradstreifen den Verkehr in Richtung Osten und Westen aufhielten. Kinder liefen am Randstreifen auf und ab, boten kleine Hollywoodland-Wahrzeichen aus Plastik als Souvenirs feil und verteilten Handzettel. Ich hörte sie ausrufen: »Keystone Kops im *Admiral*! Voll klimatisiert! Sehen Sie sich die großartige Retrospektive an!« Ein Werbezettel wurde mir durchs Seitenfenster reingeschoben, doch den Aufdruck ›Keystone Kops‹, ›Mack Sennett‹ und ›Deluxe voll klimatisiertes Admiral Theatre‹ nahm ich kaum wahr; das Foto auf der unteren Hälfte dagegen nahm ich in mich auf, grell und falsch wie der eigene Schrei.

Drei Keystone Kops standen zwischen Säulen, die wie Schlangen gewunden waren, die gegenseitig ihre Schwänze verschlingen; hinter ihnen war eine Stellwand, bemalt mit ägyptischen Hieroglyphen. Zur Dekoration lag in der rechten Ecke des Bildes ein Mädchen auf einem üppigen Diwan. Das war unzweifelhaft der Hintergrund des Pornofilms, in dem Linda Martin/Betty Short aufgetreten waren.

Ich mußte mich zwingen stillzusitzen; ich sagte mir immer wieder, allein der Umstand, daß Emmett Sprague und Mack Sennett sich in den zwanziger Jahren gekannt und gemeinsam in Edendale Kulissen gebaut hatten, mußte nicht unbedingt bedeuten, daß sie mit dem Schmutzfilm von 1946 zu tun hatten. Linda Martin hatte erklärt, der Film sei in Tijuana aufgenommen worden; der noch immer unauffindliche Duke Wellington hatte zugegeben, ihn gedreht zu haben. Als der Verkehr sich wieder in Bewegung setzte, nutzte ich die Gelegenheit, bog nach links auf den Boulevard und stellte den Wagen ab; als ich an der Kasse des *Admiral* eine Eintrittskarte kaufte, wich das Mädchen am Schalter vor mir zurück – und mir wurde bewußt, daß ich keuchend atmete und nach Schweiß stank.

Drinnen gefror der Schweiß unter der Klimaanlage, so daß sich meine Sachen wie ein eisiger Überzug anfühlten. Auf der Leinwand lief der Abspann eines Films, der sogleich vom Vorspann zum nächsten Film abgelöst wurde, auf dem im Hintergrund Pyramiden aus Pappmaché zu sehen waren. Ich ballte die Fäuste, als die Zeile »Emmett Sprague, Regieassistent« flimmernd auf der Leinwand auftauchte; ich hielt den Atem an, auf eine Zeile wartend, die Aufschluß darüber gab, wo das Ding abgedreht worden war. Dann kam der Prolog, und ich suchte mir einen Sitz am Mittelgang, von dem aus ich zuschaute.

Die Story handelte davon, daß die Keystone Kops irgendwie in biblische Zeiten zurückversetzt wurden; die Handlung bestand aus Verfolgungsjagden und Tortenwürfen und Tritten in den Hintern. Die Pornofilmkulisse kehrte etliche Male wieder, und jedesmal entdeckte ich mehr Einzelheiten. Die Drehorte der Außenaufnahmen erinnerten mich an die Hollywood Hills, doch es gab keinen Wechsel von Außen- und Innenaufnahmen, aus dem hervorging, ob in einem Studio oder in einem Privathaus gefilmt worden war. Ich wußte genau, was ich tun mußte, doch ich wollte noch den letzten Beweis abwarten, der alle logischen Wenns und Abers endgültig ausräumte, die sich in mir angesammelt hatten.

Der Film zog sich endlos in die Länge; der kalte Schweiß bereitete mir Zitteranfälle. Dann kam endlich die Zeile »Aufgenommen in Hollywood, U.S.A.«, und alle Wenns und Abers waren verflogen.

Ich verließ das Kino und wurde draußen von Backofenhitze überfallen. Mir fiel ein, daß ich das *El Nido* ohne meinen Dienstrevolver und den verbotenen .45er verlassen hatte, fuhr auf Nebenstraßen zurück und steckte mir die Zimmerflak ein. Beim Weggehen rief jemand: »He, Kumpel. Sind Sie Officer Bleichert?«

Es war der Nachbarmieter, der im Flur stand und mir den Hörer an der Strippe entgegenhielt. Ich hastete auf ihn zu, packte ihn, sprudelte hervor: »Russ?«

»Ich bin's, Harry. Ich bin am hintersten Ende von B-B-Beachwood Drive. Sie reißen da einen Hau-Haufen B-Bungalows nieder, und d-dieser Streifenpolizist hat d-diese Hütte entdeckt, wo überall B-B-Blutflecken sind. Am zwölften und d-dreizehnten hat man auch hier B-B-Befragungen durchgeführt, und ich, ich–«

Emmett Sprague besaß Grundstücke da oben; und es war das erste Mal, daß ich Harry schon am Nachmittag stottern hörte. »Ich bring meinen Laborkoffer mit. In zwanzig Minuten.«

Ich hängte ein, steckte das Karteiblatt mit Betty Shorts Fingerabdrücken ein und hastete nach unten zum Wagen. Der Verkehr war dünner geworden; in der Ferne konnte ich erkennen, daß dem Hollywoodland-Wahrzeichen jetzt die letzten beiden Buchstaben fehlten. Ich jagte Richtung Osten zum Beachwood Drive, dann nach Norden. Als ich mich der Parklandschaft näherte, die den Mount Lee säumte, sah ich, daß der ganze aufgedrehte Rummel von Absperrseilen unter Kontrolle gehalten wurde, die von einer Kette Blauuniformierter bewacht wurden; in zweiter Spur parkend, entdeckte ich Harry Sears, der, die Dienstmarke vorn am Jackett festgesteckt, auf mich zukam.

Ihn umschwebte die gewohnte Schnapsfahne, das Stottern hatte aufgehört. »Jesses, was für ein Glückstreffer! Dieser Plattfuß hatte den Auftrag, die Obdachlosen zu vertreiben, bevor mit dem Abriß angefangen wurde. Er stolperte in diese Hütte und kam dann gleich darauf zu mir. Es sieht so aus, als hätten seit '47 viele Penner drin gehaust, aber vielleicht kannst du doch noch Beweismittel sicherstellen.«

Ich griff nach meinem Laborkoffer; Harry und ich stiegen bergauf. Abrißmannschaften waren in der Parallelstraße des Beachwood Drive dabei, Bungalows niederzureißen, die Arbeiter riefen etwas von ausströmendem Gas aus undichten Leitungen. Feuerwehrwagen standen daneben, Schlauchmannschaften richteten den Strahl auf riesige Trümmerhaufen. Am Bürgersteig standen aufgereiht Planierraupen und Schaufelbagger, und Streifenpolizisten drängten die Einheimischen zurück, um sie vor Schaden zu bewahren. Etwas weiter vorne war das Spektakel in vollem Gange.

An der Spitze des Mount Lee war ein System von Flaschenzügen montiert, die von hohen, im Boden fest verankerten Baugerüsten gehalten wurden. Das A in Hollywoodland, ungefähr sechzehn Meter hoch, wurde gerade an einem dicken Drahtseil heruntergelassen, während Kameras surrten und Fotoapparate klickten, Schaulustige gafften und Politiker mit Champagner anstießen. Alles war eingehüllt in Staub; kurz vor der Stelle, wo die Flaschenzüge ihre Last absetzten, thronten wie Orgelpfeifen Mitglieder der Hollywood Highschool Band auf Faltstühlen, die auf einem hastig zusammengezimmerten Podium standen. Als der Buchstabe A krachend auf dem Boden aufschlug, stimmten sie »Hurray for Hollywood« an.

Harry sagte: »Hier entlang.« Wir bogen auf einen schmalen Pfad, der einen Bogen um den Fuß des Berges beschrieb. Dichtes Laubwerk schloß sich von beiden Seiten um uns; Harry übernahm die Führung und schwenkte jetzt auf einen Trampelpfad ein, der steil hügelaufwärts zeigte. Ich folgte ihm, und das dichte Gebüsch streifte meine Sachen und mein Gesicht. Nach fünfzig Metern Anstieg fiel der Pfad ab, und vor uns öffnete sich eine kleine Lichtung, auf der das murmelnde Geräusch rinnenden Wassers zu hören war. Und dort stand eine winzige, hutschachtelgroße Hütte aus Betonplatten, deren Tür weit aufklaffte.

Ich ging hinein.

Die Schmalwände waren bedeckt mit pornographischen Fotografien verkrüppelter und verstümmelter Frauen; mongoloide Gesichter lutschten Dildos, nackte Mädchen mit abgemagerten, gefesselten, weit gespreizten Beinen, Ungeheuer ohne Gliedmaßen schielten in die Kamera. Auf dem Boden lag eine Matratze; sie war übersät mit Placken von getrocknetem Blut. Käfer und Fliegen waren darin erstarrt, nach ihrem letzten

Festschmaus von einem klebrigen Tod gehalten. An die Rückwand waren Farbfotos gepinnt, die aussahen, als seien sie aus Anatomie-Lehrbüchern herausgerissen worden: Nahaufnahmen von kranken Organen, aus denen Blut und Schleim sikkerte. Auf dem Fußboden waren überall Spuren verspritzter Flüssigkeiten; ein kleiner Scheinwerfer, der auf ein Stativ montiert war, stand neben der Matratze, die Einstellung mitten auf die Matratze gerichtet. Ich überlegte, wo der elektrische Anschluß dafür sein mochte, und als ich den Lampenfuß näher untersuchte, entdeckte ich die Aufhängung für die Batterie. In einer Ecke lag ein Stapel mit Büchern voller Blutspritzer – überwiegend Science-Fiction-Romane, dazwischen Grays »Advanced Anatomy« und Victor Hugos »Der lachende Mann«.

»Bucky?«

Ich fuhr herum. »Geh und schaff Russ hierher. Erzähl ihm, was wir gefunden haben. Ich mach hier die Laborarbeit.«

»Russ kann erst morgen aus Tucson zurück sein. Und, Junge, du siehst mir im Augenblick nicht gerade sehr gesund –«

»Verdammt, verschwinde hier und laß mich das machen!«

Gekränkt stapfte Harry hinaus; ich stellte die Verbindung zwischen Sprague-Grundstücken und Träumer Georgie Tilden her, Bewohner einer Abrißlaube, Sohn eines berühmten schottischen Anatomen. »Ja wirklich? Ein Mann mit medizinischen Kenntnissen?« Dann öffnete ich mein Köfferchen und durchkämmte die Alptraumhütte nach Spuren.

Zuerst schaute ich mir von oben bis unten alles genau an. Abgesehen von noch ganz frischen Dreckspuren – vermutlich von Harrys Pennern –, fand ich unter der Matratze kurze Seilenden. Ich kratzte ab, was wie abgeschürfte Hautstücke aussah; ich füllte ein anderes Teströhrchen mit blutgetränktem schwarzem Haar, das ich von der Matratze abnahm. Ich untersuchte die Blutplacken nach unterschiedlichen Farbschattierungen, sah, daß sie einheitlich rötlich-braun waren, und nahm ein Dutzend Proben. Die Seilenden rollte ich zusammen und stellte sie sicher, zusammen mit den Seiten aus dem Anatomiebuch und den gräßlichen Fotos. Auf dem Fußboden entdeckte ich den blutgeränderten Abdruck eines Männerschuhs, vermaß ihn und zeichnete die Sohlenabdrücke auf einem Blatt Pauspapier nach.

Als nächstes kamen die Fingerabdrücke.

Ich bestäubte jede Oberfläche im Zimmer, die man berühren und greifen konnte; ich bestäubte die wenigen glatten Buchrücken und Hochglanzumschläge der Bücher auf dem Fußboden. Die Bücher erbrachten nur ganz verwischte Abdrücke; auf anderen glatten Flächen fand ich verwischte Spuren, Abdrücke von Handschuhen und, etwas auseinander, zwei deutlich erkennbare Sätze latenter Fingerabdrücke. Abschließend nahm ich einen Bleistift zur Hand und zog Kreise um schwächere Abdrücke an der Tür, am Türrahmen und einer Vertiefung in der Wand am Kopfende der Matratze. Dann nahm ich mir meine Lupe und Betty Shorts Karte aus der Fingerabdruck-Kartei und stellte Vergleiche an.

An einer Stelle identisch;

dann eine zweite;

eine dritte – das war ausreichend vor Gericht.

Dann vier, fünf, sechs, und meine Hände fingen an zu zittern, weil dies unwiderlegbar der Ort war, an dem man die schwarze Dahlie abgeschlachtet hatte, und das Zittern nahm so sehr zu, daß ich außerstande war, den anderen Satz Fingerabdrücke auf die Plättchen zu übertragen. Mit meinem Messer schnitt ich die letzten Abdrücke von vier Fingern einfach aus dem Türholz und wickelte sie in Zellstoff – wie ein kriminaltechnischer Amateur. Ich packte mein Köfferchen zusammen, wankte nach draußen, entdeckte den kleinen Wasserlauf und wußte, daß dies die Stelle gewesen war, wo der Mörder das Blut weggespült hatte. Dann traf mein Blick auf eine merkwürdige Verfärbung zwischen einem Steinhaufen.

Ein Baseballschläger – das Schlagende rostrot verfärbt.

Ich ging zum Wagen, dachte an Betty, lebendig, glücklich, verliebt in einen Burschen, der sie nie im Stich lassen würde. Als ich durch den Park fuhr, schaute ich hoch zum Mount Lee.

Das Wahrzeichen bestand jetzt nur noch aus dem Namen »Hollywood«; die Band spielte »There's No Business Like Showbusiness«.

Ich fuhr in die Innenstadt. Das Hauptpersonalbüro für städtische Angestellte von Los Angeles und das Büro des Einwanderungs- und Einbürgerungsdienstes hatten bereits geschlossen. Ich rief im Zentralarchiv der Polizei an und zog bei dem in Schottland gebürtigen Georgie Tilden eine Niete – und ich wußte, daß ich verrückt werden würde, falls ich den nächsten Tag abwartete, um einen Vergleich der Fingerabdrücke vorzunehmen. Es lief wohl darauf hinaus, einen leitenden Angestellten anzurufen, einzubrechen, mich einzuschleichen oder es mit Bestechung zu versuchen.

Als mir wieder einfiel, draußen vor dem Personalbüro einen Putzmann beim Saubermachen gesehen zu haben, versuchte ich es mit Möglichkeit Nummer drei. Der alte Mann hörte sich meine wilde Geschichte an, nahm dankbar meinen Zwanziger, schloß mir die Tür auf und führte mich zu einer Reihe von Karteischränken. Ich öffnete ein Fach mit der Aufschrift STÄDTISCHE AUFTRAGSVERGABE AN PRIVATE – GELEGENTLICH, holte meine Lupe und das Holzstück mit dem Fingerabdruck heraus – und hielt den Atem an.

Tilden, George Redmond, geboren in Aberdeen, Schottland am 4.3. 1896. Ein Meter sechsundsiebzig groß, Gewicht 185 Pfund, braunes Haar, grüne Augen. Keine Anschrift, geführt unter »Kein fester Wohnsitz – bei Aufträgen Benachrichtigung von E. Sprague, WE-4391.« Kalifornischer Führerschein LA 68224, Fahrzeug: Ford Kleinlaster, Baujahr 1939, Zulassungsnummer 6B119A, Müllbeseitigung im Gebiet Manchester bis Jefferson, La Brea bis Hoover – 39th und Norton lag genau in der Mitte. Unten auf der Seite Fingerabdrücke der rechten und linken Hand; eins, zwei, drei, vier, fünf, sechs, sieben, acht, neun identische Vergleichsmerkmale – drei reichten für eine Verurteilung, die sechs weiteren zum Gang in die Gaskammer. Hallo, Elizabeth.

Ich drückte die Schublade zu, gab dem Reinigungsmann einen Extra-Zehner, damit er den Mund hielt, packte meinen Laborkoffer wieder ein und ging nach draußen. Ich wollte den Augenblick festhalten: Mittwoch, 29. Juni 1949, 20.10 Uhr, der Abend, an dem ein unbedeutender Brutalo-Bulle den berühmtesten ungelösten Mordfall in der kalifornischen Geschichte knackt. Ich bückte mich und berührte das Gras, um festzustellen, ob es sich anders anfühlte, winkte vorübergehenden Büroangestellten zu, stellte mir vor, wie ich die Nachricht dem Padre und Thad Green und Chief Horrall überbrachte. Ich sah mich schon zurückversetzt zur Mordkommission, innerhalb eines Jahres zum Lieutenant befördert, Mr. Eis, der die wildesten Feuer- und Eis-Erwartungen noch überbietet. Ich sah meinen Namen in den Schlagzeilen, Kay würde zu mir zurückkehren, ich sah die Spragues am Boden zerstört, entehrt durch ihre Komplizenschaft am Mord, das viele Geld völlig nutzlos. Und das war's dann auch, was mich aus meinen Träumereien riß: Es gab für mich keine Möglichkeit, die Verhaftung vorzunehmen, ohne zugeben zu müssen, daß ich damals im Jahre '47 Beweismittel, die auf Madeleine und Linda Martin hinwiesen, unterdrückt hatte. Es hieß also: anonymer Ruhm oder eine Katastrophe für mich. Oder Umgehung der Justiz.

Ich fuhr nach Hancock Park. Ramonas Cadillac und Marthas Lincoln standen nicht in der Zufahrt; Emmetts Chrysler und Madeleines Packard waren noch da. Ich parkte meinen schäbigen Chevy, indem ich ihn vor den beiden Wagen querstellte, wobei meine Hinterreifen in einem Rosenbeet einsanken. Die Eingangstür sah unüberwindlich aus, doch ein Seitenfenster stand offen. Ich stemmte mich hoch und kletterte ins Wohnzimmer. Neben dem Kamin hockte noch immer Balto und bewachte eine Reihe Packkisten, die sich auf dem Fußboden stapelten. Ich prüfte ihren Inhalt; sie waren randvoll gefüllt mit Kleidung, Tafelsilber und China-Porzellan. Aus einem großen Pappkarton am Ende der Reihe quollen billige Cocktailkleider – das wirkte auf mich irgendwie anstößig. Ein Zeichenblock, dessen oberstes Blatt mit Skizzen von Frauengesichtern bedeckt war, klemmte in einer Ecke. Ich dachte an die Werbegrafikerin Martha und hörte dann oben Stimmen.

Den .45er mit fest aufgeschraubtem Schalldämpfer in der Hand, stieg ich nach oben. Die Stimmen kamen aus dem Schlafzimmer des Herrn und Meisters: Emmetts Schnurren, Madeleines Nörgeln. Ich drückte mich dicht an die Wand des Flurs, ging auf die Knie und horchte durch den Spalt zwischen Fußboden und Tür.

»...übrigens, einer meiner Vorarbeiter hat mir gemeldet, daß aus den gottverdammten Leitungen Gas ausströmt. Ich werd' eine Menge blechen müssen, Lassie. Mindestens wegen Verstoßes gegen Gesundheits- und Sicherheitsbestimmungen. Es wird Zeit für mich, euch dreien einmal Schottland zu zeigen und es unserem jüdischen Freund Mickey C. zu überlassen, sein Talent im Umgang mit den Medien auszuspielen. Er wird die Sache dem alten Mack oder anderen Firmen oder irgendeiner passenden Leiche anhängen. Glaub' mir, der schafft das, und wenn die Luft wieder rein ist, kehren wir heim.«

»Aber ich will nicht nach Europa, Daddy. Mein Gott, Schottland. Du hast nie darüber sprechen können, ohne zu stöhnen, wie scheußlich und provinziell es dort zugeht.«

»Du meinst wohl, daß dir dein Macker mit den komischen Zähnen fehlen wird? Ah ja, das dacht' ich mir doch. Also, darüber kann ich dich beruhigen. In Aberdeen gibt es stramme Rammler, die diese verpißte Mißgeburt weit in den Schatten stellen. Solche, die keine Fragen stellen, Jungs, die wissen, wo ihr Platz ist. Du wirst an knackigen Schwänzen keinen Mangel haben, das versichere ich dir. Bleichert hat seinen Zweck schon vor langer Zeit erfüllt, und es war nur dein verflixtes Spiel mit der Gefahr, daß du wieder mit ihm angefangen hast. Sehr unbedacht von dir, möchte ich hinzufügen.«

»Oh Daddy, ich hab' nicht–«

Ich schoß hoch, riß die Tür auf und stürmte ins Schlafzimmer.

Emmett und Madeleine lagen auf der Steppdecke des großen Betts, beide voll angezogen, sie mit dem Kopf in seinen Schoß gedrückt, während seine rauhen Zimmermannshände ihre Schultern massierten. Der Vater/Liebhaber bemerkte mich zuerst; Madeleine schmollte, als Daddys Zärtlichkeiten aufhörten. Mein Schatten fiel auf das Bett; sie schrie auf.

Blitzschnell legte Emmett ihr eine mit Diamantringen geschmückte Hand auf den Mund und brachte sie zum Verstummen. Er sagte: »Das ist kein Schäferstündchen, Junge. Das ist nur Zuneigung. Und übrigens haben wir dafür auch den kirchlichen Dispens.«

Die Reflexe des Mannes, seine Geistesgegenwart und Redegewandtheit waren beachtlich. Ich äffte seinen gelassenen Tonfall nach: »Georgie Tilden hat Elizabeth Short ermordet. Sie hat hier am 12. Januar angerufen, und einer von euch hat sie mit Georgie zusammengebracht. Sie ist mit der Wilshire-Buslinie hier herausgekommen, um ihn zu treffen. Und jetzt möchte ich von euch über den Rest aufgeklärt werden.«

Mit schreckgeweiteten Augen begann Madeleine unter der Hand ihres Vaters zu zittern. Emmett schaute auf den Revolver, den ich mit nicht sehr fester Hand auf ihn gerichtet hielt. »Ich werde mich zu dieser Bemerkung nicht äußern, und ich lasse mich auch nicht über den reichlich verspäteten Wunsch aus, daß in dieser Sache Gerechtigkeit geschieht. Soll ich Ihnen sagen, wo Sie Georgie finden können?«

»Nein, erst erzählen Sie mal über Sie beide, und dann sagen Sie mir, was das mit dem kirchlichen Dispens auf sich hat.«

»Das gehört nicht hierher, Junge! Ich gratuliere Ihnen gern zu Ihrem kriminalistischen Erfolg und sag Ihnen, wo Georgie sich aufhält, und dabei belassen wir es. Keiner von uns beiden möchte doch, daß Maddy wehgetan wird, und wenn wir alte Familienangelegenheiten wieder hervorziehen, hätte das eine sehr ungünstige Wirkung auf sie.«

Als wolle er seine väterliche Besorgnis unterstreichen, nahm Emmett seine Hand weg. Madeleine wischte sich verschmierten Lippenstift von der Wange und murmelte: »Daddy, mach, daß er aufhört!«

Ich sagte: »Hat Daddy dir auch gesagt, daß du mit mir ficken sollst? Hat Daddy dir auch gesagt, daß du mich zum Dinner einladen solltest, damit ich dein Alibi nicht nachprüfe? Denkt ihr denn alle, daß ein bißchen Gastfreundschaft und eine Möse schon genügen, damit für euch alles wieder seinen gewohnten Gang gehen kann? Denkt ihr –«

»Daddy, mach, daß er aufhört!«

Emmetts Hand zuckte wieder vor; Madeleine vergrub ihr Gesicht darin. Der Schotte machte seinen nächsten klugen Zug. »Also, dann laß uns mal Nägel mit Köpfen machen, Junge. Schlag dir die Familiengeschichte der Spragues aus dem Kopf. Was willst du?«

Ich schaute mich im Schlafzimmer um, wählte bestimmte Gegenstände aus – eingedenk der Preisschilder, mit denen Madeleine sie angeberisch versehen hatte. Da war das Ölgemälde von Picasso an der Schmalwand – 120000 Dollar. Zwei Ming-Vasen, die auf der Kommode standen – 17000 Dollar. Der niederländische Meister über dem Bett kostete 200000 und noch was; die häßliche präkolumbianische Fratze auf dem Nachttisch weitere zwölfeinhalbtausend Riesen. Emmett sagte jetzt lächelnd zu mir: »Du magst schöne Dinge. Das gefällt mir, und schöne Dinge wie diese da könnten dir gehören. Sag mir einfach, was du davon möchtest.«

Ich schoß zuerst auf den Picasso. Der Schalldämpfer machte »Pffft«, und das Hohlmantelgeschoß der .45er zerfetzte die Leinwand in zwei Hälften. Als nächstes waren die zwei Ming-Vasen dran, und Porzellansplitter schwirrten im Zimmer umher. Das kolumbianische Ungeheuer verfehlte ich mit meinem ersten Schuß – mein Trostpreis war ein goldgerahmter Spiegel. Daddy und sein kleiner Liebling klammerten sich auf dem Bett aneinander; ich zielte auf einen Rembrandt oder Tizian oder was immer das gewesen sein mochte. Mein Volltreffer riß ein hübsches Loch, und von der Wand sprühte Putz. Der Rahmen fiel herunter und traf Emmett an der Schulter; die Hitze der Waffe versengte mir die Hand. Trotzdem hielt ich sie fest, und ich hatte noch genug Munition in der Kammer, um zu meiner Geschichte zu kommen.

Kordit, der Rauch aus der Mündung und Mörtelstaub erfüllten die Luft, die kaum noch zu atmen war. Vierhundert Riesen in Schutt und Asche. Die beiden Spragues lagen mit verschlungenen Gliedmaßen auf dem Bett; Emmett streifte seine Benommenheit zuerst ab, streichelte besänftigend Madeleine, rieb sich die Augen und blinzelte.

Ich richtete den Schalldämpfer auf seinen Hinterkopf. »Also los, jetzt zu Georgie und Betty. Aber überzeugend, wenn ich bitten darf, sonst nehme ich das ganze verdammte Haus auseinander.«

Emmett hustete und tätschelte Madeleines strähnige Lokken: »Du und deine eigene Tochter.«

Mein altes vornehmes Mädchen schaute jetzt hoch. Die Tränen waren getrocknet, aber es war von Staub und Lippenstift verschmiert. »Daddy ist nicht mein wirklicher Daddy, und wir haben niemals richtig . . . also ist gar nichts dabei.«

Ich sagte: »Wer ist's denn dann?«

Emmett wandte sich zu mir und schob vorsichtig meinen Revolver beiseite. Er sah weder gebrochen noch wütend aus. Er wirkte wie ein Geschäftsmann, der sich für die Aufgabe zu erwärmen schien, mit mir einen harten Vertrag auszuhandeln. »Träumer Georgie ist Maddys Vater, Ramona ist ihre Mutter. Wollen Sie noch Einzelheiten oder reicht das?«

Ich setzte mich in einen mit Seidenbrokat bespannten Sessel, einige Meter vom Bett entfernt. »Ich will alles hören. Und keine Lügen, ich würde es merken.«

Emmett stand auf, klopfte sich ab und betrachtete mißmutig den angerichteten Schaden. Madeleine ging ins Badezimmer; wenige Sekunden später hörte ich Wasser laufen. Emmett setzte sich auf die Bettkante, die Hände fest auf die Knie gestemmt, als sei es jetzt an der Zeit für ein Geständnis von Mann zu Mann. Ich wußte, daß er glaubte, er könne sich durchmogeln, wenn er mir nur das erzählte, was er erzählen wollte; ich wußte auch, daß ich ihn zwingen würde, alles auszuspucken, auch wenn er mir es noch so schwer zu machen versuchte. »Damals, Mitte der zwanziger Jahre, wollte Ramona ein Kind«, sagte er. »Ich wollte nicht, und bei dem ganzen Bohren und Quengeln wegen Vaterschaft und so wurde mir ganz schlecht, und ich bekam's satt. Eines Abends dann war ich besoffen und dachte mir, Mutter, du willst also ein Kind, also geb' ich dir einen Kerl wie ich einer bin. Ich machte es ihr, ohne einen Überzieher zu benutzen, wurde dann irgendwann nüchtern und vergaß die ganze Angelegenheit. Ich wußte es nicht, aber damals fing sie was mit Georgie an, bloß, um dieses Fohlen zu werfen, das sie sich so heiß wünschte. Madeleine wurde dann geboren, und ich glaubte, sie wäre von diesem einen Mal, als ich mich nicht vorgesehen hatte. Ich liebte sie – mein kleines Mädchen. Zwei Jahre später beschloß ich, noch ein Gegenstück zu ihr zu haben, und wir machten Martha.

Junge, ich weiß, Sie haben zwei Männer getötet, was mehr ist, als womit ich angeben könnte. Also wissen Sie, was es heißt, wenn man jemandem wehtut. Maddy war elf, als mir aufging, daß sie ein lächerlicher Abklatsch von Georgie war. Ich schnappte ihn mir, bearbeitete ihn mit einem Messer und machte Hackfleisch aus seinem Gesicht. Als ich fürchtete, daß er sterben würde, fuhr ich ihn ins Krankenhaus und bestach die Verwaltungsleitung, ›Unfallopfer‹ in ihren Meldebogen zu setzen. Als Georgie aus dem Krankenhaus kam, war er ein jämmerliches, bemitleidenswertes Wrack. Ich flehte ihn an, mir zu vergeben, und ich gab ihm Geld, und ich gab ihm Arbeit, er kümmerte sich um meine Grundstücke, und ich beschaffte ihm die Abfallbeseitigung bei der Stadt.«

Mir fiel jetzt wieder ein, daß Madeleine keinem Elternteil ähnlich sah; ich erinnerte mich, daß Jane Chambers von Georgies Autounfall gesprochen hatte, der ihn zu einem hilflosen Krüppel gemacht habe. Soweit schenkte ich Emmetts Geschichte Glauben. »Und wie war das mit Georgie? Haben Sie ihn für verrückt gehalten, gefährlich?«

Emmett klopfte mir aufs Knie, ganz mitfühlend von Mann zu Mann. »Georgies Vater war Redmond Tilden, ein in Schottland gefeierter Arzt. Er war Anatom. Damals hatte die Kirche in Aberdeen noch starken Einfluß, und Doc Redmond konnte von Rechts wegen nur die Leichen hingerichteter Verbrecher und die von Kinderschändern sezieren, die man in den Dörfern geschnappt und gesteinigt hatte. Georgie liebte es, die Organe anzufassen, die sein Dad entfernte. Als wir noch kleine Jungs waren, hörte ich eine Geschichte, die ich durchaus glaube. Danach soll Doc Redmond einen Toten von irgendwelchen Leichenräubern gekauft haben. Er machte einen Schnitt ins Herz, und es schlug noch immer. Georgie hat zugesehen, und es soll ihn unheimlich erregt haben. Ich glaube die Geschichte deswegen, weil Georgie damals in den Argonnen die Angewohnheit hatte, sich mit dem Bajonett über die toten Krauts herzumachen. Ich bin mir nicht sicher, aber ich glaube schon, daß er hier in Amerika auch Gräber geschändet hat. Skalps und innere Organe. Abscheulich, das Ganze.«

Hier sah ich einen Ansatzpunkt, die Möglichkeit, einen Schuß ins Blaue abzugeben und vielleicht ins Schwarze zu treffen. Jane Chambers hatte erwähnt, daß Georgie und Ramona lebende Bilder gestellt und gefilmt hatten, die um Emmetts Abenteuer im Ersten Weltkrieg kreisten; und zwei Jahre vorher, bei unserem denkwürdigen Dinner, hatte Ramona etwas gesagt von einem Nachspielen von Episoden aus Mr. Spragues Vergangenheit, die er lieber in Vergessenheit geraten lassen würde. Jetzt holte ich zum Schlag aus. »Wie kann man sich mit jemandem einlassen, der so verrückt ist?«

Emmett sagte: »Sie sind seinerzeit ein Idol gewesen, Junge. Sie wissen selbst, wie es ist, wenn ein schwacher Mensch jemanden braucht, der sich um ihn kümmert. Das ist ein ganz besonderes Band, als hätte man einen zurückgebliebenen kleinen Bruder.«

Ich sagte: »Ich hatte früher einen zurückgebliebenen großen Bruder. Ich habe zu ihm aufgeschaut.«

Emmett lachte feixend. »Das ist eine Seite vom Zaun, auf der ich nie gestanden habe.«

»Oh ja? Eldridge Chambers sagte aber was anderes. Er hat dem Stadtrat einen Bericht hinterlassen, bevor er starb. Es scheint so, als wäre er damals in den Dreißigern Zeuge einiger der Spiele von Ramona und Georgie gewesen. Kleine Mädchen in Soldatenkilts mit Spielzeugmusketen, Georgie, der die Deutschen aufhält, während du Reißaus nimmst und wie ein verdammter Feigling rennst, der die Hosen gestrichen voll hat.«

Emmett schoß die Röte ins Gesicht, und er versuchte ein schiefes Grinsen aufzusetzen; bei dieser Anstrengung zuckte sein Mund krampfhaft. Ich brüllte: »Feigling!« und versetzte ihm mit aller Kraft eine Ohrfeige – und der hartgesottene, gewiefte Schotte fing wie ein Kind an zu schluchzen.

Madeleine kam jetzt mit frischem Make-up und sauberen Sachen aus dem Bad. Sie ging zum Bett und umarmte ihren »Daddy« und hielt ihn jetzt so, wie er sie noch vor einigen Minuten gehalten hatte.

Ich forderte ihn heraus: »Jetzt komm schon, Emmett, sag's!« Der Mann weinte an der Schulter seiner Ersatztochter; sie streichelte ihn mit zehnmal größerer Zärtlichkeit, als sie mir je entgegengebracht hatte. Schließlich brachte er ängstlich flüsternd heraus: »Ich konnte Georgie nicht ziehen lassen, weil er mir das Leben gerettet hat. Wir wurden von unserer Kompanie abgeschnitten, waren ganz allein auf einem Schlachtfeld voller Leichen. Eine deutsche Patrouille machte einen Erkundungsgang, und sie jagten ihre Bajonette in alles, was englisch aussah, ob tot oder lebendig. Georgie schichtete tote Deutsche über uns. Sie waren von einem Granatwerferangriff in Stücke gerissen worden. Georgie ließ mich unter all diese Arme und Beine und Eingeweide kriechen und schärfte mir ein, mich nicht zu rühren. Und als alles vorüber war, machte er mich sauber und redete von Amerika, um mich ein bißchen aufzuheitern. Wie Sie sehen, konnte ich ihn nicht ...«

Emmetts Flüstern verlor sich. Madeleine fuhr streichelnd über seine Schultern, durch das Haar. Ich sagte: »Ich weiß, daß der Pornofilm mit Betty und Linda Martin nicht in Tijuana aufgenommen worden ist. Hatte Georgie was damit zu tun?«

Madeleines Stimme hatte jetzt den stählernen Klang wie vorhin Emmetts, als er noch die Stellung gehalten hatte. »Nein,

Linda und ich hatten uns in *La Vernes Hideaway* unterhalten. Sie erzählte mir, daß sie ein abgelegenes Plätzchen brauchte, um einen kleinen Film zu machen. Ich wußte, worauf sie hinauswollte, und ich wollte auch wieder mit Betty zusammensein, also ließ ich sie eins von Daddys leerstehenden Häusern benutzen, eins, in dem im Wohnzimmer noch alte Kulissen herumstanden. Betty und Linda und Duke Wellington drehten den Film, und Georgie sah ihnen dabei zu. Er hat immer in Daddys unbewohnten Häusern rumgeschnüffelt, und er geriet ganz aus dem Häuschen wegen Betty. Wahrscheinlich, weil sie wie ich aussah . . . seine Tochter.«

Ich wandte mich ab, um es ihr leichtzumachen, auch noch mit dem Rest herauszurücken. »Und dann?«

»Dann, so gegen Thanksgiving, ging Georgie zu Daddy und sagte: ›Beschaff mir dieses Mädchen.‹ Er drohte damit, er würde aller Welt erzählen, daß Daddy nicht mein richtiger Vater ist, und er wollte Lügen verbreiten über das, was wir miteinander taten, so, als wäre es Inszest. Ich suchte nach Betty, aber ich konnte sie nicht finden. Später fand ich heraus, daß sie damals in San Diego war. Daddy ließ Georgie in der Garage wohnen, weil er seine Forderungen immer mehr hochschraubte. Er gab ihm Geld, damit er ruhig blieb, aber er benahm sich noch immer ganz mies und schrecklich.

Dann rief an diesem Sonntagabend Betty aus heiterem Himmel bei uns an. Sie hatte getrunken, und sie nannte mich am Telefon Mary oder so ähnlich. Sie sagte, sie hätte alle ihre Freunde in ihrem kleinen schwarzen Adreßbuch angerufen, um sich Geld zu borgen. Ich holte Daddy an den Apparat, und er bot Betty Geld an, falls sie sich mit jemandem treffen wollte, den Daddy gut kannte. Du siehst, wir haben eben geglaubt, daß Georgie Betty nur für . . . Sex haben wollte.«

Ich sagte: »Nach allem, was euch über ihn bekannt war, habt ihr das wirklich geglaubt?«

Emmet brüllte: »Er hatte es gern, tote Dinge zu berühren! Er war passiv! Ich konnte doch nicht ahnen, daß er ein gottverdammter Mörder ist!«

Behutsam führte ich sie zum Ende der Geschichte. »Und dann habt ihr erzählt, Georgie hätte medizinische Kenntnisse?«

»Weil Betty so große Hochachtung vor Ärzten hatte«, warf Madeleine ein. »Weil wir nicht wollten, daß sie sich wie eine Hure fühlen muß.«

Ich hätte fast aufgelacht. »Und dann?«

»Ich glaube, den Rest kennst du ja.«

»Ich möchte es trotzdem hören.«

Madeleine packte weiter aus, die Stimme triefend vor Haß. »Betty nahm den Bus hier heraus. Sie und Georgie gingen dann. Wir dachten, sie würden zusammen irgendwo hingehen, wo es nett ist.«

»Wie etwa ins *Red Arrow Motel*?«

»Nein! In eins von Daddys alten Häusern, um die Georgie sich kümmerte. Betty hatte ihre Handtasche liegenlassen, also nahmen wir an, sie würde nochmal zurückkommen. Aber sie kam nie zurück, und auch Georgie nicht. Und dann kamen die Zeitungen raus, und wir wußten, was passiert sein mußte.«

Falls Madeleine glauben sollte, mit ihrem Geständnis am Ende zu sein, hatte sie sich geirrt. »Sag mir, was du danach gemacht hast. Wie du alles vertuscht hast.«

Madeleine herzte und drückte Emmett, während sie sprach. »Ich machte mich auf die Suche nach Linda Martin, und ich fand sie schließlich in einem Motel im Valley. Ich gab ihr Geld und schärfte ihr ein, falls die Polizei sie aufgreifen und wegen des Films Fragen stellen würde, sollte sie ihnen sagen, daß er mit einer mexikanischen Mannschaft in Tijuana gedreht worden wäre. Sie hielt sich an ihre Seite der Abmachung, als du sie geschnappt hast, und sie erwähnte den Film überhaupt auch nur deswegen, weil sie eine Kopie in ihrer Handtasche hatte. Ich versuchte Duke Wellington aufzustöbern, aber es gelang mir nicht. Das machte mir Sorgen, aber dann schickte er sein Alibi an den *Herald Express*, und in seinem Brief wurde nirgendwo erwähnt, wo der Film aufgenommen worden war. Also konnten wir uns ganz sicher fühlen. Dann –«

»Dann kam ich dazwischen. Und du hast mich über den Fall ausgehorcht, und du hast mir kleine Brocken über Georgie hingeworfen, um zu sehen, ob ich danach schnappe.«

Madeleine hörte auf mit Streicheln und starrte auf ihre Fingernägel. »Ja.«

»Und was war mit dem Alibi, das du mir gegeben hast? Laguna Beach, und die Diener könnten alles bestätigen?«

»Wir gaben ihnen Geld für den Fall, daß du das wirklich nachprüfen würdest. Sie sprechen nicht sehr gut Englisch, und natürlich hast du mir ja auch geglaubt.«

Madeleine lächelte jetzt. Ich fragte: »Wer hat Bettys Fotos und das kleine schwarze Buch per Post geschickt? Sie steckten in Umschlägen, und eben hast du gesagt, Betty hätte ihre Handtasche hier vergessen.«

Madeleine lachte auf. »Das war unser Wunderkind, meine Schwester Martha. Sie wußte, daß ich Betty kannte, aber sie war an dem Abend nicht zu Hause, als Betty und Georgie hier waren. Sie wußte nicht, daß Georgie Daddy erpreßte oder daß er Betty umgebracht hatte. Sie riß die Seite mit unserer Telefonnummer aus dem Adreßbuch, und sie kratzte die Gesichter der Männer auf den Bildern aus, um damit zu verstehen zu geben: ›Sucht nach einer Lesbierin‹, nämlich nach mir. Sie wollte, daß man mich durch den Dreck zog. Sie rief auch die Polizei an und gab ihr einen Tip bezüglich dem *La Verne.* Die weggekratzten Gesichter, das war ganz unsere geniale kleine Martha – sie kratzt immer wie eine Katze, wenn sie wild wird.«

Etwas in dem, was sie sagte, hörte sich falsch an, doch ich brachte es nicht auf den Punkt. »Hat Martha dir das erzählt?«

Madeleine spreizte ihre roten Klauen. »Als die Sache mit dem kleinen schwarzen Büchlein durch die Zeitungen ging, wußte ich, daß es Martha gewesen sein mußte. Ich hab' dann ein Geständnis aus ihr rausgekratzt.«

Ich wandte mich zu Emmett. »Wo ist Georgie?«

Der Alte rutschte unbehaglich hin und her. »Er hält sich wahrscheinlich in einem meiner leerstehenden Häuser auf. Ich geb' Ihnen eine Liste.«

»Bring mir auch eure vier Reisepässe mit.«

Emmett ging aus dem Schlafzimmer, das wie ein Schlachtfeld aussah. Madeleine sagte: »Ich habe dich wirklich gemocht, Bucky. Wirklich, ich mochte dich.«

»Heb dir das für Daddy auf. Du hast jetzt die Hosen an, also spar dir den Honig für ihn.«

»Was wirst du nun tun?«

»Erst mal gehe ich nach Hause und bring das alles zu Papier. Dann lasse ich einen Haftbefehl gegen dich und Daddy ausstellen, weil ihr Kronzeugen seid. Dann übergebe ich alles einem anderen Mann bei der Polizei, falls Daddy zu seinem Freund Mickey Cohen geht und ihm ein Kopfgeld für mich bietet. Und dann werde ich mir Georgie schnappen.«

Emmett kam zurück und reichte mir vier US-Reisepässe und ein Blatt Papier. Madeleine sagte: »Falls du die Haftbefehle ausstellen läßt, werden wir dich vor Gericht fertigmachen. Dann wird alles über uns beide rauskommen.«

Ich stand auf und küßte die höhere Tochter fest auf die Lippen. »Dann gehen wir eben alle gemeinsam unter.«

Ich fuhr nicht nach Hause, um alles aufzuschreiben. Ein paar Seitenstraßen von der Sprague-Villa entfernt hielt ich an und überflog die Adressenliste, erschüttert davon, wie Madeleine mir die Zähne gezeigt hatte, von ihrem Gespür dafür, wie tief wir beide in die Angelegenheit verstrickt waren.

Die Häuser verteilten sich auf zwei Gegenden: Echo Park und Silverlake, und die anderen außerhalb der Stadt in Watts – gefährlicher Boden für einen dreiundfünfzigjährigen Weißen. Silverlake-Echo befand sich einige Kilometer östlich von Mount Lee, ein hügeliges Gelände mit vielen gewundenen Straßen, Grüngürteln und Abgeschiedenheit, genau die Gegend, wo ein Nekrophiler Ruhe und Beschaulichkeit finden mochte. Dorthin fuhr ich; fünf Adressen auf Emmetts Liste hatte ich eingekreist.

Die ersten drei waren einfach leerstehende Hütten: kein Strom, eingeschlagene Fenster, auf die Wände gemalt die Slogans mexikanischer Banden. Kein 39er Ford-Kleinlaster mit der Nummer 6B119A weit und breit – nur öde Verlassenheit, durch die der Santa-Ana-Wind fegte, der von den Hügeln von Hollywood herabwehte. Als ich kurz nach Mitternacht auf die letzte Hütte zuging, kam mir der rettende Einfall – das heißt, er drängte sich mir auf.

Bring ihn um.

Kein öffentlicher Ruhm, keine öffentliche Entehrung – Selbstjustiz. Ich konnte die Spragues in Ruhe lassen oder ein ausführliches Geständnis aus Georgie herauspressen, bevor ich den Abzug durchzog. Laß es ihn zu Papier bringen und dann denk dir aus, wie du ihnen nach Belieben damit wehtun kannst.

Bring ihn um.

Und versuche damit zu leben.

Und versuche ein ganz normales Zusammenleben mit Mikkey Cohens Kumpel, der dieselben Tricks mit dir versuchen wird.

Ich schlug mir alles aus dem Kopf, als ich sah, daß das vierte Haus am Ende einer Einbahnstraße noch intakt war – außen recht ordentlich, der Rasen gut gemäht. Ich parkte zwei Türen weiter und näherte mich dann zu Fuß. Nirgendwo ein Ford Kleinlaster, aber viele Seitenwege, wo man ein solches Fahrzeug verstecken konnte.

Ich betrachtete das Haus vom Gehweg aus. Es war ein typischer 20er-Jahre-Bau mit Gipsverputz, klein, kastenförmig, schmutzig-weiß mit einem Holzbalkendach. Ich machte einmal die Runde, ging von der Einfahrt bis zu dem winzigen Hinterhof und auf einem Plattenweg wieder zurück zum Eingang. Drinnen kein Licht – die Fenster waren von etwas verhängt, das aussah wie dicke Verdunkelungsvorhänge. Um mich her war alles still.

Mit gezogenem Revolver drückte ich auf die Klingel. Zwanzig Sekunden, keine Antwort. Ich tastete mit den Fingern am Türrahmen entlang, erfühlte gesplittertes Holz, zog meine Handschellen hervor und klemmte das schmalste Ende in den Spalt. Die Zähne des Metalls hielten dem Druck stand; ich ruckte ein paarmal an einer Stelle direkt neben dem Schloß, bis ich spürte, wie die Tür nachgab. Dann gab ich ihr vorsichtig einen Stoß – und sie ging auf.

Das Licht, das von außen einfiel, zeigte mir, wo der Lichtschalter war; ich knipste ihn an, sah mich in dem von Spinnenweben verhangenen leeren Raum um, ging hinaus auf die Veranda und schloß die Tür. Die Vorhänge ließen kein Licht nach außen dringen. Ich ging wieder ins Haus zurück, schloß die Tür, steckte Holzsplitter in den Spalt zwischen Rahmen und Türblatt, um die Tür festzuklemmen.

Nachdem ich den Zugang so verrammelt hatte, ging ich in den hinteren Teil des Hauses. Ein Geruch wie im Krankenhaus drang aus einem Zimmer neben der Küche. Ich stieß die Tür mit der Fußspitze auf und tastete drinnen an der Wand nach dem Lichtschalter. Ich fand ihn; grelles Licht blendete mich. Dann konnte ich deutlich sehen, und ich wußte jetzt, wonach es roch: Formaldehyd.

Über die Wände zogen sich Regale, auf denen mit konservierten Organen gefüllte große Gläser standen; auf dem Boden lag eine Matratze, darauf, halb zurückgeschlagen, eine Armeedecke. Ein rothaariger Skalp und zwei Notizbücher lagen zuoberst. Ich zog pfeifend die Luft ein und zwang mich dazu, mir alles anzusehen.

Gehirne, Augen, Herzen und Gedärme trieben in der Lösung. Eine Frauenhand, an der noch der Ehering steckte. Eierstöcke, Klumpen mit formlosem Gekröse, ein Glas gefüllt mit Penissen. Kieferstücke, in denen Goldzähne steckten.

Ich verspürte ein trockenes Würgen und kniete mich neben die Matratze, damit ich nicht noch mehr Leichenteile sehen mußte. Ich nahm eines der Notizbücher hoch und blätterte es durch; die Seiten waren gefüllt mit in penibler Schrift festgehaltenen Schilderungen von Grabschändungen – Friedhöfe, Namen über Grabstellen und eine Spalte für die jeweiligen Daten. Als ich auf die Eintragung »East Los Angeles Lutheran« stieß, wo meine Mutter beerdigt worden war, ließ ich das Buch fallen und griff nach der Decke, um mich an etwas festkrallen zu können; eingetrocknetes Sperma von oben bis unten ließ mich das Ding zur Tür schleudern. Ich schlug ein anderes Notizbuch in der Mitte auf, und dann riß mich eine Eintragung in säuberlicher Druckschrift zurück zum 14. Januar 1947.

Hier standen sie – penibel festgehalten –, all die undenkbaren Einzelheiten von Elizabeth Shorts letzten Tagen und Stunden.

Ich legte das Notizbuch hin, wußte jetzt, daß ich es tun konnte, wußte, daß ich, falls ich schwankend werden sollte, nur noch ein paar Seiten lesen mußte, die mir den letzten Stoß geben würden. Ich stand auf; die Gläser mit Organen stachen mir wieder in die Augen. Totes, säuberlich aufgereiht, sehr ordentlich, so perfekt. Ich fragte mich, ob Georgie wohl früher schon einmal getötet hatte, als ich auf dem Fenstersims kurz oberhalb des Kopfendes der Matratze ein einzelnes Glas stehen sah.

Ein dreieckiges Hautstück, tätowiert. Ein Herz mit dem Emblem des Army Air Corps, und innen die Worte »Betty & Major Matt«.

Ich mußte die Augen schließen und zitterte vom Kopf bis zu den Zehen; ich schlang die Arme um mich und versuchte Betty zu sagen, wie leid es mir tue, daß ich auch noch dieses Stück von ihr gesehen hatte, daß ich es gar nicht gewollt hätte, sie so gründlich auszuforschen, daß ich doch nur hätte helfen wollen. Ich versuchte es ihr wieder und wieder und wieder zu sagen, dann spürte ich ganz sanft eine Berührung, und ich war dankbar für diese Sachtheit.

Ich drehte mich um und sah einen Mann, dessen Gesicht eine einzige Narbe war und der in den Händen kleine gebogene Instrumente hielt, Werkzeuge zum Sondieren und Schneiden. Er führte die Skalpelle an seine Wangen; keuchend tauchte ich aus meiner Benommenheit hoch und griff nach meinem Revolver. Blitzender Stahl fuhr auf mich los; der .45er rutschte aus meinem Gürtel und polterte auf den Fußboden.

Ich machte einen Schritt zur Seite; die Klingen schlitzten meine Jacke auf und ritzten mein Brustbein. Ich versetzte Tilden einen Tritt in die Leiste; der Grabschänder geriet aus dem Gleichgewicht, duckte sich, sprang wieder nach vorn, krachte in mich hinein und schleuderte mich zurück in die Regalwand.

Gläser zerbrachen, das Formaldehyd verspritzte. Entsetzliche Fleischstücke fielen heraus. Tilden war jetzt auf mir und versuchte, mit den Skalpellen an mich heranzukommen. Ich hielt ihn bei den Handgelenken gepackt und rammte ihm ein Knie zwischen die Beine. Er grunzte, doch er wich nicht zurück. Sein Gesicht kam immer näher auf mich zu. Nur noch wenige Zentimeter entfernt, bleckte er die Zähne und schnappte zu; ich spürte, wie sie meine Wangen aufrissen. Wieder traf ich ihn mit dem Knie. Der Druck seiner Arme ließ nach, mit dem nächsten Biß erwischte er mich am Kinn, ließ dann plötzlich meine Arme sinken, die Skalpelle fuhren in das Regal hinter mir; verzweifelt tastete ich nach einer Waffe und berührte eine große Glasscherbe. In dem Moment, als er die Klingen herauszog, stieß ich zu; er kreischte auf; Stahl bohrte sich in meine Schulter.

Das Regal brach zusammen. Georgie fiel auf mich. Nicht weit von mir sah ich meinen .45er auf dem Fußboden, schleifte uns beide zu der Stelle und bekam ihn zu fassen. Georgie hob den Kopf und stieß tierische Laute aus. Sein Mund, der übergroß dicht über mir hing, wollte sich in meiner Kehle verbeißen. Ich schoß ihm in den Kopf.

33. Kapitel

Russ Millard sorgte für einen würdigen Kehraus im Fall Short.

Vollgepumpt mit Adrenalin verließ ich das Totenhaus und fuhr direkt zur City Hall. Der Padre war gerade mit seinem Gefangenen aus Tucson zurückgekommen; nachdem er den Mann sicher in einer Haftzelle verwahrt hatte, nahm ich Russ beiseite und erzählte ihm die ganze Geschichte, meine Verstrickung mit den Spragues – von Marjorie Grahams Lesbentip bis zur Erschießung Georgie Tildens. Russ, der anfangs völlig fassungslos war, fuhr mich dann zum Central Receiving Hospital. Der Arzt in der Notaufnahme verabreichte mir eine Tetanusspritze und sagte: »Gott, diese Bisse sehen aus, als stammten sie von einem Menschen«, und desinfizierte sie. Die Skalpellwunden waren oberflächlich – sie mußten nur gereinigt und verbunden werden.

Draußen sagte Russ zu mir: »Der Fall muß offenbleiben. Du wirst aus dem Department ausgestoßen, wenn du irgend jemandem erzählst, was wirklich geschehen ist. Komm, kümmern wir uns jetzt um Georgie.«

Es war drei Uhr früh, als wir nach Silverlake kamen. Der Padre war erschüttert von dem, was er zu sehen bekam, doch er bewahrte eisern Haltung. Dann setzte mich der beste Mann, den ich je kennengelernt hatte, in Erstaunen.

Als erstes sagte er: »Geh rüber und warte am Wagen«; dann machte er sich an irgendwelchen Zuleitungen zum Haus zu schaffen, ging ungefähr zwanzig Meter zurück, zielte auf die Kate und schoß die Kammern seines Dienstrevolvers leer. Gas entzündete sich; das Haus ging in Flammen auf. Ohne die Scheinwerfer anzumachen, jagten wir davon. Russ sagte nur einen Satz: »Diese schaurige Ungeheuerlichkeit durfte einfach nicht stehenbleiben.«

Und dann überkam mich unsägliche Erschöpfung – und endlich Schlaf. Russ setzte mich vor dem *El Nido* ab, ich warf mich aufs Bett und schlief zwanzig Stunden in tiefschwarzer Bewußtlosigkeit. Als ich aufwachte, fiel mein erster Blick auf den Stapel mit den vier Reisepässen der Spragues auf dem Nachttisch; der erste bewußte Gedanke, den ich hatte, war: Sie müssen dafür bezahlen.

Falls es zu Anklagen wegen Verletzung der Gesundheits- und Sicherheitsbestimmungen kommen sollte, wollte ich die Familie im Land haben, wo sie zur Rechenschaft gezogen werden und leiden sollte. Ich rief das US-Paßbüro an, gab vor, ein Captain bei der Kriminalpolizei zu sein und veranlaßte, daß für kein Mitglied der Sprague-Familie ein neuer Reisepaß ausgestellt werden durfte. Das war kaum mehr als eine ohnmächtige Geste – ein Klaps auf die Hand. Dann rasierte ich mich und duschte und achtete darauf, daß meine Verbände und die desinfizierten Wundstellen nicht naß wurden. Ich dachte unablässig über das Ende des Falles nach, damit ich nicht gezwungen wurde, mich mit den Trümmern auseinanderzusetzen, in denen mein Leben war. Ich erinnerte mich, daß irgend etwas, das Madeleine gestern gesagt hatte, falsch sein mußte, nicht stimmte. Diese Unstimmigkeit beschäftigte mich, während ich mich anzog; als ich aus der Tür ging, um mir etwas zu essen zu besorgen, fiel es mir wie Schuppen von den Augen:

Madeleine hatte gesagt, Martha habe die Polizei angerufen und ihr einen Hinweis auf *La Vernes Hideaway* gegeben. Aber: Ich kannte die Akten zum Short-Fall besser als jeder andere Cop, und nirgendwo gab es eine Eintragung, in der dieses Lokal erwähnt wurde. Es waren zwei Zwischenfälle, die mich stutzig machten. An dem Morgen, an dem ich Madeleine begegnet war, hatte Lee während der Zeit, in der wir Anrufe beantworten mußten, ein Ferngespräch entgegengenommen; dann hatte Lee das *La Verne* gestürmt, nachdem er während der Vorführung des Pornofilms durchgedreht war. Nur das kleine »Genie« Martha konnte mir die Antwort darauf geben. Ich fuhr zur Ad Agency Road, um sie in die Mangel zu nehmen.

Ich fand Emmett Spragues leibliche Tochter allein auf einer Bank im Schatten des Young & Rubicam Building, wo sie ihr Mittagessen verzehrte. Sie schaute nicht hoch, als ich mich ihr gegenüber hinsetzte; mir fiel jetzt wieder ein, daß Betty Shorts kleines schwarzes Adreßbuch und die Fotos nur eine Seitenstraße weiter in den Briefkasten geworfen worden waren.

Ich betrachtete die dickliche Kindfrau dabei, wie sie an ihrem Salat knabberte und dabei Zeitung las. In den zweieinhalb Jahren, seit ich sie zum erstenmal gesehen hatte, hatte sie es geschafft, nicht dicker zu werden, und ihre Haut war nicht mehr so unrein wie früher – trotzdem sah sie noch immer aus wie ein stämmiger, linkischer Abklatsch von Emmett.

Martha ließ die Zeitung sinken und bemerkte mich. Ich erwartete, daß ihre Augen gleich wieder vor Wut funkeln würden; doch sie überraschte mich, als sie sagte: »Hallo, Mr. Bleichert«, und das mit dem leichten Anflug eines Lächelns.

Ich ging zu ihr hinüber und setzte mich neben sie. Die *Times* war auf der Seite mit Berichten aus der Stadt aufgeschlagen: »Rätselhaftes Feuer in den Silverlake Foothills – nicht identifizierbare, verkohlte Leiche gefunden.«

Martha sagte: »Ich möchte mich wegen der Zeichnung entschuldigen, die ich damals, als Sie bei uns zum Dinner gewesen sind, von Ihnen gemacht habe.«

Ich deutete auf die Zeitung. »Sie scheinen nicht sehr überrascht, mich zu sehen.«

»Armer Georgie. Nein, ich bin nicht überrascht, Sie zu sehen. Vater hat mir erzählt, daß Sie alles wissen. Ich bin mein Leben lang unterschätzt worden, und ich hatte stets das Gefühl, daß Maddy und Vater auch Sie unterschätzt haben.«

Ich fegte das Kompliment beiseite. »Wissen Sie, was der ›arme Georgie‹ getan hat?«

»Ja. Von Anfang an. Ich habe an jenem Abend mitangesehen, wie Georgie und das Short-Mädchen in seinem Kleinlaster vom Haus weggefahren sind. Maddy und Vater hatten keine Ahnung, daß ich Bescheid wußte, doch so war es. Nur Mutter hat nie etwas gemerkt. Haben Sie ihn getötet?«

Ich antwortete nicht darauf.

»Werden Sie meiner Familie Kummer bereiten?«

Der Stolz, der in dem besitzanzeigenden Fürwort durchschien, wurmte mich. »Ich weiß noch nicht, was ich tun werde.«

»Ich könnt's Ihnen nicht verdenken, daß Sie Ihnen wehtun wollen. Vater und Maddy sind schreckliche Menschen. Und ich bin auch ein ganzes Stück weit gegangen, um ihnen selbst Schaden zuzufügen.«

»Als Sie Bettys Sachen losgeschickt haben?«

Jetzt kam Leben in Marthas Augen. »Ja. Ich hab die Seite aus dem Notizbuch gerissen, auf der unsere Nummer stand, aber ich dachte, es gäbe vielleicht noch andere Nummern, die

die Polizei zu Vater und Maddy führen konnten. Ich hatte nicht den Mut, unsere Nummer stehenzulassen. Ich hätte es tun sollen. Ich –«

Ich hielt eine Hand hoch. »Warum, Martha? Wissen Sie denn nicht, was alles hätte passieren können, falls die Polizei die ganze Geschichte über Georgie erfahren hätte? Anklagen wegen Beihilfe, Gerichtsverhandlung, Gefängnis.«

»Das machte mir alles nichts aus. Maddy hatte ja Sie und Vater, Mutter und ich hatten nichts. Ich wollte einfach, daß das ganze Schiff unterging. Mutter leidet an Lupus, sie hat nur noch ein paar Jahre zu leben. Sie wird sterben, und das ist so ungerecht.«

»Die Fotos und die ausgekratzten Stellen. Was haben Sie damit bezweckt?«

Martha verhakte ihre Finger ineinander und drehte und zog, bis die Knöchel ganz weiß wurden. »Ich war neunzehn, und alles, was ich konnte, war zeichnen. Ich wollte, daß Maddy als Lesbe in Verruf kam, und das letzte Foto war eines von Vater – mit weggekratztem Gesicht. Ich dachte, er hätte auf der Rückseite vielleicht Fingerabdrücke hinterlassen. Ich wollte ihm unbedingt wehtun.«

»Weil er Sie genauso berührt, wie er es mit Madeleine tut?«

»Weil er es nicht tut!«

Ich wappnete mich gegen das, was noch kam. »Martha, haben Sie die Polizei angerufen und ihr einen Hinweis auf *La Vernes Hideaway* gegeben?«

Martha schlug die Augen nieder. »Ja.«

»Haben Sie auch mit –«

»Ich hab dem Mann von meiner lesbischen Schwester erzählt. Wie sie am vergangenen Abend einen Cop namens Bucky Bleichert im *La Vernes* getroffen und sich für den nächsten Abend mit ihm verabredet hätte. Maddy brüstete sich vor der ganzen Familie mit Ihnen, und ich war eifersüchtig. Aber ich wollte sie nur verletzen – niemanden sonst.«

Lee hatte den Anruf entgegengenommen, während ich ihm im Dienstraum von University am Schreibtisch gegenüber gesessen hatte; Lee war direkt zum *La Verne* gejagt, nachdem er bei der Vorführung von *Sklavenmädchen aus der Hölle* übergeschnappt war. Ich sagte: »Martha, reden Sie sich alles von der Seele, erzählen Sie den Rest.«

Martha schaute sich um und verkrampfte sich – Beine zusammengepreßt, die Arme an ihre Seite gedrückt, die Hände zu Fäusten geballt. »Lee Blanchard kam zu uns ins Haus und erzählte Vater, daß er mit den Frauen im *La Verne* gesprochen hätte – Lesben, die imstande wären, eine Verbindung zwischen Maddy und der Schwarzen Dahlie herzustellen. Er sagte, er müsse die Stadt verlassen, und für eine gewisse Summe wäre er bereit, diese Information über Maddy nicht weiterzugeben. Vater willigte ein und gab ihm das ganze Geld, das er im Safe hatte.«

Lee, aufgeputscht von Benzedrin, der weder in der City Hall noch auf dem University-Revier auftauchte; Bobby De Witts bevorstehende Entlassung, der Grund für seine plötzliche Flucht aus der Stadt. Emmetts Geld erklärte die großen Summen, mit denen er in Mexiko um sich geworfen hatte. Meine Stimme klang dumpf. »Gibt es noch mehr?«

Marthas Körper war gespannt wie eine zusammengedrückte Feder. »Blanchard kam am nächsten Tag wieder. Er verlangte noch mehr Geld. Vater lehnte ab, und er schlug Vater zusammen und stellte ihm all diese Fragen wegen Elizabeth Short. Maddy und ich haben aus dem Nebenzimmer mitgehört. Mir machte das ein Riesenvergnügen, und Maddy war fuchsteufelswild. Sie ging hinaus, als sie es nicht mehr ertragen konnte, daß ihr geliebtes Väterchen herumgestoßen wurde. Doch ich hörte weiter zu. Vater hatte Angst, daß Blanchard einen von uns wegen des Mordes anzeigen könnte, also willigte er ein, ihm hunderttausend Dollar zu geben, und erzählte ihm dann, was zwischen Georgie und Elizabeth Short vorgefallen war.«

Lees aufgeschlagene Knöchel; seine Lüge: »Als Sühne für Junior Nash.« Madeleine am selben Tag am Telefon: »Komm heute nicht her. Daddy hat ein Arbeitsessen.« Unsere verzweifelte Rammelei im *Red Arrow* eine Stunde später. Lee stinkreich in Mexiko. Lee, der Georgie ungeschoren und weiter frei herumlaufen ließ.

Martha betupfte ihre Augen, merkte, daß sie trocken waren, und legte mir eine Hand auf den Arm. »Am nächsten Tag kam eine Frau vorbei und holte das Geld ab. Und das ist alles.«

Ich zog ein kleines Foto von Kay, das ich in der Brieftasche hatte, heraus und zeigte es ihr. Martha sagte: »Ja. Das ist die Frau.«

Ich stand auf und fühlte mich seit der Zeit, als wir unser Trio gebildet hatten, zum ersten Mal ganz allein. Martha sagte: »Bitte, fügen Sie meiner Familie keinen Schaden mehr zu. Bitte.«

Ich sagte: »Machen Sie sich von ihr frei, Martha. Lassen Sie sich von ihr nicht kaputtmachen.«

Ich fuhr zur West Hollywood Elementary School, blieb im Wagen sitzen und behielt Kays Plymouth auf dem Parkplatz für den Lehrkörper im Auge. Lee geisterte mir durch den Kopf, während ich wartete – denkbar schlechte Gesellschaft für fast zwei Stunden. Die Drei-Uhr-Glocke schrillte gerade noch rechtzeitig; mitten in einem Schwarm von Kindern und anderen Lehrern trat Kay einige Minuten später aus dem Gebäude. Als sie allein neben ihrem Auto stand, ging ich zu ihr.

Den Rücken mir zugewandt, verstaute sie gerade einen Stapel Bücher und Papiere im Kofferraum. Ich fragte: »Wieviel von den hunderttausend Riesen durftest du denn für dich behalten?«

Kay erstarrte, und ihre Hände blieben auf einem Stapel Malereien mit Fingerfarben liegen. »Hat Lee dir damals von Madeleine Sprague und mir erzählt? Ist's das, weswegen du Betty Short die ganze Zeit so gehaßt hast?«

Kay strich mit den Fingern über die kindlichen Kunstwerke, drehte sich dann um und sah mir voll ins Gesicht. »Du bist wirklich sehr, sehr gut in manchen Dingen.«

Das war ein weiteres Kompliment, das ich nicht hören wollte. »Beantworte meine Fragen.«

Die Augen nicht von mir abwendend, schlug Kay den Kofferraumdeckel zu. »Ich habe keinen Cent von diesem Geld angenommen, und ich habe von dir und Madeleine Sprague nichts gewußt, bevor diese Privatdetektive, die ich beauftragt hatte, mir ihren Namen nannten. Lee wäre auf jeden Fall auf und davon gegangen. Ich hab' nicht gewußt, ob ich ihn je wiedersehen würde, und ich wünschte ihm nur, daß es ihm gut ginge, falls das bei ihm überhaupt möglich war. Er traute sich selbst nicht zu, mit Emmett Sprague zu verhandeln. Also holte ich das Geld ab. Dwight, er hat gewußt, daß ich in dich verliebt gewesen bin, und er wollte, daß wir zusammenkommen. Das war einer der Gründe, weswegen er gegangen ist.«

Ich hatte ein Gefühl, als würde ich tief in den Treibsand unserer alten Lügen einsinken. »Er ist nicht weggegangen, er ist vor dem Boulevard-Citizens-Ding davongelaufen, vor der frisierten Anklage gegen De Witt, vor den Schwierigkeiten, in die er sich im Department gebracht–«

»Er hat uns geliebt! Nimm ihm das nicht auch noch!«

Ich schaute mich auf dem Parkplatz um. Einige Lehrer waren neben ihren Wagen stehengeblieben und beobachteten unseren Ehestreit. Sie waren zu weit weg, um mitzuhören; ich stellte mir vor, wie sie unsere Auseinandersetzung den Kindern haarklein wiedererzählten. Ich sagte: »Kay, Lee hat gewußt, wer Elizabeth Short umgebracht hat. Hast du es auch gewußt?«

Kay starrte zu Boden. »Ja.«

»Er hat es einfach durchgehen lassen.«

»Damals überschlugen sich die Dinge für ihn. Lee verfolgte Bobby nach Mexiko, und er sagte, er würde sich den Mörder vornehmen, sobald er zurück wäre. Aber er ist nicht zurückgekommen, und ich wollte auch nicht, daß du hinter ihm herjagst.«

Ich packte meine Frau an den Schultern und drückte zu, bis sie mich anschaute. »Und später hast du mir nichts davon gesagt? Du hast niemandem was davon gesagt?«

Kay senkte wieder den Kopf; mit beiden Händen riß ich ihn wieder hoch. »Und du hast niemandem was gesagt?«

Mit ihrer ruhigsten Schullehrerstimme sagte Kay Lake Bleichert: »Ich hätte es dir fast erzählt. Aber du hast wieder angefangen herumzuhuren, hast Fotos von ihr gesammelt. Ich wollte einfach Rache an der Frau nehmen, die die beiden Menschen ruiniert hat, die ich geliebt habe.«

Ich hob die Hand, um sie zu schlagen – doch eine blitzartige Erinnerung an Georgie Tilden stoppte mich, und meine Hand blieb in der Luft.

34. Kapitel

Ich bat um verlängerten Krankenurlaub und verbrachte eine Woche im *El Nido* damit, die Zeit totzuschlagen. Ich las und hörte die Radiosender mit Jazzprogrammen in dem Bemühen, nicht über meine Zukunft nachdenken zu müssen. Wiederholt brütete ich weiter über der Akte, obwohl ich wußte, daß der Fall abgeschlossen war. Kindliche Versionen von Martha Sprague und Lee geisterten durch meine Träume; manchmal gesellte sich noch Jane Chambers Clown mit dem wie aufgeschlitzten Mund zu ihnen, schleuderte mir Verwünschungen entgegen, sprach durch klaffende Löcher in seinem Gesicht zu mir.

Ich kaufte jeden Tag alle vier Zeitungen von Los Angeles und las sie von vorn bis hinten. Der Wirbel um das Hollywood-Wahrzeichen hatte sich gelegt, Emmett Sprague wurde nicht erwähnt. Kein Untersuchungsausschuß wegen mangelhafter Bauausführung, nichts über das abgebrannte Haus und die Leiche. In mir breitete sich das Gefühl aus, daß etwas daran ganz falsch war.

Es dauerte eine ganze Zeit – lange Stunden, die ich damit verbrachte, die vier Wände anzustarren und an nichts zu denken –, doch endlich hatte ich es.

»Es« war die schwache Ahnung, daß Emmett Sprague Lee und mich auf Georgie Tilden angesetzt hatte, um ihn zu töten. Bei mir war er ganz unverblümt gewesen. »Soll ich Ihnen sagen, wo Sie Georgie finden können?« – was ganz zum Charakter dieses Mannes paßte – es hätte wohl eher meinen Argwohn geweckt, wenn er es auf Umwegen versucht hätte. Er hetzte Lee hinter Georgie her, gleich nachdem Lee ihn zusammengeschlagen hatte. Hatte er gehofft, daß Lees Wut nicht mehr zu bremsen sein würde, sobald er den Mörder der Dahlie vor sich hatte? Hatte er von Georgies Grabräuberschätzen gewußt – und darauf gesetzt, daß uns ihr Anblick in mörderische Wut versetzen würde? Hatte er damit gerechnet, daß Georgie selbst eine Konfrontation herbeiführen würde – bei der entweder er selbst oder die habgierigen/neugierigen Cops draufgehen würden, die so viel Ärger machten? Und warum? Welches Motiv sollte er haben? Um sich selbst zu schützen?

Diese Theorie hatte nur ein einziges großes Loch: nämlich die unfaßbare, beinahe selbstmörderische Kühnheit von Emmett, der so gar nicht dem Selbstmördertyp entsprach.

Und jetzt, da Georgie Tilden – ganz klar und eindeutig der Mörder der Schwarzen Dahlie – festgenagelt war, gab es doch keinen logischen Grund mehr, die Sache noch weiter zu verfolgen. Aber dieses »Es« wollte mir noch wegen etwas anderem, das mir unerklärlich blieb, nicht aus dem Kopf gehen:

Als ich '47 das erste Mal mit Madeleine geschlafen hatte, war sie auf die kleinen Botschaften für Betty Short zu sprechen gekommen, die sie in mehreren Bars hinterlassen hatte: »Deine Doppelgängerin würde sich gern mal mit dir treffen.« Ich hatte sie gewarnt, daß ihr Unternehmen schlimme Folgen für sie haben könnte; doch sie hatte nur gemeint: »Darum werde ich mich schon kümmern.«

Am wahrscheinlichsten war doch, daß derjenige, der sich »darum gekümmert« hatte, ein Polizist sein mußte – und ich hatte abgelehnt, und, chronologisch betrachtet, hatte Madeleine diese Worte genau zu dem Zeitpunkt ausgesprochen, als Lee Blanchard seine erste erpressende Forderung gestellt hatte.

Das schien weit hergeholt, abwegig und höchst theoretisch, war wahrscheinlich nur eine weitere Lüge oder Halbwahrheit oder ein Stück nutzloser Information, ein loses Ende, das von einem ausgehungerten Kopf aufgewickelt wurde, dessen ganzes Leben ein Lügengebäude war. Das war der einzige gute Grund, den ich mir ausdenken konnte, dem schwachen Schimmer einer Chance nachzujagen. Ohne den Fall hatte ich nichts, war ich nichts.

Ich lieh mir Harry Sears Privatwagen aus und beobachtete den Tagesablauf der Spragues. Martha fuhr zur Arbeit und kam abends nach Hause; Ramona blieb daheim; Emmett und Madeleine gingen einkaufen oder machten andere alltägliche Besorgungen. Am ersten und zweiten Abend blieben alle vier gemeinsam in der Villa; in der dritten Nacht zog Madeleine wieder als die Dahlie herum.

Ich verfolgte sie zu den Bars in der Eighth Street, zum *Zimba Room*, sah ihre Mannschaft von Matrosen und Fliegern und fuhr ihr bis zur letzten Station, dem Bumsnest zwischen Ninth und Irolo, nach, wohin sie diesmal einen Knaben mit Marineabzeichen abgeschleppt hatte. Ich verspürte keine Eifersucht, kein sexuelles Verlangen. Ich blieb horchend vor Nummer zwölf stehen und hörte den Sender KMPC; die Jalousien waren unten, man konnte nicht hineinschauen. Die einzige Abweichung war diesmal, daß Madeleine um zwei Uhr ihren Freier sitzen ließ und nach Hause fuhr – nur wenige Augenblicke, nachdem sie durch die Tür verschwunden war, ging in Emmetts Schlafzimmer das Licht an.

Die vierte Tagschicht ließ ich aus und kehrte erst kurz nach Einsetzen der Dunkelheit auf meinen Beobachtungsposten in der Muirfield Road zurück. Ich war gerade aus dem Wagen gestiegen, um mir meine steifgewordenen Beine etwas zu vertreten, als ich angesprochen wurde. »Bucky, sind Sie das?«

Es war Jane Chambers, die einen braunweißen Spaniel ausführte. Ich fühlte mich wie ein kleiner Junge, der mit den Händen im Bonbonglas ertappt worden war. »Hallo, Jane.«

»Hallo, Sie Schlimmer. Was machen Sie hier? Spionieren Sie herum? Sind Sie hinter Madeleine her?«

Ich erinnerte mich an unser Gespräch über die Spragues. »Ich genieße die prickelnde Nachtluft. Wie klingt das?«

»Nach einer Lüge. Möchten Sie bei mir im Haus einen prickelnden Drink genießen?«

Ich warf einen Blick zurück auf die Tudor-Festung; Jane meinte: »Junge, Sie haben ja richtig Hummeln im Hintern bei allem, was mit dieser Familie zusammenhängt.«

Ich lachte – und spürte im Gesicht kleine Stiche, als sich meine Bißwunden spannten. »Ich bin ertappt, aber jetzt bin ich ganz scharf auf den Drink.«

Wir gingen um die Ecke zur June Street. Jane machte den Hund von der Leine los; er trottete vor uns her, die Einfahrt entlang und dann die Stufen zum Eingang des Chamberschen Kolonialhauses hinauf. Kurze Zeit später waren wir bei ihm; Jane schloß die Tür auf. Und da war er wieder, mein Alptraum – der Clown mit dem Narbenmund.

Mich schauderte. »Dieses verdammte Ding.«

Jane lächelte. »Soll ich es für Sie einwickeln?«

»Bitte, nein.«

»Wissen Sie, nachdem wir das erste Mal darüber gesprochen hatten, habe ich noch mal seine Geschichte nachgesehen. Ich habe eine Menge Sachen von Eldridge weggegeben, und ich hatte schon überlegt, ob ich es zu wohltätigen Zwecken spenden sollte, obwohl es zu wertvoll ist, um es einfach so wegzuschenken. Es ist ein Frederick-Yannantuono-Original, und das Motiv stammt aus einem alten klassischen Roman – ›Der lachende Mann‹ von Victor Hugo. Das Buch handelt von –«

In der Hütte, in der Betty Short umgebracht worden war, hatte ich ein Exemplar von »Der lachende Mann« gesehen. Es summte mir derart laut im Kopf, daß ich kaum hören konnte, was Jane mir auseinandersetzte.

»– von einer Gruppe von Spaniern im 15. und 16. Jahrhundert. Man nannte sie die Comprachicos, und sie kidnappten und folterten Kinder, verstümmelten sie dann und verkauften sie an den Adel, der sie zu Hofnarren machte. Ist das nicht entsetzlich? Der Clown auf dem Gemälde ist die Hauptfigur des Buches, Gwynplain. Als er noch ein Kind war, wurde ihm der Mund von Ohr zu Ohr aufgeschlitzt. Bucky, ist Ihnen nicht gut?«

Mund von Ohr zu Ohr aufgeschlitzt.

Ich schauderte und rang mir dann ein Lächeln ab. »Ich fühle mich ganz wohl, ja. Das Buch hat mich nur an etwas erinnert. Uraltes Zeug, nur ein Zufall.«

Jane musterte mich aufmerksam. »Nein, Sie sehen gar nicht gut aus, und wollten Sie noch von einem anderen Zufall hören? Ich dachte erst, Eldridge wollte mit keinem aus dieser Familie mehr sprechen, aber dann fand ich eine Quittung. Es war Ramona Sprague, die ihm das Gemälde verkauft hat.«

Den Bruchteil einer Sekunde hatte ich die wahnsinnige Vorstellung, daß Gwynplain Blut nach mir spuckte. Jane hielt mich am Arm fest. »Bucky, was ist Ihnen?«

Ich fand die Sprache wieder. »Sie haben mir erzählt, daß Ihr Mann Ihnen dieses Bild zu Ihrem Geburtstag vor zwei Jahren gekauft hat. Richtig?«

»Ja. Was–?«

»1947?«

»Ja. Buck–«

»Wann genau haben Sie Geburtstag?«

»Am 15. Januar.«

»Zeigen Sie mir bitte die Quittung.«

Mit verwirrtem Blick suchte Jane zwischen einigen Papieren in einem Sekretär, der in der Eingangshalle stand. Ich starrte auf Gwynplain und verglich die Hochglanzfotos von 39th und Norton mit seinem Gesicht. Dann rief sie: »Hier. Wollen Sie mir jetzt nicht endlich erzählen, was vor sich geht?«

Ich nahm das Blatt Papier. Es war purpurfarbenes Bütten, bedeckt mit einer etwas unregelmäßigen, verwackelten Blockschrift: »Ich habe für den Verkauf von Frederick Yannantuonos Gemälde ›Der lachende Mann‹ $ 3.500.00 von Eldridge Chambers erhalten. Diese Quittung belegt Mr. Chambers rechtmäßigen Besitz dieses Bildes. Ramona Cathcart Sprague, am 15. Januar 1947.«

Die Druckschrift war identisch mit den Schriftzügen in dem Foltertagebuch, das ich gelesen hatte, kurz bevor ich Georgie Tilden umbrachte.

Ramona Sprague hatte Elizabeth Short ermordet.

Ich schwenkte Jane in einem tapsigen Bärentanz herum und eilte dann davon, während sie mit verblüffter Miene stehenblieb. Ich hastete zurück zum Wagen, entschied unterwegs, daß ich es im Alleingang machen mußte, sah in dem großen Haus Lichter an- und ausgehen und rekonstruierte die ganze lange Nacht schwitzend, wie es sich abgespielt haben mußte: Ramona und Georgie hatten mal gemeinsam gefoltert, mal getrennt, den Leib in zwei Hälften geschnitten, sie unter sich aufgeteilt und waren dann im Konvoi mit zwei Wagen nach Leimert Park gefahren. Ich spielte jede denkbare Variation durch; ich stellte Mutmaßungen darüber an, was es wohl gewesen sein mochte, das die wilde Raserei aufflammen ließ. Ich dachte an alles, nur nicht daran, was ich tun sollte, wenn ich Ramona Sprague allein antraf.

Um 8.19 Uhr kam Martha mit einer Kunstmappe unter dem Arm aus der Vordertür und fuhr mit ihrem Chrysler in Richtung Osten davon.

Um 10.37 Uhr stieg Madeleine mit einem Köfferchen in der Hand in ihren Packard und fuhr über die Muirfield Road nach Norden. Emmett winkte ihr von der Vordertreppe aus nach; ich beschloß, ihm noch eine Stunde zu geben, um sein Haus zu verlassen – oder ihn mir gemeinsam mit seiner Frau vorzunehmen. Kurz nach Mittag spielte er mir in die Hände – er fuhr davon; aus seinem Auto plärrte laut Operettenmusik.

Aus der Erinnerung an den Monat, an dem ich mit Madeleine das Haus auf den Kopf gestellt hatte, kannte ich den Dienstplan des Hauspersonals: Heute, am Donnerstag, hatten die Haushälterin und der Gärtner frei; die Köchin kam erst gegen 16.30 Uhr, um das Dinner vorzubereiten. Madeleines Köfferchen veranlaßte mich zu der Vermutung, daß sie längere Zeit weg sein würde; Martha würde gewiß vor 18.00 Uhr nicht zurückkehren. Nur bei Emmett konnte ich nicht sicher sein.

Ich überquerte die Straße und machte einen Erkundungsgang. Die Eingangstür war versperrt, die Fenster verriegelt. Das hieß also: entweder vorn klingeln oder unerlaubtes Eindringen.

Dann hörte ich drinnen tappende Schritte und sah durch den Glaseinsatz in der Tür verwischt eine Gestalt in Weiß, die ins Wohnzimmer ging. Wenige Sekunden später hallte das Geräusch der sich öffnenden Eingangstür über die Einfahrt. Ich baute mich vor der Frau auf.

Ramona stand im Eingang, undeutlich, verschwommen, in einem formlosen Hauskleid aus Seide. Ihr Haar war strähnig und unordentlich, ihr Gesicht fleckig und verquollen – wahrscheinlich von Tränen und Schlaf. Ihre dunkelbraunen Augen – von der Farbe meiner eigenen – waren von ängstlicher Wachsamkeit. Sie zog eine damenhaft kleine Automatik aus den Falten ihres Umhangs und richtete sie auf mich. Sie sagte: »Sie haben Martha eingeredet, daß sie mich verlassen soll.«

Ich schlug ihr die Waffe aus der Hand; sie polterte auf einen Strohabtreter, auf den die Worte THE SPRAGUE FAMILY eingedruckt waren; Ramona kaute auf ihren Lippen; ihre Augen schwammen. Ich sagte: »Martha hat etwas Besseres verdient als eine Mörderin.«

Ramona strich ihr Kleid glatt und fuhr tastend über das Haar. Ich hielt ihre Reaktion für das, was sie war: die hilflose Geste einer wohlerzogenen Süchtigen. Ihre Stimme war von der spröden Arroganz aller Spragues: »Sie haben ihr doch nichts erzählt, nicht wahr?«

Ich hob die Pistole auf, steckte sie in meine Tasche und sah mir dann die Frau genauer an. Eigentlich mußte ihr die Langzeitwirkung von zwanzig Jahren Pillen und Mixturen anzumerken sein, doch ihre Augen waren so dunkel, daß ich nicht bestimmen konnte, ob ihre Pupillen verengt waren oder nicht. »Wollen Sie damit sagen, daß Martha nicht weiß, was Sie getan haben?«

Ramona trat zur Seite und forderte mich auf, einzutreten. Sie sagte: »Emmett erzählte mir, wir wären jetzt ganz sicher. Er sagte, Sie hätten das mit Georgie erledigt und viel zu viel zu verlieren, um noch mal herzukommen. Martha berichtete Emmett, Sie würden uns keinen Schaden zufügen, und auch er meinte, daß Sie das nicht tun könnten. Ich habe ihm geglaubt. In geschäftlichen Angelegenheiten war er immer so genau.«

Ich ging hinein. Mit Ausnahme der Packkisten auf dem Fußboden sah das Wohnzimmer so ordentlich aus wie immer. »Emmett hat mich auf Georgie gehetzt, und Martha weiß nicht, daß Sie Betty Short getötet haben?«

Ramona schloß die Tür hinter uns. »Ja. Emmett hat damit gerechnet, daß Sie sich um Georgie kümmern würden. Er hat darauf vertraut, daß er mich nicht mit hineinziehen würde – der Mann war ziemlich wahnsinnig. Emmett ist physisch ein Feigling, verstehen Sie. Er hatte nicht die Courage, es selbst zu tun. Also schob er jemanden vor. Und, mein Gott, glauben Sie denn wirklich, ich würde Martha wissen lassen, wessen ich fähig bin?«

Die Quälerin, die Mörderin war richtig entsetzt darüber, daß ich sie als Mutter verkannte. »Früher oder später wird sie es herausfinden, und ich weiß, daß sie an jenem Abend hiergewesen ist. Sie hat gesehen, wie Georgie und Betty gemeinsam weggefahren sind.«

»Etwa eine Stunde später ist aber auch Martha weggefahren, um eine Freundin in Palm Springs zu besuchen. Sie ist die ganze nächste Woche weggewesen. Emmett und Maddy wissen Bescheid, Martha nicht. Lieber Gott, sie darf es nicht erfahren.«

»Mrs. Sprague, wissen Sie eigentlich, was Sie –«

»Ich bin nicht Mrs. Sprague, ich bin Ramona Upshaw Cathcart! Sie dürfen Martha nicht erzählen, was ich getan habe, oder sie wird mich verlassen. Sie hat gesagt, daß sie sich eine eigene Wohnung suchen will, und mir bleibt nicht mehr viel Zeit.«

Ich wandte ihr den Rücken und ging im Wohnzimmer auf und ab, überlegte, was ich jetzt tun sollte. Ich sah mir die Bilder an den Wänden an: Generationen von Spragues im Kilt, Cathcarts, die vor Orangenhainen und Freiflächen, die ihrer baulichen Entwicklung harrten, farbige Bänder durchschnitten. Da war das fette kleine Mädchen Ramona in einem Stützkorsett, das ihr das Blut abgeschnürt haben mußte, Emmett, der mit strahlender Miene ein dunkelhaariges Kind hochstemmte, Ramona mit glasigem Blick, die Marthas Hand über eine Kinderstaffelei führte. Mack Sennett und Emmett, die mit gestreckten Zeigefingern an den Schläfen einander den Gruß der Gehörnten darboten. Ganz im Hintergrund einer Gruppenaufnahme von Edendale glaubte ich den jungen Georgie Tilden zu erkennen – einen hübschen jungen Mann ohne Narben im Gesicht.

Im Rücken spürte ich Ramonas zitternde Gegenwart. Ich sagte: »Erzählen Sie mir alles. Erzählen Sie mir, warum.«

Ramona setzte sich auf einen Diwan und sprach drei Stunden lang, manchmal in wütendem, manchmal in traurigem Tonfall, gelegentlich aber auch völlig abgehoben und abwesend. Neben ihr stand ein Tisch mit winzigen Nippesfiguren; ihre Hände waren ständig mit ihnen beschäftigt. Ich schritt an den Wänden auf und ab und sah mir die Familienbilder an, spürte, wie sie Eingang in ihre Geschichte fanden.

Sie war Emmett und Georgie 1921 begegnet, als beide noch junge schottische Einwanderer mit der Hoffnung gewesen waren, in Hollywood ihr Glück zu machen. Sie hatte Emmett dafür gehaßt, daß er Georgie wie einen Lakaien behandelte – und sie hatte sich selbst dafür gehaßt, nicht dagegen eingeschritten zu sein. Sie hatte nicht dagegen protestiert, weil Emmett sie heiraten wollte – wegen des Geldes, das ihr Vater besaß, wie sie genau wußte –, und sie war eine Frau mit der Sehnsucht nach Heim und Familie, mit mageren Aussichten, einen Ehemann zu finden.

Emmett war vielversprechend, und er warb um sie. Sie willigte ein und bequemte sich ins eheliche Leben mit dem rücksichtslosen, gierigen jungen Mann, der Bauaufträge übernahm, und späteren Grundstückshai und Baulöwen, den sie nach und nach immer mehr hassen lernte, den sie passiv bekämpfte, indem sie Informationen über ihn sammelte.

Während der ersten Jahre, die sie verheiratet waren, lebte Georgie in der Wohnung über der Garage. Sie erfuhr, daß er Freude daran hatte, Totes zu berühren, und daß Emmett deswegen einen Ekel vor ihm empfand. Sie machte es sich zur Angewohnheit, streunende Katzen zu vergiften, die durch ihren Garten strichen, und die Kadaver vor Georgies Schwelle zu legen. Als Emmett ihren Wunsch, ihr ein Kind zu machen, abschlug, ging sie zu Georgie und verführte ihn – entzückt darüber, daß sie doch die Macht hatte, ihn mit etwas Lebendigem zu erregen – und das mit ihrem verfetteten Körper, den Emmett verschmähte und nur dann lieblos benutzte, wenn sich nichts Besseres bot.

Ihre Affäre war nur kurz, doch es ging ein Kind aus ihr hervor – Madeleine. Sie lebte in Furcht und Schrecken, daß die Ähnlichkeit mit Georgie allzu auffallend werden könnte, und fing an, Opiate zu nehmen, die ihr Arzt ihr verschrieb. Zwei Jahre später wurde Martha geboren, das Kind von Emmett. Das erschien ihr wie ein Verrat an Georgie – und sie verfiel wieder darauf, streunende Tiere für ihn zu vergiften. Eines Tages erwischte Emmett sie dabei; er schlug sie, weil sie an Georgies »Perversionen« Anteil nahm.

Als sie Georgie von den Schlägen berichtete, die sie hatte hinnehmen müssen, erzählte er ihr davon, wie er während des Krieges das Leben des Feiglings Emmett gerettet hatte – womit er Emmetts Version der Geschichte als Lüge entlarvte: daß nämlich er Georgie gerettet habe. Damals begann sie, die Inszenierung der lebenden Bilder zu planen – sie wollte es Emmett symbolisch heimzahlen, und das auf eine so subtile Weise, daß er nie erfahren sollte, wie sehr er insgeheim verhöhnt und gegeißelt wurde.

Madeleine hängte sich an Emmett. Sie war das wunderhübsche Kind, und er war ganz vernarrt in sie. Martha wurde Mutters kleines Mädchen – obwohl sie ein lächerlicher Abklatsch von Emmett war. Emmett und Madeleine verspotteten Martha als Pummelchen und Heulsuse; Ramona beschützte sie, lehrte sie Zeichnen, brachte sie jeden Abend mit der Ermahnung zu Bett, ihre Schwester und ihren Vater nicht zu hassen – obgleich sie gerade das tat. Martha zu beschützen und ihre Liebe zur Kunst zu fördern wurde ihr zur Lebensaufgabe, in der sie ganz aufging und womit sie sich gegen eine unerträgliche Ehe zur Wehr setzte.

Als Maddy elf wurde, entdeckte Emmett ihre Ähnlichkeit mit Georgie und zerschnitt ihrem wirklichen Vater das Gesicht auf so bestialische Weise, daß er nicht wiederzuerkennen war. Ramona verliebte sich nun ernsthaft in Georgie; er war jetzt körperlich noch mehr geschlagen als sie selbst – und sie spürte, daß sie Schicksals- und Leidensgenossen geworden waren.

Georgie wies ihre ständigen Annäherungsversuche ab. Damals machte sie die Bekanntschaft von Victor Hugos »Der lachende Mann« und war betroffen sowohl von den Comprachicos als auch von ihren verstümmelten Opfern. Sie kaufte das Yannantuono-Gemälde und hielt es versteckt, starrte darauf in ihren einsamen Stunden wie auf ein Andenken, das sie an Georgie erinnern sollte.

Als Madeleine ins Backfischalter kam, trieb sie es wahllos mit Männern, teilte ihre kleinen schmutzigen Geheimnisse mit Emmett und schmuste mit ihm auf dem Bett. Martha fertigte obszöne Skizzen von der Schwester an, die sie haßte; Ramona zwang sie dazu, landschaftliche Idyllen zu malen, um ihre Wut vor dem Überkochen zu bewahren. Um Emmett empfindlich beizukommen, führte sie die von langer Hand geplanten stehenden Bilder auf; sie zeugten in dunklen Andeutungen von seiner Habgier und Feigheit. Zusammenbrechende Spielzeughäuser symbolisierten Emmetts Elendshütten, die während des Erdbebens 1933 eingestürzt waren; Kinder, die sich unter Schaufensterpuppen versteckten, die in deutsche Uniformen gekleidet waren, wiesen auf Emmett als erbärmlichen Feigling hin. Manche Eltern fanden diese lebenden Skizzen beunruhigend und untersagten ihren Kindern, mit den Sprague-Mädchen zu spielen. Um diese Zeit etwa entfernte sich Georgie aus ihrem Leben, übernahm Aufräumarbeiten und Abfallbeseitigung und wohnte in Emmetts entmieteten Häusern.

So vergingen Jahre. Sie konzentrierte sich darauf, sich um Martha zu kümmern, sie zu drängen, die High School vorzeitig abzuschließen, stiftete Gelder für das Otis Art Institute, um ihr eine Vorzugsbehandlung zu sichern. Martha war folgsam und glänzte am Otis; Ramona lebte von ihren Erfolgen, pumpte sich voll mit Sedativa, setzte sie zeitweilig ab und dachte oft an Georgie – vermißte ihn, hatte Sehnsucht nach ihm.

Im Herbst '46 kehrte Georgie zurück. Sie hörte mit, wie er Emmett seine Erpressungsforderung stellte: ihm entweder das Mädchen aus dem Film zu beschaffen oder zu riskieren, daß peinliche Einzelheiten aus Vergangenheit und Gegenwart der Familie ans Tageslicht gebracht würden.

Sie wurde entsetzlich eifersüchtig, haßte »dieses Mädchen«, und als Elizabeth Short am 12. Januar 1947 im Haus der Spragues auftauchte, kannte ihre Wut keine Grenzen mehr. »Dieses Mädchen« sah Madeleine derart ähnlich, daß es ihr wie ein grausamer Witz erschien, den jemand mit ihr machte. Als Elizabeth und Georgie in seinem Kleinlaster davonfuhren, stellte sie fest, daß Martha auf ihr Zimmer gegangen war, um für ihre Fahrt nach Palm Springs zu packen. Sie hinterließ einen Zettel vor ihrer Tür, auf dem sie sich verabschiedete, und schrieb, daß sie sich schlafengelegt hätte. Dann fragte sie Emmett beiläufig, wohin »dieses Mädchen« und Georgie denn gegangen seien.

Er erzählte ihr, er habe Georgie eins seiner Abrißhäuser oben in North Beachwood erwähnen hören. Sie schlich sich durch die Hintertür nach draußen, stieg in ihren Zweitwagen, einen Packard, jagte hinaus nach Hollywoodland und wartete. Nur wenige Minuten später trafen Georgie und das Mädchen in der Parklandschaft am Fuße des Mount Lee ein. Sie folgte ihnen zu Fuß zu der Hütte im Wald. Sie gingen hinein; sie sah, wie das Licht anging. Nach draußen fiel ein Lichtstreifen auf einen glänzenden, hölzernen Gegenstand, der an einem Baumstamm lehnte – ein Baseballschläger. Als sie das Mädchen kichern und fragen hörte: »Hast du all diese Narben aus dem Krieg?«, ging sie mit dem Schläger bewaffnet hinein.

Elizabeth Short versuchte wegzulaufen. Sie schlug sie bewußtlos, überredete Georgie, sie zu fesseln und zu knebeln und auf der Matratze festzubinden. Sie versprach ihm Gliedmaßen des Mädchens, die er für immer behalten könne. Sie zog ein Exemplar von »Der lachende Mann« aus ihrer Handtasche und las laut daraus vor, wobei sie gelegentlich Blicke auf das hilflos hingestreckte Mädchen warf. Dann fügte sie ihr Schnitte zu, verbrannte ihre Haut, bearbeitete sie mit dem Schläger und schrieb in ihr Notizbuch, das sie immer mit sich herumtrug, während das Mädchen vor Schmerz das Bewußtsein verloren hatte. Georgie sah ihr dabei zu, und gemeinsam brüllten sie die Gesänge der Comprachicos heraus, und dann, nach zwei Tagen, schlitzte sie Elizabeth Shorts Mund vom einen bis zum andern Ohr auf, damit sie sie nicht mehr hassen müßte, nachdem sie tot war. Georgie zerschnitt die Leiche in zwei Hälften, spülte dann das Blut in dem kleinen Rinnsal vor der Hütte aus und schleppte sie zu ihrem Wagen. Spät nachts fuhren sie zur 39th und Norton – einer Freifläche, die Georgie im Auftrag der Stadt von abgeladenem Müll räumen sollte. Dort ließen sie Elizabeth Short liegen, wo sie dann zur Schwarzen Dahlie wurde, und sie fuhr Georgie zurück zu seinem Kleinlaster, kehrte heim zu Emmett und Madeleine, denen sie erzählte, daß sie sehr bald schon herausfinden würden, wo sie sich während der letzten Tage aufgehalten habe, und daß sie dann wohl endlich respektieren würden, daß sie einen eigenen Willen habe. In einem Akt der Selbstreinigung verkaufte sie ihr Gwynplain-Gemälde an den Kunstliebhaber Eldridge Chambers, der gern günstige Geschäfte machte – und machte dabei noch Gewinn. Danach kamen Tage und Wochen des Schreckens, in denen sie befürchtete, Martha könne alles herausfinden und sie dafür hassen – und mehr und mehr Laudanum und Codein und betäubungsähnlicher Schlaf, um deren Wirkung wieder abzubauen.

Ich schaute gerade auf eine Reihe gerahmter Zeitschriftentitel – mit denen Martha Preise errungen hatte –, als Ramona ihre

Geschichte endete. Die Stille schreckte mich; ihre Geschichte ging mir unablässig durch den Kopf. Im Zimmer war es kühl – doch ich schwitzte heftig.

Der erste Preis, vom Dachverband der Werbewirtschaft 1948 an Martha vergeben, zeigte einen hübschen Knaben, der in einem Seersucker-Anzug am Strand entlangschlenderte und eine blonde Schönheit anschwärmte, die ein Sonnenbad nahm. Er starrte sie so selbstvergessen an, daß er fast von einer riesigen Brandungswelle erfaßt wurde. Auf der Kopfzeile der Seite stand: »Nur keine Bange! In seinem Anzug von Hart, Shaffner & Marx Featherweight wird er ganz schnell wieder trocken und frisch – und kann sie abends in den Club ausführen!« Das Mädchen darauf war hübsch. Die Gesichtszüge waren die von Martha – in einer geglätteten, geschönten Version. Den Hintergrund bildete die Sprague-Villa, umgeben von Palmen.

Ramona brach das Schweigen als erste. »Was werden Sie tun?«

Ich konnte sie nicht anschauen. »Ich weiß es nicht.«

»Martha darf es nicht wissen.«

»Das haben Sie mir bereits gesagt.«

Der Kerl auf dem Werbeplakat sah immer mehr aus wie ein idealisierter Emmett – der knorrige Schotte als Hollywood-Schönling. Ich stellte eine echte Cop-Frage, die mir bei Ramonas Geschichte in den Sinn gekommen war. »Im Herbst 1946 hat jemand tote Katzen auf Friedhöfe in Hollywood geworfen. Sind Sie das gewesen?«

»Ja. Ich war damals so eifersüchtig auf sie, und ich wollte doch nur, daß Georgie erfährt, wie sehr ich ihn noch liebe. Aber was werden Sie jetzt tun?«

»Ich weiß nicht. Gehen Sie nach oben, Ramona. Lassen Sie mich allein.«

Ich hörte das weiche Tappen ihrer molligen Füße, als sie aus dem Zimmer ging, dann Schluchzen, dann nichts mehr. Ich stellte mir die Familie im Schulterschluß vor, wie sie versuchte, Ramona zu retten, wie ihre Verhaftung meine Polizeikarriere vernichten würde: Anklagen wegen Zurückhaltung von Beweismitteln, Behinderung der Justiz. Das Geld der Spragues würde ihr die Gaskammer ersparen, sie würde in Atascadero bei lebendigem Leib aufgefressen werden oder in einem anderen Frauengefängnis, bis sie an ihrer Hautkrankheit jämmerlich zugrunde ging, man würde Martha quälen, während Emmett und Madeleine noch immer zusammenhielten – sämtliche Anschuldigungen gegen sie wegen Beweisunterdrückung/behinderung würden nur zweitrangig sein. Falls ich Ramona einbuchtete, war ich als Polizist geliefert; falls ich sie laufenließ, war ich als Mann erledigt. Und auf jeden Fall würden Emmett und Madeleine überleben – gemeinsam.

Der berühmte Bucky-Bleichert-Vorstoß war also abgeblockt und versandete klammheimlich in einem großen Zimmer voller Plüschmöbel und Ikonen schottischer Vorfahren. Ich warf einen Blick in die Packkisten auf dem Fußboden – das Fluchtgepäck der Spragues, falls der Stadtrat gegen sie vorgehen würde – und sah mir noch einmal die billigen Cocktailkleider und den Skizzenblock an mit all den Frauengesichtern, die zweifellos Marthas *alter egos* waren, die sie auf Werbeplakate pappte, auf denen Zahnpasta und Kosmetika und Cornflakes angepriesen wurden. Vielleicht konnte sie auch eine Werbekampagne anzetteln, um Ramona aus Tehachapi freizubekommen. Aber vielleicht würde sie ohne ihre folternde Mommy auch überhaupt nicht mehr imstande sein weiterzuarbeiten.

Ich verließ die Villa und klapperte meine eigenen Schreckgespenster ab. Ich fuhr ins Pflegeheim – mein Vater erkannte mich nicht, doch seine Boshaftigkeit schien ungebrochen. Lincoln Heights war überzogen mit Neubauten, Kasernen aus Fertigteilen, für die Mieter gesucht wurden – »Mietkautionen von GIs werden nicht entgegengenommen.« Die Eagle Rock Legion Hall machte noch immer lärmend Reklame für Boxveranstaltungen am Freitagabend, und mein Streifenrevier bei der Central Division bestand noch immer aus Saufbrüdern, Pennern und religiösen Ausschreiern. Als die Dämmerung einbrach, kapitulierte ich: noch eine letzte Beschattung der Oberschicht-Braut, bevor ich ihre Mommy hopps nahm; nur noch eine letzte Chance, um sie zu fragen, warum sie noch immer die Dahlie spielte, obwohl sie wußte, daß ich sie nie wieder anrühren würde.

Ich fuhr in das Bumsviertel in der Eighth Street, parkte an der Ecke Irolo und wartete, wobei ich den Eingang des *Zimba Room* nicht aus den Augen ließ. Ich hoffte, daß das Köfferchen, das Madeleine heute morgen bei sich gehabt hatte, nicht bedeutete, daß sie eine längere Reise antreten wollte; und dann hoffte ich, daß ihr nächtliches Herumstreifen als Schwarze Dahlie vor zwei Tagen nicht nur eine Eintagsfliege gewesen war.

Ich saß da und beobachtete Fußgänger; Wehrdienstpflichtige, schwer angesoffene Zivilisten, Spießer aus der Nachbarschaft, die in Filzpantoffeln mal kurz einen Abstecher in die Kneipen machten. Ich dachte daran, alles sausen zu lassen, bekam dann Manschetten, als ich an den nächsten Schritt dachte – Ramona –, und saß wieder fest. Kurz nach Mitternacht rauschte Madeleine mit ihrem Packard vor. Sie stieg aus – sie trug ihr Köfferchen, sah aus wie immer und nicht wie Elizabeth Short.

Etwas verwundert sah ich ihr nach, wie sie in das Restaurant ging. Ich mußte eine Viertelstunde warten, dann kam sie wieder heraus und war von Kopf bis Fuß die Schwarze Dahlie. Sie warf ihren Koffer auf den Rücksitz des Packard und steuerte den *Zimba Room* an.

Ich gab ihr eine Minute Vorsprung, ging dann hinüber zum Eingang und bezog dort Posten. Die Bar war nur spärlich von ein paar Lametta-Trägern der Army besucht. Die Nischen mit den Zebrastreifen waren unbesetzt. Madeleine trank ganz allein. Zwei Soldaten starrten von ihren Barhockern zu ihr herüber und waren auf dem Sprung, den ersten Annäherungsversuch zu wagen. Sie machten sich fast gleichzeitig an sie heran. Der Laden war viel zu leer, und ich konnte sie nicht länger beobachten, ohne aufzufallen; ich setzte mich wieder in meinen Wagen.

Madeleine und ein Oberleutnant in Sommeruniform kamen ungefähr eine Stunde später heraus. Wie üblich stiegen sie in den Packard, bogen um die Ecke und fuhren auf die Autoraststätte zwischen der Ninth und Irolo. Ich war direkt hinter ihnen. Madeleine stellte den Wagen ab und ging in die kleine Hütte des Nachtportiers, um die Schlüssel abzuholen; der Soldat wartete an der Tür zur Nummer 12. Ich machte mich auf die alte Frustration bereit: KMPC auf voller Lautstärke, Jalousien ganz heruntergelassen. Dann kam Madeleine aus dem kleinen Büro, rief dem Lieutenant etwas zu und zeigte auf einen anderen Bungalow. Er zuckte die Achseln und ging voraus; Madeleine schloß ihm auf und machte die Tür auf. Drinnen ging das Licht an und wurde kurze Zeit später gelöscht.

Ich gab ihnen zehn Minuten, ging dann auf den Bungalow zu und war bedient, als ich an Big Band Jazz und stundenlanges Warten in der Dunkelheit dachte. Drinnen hörte ich Stöhnen, das unter Musikbegleitung vonstatten ging. Eines der Fenster stand einen halben Meter weit offen und ließ sich offenbar nicht schließen, weil die Führungsnut von Lack verklebt war. Ich suchte mir Deckung hinter einem Spalier aus Weinranken, hockte mich hin und lauschte.

Lauteres Stöhnen, heftiges Quietschen von Sprungfedern, männliche Grunzlaute, ihre Lustschreie erreichten einen Höhepunkt – bühnenreif und höher in der Tonlage als damals, als sie mit mir zusammengewesen war. Der Soldat stöhnte ein letztes Mal laut auf, dann verebbte das Geräusch, und ich hörte Madeleines Stimme mit aufgesetztem Akzent sagen:

»Also, ich wünschte mir schon, daß sie hier ein Radio hätten. Wo ich herkomme, gab es in jedem Motel eins. Damals, bei uns zu Hause, wurden sie festgeschraubt und man mußte Münzen reinstecken, aber immerhin hatte man Musik.«

Der Soldat, der versuchte, wieder zu Atem zu kommen, sagte: »Ich hab gehört, daß Boston eine ganz hübsche Stadt sein soll.«

Erst jetzt ging mir auf, welchen Dialekt Madeleine imitieren wollte: den der Mittelschichten von Neu-England, den auch

Betty Short gesprochen hatte. »Medford ist gar nicht schön. Nein, überhaupt nicht schön. Ich hatte einen lausigen Job nach dem anderen. Kellnerin, Süßwarenverkäuferin in einem Kino, Bürobotin in einer Fabrik. Darum bin ich nach Kalifornien gegangen, um hier mein Glück zu machen, weil Medford so gräßlich war.«

Die »A's« in Madeleines Sprache wurden breiter und breiter; sie hörte sich an wie eine Sumpfpflanze aus Boston. Der Mann fragte: »Bist du während des Krieges hierhergekommen?«

»Äh – ja. Ich bekam einen Job im PX von Camp Cooke. Dann hat mich ein Soldat zusammengeschlagen, und ein reicher Mann, ein berühmter Baulöwe, der viele Preise gewonnen hat, hat mich gerettet. Er ist jetzt mein Pflegevater. Er läßt mich zusammensein, mit wem ich will, solange ich nur zu ihm zurück nach Hause komme. Er hat mir dieses schöne weiße Auto gekauft und all die hübschen schwarzen Kleider, und er streichelt mich auch manchmal, weil er nicht mein richtiger Daddy ist.«

»Das ist genau der Vater, den man haben sollte. Mein Alter hat mir mal ein Fahrrad gekauft, und einmal hat er mir sogar ein paar Dollar für ein Seifenkistenrennen gegeben. Aber er hat mir nie Geld für einen Packard geschenkt. Soviel steht fest, also, Betty, dein Daddy ist wirklich ein Goldstück.«

Ich ging noch tiefer in die Knie und spähte durch den Spalt ins Fenster. Was ich von dort aus sehen konnte, waren nur dunkle Umrisse auf einem Bett mitten im Zimmer. Madeleine/Betty sagte: »Manchmal mag mein Daddy meine Boyfriends nicht. Er macht nie ein großes Theater daraus, weil er ja nicht mein richtiger Daddy ist, und ich find's schön, wenn er mir den Rücken streichelt. Es gab da mal so einen Jungen, einen Polizisten. Mein Stiefvater hat mich gewarnt, daß das ein Windbeutel wäre, der auch gemein werden kann. Ich habe ihm nicht geglaubt, weil der Kerl groß war und stark, und weil er so komische, niedliche Zähne hatte. Er hat versucht, mir was anzutun, aber Daddy hat gleich den Daumen draufgehabt. Daddy weiß schon, wie man mit solchen Schlappschwänzen umgehen muß, die immer nur Geld haben wollen und unschuldigen Mädchen wehtun. Er war ein berühmter Held im Ersten Weltkrieg, und dieser Polizist, das war ein Wehrdienstverweigerer.«

Madeleines Akzent rutschte jetzt in eine andere Tonart, und ihre Stimme klang tief und guttural. Ich machte mich auf die nächsten Kränkungen gefaßt; der Soldat sagte: »Wehrdienstverweigerer sollte man entweder nach Rußland deportieren oder erschießen. Nein, nicht erschießen, das wäre noch viel zu gut für sie. Man müßte sie aufhängen, an ganz bestimmten Teilen, du weißt schon, welchen.«

Madeleine sagte in unverfälschtem mexikanischem Akzent und leidenschaftlichem Vibrato: »Ein Axt ißt noch besser, nein? Der Polizist hatt Partner. Der hatt für mich sich etwas umgehört – ein parr Nachrichten für ein Mädchen, daß garr nicht so nett war, wie ich geglaubt hatt. Dieser Partner hatt meinen Pflegevater zusammengeschlagen und ist nach Me-chiko geflüchtet. Dann hab ich mir ein parr billige Paßfotos machen lassen und mir ein paar Fummel gekauft. Ich hab' einen Privatdetektiv geheuert, der ihn finden soll, und dann hab' ich geschauspielert. Ich hatte diese billigen Fummel an, hab' so getan, als wärr ich 'ne Bettlerin und dann an seine Tür geklopft. *Gringo, Gringo,* ich brauchen Geld! Er hat mir sein Rücken zugekehrt, und da hab ich ihn mit der Axt niedergehaun. Ich hab mirr Geld geschnappt, daß er meinem Stiefvater gestohlen hatt, hab' einundsiebzigtausend Dollar wieder zurückgebracht.«

Der Soldat stieß ärgerlich hervor: »Hör mal, soll das ein Scherz sein?« Ich zog meinen .38er und spannte den Hahn. Madeleine, in der Rolle der »reichen Mexikanerin«, die sie Milt Dolphine vorgespielt hatte, sprach jetzt nur noch unverfälschtes, obszönes Spanisch. Ich zielte durch die Öffnung im Fenster; drinnen ging das Licht an; der Soldat stieg hastig in seine Uniform und verdeckte die Mörderin, auf die ich schießen wollte. Ich sah Lee in einer Sandgrube vor mir, Würmer krochen aus seinen Augenhöhlen.

Der Soldat hastete aus der Tür; er war nur halb angezogen.

Madeleine, die in ihren engen schwarzen Hosenanzug stieg, war nicht so leicht zu verfehlen. Ich schnappte nach Luft, und mit einem letzten Blick auf Madeleines nackte, huschende Gestalt zielte ich ins Leere und schoß. Dann trat ich das Fenster ein.

Madeleine beobachtete mich, wie ich über den Sims kletterte. Unberührt von den Schüssen und dem herumfliegenden Glas, sagte sie kühl und beinahe unberührt: »Sie war für mich etwas Wirkliches, das einzige Wirkliche. Ich muß den Leuten immer von ihr erzählen. Irgendwie hab ich mich ihr unterlegen gefühlt. Sie war eine Naturkraft, und ich bloß ein Abklatsch. Aber sie hat uns gehört, Liebling. Du hast sie zu mir zurückgebracht. Sie war das, was zwischen uns schön gewesen ist. Sie hat uns ganz allein gehört.«

Ich zerstörte Madeleines Dahlienfrisur, takelte sie ab, bis sie nur noch wie eine der Krähen aussah, die wir jede Nacht aufgriffen; ich machte die Handschellen in ihrem Rücken fest, sah mich neben meinem Partner in der Sandgrube, von Würmern zerfressen wie er. Polizeisirenen kamen immer näher; der Strahl ihrer Scheinwerfer brach sich in den Fenstern. Aus dem großen Nichts, als Nachhall zu den Aufständen der Zoot-Suiters, hörte ich ihn noch sagen:

»Cherchez la femme, Bucky. Das ist das Geheimnis.«

35. Kapitel

Wir machten den Absturz Hand in Hand. Auf meine Schüsse hin kamen vier Schwarzweiße. Ich setzte den Officers auseinander, daß sie Blaulicht einschalten, die Sirenen anmachen und zum Wilshire Revier jagen sollten – weil ich nämlich die Frau wegen Mord ersten Grades festgenommen hätte. Im Dienstraum des Wilshire Reviers gestand Madeleine, Lee Blanchard getötet zu haben, und rührte eine beeindruckende Phantasie zusammen – ein Liebesdreieck, Lee/Madeleine/Bucky, in das sie im Winter 1947 verstrickt gewesen sei. Ich war bei ihrem

Verhör dabei und muß zugeben, daß sie keine Fehler machte. Altgediente, abgebrühte Detectives der Mordkommission kauften ihr ihre Geschichte von vorn bis hinten ab: Lee und ich kämpften um ihre Hand, und sie, Madeleine, habe in mir ihren künftigen Ehemann gesehen. Lee sei dann zu Emmett gegangen und habe verlangt, daß er ihm »seine Tochter geben« solle und ihn dann beinahe zu Tode geprügelt, nachdem er abgelehnt habe. Dann habe sie, Madeleine, Lee in Mexiko aufgestöbert und ihn aus Angst und Wut in Ensenada mit einer Axt angegriffen. Der Mordfall Schwarze Dahlie wurde dabei überhaupt nicht erwähnt.

Ich bestätigte Madeleines Geschichte und räumte ein, daß ich erst vor ganz kurzer Zeit von Lees Ermordung gehört hätte. Dann deckte ich Madeleine mit Indizienbeweisen ein, und sie legte ein Teilgeständnis ab. Madeleine wurde in das Frauengefängnis von Los Angeles übergeführt, während ich ins *El Nido* zurückkehrte – nach wie vor unsicher, was ich jetzt wegen Ramona unternehmen sollte.

Am nächsten Tag meldete ich mich zurück zum Dienst. Am Ende meiner Runde wartete im Umkleideraum des Newton Reviers ein Verhörteam der Internen Kontrollkommission auf mich. Sie rösteten mich drei Stunden lang; ich hielt mich an die Schneeballphantasien, die Madeleine ins Rollen gebracht hatte. Das Gerüst ihrer Geschichte und mein Ruf als verrückter Einzelgänger, den ich bei der Truppe hatte, retteten mich über das Verhör – und niemand erwähnte dabei die Dahlie.

Während der nächsten Woche geriet alles in die Mühlsteine der Justiz.

Die mexikanische Regierung weigerte sich, Madeleine wegen des Mordes an Lee Blanchard anzuklagen – ohne den Leichnam und zwingende Beweise konnte kein Auslieferungsverfahren eingeleitet werden. Eine Kommission wurde einberufen, die über ihr Schicksal entscheiden sollte; Ellis Loew wurde beauftragt, sich der Strafverfolgung im Interesse der City of Los Angeles anzunehmen. Ich erklärte ihm, daß ich nur dazu bereit sei, eine eidesstattliche Erklärung abzulegen. Da er meine Unberechenbarkeit nur allzu gut kannte, willigte er ein. Ich schrieb zehn Seiten voll mit Lügen über das »Liebesdreieck«, ein Machwerk aus Phantasien, die sich ein romantisches Gemüt wie das von Betty Short nicht besser hätte ausdenken können. Ich fragte mich, ob sie an der Ironie des Ganzen wohl Gefallen gefunden hätte.

Emmett Sprague wurde vor einem anderen Untersuchungsausschuß schuldig gesprochen – wegen Verstoßes gegen Gesundheits- und Sicherheitsbestimmungen, verursacht durch unseriöse Grundstücksverwaltungen, die gröblich ihre Aufsichtspflicht vernachlässigt hätten. Er erhielt einen Bußgeldbescheid über 50000 Dollar – Anklage wurde gegen ihn nicht erhoben. Aufgerechnet gegen die 71000 Dollar, die Madeleine von Lee gestohlen hatte, hatte er noch immer einen guten Schnitt gemacht.

Das »Liebesdreieck« geisterte durch die Zeitungen von dem Tag an, an dem Madeleines Fall vor einem Untersuchungsausschuß verhandelt wurde. Der Kampf Blanchard-Bleichert und die Schießerei in der Southside wurden wieder aufgewärmt, und eine Woche lang war ich wieder Stadtgespräch. Dann bekam ich einen Anruf von Bevo Means vom *Herald*: Nimm dich in acht, Bucky. Jetzt schlägt Emmett Sprague zurück, und die Kacke ist am Dampfen. Mehr sag' ich nicht.

Es war die Zeitschrift *Confidential,* die mir dann endgültig den Rest gab.

Die Ausgabe vom 12. Juli brachte einen Artikel über das »Dreieck«. Darin wurden Zitate von Madeleine wiedergegeben, die wiederum Emmett den Skandalblättern gesteckt hatte. Demzufolge hatte ich meine Dienstpflichten verletzt, indem ich mich während meiner Dienstzeit im *Red Arrow Motel* mit dem reichen Mädchen traf, um mit ihr zu schlafen; ich hätte die Whiskey-Bestände ihres Vaters geplündert, um über die Nachtschicht zu kommen; ich hätte an sie die – vertraulichen – Vorgaben hinsichtlich der Ausstellung von Strafmandaten weitergegeben, eine Quotenregelung, die vom L.A.P.D. erlassen worden war; und dann hätte ich mich damit gebrüstet, »Nigger« zusammengeschlagen zu haben. Der Artikel wimmelte von Anspielungen auf weitere Verstöße – doch es reichte vollauf, daß alles, was Madeleine gesagt hatte, der Wahrheit entsprach.

Ich wurde aus dem Los Angeles Police Department ausgestoßen wegen »moralischen Fehlverhaltens« und »Verletzung der Dienstpflichten«. Das war der einmütige Spruch eines Sonderausschusses von parlamentarischen Kontrollinstanzen und Dienststellenleitern, gegen den ich keinen Widerspruch einlegte. Ich überlegte schon, ob ich Ramona ans Messer liefern sollte, um die große Wende herbeizuführen, doch ich verwarf diesen Gedanken. Russ Millard wäre dadurch gezwungen gewesen, zuzugeben, daß er alles gewußt hatte, und das hätte ihm geschadet; auch Lee wäre dadurch noch tiefer in den Dreck gezogen worden; und auch Martha würde dann alles erfahren; die Tat lag jetzt fast zweieinhalb Jahre zurück; der Artikel im *Confidential* machte mich zum Ärgernis der ganzen Polizeitruppe. Niemand wußte das besser als ich.

Ich gab meinen Dienstrevolver ab, den erbeuteten .45er, und meine Dienstmarke mit der Nummer 1611. Ich zog wieder in das Haus ein, das Lee gekauft hatte, lieh mir 500 Dollar vom Padre und wartete darauf, daß mein Status als traurige Berühmtheit bald ein Ende hätte, bevor ich Anstrengungen unternahm, Arbeit zu finden. Betty Short und Kay lasteten mir schwer auf der Seele, und ich ging zu Kays Schule, um dort einen Moment abzupassen und mit ihr zu sprechen. Der Schulleiter, der mich angewidert wie einen Käfer musterte, der eben aus dem Gebälk schlüpft, das er zum Einsturz hatte bringen wollen, erklärte mir, daß Kay ein Entlassungsschreiben hinterlegt habe, kurz nachdem mein Name wieder durch die Zeitungen gegangen sei. In ihrer Kündigung stand, daß sie eine längere Autoreise plane und nicht nach Los Angeles zurückkehren wolle.

Madeleines Geschworene entschieden auf »Mord dritten Grades« – auf »vorsätzliche Tötung unter schwerer seelischer Belastung und mildernden Tatumständen«. Ihr Anwalt, der berühmte Jerry Giesler, hatte ihr geraten, auf »schuldig« zu plädieren und zu beantragen, daß in ihrem Fall das Obergericht entscheiden sollte. Unter Berücksichtigung der psychiatrischen Gutachten zahlreicher Kapazitäten, die festgestellt hatten, daß Madeleine eine Persönlichkeit sei, die »unter schweren schizophrenen Schüben mit Gewaltphantasien leidet, die sie aufgrund ihrer gespaltenen Persönlichkeit unter verschiedenen angenommenen Identitäten ausagieren muß«, verurteilte sie der Richter für »unbestimmte Zeit zu einem Aufenthalt im Atascadero State Hospital, wo sie sich einer Behandlung unterziehen muß, deren Dauer einen festgelegten Rahmen nicht unterschreiten darf: eine Haftzeit von zehn Jahren«.

Das Mädchen aus »gutem Hause« nahm also die Schuld der Familie auf sich, und dasselbe tat auch ich. Mein Abgesang auf die Spragues war ein Titelfoto in der *Daily News* von Los Angeles. Es zeigte, wie Madeleine von Wärterinnen aus dem Gerichtssaal geführt wurde, während Emmett am Tisch der Verteidigung hemmungslos weinte. Ramona, hohlwangig und blaß, wurde von ihrer Tochter Martha in gutsitzendem Schneiderkostüm aus dem Saal geführt. Dieses Bild besiegelte mein Schweigen – auf ewig.

36. Kapitel

Einen Monat später bekam ich einen Brief von Kay.

Sioux Falls, S.D.
17. 8. 1949

Lieber Dwight,
ich wußte nicht, ob Du ins Haus zurückgezogen bist, also weiß ich nicht, ob dieser Brief Dich erreichen wird. Ich habe in der Bibliothek die Tageszeitungen aus Los Angeles gelesen, daher weiß ich, daß Du jetzt nicht mehr beim Department bist. Ich kann Dir also auch dahin nicht mehr schreiben. Ich schicke dies einfach ab und warte, was passiert.

Ich bin in Sioux Falls im Plainsman Hotel abgestiegen. Es ist das beste am Ort, und seit ich ein kleines Mädchen war, habe ich schon immer mal darin wohnen wollen. Es ist natürlich nicht so, wie ich es mir vorgestellt hatte. Ich wollte mir nur den bitteren Nachgeschmack von L.A. aus dem Mund waschen, und Sioux Falls ist ganz das Gegenteil von L.A., krasser, als man es sich denken kann, es sei denn, man fliegt zum Mond.

Meine ehemaligen Schulfreundinnen sind alle verheiratet und haben Kinder. Zwei von ihnen sind Kriegswitwen. Jedermann spricht hier noch vom Krieg, als wäre er noch im Gange, und die Prärie draußen vor der Stadt wird umgepflügt, um neue Wohngebiete zu schaffen. Die Häuser, die man bisher errichtet hat, sind so häßlich, solche grellen, schreienden Farben. Bei ihrem Anblick vermisse ich unser altes Haus. Ich weiß ja, daß Du es haßt, aber für mich war es neun Jahre lang eine Zufluchtsstätte.

Dwight, ich habe alle Zeitungen gelesen, und das Geschmiere in diesem Klatschmagazin. Ich habe etwa ein Dutzend Lügen gezählt. Lügen durch Auslassung, und dann die ganz offenkundigen. Ich frage mich andauernd, was wirklich vorgefallen ist, obwohl ich es eigentlich gar nicht so genau wissen will. Mir ist rätselhaft, warum Elizabeth Short nirgendwo erwähnt wird. Ich will nicht selbstgefällig klingen, aber letzte Nacht habe ich in meinem Zimmer wachgelegen und nur Lügen gezählt, all die Lügen, die ich dir erzählt habe, und Dinge, die ich Dir nicht erzählt habe, auch da nicht, als es zwischen uns noch gut stand. Ich bin viel zu beschämt, um Dir zu sagen, auf welche Zahl ich gekommen bin.

Ich bin deswegen bedrückt, und ich bewundere, was Du im Fall Madeleine Sprague getan hast. Ich habe nie gewußt, was sie Dir bedeutet hat. Doch ich weiß, daß ihre Festnahme Dich bestimmt sehr belastet hat. Hat sie wirklich Lee getötet? Ist das nur eine weitere Lüge? Warum kann ich es eigentlich gar nicht glauben?

Ich habe einiges Geld, das Lee mir hinterlassen hat (eine Lüge durch Auslassung, ich weiß), und morgen oder übermorgen werde ich mich in Richtung Osten aufmachen. Ich möchte ganz weit weg von Los Angeles sein, irgendwo, wo es kühl und hübsch und alt ist. Vielleicht nach Neu-England, vielleicht an die großen Seen. Ich weiß nur: sobald ich den Ort sehe, werde ich es wissen.

In der Hoffnung, daß meine Zeilen Dich erreichen,

Kay

P.S. Denkst Du noch immer an Elizabeth Short? Ich muß ständig an sie denken. Ich hasse sie nicht, ich denke nur über sie nach. Merkwürdig, nach so langer Zeit.

K.L.B.

Ich behielt den Brief und las ihn bestimmt etliche hundert Mal. Ich dachte nicht darüber nach, was er zu bedeuten hatte, ob er meine Zukunft betraf oder Kays oder unsere gemeinsame Zukunft. Ich mußte ihn nur immer wieder lesen und dachte an Betty.

Ich warf den großen Aktenstapel aus dem *El Nido* in den Müll und mußte wieder über sie nachdenken. H. J. Caruso gab mir einen Job als Autoverkäufer, und ich dachte auch noch an sie, als es auf das Jahr 1950 zuging. Ich fuhr zu der Stelle zwischen 39th und Norton, sah, daß jetzt Häuser auf dem ehemals leeren Grundstück standen, und dachte an sie. Es war für mich kein moralisches Problem, daß ich Ramona laufengelassen hatte, und ich fragte mich auch nicht, ob Betty damit einverstanden gewesen wäre. Ich dachte ganz einfach an sie. Und dann war es Kay, von uns beiden schon immer die Klügere, die alles für mich zusammensetzte.

Ihr zweiter Brief war in Cambridge, Massachusetts, aufgegeben und auf Papier mit dem Briefkopf der Harvard Motor Lodge geschrieben worden.

11. 9. 49

Lieber Dwight –
ich bin noch immer eine solche Lügnerin, Zauderin und ein solches Hasenherz. Seit zwei Monaten weiß ich es schon, und

erst jetzt bringe ich den Mut auf, Dir davon zu erzählen. Falls dieser Brief Dich nicht erreicht, muß ich tatsächlich im Haus oder bei Russ Millard anrufen. Aber ich versuche es erst einmal hiermit.

Dwight, ich bin schwanger. Es muß bei diesem einen schrecklichen Mal passiert sein, ungefähr einen Monat, bevor Du ausgezogen bist. Weihnachten ist es soweit, und ich möchte das Kind haben.

Das ist der berühmte Kay-Lake-Rückzieher-Vorstoß. Wirst Du mich bitte anrufen oder schreiben? Bald? Sofort?

Das ist also die große Neuigkeit. Was das P.S. in meinem letzten Brief angeht, klang das irgendwie seltsam? Elegisch? Na ja, mir ist etwas ganz Komisches passiert.

Ich mußte viel über Elizabeth Short nachdenken. Wie sie unser aller Leben zerstört hat, ohne daß wir sie je gekannt hätten. Als ich nach Cambridge kam (Gott, wie ich das akademische Milieu liebe!), fiel mir mit einem Mal ein, daß sie in dieser Gegend aufgewachsen ist. Ich fuhr nach Medford, ging zum Dinner in ein Lokal und kam ins Gespräch mit einem Blinden, der am Nachbartisch saß. Mir war ein bißchen redselig zumute, und ich erwähnte ihm gegenüber Elizabeth Short. Der Mann wurde anfangs ganz traurig, doch später dann ganz lebhaft. Er erzählte mir von einem Polizisten aus Los Angeles, der vor drei Monaten nach Medford gekommen wäre, um »Beths« Mörder zu finden. Er hat Deine Stimme beschrieben und bis aufs i-Tüpfelchen auch Deine Sprechweise. Ich war sehr stolz, aber ich habe nicht erzählt, daß dieser Cop mein Mann ist, weil ich nicht weiß, ob Du es noch immer bist.

Ich frage mich

Kay

Ich rief nicht an, und ich schrieb auch nicht. Ich bot Lee Blanchards Haus zum Verkauf an und setzte mich in das nächste Flugzeug nach Boston.

37. Kapitel

Im Flugzeug dachte ich an all die Dinge, die ich Kay zu erklären haben würde, Beweise, die ich ihr geben mußte, um auszuschließen, daß ein neues Lügengebäude uns zwei – oder uns drei – zerstören konnte.

Sie würde wissen müssen, daß ich ein Detective ohne Dienstmarke war, daß ich einen einzigen Monat lang im Jahre 1949 Brillanz und Mut und Opferbereitschaft besessen hatte. Sie würde wissen müssen, daß die Hitze jener Zeit mich stets verletzbar machen würde, eine dunkle Neugier in mir weiterbrennen würde. Sie mußte mir einfach glauben, daß mein stärkster Vorsatz der war, mit allen Mitteln zu verhindern, daß sie dadurch zu Schaden kam.

Und sie mußte auch wissen, daß es Elizabeth Short war, die uns zu unserer zweiten Chance verholfen hatte.

Kurz bevor wir über Boston waren, geriet das Flugzeug in einen dichten Wolkenvorhang. Angst drückte mich wie ein schweres Gewicht, als hätten die Wiedervereinigung und die Vaterschaft mich in einen Stein verwandelt, der unaufhaltsam in die Tiefe sank. Da klammerte ich mich an Betty; es war ein Wunsch, fast ein Gebet. Die Wolkendecke riß auf, und das Flugzeug setzte zur Landung an. Zur Landung in eine glitzernde Stadt, die unter uns im Zwielicht lag. Ich wandte meine Bitte an Betty, mir im Austausch gegen meine Liebe sicheres Geleit zu geben.

NACHWORT
von James Ellroy

Das bedeutendste Ereignis meines Lebens geschah ein Jahr vor meiner Geburt.

Am 15. Januar 1947 wurde auf einer aufgelassenen Parzelle im südlichen Stadtzentrum von Los Angeles der nackte, in zwei Teile zerschnittene Körper einer jungen Frau gefunden. Pathologen stellten fest, daß sie tagelang systematisch gefoltert worden war; daß sie während ihrer Mißhandlung bei Bewußtsein war. Das Opfer wurde als Elizabeth Short, 22 Jahre alt, aus Medford, Massachusetts stammend, identifiziert. Ein gewiefter Polizeireporter, der dazu abgestellt war, ihre jüngste Vergangenheit zu recherchieren, erfuhr von ihrer Neigung, sich vollkommen in Schwarz zu kleiden. Er nannte sie »Die Schwarze Dahlie« und kreierte so ein bemerkenswertes und hochgradig aufreizendes Medienereignis.

Der Mordfall Schwarze Dahlie beherrschte sechs Wochen lang die erste Seite sämtlicher Zeitungen. An den polizeilichen Ermittlungen war die Rekordzahl von 750 Kriminalbeamten beteiligt, die teuerste und zeitlich aufwendigste Menschenjagd in der Geschichte Kaliforniens.

Elizabeth Shorts Mörder wurde nie gefunden; bis heute erzeugt ihr grausiges Abschlachten Schrecken von höchster symbolischer Kraft. Es hätte kein schöneres Opfer geben können; sie hätte nicht brutaler sterben können. Der Mann oder die Frau, die sie töteten, hätten kein verblüffenderes Rätsel aufgeben können: erst der Mord in heißwütiger Rage, dann das eiskalte Abtauchen in die Anonymität. Er oder sie dürfte sich den Alptraum, den er/sie schuf, nicht vorgestellt haben.

Auch meinen nicht.

Im Juni 1958 war ich zehn Jahre alt und lebte mit meiner geschiedenen Mutter – einer Krankenschwester – in El Monte, Kalifornien, einer vor allem von der unteren Mittelklasse bewohnten Vorstadt wenige Meilen östlich des Zentrums von Los Angeles. Die Wochenenden verbrachte ich bei meinem Vater;

ich las, ich spielte mit meinem kleinen Beagle und träumte davon, Schriftsteller oder Profiboxer zu werden. Für mein Alter war ich sehr groß und wuchs rasch aus aller Kleidung, die mir meine Eltern kauften. Ich hörte sentimentale Songs im Radio und träumte davon, daß das knackige blonde Fräulein auf den Rheingold-Bier-Plakaten meine Freundin sei. Dann wurde alles aberwitzig.

Am Sonntag, 22. Juni 1958, kehrte ich vom Wochenende mit meinem Vater nach Hause zurück, und in unserem Vorgarten wimmelte es von Polizisten. Ein streng wirkender Detective mit grauem Bürstenschnitt erklärte mir, meine Mutter sei ermordet worden. Ein Mann hatte sie in einer Bar aufgelesen, sie erwürgt und ihren Körper in die Büsche bei der nahe gelegenen Arroyo Highschool geworfen.

Der Mörder wurde nie gefunden. Ich lebte fortan bei meinem Vater und stillte den Schock und den durch den Tod meiner Mutter verursachten Verlust auf seltsame Art – indem ich Kriminalromane las.

Krimis gaben mir Detektive, die meine Freunde wurden, gaben mir die richtigen Lösungen dunkler Taten, gaben mir einen wachen Sinn für die prosaische Zufälligkeit des Bösen und erweckten in mir eine große Sehnsucht, das *Warum* zu kennen. Im ersten Jahr, das ich bei meinem Vater verbrachte, entwickelte ich einen ausgesprochen frühreifen Literaturgeschmack; zum elften Geburtstag kaufte mir mein Vater *The Badge* von Jack Webb – eine nonfiktive Eloge auf das Los Angeles Police Department. Das Buch enthielt eine gespenstische zehnseitige Zusammenfassung des Mordfalls Schwarze Dahlie – und wieder wurde alles aberwitzig.

Gemeinsam schafften es meine Mutter und Elizabeth Short, mir stets wiederkehrende Alpträume von erschreckender Intensität zu bereiten. Ich las und las und las – das *Warum* betraf mich immer mehr als die jeweiligen Rückschlüsse, in denen der Mörder bekam, was er verdiente. Mit der Zeit umfaßte mein Lesestoff die durch und durch tragischen Einblicke eines Hammett, Chandler, Ross Macdonald und Joseph Wambaugh. In meinem Verstand verdüsterte Elizabeth Shorts Tod den Tod der Geneva Hilliker Ellroy, und ich begriff allmählich, daß ich das *Warum* nie erfahren würde, solange ich nicht alles, was ich an Technik von den großen Krimi-Visionären aufgeschnappt hatte, mit meinen persönlichen und ureigenen düsteren Instinkten verband – ich mußte die Geschichte der Elizabeth Short erzählen und wie sie zu Tode kam.

Dieser Ehrgeiz gärte viele Jahre lang in mir. Ich verbrachte meine Teenager- und Twen-Jahre vorwiegend im Suff oder auf Drogen, ich stahl, schlief in Parks, riß dreißigtägige Haftaufenthalte ab, las, las, las. Mit neunundzwanzig wurde ich trokken, schrieb sechs bestens aufgenommene Bücher und lernte während dieser Übergangszeit mehr über das *Warum,* als in all der Zeit, die ich damit zugebracht hatte, die Vorstellungen anderer zu verschlingen. Im letzten Jahr schrieb ich meinen siebten Roman – DIE SCHWARZE DAHLIE. Und etwas Erstaunliches ereignete sich.

In all meinem Eifer und der besessenen Entschlossenheit, gut zu schreiben – *der* beste Krimi-Romancier überhaupt zu sein–, trat an die Stelle meiner Vision der Elizabeth Short harte, kalte Kraft. Ich konzentrierte mich darauf, wie ich Geschichten auf technisch und stilistisch höchstem Niveau erzählen könnte. Aber beim Verfassen der SCHWARZEN DAHLIE – einer komplexen Geschichte von Gewalt und sexueller Besessenheit, mein umfangreichstes, dichtestes und figurenreichstes Buch – bekam ich jemanden zu Gesicht, der aus dem Abgrund meines überzogenen Ehrgeizes lange, lange Zeit nach mir getastet hatte.

Elizabeth Short.

Nicht als Symbol meiner verlorenen Mutter. Nicht im Sinne einer Sättigung meiner lange dauernden Neugier. Nicht der überfällige Zug zu großem Geld und literarischem Ruhm.

Durch das Verfassen der SCHWARZEN DAHLIE – präzise Fakten verbunden mit fiktiven Figuren und einem Killer, der unmittelbar meinen Alpträumen entsprungen ist – lernte ich sie kennen. Ich lernte, mich selbst in ihr zu sehen, ihre Person und die Umstände ihres Todes brachten uns geistig zusammen, Schicksal und Bestimmung entzweiten uns. Ich fand Betty Short dreist, pathetisch, seltsam störrisch. Ich erkannte in ihr die energische Spannkraft eines Underdog, der nie eine Niederlage zugab; eine Frau, die vielleicht sogar die Verwirklichung ihrer zugegeben albernen Träume erreicht hätte, hätten sich nicht in einer kalten Nacht vor vierzig Jahren ihre Wege mit denen ihres Schlächters gekreuzt. Ich lernte sie lieben.

Man könnte sagen, es sei leicht, jemanden zu lieben, den man selbst geschaffen hat – oder wiedererschaffen hat –, daß es nur einen Schritt von Eigenliebe entfernt sei. In diesem Fall stimmt das nicht. Obwohl weder religiös noch mystischer Natur, spüre ich Elizabeth Short aufgrund einer Willenskraft weit außerhalb meiner eigenen Person zu mir sprechen, im Widerhall von Büchern, gelesenen und geschriebenen, in Freunden, die ich kannte, in Frauen, die ich liebte. Als Stimme verbleibt sie stets bei mir.

Ich hoffe, DIE SCHWARZE DAHLIE hat Sie ebenso bewegt; ich hoffe, Sie spüren den Verlust und die Wut über Elizabeth Shorts Tod. Ich schreibe jetzt einen neuen Roman, eine vollkommen andere Story aus dem Los Angeles des Jahres 1950. Ich spüre Betty Shorts Gegenwart auf jeder Seite – und ich bin dankbar für die Einblicke in die Dunkelheit, die sie und meine Mutter mir gewährten. Ich zitiere den verstorbenen Ross Macdonald: »Am Ende besitze ich den Ort meiner Geburt, und ich bin besessen von seiner Sprache.«

Bitte beachten Sie auch die folgenden Seiten

Andrew H. Vachss

KATA

Thriller

Burke, Privatdetektiv in einem alptraumhaft aktuellen New York, soll im Auftrag einer aus Japan angereisten Karatespezialistin einen Mörder finden. Es beginnt eine dramatische Menschenjagd in einer düsteren, monströsen Stadtlandschaft . . .

Ambrose Clancy

BLINDFLUG NACH BELFAST

Thriller

Dublins dunkle Nebenstraßen, die rauhe Westküste Irlands und Paris sind die Schauplätze dieses spannenden Thrillers um eine Gruppe von Rebellen, die sich auf ihre Weise in den irischen Bürgerkrieg einmischt.

CIP-Titelaufnahme der Deutschen Bibliothek

Ellroy, James:
Die schwarze Dahlie: Roman/James Ellroy. Mit e. Nachw. d. Autors. [Aus d. Amerikan. übertr. von Jürgen Behrens.] – Frankfurt/Main; Berlin: Ullstein, 1988
(Ullstein-Thriller)
Einheitssacht.: The black dahlia ‹dt.›
ISBN 3-550-06165-X